Diogenes Taschenbuch 22729

de
te
be

Rosellen Brown

Mein lieber Sohn

Roman

Aus dem Amerikanischen von Monika Elwenspoek und Otto Bayer

Diogenes

Die deutsche Erstausgabe erschien 1993
im Diogenes Verlag
Titel der 1992 bei Farrar, Straus & Giroux, New York,
erschienenen Originalausgabe:
›Before and After‹

Umschlagillustration von
Tomi Ungerer

Veröffentlicht als Diogenes Taschenbuch, 1995

80/95/8/2
ISBN 3 257 22729 9

Meinen geliebten Freunden in New Hampshire, die an ihren Kaminen und Tischen stets einen Platz für mich hatten.

Mein Dank gilt außerdem der Ingram Merrill Foundation für die finanzielle Unterstützung und das damit verbundene Vertrauen.

Dankbar bin ich für die Hilfe zahlreicher Strafvollzugsbeamter in Westmoreland, Manchester und Concord in New Hampshire sowie Cambridge in Massachusetts. Ebenso danke ich L. Phillips Runyon, Susan Howard, Paul Schweizer und Glenn Gotschall für ihre Unterstützung. Ganz besonders stehe ich in der Schuld der Richterin Mary Bacon von der 338. Strafkammer in Houston für mehr als fachlichen Rat: die Demonstration einer Rechtsprechung, die geleitet ist von humanen Idealen und der Liebe zu den Komplikationen, die aus den Geschichten von tausend Fremden in das Rechtswesen einfließen können.

Wer nicht zu sehr liebt,
liebt nicht genug.

PASCAL

Der kleine Junge, Sonne in den Augen, lächelt so breit, daß es aussieht, als weinte er. Sein Haar ist hell, nicht direkt blond. Oder es ist das weiße Licht, das seinen Kopf bis zu den Schultern in Blässe taucht. Plötzlich wirft er die Arme hoch, kerzengerade, und bekommt einen Holm zu fassen. Er ist sechs oder sieben – gerade groß genug, um die Stange zu erreichen, sich hinaufzuschwingen und daran zu schaukeln wie so ein hölzernes Äffchen, das zwischen zwei zusammengedrückten Hölzchen hochspringt, sich überschlägt und in einer einzigen fließenden Bewegung wieder herunterfällt, sein Kunststück klaglos wiederholt, ohne Batterie, sooft man nur die Stäbe zusammendrückt. Aber nach zwei Sprüngen steht der Junge im zerwühlten Staub vor der Kamera, breitet weit die Arme aus und grinst übers ganze Gesicht, dann schlingt er die Arme ganz fest um sich, und seine Hände drücken so kräftig zu, daß man meint, es müsse weh tun. So hält er sich selbst mit übertrieben irrem Blick in einer verzückten Umarmung, als wollte er sagen: Seht mich an, ich schaffe alles! Er strahlt.

Sie ist vielleicht acht, fein herausgeputzt, mit schimmerndem blondem Haar. Sie steht ganz steif wie für ein Foto, dann salutiert sie mit grimmigem Gesicht und verschwindet abrupt. Es folgen etliche unscharfe, verwackelte Sequenzen: Menschenmassen, Schultern, ein dicker Junge, der sich umdreht, um der Kamera mit liebenswürdigem Lächeln einen Vogel zu zeigen. Auch er trägt einen Anzug, wie alle anderen; die Mädchen huschen in festlichen Kleidern vorbei.

Endlich formiert sich am Ende der Halle, wackelnd und taumelnd im Bildausschnitt, die feierliche Prozession der Absolventen. Es mußte, nach ihrem halbflüggen Aussehen zu urteilen, die Unterstufe sein, die Jungen zum Teil noch Kinder, doch auch ebenso viele Mädchen bereits in voller Blüte. Ein Strom glänzender roter Talare schiebt sich durch den Gang, einige mit Goldlitzen und Quasten verziert. Sie stehen für akademische Leistungen: »Streberlametta« nennen es die Jungen, die es nicht haben, und die es haben, stimmen begeistert zu.

Der Junge kommt näher, nun schon recht groß, das Gesicht von Flecken verunziert, die darauf verstreut sind wie Kieselsteine. Er lächelt breit, und wieder wirkt es wie eine Grimasse, wenn seine Wangen sich so nach hinten ziehen, daß sie Falten bilden. Dann besinnt er sich auf seine Rolle, zieht den Kopf ein und wendet sich ab.

Es gibt keine sanften Ausblendungen zwischen den Aufnahmen. Jeder Szenenwechsel ist ein scharfer Schnitt, die Objekte erscheinen mit der Plötzlichkeit eines Schreis. Da steht das kleine Mädchen, wer weiß, wie lange es schon geduldig gewartet hat, mit einem Pappbecher in der Hand. Es sagt etwas – man hört nichts von den sanften Kommentaren der Person hinter der Videokamera, die flüstert wie ein Reporter bei der Übertragung eines Golfturniers – und zeigt mit einer Grimasse auf den Becher: eklig, will sie vielleicht sagen. Von dem Zeug wird einem ganz schlecht. Sie trägt das Streberlametta ihres Bruders, führt die goldene Quaste an ihr Gesicht und streicht sich damit wie mit einem kleinen Pinsel über die Wange. Sie lächelt noch immer nicht, findet offenbar, daß feierlicher Ernst noch lustiger, auf jeden Fall geheimnisvoller sei als Fröhlichkeit. Dann ist ihr Bruder im Bild, ganz plötzlich, und sie pinselt auch ihm die Wange, während er sich mit den Ellbogen zur Wehr setzt und so tut, als wollte er sie erwürgen. Er reißt an dem Band und bringt ihre Frisur durcheinander. Eigentlich sieht er sehr glücklich aus: Er streckt die Zunge heraus, gibt sich selbst einen Klaps auf die Wange, dann ihr, und sie vollführen eine Folge komplizierter Bewegungsabläufe – nur beste Freunde oder Geschwister haben die Zeit, solche Rituale auszuarbeiten – Finger verhaken, Kopfnuß, in die Hände klatschen, schließlich an den Ellbogen fassen. Lachend taumeln sie umeinander. Sie verschwindet ganz aus dem Bild, ist offenbar unter seinen Füßen zu Boden gefallen.

Dann treten vor einer Anschlagtafel, immer wieder fortgedrängt und verdeckt von Passanten, die auf die Kamera keine Rücksicht nehmen, eine blonde Frau und ein bärtiger Mann zu den Kindern, lächeln ebenfalls feierlich und sprechen unhörbare Worte.

Die Frau ist nicht schön, aber von jener Attraktivität, die aus Selbstsicherheit erwächst, aus ihrer Kleidung, die von schlichter Eleganz ist, vielleicht auch aus dem Glanz des Geldes (der längst verblaßt, aber noch sichtbar, an ihr haftengeblieben ist wie ein altes Gerücht). Der Mann sieht mit seinem dunklen, etwas rötlich schimmernden, gekräuselten Bart ein wenig wie ein Rabbi aus für den, der ihn so sehen möchte. (In Wahrheit laufen hier Lastwagenfahrer, Maurer und Tankwarte mit genau den gleichen Bärten herum, und keiner würde so etwas über sie denken.) Er ist nicht unbedingt breit gebaut – nicht dick jedenfalls – aber er strahlt Wärme und Verläßlichkeit aus, seine solide Brust lädt zum Anschmiegen ein, und man sieht ihm an, daß er es gewohnt ist, um seine Kinder herumzuglucken, hier etwas glattzustreichen, da etwas zurechtzuzupfen, freundschaftlich eine Schulter oder einen Arm zu fassen. Er und die Frau wenden sich einmal einander zu, nachdem der große Schatten einer vorbeigehenden Familie wie eine Wolke über sie hinweggezogen ist, und als hätten sie sich gerade bei den Händen gefaßt, grinsen sie einander über die Köpfe ihrer herumalbernden Kinder hinweg an.

Erster Teil

Carolyn

Sie hatte keinen Dienst in der Notaufnahme, davon war sie tagsüber befreit, wenn sie Sprechstunde hatte, aber man rief sie jetzt hin. Sie tastete gerade Jennifer Foyles Hals und Leisten ab und unterhielt sich über den Lockenkopf des Mädchens hinweg mit der Mutter, kam aus irgendeinem Grund auf Pocken zu sprechen, und die Mutter beteuerte, sie würden für die Aufhebung der Impfpflicht demnächst alle bezahlen müssen – dabei krempelte sie den Ärmel ihrer blaugeblümten Bluse hoch und zeigte ihre große Impfnarbe, eine sehr schlechte Arbeit. AIDS, spekulierte sie, könne sogar die Folge davon sein, daß diese Generation ihre Impfungen versäumt habe. Vielleicht, dachte Carolyn, wünschte sie ja auch nur allen anderen ein solches Ding von einer Narbe, so groß wie das goldene Medaillon, das sie um den Hals trug, und höckerig.

Dann steckte Karen, ohne anzuklopfen, den Kopf herein und sagte ihr, sie werde unten gebraucht. »Wirklich sofort«, ergänzte sie mit gespielter Strenge, denn sie kannte Carolyns Hang zur Gründlichkeit, den Fetisch, den sie daraus machte, daß sie ihre Konsultationen sauber und sorgfältig abschloß, damit auch alles verstanden und jede Frage beantwortet war.

Unwillig kam Carolyn zum Schluß. »Also, mein Kleines«, sagte sie zu der kichernden Jennifer, »dir fehlt nichts, was wir mit einem vorsorglichen Antibiotikum nicht in den Griff kriegen werden.« Sie schrieb das Rezept aus, lächelte dem Kind zu, faßte es begütigend bei der hübschen nackten Schulter und verschwand rasch durch die Hintertür, denn das Wartezimmer war voll, und wenn die dort sitzenden Mütter sie hinausrennen sähen, würden sie ihr entweder schnell noch »eine kurze Frage« stellen wollen oder einfach, des Grundes ungeachtet, böse auf sie sein und sich von ihr im Stich gelassen fühlen. Ohne Murren nahm eine Gruppe wartender Mütter es nur hin, wenn ein Gynäkologe zu einer Geburt gerufen wurde. »Entschuldigen Sie mich«, rief sie Karen im Gehen zu. »Versuchen Sie alles um eine Stunde zu verschieben.«

Sie hatte schon so oft ihre eigenen weichen Schritte auf diesen Gängen gehört – die Arztpraxen waren an das Krankenhaus angebaut, und alle Fußböden waren mit demselben dunkelbraunen Kunststoff belegt –, daß sie manchmal dachte, das Geräusch eiliger Schritte sei der eigentliche Herzschlag der Ärzte. Draußen lag Schnee, es hatte den ganzen Vormittag geschneit, demnach würde es wohl ein Autounfall sein, irgendein Jugendlicher, der sich nach einer langen Rutschpartie bergab um einen Baum gewickelt hatte oder von einem anderen gerammt worden war. Ganz kurz dachte sie besorgt an Jacob, der nach der Schule da draußen unterwegs war wie alle andern. (Judith würde inzwischen zu Hause sein, aus dem Bus geradewegs hinein in die warme Küche.) Aber sie hatte so etwas meist verdrängen gelernt; als Kinderärztin konnte sie nicht jede Katastrophe an den eigenen Kindern durchspielen. Überhaupt waren die Statistiken, soweit sie etwas taugten, auf ihrer Seite – wie sie auf jedermanns Seite waren.

Teenager in Autounfällen, dachte sie, während sie durch die Schwingtüren ging. Schlimm genug war so etwas natürlich für jeden – dieses Unerwartete, die unmittelbaren schrecklichen Folgen –, aber am ärgsten für Teenager. Schlimmstenfalls tot oder so unbarmherzig früh verkrüppelt. Aber selbst wenn niemand zu Schaden gekommen war, wenn nur der Zorn der Eltern und ein Loch in der Kasse drohte, hatte sie auf die Weise schon viel junges Selbstvertrauen vernichtet gesehen, manch häßlichen psychologischen Fallout. Man sollte meinen, so etwas könne auch läuternd wirken, vor allem die jungen Burschen zu etwas mehr Vorsicht und Selbstbeherrschung erziehen. Aber selten schien ein Unfall mehr Gutes als Schlechtes zu bewirken.

Diese Gedanken gingen ihr durch den Kopf, als sie um die letzte Ecke zur Notaufnahme bog, und schon fühlte sie die Beklemmung, die ihr in Wellen entgegenschlug. Sie war zwei Schwestern und einem Pfleger begegnet, die in die entgegengesetzte Richtung hasteten, und in ihrem Kopfnicken hatte so etwas von dieser wohlbekannten Anspannung gelegen, die man sich für die schlimmen Tage, die schockierenden Verletzungen aufhob. Dies hier war eine Kleinstadt mit einem kleinen Krankenhaus – jeder sah alles oder erfuhr es binnen Minuten. Kein gutes Zeichen, dachte sie. Ganz und gar nicht.

Die Vorhänge um das letzte Bett waren zugezogen, aber sie sah erschreckend viele Hosenbeine darunter vorschauen. Die Vorhänge waren nicht einmal ganz zu – man brauchte sich nicht mehr um irgend jemandes Intimsphäre zu sorgen, der offene Spalt, die Nachlässigkeit, war höchstens Ausdruck der Verbitterung, war wütende Aufforderung: Seht nur! Seht, was wir hier wieder vor uns haben! Sie sah im Näherkommen einen gestikulierenden Ellbogen aus dem Spalt ragen – das sah nach Trygve Hanson aus, dem ältesten Arzt im Team, der drei Viertel der Stadtbevölkerung auf die Welt geholt und versorgt hatte, bevor die Gynäkologen, Kardiologen, Pulmologen und sie und die anderen Kinderärzte hinzugekommen waren und alles unter sich aufgeteilt hatten.

Carolyn schob sich durch den Vorhang, ohne ihn zu bewegen. Es war schwül in dem kleinen Zelt, und alle schwitzten. Aber nach dem ersten richtigen Hinsehen wußte sie, daß es nicht die Hitze war, die ihnen zusetzte. Noch auf der Rollbahre, auf der man sie hereingeschoben hatte, lag ein Mädchen mit eingeschlagenem Schädel. Der Schädel war zerschmettert, eingedellt wie eine Bierdose, wie es einer der jüngeren Ärzte taktlos ausdrückte. Fast das ganze Haar war blutverklebt, die eine Gesichtshälfte gelb und violett und braun – ein solcher Anblick macht den Arzt zum Amateur, bar jeder Hoffnung auf Therapie oder Heilung. Sie wünschte sich, sie könnte einfach in Ohnmacht fallen und sich wie eine normale Zuschauerin hinaustragen lassen.

Carolyn gab sich einen Ruck und holte tief Luft. »Vergewaltigt?« fragte sie, obwohl der bevorzugte, der Rechtsprechung entlehnte Ausdruck weniger belastet gewesen wäre, durch Wut und Schrecken mittlerweile abgeflacht zum »sexuellen Übergriff«.

»Kaum«, sagte Tom McAnally. »Sie war ganz angezogen, genau wie jetzt. Auf Tuttles Acker – da hinten, wo sie die Pferde halten, hinter diesem Koppelzaun an der Poor Farm Road.«

»Ohne Mantel, ohne Mütze?«

»Scheint so.« Er räusperte sich wie ein Junge, der widerstrebend etwas aufsagen soll. »Sie lag im Schnee. Hat, wie es heißt, den Schnee bis auf die Erde durchgeschmolzen.«

Carolyn führte sich dies gehorsam vor Augen: einen großen roten runden Klecks, als hätte jemand Glühwein auf Eis verschüttet. »Du meinst, das ist – woanders passiert?«

Tom McAnally blickte auf die Fußgelenke des Mädchens. Die Socken waren durchnäßt; er rollte sie behutsam hinunter. »Irgendwer hat sie da offenbar hingeworfen«, sagte er mürrisch zu den Füßen. »Aber sie ist erst beim Transport gestorben; als man sie fand, hatte sie noch einen schwachen Puls.« Die Jeans des Mädchens waren blutverschmiert. Doch die Schläge hatten nur den Kopf getroffen, den Hals eher nur zufällig, ein Ohr war eingerissen, aber es war mehr als genug. Einige rieten, sich noch dieses oder jenes anzusehen. »Hört mal zu«, sagte Tom, »der Leichenbeschauer muß da sowieso mit dem Staubkamm drüber. Wir können ihr jetzt nicht unter die Fingernägel gucken, um zu sehen, ob sie den Schweinehund gekratzt hat oder was.« Er blickte zur Seite, als beschämte ihn das alles zu sehr, um ihnen in die Augen sehen zu können. Er war ein Hüne mit teilnahmslosem Gesicht; offenbar setzten seine Gefühle ihm so zu, daß er nicht darüber reden mochte.

»Wissen wir schon, wer es ist?« fragte Carolyn kaum hörbar.

»Martha Taverner«, sagte Tom so wütend, als könnte man ihm einen Vorwurf machen.

»Martha Taverner! Ich kenne – die kennen *Sie* doch auch?«

»Wenn Sie mich meinen«, sagte Trygve und räusperte sich. »Ich habe sie mit Kaiserschnitt geholt. Frühgeburt, soviel ich weiß, vielleicht fünfunddreißig Wochen. Ich weiß nicht mehr warum, aber wir mußten. Sie war so groß wie ein Ausgetragenes.« Er starrte auf eine Falte in dem farblosen Vorhang. »Menschenskind, war das ein Jubel. Sie hatten doch nur Jungen, Generationen von Jungen, die Taverners. Endlich hatten sie ihr Mädchen.« Er holte tief und zittrig Luft. »Daß ich so was noch sehen muß, kurz vor meiner Pensionierung«, sagte er leise. »Mit Barbarei umzugehen, hat man uns nie beigebracht, und meine vierzig Jahre Berufspraxis haben daran auch nichts geändert.« Er drehte sich um und drängte sich nach draußen, als hätte er von ihnen allen die Nase voll.

Carolyn starrte auf den zermalmten Kopf des Mädchens – hier und da konnte man fast sehen, oder eigentlich mehr erraten, daß sie blond war, etwa sechzehn oder siebzehn Jahre alt. Das wußte sie, denn das Mädchen war seit jeher in Jacobs Klasse gewesen. Als er im ersten Schuljahr eine Geburtstagsparty gab, noch ganz aufgeregt über ein ganzes Klassenzimmer voll neuer Freunde, hatte er sie unbedingt alle einladen müssen, so an die fünfzehn bis zwanzig! Und Martha war auch dabeigewesen, noch immer sehr blond, fast weiß, und hatte sich kaum zu lächeln getraut, weil sie so wenige Zähne hatte. Sie waren nicht Freunde geblieben – Klassenunterschiede, oder was auch immer, hatten ihre Wege auseinandergeführt. Die Taverners hatten es nicht leicht. Carolyn hatte Martha zuletzt gesehen, wie sie nach der Schule unten bei Jacey's Eiswaffeln füllte. Ihr Haar war ein wenig dunkler geworden, aber sie war noch immer ein hübsches Ding mit runden Bäckchen und spöttischem Gesicht, als nähme sie nicht vieles für bare Münze; zeig's mir doch, schien ihre Miene sagen zu wollen. Ihr Achselzucken war kühl amüsiert.

Carolyn faßte ihr Handgelenk, an dem ein feingliedriges Silberkettchen baumelte. Ihr Arm war noch schwer von der endgültigen Unbeweglichkeit. Es war ein dünnes Handgelenk, zart wie das Bein einer Katze, zerbrechlich, aber ungebrochen. Alles an ihr war so gesund, so lebensfroh, und alles jetzt dahin.

Jemand hatte es ihr gezeigt.

Sie mußte anschließend wieder in ihre Praxis, und dabei hätte sie sich doch am liebsten nur allein irgendwo hingesetzt, um zu trauern und zu zürnen. »Wir Ärzte«, sagte sie zu Tom, als sie über den Flur gingen, »sollen in solchen Momenten die reinsten Maschinen sein, die ihrer Arbeit nachgehen, ohne sich auch nur mal eine halbe Stunde der Verzweiflung hingeben zu dürfen. Und dann wirft man uns vor, wir zeigten in schlimmen Situationen zuwenig Gefühl.«

»Allerdings«, gab Tom ihr recht. »Wir sollen auf dem Absatz kehrtmachen und in der nächsten Sekunde wieder der gütige Pastor sein, der ihnen mit warmer Hand die Stirn fühlt.«

Trygve hatte gesagt, er wisse mit Barbarei nicht umzugehen. Entscheidend war, daß einen die Arbeit in dieser Stadt – und dies war gut und schlecht zugleich – auch nicht auf Greueltaten vorbereitete: Sie hatten ihre Verkehrsunfälle, gelegentlich wurde eine Frau von dem Mann, mit dem sie zusammenlebte, mißhandelt und verprügelt und ihre Kinder gleich mit, aber das blieb meist unter der Decke, erregte selten Aufsehen; die blauen Flecken wurden versteckt, man mußte erst nach ihnen suchen. Gelegentlich verunglückte einer mit dem Traktor, fiel einer vom Dach, alle denkbaren Knochenbrüche kamen vor, hin und wieder eine sinnlose, nicht mehr zu behebende Verstümmelung. Aber Mord – es gab keine Morde in Hyland, Einwohnerzahl um die fünftausend. Geschäftsleute trugen ihre Tageseinnahmen, für jeden sichtbar in einer Leinentasche, zu Fuß zur Bank, und ihres Wissens hatte ihnen noch nie einer dafür eins auf den Schädel gegeben. Wenn einmal irgendwo eingebrochen oder ein Auto gestohlen wurde, wenn Fahrräder aus Vorgärten verschwanden oder Rasenmäher aus Schuppen, schob man das immer noch gern auf Außenstehende, durchreisende Vandalen aus Massachusetts. Was man in Großstädten mit Schußwaffen austrug, das besorgte hier der Klatsch. Den Ärzten machte das den Dienst in der Notaufnahme erträglich, denn sie konnten die meisten Nächte durchschlafen. Aber heute nachmittag dachte sie, daß es sie vielleicht auch verwundbarer machte, als sie eigentlich sein durften.

Sie mußte ein kleines Bübchen nach Knochenbrüchen abtasten, sah sich aber kaum in der Lage zu dem sonst üblichen freundlichen Geplauder mit dem Kind und seinem Babysitter, einer älteren Frau mit angegrauter Topffrisur. Die Frau machte sich die größten Vorwürfe, weil der Kleine von einem großen Stein im Vorgarten, seinem Lieblingsspielplatz, gefallen war. Carolyn hätte sich das normalerweise in allen Einzelheiten schildern lassen, nur damit die Frau sich beruhigte, aber heute summte ein regelrechter Bienenschwarm in ihrem Kopf, ein Dutzend Fragen lenkte sie ab. Hatte man schon Marthas Eltern verständigt? Wer hatte es ihnen gesagt? Wahrscheinlich die Polizei mit ihrem berühmten Zartgefühl. Hätte sie anbieten sollen, das zu übernehmen? Mein Gott, sie würden das Mädchen sehen wollen. Sie würden bei ihrem Anblick sterben wollen – oder töten. Carolyn lenkte sich ab, indem sie Kopf und Augen des Jungen sorgfältig auf irgendwelche Schäden untersuchte. Er war sehr lieb, hatte schon lange zu weinen aufgehört und sah sich mit unstillbarer Neugier im Zimmer um. Seine Augen waren so schwarz, als beständen sie nur aus Pupillen; sie fürchtete, sie könnten vielleicht unnatürlich geweitet sein. »So, jetzt haben wir uns die Beine und den Rücken angesehen«, erklärte sie der Babysitterin. »Aber da er doch aus ziemlich großer Höhe gefallen ist, könnte er noch innere Verletzungen haben.« Nun wurden die Augen der Betreuerin ganz groß vor Schrecken. Carolyn beruhigte sie: kein Grund, mit so etwas zu rechnen. »Alles nur vorsichtshalber«, sagte sie, indem sie das wunderbare

Gesicht des Kindes betrachtete, mit Augenbrauen so fein wie orientalische Pinselstriche, und sich vergewisserte, daß seine Augen ihrem Lämpchen folgten.

»Ich fürchte, Vorsicht ist nicht meine Stärke«, jammerte die Babysitterin immer weiter, während sie aufstand und hin und her zu gehen begann. Carolyn, die heute nicht ihre sonstige Geduld aufbrachte, befahl ihr, damit aufzuhören. Wenn sie streng wurde, kam das meist aus heiterem Himmel, und die Adressaten waren dann immer völlig überrascht. Lag das an ihrem blonden Haar, das (entgegen ihrer Absicht) Sanftmut verhieß, an ihrem perfekt eingeübten Auftreten, das ihre Souveränität leicht durchschimmern ließ, an der Häufigkeit ihres Lachens? Sie fand, daß sie es als Kinderärztin ihren Patienten schuldig war, ihnen den Besuch in ihrer Praxis so streßfrei wie möglich zu gestalten. »Es spricht nicht für den Arzt«, hatte sie einmal öffentlich gesagt, »wenn das Kind sich gegen den Arztbesuch so wehrt, daß es einfacher ist, gleich zu Hause zu bleiben.«

Aber wenn sie diesen Kleinen so betrachtete, sah sie, wie wenig vonnöten wäre, um diesen kräftigen kleinen Rücken zu zerbrechen, an dem die Wirbel sich durch die Haut drückten wie die Knöchel einer gekrümmten Hand. Sie sah Martha Taverner als Elf- oder Zwölfjährige in ihrem Elternhaus. Carolyn war eine lokale Berühmtheit, sogar die *New York Times* hatte einmal über sie berichtet, was sie albern fand, denn die feierten sie geradezu als Heldin, nur weil sie Hausbesuche machte. DER GUTE ALTE HAUSARZT KOMMT WIEDER, lautete die Überschrift zu dem Artikel. »Nach Dr. Reisers Ansicht sind die vielfältigen Faktoren, die beim Entstehen einer Krankheit im Spiel sind, nur zu durchschauen, wenn man die gesamten Lebensumstände des Patienten in Betracht zieht, und das schließt nach Möglichkeit auch das häusliche Umfeld ein.« Das Mädchen hatte, wie sie sich erinnerte, ohne Hemd dagelegen; ihre winzigen Brüste hatten ausgesehen wie die kleinen Teigspitzen über den Äpfeln im Kuchen, sie hoben und senkten sich auf dem schmalen Brustkorb. Sie hatte eine Rippenfellentzündung, mit der sie vielleicht ins Krankenhaus mußte. Oder war das ihre Kusine gewesen (Donna? Denise?), die bei ihnen lebte, die ständig kränkelte und immerzu eine laufende Nase hatte? Vielleicht war es gar nicht Martha gewesen ... So oder so, sie sah im Geiste ein junges Mädchen an der Schwelle dessen, was sie wahrscheinlich in diese Lage gebracht hatte – ein Kind mit noch reinem Körper, unberührt und frei von Begierden. Gefühl war eine so gefährliche Arznei, daß sie sich davon selten mehr als einen Tropfen genehmigte. Hier und heute aber war der menschliche Körper, ihr Handwerkszeug, zu zerbrechlich, um viel wert zu sein. Er war nur noch verwundbar, zerfressen von innen oder zerbrochen von außen durch eine feindliche Macht, die so leicht die Richtung wechseln konnte wie der Wind, um anderswo weiterzuwehen, einem Mädchen wie diesem noch sechzig, siebzig Jahre zu lassen, damit es ein ganzes Leben führen konnte, oder es zu zerquetschen, samt Knochen und lieblicher Haut und gepflegtem Haar, und fortzuwerfen, auch das. Jemand hatte die Autotür geöffnet und jemandes Tochter, oder das, was von ihr übrig war, hinausgestoßen.

»Sie können ihn jetzt anziehen«, sagte sie zu der Babysitterin, um einen sanften Ton bemüht. »Aber behalten Sie ihn im Auge, und rufen Sie mich an, wenn er Kopfschmerzen bekommt oder erbricht, oder wenn er mehr als üblich schläft. Haben Sie verstanden?«

Die Frau griff ehrerbietig und erleichtert nach dem blaukarierten Cowboyhemd des Jungen. Es kam Carolyn so klein vor, daß es einer von Judiths Puppen gepaßt hätte.

Ben

Ich will von diesem Tag erzählen. Ich will den ganz normalen Ablauf dieses ganz normalen Tages durchgehen und mich zu erinnern versuchen: an den jungen Winter in Hyland, den Schneefall, wie ich ihn am liebsten habe: leise, ohne Wind, ohne das Geräusch, als rauschte der Regen – man blickt nach langer Konzentration aus dem Fenster, oder besser noch öffnet die Tür, und siehe da, alles ist verwandelt, weich zugedeckt, alle Kanten gerundet, alles häßliche Gerümpel, jeder verbeulte Kotflügel dem Blick entzogen. Und der Geruch – wußtet ihr, daß Schnee süß riecht, wenn er fällt? Ein wenig süß, ein wenig scharf, beißend in der Nase, aber das machen die Kälte und Feuchtigkeit, die Nässe von Mütze und Handschuhen. Schnee ist wie Zucker.

Nun gut – ich gehe es langsam an. Ich kann nicht einfach heranstürmen an den Saum zwischen dem Vorher und Nachher. (Nicht Saum, ach was. Pardon. Abgrund.) Das würde unserem ganzen langen Leben *davor* nicht gerecht. Ich wußte noch nicht, daß *davor* schon vorbei war. Ich wußte es nicht und Carolyn auch nicht.

Ich hatte gerade Mickey Tuohy mit ins Haus gebracht. Wir schnaubten vor Kälte und Anstrengung, denn wir hatten eine Ladung Holz vom Hof seines Onkels ins Atelier geschafft, und es war nur recht, ihn mit in die warme Küche zu nehmen, wo der Holzofen knisterte, und ihm ein Dankeschön anzubieten. Er brauchte mir sein Holz nicht hierherzubringen, das war eine kleine Gefälligkeit von ihm, weil ich so viel bei ihnen kaufte, also war ich ihm dankbar.

Mickey ist unter seiner rauhen Schale von einer liebenswerten Schüchternheit. Groß, mit hellen Augen in einem Gesicht, das auch ohne die Kälte rot war, stand er in Mütze und Overall da, auf der Tasche seines losen Anoraks das Abzeichen seines Schneemobilclubs: TRAILBUSTERS.

»Kaffee? Tee?« fragte ich, obwohl ich schon wußte, daß er ein Bier wollte. »Nein, wirklich? Etwas Kaltes?« Ich hielt ein Heineken in die Höhe.

Er war wortkarg; seine ganze Sippe war das, bei mir zumindest. »Ich würde nicht nein sagen, Ben. Bevor ich mich prügeln lasse.«

Ich reichte ihm eine beschlagene Flasche und nahm mir selbst eine. »Sie waren noch nie hier oben.«

»Doch, als das Haus noch den Landons gehörte. Sie wissen ja. Früher mal.« Ich hatte keine Ahnung, wie alt Mickey war – wahrscheinlich war er, verglichen mit mir und meinen Freunden, schon erwachsen gewesen, als er seinen ersten Job annahm. »Ich war oft hier drin, als wir noch kleine Jungen waren, Chickie Landon und Albert – das heißt, der war viel älter, schon fast erwachsen – o ja, wir waren verdammt viel zusammen.« Er lachte, vermutlich wegen der Erinnerung. »Das war fast noch Pferdekutschenzeit. Sie hatten da draußen diese große Doppelscheune; eines Sommers ist sie abgebrannt. Mann, war das ein Feuer!«

»Ja, ja«, sagte ich. »Scheint manchmal so, als ob hier alles schon irgendwann mal abgebrannt wäre, nicht? Man sollte meinen, hier steht überhaupt nichts Altes mehr.«

Er nickte traurig bei dem Gedanken, daß die alten Wahrzeichen des Städtchens alle weg waren. »Oder, was nicht abgebrannt ist, verändert«, sagte er. »Das war hier früher alles anders.« Er besah sich die Zimmerarbeiten, die ich gemacht hatte, die Umbauten, und seufzte dann so ein »Ach ja«, wie man es von den Gute-alte-Zeit-Reklamen für Pepperidge Farm oder Weinkühler kennt. Er hob die Bierflasche. »Sie haben was übrig für dieses ausländische Zeug.«

Es war wohl als Vorwurf gemeint. Mein Lächeln bestätigte, daß zwischen uns Welten lagen. »Zum Wohl.«

»Da, wo Sie jetzt das Fenster haben, waren Schränke, nur ganz oben war so 'ne winzige Luke, kaum Licht kam da rein, von *Aussicht* ganz zu schweigen.« »Aussicht« klang bei Mickey auch wie ein fremdländischer Markenname. Man sieht jetzt draußen einen großen Rasen, bis hinten zur Koppel, aus der wir einen Garten gemacht haben; Apfelbäume stehen dort, zwei Pfirsichbäume und ein Birnbaum. »Haben Sie das Panoramafenster eingesetzt?«

»Mhm. Beim Einzug haben wir alles renoviert, was ...«

Aber er war ganz woanders. »Ich weiß noch, es war irgendwie immer dunkel, und wir sind auf dem Boden – wir hatten so ein Spiel, das nannten wir ›Tunnelkriechen‹, da mußte man unter so Stühlen durch, rein und wieder raus. Gott, ich kann mir gar nicht mehr vorstellen, wie wir das geschafft haben, Sie vielleicht?« Er reckte die breiten Schultern, daß es aussah wie ein Achselzucken in Zeitlupe. »Obwohl wir ja damals klein waren! Chickies Mutter war immer hinter uns her, wir sollten nicht so'n Krach machen, he, nicht so laut! sagte sie, und: ›Geht doch raus zu den Hühnern, wenn ihr rumflattern wollt!‹ Das weiß ich noch gut.« Er lachte vertraulich und schüttelte seine Bierflasche wie eine *Maracá*, ganz aufgeregt.

»Aber so einen hat Chickie Landon bestimmt nie gehabt«, sagte ich und tätschelte meinen Schamanen, meine neueste Schöpfung. Das Holz war wunderschön, voll warmer Rot- und Goldtöne, wie die Zargen eines Cellos. Er stand in einer eigenen Nische beim Fenster.

Mickey knallte seine Flasche auf den runden Tisch und war wieder da.

»Nee, da haben Sie wohl recht.« Er schaute ein bißchen verlegen drein. »Aber, Ben ...« und er verzog langsam das Gesicht zu einem Grinsen. »Ich weiß nicht, ob ich fragen darf, was das zum Kuckuck noch mal darstellen soll.« Mickey hatte so eine überrespektvolle Art, auf die ich gern verzichtet hätte – sie erinnerte mich zu sehr an das vorwurfsvolle Füßescharren eines Dienstboten. Ich glaube nicht, daß ich besondere Allüren an den Tag legte, aber ich kann mir leicht vorstellen, daß er das anders sah.

Ich baute mich vor meiner Skulptur auf. »Schon recht, Mick. Fragen ist nicht ungehörig. Ich meine, Sie sehen so etwas bestimmt nicht jeden Tag.« Ich fragte ihn, wofür *er* es denn halte.

»Ich?!« Es macht mir Spaß, wenn Leute sich winden, als könnten sie einen kränken, wenn sie nicht darauf kommen, was man sich gedacht hat. Wer glaubt, Kunst sei nur zum Verstandenwerden da, könnte es ja vermutlich so empfinden, ohne es böse zu meinen.

Aber er traute sich. »Meine Güte, Ben, ich habe keine Ahnung. Ehrlich.« Er beäugte das Ding; er war auf der Hut. »Ist es – vielleicht ein Ungeheuer? Etwas aus einem bösen Traum?«

Ich fand das schon ziemlich gut. Ich schubste ihn ein bißchen, er zierte sich, wir führten einen kleinen Tanz auf, und schließlich räumte er ein, wenn das, was ich da zu bauen versuchte – aber warum in der *Küche*, wollte er wissen – ein Schamane sei, eine Art Medizinmann/Bewacher/Beschützer, und wenn ein Schamane das alles sei, doch, ja, dann sei das gar nicht so übel. »Ich weiß bloß nicht, ob ich ihn immer so gern hinter mir stehen hätte, wenn ich meine Frühstücksflocken esse«, gestand er. »Macht Sie das nicht kribbelig, wenn er Sie so von hinten anstiert?«

Ich sagte, auf mich wirke er beruhigend. Für mich sei das wie die Erschaffung eines Menschen; nachdem die Haut erst auf den Knochen ist, gibst du alles dazu, was er deiner Meinung nach braucht: setzt ihm einen alten Rückstrahler auf die Stirn wie einen Edelstein, der im schwächsten Licht noch leuchtet, behängst seine Arme mit allem, was nicht niet- und nagelfest ist, polierst ihn mit deiner Fürsorge. Sozusagen wie ein Mensch mit einer Metallplatte im Knie, sagte ich, und dieses ganze alte Geschirr, die Eisenstäbe und den sonstigen Schrott, den baute ich nur ein, weil er mir gefiel. Man hängt ihm alles, was man will, eigentlich doch nur deshalb an, weil er einem gehört und nie widerspricht. (»Jaha«, lachte Mickey.

»Anders als Frau und Kinder. He, das find ich gut!«) »Meine Konstruktionen wurden mir aber zu tierisch ernst. Deshalb hat er jetzt dieses CB-Radio auf dem kleinen Brett im Bauch, da. Gucken Sie nur mal, Mick, man sieht es kaum, aber...« Ich schaltete es ein und bekam das ganze Gebrabbel von einem Ende der Skala zum andern, klarer als Luft. »Toggle to Jersey Jack« meldete sich gerade für den Rest des Winters nach Honolulu ab. Mickey kicherte.

Ich komme vom Thema ab. Das ist im Moment nicht wichtig. Carolyn nennt mich den »Narziß der Familie«. Der bin ich. Ich bringe kein Gehalt nach Hause. Ich besitze kein Diplom von der amerikanischen Kinderärztekammer. Ich habe kein Messingschild an der Tür. Ich versuche mich deswegen nicht zu rechtfertigen, und manchmal gelingt es mir. Aber wahrscheinlich seid auch ihr der Meinung, daß es besser wäre, ich hätte *irgend* etwas.

Genug davon. Ich dankte Mickey für seine Hilfe mit dem Holz und brachte ihn zur Tür. Es hatte weiter geschneit. »Vorsichtig den Berg runter, Mickey. Die Kurve da unten kann eklig sein, wenn es glatt ist.«

»Als wenn ich das nicht wüßte. Einmal war es auch so glitschig, da bin ich glatt in die Wiese gegenüber gesegelt...« Er sah der Sache fröhlich ins Auge.

Als er ging, blieb ich in der Tür stehen, blickte hinaus und fühlte mich warm und geborgen, wie man sich eben fühlt, wenn drinnen die Lampen brennen und die Kälte draußen ist, aber man selbst hat trockene Füße. Ich freute mich auf den schönen langen Abend: Ich hatte aus der Stadt ein Video mitgebracht, einen Film über van Gogh, und später würden wir uns in der gemütlichen Ecke zusammendrängen und ihn gemeinsam ansehen. Ich mußte mir bei den Kindern schon Termine holen, und das wurde immer schwieriger, besonders bei Jacob, der in letzter Zeit immer beschäftigt war, schon aus Prinzip. (Wenn Film gegen Hausaufgaben stand, ja, dann würde er vielleicht etwas Begeisterung dafür aufbringen.)

Wir würden viel Gesprächsstoff haben, dachte ich: van Goghs Wahnsinn, sein Talent, und ob es notwendig war, so zu leiden, wie er gelitten hat. Und dann die schöne Halbwüchsigenfrage: Wer war an seinem Leiden schuld, er selbst oder die Welt im allgemeinen? Jacob und ich kabbelten uns gern. Manchmal, glaube ich, nahmen wir unsere jeweiligen Standpunkte nur ein, um unter irgendeiner Flagge kämpfen zu können. Er wurde immer scharfsinniger und mutiger; Judith war noch zu jung, um mitzuhalten, aber sie versprach einiges. Ich hatte das Gefühl, sie beide in der Lehre zu haben, ein herrliches Gefühl, ihren verkoksten, unartikulierten Freunden etwas entgegenzusetzen, mit denen sie allzuviel Zeit vertaten. (Ich liebte Hyland aus hunderterlei Gründen, aber dazu gehörte nicht gerade das intellektuelle Leben seiner Pennälerzunft.)

Ich machte Abendessen. Das war seit jeher Teil unserer Abmachung – Carolyn muß jeden Tag den Haushalt vergessen können und sich in die helle, fluoreszierende Welt ihrer Praxis und des Krankenhauses begeben. Ich muß mich vor niemandem rechtfertigen, aber als Gegenleistung übernehme ich die Hausfrauenpflichten (die mir Spaß machen), worüber sich einige meiner Bekannten in der Stadt schieflachen. Sie nennen mich nicht offen einen Pantoffelhelden – ihr Wort, nicht meines – doch bin ich ziemlich sicher, sie reden darüber. Aber was soll's? Mein bestes Gericht ist Rotbarsch à la Veracruz – grüne Oliven, die Soße ein bißchen scharf – und könnte auf jeder Speisekarte stehen. In New Hampshire kann man kaum ethnisch essen gehen, also muß man das selbst machen, und ich habe mir so drei, vier Länderküchen halbwegs angeeignet. Jacob und Judith spielten mit, und Carolyn war wohl erleichtert, daß ich aus der Pflicht ein Projekt gemacht hatte und einigen Ehrgeiz hineinsetzte. (»Du kochst, als ginge es um Medaillen«, sagt sie, was heißen soll, daß man von einem Mann in der Küche wohl nichts anderes erwarten kann. »Du lernst Rezepte und ersinnst Verfahren so, als wolltest du einen Berg besteigen.«

Ich weiß nicht, ob das wahr oder gut oder schlecht ist; darüber muß ich mich nicht streiten.)

Sie kam nach Hause, als ich gerade den Tisch deckte – die besten Sets für den Freitagabend, eine kleine Besonderheit für den Sabbat, den wir sonst nicht halten. Sie rief aus der Diele: »Ich muß mal mit Jacob ein Wörtchen über seine schlampige Parkerei reden.« Sie kam mit geröteten Wangen in die Küche. Die Haare hingen ihr naß ums Gesicht – sie mußten voll Schnee gewesen sein. Sie umarmte mich kurz zur Begrüßung. »Sein Wagen nimmt die ganze Garage ein, Ben, ich schwöre dir, ich bin kaum reingekommen.«

»Ah, meine Schöne«, sagte ich und legte die Arme um sie. »Laßt äußren Einfluß unsre Zweisamkeit nicht stören. Teilt nun das Sabbatbett mit mir, da wir...«

»Ben! Bist du verrückt?«

Ich tat beleidigt. »Wie denn? Ihr seid gekränkt?«

Sie gab mir einen freundschaftlichen Schubs. »Was gibt's zu essen, Schatz? Etwas Warmes hoffentlich, Eintopf oder Suppe?«

Wir kommen eigentlich ganz gut zurecht mit unserem Rollentausch, aber hin und wieder, meist eher in Gegenwart von Freunden, kaum wenn wir unter uns sind und es gleich klären können, scheint es Carolyn ein wenig peinlich zu sein, sich wie ein Ehemann bedienen zu lassen. Wir leben in einer Kleinstadt mit sehr vielen, sehr traditionellen Vorstellungen: Milch und Kekse nach der Schule, und wer backt sie? Aber nicht heute.

»Chili.«

»Prima.« Dafür bekam ich einen Kuß. »Ist Judith oben?« Sie bückte sich, um ihre Stiefel auszuziehen. Selbst heute, Gewöhnung hin oder her, finde ich den Anblick ihrer Waden, dieser schönen, plötzlich so entblößten weißen Waden immer noch aufreizend.

»Wir hatten uns ein bißchen in der Wolle, weil sie Klavier üben sollte. Wir müssen uns mal mit ihr zusammensetzen und klären, ob sie wirklich weiter Stunden nehmen will.«

Sie war zu dem Schrank gegangen, in dem wir die Getränke aufbewahren. »Heute brauche ich einen Schluck.« Sie goß uns beiden reichlich ein, obwohl sie mich nicht gefragt und ich nicht geantwortet hatte. Dann erzählte sie mir von Martha Taverner. »Ich wundere mich, daß du es nicht schon in allen scheußlichen Einzelheiten aus deinem CB-Radio erfahren hast.«

»Ich hatte es nicht an«, sagte ich, fast schwindlig vor Entsetzen, »oder nur ein paar Sekunden lang, als ich Mickey Tuohy den Schamanen gezeigt habe.« Ich kannte Marthas Vater vom Softball, zwar nicht besonders gut, aber er war mehr als nur ein Gesicht für mich – ein drahtiger kleiner Kerl, zweiter Malmann, leicht O-beinig, rotgesichtig und aufbrausend. Wenn wir verloren, wurde er sauer und suchte einen Sündenbock. Wenn wir aber siegten, wußte er sich vor Freude kaum zu lassen. Sein Lachen war ansteckend. Ich brachte nur »Großer Gott!« heraus, als könnte ich damit das Bild seiner Tochter aus dem Kopf bekommen, die jetzt tot war.

In dem Moment rief Judith von oben herunter. Sie hatte wohl ihre Mutter gehört.

»Wo ist unser Sohn?« fragte Carolyn. Ich mußte kurz nachdenken. Sie hatte gesagt, sein Wagen stehe in der Garage, aber jetzt fiel mir ein, daß ich ihn gar nicht gesehen hatte.

»Hat er wohl wieder mal sein blödes Tonband voll aufgedreht?« fragte sie. »Ich *höre* aber nichts.«

»Nein. Judith war hier, als ich zurückkam, aber er muß ... hm, ich weiß nicht. Vielleicht schläft er.«

Teenager schlafen. Das sei normal, hat man mir gesagt. Manchmal hatte ich den Eindruck, daß er auf sein Zimmer ging, sich in der Dämmerung ein Stündchen hinlegte und fünf Zentimeter länger und mit doppelter Schuhgröße wieder herunterkam.

»Na gut, geben wir ihm noch ein bißchen Zeit. Das Zeug hier muß erst eindicken. Es hat noch nicht seine – äh – Quintessenz erreicht.« Ich hob den Topfdeckel hoch; der Chilidunst stieg auf und hüllte unser beider Gesichter ein wie eine warme, süßscharfe Wolke.

Da klingelte es.

Es klingelte in unsere gewohnten Tagesgeräusche hinein. Es schnarrte so schroff, daß es mir in der Erinnerung an diesen Augenblick, oder den Augenblick davor, wie der Gong beim Boxkampf vorkam, fordernd, ein Riß durch Raum und Zeit, der Grausamkeit und Schmerz verhieß.

Ich habe gehört, daß manche Geschichten eigentlich nur kunstvolle Umschreibungen dessen sind, *wie etwas war* und *wie es sich weiterentwickelte*, zusammengehalten – oder besser *auseinandergehalten* – durch das schrecklichste aller Wörter, das Wort, das die Welt aus den Angeln hebt, das Beil niedersausen und die Milch gerinnen läßt: Blut. Aller Wandel der Welt, alles Verhängnis, alles Schicksal liegt darin: *Dann* ... Das heißt aber nicht, daß man es sogleich erkennt, wenn es kommt.

Carolyn stellte ihr Glas auf den runden Tisch, den ich gerade deckte. Ich erinnere mich, daß ich es später fand und den Rest von ihrem Wein hinunterkippte, als ich schon nichts mehr spürte von seinem Feuer, seiner Kühle, seiner Würze. Da war es ja schon die übriggelassene Neige aus einem vorigen Jahrhundert.

Ich dachte, es sei jemand, der am Berg steckengeblieben war. Bei widrigem Wetter müssen wir unser Seil hervorholen und unsere Nachbarn abschleppen; das kommt jeden Winter ein paarmal vor.

»Fran«, hörte ich sie überrascht sagen. Sie kamen in die Küche, Carolyn lachte wie ein junges Mädchen – er macht sie nervös. »Seit wir hier eingezogen sind, haben Sie nie mehr Dr. Reiser zu mir gesagt! Was hat denn *das* nun wieder zu bedeuten?«

Fran Conklin kam in seinem Parka hinter ihr herein, die dunkelblaue Wollmütze fast bis über die Augen gezogen, und hinterließ mit seinen Schneemobilstiefeln große, schmutzige Pfützen auf dem Boden. Er griff nach der Mütze, riß sie sich vom Kopf und behielt sie in der Hand wie ein abgekanzelter Schuljunge. »Ben«, sagte er und schüttelte mir ernst die Hand.

»Hallo, Captain. Sieht man Sie mal in Zivil? Erzählen Sie mir nicht, daß man Sie in diesem Schnee rausgeschickt hat, um für den Polizeifonds zu sammeln.«

Der Polizeichef und ich hatten uns gelegentlich schon in der Wolle gehabt. Ihr müßt wissen, daß die Polizei hier draußen auf dem Dorf – oder auf dem Land, wie ihr wollt – nicht ganz so mißtrauisch beäugt wird wie in der Stadt. Wenn es hier ein »Establishment« gibt, so gehören Polizeichefs nicht dazu, nur die sehr reichen und die sehr alten Familien (was meist dasselbe ist). Die Polizei, das sind Jungs aus dem Ort, gar nicht besonders gewalttätig, die eine geregelte und notwendige Arbeit tun; sie müssen sich ihre Waffen und Uniformen selber kaufen. Wenn sie einen neuen Streifenwagen brauchen, müssen sie jedesmal beim Gemeinderat darum betteln und bekommen schließlich irgendwoher einen gebrauchten. Trotzdem ist der Captain ein Mann, an dem man nicht vorbeikommt, und wir hatten schon unsere Reibereien. Zum Beispiel hatte ich im Park bei den Wasserfällen einmal eine Skulptur aufgestellt – sie war für den 4. Juli gedacht und sollte Die Amerikanische Familie darstellen, zusammengesetzt aus allerlei Trödel, samt hölzernem Hündchen und einer Katze auf Rädern. Die Leute hatten ihren Spaß daran, die Kinder turnten darauf herum wie auf einem Klettergestell. Es brachte sie zum Lachen. Ich fühlte mich richtig geschmeichelt. Zum erstenmal dachte ich: Wunderbar, ich habe den Graben übersprungen, sie haben es *kapiert*. Nicht aber der Captain. Er kam mir fies und bezeichnete mein Werk als Müllhalde oder Schrotthaufen oder so ähnlich, ich weiß nicht mehr genau, mit welchen Worten er es beleidigte, jedenfalls sagte er, ich müsse es beseitigen, abbauen, es sei ein Schandfleck – rohes Holz, geschmückt mit den Abfällen der Neuzeit, den biologisch nicht abbaubaren: McDonalds-Containern, einem Adidas-Joggingschuh, einer Radkappe, einem Button mit der Aufschrift

FREIHEIT FÜR LYNDON LA ROUCHE. Fran siegte, alle Macht auf seiner Seite, aber nicht bevor unsere Zeitung mir ihren leitartiklerischen Segen gespendet hatte: *»Aufwachen, Mr. Police-Chief! Heute liegt die Kunst im Auge des Betrachters«* – und er hatte sich als Spießer fühlen dürfen.

Dennoch war unser Verhältnis nicht unfreundlich. Wenn er in seinem Gewerbe übereifrig war, so war ich es in meinem, das wußte ich – wir waren beide Fanatiker, also hatten wir etwas gemeinsam, und inzwischen konnten wir darüber lachen. Aber wie er heute so in unserer Küche stand, umwabert von Holzrauch und scharfem Chilidunst, war ihm nicht wohl in seiner Haut.

»Immer fleißig, Sie beide? Sie hatten wohl einen harten Tag, Carolyn.«

»Oh, ich habe schon genug zu tun.« Sie lächelte, ein wenig verstört um die Augen, wie ich sah.

»Kann ich Ihnen etwas anbieten, Fran?« fragte ich. »Ein Bier, da Sie nicht im Dienst sind?«

»Nein, danke, Ben. Sie kommen um diese Jahreszeit schön zum Arbeiten? Muß doch recht gemütlich sein in Ihrer Werkstatt da draußen.«

»Stimmt. Hab mir gerade ein nettes Öfchen angeschafft – so einen Mini-Fisher, mit Hirsch an der Seite und allem Drum und Dran. Saubere Arbeit, wirklich. Hält den Raum so warm, daß ich eigentlich nur noch schlafen möchte.« Mir fiel beim Reden auf, daß ich im Gespräch mit Fran oder Mickey alle Sätze in der Mitte und nie mit »Ich« anfing, als ob komplette Sätze ein Zeichen von Überheblichkeit wären.

Jedenfalls nickte Fran nichtssagend, denn es war klar, daß er nicht im Schneesturm hier heraufgekommen war, um sich nach unserem Befinden zu erkundigen. Ich sah, wie er tief Luft holte. »Ist Jacob da?«

Oh. »Weiß ich selbst nicht genau. Wir sind beide erst vor einer Weile gekommen – sein Wagen ist da.«

»Soll ich mal nach oben gehen?« erbot sich Carolyn. »Ich sehe nur schnell nach, ob er schläft. Wollen Sie – etwas von ihm, Fran?«

Er spitzte ein wenig die Lippen, als hätte er etwas im Mund. »Das wäre lieb, Carolyn«, sagte er eine Spur zu sanft. Er redete wie einer, der Angst hat, etwas zu zerbrechen.

Ich sah ihn scharf an, während Carolyn nach oben ging. Er summte ein paar Sekunden vor sich hin, sinnloses Zeug, und behielt die Hände in den Taschen. Er hatte ein breites Gesicht, und auf seiner Stirn standen lauter waagrechte Fältchen, wie Notenlinien. Seit ein, zwei Jahren wurde die Haut an seinem Hals immer schlaffer.

Carolyn kam mit sorgenvoller Miene zurück. »Nein, soweit ich sehen kann, ist er gar nicht oben gewesen. Judith hat ihn nicht gesehen. Worum geht es denn, Fran? Was ist los?«

»Ich möchte ...« Er hielt abrupt inne. »Er wird ...« Und wieder unterbrach er sich. Je mehr er herumdruckste, desto länger hielt ich den Atem an. Wenn Jacob etwas zugestoßen wäre, würde Fran es uns sagen und nicht nach ihm suchen. »Also gut.« Er wirkte resigniert. »An der Poor Farm Road ist heute nachmittag etwas passiert. Ziemlich schlimm.« Sein Gesicht war knallrot geworden, soviel Mühe hatte ihn das gekostet. »Und wir suchen ein paar Leute, die wir deswegen sprechen wollen.«

»Was denn? Was ist passiert?« Wir hatten beide gefragt. Wir wußten es beide.

»Carolyn ...« Er wandte sich an sie. »Ein Mädchen ist umgekommen.«

»Ich weiß. Ich habe sie gesehen.« Sie zuckte mit keiner Wimper.

Ihre Unumwundenheit schien ihn zu überrumpeln. Ich sah sein Gesicht hart werden. »Sie haben sie gesehen.«

»In der Notaufnahme. Dort hatte man sie eingeliefert – aber nichts mehr zu machen, meine ich.« Sie knetete ihre Hände, wie ich es noch nie bei ihr gesehen hatte. »Es war entsetzlich. *Sie* wissen es ja. Wir wurden alle hingerufen.«

Fran räusperte sich. Immerhin war ihm äußerst unwohl. »Dann können Sie sich ja denken ... und Sie wissen auch, wer sie ist.«

»Aber weswegen wollen Sie Jacob sprechen? Was hat ...?«

Er wich unsern Blicken aus; er sah zu dem Schamanen in der Ecke, ein kurzes Erschrecken, dann wieder zu uns. »Ich sage das nicht gern«, antwortete er schlicht. »Wirklich nicht. An manchen Tagen möchte ich lieber wieder den Verkehr regeln als mich mit so etwas abgeben müssen.« Er verschränkte die Finger ineinander und ließ seine Knöchel knacken. Das macht mich immer rasend, und ich weiß nicht, wieso manche Leute sich das Recht herausnehmen, es anderen zuzumuten. Ich unterdrückte meinen Zorn, aber es war nicht leicht. »Also gut. Jacob ist mit dem Mädchen gesehen worden. Er hat sie von der Arbeit abgeholt; sie füllt ja nach der Schule Eiswaffeln bei Jacey's.« Er wurde wieder rot. »Füllte. Sogar im Winter – scheint keinen abzuhalten.« Ein kurzes Lachen. Ein Versuch der Großmut, der mitmenschlichen Gemeinsamkeit mit den Opfern. »Er ist mit dem Auto hin, und sie sind zusammen weggefahren, wie schon öfter.«

»Schon öfter?« fragte ich ein bißchen zu lautstark. »Martha *Taverner*?«

Vielleicht habe er es ja nie erwähnt, meinte Fran. Man kenne doch die Jugend. Und so weiter. Aber viele Leute hätten sie zusammen gesehen, heute und an anderen Tagen. Und einer habe im Polizeirevier angerufen, der die Bescherung an Tuttles Zaun gesehen habe, das erschlagene, das tote Mädchen. Und nun müsse er Jacob sprechen. Wenn der Polizeichef persönlich zu dir kommt, sagte ich mir plötzlich und mußte mich fragen, wo ich die ganze Zeit meinen Kopf gehabt hatte – dann solltest du wissen, daß du Ärger am Hals hast. Ich fuhr aus der Haut.

»Hören Sie mal, Ben, ich will doch gar nichts überstürzen. Bei Mord wäre Jacob der letzte, der mir einfallen würde. Hier liegt ein Totschlag vor, dem Mädchen ist der Schädel ... na ja, ich brauch's nicht erst zu sagen. Sie haben es ja gesehen, Carolyn. Das würde ich eigentlich niemandem zutrauen wollen, Ihrem Sohn nicht und auch sonst keinem.«

»Etwa einem durchreisenden Fremden«, half ich nach.

Er versuchte darauf einzugehen. »Etwa einem durchreisenden Fremden.«

Dann legten wir den zweiten Gang ein. Ich zwinge mich, das alles aufzuwühlen, wahrscheinlich weil noch ein paar Fetzen unserer Unschuld darin liegen, die armseligen Lumpen unseres Nichtwissens. Wir wollten mit allen Mitteln unwissend bleiben.

»Und Sie wissen nicht, wo er ist«, sagte Fran.

Carolyn runzelte die Stirn, wie immer, wenn etwas sie beschäftigte, womit sie nichts anzufangen wußte. »Der Wagen steht in der Garage. Ich habe eben ...« Sie hielt inne, weil es weiter nichts zu sagen gab.

Er wollte das Auto sehen.

Sie machte Anstalten, ihre Schlüssel zu holen.

»Nein, halt«, sagte ich so plötzlich, daß ich selbst nicht wußte, wie ich dazu kam. »Das können Sie nicht machen.«

»Was machen?« fragte Fran verdutzt.

»Ich glaube nicht, daß Sie so einfach hingehen und irgend jemandes Auto durchsuchen dürfen. Sie haben keinen Durchsuchungsbefehl.«

Carolyn war fassungslos. Sie ist manchmal, zu oft vielleicht, unter ihrer kühlen Souveränität ein braves Kind. »*Ben*jamin«, sagte sie in einem Ton, der mir nicht gefiel. »Das ist doch *Fran*. Wir kennen ihn, er ist nicht irgendein hergelaufener Polyp.«

Ich sagte ihr, das wisse ich selbst, vielen Dank. Ich versicherte ihm, ich hätte Vertrauen zu ihm und wisse, daß er nur seine Pflicht tue. (Nachher werde ich ihr beizubringen versuchen, daß sie vor anderen nicht so mit mir reden soll, dachte ich – als wäre ich einer ihrer kleinen Patienten, der seine Medizin an die Katze verfüttert hat.) »Einen Durchsuchungsbefehl«, wiederholte ich. »Ja, einen Befehl, hier herumzuschnüffeln. Was ist so komisch daran?«

Ich versuchte mir Jacob vorzustellen, meinen Sohn, und bekam nicht einmal sein Gesicht zusammen. Statt dessen sah ich seinen Körper, die glänzende blaue Jacke seiner Ringermannschaft – er rang im Bantamgewicht – seine Schultern im T-Shirt, die jetzt endlich breiter wurden, nachdem sie jahrelang zu schmal, zu dürr gewesen waren. Seinen Adamsapfel, der seit neuestem vorstand, übertrieben, wie eine Erektion. Er sieht recht gut aus, wenn auch nicht umwerfend (das hat auch seine Vorteile, sage ich ihm immer, aber er ist natürlich anderer Meinung). Ich bekam jedoch seine Gesichtszüge nicht zusammen, es war, als hätte ich ihn Monate nicht gesehen. Das Geheimnis der Verzweiflung, die von Herz und Hirn Besitz ergreift. Sie schiebt einen Riegel vor die Erinnerung. *Fort*, unwiederbringlich. Ich mußte ihn mit eigenen Augen sehen, und zwar bald.

Dann rief ich Wendell an, den einzigen unserer Freunde, der Anwalt ist. (Einer der vielen Vorteile an Hyland ist, daß man so wenige Anwälte kennen muß.) Es war zu spät, um ihn im Büro zu erreichen, aber zu Hause war er auch nicht, nur sein hirnloser Anrufbeantworter raspelte Süßholz, was ich aber Steph anlastete: »Wendell und Stephanie bedauern, daß sie jetzt nicht ans Telefon kommen können, möchten Ihnen aber versichern, daß sie sich über Ihren Anruf *freuen.*« Steph außer Atem: sie hat das von der Kirche, er aus der Selbsterfahrungsgruppe. Ich mochte die beiden trotzdem, aber manchmal strapazierten sie meine Geduld bis zum äußersten, und irgendwann demnächst, dachte ich – etwas kleinkariert angesichts der Tatsache, daß ich Wendell im Moment brauchte –, werden sie den Bogen überspannen. Ich bat ihn, mich sofort zurückzurufen, wenn er nach Hause käme.

Judith war während meines Telefonats nach unten gekommen. Sie brauchte uns nur einmal anzusehen, mit immer größeren Augen, dann ging sie zu ihrer Mutter, die ihr schützend den Arm um die Schulter legte. Ich wünschte mir, sie wäre jung genug gewesen, damit man sie aus dem Zimmer schicken und ihr diese

Szene hätte ersparen können. Ich wünschte mir, wir wären alle zu jung gewesen, wenigstens um einen Tag, dann hätten wir uns wieder diesseits des *Jetzt* befunden. Aber sie ist zwölf. Sie ist eine von uns.

Wir stritten, Fran und ich. Er sagte, er müsse sehen, in welchem Zustand Jacobs Auto sei. Ich sagte, der Wagen gehöre mir, und soweit ich von diesen Dingen etwas verstünde, brauche er dazu einen »Beweissicherungsbefehl« oder so ähnlich. Er sagte, wenn ich hier den Staranwalt spielen wolle, schaffe das nur Verdruß (er meinte wahrscheinlich böses Blut) und verzögere die Angelegenheit. »Ich weiß, Sie sind sein Vater«, meinte er begütigend. »Sie wollen sich vor ihn stellen. Schließlich habe ich selbst Kinder.« Aber er mußte mich wieder fragen: »Wissen Sie, wo er sein könnte? Hatte er für heute etwas Bestimmtes vor? Ben! Wissen Sie irgend etwas, das Sie mir verschweigen?«

Er sah Judith an. »Hast du deinen Bruder gesehen, Kind?«

Judith wollte schon den Mund öffnen, aber da schrie ich: »He, Finger weg! Lassen Sie das Kind da heraus. Ich sage Ihnen, was ich weiß und Ihnen verschweige. Ich weiß, daß mein Sohn ...«

»Bitte«, rief Carolyn, als wäre *ich* hier der Verrückte. *»Bitte*, Ben.«

Aber der Mann beleidigte meine Küche, meine Familie, meinen Tag, meine Augen. Er deutete etwas unvorstellbar Kränkendes an, und das in meinem Haus. »Ich sagte Ihnen schon, daß ich ihn nicht mehr gesehen habe, seit er heute morgen zur Schule ging, klar? Wir haben gefrühstückt – Carolyn ist immer schon fort, wenn wir essen. Aufgebackene Waffeln, stimmt's, Jude?« Sie nickte; sie war noch immer sprachlos, wie jemand, der entführt wurde und jetzt unsicher ist, ob er mit seinen Kidnappern reden darf. »Echter Ahornsirup, klar? Unser eigener. Klasse B, aber gut. Kaffee für ihn. Das heißt, Zucker mit einem Schuß Kaffee. Tee für mich. Heiße Schokolade für Judith. Lunch für ihn in einer Tüte, das weiß ich, weil ich es selbst eingepackt habe: Thunfisch auf

Roggenbrot, einen Apfel, ausgezeichnete Schokoladenplätzchen. Noch irgend so ein Zeug, das er immer kaut, Sunbursts oder so ähnlich, die steckt er sich zwischendurch ...«

»Starbursts«, hauchte Judith.

»Starbursts. Er sagt, sie halten ihn im Unterricht wach. Das war's. Mehr weiß ich nicht.«

Carolyn fragte, wenig hilfreich: »Wovor hast du denn dann Angst?«

»Wer sagt, daß ich vor etwas Angst habe?« Wir funkelten uns an.

Sie redete jetzt ein bißchen wie mit einem Kranken. »Worüber bist du nur so wütend? Ich meine, warum behandelst du den armen Fran als unsern Feind?« Irgendwann im Lauf des Gesprächs war aus Fran plötzlich ein armer Fran geworden. »Jacob kann bestimmt erklären, warum er nicht mehr bei dem Mädchen war. Vielleicht ist sie ausgestiegen und weggegangen, vielleicht hat er sie irgendwo abgesetzt, es gibt tausend ... Fran!« rief sie plötzlich und hielt sich die Hand vor den Mund. Es war eine rauhe Hand, wenn man genau hinsah, vielbenutzt, aber sie tat, was sie konnte: gepflegte Nägel, wenig Schmuck an den Fingern. »Woher wissen wir denn, ob *er* wohlauf ist? Das haben wir noch gar nicht bedacht – wenn ein Verrückter nun *beiden* etwas angetan hat! Vielleicht ist Jacob verletzt, oder entführt oder ...«

»Hören Sie«, sagte Fran, ohne auf ihre Frage einzugehen. »Haben Sie eine Vorstellung, wo er sein könnte – einfach – sagen wir, an einem ganz normalen Nachmittag, was würde er da machen?«

Wir sahen einander an. »Seine Freunde«, mutmaßte Judith. Sie war von uns allen vielleicht die ruhigste, als hätte sie mit der Notwendigkeit, im Ton einer Erwachsenen zu reden, zugleich eine höhere Ebene erklommen, während wir übrigen uns mit erschreckendem Tempo zurückentwickelten. »Ruft doch mal bei Frodo und Jackie an.« Sie ist ein einfallsreiches Kind, dachte ich dankbar, eine Oase der Kühle. Sie trug ihr helles Haar in einem kurzen Bubikopf; allmählich bekam sie einen Busen, aber sie ging ins Ballett und zur Gymnastik, ihre Beine legten stets ein Eigenleben an den Tag, waren stets in Bewegung wie die Speichen eines wunderschönen Rads, folglich würde ihr übriger Körper wohl ein Waschbrett bleiben, flach, aber hübsch gewellt. »Wenn ihr wollt, kann ich das ja machen.«

Plötzlich blökte Frans Funkgerät los. Er lauschte den Tönen, die so verworren klangen wie aggressives Chinesisch, dann brummelte er eine Antwort und wandte sich zum Gehen. »Bitte, Ben«, sagte er an der Tür zu mir: »Bitte, behindern Sie die Sache möglichst nicht. Vielleicht hat Ihr Sohn ein perfektes ... vielleicht gibt es überhaupt kein Problem. Die Chancen stehen gut. Ich wäre froh, wenn er gar nichts damit zu tun hätte, und ich weiß nicht, warum Sie mir nicht trauen. Aber stellen Sie sich nicht dem Gesetz in den Weg, ja? Das würde nämlich niemandem etwas nützen. Schalten Sie Ihren Anwalt ein, wenn Sie wollen, aber behindern Sie nicht selbst das Gesetz, klar?«

»Natürlich«, versicherte ihm Carolyn, Gastgeberin bis zum bitteren Ende. »Er weiß das auch. Er...«

»Und würden Sie mir beide einen Gefallen tun? Denken Sie mal eine Minute lang an Terry und Mike Taverner drüben in ihrer Küche. Sie haben es ja gesehen, Carolyn. Ich brauche Ihnen nichts zu sagen. Terry mußte ein starkes Beruhigungsmittel bekommen. Des Schicksals Geiseln, mehr ist uns nicht gegeben, unsere Kinder sind...«

Mir war nicht sonderlich tolerant zumute. »Auf welchem strafrechtlichen Wochenendseminar haben Sie denn das aufgeschnappt?« Es war alles andere als nett von mir. Den Blick, den meine Frau mir zuschoß, hatte ich verdient.

Aber Fran besaß ebensoviel Würde wie Chuzpe. »Von meinem Pfarrer, wenn es Sie interessiert. Erst letzten Sonntag hieß seine Predigt so: ›Des Schicksals Geiseln‹, sie handelte davon, wie gefährlich wir leben, wenn wir jemanden lieben, sogar uns selbst, hat er gemeint und dann gefragt ...«

»Sind Sie nicht vorhin über Funk gerufen worden, Fran?« Wenn er nur ginge, wären wir vielleicht wieder da, wo wir einmal waren.

Ich wußte, ich würde es irgendwann noch bereuen, daß ich so schroff gegen ihn gewesen war. Aber für mich war er aus der Kälte hier hereingekommen, um zu sagen, daß er meinen Sohn verdächtigte, ein Mädchen ermordet zu haben und sich nun hier oder anderswo versteckt zu halten. Vielleicht hier. Vielleicht glaubte er wirklich, wir hätten ihn oben, oder unten im Keller, hinter der Heizung kauernd, und daher hielt er, während wir redeten, Augen und Ohren offen, witterte die Atmosphäre, las unsere Körpersprache, lauschte nach knarrenden Dielen, unsichtbaren Bewegungen. Es war die demütigendste und unwirklichste halbe Stunde meines Lebens – ich konnte schließlich nichts weiter tun, als ihm die Tür öffnen und ihn erleichtert über die Schwelle weisen, ohne auch nur der Form halber ein freundliches Auf Wiedersehen zu sagen.

Ich hatte die kalte Türklinke noch in der Hand – sie war aus schwarzem gehämmertem Schmiedeeisen, Teil der Kolonialgeschichte, die wir im Haus wieder zu Ehren kommen ließen, und fühlte sich in meiner Faust hart und ehern an, wie der Lauf einer Schrotflinte. Ich klammerte mich daran fest und betrachtete das alte Holz der Tür, durch dessen lange, streifenförmige Ritzen wie durch ein Wunder keine Kälte hereindrang. Wie absolut unplausibel das alles ist, dachte ich – komisch (oder vielleicht nicht komisch, vielleicht gefährlich), aber ich habe wohl keinen besonders starken Glauben an die *Wirklichkeit*. Ich meine das ernst, auch wenn es verrückt klingt. Ereignisse erscheinen mir nicht so real wie Vorstellungen. Ich lebe im Innern meines Kopfes, wie Carolyn in dem ihren nicht lebt, und das ist wohl auch ganz gut so für die aufgeregten Eltern, die bei ihr anrufen, wenn ihr Baby erstickt oder vor Schmerzen schreit und sie entscheiden muß, was ihm fehlt und wie man das wieder in Ordnung bringen könnte. Mein Lebenszweck ist es, Dinge zu erfinden. Ein reales Ereignis ist für mich, wenn zwei Holzstücke, die ich zusammenleimen muß, sauber aufeinanderpassen, oder wenn ich zwei gleiche Steine finde, die ich einem meiner Geschöpfe als Augen einsetzen kann. Also war das nun alles für mich gleich doppelt irreal. Zum einen war es mir unmöglich, mir Jacob auf der Flucht vorzustellen, Jacob auch nur mittelbar in der Klemme, geschweige denn schuldig eines – ich habe kein Wort dafür. Einer Untat. Als ich ihn zum letztenmal sah, ja, da steckte er tief in der Klemme, bei mir nämlich, weil für seine verspätet zurückgegebenen Bücher aus der Bibliothek eine Gebührenrechnung von drei Dollar und noch was aufgelaufen war. Ich konnte mir nicht vorstellen, daß er einmal wirkliche Fußspuren in der wirklichen Welt hinterlassen würde. Das heißt, ich konnte eigentlich nicht glauben, daß überhaupt irgend etwas, was einer von uns tat, etwas zu *bedeuten* hatte. Folglich kam mir das alles vor wie der Alptraum eines anderen: Ich wollte schlicht nicht glauben, daß es meiner war, unserer vielmehr. Seiner.

Aber Carolyn zog mir diesen Zahn. Ich zwang mich, in die Küche zurückzugehen und mich ihr zu stellen. Judith stand vor dem Holzofen und hielt die Hände darüber, als ob ihr kalt wäre.

»Du hättest ihn das Auto ansehen lassen sollen«, sagte Carolyn.

»Den Teufel hätte ich. Nicht ohne Anwalt, der mir sagt, daß ich muß. Und erzähl mir auch bitte nicht, daß er doch mein Freund ist. Ein Polizeichef ist nicht mein Freund, wenn er in Ausübung seines verdammten Berufs hierherkommt.«

Sie kam, um die Arme um mich zu legen, oder vielleicht, um sich von mir in die Arme nehmen zu lassen. Jedenfalls fielen wir einander in die Arme. »Bitte, Ben«, sagte sie an meiner Brust. »Was das auch ist, es ist keine Verschwörung.« Sie drehte den Kopf und legte dabei ihr Ohr an mein Brustbein. »Manchmal wirft dich deine Angst ein bißchen aus dem Gleis.«

Ich konnte es nicht fassen. »Das ist keine Angst, es ist Wut. Hier wird nie jemand ermordet, und jetzt schnappt er über. Er glaubt wohl, er sei in einem Fernsehkrimi oder was.«

Judith machte sich bemerkbar, ohne sich von der Stelle zu rühren. »Vielleicht deckt er einen von seinen doofen Freunden, die sind ja so komisch. Vielleicht sind sie zusammen ausgerissen.«

Wir ließen uns das durch den Kopf gehen – Kumpane unter sich? – aber das machte es nicht viel besser. Außerdem war er nicht so einer.

Wir standen noch immer so da, dann kam auch Judith dazu, und wir standen alle drei aneinandergelehnt, bis wir schließlich etwas *tun* mußten. Ich zumindest. Es gab keinen Ort, wohin ich hätte gehen können, aber das hieß nicht, daß ich stillstehen konnte. Ich ging an den Schreibtisch, in dem ich Brieftasche und Schlüssel aufbewahre, wenn ich zu Hause bin. Die Schlüssel lagen mir fremd in der Hand, meine Hand war mir fremd. Wenn mir jemand gesagt hätte, alle Moleküle der Welt hätten sich umgeordnet, ein kleiner Tanz der Grundbausteine, bei dem sie alle die Plätze wechselten, ich hätte es geglaubt.

Es wird im Januar erschreckend früh dunkel, dabei war die Sonnenwende doch schon etwas überschritten. Ein Mond stand am Himmel, von grausamer Schönheit, dachte ich (und dachte zugleich, wie abgedroschen, wie melodramatisch!). Aber ein Hohn war es jedenfalls, wie er einen schimmernden Pfad vor mir ausrollte, Diamantenstaub bis hin zur Garage neben meiner Werkstatt, die sich hundert Schritt vom Haus in der Scheune befindet.

Der Schnee war lavendelblau, wo das Licht ihn traf, wie diese unheimliche Beleuchtung in Planetarien, die alle Farben verändert und Weiß in Neonblau verwandelt. Jacob und ich gingen gern ins naturwissenschaftliche Museum in Boston – er war vor gar nicht langer Zeit noch in dem Alter gewesen, in dem die lärmende Saga von wirbelnden Planeten und unerklärlichen Antigravitationsfeldern, erzählt von einem Mann mit nüchtern-sonorer Stimme, eine Faszination für ihn besaß. Er war leicht zu faszinieren, rückhaltlos – früher jedenfalls. Jetzt nicht mehr. Außer seinen eigenen Muskeln, seinen Siegen über Geist und Körper aller anderen, kann einen Siebzehnjährigen nichts mehr vom Sessel reißen.

Es war so kalt, daß meine Nasenflügel sich zusammenlegten, und feucht, weit unter dem Gefrierpunkt. Carolyns Reifenspuren in die offene Garage waren frisch, nur wenig neuer Schnee war auf sie gefallen, nicht genug, um schon die Kanten abzurunden. Ich sah, daß die Spuren von Jacobs Wagen nur noch ganz undeutlich waren – sie hatten sehr viel Schnee abbekommen und ihre Schärfe längst eingebüßt. Carolyn hatte recht mit seiner Parkerei. Der Wagen stand schief, halb über die gedachte Mittellinie hinaus, und wirkte weniger eingestellt als aufgegeben.

Herrgott noch mal, was war nur los? Ich knipste das dürftige Garagenlicht an und leuchtete mit der Taschenlampe. Der Wagen war ein geräumiger, alter brauner Dodge, urgemütlich innen, wie ein leerer Hobbyraum, und viel zu groß, um jemals schön gewesen zu sein. Er war wie immer mit Unrat übersät – Schokoladenpapier, ein paar rosa und grüne Fotokopien aus der Schule auf dem Boden, ein Taschenbuch über Computer mit zerfleddertem Umschlag. Fran hätte sich bei diesem Anblick nur gewundert, weswegen wir so herumgestritten hatten. Ich ließ den Lichtstrahl streifenweise auf und ab wandern – ein paar Kippen im Aschenbecher, zusammengeklumpt mit Kaugummi, der bei dieser Beleuchtung ganz grau war. (Er sagt, er raucht nicht. Im Moment hätte ich mich mit ein wenig Ungehorsam, sogar mit ein paar glatten Lügen, ohne weiteres abgefunden.)

Die Rückbank war ebenso mit Müll eingedeckt. Erstaunlich, dachte ich, wie der Geist der Unordnung alles infiziert, womit er in Berührung kommt, genau wie der Schimmel, der sich unter dem allen ausbreiten mußte. Man konnte schon froh sein, daß keine verschwitzten Socken und nassen Handtücher die Ähnlichkeit mit seinem Zimmer noch verstärkten. Seine Schulbücher lagen auf dem Sitz ausgebreitet, dazwischen eine schmierige Tüte mit einer zerknüllten Serviette darin – vermutlich Doughnuts. Jedenfalls roch es frittiert. Ich beendete die Sucherei und knipste die Taschenlampe wieder aus. Alles klar, Fran, dachte ich, alles klar. Du kannst den Wagen haben.

Im letzten Moment fiel mir ein, daß ich noch einen Blick in den Kofferraum werfen könnte. Ich fühlte schon Erleichterung über mich hinwegspülen, wie diese mondweiße Luft da draußen – ein Rätsel noch, wo er stecken mochte, aber nichts Verdächtiges. Der Kofferraumdeckel klappte auf und hob sich mit der Behäbigkeit einer Zugbrücke, und dann glaubte ich umzusinken, weil mir die Luft wegblieb. Denn ich wußte sofort, daß es Blut war, worauf mein Blick fiel. Es war nicht rot, nicht einmal braun – die Welt bestand hier draußen aus tausend Grautönen, wie ein Schwarz-Weiß-Film. Aber ich sah die Form der Flecken und, was noch schlimmer war, die kleinen Spritzer, die von irgend etwas heruntergetropft waren. Dieses Etwas war vermutlich der Wagenheber.

Er lag lose im Kofferraum, unter der Abdeckung hervorgeholt, die das Ersatzrad und das Werkzeug zum Reifenwechsel verbirgt; achtlos hingeworfen lag er auf einem Haufen von – ich konnte nicht genau sagen was. Ich glaubte ein Badetuch zu erkennen, so etwas wie einen Garfield-Comic, Text und Bild. Ich weiß, daß ich einen Rucksack sah, vielleicht ein T-Shirt dabei. Ich hatte dicke Handschuhe an – ich faßte den Wagenheber mit wattierten Fingern. Das Gewinde sah feucht aus, das konnte Öl sein. (Unmöglich. Wer ölt schon seinen Wagenheber?) Ich hielt ihn aus dem Dunkel der Garage ins Mondlicht wie ein Tier, dem man den Hals umgedreht hat. Dann zog ich den einen Handschuh aus, nahm ihn zwischen die Zähne wie ein Hund und befühlte die großen dunklen Flecken auf dem zerknüllten Frotteetuch und in den Falten des glänzenden Nylonrucksacks. Sie waren feucht, unbestreitbar naß, durch und durch, und als ich kräftig daran rieb, färbten sich meine Fingerspitzen rostbraun.

Und als ich mich mit ausgedörrtem Mund umdrehte, sah ich, daß sich am Rand des alten, zerbeulten Mülleimers, der in der Ecke stand, etwas verfangen hatte. Es war ein wollener Handschuh – kein Kinderhandschuh, ich meine einen großen, grauen Handschuh mit schlaffen Fingern. Ich erkannte ihn, noch ehe ich ihn berührt hatte, wie er dort an dem schartigen Eimerrand hing. *Bitte*, betete ich. *Bitte*.

Aber es war seiner, und er war dunkel von Blut, das schon leicht gefroren war. Ich roch daran – säuerlich, dieser seltsam kratzige, feuchtwollene Geruch, an den man sich bei diesem Wetter so gewöhnt, wenn man immerzu seine Mütze und Handschuhe auf der dampfenden Heizung ausbreitet, wo sie steif trocknen. Ich wußte, daß er diese grauen Handschuhe trug, er sagte ja immer: »Die passen zu nichts und sehen dämlich aus«, aber Geld für neue wollte er auch nicht ausgeben. (Ich kaufte ihm keine, sie waren noch gut genug. Wenn es ihm so wichtig sei, sagte ich zu ihm, dann wisse er ja, was er zu tun habe.) Sie besudelten meine Finger. Unten in dem Eimer, auf einem Packen nasser Zeitungen und einer leeren Öldose, fand ich den anderen und zerknüllte ihn in der Hand. Das hat man also vom *Bitte*-Sagen, dachte ich.

Dann blickte ich zu Boden und sah die Fußstapfen, nicht meine, die vom Auto wegführten. Wenn Schnee lag, konnte man nichts verbergen, es war wie die Wildspuren, denen die Hunde folgten. Darum war der Winter so eine grausame Zeit für das Wild, und darum bekamen die Leute Strafbescheide, wenn sie ihre Hunde nicht anleinten. Die Spuren führten zur Koppel, aufs freie Feld. Langsam, als wäre ich selbst auf der Pirsch, folgte ich ihnen in einigem Abstand, um sie nicht mit den meinen zu verwischen. Am Zaun hielten sie inne – vielleicht waren ihm hier Bedenken gekommen, wohin es ihn führen würde, wenn er in den Wald ging. (Wohin? – *nirgendwohin*. Die Bäume, zum Teil sehr dicht, erstrecken sich einige Meilen weit bergauf und bergab, aber schließlich kommt man doch wieder auf die Teerstraße, die R 48. Bestimmt wußte er das; er stromerte oft in diesen Wäldern herum, lief dort Ski, er hatte sie im Kopf wie Stadtkinder ihr Viertel.) Deshalb hielten sie am Zaun inne; sie beschrieben einen Kreis, unschlüssig, wie ich vermutete, und kehrten zur Straße zurück, wo sie sich in einem Gewirr von Radspuren und Fußstapfen verloren. Was der Schnee nicht zugedeckt hatte, nahm hier der Verkehr mit sich fort, und meinen Sohn ebenso.

Unser Leben ist dahin, dachte ich, wie ich so dastand und die Straße hinunterblickte, bis zu der schlimmen Kurve, an der sie verschwand. Geradeso war es: Ich dachte es wortwörtlich, es war wie ein Hinweisschild, oder etwas schwarz auf weiß Gedrucktes, das ich nur noch zu lesen brauchte. Es war ein schlichter Satz, ein Schlußsatz – ein Urteilsspruch. Alles weitere war nur noch Detail, schrecklich, demütigend, vielleicht sogar entlastend. Tatsache aber war – ein Ereignis in der wirklichen Welt, die an sich glaubte, auch wenn ich nicht an sie glaubte – daß unser Leben als eine Familie wie jede andere vorbei war.

Später, als es ganz schlimm wurde, warf Carolyn mir vor, die Wahrheit zu überpinseln, mir wundersame Errettungen zusammenzuzimmern, wider besseres Wissen nicht akzeptieren zu wollen, was Jacob getan hatte. Nein. Ich sage es hier, sogleich und ohne Einschränkung. Nein. Sie verstand nicht, und das war mit am schlimmsten. Ich hatte keine Illusionen. Aber er war mein Sohn, und meine Liebe ist unabhängig von seinem Tun oder seiner Rechtschaffenheit.

Ich sagte ja nur, daß unser Leben als Familie – ja, unser *eines* Leben als Familie, als ein anmutiges achtbeiniges Tier unter einem gemeinsamen Pelz – dahin war.

Carolyn

Carolyn wusch sich an der Spüle die Hände unter so heißem Wasser, wie sie es gerade noch vertrug. Unter den Ärzten gab es Händewascher und *andere* – sie konnte sich nicht vorstellen, einen Patienten mit schmutzigen Fingern anzufassen. Das Wasser war so heiß, daß es kühlte. Sie stand wie benommen und ließ das Wasser hinunterrinnen, bis Judith fragte: »Mama?«

Da war ja noch dieses Kind, das auf der Stelle beruhigt werden mußte, egal wo Jacob steckte. »Ja, mein Schatz, was gibt's?« Es sollte nicht kurz angebunden klingen, aber die einsilbigen Wörter hallten ihr ins Ohr zurück wie Steine, jedes für sich. Sie trocknete sich die Hände gleichgültig an ihrem Wollrock ab. Was machte das schon?

»Jacob war echt wütend heute morgen. Er hat zu mir gesagt, daß er vielleicht gar nicht zur Schule geht.«

Carolyn nahm ihre Tochter bei den schmalen Schultern und drückte sie sanft auf einen Stuhl. »Erzähl mir, was los war.«

Judith fuhr sich nervös mit den Fingern durchs Haar; es war die einzige Allüre, der sie nachgab, ohne sich darüber klar zu sein, wie ein Gesichtszucken. Manchmal hätte Carolyn ihr am liebsten alles Haar abgeschnitten, nur damit diese Hand einmal stillhielt.

»Na ja, es war nicht direkt was los. Jacob hat nur gesagt, daß Daddy sich mit dem Schulball so anstellt. Er hat gemeint...«

Aber da klingelte das Telefon. Und nachdem es einmal zu schrillen angefangen hatte, hörte es gar nicht mehr auf, ein Anruf folgte dem anderen. Zuerst meldete sich ihre Freundin Annie Dineen, voll besorgter Anteilnahme. Demnach hatte es sich schon herumgesprochen. Wenn man in diesem Städtchen dreimal hintereinander die Toilette spülte, wußte gleich jeder, daß man krank war. Annies erste Worte waren gewesen: »Ich habe eben gehört…«, aber Carolyn hatte zu fragen vergessen, *woher.*

Die zweite Anruferin war Karen, ihre Sprechstundenhilfe, die fragte, ob Carolyn ihren Bereitschaftsdienst machen werde oder ob Karen lieber jemanden suchen solle, der für sie einspringe. »Karen, was … haben Sie gehört, und woher?«

Karen, die mit ihr in freundschaftlichem Ton verkehrte, sich aber nicht als Freundin betrachtete, wägte ihre Antwort sorgfältig ab. Sie dachte an die Kluft zwischen ihr und ihrer Chefin, der sie mit jeder Faser ergeben war, und zog es vor, auszuweichen. Das kostete sie eine Minute. »Es ist im ganzen Ort herum, Carolyn, ganz einfach. Ich weiß nicht, wo ich es zuerst gehört – ich bin auf dem Heimweg von der Arbeit noch im A & P gewesen, glaube ich, und da haben ein paar Leute, die ich kenne, darüber geredet. Ich meine, es ist ja nur ein *Verdacht*, nicht? Es gibt keinerlei …«

Carolyn stellte sich Karen vor, wie sie mit ihrem Telefon auf und ab ging, ganz ernst, sehr schlank, kaum jünger als sie selbst, mit dunklem Haar, das ihr um das Gesicht schwang wie der perfekte Pagenkopf dieser berühmten Eiskunstläuferin, die in den Fernsehwerbespots auf die Kamera zugeflitzt kommt, während ihr das Haar ein wenig langsamer um die Wangen weht. Karen hatte so diese herzliche Art, gepaart mit der gleichermaßen forschen Tüchtigkeit. »Alle sagen, daß sie ziemlich kokett war – gelinde gesagt. Man kann nicht wissen, was die …«

»Karen!« Sie war schockiert. »Bitte. Das will ich im Moment nicht hören. Ich finde es nett von Ihnen, aber das ist noch zu früh.« Zu früh war es in so vielen Hinsichten, daß man sie noch nicht einmal alle hätte aufzählen können – zu früh, um zu akzeptieren, daß über ihr Kind in so abstrakter Weise geklatscht wurde, geschweige, um selbst mitzureden. Auch nicht, wenn es gut gemeint war, wollte sie Karen damit sagen. Sie lebte noch keine Stunde mit dieser furchtbaren Möglichkeit. Was dachten sich die Leute? »Ein paar Leute, die ich kenne, haben darüber geredet...« Geredet, noch ehe das Blut des armen Mädchens getrocknet war! Sie waren also schon weit voraus, die Leute; schon genossen sie die Aufregung der Jagd. Sie bedankte sich leise, und sowie sie aufgelegt hatte, merkte sie, daß sie fror, als wäre das Feuer ausgegangen.

»Möchtest du eine Portion Chili, Jude?« fragte sie so lustlos, daß es sie überraschte, als Judith bejahte. Sie füllte ihr eine Schale. Der Geruch, so köstlich noch vor einer kleinen Weile, drehte ihr den Magen um.

Das Dumme war, daß es so unterschiedliche Arten von Problemen gab, manche sogar unlösbar. Sie zu lösen, war sie den ganzen Tag gefordert; sie hätte Mathematikerin werden sollen, dachte sie manchmal. Einige hatte man sich selbst zuzuschreiben, sie waren nur deshalb schwierig oder unlösbar, weil man nicht genug wußte – wer schon genügend Neugeborene in Lebensgefahr gesehen hatte, konnte sich ein Urteil darüber erlauben, welche Krankheiten der Mutter die Plazenta überwinden konnten oder genetisch sein mußten oder nur eine vorübergehende Gefahr darstellten. Wenn man wußte, welche chemischen Vorgänge durch bestimmte Medikamente angeregt wurden, konnte man sich auch vorstellen, welche anderen Medikamente kontraindiziert waren. Ein guter Arzt sah nicht nur mehr, er konzentrierte sich auch mehr auf das Nötige und stellte es zusammen und benutzte es. Gegen Puzzles hatte sie nichts, obwohl ihr solche lieber waren, von denen sie schon alle Teile beisammen hatte und nur noch nicht genau wußte, wohin sie gehörten.

Aber nun das. Sie sah Jacob vor sich, und es stockte ihr der Atem. Gestern abend hatte er noch hier am Tisch gesessen in seiner Ledermütze, die aussah wie die von Che Guevara, nach all den Jahren noch (diese Mütze, die er nie abnahm, höchstens um sie gegen eine genau gleiche aus schwarzem Filz zu tauschen, eine Art zerknautschtes Barett), und ihnen haarklein den Unterschied zwischen zwei Rock-Gruppen auseinandergesetzt – Fears Without Tears, oder Fears For Tears oder so ähnlich, so oder so – obwohl sie sich an tausend Dinge erinnern konnte, die nötig waren, hatte sie dieses eine, das sie nicht wirklich interessierte, bereits vergessen. Er hatte sehr ernst und ein wenig herablassend dreingeblickt, eben so, wie es einem Jugendlichen anstand, der mit seinen ungebildeten Eltern sprach. Wenigstens bei diesem Thema waren er und Judith ein Herz und eine Seele, und das gefiel ihr. Aber jetzt – wenn man nicht einmal wußte, wo er steckte, hatte man alles übrige nicht mehr in der Hand, man konnte nicht einmal mehr ungefähr darüber spekulieren. Sie schloß die Augen, um nachzudenken. Warum stand sein Auto wohlbehalten hier auf seinem angestammten Platz? Selbst wenn man die entfernte Möglichkeit einräumte, daß er mit diesem Verbrechen irgend etwas zu tun hatte – warum stand das Auto dann dort, wie angewachsen? Nichts von allem – seine Stimme, sein Wortschatz – paßte zusammen. Die Teile boten sich nicht zum Zusammenfügen an.

Sie steckte sich einen Bleistift hinters Ohr, als brauchte sie ihn womöglich, um sich Einzelheiten zu notieren, und zwang sich ans Telefon. Frodos kleiner Bruder war allein zu Hause. Einzelne Silben. Jackie sei nicht da, sagte seine Mutter. Ob sie ihm etwas ausrichten solle? Ihre Stimme klang geziemend erstaunt, als Carolyn sich vorstellte und freundlich, aber vorsichtig mit ihrer Frage herausrückte – sie hatte eindeutig noch nichts gehört. Carolyn kannte sie nicht; in Hyland konnten Kinder miteinander befreundet sein, ohne sich daheim zu besuchen. Sie trafen sich woanders, um zu tun – was sie eben so taten. Er sei auf dem Sportplatz, schon seit Schulschluß. Carolyn konnte hören, wie sie höflich ihre Neugier unterdrückte. Sie dankte und legte auf. Gab es nicht so einen Autoaufkleber, der einem ein schlechtes Gewissen machen sollte mit der Frage: WISSEN SIE, WO IHR KIND GERADE IST?

»Sollen wir mal hören, ob das Radio was bringt?« fragte Judith. Seit einer Weile beäugte sie ihre Mutter mit einer seltsamen Besorgnis. Ihr leichtes Lächeln war so festgewachsen, wie es früher immer gewesen war, wenn sie mit ihren Puppen sprach, eine etwas übertriebene Freundlichkeit und Geduld. Eine gewisse Behutsamkeit.

»Warum nicht?«

Judith fand über Musik und läppisches Diskjockey-Geschwätz schließlich den Lokalsender, der Muzak spielte. Es war noch lange nicht Nachrichtenzeit. Carolyn lachte finster. »Man kann nicht erwarten, daß die genau beim Einschalten über das reden, was einen gerade beschäftigt«, sagte sie.

»Im Kino ist das aber so«, widersprach Judith. »Und dann hören sie sich immer nur die Hälfte an und werden wütend und schalten wieder aus.« Sie löffelte das dunkle Chili aus der blauen Schale, als hätte die Aufregung ihren Appetit noch gesteigert. Carolyn sah ihr wie hypnotisiert zu. Sie hatte das Gefühl, als wäre sie aus ihrem Körper herausgetreten. Da sie von nirgendwoher an das Problem herankam, saß sie nun da, die Ellbogen auf dem Tisch – ausgesperrt, leer, verwirrt. Das war für sie so ein ungewohntes Gefühl, als hätte sie einen Schlag auf den Kopf bekommen oder kämpfte sich am frühen Morgen aus dem Schlaf, während es draußen noch dunkel war.

Da erschien Ben in der Küchentür.

»Was?« fragte sie, hochfahrend. »Wo ist ...«

Er schüttelte den Kopf, nein. Nein, ich habe ihn nicht gefunden? Nein, ist das schrecklich? Nein, stimmt alles nicht? Aber sein Blick war erschreckend.

»Ich glaube das nicht.« Carolyn zwang sich zur Ruhe. »Was ist los? Warum stehst du so da?«

Er schwieg noch und riß seinen Parka auf. Er hatte die Handschuhe nicht an, sie waren in die Taschen gestopft. »O Gott, Carolyn! Er hat den Wagenheber benutzt.«

»Was heißt das, er hat den Wagenheber benutzt? Wovon sprichst du?«

»Na schön, also *jemand* hat ihn benutzt. Er lag im Kofferraum, wo er hingehört, beim Reserverad. Aber er war... er ist nur so hineingeworfen worden, ganz naß war er, und im Kofferraum war eine Menge geschmolzener Schnee, und...«

Sie war einen Schritt zurückgewichen. »Wo ist er jetzt?«

Er schüttelte den Kopf, als hätte er Wasser in den Ohren. »Du brauchst ihn nicht zu sehen. Glaub mir nur.«

»Um Himmels willen, Benny, wovor willst du mich schützen? Was ich in meinem Leben schon alles gesehen...«

»Bitte. Und Judith.«

Judith trat wie aufgerufen neben ihre Mutter, und ihre Hand griff nach Carolyns.

»Dann sag mir, wofür er ihn deiner Meinung nach benutzt hat – was hast du daran gesehen?«

»Blut.«

Sie riß die Augen auf. »Blut.« Sie ließ es langsam in ihren Kopf dringen, behutsam. »Bist du sicher, daß es kein Öl oder so was Ähnliches war? Warum bist du so sicher, was du gesehen hast?«

Er schloß die Augen, als könnte er es so besser sehen. »Ich habe ihn mir so genau angesehen, wie ich mußte. In der Öffnung, wo das Schneckengewinde ist. Außen war er saubergewischt, aber innen ist er nicht herange...«

»Kann das nicht Nässe sein? Ben! Wenn das Ding im Schnee gelegen hat, kann es doch einfach nur naß sein. Er muß einen Platten gehabt haben, oder er mußte die Räder aus dem Schnee hochwinden, vielleicht war er steckengeblieben.« Es war ihr zuwider, wie er diese Sache anging, als hätte er etwas davon, ihr zu beweisen, daß er recht hatte: Er glaubte sie belehren zu müssen.

»An den Muttern klebten Haare, die hatten sich darin verfangen. Lang und hell. Blond. Ist sie nicht blond?« Seine Stimme zitterte.

Sie taumelte, als hätte sie einen Stoß bekommen, und hielt sich am Tisch fest.

»Und noch ein Handtuch. Ein zerrissenes Hemd. Der alte blaue

Rucksack, du weißt doch, daß er einen neuen bekommen hat, weil die Schnalle kaputt war. Das war alles da drin – und überall Flekken darauf. Die waren noch feucht.«

»Wie bist du denn darauf gekommen, da reinzusehen?« Sie fühlte sich besiegt.

»Ich weiß es nicht. Ich wollte schon wieder herkommen, so sicher war ich, daß nichts im Auto war, und da war ja auch nichts. Ich dachte nur... ich wollte gern zu Fran sagen können, das *ganze* Auto ist sauber, verstehst du? Ein Schlamperparadies, aber... na ja, eben *unverfänglich*. Und da habe ich schnell noch den Kofferraum aufgemacht, der Gründlichkeit halber. O Gott – aber es war doch gut, daß ich das gemacht habe, oder?«

Sie blitzte ihn wütend an.

»Nicht doch, Carolyn. Sieh mich nicht so an, als meintest du, ich wäre froh darüber.«

»Jedenfalls scheinst du sehr stolz auf deine kriminalistischen Fähigkeiten zu sein.« Er löste die Puzzles, das war's. Er hatte immerhin das Gefühl, etwas zu *tun*.

»Bitte nicht.« Er ging zum Spülstein und begann sich hingebungsvoll die Hände zu bürsten. »Wenn ich mir vorstelle, daß ich schon Fran anrufen und ihm sagen wollte, er kann das Auto haben, ich war ja so...«

»Das ist doch alles reine Spekulation.« Sie starrte das Stilleben auf dem Tisch an, hielt aber Abstand. »Du hast nicht die leiseste Ahnung, was das alles bedeutet.«

»Es ist Blut im Wagen, Carolyn«, begann er ruhig, ohne sich zu ihr umzudrehen. »Er muß den Wagenheber hineingeworfen haben und abgehauen sein, und ich kann nicht sagen, ob auch noch etwas im Teppichboden war, der ist...« Er schüttelte stumm den Kopf.

»Aber wieso ist der Wagen hier, wenn er so was gemacht hat? Der Wagen hier, und er nicht. O Gott, ich weiß, daß ihn jemand in seiner Gewalt hat, anders ist das nicht zu erklären. Man hat ihn gezwungen, nach Hause zu fahren, ich weiß nicht warum, und – du kannst doch nicht annehmen, daß er etwas mit diesem Wagenheber zu tun hat, Ben. Das kannst du nicht.«

Ben kam wieder an den Tisch. »Ich habe ihn in meine Werkstatt gebracht. Die Stoffteile habe ich verbrannt, die sind weg, aber den Wagenheber, den habe ich auseinandergenommen.« Von Judith kam ein ungläubiger Ton.

Carolyn stand in der Zimmermitte, sie hatte nichts in den Händen. »Was willst du damit sagen?«

»Ich will damit sagen, daß die den nicht sehen müssen. Es wird nichts nützen. Man kann ihn nicht draußen vergraben – ich meine, solange noch Schnee liegt, da müßte er schon schneller schmelzen, als er das bei dieser Temperatur tut – was haben wir denn? Ein paar Grad unter Null.« Er sah durchs Fenster nach dem runden Thermometer, das draußen an einen Baum genagelt war. »Das blöde Thermometer ist ganz zugeschneit. Ich hätte ja einfach die Fingerabdrücke abwischen können, aber ...«

»Ben, du redest wirres Zeug, ich weiß überhaupt nicht, wovon du sprichst. Komm wieder zurück.« Sie wedelte mit der Hand vor seinen Augen, als zweifelte sie an seiner Zurechnungsfähigkeit. »Beruhige dich.«

Sein Blick war ungeduldig. »Ich habe ihn mitten in meinen Haufen Kram getan, altes Werkzeug und so ... auseinandergenommen und einfach daruntergemischt, verstehst du, das sind doch lauter verstaubte alte Geräteteile und Schrott. Keiner käme auch nur auf die Idee, da zu suchen, und wenn doch, würden sie nichts damit in Verbindung bringen. Du weißt ja. Unter diesem Gerümpel sind noch alte Arbeitshandschuhe und Keile und lauter so Zeug.«

Carolyn warf einen raschen Blick zu Judith. »Aber damit machst du dich doch zum Komplizen.« Sie haßte es, in Gegenwart der Kinder auch nur die kleinste Notlüge zu gebrauchen: »Leider können wir nicht kommen, wir haben an diesem Abend schon etwas vor.« Und nun hörte Judith ihren Vater eine kriminelle Handlung planen und es auch noch offen zugeben. Sie mußte mit ansehen, wie er alles kaputtmachte. Am liebsten hätte Carolyn sich zwischen sie gestellt, die Arme ausgebreitet, wie eine Mauer. Judith stand mit gesenktem Kopf da und starrte auf den verschmierten Boden ihrer Suppenschale. »*Ben*, hast du dir überlegt, was du da tust? Warte doch mal einen Moment – laß uns darüber beschließen, was ...«

»Was gibt's da zu beschließen?« Er sah sie kalt an. »Worum genau geht es denn, bitte?«

Sie konnte das nicht. Daran auch nur zu denken, war unmöglich. Das alles passierte jemand anderem, es war so irreal, daß ihr schwindlig wurde. Woher wußte er, daß er nicht etwas vernichtet hatte, was sie zu Jacobs Versteck führen konnte, wo immer das war? Versteck? Oder wurde er festgehalten? Woher konnte er das wissen? »Und ich soll es erst gar nicht sehen? Nichts von allem?«

Er sah sie mit einem Blick an, der unter anderen Umständen hätte zärtlich sein können, aber in diesem Augenblick wirkte er nur herablassend. »Ganz recht. Die Sachen sind gut aufgehoben.«

Sie stampfte mit dem Fuß auf und kam sich vor wie ein kleines Kind, dem man seine Bonbons weggenommen hat. »Gut aufgehoben.«

Ben sah sich mit wildem Blick um. Er war ein kräftiger Mann und konnte bedrohlich wirken, wenn er wollte, mit dem Bart und den Schultern, den stämmigen Beinen und der Holzfällerbrust. Aber wenn Carolyn auch fand, daß er von seiner Stimme allzu wüsten Gebrauch machte, nutzte er doch nie seine Kräfte aus, hob nie auch nur die Hand. Jetzt bückte er sich neben den Ofen und nahm die schmiedeeiserne Zange, die auf der Holzkiste lag. Lange betrachtete er sie mit gerunzelter Stirn. Es war so eine Scherenzange, ähnlich wie das Gitter, das sie früher vor die Treppe gestellt hatte, damit die Kinder nicht hinunterfielen. Sie sah, wie er die schwarze Zange hoch über den Kopf hob und vor sich niedersausen ließ wie eine Axt. »Halt, nein. Warte. Noch besser.« Er drehte sich um, dann schwang er die Zange seitlich wie ein Schlagmann, der den Ball ins Aus jagen will. »Ja, so.«

Sie schlug die Hände vors Gesicht.

»Daddy«, schrie Judith. »Das ist ja schrecklich, was du da machst! Laß das!« Die Tränen waren an ihren Lidern erstarrt, von Abscheu dort festgehalten.

Aber Ben sah genauso angewidert aus. Er warf die Zange hin, riß das Geschirrtuch vom Haken und wischte sich das verschwitzte Gesicht damit ab.

»Ben, hör zu.« Carolyn hatte ihre Arme um den Leib geschlungen, damit ihr warm wurde. »Es gibt so viele Möglichkeiten, daß ich glaube, wir sehen das allzu dramatisch.« Sie wollte dem Ganzen noch eine Art Logik überstülpen, auch wenn es gerade ihren Händen entglitt. »Er ist mit dem Wagen steckengeblieben und brauchte etwas aus dem Kofferraum, vielleicht als Hebel. Oder um den Wagen hochzuwinden. Ich weiß es nicht. Er hat mit dem Wagenheber gearbeitet und sich dabei verletzt. Vielleicht lag sie unter dem Wagen und wollte helfen, und da ist er auf sie gefallen?« Die Unbekümmertheit, mit der sie das vortrug, bereitete ihr Übelkeit. Und noch während sie sprach, wußte sie, daß es nicht zu dem paßte, was sie gesehen hatte: Das Mädchen war nicht von einem Auto zerquetscht worden, jemand hatte sie niedergeknüppelt, jemand, der sie zumindest in diesem Augenblick haßte. Aber warum mußten sie annehmen, daß es Jacob gewesen war? Warum war er sich der schlimmsten Möglichkeit so sicher, und der unwahrscheinlichsten? »Ich weiß jedenfalls, daß die Wahrheit meist seltsamer ist, als sie auf den ersten Blick aussieht. Paß mal auf...« Sie suchte nach einem Beispiel. »Letzte Woche war eine vollkommen hysterische Mutter mit ihrem Töchterchen bei mir, dessen Hände bis über die Gelenke ganz blau waren, habe ich dir das nicht erzählt? Es ist herrlich.« Ihr Lachen loderte auf mit der Kraft einer Flamme, die ihr ein Stück Papier aus der Hand reißen würde.

»Und sie sagte, sie hätte geschrubbt und geschrubbt, aber es gehe einfach nicht weg, also sei es offensichtlich etwas Innerliches, und sie war...«

»Himmeldonnerwetter«, sagte Ben und stampfte so heftig mit dem Fuß auf, als wollte er sie zertreten. »Him-mel-don-ner-wetter!« Er warf das verschmutzte Tuch auf den Spültisch. »Sag mir mal, ob du seine Handschuhe erkennen würdest, wenn du sie sähst. Die grauen Wollhandschuhe? Würdest du sie auch erkennen, wenn sie mit Blut getränkt wären?« Sie schnappte nach Luft, als hätte er sie ihr vor die Nase gehalten. »Entschuldige«, sagte er leise und wandte sich ab, wie um nicht sehen zu müssen, was er angerichtet hatte. »Liebling, ich wollte es dir nicht sagen, aber ich habe sie in den Ofen gesteckt. Ich – wie soll ich es sonst nennen? – hab sie vernichtet. Blutbefleckte Finger, Carolyn.«

Aber sie schüttelte immer weiter den Kopf dagegen an, immer langsam von einer Seite auf die andere: nein. Dann fiel ihr ein, daß sie eine Stimme hatte. »Nein«, sagte sie. »Du hast dich geirrt. Es gibt viele Handschuhe, die...«

»Du kannst mich rufen«, sagte er leise, »wenn du soweit bist, daß du dich der Wirklichkeit stellen kannst.« Er verschwand ins Wohnzimmer, und sie hörte seine Schritte auf der Treppe.

»Judith«, sagte Carolyn zu ihrer Tochter, die noch am Tisch stand, totenbleich im Gesicht. Sie hatte lange gebraucht, um überhaupt Worte zu finden. »Wenn ich auch nur annähernd verstehen könnte, warum dein Vater so darauf versessen ist...«

»Laß, Mama. Sag's bitte nicht.« Judith kratzte mit dem Suppenlöffel auf dem Grund ihrer leeren Schale herum. Sie wollte Carolyn sagen, sie solle nicht egoistisch sein. Sie wollte ihr sagen, das sei unangebracht. »Streitet bitte nicht. Es ist schon schlimm genug.«

Ben

Am Abend kam dann endlich Wendell. Wendell Bye, König der Yuppie-Anwälte, der es als sorgsamer Hüter der bescheidenen Habe seiner Mitbürger inzwischen zu einem Jacuzzi, einer Zehn-Meter-Jacht und einer hübschen Jagdhütte im Wald gebracht hatte, wo er Hirsche mordete, aber er machte das gefühlvoll, wie ein religiöses Ritual, mit dem Gewehr seines Vaters.

Er schüttelte beim Eintreten geziert wie eine Katze – große Männer tun das – den Schnee von den Schuhen. Er brachte seine Frau Steph mit; dies war mehr als bloßes Geschäft. Wir gaben uns mit einer gewissen Förmlichkeit die Hand, als hätten wir etwas zu besiegeln. Als die Frauen sich in die Arme fielen, hörte ich Stephs sanft tröstende Stimme, die sie für ihre Söhne parat hatte, wenn sie hingefallen waren. Wendell ist eine raumfüllende Persönlichkeit, meist eine beruhigende; er war Stürmer am Dartmouth gewesen, und alles an ihm, seine schweren, an den Winkeln erschlaffenden Unterlider, sein Kinn, Schultern, Handgelenke so dick wie die Arme, das alles erinnerte mich an die massige Beweglichkeit eines Bernhardiners. »Ihr habt noch nichts gehört?« fragte er, während er das Zimmer betrat.

Carolyn antwortete noch in Stephs Armen: »Wendell, wir wissen nicht einmal, ob *er* wohlauf ist, es ist gar nicht unmöglich, daß er irgendwo in der Patsche sitzt.«

Er nickte. »Auch wenn man annehmen sollte, daß den meisten ein Mädchen als Geisel lieber wäre ...«

»Aber wer weiß, was dem vorausgegangen ist. Vielleicht sind sie weggelaufen, weil ...« Die Möglichkeiten zogen an uns vorüber wie eine Sammlung von Fotos, wie Kombinationen denkbarer Zahlen, Geschlechter, Typen. Ich vermute, daß wir sie alle in derselben Unordnung sahen.

»Stimmt«, meinte er zögernd. »Nur allzu wahr. Dann sollten wir alle Hebel in Bewegung setzen, um ihn zu finden.«

»Wir?«

»Man, hätte ich sagen sollen. Man.«

Ich hatte plötzlich das schlimme Gefühl, daß er uns überhaupt keine Hilfe sein würde.

Und ich hatte recht. Als Carolyn ihm nahelegte, mich zu rüffeln, weil ich Fran »Schwierigkeiten« gemacht hatte, bekam ich meinen Rüffel. Er war ein braver Pfadfinder.

Bevor Wendell anfing, seufzte er, als wäre ich nur der Anlaß eines kleinen Ärgernisses. Derweil hing da draußen das Leben meines Sohnes an einem seidenen Faden. Aber ich verstand: Irgendwie war das alles zu ernst, um in uns den nötigen Ernst zu wecken – ich konnte es ihm ebenso verzeihen, wie ich mir selbst verzeihen mußte.

»Ben. Da gibt ein Mann seinem Freund, dem Polizeichef, einen Tritt in die Weichteile, und das spricht sich herum. Was erwartest du denn?« Er wandte sich pflichtbewußt an Carolyn und sagte, was sie von ihm hören wollte. »Sieh mal, Carolyn, ich weiß, daß Ben dieses Städtchen liebt, weil es so klein ist, ich meine, hier hat jeder seine Nase unter jedermanns Hemd, und Ben findet das anheimelnd.«

»Wie wär's mit gesund?« warf ich ein. »Wenn Ben es nun einfach gesund findet, daß Menschen aneinander Anteil nehmen, wie es in New York City keiner mehr tut? Könnte das nicht sein?« Ich stellte mir dieses Städtchen vor wie eine Art Flechtschnur, so viele Menschen, so viele Erfahrungen kreuz und quer und eng ineinander verflochten. Ich wußte noch nicht, welch eine Schlinge daraus werden konnte.

Er zuckte die Achseln. »Ist ja egal. Ich weiß nur, daß Neuigkeiten sich hier schneller verbreiten, als der Regen fällt, und du kannst sie nicht vorsortieren, wie es dir paßt. Das ist die andere Seite der Anteilnahme. Du kannst nicht...«

»Wendell«, sagte ich so geduldig, wie ich konnte, und damit war es nicht weit her. »Ich habe dich kommen lassen, damit du uns berätst, nicht um einen Vortrag über die Soziologie der Kleinstadt zu hören.«

Er fühlte sich gemaßregelt. »Kannst du mir das Auto zeigen, Schlaumeier?«

Ich sah ihn nur an. Ich wollte nicht unverschämt sein, ich versuchte nur abzuwägen, ob ich ihm restlos vertrauen konnte, und am Ende war es mir zu riskant.

»Hör mal, Ben, das kannst du mit mir nicht machen. Zunächst einmal bin ich dein Freund. Und ich habe Jacob sehr gern, herrje, ich hab mir jeden einzelnen seiner Auftritte im Schultheater angesehen, und letztes Jahr habe ich ihm einen Fünfziger beim Radmarathon zugesteckt. Soviel Geld gebe ich nämlich nicht jedermanns Kind.« Jetzt sollte ich wohl mit ihm lächeln. »Aber zweitens solltest du wissen, daß du nicht bei jedem, der dir helfen will, diese Pose eines gehetzten Tieres einnehmen kannst. Ihr beide werdet das bestimmt nicht allein durchstehen wollen, glaubt mir. Ihr würdet darüber verrückt werden und einander in Stücke reißen, und Jacob auch, sowie ihr ihn wieder zu Hause habt. Spiel mit der Wahrheit nicht Verstecken. Du besitzt zuwenig davon, um sie tröpfchenweise auszuteilen.«

Gerade wenn man Einfühlungsvermögen braucht, kriegt man Ansprachen aus der Dose. Wo fand ich nur jemanden, dessen Urteil gefestigter war als meines und nicht so verdammt sentimental? Natürlich regte ich mich zu sehr auf, das war doch mein Markenzeichen. Aber ich wußte, was ich wollte: einen weisen Ratgeber, der mir den Mund mit Takt und Logik verschloß.

Ich sollte ihm wohl jetzt besser etwas in die Hand geben. »Ich habe nach Fußspuren gesucht, aber der Schnee...«

»Eben«, sagte Wendell arglos. »Dieser blöde Schnee.« Und

natürlich sah er Carolyn an, die schon den Mund öffnete, um etwas zu sagen.

»Einige der...«, begann sie. Gleich würde sie ihm das mit dem Wagenheber erzählen.

»He!...« Es kostete mich einiges, aber ich hob warnend den Finger.

Und bekam, was ich erwartet hatte. »Was soll das? Was wagst du mir zu sagen, Ben Reiser?« Sie starrte immer noch auf meinen Finger, auch als ich ihn wieder herunternahm, und das mit dem Blick, den viele Frauen für ihren Mann reservieren, wenn er sie gerade geschlagen hat. »Du maßt dir schon an, mir zu sagen, wann ich reden darf und wann ich still zu sein habe?«

Aus dem Augenwinkel sah ich, wie Steph näher an Wendell heranrückte: in Solidarität, in Exklusivität.

Carolyn hatte die Augen zusammengekniffen, und ich dachte, sie werde gleich mit den Fingernägeln auf mich losgehen, obwohl das, wie ich wohl nicht extra sagen muß, nicht ihre Kampfmethode war. »*Deinen* Mund kannst du halten, wenn du willst, aber um meinen kümmerst du dich besser nicht.« Ihre Stimme war ganz dünn vor Wut.

Das Telefon klingelte und erlöste mich. Carolyn war mit einem Satz dran. Wir mußten lange warten, ehe wir erfuhren, ob es etwas Neues gab. »Wer ist da?« fragte sie tonlos, fragte es noch einmal. Ich sah, wie an ihrer Wange eine Ader unregelmäßig zu pochen begann. »Also, egal wer Sie sind, ich hoffe, Sie schlafen gut heute nacht, Sie sind ein Mensch von wahrem Mitgefühl. Der erste, der uns alles Gute wünscht, jawohl, sind Sie nicht stolz darauf? Sie haben zwar nicht viel Verstand, aber Ihre Reflexe sind ungeheuer schnell.« Als sie den Hörer auflegte, waren ihre Wangen naß.

»Es ist kalt«, sagte Judith unvermittelt. Ich weiß nicht, ob sie es wirklich meinte oder ob sie nur ihre Mutter abzulenken versuchte – ich sagte mir, es gibt so vieles, was Menschen nur so daherreden; ich brauchte nicht jedes Motiv zu analysieren.

»Na gut.« Carolyn setzte eine entschlossene Miene auf und nahm einen Packen Zeitungspapier aus der Holzkiste, in der wir es aufbewahren. »Guck mal, Wendell, wir sind von Anmachholz völlig abgekommen. Macht ihr das auch so? Das ist die Cape-Cod-Rolle.« Sie zählte acht oder neun Zeitungsblätter ab und begann sie von einer Ecke aus zusammenzurollen.

»Acht scheinen das Optimum zu sein, nach empirischen Untersuchungen, vorgenommen hier im Haus. Forschungslabor Reiser Ltd. Es müssen aber große Blätter sein – weißt du, wer Boulevardblätter liest, verdient ja nicht, es warm zu haben. Oh, sagt man so was nicht?« Sie kicherte. »Macht keine gute Presse, was?« Sie legte sich die Hand auf den Mund. »Aber sieh mal, es ist doch das perfekte Ende für die New York Times. Vielseitig verwendbar, von der Frühstückslektüre bis zum Gartenmulch. Ben muß allein für den Garten etliche Bäume verbrauchen, und nun seht mal, hier tritt sie sogar den allerletzten Opfergang an, nur damit wir es warm und gemütlich haben! Guck – dann dreht man das Ganze, formt es zu einem großen Bogen und macht – na gut, vielleicht vier, ich weiß auch nicht, warum ich da so penibel bin ... kommt ganz darauf an, und dann viel Sauerstoff ...« Sie schlang die langen Enden umeinander und zog die groben Knoten so fest, wie sie konnte. Sie sahen aus wie große weiße Vögel mit spitzen Flügeln.

Steph warf mir einen langen, gequälten Blick zu und faßte Carolyn sanft bei den Schultern. »Carolyn, Liebes.« Sie drückte sie an ihren üppigen Busen. »Laß es jetzt gut sein. Versuch mal einfach zu entspannen.«

Carolyn riß sich lachend los. »Verlaßt euch drauf, ich werde noch Anweisungen geben, wenn man mich schon abführt!« Sie wischte sich mit dem Handrücken übers Gesicht, eine für sie untypische Gebärde, ein bißchen plump, vielleicht auch nur ein bißchen kindlich. Ich weiß noch, wie unsere Kinder sich mit geballten Fäusten die Augen rieben, wenn sie müde wurden; dann überschritten sie eine Grenze, und plötzlich waren ihre Gesten anders.

Mich überkam eine solche Zärtlichkeit – für Carolyn, die Kinder, für *damals*, was weiß ich – daß ich ganz erschöpft davon war. Ich hätte in diesem Augenblick alles hingegeben, was ich besaß, nur um allein irgendwohin gehen zu können und keine Fragen mehr beantworten, nichts erklären, nichts rechtfertigen zu müssen. Aber wenn ich nicht über mein Leben nachdenken konnte, worüber würde ich nachdenken? Ich konzentriere mich nicht auf Holz in einem Vakuum, oder Formen draußen in der leeren Luft. Immer sind Zuschauer da. Diese Bäume, die keinen Lärm machen, wenn sie im leeren Wald umstürzen, das sind meine Skulpturen in einem Raum, der keine Augen hat.

Wendell hatte gesagt, es werde Fran ein bißchen Paragraphenfuchserei kosten, seinen Durchsuchungsbefehl zu bekommen. Er müsse erst hingehen und einige Formulare ausfüllen, dann einen Richter finden, der sie unterschrieb – wir wohnten zu weit weg vom nächsten Staatsanwalt, um einen solchen zu benötigen –, und dann habe er Anspruch auf das Auto und alles, was darin sei. Ich komplimentierte ihn und Steph so schnell wie möglich hinaus, dann machte ich mich auf die Beine. Ich goß eine Tasse schwarzen Kaffee hinunter wie ein Läufer, der mit einem Iso-Drink auftankt, um Kraft in die Muskeln zu bekommen. Carolyn telefonierte mit ihrer Freundin Celene und murmelte mit sanfter Stimme, wie ein Täubchen, kleine Halbsätze in den Hörer. All ihre Autorität war dahin. Vor Celene brauchte sie nicht die Haltung zu bewahren, sie ließ sich einfach gehen, hilflos, schlapp und müde und verwirrt. »Es ist einfach nicht möglich, ganz und gar unmöglich, Celene; was ich gesehen habe ... irgend etwas ist hier rätselhaft, Celene«, hörte ich sie sagen, jedesmal ein wenig Schwung holend, der ebenso schnell wieder verpuffte. Ich fragte mich, was Celene darauf nur zu antworten wußte.

Und ich fragte mich, ob wir nicht besser die Leitung freihalten sollten, falls jemand anrief, der uns etwas Neues mitzuteilen hatte, uns sagen wollte, was wir lockermachen müßten, um ihn wiederzubekommen. Lösegeld. Kaution.

Auf dem ganzen Weg zur Garage war mein Mund noch warm und bitter vom Kaffee. Ich schloß die Garagentore. Sie gingen nicht ganz zu, und obwohl es inzwischen später Abend war, sorgte ich mich ein wenig, daß Nachbarn, die hier vorbeikämen, sich wundern könnten, weil sie die Garage noch nie geschlossen gesehen hatten, und vielleicht herkommen und den Kopf durch die Lücke zwischen den Toren stecken würden. Aber niemand schaute herein, zumindest sah ich keinen. Zuvor schon hatte ich den Rucksack, das T-Shirt und das Handtuch mit größter Vorsicht herausgenommen, sie an mich gedrückt wie Kostbarkeiten und zu dem hübschen kleinen Werkstattofen getragen, den ich Fran beschrieben hatte; er war noch immer ganz schön heiß von vorhin. Das ganze Zeug ging sofort in Flammen auf – den Rucksack ließ ich draußen, ich schnitt ihn mit meiner langen Schere in Streifen und warf sie auf den Stapel von Abfällen, die ich in meinen Geschöpfen verarbeitete und begrub – und im Handumdrehen war alles nur noch Asche; sicherheitshalber rührte ich dann auch noch die Asche durcheinander. Jetzt leuchtete ich in der Garage mit meiner Campinglaterne den Teppichboden im Kofferraum ab, aber ich sah kein Blut darauf – der ganze Unrat, den Jacob darauf gelagert hatte, war zu einem richtig festen Nest zusammengebacken, Dank sei – wem auch immer. Ich war noch nicht soweit, Gott ins Spiel zu bringen.

Doch die Erinnerung an die Flecken schwebte wie ein Gespenst im Raum, als hätten sie eine Stimme, die selbst in ihrer Abwesenheit »Ich war hier« flüsterte. Wenn Blut darin war, der bloße Hauch eines einzigen Spritzers, konnte es unser beider Ende sein. Himmel.

Nun war ja das ganze Auto ein solcher Saustall, daß man ohne weiteres unterstellen konnte, er habe nicht einmal einen Teppichboden im Kofferraum gehabt. Es war ein Risiko, das sich einzugehen lohnte. Ich riß ihn heraus – für mich sah er sauber aus, aber was verstehe ich schon von blutschnüffelnden Hunden, blutschnüffelnden Chemikalien? Wenn es nun so einen forensischen Zampano gab, der noch den hundertsten Teil von nichts entdeckte? Ich schleppte das Ding in die Werkstatt, vorsichtig, damit es nicht auf dem Boden schleifte, als Wegweiser zum Fundort. Brennender Teppichboden stinkt fürchterlich – ich ging mit einem Passepartoutmesser daran, und als ich lauter Streifen und Ecken hatte, schief und unregelmäßig, brachte ich sie zu meiner Lumpensammlung und wühlte sie darunter wie in einen Komposthaufen. Ich wühlte dabei den ganzen Haufen um, als wollte ich ihn lüften. Goldbrokat schimmerte mir entgegen, ein prächtiger Stoff vom Flohmarkt der Methodistenkirche – irgendwer hatte das wohl einmal wirklich getragen, Judith pflegte sich so etwas früher für ihre Verkleidungskiste unter den Nagel zu reißen, tief beeindruckt davon, daß irgendwer es sich einmal im Ernst gekauft hatte. Ich schnitt mir immer gern etwas davon ab, wenn ich für eine Collage etwas Glänzendes brauchte; dann bereitete ich es auf, trennte es säuberlich von seinem Umfeld, bis es keine geschmacklose Unterwäsche mehr war, sondern ein herrlicher goldener losgelöster Lichtstrahl. Es war das Prinzip, auf das ich baute: all diese Formen und Farben und Materialien von ihrem Zweck zu befreien und ihnen eine zweite Chance zu geben; die graubraunen Stücke sahen nicht seltsamer aus als das meiste andere, die Schachtel mit den gelben Reißverschlüssen, die Wolle, die Chintzvorhänge, aus denen ich erst letzte Woche große rosa Blumen mit Blättern wie Seerosenkissen geschnitten hatte. Mein Herz klopfte so stark, daß ich es förmlich pumpen sah, wie den Kehlsack eines Frosches. Welch ein schlechter Witz, dachte ich, diesen Teppich in Dreiecke und Streifen zu zerlegen: die Wirklichkeit zu demontieren. Der Himmel sei mir gnädig.

Mein Lumpenhaufen war der Zwilling des Holz- und Metallhaufens, der den Wagenheber stückweise verschluckt hatte. Ich hatte einen weichen und einen harten Hügel, aus denen ich Stück für Stück meine Geschöpfe zusammensetzte. Ich vermutete, daß sie auf die meisten normalen Menschen abstoßend wirkten, aber ich zwang mich, einmal stillzustehen und *hinzusehen*. Konnte ich mich irren, luden sie vielleicht erst recht dazu ein, sie besonders genau unter die Lupe zu nehmen? Es war genug zerbrochenes Geschirr darunter, um Julian Schnabel ein Jahr lang glücklich zu machen, und durchgerostetes Gartenwerkzeug, die freigelegten Flügel eines alten Ventilators, ausgefächert wie Fischgräten ... ich muß euch sagen, ich war noch nicht bereit zu tiefergehenden Fragen wie: Kann ich es wagen? *Soll* ich es wagen? Ich dachte nur: Hier wird Fran Conklin nie die Hand hineinstecken. Der Müllhaufen eines Irren, wird er denken – ekelerregend, organische Abfälle, stinken schon nach Verwesung. Ihm würde dieses Tohuwabohu vorkommen wie mein Kopf von innen, und er war nicht der Mann, der sich mit dem Inhalt näher beschäftigen würde. Darauf setzte ich unser aller Leben.

Auch anschließend, in der Garage, erschien Irreführung wieder als einzige Zuflucht. Ich hatte noch einen Wagenheber in dem anderen Auto, ein tolles Apparätchen, das ich letztes Jahr bei einem Ausverkauf erstanden hatte. Er nannte sich »Jack in the Box« und war auch der reinste Kastenteufel, ein zusammenlegbarer kleiner Heber in einem roten Metallbehälter von der Größe eines Erste-Hilfe-Kastens, viel kleiner als ein ausgewachsener Wagenheber, nur jeweils für ein einzelnes Rad gedacht, und er bestand aus lauter Einzelteilen, die man bei Bedarf an Ort und Stelle zusammensetzen mußte. Er war so ungefähr die letzte tödliche Waffe, die man sich vorstellen konnte, und blitzsauber. Ich wußte selbst nicht so genau, wozu das gut sein sollte, aber ich fand, es könne nicht schaden. Ich legte ihn ordentlich neben den Kreuzschlüssel und die übrigen Utensilien für den Radwechsel (die ich säuberte und dann ausgiebig mit meinen eigenen Fingerabdrücken versah, um zu demonstrieren, daß ich der einzige war, der hier je ein Rad wechselte). Ich verschmierte reichlich Fett auf dem nackten Blechboden und verteilte weitere Anzeichen allgemeiner Schlampigkeit, die mir jeder ohne weiteres zutrauen würde (obwohl ich es im Grunde übertrieb). Dann warf ich noch ein paar große Holzscheite hinein, regelrecht mit Sägemehl paniert, ein paar abgesägte Vierkanthölzer, ölgetränkte Lappen und Werkzeug und sonstigen Müll, der bei meinem Gewerbe so anfiel. Jeder, der irgend etwas handwerkelte, und das war so gut wie jeder in Hyland – jeder Mann –, würde das verstehen, wenn auch die meisten sich als die Ordnungsfanatiker, die sie waren, über solche Liederlichkeit moralisch entrüsten würden. Aber mit gelüfteten Geheimnissen dieser Art konnte ich leben.

Zufrieden mit der Ferkelei, die ich angerichtet hatte, öffnete ich die Garagentüren auf den mondgetränkten Schnee, und gerade rechtzeitig. Schon kam Fran mit seinem Durchsuchungsbefehl, um sich das Auto von innen und außen zu besehen. Ich ließ ihn gewähren und mischte mich nicht ein. Er freute sich angeblich, daß ich »doch noch zur Vernunft gekommen« sei; ich sagte, ich hätte ja wohl gegen ein Stück Papier keine Chance. »Papier umhüllt Stein. Schere schneidet Papier«, sagte ich, aber ich glaube nicht, daß er es kapierte.

Er ging hinein mit seinen zwei stummen Gehilfen, die ihm die Kreispolizei geschickt hatte, zwei vierschrötigen jungen Burschen mit sehr kurzen Haaren – ich hätte nicht sagen können, ob er ihnen assistierte oder sie ihm, sie murmelten alle in einer fremden Sprache, steckten die Köpfe zusammen und nahmen ausgiebig Fingerabdrücke von innen und außen. Oder versuchten es – ich hatte mich nicht entscheiden können, ob ich den Trödel von den Sitzen räumen sollte, und zuletzt beschlossen, ihn im Urzustand zu belassen. Aber aus reiner Lust am Widerstand sagte ich, wie gern ich den Wagen für ihn gewaschen und poliert hätte.

»Danke für die gute Absicht, Ben«, sagte Fran und beäugte mißtrauisch das Autodach, um zu sehen, wie sauber es wirklich war.

»Aber vergessen Sie den Schönheitswettbewerb – uns geht es hier um Wichtigeres.« Er seufzte wie unter einer schweren Last. »Ich sehe, daß Sie sich noch immer alle Mühe geben.«

Ich lächelte zufrieden.

Er hatte nicht vor, den Freund zu spielen. »Bilden Sie sich nicht ein, ich merke nicht, was Sie hier treiben, Ben. Für die Art Obstruktion sind schon Leute wegen Beweismanipulation ins Kittchen gegangen, falls Sie das nicht wußten.«

»Manipulation? Was für Manipulation? Sie haben aus diesem Auto eben einen ganzen Sackvoll widerliches Pennälergerümpel herausgeholt, ich habe da nichts angerührt!« Das stimmte. Ich fühlte mich ganz sicher in meiner Ehrlichkeit.

»Aha, und was treiben Sie dann hier?«

Ich machte große Augen. »Ich sehe mir den Wagen an, auf den Sie so neugierig sind. Habe ich nicht das Recht, mich mit eigenen Augen zu überzeugen?«

»Wie lange sind Sie schon hier?«

Ich war nicht sicher, ob er das Recht hatte, mir solche Fragen zu stellen, aber mir wurde etwas schwummrig. Wer versteht denn schon wirklich etwas vom Strafrecht? Das ist wie mit dem Körper, dachte ich ratlos. Wenn ich Sie frage, wo Ihre Bauchspeicheldrüse sitzt, können Sie es mir wirklich sagen? Also riskierte ich lieber nichts. »Ich bin erst vor ein paar Minuten hierhergekommen. Ich habe nichts weiter getan, als mich hier umzusehen, und konnte beim besten Willen nichts Besonderes feststellen.«

»Was haben Sie die ganze Zeit gemacht?«

So versuchen sie einen in Widersprüche zu verwickeln. Jede Frage kommt aus einer anderen Ecke. Der kleinste Fehltritt, und man fällt hin und bricht sich das Genick und weiß womöglich nicht einmal, an welcher Stelle man den Fuß falsch aufgesetzt hat. »Telefoniert.« (Konnten sie nachprüfen, ob wir telefoniert hatten? Carolyn hatte ja wirklich eine Weile die Leitung blockiert – sie konnten bestimmt nicht wissen, wer von uns da am Apparat gewesen war.) »Meine Frau und Tochter getröstet, die davon nicht gerade ...«

Er hatte, während wir sprachen, im Kofferraum herumgewühlt und bückte sich gerade, um den schneebedeckten Fußboden zu inspizieren. »Und der Kofferraum hier?«

»Was soll mit ›dem Kofferraum hier‹ sein? Da ist lauter Zeug von mir drin, also ...?«

Er sah mich mit bitterem Lächeln an. »Und der Fußboden rundherum, wo kommt das Sägemehl her? Die Klötze, die frischen Holzsplitter hier im Schnee? Sie handeln sich Ärger ein, Ben. Sie denken in dieser Geschichte nicht ganz klar, hoffentlich kapieren Sie das jetzt.«

Es waren tatsächlich ein paar Splitter, ein paar Stäubchen Sägemehl in den Schnee auf dem Betonboden getreten, da hatte er recht, und ich gab es wohl besser zu. »Also schön, ich habe einen Blick in den Kofferraum geworfen. Können Sie mir das verdenken? Ich sage doch, daß ich mich hier umgesehen habe. Und dabei ist wohl etwas herausgeweht. Na und? Habe ich damit vielleicht etwas verbrochen?«

»Und der ganze Kram da drin?«

»Ich muß diesen Wagen benutzen, Fran, ich habe Sachen zu transportieren, und den Krempel kann ich nicht in Carolyns Auto laden, glauben Sie mir. Sie würde ausrasten.«

Er machte ein angewidertes Gesicht. »Ihre Haltung als Vater eines Jungen, der möglicherweise ein Kapitalverbrechen begangen hat, gefällt mir nicht. Diese Wurstigkeit mag ich überhaupt nicht.« Er sah mich scharf an, von oben bis unten, machte sich offenbar ein neues Bild von mir. »Eine anständige Haltung ist das nicht, Ben. Ich muß sagen, ich wundere mich, wenn ein Mann wie Sie diese Sache wie eine kleine – Unannehmlichkeit behandelt.« Sie machten Fotos. Sie nahmen einen Reifenabdruck. Das war nicht einfach bei der trüben Beleuchtung. Einer ging zu ihrem

Auto und schleppte eine große Lampe an, so ein Ding, wie es die Fotografen benutzen.

Ich wies mit einer Kopfbewegung zur Steckdose. »Ich weiß aber nicht, ob die Leitungen hier für eure schweren Geschütze ausgelegt sind«, gab ich mich hilfsbereit, bevor ich mich wieder an Fran wandte. »Dann kennen Sie wohl den Unterschied zwischen Wut und Wurstigkeit nicht«, sagte ich zu ihm. Ich trat gegen den Reifen und kam mir dämlich vor. Wahrscheinlich fand ich es einfach besser, in der Verteidigung unserer Rechte hart zu bleiben, meinen lässigen Ton beizubehalten, obwohl ich über das erste Stadium zorniger Überraschung inzwischen hinaus war. Manchmal gerate ich kopfüber in so etwas hinein. Manchmal weiß ich einfach nicht, wie ich die Kurve wieder kriegen soll, nachdem ich mich einmal habe gehen lassen. Hoffentlich wird es Jacob nicht zum Nachteil angerechnet.

Fran schrieb etwas in sein Notizbuch und unterstrich es. Die Vierschrötigen nickten; gestikulierten; gruben ihre Fingernägel ins Reifenprofil und betrachteten sie eingehend, um festzustellen, was sie da herausgekratzt hatten. »So, Ben. Ich lasse den Wagen jetzt wegbringen. Er ist amtlich beschlagnahmt. Als Beweisstück, falls es dazu kommt.« Er schüttelte unentwegt den Kopf, als wäre er einem Exemplar wie mir noch nie begegnet. »Was ich Ihnen noch sagen wollte, wenn sich herausstellt, daß Ihr Sohn in der Tinte sitzt, dann sitzen Sie auch mit drin.« Er machte mit Zunge und Zähnen ein Geräusch, als wollte er ausspucken, besann sich aber eines Besseren. »Verstanden?«

Was sollte ich darauf sagen? Aber es war ja immer noch ein »Wenn« darin. »Verstanden.«

»Und jetzt«, sagte er, allzu befriedigt, »haben wir auch noch einen Haussuchungsbefehl.«

Ich riß die Augen auf. Wieso überraschte mich das? Schließlich war eine *Fahndung* nach ihm in Gang. Immer wenn ich den nächsten Angriff hätte vorausahnen müssen, war ich wie ein Schiff, auf dem alle Gänge nebeneinander abgeschottet sind, damit es bei einer Havarie nicht sinkt. Ich sollte lieber lernen, im voraus abzuschätzen, was uns als nächstes blühte.

»Nicht für das ganze Haus. Nur für Jacobs Zimmer. Wollen Sie das Schriftstück sehen?«

Ich wollte nicht.

»Versuchen Sie zu verstehen, Ben.« Er sah richtig bekümmert drein, das will ich ihm lassen. Sein breites Gesicht war so zusammengekniffen, daß alles in Falten lag, was sich falten ließ. Er kriegte ein richtig tiefes Stirnrunzeln hin. Ich glaube, es war ihm sogar ernst damit – in Zivil war er ja ganz anständig. »Wir mußten uns den Befehl vom Richter holen, und der war auch der Meinung, daß hinreichende Gründe vorliegen. Was damit gemeint ist, wissen Sie: die vernünftige Erwartung, etwas zu finden. Und seiner Meinung nach haben wir die. So einfach ist das.«

»Sie fischen im trüben«, sagte ich.

»Wir fischen nicht im trüben. Wir haben gesetzlich das volle Recht, jede Räumlichkeit zu durchsuchen, wenn eine hinreichende Vermutung gegeben ist, daß der Bewohner dort etwas hinterlassen hat, was Hinweise auf ein Verbrechen geben könnte. Es steht nirgends, daß wir vorher wissen müssen, ob es sich dabei um eine Waffe oder eine Notiz oder eine Blutspur handelt.« Er sah mich voller Enttäuschung an. »Und ich verspreche Ihnen, daß wir ansonsten im Haus nichts anrühren werden. Nur Jacobs Zimmer.«

Ich hätte ohne Umstände den Weg freigeben sollen – ich glaubte nicht, daß sie etwas finden würden; und mir auszumalen, wie Fran nun versuchen würde, sich in der Höhle zurechtzufinden, in der Jacob hauste, war im Grunde sogar sehr erbaulich – aber meine Prinzipien vernebelten (oder erhellten?) mir weiter das Bild. Ich wollte schon den Mund zu einem letzten Einwand öffnen, aber da begann Fran irgendwelche Papiere aus der Innentasche seiner Uniform zu ziehen. Gleich würde ich mir wieder einen Vortrag anhören müssen. »Na schön, kommen Sie mit. Sie dürfen von Glück reden, wenn Sie sein Bett finden, geschweige etwas Belastendes.«

Wir wandten uns zum Gehen, da sah ich plötzlich meine Fußstapfen, die von der Garage zur Werkstatt führten: Ich hatte mir solche Mühe gegeben, hatte den Wagenheber, den Teppichboden, den ganzen Kram so gewissenhaft an meine Brust gedrückt, daß nur ja nichts auf dem Boden schleifte, und nun hatten meine eigenen Stiefel eine Spur aufgewühlt, die mich ans Messer liefern konnte. Aber niemand sah in diese Richtung. Sie waren zu erpicht, zur Sache zu kommen.

Wir gingen im Gänsemarsch zum Haus hinunter, und die Wärme des Küchenofens schlug uns entgegen wie ein heller Sonnenstrahl, als wären wir ins Tageslicht hinausgetreten, nicht ins Haus. Als wäre es nicht tiefe Nacht. Fran legte die Papiere mit ihren Siegeln und den in Schreibschrift geschnörkelten Überschriften auf den Tisch und glättete die scharfen Kniffe. Sie waren die ersten amtlichen Waffen des Staates gegen uns; keiner von uns ging näher heran, um sie sich anzusehen.

An Jacobs Tür hängt ein Blechschild, das er sich von der Müllkippe geholt hatte, als sie dort ein neues aufstellten, eines mit einem halben Dutzend Wegweisern für GLAS (WEISS BRAUN GRÜN), DOSEN, PAPIER in die balkanisierten Gefilde der Wiederverwertung. Auf diesem stand nur ABFÄLLE, jener überholte Begriff über einem eindrucksvollen Pfeil. (Müllkippen sind auch nicht mehr, was sie einmal waren, gehegt von einem kleinen alten Mann, der verdreckt und stumm in einem halbkaputten, vom Grubenrand geretteten Liegestuhl lag, in der Hand eine Mistgabel, wie der Hüter der Hölle. Jetzt hat man einen Deponieverwalter.) Aber ich nannte Jacob immer noch den Obermüllmann.

Fran blieb in der Tür stehen und stieß einen Pfiff aus. Dann stürzten er und seine Handlanger sich hinein. Es war das einzige, was es in den letzten vierundzwanzig Stunden zu lachen gegeben hatte – sie hoben Jacobs Socken vom Boden, um gewissenhaft darunter nachzusehen, öffneten ohne Begeisterung seinen Kleiderschrank und fingerten lustlos in seinen Taschen. Kaugummi gab es anscheinend überall, nicht unbedingt schon ausgekaut, dafür im Papier geschmolzen. Einer der Kurzhaarigen sah sich jede einzelne Kassette in dem Stapel von Plastikschachteln an, als könne eine darunter sein, auf der klar und deutlich MORDPLAN MARTHA TAVERNER stand. Er fand ein Paar von Jacobs Ohrringen, die einfach so herumlagen, und schnitt eine Grimasse. Ich stand auf dem Flur und lächelte vor mich hin, aber Carolyn setzte es arg zu, mit ansehen zu müssen, wie diese erwachsenen Männer die Bettdecke anhoben, um sein Laken anzuglotzen, seine Turnschuhe ausschüttelten und in seinem Notizbuch blätterten. »Das ist doch *idiotisch*«, zischelte sie mir zu. »Vollkommen nutzlos und kränkend und – gegen jede Regel.« Fran nahm gerade Unterwäsche aus der Schublade, in die der Junge sie, zwar sauber, einfach so hineingestopft hatte.

Ich legte den Arm um ihre Schultern. Wenn die Obszönität dieses Schauspiels mich halbwegs gleichmütig ließ, lag das nur daran, daß ich zuerst hiergewesen war. »Vielleicht verstehst du jetzt, warum ich mich nicht einfach geduckt habe«, sagte ich so sanft wie möglich. »Jetzt siehst du es selbst.«

Sie ließ resigniert den Kopf an meine Schulter sinken. »Der Bewohner«, murmelte sie. »Die Räumlichkeit.«

»Sagen Sie«, meinte Fran, offensichtlich entmutigt, »ist Ihnen vielleicht aufgefallen, ob etwas fehlt? Manchmal müssen wir ja nach dem suchen, was *nicht* da ist, nicht, was *da* ist.«

Diesmal konnten wir in aller Unschuld passen – selbst beim allerbesten Willen, den ich nicht hatte, wäre mir nichts eingefallen, was hier fehlen konnte. Ich selbst kam nicht oft hier herauf, und Carolyn, die zu allem anderen wahrscheinlich auch noch mit hausfraulicher Verlegenheit ringen mußte, hatte schon vor langer

Zeit beschlossen, nie mehr einen Fuß hier hineinzusetzen, um sauberzumachen oder – schlimmer noch! – diesen Saustall aufzuräumen.

Sie berieten sich, ob sie Fingerabdrücke nehmen sollten. »Jetzt oder nie«, flüsterte Fran. »Wenn die Gelegenheit erst verpaßt ist, bleibt die Kiste für immer zu.« Aber das Verbrechen, wenn es denn Jacobs Verbrechen war, hatte woanders stattgefunden; für den Augenblick waren sie mit uns fertig.

Dann hörten wir einen leisen Ausruf dankbarer Entdeckerfreude. Einer der Kurzhaarigen hatte in dem Krimskrams herumgefingert, der in einer Schale auf Jacobs Kommode lag, lauter Zeug, das ein Junge meist in der Hosentasche herumträgt, und dabei einen Schlüsselanhänger gefunden, an dem ein kleiner Zylinder hing, aus Plastik, mit einem Foto darin. Wenn man den Knopf drückte, leuchtete es auf. Ich erinnere mich, daß er darin immer ein Bild von unserer alten Hündin Glory hatte, wie sie gerade aus einem See stieg und sich schüttelte. Ich weiß noch, wie die Tropfen in der Sonne aufblitzten und die Kamera zufällig diesen Augenblick festgehalten hatte, kleine silberne Spritzer, die wie Eiskristalle in der Luft hingen.

»Hm«, machte der Detektiv und gab es Fran.

»Ohooo«, sagte Fran. »Na also.«

Er reichte es uns stumm, als wäre der Fall soeben gelöst worden. Ich nahm es, hielt es mir vors Auge und drückte. Es war Martha – das heißt, es konnte sie sein, jedenfalls war es irgendein blonder Teenager. Aber sie hatte den Kopf so zur Seite gedreht, daß man nur ein Eckchen ihres Lächelns sah. Sie stand mit dem Rücken zur Kamera, in einem etwas allzu knappen Bikini-Unterteil mit weißen Punkten auf blauem Grund, die Backen ihres frechen Hinterteils straff und jung, und hielt sich das Oberteil allem Anschein nach lose vor die Brüste. Von hinten sah man nichts als nackten Rücken mit hellen Streifen, wo die Sonne nicht hingekommen war, sowie die seitlich herunterbaumelnden Träger des Oberteils.

Ich fand, es war halb unschuldig – wäre es das Gemälde eines jungen Mädchens von Norman Rockwell gewesen, so würde ein Hund wie Glory fröhlich nach den Bikini-Trägern schnappen – halb provozierend, ein Augenblick erotischen Spaßes. Ein Playboy-Faltbild, selbstgemacht. Sie lachte. Ihr Körper war frisch und schön, und ich hoffte im allertiefsten Inneren, daß es jemand anders war, eine, die noch Gebrauch davon machen konnte. »Und?«

»Und?« versetzte Fran. »Ein Bindeglied, finden Sie nicht?«

Ich hätte ohne Wendells Anwesenheit nichts zu sagen brauchen. Aber wirklich! »Fran, kein Mensch behauptet, sie hätten sich nicht gekannt«, erklärte ich, augenblicklich auf achtzig. »Falls sie es überhaupt ist.«

»Sie ist es.«

»Dann wiederhole ich: Und?«

Er warf das Ding in den grünen Plastikbeutel, in dem sich andere Unwichtigkeiten befanden: ein paar handgeschriebene Zettel, eine Einladung zu einer Party, eine Kassette mit dem Titel »Death-throes« von einer Gruppe, von der ich noch nie gehört hatte. (Gott sei Dank führte er kein Tagebuch, das hätten sie sich sonst im Handumdrehen einverleibt.) Aber eben kein Schießeisen, keine Drogen oder Zubehör, nicht einmal ein Taschenmesser oder ein Kondom in Silberpapier.

»Das wär's«, sagte Fran nüchtern. »Wir bitten die Ungelegenheiten zu entschuldigen.«

»Sie meinen, danke für nichts und wieder nichts.«

Carolyn bedachte mich wieder mit einem dieser warnenden Blicke, die unmittelbar ihrer Wut und Gekränktheit entsprangen. *Ich verstehe dich nicht*, antwortete ich mit den Augen. *Warum unterstützt du mich nicht?*

»Wenn Ihre übrigen Beweismittel auch so aussehen, Fran«, sagte ich kopfschüttelnd, »ist das eine jämmerliche Ausbeute für Ihre ganzen amtlichen Papiere.«

Er würdigte mich keiner Antwort. »Wenn mein Sohn so ein Zimmer hätte«, sagte er zu seinen Schergen, als sie hintereinander die Treppe hinunterstapften, »den würde ich auf die Militärakademie schicken. Er würde salutieren, bevor er mir guten Morgen sagt.«

Wir brachten sie schweigend zur Tür. Ich merkte, daß wir vom bloßen Herumstehen nach Zigarettenrauch rochen. Wir stanken nach den Zigaretten, die Jacob nie vor unseren Augen geraucht hatte.

Es war halb elf. Mehr als einmal nahm ich den Hörer vom Telefon, um zu kontrollieren, daß es funktionierte. Ich weiß nicht, warum ich immer wieder auf die Uhr sah – wahrscheinlich der Schock darüber, wie wenig Zeit vonnöten ist, um jemanden auf den Kopf zu stellen und ihm sein ganzes Leben aus den Hosentaschen zu schütteln. Vier Stunden, dachte ich, mehr nicht. Vier Stunden. Nun gut, zum Sterben braucht man nur eine Sekunde. Vier Stunden sind dagegen ein langsames Tröpfeln.

Es war die erste Nacht meines Lebens, in der ich nicht eine Minute schlief oder auch nur die Augen hätte schließen wollen. Einmal war ich eine Ewigkeit aufgeblieben und mit einem Mädchen, das ich gerade kennengelernt hatte, in der U-Bahn herumgefahren – überall, wo sich zwei Linien kreuzten, waren wir umgestiegen, von BMT auf IND, von SHUTTLE in der Grand Central Station auf IRT, einmal die Stadt hinauf und hinunter, trunken von lustvoller Hoffnung, vielleicht auch von einem Schlückchen aus der Flasche. Und als mein Vater starb, blieb ich etwa sechsunddreißig Stunden lang auf und wagte nicht, die Augen zu schließen, obwohl ich es gern getan hätte.

Dies aber war das einzige Mal, daß ich gewaschen und mit geputzten Zähnen, als wär's eine normale Nacht, im Bett lag und Stunden um Stunden an die Decke starrte, als wäre die Dunkelheit

Erde, und ich läge darunter begraben. Daß es den Taverners drüben in der Birch Row, wo sie wohnten, noch schlimmer erging als uns, half auch nichts. Sie hatten einiges zu grübeln, aber für sie würde sich nichts Wesentliches ändern, wenn das Rätsel erst gelöst wäre. Auf ihrer Seite war die Tugend – oder zumindest Unschuld – und die Gewißheit. Uns blieb im leeren Dunkel unseres Schlafzimmers Schuld – wahrscheinlich Schuld – und Hoffnung, oder Verwirrung. Aber ich stimmte mit Carolyn darin überein, oder versuchte es, rang darum, mit ihr darin übereinzustimmen, daß es so oder so noch viel zu früh war – sechs Stunden, acht, zehn, zwölf Stunden – um zu verzweifeln.

Ben

Hallo Leute,

hab lange gebraucht, um nach Boston zu kommen, so viel Schnee, daß sie den Deer Mountain geschlossen haben (find ich toll. Einen Berg schließen! Mann! Geil!), und wir mußten den langen Weg außenrum nehmen. Haben es aber geschafft, die reinste Schlittenfahrt. Auf dem Highway (langsame Spur) machte einer Langlauf.

Ich hab mal die Highways aus Boston raus gezählt – zwölf Stück. Und Luftstraßen überallhin. Ich weiß, daß Ihr nicht betet, aber betet jetzt.

J.

Das holte ich zusammen mit der Reklame für ein neues Haushaltswarengeschäft, einem Bankauszug und zwei Rechnungen aus dem Briefkasten. Bevor ich auf dem Foto Einzelheiten erkennen konnte und sah, daß es die Schwanenboote im Bostoner Stadtpark waren, dachte ich, die Karte sei von meinem Bruder Stuie, der über Weihnachten mit seiner Familie nach Hawaii gefahren war. Wahrscheinlich hatte ich etwas mit Meer und Felsküste erwartet. Aber es waren Boote darauf, mit elegant geschwungenen Hälsen, grau-weiß wie der Granit von Denkmälern, und das Gras ein unmögliches Giftgrün unter einem Himmel, der keiner war. Also drehte ich die Karte recht neugierig um. Ich war auf dem Rückweg vom Briefkasten über die kurze, halbwegs vom Schnee geräumte Zufahrt, blieb stehen und las, und die Welt kippte und stand still.

Keiner hatte etwas gehört, keiner hatte die Spur einer Ahnung. Natürlich hatte die Polizei Alarm gegeben – ich hatte mir nie richtig klargemacht, wie bildhaft die Bezeichnung »Rundschreiben« für so etwas war, aber es war genau die Streuung, die wir brauchten, überall, nah, fern, in alle Richtungen der Windrose. Wir riefen unablässig an, um sie bei der Suche anzustacheln. Ich hatte das Gefühl, es beschleunigte die Sache keinen Deut – die machten ihren Trott, genau nach Dienstvorschrift. Nach einer Woche ging Mary, die bei der Polizei an der Anmeldung saß, dazu über, uns mit einem kurzen »Nichts Neues« abzuspeisen – als hätte sie es mit ein paar Irren zu tun, die auf eine neue Sendung Gummibärchen oder was weiß ich warteten. Schließlich sagte sie zu Carolyn: »Mrs. Reiser, glauben Sie denn, Sie sind die einzigen, die Ihren Sohn finden möchten?« Und sie hatte recht, aber wer konnte es uns verübeln – so wie sie vermutlich vergessen hatten, wie wichtig es uns war, ihn zu finden, hatten wir selbst wohl vergessen, wie wichtig es *ihnen* war. An das Warum zu denken, war zu schmerzhaft.

Spekulationen gab es zuhauf, eine so nutzlos wie die andere. Wendell berichtete uns, daß Leute ihn anriefen und unter den fadenscheinigsten Vorwänden zu ihm kämen – Klatsch war in Hyland eine nicht unbeträchtliche Triebkraft. Alle wußten, daß er unser Anwalt war; vielleicht würde er zufällig mit ein paar Informationen rausrücken? (Er war so wunderbar korrekt, daß es ihm nicht im Traum eingefallen wäre; schon das Ansinnen kränkte ihn.) Die Polizei rief an und wollte eine Liste von Jacobs Freunden haben, seinen Hobbys und Gewohnheiten: wo er »sich vielleicht herumtreiben« könnte. Ich versuchte ihn mir in der Pizzeria in Howe vorzustellen, an den Spielautomaten im Kinofoyer.

Und im CB-Funk vernahm ich Schimpf und Schande. Ich saß in meiner Küche und konnte mitverfolgen, wie das »Gesucht zur Vernehmung« immer schlimmer, immer verurteilender und endgültiger wurde. Gespräche über Straßenbauarbeiten, Terminänderungen, bevorstehendes schlechtes Wetter, all dieser prosaische Kleinkram, den ich in diesem Städtchen so liebte, die Stimmen, die ohne jeden technischen Aufwand aus dem Lautsprecher krächzten – in jedes Gespräch schien mindestens eine Bemerkung zu der »Taverner-Geschichte« einzufließen. Was für ein Tratschnest – jedermanns Angelegenheiten wurden mit dem Eifer bürgerlicher Pflichterfüllung an die Öffentlichkeit gezerrt. Einmal hatte mein Bruder sich mein Auto ausgeliehen, als er zu Besuch war, und es an einer einsamen Straße abgestellt, um ein bißchen zu laufen. Und als ich mir anderntags im Central meine Zeitung holte, sprach mich jemand an und meinte, ganz aus dem Häuschen: »Ich hab Ihren Wagen oben an der Ridge Road stehen sehen, Ben. Haben Sie da ein Mittagsschläfchen gehalten?« Stuie sagte, das sei unmöglich, kein Mensch sei vorbeigekommen, während er dort herumlief. »Sind die hier mit Hubschraubern unterwegs?« fragte er ein wenig bestürzt. Aber so sprachen sich Neuigkeiten herum, selbst Nichtneuigkeiten. Wir hörten von einer Zusammenkunft »besorgter Bürger« im Wohnzimmer der Taverners. Keiner konnte – ich meine, wollte – mir sagen, worüber sie gesprochen hatten. Ich hörte etwas von Druck auf die Polizei, daß sie schneller handeln solle, härter durchgreifen, das FBI einschalten. Ich konnte das verstehen, ein Zimmer voll wutentbrannter Väter, auch wenn es mich dabei im Nacken kribbelte. Was täte denn ich, wenn ich Mike Taverner wäre, der ein Recht auf seine Wut hatte, ein Recht auf seine Ungeduld? Ich wäre vermutlich auch dabeigewesen, mit einer Schlinge in der bebenden Hand.

Aber Carolyn versteifte sich auf Entführung. Was ich mit dem Wagenheber und den Handschuhen an grausamer Wahrheit ans Licht gezerrt hatte, tat sie ab – sie mußte Jacob am Leben sehen. Wenn er nun gefoltert wurde? Vergewaltigt? In einen Schrank gesperrt war? Im Wald mit Laub zugedeckt? Totgeglaubt und liegengelassen. *Tot.* Sie hatten Patty Hearst dazu abgerichtet, ein Gewehr zu gebrauchen und ihre Schmutzarbeit zu tun; wenn sie ihn nun zwangen, gepanzerte Geldtransporte auszurauben, Freveltaten zu begehen? Zu stehlen. Mädchen zu stehlen. Jungen zu stehlen. So redete sie unentwegt, tollwütige Phantasien, und die Hälfte davon, da bin ich sicher, konnte sie sogar nicht einmal äußern, eher hätte sie sich die Zunge abgebissen. Um den Rest, Schuld, Unschuld oder was, könnten wir uns später kümmern, sagte sie. Ich widersprach nicht mehr, wozu mich streiten? Ich dachte nur, es wäre mir lieber, er hätte einen Geldtransporter ausgeraubt als seine Freundin erschlagen.

Zwei Zeugen, bisher ungenannt, hatten sich gemeldet. Einer hatte Jacob und Martha zusammen gesehen, als sein Wagen beim Stoppschild an der Kreuzung von Poor Farm Road und MacNeece Street hielt, etwa eine Stunde oder vielleicht länger, bevor der andere sie neben dem Wagen im Schnee hatte stehen sehen, vor Tuttles Zaun. Der zweite hatte gefragt, ob sie Hilfe brauchten. Jacob hatte abgewinkt. Eine polizeiliche Mordkommission – anscheinend eigens zu diesem Zweck ins Leben gerufen – appellierte an Zeugen, sich zu melden. Es ging um Jacob oder Martha oder beide, oder »alles Verdächtige«, was mir gefährlich nichtssagend vorkam. Jacob war nicht beim Verlassen der Stadt gesehen worden, aber was bedeutete das? Daß es dunkel war, oder fast. Daß er in irgend jemandes Auto auf dem Rücksitz gekauert hatte, die Mütze tief ins Gesicht gezogen. Im Wagen eines Komplizen oder Entführers oder Fremden, oder oder oder... ich weiß nicht, warum er nicht seinen eigenen nahm – vielleicht war der zu leicht aufzuspüren.

Jedermann hatte eine Theorie, vom Bandenkrieg über Entführung zur Drogenorgie. Keine der Theorien schien viel mit Jacob zu tun zu haben. Wir selbst hatten nur noch einen einzigen Gedanken: Lieber Gott – Gott wenn es dich gibt, Gott wenn es dich nicht gibt – bring ihn zu uns zurück und laß ihn uns mit den Händen betasten und sehen, ob er wirklich am Leben und der unsere ist. Laß ihn irgendwie nach Hause kommen, bevor sie ihn erschießen. Ich glaube, wenn man mich gedrängt hätte, dann hätte auch ich mich für Entführung ausgesprochen – stellt euch vor, ihr hättet die

Wahl, das am wenigsten scheußliche Schicksal für euer Kind zu bestimmen – denn bei aller Gefahr ließ sie ihn schuldlos. Meist liefen wir wie betäubt in der Küche auf und ab und lauschten nach dem Telefon, hörten die widerliche Spekulation geradewegs durch die Wände zu uns hereinwabern, und – wie er es uns jetzt selbst empfohlen hatte, mit sonderbarer Stimme, ohne je in seinem Leben fromm gewesen zu sein, ganz im Gegenteil – wir beteten.

Als ich sein Namenskürzel unter der Aufforderung zum Beten las, war ich so vor den Kopf geschlagen, daß ich die Karte in den Schnee fallen ließ und einige der Buchstaben zerliefen, als wären Tränen auf sie gefallen. Aber man konnte sie noch lesen.

Als ich Carolyn die Karte gab, las sie den Text wieder und wieder, so gierig, daß ich dachte, sie werde sie gleich in den Mund schieben und zerkauen und schlucken, um sie besser zu verstehen.

»Er *lebt*«, sagte ich mit einem langen Seufzer der Erleichterung. Die bloße dumpfe Tatsache war etwa so tröstlich wie die Aussage, er sei blind, taub, stumm, gehäutet und gevierteilt, aber er atme noch.

»Er lebt, und er ist irre« antwortete sie undankbar. Sie starrte wieder die Karte an, schüttelte sie ungeduldig, als könnte sie ihr mehr Text entlocken, und drehte sie um und wieder zurück zu dem serienmäßig fabrizierten Bild. »Wenn das seine Vorstellung von Korrespondenz ist...«

Wir mußten es uns schwermachen: Was sollten wir uns denn vorstellen? Er lebte, aber *wohlbehalten*? Konnte diese Karte so etwas wie das Telefongespräch sein, das man mit der Pistole des Entführers an der Schläfe führt? Sie trug den Poststempel von gestern: eine einigermaßen neue Neuigkeit. Er wollte uns wissen lassen, wo er war. Wollte er sonst noch etwas?

»Was sollen wir damit machen?« fragte Carolyn.

Ich brauchte ein Weilchen. »Ich denke, wir machen gar nichts.«

»Meinst du nicht, wir müßten das jemandem zeigen? Wendell?«

»Wozu sie Wendell zeigen? Was soll er damit wohl anfangen?«

Sie kaute an ihrem Fingernagel. »Ich weiß es nicht. Aber ich habe das Gefühl, wir müßten etwas damit machen.« Sie seufzte. Es war der zweite Tag, an dem sie zu Hause geblieben und nicht zur Arbeit gegangen war, und vor ein paar Minuten hatte sie angekündigt, daß es der letzte sei; sie war nicht dazu geschaffen, untätig herumzusitzen. Auch nicht dazu, Opfer zu sein, obwohl ich mich fragte, ob ihr gefallen würde, was sie bei der Arbeit wohl antreffen mochte.

»Würdest du Fran erzählen, wo er ist? Würdest du ihm helfen, ihn zu schnappen?«

Carolyn setzte sich – wir waren noch in der Küche, wir waren immer in der Küche, wenn wir nicht arbeiteten, besonders im Winter. Der warme Bauch des Hauses bestand sowohl aus dem Holzofen als vermutlich auch aus dem primitiven Sakrament des Essens, das hier vollzogen wurde. Kochen und essen: den Körper geschürt halten, als wäre auch er ein Ofen. »Wieso ›schnappen‹?« fragte sie mich aus dem Zentrum einer Wut, die ich nicht hatte heraufziehen sehen. »Wieso gehst du immerzu davon aus, daß er geschnappt werden muß? Vielleicht eher *gerettet.* Warum glaubst du...«

Ich wedelte mit der Karte vor ihrem Gesicht. »Schildert er hier nicht in aller Ruhe das Abenteuer der Fahrt? Spricht das nicht für eine gelungene Flucht?«

»Es ist mysteriös, weiter nichts«, sagte sie. »Warum sollte man das als gelungene Flucht auffassen?«

Also formulierte ich die Frage neutral: »Möchtest du, daß er gefunden wird?« Ich sagte, wir hätten die Polizei angefleht, ihn zu finden, nur zu finden. Aber das war eine schwierigere Frage, als ich mir vorgestellt hatte – möchtest du, daß er gefunden wird? *Möchtest du mithelfen, ihn zu finden?* Es war wie eine dieser ersten und letzten philosophischen Vexierfragen nach der Ordnung des Universums, eine jener Erwägungen, aus denen man Bühnentragödien machte, nur eingebettet in die Bedingungen eines scheinbar normalen Vormittags, Sonne auf Schnee, wolkenlos, beißend kalt. Damit will ich eigentlich sagen, daß es der Morgen war, an dem Martha Taverner beerdigt wurde.

Ich zwang mich, es mir vorzustellen. Ich zwang mich. Das Mädchen würde in einem verschlossenen Sarg im Beerdigungsinstitut LeMois liegen, unsichtbar in ihrem schönsten Kleid, eine weiße Rose in den Händen (ich reimte mir das zusammen, nur um es mir schwerer zu machen), und drei Viertel des Städtchens wären da, ernst und in guten Anzügen, zusammengeknüllte Papiertücher in den Händen, und das Entsetzliche war, wir durften uns nicht zeigen. Wir saßen hier in feindseliger Quarantäne, und Jacob war offenbar irgendwo in Boston, nur ein paar Stunden weit weg, und plante ein Leben im Exil, aber traute uns zu, daß wir an ihn dachten. Ich spielte mit dem Gedanken, in den Wald zu gehen und zu schreien – es war das eine und einzige, was ich jetzt brauchte, das einzige auf der Welt, wenn ich Jacob nicht auf der Stelle gegenüberstehen konnte, und es gab keinen Ort, an dem ich es hätte tun können, ohne genau die Aufmerksamkeit auf mich zu ziehen, um deretwillen mir nach Schreien war.

Carolyn stand auf und holte den Schreibblock an den Tisch, der für Notizen neben dem Telefon lag. Sie dachte eine Weile angestrengt nach, dann begann sie in ihrer unmöglichen Arztklaue darauf herumzukritzeln.

»Was machst du da, schreibst du ihm eine Antwort?«

Sie hielt inne und sah an mir vorbei. »Eine Liste. Unserer Möglichkeiten.«

»Und die wären? Ich hätte nicht gedacht, daß wir so viele zur Auswahl haben, um eine Liste zu brauchen.«

»Ach, hör auf, Ben.« Sie war ja Wissenschaftlerin, das hatte ich vergessen. »Wir können die Karte an Wendell oder Fran weitergeben und uns darüber unterhalten, wie wir der Bostoner Polizei helfen könnten, ihn zu finden. Wir können uns daraufsetzen und nichts tun. Wir können nach Boston fahren und ...«

»Die Nadel im Heuhaufen suchen. Klar.«

Sie beachtete mich nicht. »Wir können ...«

»Carolyn, wir ›können‹ gar nichts. Wir können nur eine Weile herumsitzen und den Dingen ihren Lauf lassen, ohne uns einzubilden, wir könnten dazu beitragen, etwas zu beschleunigen, das können wir. Dazu brauchen wir keine Liste.«

Ein Ausdruck unglaublichen Schmerzes legte sich auf ihr Gesicht – ich dachte, sie werde gleich aufschreien, denn ihr Gesicht verzerrte sich wie unter einem Stromstoß, der ihr sengend weh getan haben mußte, ganz tief drinnen im Kopf. Aber sie sagte nur ganz leise, kaum lauter als ein Flüstern: »Es wird Zeit für Judiths Lunch.« Sie drehte sich um und ging Judith suchen, die es heute morgen, wie ich wußte, sie aber nicht, vorgezogen hatte, das Bett nicht zu verlassen; die in ihrem Nachthemd, dem mit den roten Herzen, wie ein krankes Kind dalag und Prince und Kenny G. hörte und an die Decke starrte.

Tony und Celene Berger kamen, beladen mit vollen Töpfen, als ob jemand gestorben wäre, und ich bemühte mich, dankbar zu sein und konnte es nicht, obwohl ich glaube, daß ich es ganz gut spielte. Es wäre so verquer gewesen, nicht dankbar zu sein, daß wahrscheinlich niemand Verdacht schöpfte – aber auf der anderen Seite ist Tony selbst so ein verquerer Typ und hätte es vielleicht verstanden. Es war Celenes Werk: »Das Wichtigste ist«, sagte sie, begräbniserfahren – sie hat eine mindestens fünfzigköpfige Verwandtschaft, alle auf die umliegenden Dörfer verteilt – »daß ihr eure Energien für anderes aufspart.«

»Gerade das versuche ich zu vermeiden«, sagte Carolyn aus der Umarmung heraus, in der ihre Freundin sie umschlungen hielt, aber auch sie gab sich Mühe. »Du hast recht«, antwortete sie Celene, dankbar dafür, geliebt zu werden, selbst um den Preis, daß wir eine Mahlzeit verdrücken mußten, die für eine Vereinsfeier gereicht hätte. »Wenn du uns jetzt nur noch eine Schüssel voll anderer Gedanken bringen könntest.« Dafür umarmte Celene sie noch eine Sekunde länger. Nicht daß es unaufrichtig gewesen wäre, aber wir lernten recht schnell, daß Demut der erste Schritt zur Entwaffnung von Widerwillen und Angst ist. Celene sah sie weinen und mochte sie gar nicht mehr loslassen.

Dann kam Annie Dineen, die andere Anführerin der Freundesbrigade. Allmächtiger! Als wenn wir einen Trauerfall hätten.

Sie nahm viel Küche auf einmal ein: Sie war groß und breit, hatte einen Lockenkopf und war selten still. Die Kinder liebten sie. An ihr erschien schon immer alles etwas überlebensgroß; sie brachte immer irgendwelche Kleinigkeiten mit, ausgefallene, zum Beispiel blecherne Grillen, die man in der Hand verstecken konnte, oder Kleiderbügel, die man so verbiegen konnte, daß sie viereckige Seifenblasen machten; und sie nahm Sachen mit, die repariert werden mußten. Sie machte so etwas unendlich viel besser als ich. Als Judith noch klein war, hat sie Annie garantiert für eine Märchenfigur gehalten, so eine, die der Prinzessin in tiefster Nacht hilft, aus Stroh goldene Gewänder zu weben. Einmal zeigte sie Annie ihre Puppe, die ein ganzes Jahr auf der Wiese am Ende des Gartens gelegen hatte, einen ganzen Winter dort der Witterung ausgesetzt, das hübsche Gesichtchen verblichen, die Haare ausgebleicht, die Kleidung weggefault – Schnee, Regen und Matsch hatten sie leergeblutet. So hatte Judith sie Annie entgegengestreckt, wortlos und tränenreich, einer dieser herzzerreißenden Momente, die nur für einen selbst archetypisch sind, nicht für das Kind, das fünf Jahre alt und verzweifelt ist – und Annie warf uns über die Schulter einen langen Blick zu. »Das ist doch Lisa, nicht?« fragte sie, und Judith nickte mit großen

Augen. »Na, und hast du schon mal daran gedacht, sie Lazarus zu nennen?« Aber sie nahm Judith die entblößte Lisa aus der Hand und brachte sie die Woche darauf heil wieder zurück, und schöner, als sie je gewesen war. Sie hatte sogar, ich erinnere mich, für Lisas zehenlose Füße ein Paar knallrote Pantoffeln gemacht. Carolyn sagte, sie gehöre zu den Leuten, die durch bloßes Berühren Dinge zum Blühen bringen.

Genaugenommen war das ihr Beruf: Sie war in einem anderen Leben Sozialarbeiterin gewesen und hatte ihren staubtrockenen Ehemann verlassen und zu guter Letzt die Männer im allgemeinen zugunsten von Frauen und Immergrün aufgegeben. Inzwischen hatte sie allen neuen und renovierten Häusern im Städtchen die Gärten gestaltet, bis auf die, deren Besitzer sie nicht ausstehen konnte. »Blumen sind netter. Büsche. Mir ist sogar ein Kaktus lieber als ein Hausbesitzer. Sie mißhandeln keine Kinder. Sie verprügeln einander nicht, oder lügen, oder sperren ihre Großmutter in den Wandschrank.« Sie hatte gerade einen Klienten gehabt, der genau das getan hatte, um den Rentenscheck der alten Dame zu kassieren, den sie durch die halbgeöffnete Schranktür unterschreiben mußte. Das war die letzte Abscheulichkeit, mit der sie sich abgegeben hatte. Sie hatte zuviel Wut in sich, um noch Sozialarbeiterin zu sein.

Jetzt stand sie mitten in unserer Küche in einer fuchsienroten Daunenjacke, die aussah, ich schwöre es, wie eine soeben aufgegangene Rose über dem langen Stengel ihrer Beine. »Das höre ich mir gar nicht erst an«, sagte sie schlicht. Sie sah von Carolyn zu mir, mit hartem Blick. »Sagt mir die Wahrheit.«

»Es ist nur zu wahr«, sagte Carolyn. »Mit so etwas scherzt man ja wohl nicht.«

»Aber was wollt ihr mir denn nun genau sagen?«

Ich seufzte. »Das weiß ich nicht.«

»Aber er ist nicht gewalttätig«, sagte Carolyn streng. »Das weiß ich. Er tut niemandem etwas zuleide – körperlich. Schreit vielleicht herum. Ein bißchen jugendliche Bockigkeit. Aber gutartig.«

Annie atmete sehr langsam und geräuschvoll aus. »Euer Sohn ist jähzornig.«

Carolyn schloß davor die Augen. »Bitte keine Diagnosen, Annie. Unsere einzige Frage ist im Moment, wo ist er?«

»Ihr sagt, ihr habt Wendell beauftragt. Wird er das hinkriegen?«

»Nicht so voreilig.« Ich sagte es unwirsch. »Wer hat behauptet, daß es da etwas hinzukriegen gibt? So weit haben wir ihn noch nicht aufgegeben.«

Annie, deren Energiepegel noch höher war als meiner – Carolyn nennt uns die Ritalin-Zwillinge –, ließ ihre Knöchel knacken, wie ich es bei meinen Kindern nicht dulde. Sie ging auf und ab. Zorn, oder die Hitze aus dem Holzofen, hatte ihr Gesicht gerötet. »Dein Sohn«, sagte sie ausdrücklich zu Carolyn, »ist dein Mann im Taschenformat, das weißt du hoffentlich.« Sie riß mit Schwung den Reißverschluß ihrer Jacke auf. »Mein Gott, ich vergehe!« Sie fächelte sich mit der bloßen Hand Luft zu. »Nein, wirklich. Er ist sein Vater mit einem Stöpsel drauf. Ein verdeckter Vulkan. Schlechte Neuigkeiten.«

»Donnerwetter, Annie«, sagte ich. »Heißen Dank. Ich wußte gar nicht, wie sehr du mich liebst.«

»Ist doch kein Geheimnis, Schätzchen.«

»Bist du hergekommen, um uns zu helfen?« fragte ich. »Oder mußt du zuerst ein psychiatrisches Gutachten erstellen, bevor wir reden können?«

Sie beruhigte sich zähneknirschend. »Entschuldigt. Spekulieren hat wohl keinen Sinn, wie? Was kann ich tun, um euch zu helfen?« Sie machte ein Gesicht wie ein gescholtenes Kind. »Carolyn?«

Carolyn sah uns beide zornig an. Sie schlang die Arme um sich, als könnte sie sonst niemand richtig in die Arme nehmen – und im Augenblick stimmte das ja auch. »Nichts.« Sie dachte angestrengt nach. »Manchmal könntest du dich ein bißchen zurückhalten, Ann. Uns übrigen zuliebe.« Sie schloß die Finger um ihre verschwitzten Oberarme und drückte fest zu. Es tat ihr wahrscheinlich gut, sich an sich selbst zu klammern, so fest, als wäre sie jemand anders. »Nichts«, wiederholte sie. »Es tut mir leid. Ben? Meinst du nicht auch? Nichts? Nichts? Nichts?«

Ich ging danach in den Wald, zwar nicht um zu schreien, aber um wenigstens der abgestandenen Luft und den aus dem Gleichklang geratenen Vibrationen zwischen mir und Carolyn zu entrinnen. Ich rede nicht gern von Vibrationen, das ist Teenagersprache und zudem überholt. Aber manchmal empfindet man es eben genau so – wenn an einem guten Tag die Worte und Bedürfnisse spürbar nahtlos ineinanderpassen, richtig körperlich, wie abgestimmte Gedankenschwingungen. Oder der Mißton in der Luft, wenn alles, was man sagt, sich knirschend aneinander reibt, und die Inkongruenz ganz tief drinnen anzufangen scheint, im Kern der Primärzellen, nichts übereinstimmt, nichts paßt.

Ich schnallte meine Skier an. Vorher vollführte ich die ganze langweilige Zeremonie des Wachsens, ausnahmsweise einmal nicht ungeduldig, sondern dankbar für alles, wozu man kein Gehirn braucht. Ich trug das Wachs mit kräftigen Bewegungen auf – das ist altmodisch im Zeitalter der wachslosen Skier, aber ich bin, was meine sinnlichen Freuden anbelangt, sowohl arm als auch konservativ – dann zündete ich die Lötlampe an, um das Wachs zu schmelzen, hielt sie dicht daran und hörte das leise Seufzen der Propangasflamme – o Gott, lebendig zu sein wie diese Flamme, es war nicht fair, es war nicht möglich, daß sie dieses hübsche Mädchen nahmen und in dieser Kiste versiegelten, in der sie jetzt lag, und sie in das Behältnis unter dem Friedhof legten, das Wintergewölbe, um auf Tauwetter zu warten und sie dann in die Erde zu versenken, und mein eigen Fleisch und Blut hätte das angerichtet? Ich weigerte mich. Ich weigerte mich einfach. Die Flamme versengte die Außenkante des linken Skis – ich schüttelte das Holz und sah, daß die messerscharfe Kante schwarz angesengt war, wo der Aufwärtsbogen begann, aufgerauht, und ich bläute mir ein, besser aufzupassen, bevor ich noch mein Haus anzündete.

Ich trug sie durch die Hintertür nach draußen, sie geraten dabei immer überkreuz und schrammen gegen den Türrahmen, dann schnallte ich sie an und fuhr los, zu verzweifelt, zu krampfhaft bemüht, aus mir selbst herauszukommen, überzugehen in Geschwindigkeit und Luft. Natürlich beruhigte es mich letzten Endes. Als ich den schönen Weg durchs Flachland erreichte und die eisglitzernden kleinen Zweige der Sträucher beiderseits des Weges mir ins Gesicht schlugen, fuhr ich fast freudig durch die Kurven und den einen sanften, sausenden Hügel hinunter, hielt die Stöcke hoch, während die Skier mit leisem Zischen den Schnee zerschnitten. Natürlich fühlte ich mich ein paar gesegnete Minuten lang von allem befreit. Aber dann kam ich an den Fuß des langen Abhangs, wo sich die Eschen wie ein Haufen Klatschweiber im Kreis zusammendrängen.

Gleich dahinter steht eine Buche – mehr als eine, genaugenommen zwei, die sich umeinanderwinden, keine beherrschend, keine verkümmert, nackthäutig wie Buchen sind, verschlungen wie ein Paar in sexueller Ekstase. Jedenfalls habe ich sie so immer gesehen; habe sie fotografiert wie ein Voyeur, aus dem Innern ihrer verqueren Umarmung heraus, von außen und rings um ihre verknäuelten Glieder herum. Sie standen jetzt da, als hätte ich sie gesucht, silbergrau, schimmernd von einer Feuchtigkeit, die aussah wie feiner Schweiß. Ich glaube nicht, daß es Selbstmitleid war, was mich die Wange an ihre Rinde legen ließ, es war Mitleid mit Martha, mit Mike und Terry Taverner, die so früh von ihr lassen mußten; mit Jacob, meinem kleinen Sohn, der vielleicht, vielleicht nicht, zu einem furchterregenden Fremden herangewachsen war, einer Geißel, die etwas Undenkbares getan hatte; mit Judith und Carolyn und auch mit mir selbst, warum nicht mit mir selbst, aber vor allem mit Jacob. Es war all dieses Mitleid für alle diese einzelnen Wesen. Was konnte ich mit dem allem anfangen, außer meine Skier zu einem breiten, ungeschickten V um den großen Doppelstamm herum aufpflanzen, meine Wange an den Baum lehnen und warten und warten, daß ich getröstet würde.

Carolyn

Lief er auf dem Harvard Square herum und sah aus wie andere Jungen seines Alters? Man kam sich dort vor wie in einem leicht ausgedünnten Kalkutta, auf einem beengten Basar der Wohlhabenden, wo sich anonyme Massen um einen drängten, irgendwelche Leute einem Reklamezettel für Jazzclubs, Fingernagelboutiquen oder Selbstverteidigungskurse in die Hand drückten und die Hälfte der jungen Leute einen ungepflegten Eindruck machte, noch immer und für alle Zeit in Khaki, mit Frisuren, die sich durch extreme Länge oder Kürze, Farben oder irre Formen hervortaten. Vielleicht war er dort, und man hielt ihn für einen Harvard-Studenten oder Herumtreiber. Oder er bummelte durch die »Nahkampfzone« und linste in die Sexclubs, beäugte die Fotos nackter Mädchen mit schwarzen Balken über den Augenpartien. In diesem Viertel sah jeder aus wie ein Gejagter.

Zum einen Teil hing es damit zusammen, daß sie Mutter war, zum anderen Ärztin, die dafür lebte, alle ihre Gefühle dafür aufwandte, daß es Kindern gutging – jede Sekunde ihres Lebens war offenbar dem Wohlergehen von Kindern gewidmet, der Linderung oder, wenn möglich, Verhütung von Schmerzen. Nun saß sie da und sah starren Blicks an den Pflanzen auf dem breiten Fensterbrett der Küche vorbei zu dem Vogelhäuschen, das von der kleinen Platane herunterhing. Sie machten sich nicht mehr die Mühe beziehungsweise wagten nicht mehr, es zu füllen, weil Katze Snappy hinaufkletterte und die Vögel herausholte, und dann entdeckten sie auch noch die Eichhörnchen, die drohend umherpirschten und die heruntergefallenen Körner aus dem Schnee gruben, sich kopfüber an der elektrischen Leitung entlanghangelten und auf den Ast sprangen, eben mit allen Mitteln an das Vogelhäuschen heranzukommen versuchten; sie kauften das Futter schließlich nicht, um die Eichhörnchen zu ernähren. Und dann schleppte die Katze einen Eichhörnchenkadaver an, aufgerissen und innen rosa wie eine filetierte Hähnchenbrust. Rot an Zähnen und Krallen, wohin man sah. Sie wehrte sich dagegen, ihn sich als Kleinkind vorzustellen, getröstet und gepudert und gehätschelt. Sie sah ihn, wie er seinen jetzigen Skianorak anzog – er besaß einen schicken schwarzen mit roten und gelben Streifen, in dem er sich erkennbar großkotzig vorkam, geheimnisvoll und ein bißchen unheimlich. Oder wie er letzten Sommer von einem Felsen in den Skaggs Pond gehechtet war, den Bauch eingezogen, die Ellbogen spitzwinklig. Ein Junge. Ein Junge an der gefährlichen Schwelle zum Mann. Sie stellte sich vor, wie er den wilden Mann spielte, nur um zu sehen, ob er wirklich grausam sein konnte, und damit sie ihn nicht mehr hilflos und winzig vor sich sah.

Man blieb nicht ewig Mutter. Warum konnten nicht mehr Leute zugeben, daß jede Phase so vollständig von der nächsten abgelöst wurde (wenn man so genau hinsah, wie es eigentlich nötig war), daß sie manchmal nicht mehr sicher wußte, ob sie überhaupt *dabeigewesen* war. Ihre Kindheit war nur noch Gerücht, in weiter Ferne, heraufbeschworen durch Fotos und ein paar Tonbänder – Judith lispelte, Jacob kicherte unablässig und schluckte Luft; er hatte so oft Schluckauf, daß sie sich wegen des Luftschluckens Sorgen um ihn gemacht hatte. Sie hörte mit Staunen, wie die beiden auf den Tonbändern miteinander redeten und ihre Lieder sangen; es waren die Stimmen von Kindern fremder Leute.

Und dann die Videos, wirklichkeitsgetreu und unvermittelt, aber da fehlten all die frühen Jahre. Und Jacob war besser dokumentiert als Judith – erstes Kind, und irgendwie waren sie damals weniger eingespannt gewesen – aber in ihrer eigenen bloßen Erinnerung bekam sie das Bild beider nicht ganz zusammen. Es war Betrug. Und in letzter Zeit war ihr die Erkenntnis gedämmert, zumal sie ihre Eltern jetzt siebzig und achtzig werden sah, daß ihr ganzes Leben einmal genauso verblassen würde: ein fernes Bild nur noch, nicht unmittelbarer gegenwärtig als ein guter – *bestenfalls* ein guter – Film. Wenn sie sich so angestrengt konzentrierte, wie es ihr nur möglich war, sah sie vielleicht einmal etwas Schnappschußähnliches. Aber die Erinnerung, Erinnerung des Blutes, wurde überbewertet; in Büchern war sie zu scharf, zu klar und lückenlos. In der Wirklichkeit war alles Schatten. Die Vergangenheit war nur eine abstrakte Vorstellung, zerstückelt in Bruchteile scharfer Bilder, nicht länger als die Klanghäppchen im Fernsehen. *Betrug, Betrug, Betrug.*

Sie hatte als junges Mädchen einmal entsetzt mit ansehen müssen, wie ihre Katze die eigenen Jungen nicht mehr erkannte, sowie sie ein bestimmtes Alter überschritten hatten, oder nichts mehr für sie empfand. Scumbles hatte die Katze geheißen, ein schönes Tier, schwarz und langhaarig, und ihr Mutterverhalten war so natürlich gewesen, ihre Liebe so tief und vielschichtig, daß Carolyn vor Bewunderung ganz hingerissen war. Wenn sie die frischgebackene Mutter ihre Kleinen herumschleppen, sie an ihren nassen Nackenfellen hochheben und aus Gründen, die kein Mensch je durchschauen konnte, in ein neues Versteck tragen sah, machte es sie glücklich, auch sich selbst als Tier zu sehen. Es war erhebend, doch wenigstens ganz entfernt verwandt zu sein mit diesem liebevollen, wärmenden, schützenden kleinen Geschöpf, das sich ohne Unterweisung um seine fünf gerade daumengroßen Kinder schmiegte und sie beleckte, bis sie glänzten.

Aber es dauerte nur ein paar Monate, bis sie Scumbles dabei ertappte, wie sie ihre eigenen halbwüchsigen Kinder böse anfauchte wie eine Fremde, selbstsüchtig ihr Revier und ihr Futter verteidigte. Gefühllos! hatte Carolyn protestiert. Wie konnte sie die Verbindung einmal nicht mehr spüren? Wie konnte sie ihren Geruch auf einmal nicht mehr kennen und lieben? Nun, wenn sie ihn sähe, könnte sie diese Verbindung vielleicht zurückgewinnen.

Vielleicht, wenn sie ihn in die Arme schloß und sich erinnerte. Aber der Junge, den sie an sich gedrückt, vom Boden aufgehoben, auf ihrer Hüfte balanciert und in den Schlaf gewiegt hatte, war sowieso nicht mehr da; und er wäre nicht er, wenn er jetzt in der Tür erschiene. Aus ihrem Kätzchen wäre ein ausgewachsenes Exemplar geworden, das sich das Fell mit Aftershave, Deodorant und Haarcreme parfümierte, um den Geruch zu übertönen, den seine Mutter als den ihren erkennen konnte. Ein Kätzchen, das tat, was es wollte. Ein ausgewachsener Kater.

Sie legte den Kopf auf die gekreuzten Arme und weinte.

Judith

Manchmal waren sie ein gutes Team; sie hatten viel gemeinsam. Wenn ihr Vater barsch wurde oder so peinliche Sachen machte – wenn er in der Schule, wo er mit den Kindern dieses Wandbild malte, zu sehr herumalberte oder in der Bürgerversammlung den Mund aufriß, so daß die Eltern der anderen alle über ihn lachten, oder Leserbriefe an die Zeitung schrieb – oder wenn ihre Mutter nervös und ausfällig wurde oder zu müde war, um einem zuzuhören – dann taten sie sich zusammen und halfen einander. Sie hatten so bestimmte Blicke, mit denen sie einander sagten, sie wüßten schon, was los sei, und vertrauten darauf, daß es wieder verging; sie hatten kleine Rituale, geflüsterte Bemerkungen, die daran erinnerten, was sie an jenem Tag, an jenem Abend ... So etwas blieb in der Familie; es war zu unwichtig, um es gegenüber Freunden auch nur zu erwähnen, oder zu erwarten, daß sie es verstanden.

Da war auch noch anderes. Judith hatte Jacob einmal erlaubt, in ihrem Zimmer Geld zu verstecken, das sein Freund Jackie nicht hätte haben dürfen. Er sagte: »Du bist doch gut darin, keine Fragen zu stellen, ja?« Und sie war so geschmeichelt, daß sie ja sagte, klar doch, obwohl sie wußte, daß etwas faul war. Sie erzählte viele Kleinigkeiten nicht, die sie zufällig wußte, etwa daß Jacob nicht immer unbedingt dort war, wohin er angeblich ging, oder mit denen zusammen war, die er genannt hatte. Vielleicht wußte sie mehr, als sie sollte, aber er war ihr großes Idol, war es immer gewesen, und sie machte es sich zum Hobby – es war schon mehr als ein Hobby –, ihm mit Augen und Ohren zu folgen, herumzuschnüffeln und sich alles zu merken und zu schlucken, was sie fand.

Und da war noch etwas, zumindest gewesen. Manchmal fand sie es schrecklich und dann wieder völlig normal, weil er doch ihr Bruder war, Teil ihres Lebens von der allerersten Minute an, aber da sie es niemandem je gestehen würde, konnte ihr auch niemand etwas dazu sagen. Eines Abends waren ihre Eltern ausgegangen und hatten sie allein zu Hause gelassen, unter Jacobs Verantwortung – das mußte gewesen sein, als sie acht oder neun und er vielleicht dreizehn war, vielleicht ein wenig jünger –, und da hatte sie ein Bad genommen, und irgendwie war er plötzlich im Badezimmer aufgekreuzt, als sie sich gerade das Nachthemd überzog. Er hatte ein bißchen schüchtern dabei dreingeschaut, ihr dann aber doch ein paar Fragen nach ihrem Körper gestellt: wie etwa bestimmte Stellen aus der Nähe aussähen, und sie hatten mit überaus ernster Neugier ihre jeweiligen verborgenen Körperpartien gemustert. Daß er sie so inspizierte, störte sie nicht – sie war sauber nach dem Bad, die Luft von Babypuder vernebelt – und beide Eltern hatten ihr immer wieder, geradezu aufdringlich erklärt, wie natürlich und schön »der Leib« sei – ein komisch feierliches Wort für die simple Haut, in der sie herumlief.

Jacob hatte mit sichtlichem Respekt betrachtet, was er zu sehen bekam; er rührte sie nicht an, er fragte nur mit dem wissenschaftlichen Ernst ihrer Mutter, der Ärztin, ob sie ihm zeigen wolle, wie sie *innen* aussah. Sie hatte sich nie als etwas Geheimnisvolles betrachtet, aber wer nicht die Erfahrung hatte, ein Mädchen zu sein, wußte wohl nicht einmal so genau, wie viele Öffnungen man hatte und wo und wozu. (Wozu, das wußte sie selbst nicht recht. Sie war sich auch nicht direkt sicher, aus welchem die Babys kamen, obwohl sie so eine gewisse Ahnung hatte.)

Und dann, das gehörte zur Abmachung, durfte sie ihn ansehen. Mit vier Jahren hatte sie einmal zum Pipimachen neben Mickey Geyer gehockt und dabei gesehen, daß er ihr in der Beziehung etwas voraus hatte und keine nassen Schuhe bekam. Sie hatte auch halbwegs gesehen, woraus bei ihm das Pipi kam, und im Lauf der

Jahre hatte sie verschiedentlich bei ihrem Bruder so etwas mitbekommen – bei Jungen sah man leichter, was sie hatten, als bei Mädchen – aber aus der Nähe betrachtet war es schon ein Wunder. Sie fand es abstoßend, dieses komische Gewächs, das eine andere Farbe und Beschaffenheit hatte als sein übriger Körper. Im Grunde war es lächerlich, wie ein kleines rosa Tier oder etwas, das man im Aquarium auf einem Meeresfelsen zusammengeringelt sah, mit nur einem schrägstehenden Auge. »Nicht anfassen«, hatte Jacob sie gewarnt, »sonst erschreckt er dich.«

»Wie meinst du das?« Sie richtete ihre äußerste Konzentration darauf.

»Ich zeig's dir nächstes Mal«, sagte ihr Bruder. »Er kann ein Kunststück.« Er hatte während der ganzen wechselseitigen Erkundung immer wieder zur Tür geblickt; eindeutig um zu hören, ob ihre Eltern vielleicht vorzeitig zurückkämen.

»Was schielst du immerzu nach draußen?« fragte sie. »Die werden nicht böse, wenn sie uns sehen.«

»Wetten?« meinte Jacob, während er seine Jeans hochzog und nachdenklich, als beschäftigte ihn immer noch, was er gesehen hatte, den Reißverschluß und die Knöpfe schloß. Er war selbst da so widersprüchlich, mal höflich und rücksichtsvoll, mal platzte er fast vor Tatendrang und Frechheit. Er nannte das verborgene Ding »Batman«.

»Die sagen immer, unser Körper ist gut, und nichts ist daran schmutzig.« Er konnte jedenfalls nach einem Bad nicht schmutzig sein, dachte sie dankbar.

»Klar«, meinte er. »Aber eigentlich sollen wir ihn uns nicht gegenseitig zeigen. Wenn man verwandt ist, dann – gehört sich das nicht.«

»Ich wüßte nicht wieso.« Sie fragte sich, warum er dann nicht woandershin gegangen war, zu einer Freundin oder einem Mädchen aus seiner Klasse. Natürlich war es vernünftiger, zu ihr zu kommen, sie glaubte nicht, daß jemand Fremdes besser gewesen wäre. Sie wußte auch nicht, was daran unrecht sein sollte, und konnte es kaum erwarten, sein Kunststück zu sehen.

Ihre Eltern ließen sie die nächsten Wochen nicht wieder allein; Judith verging vor Neugier. Was konnte dieses weiche, gummiartige Ding für ein Kunststück vollführen? Vielleicht konnte er es ganz nach innen einziehen, in das dünne dunkle Haarbüschel darüber, so wie Schildkröten ihren Kopf einziehen konnten. Vielleicht hatte es etwas mit diesem wabbeligen Säckchen dahinter zu tun, das mit einer Gänsehaut überzogen war, als sei ihm kalt. Sie war geistesabwesend und ungeduldig und fing an, die Jungen in ihrer Klasse zu begaffen, wenn sie es unauffällig tun konnte. Sie trugen alle dieses im Dunkeln versteckte Geheimnis mit sich herum. Dieser bewegliche Pilz, der den Kopf hin und her baumeln ließ, unsichtbar, war sehr viel merkwürdiger als das, was sie hatte, denn das *tat* ja im Grunde nichts.

Batman kam eines Abends ans Licht, als ihre Eltern nach Howe zu einem Ballettgastspiel gefahren waren. Es schneite an dem Abend, und sie fürchtete schon, sie würden vielleicht doch nicht fahren; sie standen zu zweit am Dielenfenster und sahen dem Wagen nach, dessen Scheinwerfer durch den kalten Nebel stießen, und überlegten, wie lange sie warten sollten, um sicherzugehen, daß ihre Mutter nicht die Eintrittskarten oder ihre Handtasche oder sonstwas vergessen hatte.

Jacob zog dann seine Hose ganz aus, um anzuzeigen, daß sie diesmal weder Angst zu haben noch sich zu hetzen brauchten. Er behielt sein blaues Michael-Jackson-T-Shirt an, das sich an der Taille vorwölbte wie ein Zelt. Dann führte er ihre Hand in dessen Schatten und schloß sie um ihn. Er hatte einen ganz seltsamen Blick – erregt, aber sonderbar fern, als wäre er nicht hier bei ihr, sondern ganz woanders, und sähe jemanden, vielleicht auch niemanden, jedenfalls nicht Judith, seine kleine Schwester. Er schloß seine Hand fest um die ihre, wie es ihr Lehrer im Schreibunterricht tat, und bewegte sie auf und ab, hektisch und immer schneller, und

Judith fühlte erschrocken, wie da etwas in ihrer Hand lebendig wurde. Es zuckte wie ihr Meerschweinchen, wenn es aus dem Käfig heraus war und Angst hatte. Es versuchte zu entkommen. Einmal öffnete er ihre Hand, damit sie sehen konnte, und sie begriff das Kunststück – Batman hatte sich in etwas völlig anderes verwandelt, von anderer Form und Größe, anderer Farbe. Ein Zauber-Ei.

Endlich, als sie eigentlich genug hatte von diesem aufgeregten Gerubbel, gab Jacob einen Schrei von sich und bäumte sich auf, als ob er weg wollte, und sein Kopf bog sich beängstigend weit nach hinten. Er bleckte die Zähne, und seine Zahnklammer blinkte im spärlichen Licht seiner Nachttischlampe. Er mußte Schmerzen haben, sie hatte ihm, ohne es zu wollen, weh getan und wollte sich gerade entschuldigen, als sie sah, daß sie im Besitz einer Handvoll Schleim war, und da endlich rannte sie aus seinem Zimmer, dem Erbrechen nah. Sie rannte, wild ihre Hand schüttelnd, um das Zeug loszuwerden, die Treppe hinunter und zur Tür hinaus, als stände das Haus in Flammen. Er kam ihr nicht nach. Sie lief in Sokken auf den Gartenweg, und der Saum ihres Nachthemds schleifte durch den Schnee und wurde ganz naß. Sie blieb draußen, bis es ihr zu kalt wurde, dann ging sie hinein und geradewegs in ihr Zimmer und schloß die Tür. Sie hatte ihre Hand in dem frischen Schnee abgerieben, wie sie einen Schuh abkratzte, wenn sie in einen Hundehaufen getreten war, aber sie sah noch immer so ein merkwürdiges, filmiges Netz, wie Reste von Eiweiß, das in ihren Handlinien angetrocknet war.

Eine Woche lang fand Judith ihren Bruder zu eklig, um sich ihm nähern zu können, ohne den Blick abzuwenden. Sie war froh, im Unterschied zu Jungen unbelebt und unveränderlich zu sein. Es dauerte sehr lange, bis sie ihn wieder ansah – nicht direkt, um ihm zu vergeben, denn sie konnte sich nicht entscheiden, ob sie ihn wegen dieses widerlichen Tricks bedauern oder hassen sollte –, aber als sie sich endlich durchrang, tat sie es nur, weil es einfacher war, die Schuld an dieser bizarren Episode gerecht zu verteilen, als ihn allein dafür verantwortlich zu machen. Sie mußte annehmen, daß jeder Junge das konnte; vielleicht wuchsen sie da heraus. Aber jetzt konnte sie verstehen, warum er Angst gehabt hatte, daß ihre Eltern sie überraschen könnten. Der Junge, der neben ihr am Tisch frühstückte und ihr seinen Biologieaufsatz *(Die Venusfliegenfalle und andere fleischfressende Pflanzen)* vorlas und offenbar keine sichtbare Bewegung in seinem Schoß barg, wenn sie nebeneinander auf der Rückbank des Autos saßen – es war unmöglich, daß er in solcher Ruhe einen Batman besaß und ihn in Schach hielt, aber es mußte stimmen, sofern nicht alles ein schlechter Traum gewesen war, ausgelöst durch die Abwesenheit ihrer Eltern an einem gefährlichen Abend voll Kälte und Schnee. Allerdings neigte sie nicht zu solchen Träumen.

Nicht lange danach erklärte ihre Mutter ihr in Begriffen, die nicht leicht in Bilder umzusetzen waren, die Sache mit den kleinen Kindern – wie zwei Menschen sich liebten und sich dann aufeinanderlegten, so was hatte sie schon im Film gesehen –, aber es drängte sie nicht, zu glauben, daß Jacobs Zauberkunststück etwas damit zu tun hatte. Hieß das denn, daß sie mit dem, was sie getan hatten, ein Baby hätten machen können? Tat es weh, zu tun, was nach Darstellung ihrer Mutter jeder tat? Sie mußte an die Stimme ihres Bruders denken, seine Augen, sein hilfloses Stöhnen, ihre Flucht in den Schnee. Sie erzählte es keinem Menschen, nicht einmal ihrer besten Freundin Celeste. Celeste war schwer verknallt in Jacob, aber wenn sie das hörte, würde sie ihm nie wieder in die Augen sehen können.

Doch im letzten Jahr war er anders gewesen. Manchmal konnte sie kaum glauben, daß sie je während dieser endlosen Mußestunden, die Kindern auf dem Lande zur Verfügung standen, zusammen gespielt hatten: Schneeburgen gebaut, Lagerfeuer gemacht, Fünf-Minuten-Dramen im vollen lächerlichen Kostüm aufgeführt, wobei immer Jacob die Regie hatte; ihr braunweißes Frisby geworfen, das aussah wie Raumschiff Orion. Jacob hatte Typen mit verrückten Stimmen drauf, wie den Alten Seemann, so einen ollen Schleicher, der sich einen immer grabschte, wenn er reden wollte, und dann loslegte über langweilige komplizierte Filmplots, die es nie gegeben hatte. Wenn es einem gelang, ihn zu kneifen, war die Stimme weg. Und einen Mr. Q., der das totale Gegenteil von Mr. T. war, ein kleiner Schwächling, neben dem Woody Allen aussah wie Superman. Der erzählte dauernd von seinen Abenteuern, wie er eine Ladung Sand ins Gesicht gekriegt habe und seine Freundin ihm von Wochenendsurfern entführt worden sei. Judith fand, daß Jacob Filme machen oder Bücher schreiben sollte, wenn er einmal erwachsen war – er mochte sich lediglich auf das Versprechen einlassen, nie einen Beruf zu ergreifen, bei dem er einen Anzug mit Krawatte tragen müsse. »Auch nicht Basketballtrainer?« fragte sie. »Das«, räumte er ein, »wäre noch zu überlegen.«

Aber allmählich begann sich bei ihm etwas zu entwickeln, was sie den Drachenhauch nannte. Woran sie im Grund dachte, wenn er ihn gegen sie richtete, waren Szenen aus »Die Invasion der Körperfresser«, in denen die Leute, deren Körper man sich bemächtigt hat – sie sehen noch ganz normal aus, arbeiten aber »für die andere Seite« – ihre Opfer anstarren, den Mund aufmachen, und heraus kommt ein Brüllen wie von Flammen, keine eigentliche Stimme, sondern ein hohler, schauerlicher Schmatzlaut: Wind, der durch den Tunnel zur Hölle fegt.

Als sie das zum erstenmal hörte, hatte er so laut gebrüllt, daß er sie aus tiefem Schlaf weckte. Sie hörte seine entrüstete Stimme bis ganz nach oben, dann ein ebensolches Geschrei ihres Vaters. Sie waren in der Küche. Judith stellte sich an die Wohnzimmertreppe und beugte sich übers Geländer, um zu erfahren, worum der Streit ging. Wieder einmal, weil er zu spät nach Hause kam. Es war schon zwei oder drei Uhr morgens. Daß Jacob sich so lange mit seinen Freunden herumtrieb, vielleicht auch, was sie machten, wenn sie unterwegs waren; da sie einiges nicht hören konnte und anderes nicht begriff, entging ihr das Wesentliche, aber es hörte sich an, als ob sie sich gleich prügeln würden.

Das taten sie dann doch nicht. Sie sah ihre erschöpften Gesichter, als sie die Treppe heraufkamen und an ihr vorbei zu Bett gingen, zuerst ihre Mutter (die sich kaum hatte vernehmen lassen oder so leise gesprochen hatte, daß ihre Stimme nicht einmal ein Zimmer weit trug), bleich und stumm; dann ihr Vater, noch ganz rot, mit Schweißperlen im Bart wie Schneeflocken, und schwer atmend; zuletzt Jacob, Opfer und Ursache des Brandes. Er war inzwischen in eine neue Phase eingetreten: trug seine erhabenste, unnahbarste Miene zur Schau. Auf Judith, die zur Seite trat, um sie alle drei vorbeizulassen, wirkte er wie ein Blinder. Er sah aus, als hätte er nichts gesehen, nichts gehört, wäre nur zufällig in einen großen Tumult verwickelt worden, mit dem er eigentlich nichts zu tun hatte. Sie bewunderte die Abgeklärtheit dieses Gesichts, seine Erhabenheit, die über der Situation zu stehen schien (aber hatte sie ihn nicht eben noch schreien hören, daß seine Stimme überkippte wie bei einem Kind?). Doch damit war es schlagartig vorbei, als wäre er in eine andere Phase eingetreten, seine Wut in heitere Gelassenheit umgeschlagen. Als er an ihr vorbeikam (sie war inzwischen wieder ganz nach oben geflüchtet), streckte er die Hand aus und zwickte sie in den Bauch, ohne den Mund zu einem Lächeln zu verziehen. Wie sie ihn liebte – seine Beherrschung, diese Überzeugung von seiner Unschuld. Ihr Vater wirkte daneben richtig albern, wie einer, der einem Bus nachgerannt war, ihm nachgeschrien, an die Türen getrommelt hatte und am Schluß verlassen auf dem leeren Trottoir stand.

Ein paar Minuten danach ging sie in Jacobs Zimmer, um ihm zu gratulieren, blieb jedoch wie angewurzelt stehen. Er hämmerte mit bloßen Fäusten auf seine Schranktür ein, brutal, jeder Schlag von einem Grunzen begleitet, als ob er jemanden windelweich prügelte. Sein Led-Zeppelin-Poster hatte lange Risse und war an den Rändern ganz zerfetzt. Auf dem weißen Papier prangte Blut von seinen Händen. Sie blieb hinter der Tür stehen, wo er sie nicht sehen konnte. Endlich hielt er inne und faßte den einen Ellbogen mit der anderen Hand, wippte auf den Fersen und leckte seine zerschundene Faust. Sie sah seinem verheulten Gesicht an, wieviel ihn das Brüllen und die anschließende Beherrschung, die Erhabenheit des Blinden, gekostet hatte. Das Blut lief ihm von den Fingern bis aufs Handgelenk hinunter. Was hatte er nur die ganze Nacht getrieben, wofür sich das lohnte?

Jetzt lag sie im Bett, schön warm im Nachthemd, obwohl es Mittag war, und versuchte zu begreifen, was geschah. Er war fort, und vielleicht würden sie ihn fangen und totschießen. Im Geiste sah sie ihn schnurstracks am Frühstückstisch vorbei zum Schulbus flitzen. Sie stand immer schon seelenruhig am Briefkasten, wenn er aus dem Haus gestürmt kam, gerade wenn der gelbe Schulbus über der Kuppe auftauchte. Oder er kam erst an, wenn Nat schon die Türen schloß, und sprang dann auf und gab Nat einen fröhlichen Salut. Viele ihrer jüngeren Erinnerungen an Jacob waren verbunden mit stinkenden Auspuffwolken und dem lauten Schniefen der sich schließenden Bustür, des Drucklufthebels, den Nat in seiner großen behandschuhten Faust hielt. »Jedesmal ein bißchen knapper, Jake«, sagte Nat belustigt, nicht böse. »Demnächst mußt du hinten auf die Stoßstange springen.«

Aber das war, bevor er Auto fahren konnte. Sie wünschte, er hätte es nie gelernt. Wegen des Autos stritten sie sich am meisten – »Wenn du dir so sehr ein eigenes Auto wünschst, dann geh arbeiten. Spar es dir zusammen.« Das war Vaters Refrain, obwohl man, wie Jacob gern betonte, eigentlich nicht glauben sollte, daß ein Künstler ein noch schlimmerer Geizkragen sein könnte als die üblichen Väter, die zur Handelskammer beteten. »Mächtig viel haben wir davon, daß er diese Spinnereien im Kopf hat«, maulte Jacob oft, »dabei ist er nämlich der größte Kapitalist auf zwei Beinen.« Ihre Mutter war da nachgiebiger; Geld bedeutete ihr nichts. »Was unser ist, gehört auch dir, das muß ich ja wohl nicht betonen«, tröstete sie ihn immer. Es kam vielleicht daher, daß ihre Eltern reich waren – für sie spielte das einfach keine Rolle. Gegen die Einwände des Vaters kaufte sie ihm billig den alten Dodge, als im Krankenhaus ein Hausmeister starb – Jacob nannte ihn in den ersten paar Monaten nur »die Pest«. Versicherung, Benzin und Reparaturen mußte er selbst bezahlen.

Einmal erwischte Mutter ihn mit Geld von ihr – etlichen Zwanzigern aus ihrem Portemonnaie. Da gab es wieder einen dieser Familienkräche, aber Jacob schlug eine neue Taktik ein: Statt zurückzubrüllen, behielt er seinen Drachenhauch von vornherein für sich und verstummte auf der Stelle. Judith sah ihn förmlich nach hinten wegfliegen im Anprall der väterlichen Wut, als stände er im unsichtbaren Luftschraubenstrahl eines Flugzeugmotors. Aber er tat nichts, er kniff nur die Augen zusammen gegen den Sturm. Er wehrte sich jetzt, indem er nichts sagte. Seine Kiefer mahlten – eine Ader zuckte unter seiner Haut wie ein gefangenes kleines Insekt, das herauswollte, aber er öffnete nicht den Mund, um es entwischen zu lassen.

»Kannst du nicht antworten?« brüllte ihr Vater. Drei Zwanziger flatterten in seiner Hand. Judith hatte von der Missetat zwar vernommen, aber sie jetzt vor Augen zu sehen, entsetzte sie – er hatte das Geld tatsächlich aus Mutters Portemonnaie genommen, es gewagt, unaufgefordert ins Allerheiligste ihrer Handtasche zu greifen, die nach ungesüßtem Zimt duftete, und die Scheine herauszunehmen wie ein Taschendieb, ein Fremder!

Jacob machte keine Anstalten zu antworten, er wollte ihn durch Schweigen kleinkriegen, aber der Vater packte ihn am Kragen seines Kordhemds, als wollte er ihn vom Boden heben; er wollte, daß sein Sohn ihm in die Augen sah. Sie warteten stumm. Früher oder später mußte einer von ihnen müde werden. Am Ende war es Jacob, der mit Totenstimme sagte: »Du hast das Geld, du hast die Beweise. Was willst du noch?« Er sah dabei unentwegt seine Mutter an, die aus irgendeinem Grund noch schuldbewußter dreinschaute als er.

Judith wußte, was ihr Vater noch wollte, denn das wollten offenbar alle Väter: eine Entschuldigung. Man bekam seine Ruhe vor ihnen, wenn man bereit war, seine Würde zu opfern. Er wollte bestätigt haben, daß er mächtiger war und Respekt genoß, und selbst wenn man ihn deswegen überhaupt nicht mehr respektierte, weil er es verlangte, war es ihm diesen Verlust anscheinend wert. Das wußte Judith schon mit zwölf, obwohl er sie im allgemeinen viel sanfter anfaßte. Natürlich liebte sie ihren Vater, aber wie Jacob zu seinen Bedürfnissen stand, das fand sie einfach toll.

Seinen Schalldämpfer habe es durchgehauen, sagte er ihr, als ob das alles rechtfertigte. Er mache einen solchen Lärm, daß Roger, der Polizist, ihn unten am Berg angehalten und ihm gedroht habe, ihm das nächstemal einen Strafzettel zu verpassen. »Das ist ruhestörender Lärm«, hatte er gesagt. »Wenn das nicht in einer Woche repariert ist, steht dein Name demnächst in den Meldungen aus dem Gerichtssaal, und dann zahlst du mir fünfundzwanzig Eier wegen Umweltverschmutzung und weitere fünfundzwanzig für den Düsenlärm.« Strafzettel waren eine solche Geldverschwendung, daß er sich hütete, zu schnell zu fahren, obwohl seine Freunde ihn dafür einen Hasenfuß nannten. »Ich werde mal sterben, ohne je einen Strafzettel gekriegt zu haben«, prahlte er. »Sollen sie lachen, sollen sie Roger ruhig ihr Geld in die Taschen stopfen, ich kaufe mir davon lieber einen guten Rekorder. Mal abwarten, wer dann lacht.«

Das war um die Zeit, als er einen Nachmittags- und Wochenendjob in der Baumschule annahm. Da mußte er Bäume mit den Wurzeln in Jute packen und wässern und beschneiden und pflanzen, und er ging mit den jungen Stämmchen so behutsam um wie ein Tierarzt mit einem Wurf kleiner Kätzchen. Er redete mit ihnen, sang ihnen Lieder vor, am liebsten getragene Balladen. Als

Judith ihn dort einmal mit dem Fahrrad besuchte, schenkte er ihr ein Usambaraveilchen im Topf, ein wunderschönes rotes mit Namen Ballerina. »Darfst du mir das auch wirklich geben?« fragte sie. Es standen auch rosa und weiße dort, mit Blättern wie Samt, aufgereiht unter fluoreszierendem Licht. Sie dachte daran, sich davon eine Sammlung auf dem Fensterbrett anzulegen.

»Hier kommt einiges mehr weg als so ein kümmerliches Veilchen, Kleines«, sagte er und sah bei diesen Worten in die Runde. Sein offener, ehrlicher Blick, seine geschickten Hände und guten Manieren, vor allem wie er über den Saatbeeten James Taylor sang, dieses traurige Lied von süßen Träumen und Flugapparaten, boten die Garantie dafür, daß ihn niemand verdächtigte. Er nahm den Metallbügel von einer Fuchsie und klemmte ihn an den Rand des grünen Topfes, in dem ihr Veilchen war. Auf dem Heimweg versuchte sie »Fire and Rain« zu summen, während die kleine Ballerina an ihrer Lenkstange baumelte und mit ihren dunkelroten Fransen winkte, der definitive Fahrradschmuck aller vergangenen und künftigen Zeiten.

Carolyn

Sie rief in der Praxis an. »Was machen Sie gerade, Karen?«

Karen ließ einen überraschten Schnaufer los. »Was ich mache? Meinen Sie, ob ich Karteikarten ordne oder mir die Fingernägel lackiere?«

»Ich meine, ob jemand ... ist jemand da? Sagen die Leute ihre Termine ab?«

Karen lachte bitter. »Also, man könnte sagen, es geht sehr ruhig zu im Wartezimmer. Die Termine ... ein paar Leute haben angerufen. Die meisten sind einfach nicht gekommen. Ein paar waren gestern da und wollten wissen, wo Sie stecken. Die Neuigkeiten sind wohl noch nicht unter jeden Stein gedrungen.«

Sie kam sich dämlich vor, diese Frage an Karen zu richten, aber Karen war diejenige, die zur Zeit auf dem Stuhl des Wissens saß. »Was meinen Sie ... was würde ... wenn ich heute nachmittag käme, was meinen Sie, was ich vorfinden würde?«

Karen blieb lange stumm. »Ach, Carolyn.« (Sie hatte Carolyn nie mit »Doktor« angesprochen. Carolyn war dankbar dafür.) »Einige Leute waren sehr nett. Ich meine, sie sind gewissermaßen ... hat niemand Sie angerufen, um Ihnen Mut zu machen?«

»Ein paar. Doch, eigentlich recht viele, denke ich. Aber das waren natürlich Freunde. Und dazwischen ein paar Stänkerer.«

»Also, ich finde, die Leute hier sind meist ziemlich anständig. Im Zweifel sind sie eher für den Angeklagten. Aber ... Gott, ich weiß nicht. Der *Bugler* ist heraus. Haben Sie ihn gelesen?«

Carolyn schloß die Augen. Wendell hatte ihnen die Zeitung gebracht. Im Aufmacher war von Jacob die Rede, und ausdrücklich hieß es darin, er werde zur polizeilichen Vernehmung gesucht; er wurde nicht als Tatverdächtiger bezeichnet. Auf Seite zwei, über den Todesanzeigen für 82jährige Farmer und 93jährige Altenheiminsassen, prangte ein Foto von Martha in weißer Bluse, lächelnd wie jedermanns Tochter. Das Foto war offensichtlich schon ein, zwei Jahre alt; sie sah aus wie eine Sängerin im Kirchenchor. Das hatte Carolyn den Atem verschlagen, diese dumpfe, mechanische Neutralität der Kamera, die keine prophetische Gabe besaß und die Welt so zeigte, wie sie gewesen war, nicht wie sie sein würde. Die Todesmeldung vollführte einen makabren Tanz um die Fakten herum: Das Mädchen sei »am Mittwoch in Hyland gestorben«, hieß es, aber dann wurde der Ball wieder den Lesern zugeworfen: »(Siehe Bericht auf Seite 1).« Ein Bild war dabei, körnig bis zur Unkenntlichkeit, von dem Zaun vor Tuttles Wiese, wo man sie gefunden hatte. Alles, was man auf dem Bild sehen konnte, waren Schatten im Schnee – Fußabdrücke? Reifenspuren? Es war ein dummes, sinnloses Foto von den Kotflügeln der Polizeiautos und den girlandenartigen Bändern, mit denen man einen Tatort absperrte, aber Carolyn drehte sich der Magen um, als Wendell die Zeitung vor ihr ausbreitete.

»Haben Sie ihn gelesen?« fragte Karen noch einmal.

Carolyn schloß die Augen. »Der *Bugler* ist nicht das Gericht.«

»Oh, das wollte ich damit auch nicht sagen«, beeilte sich Karen zu antworten. »Er bringt nur ... er schafft nur eine Atmosphäre der Verdächtigungen. Sozusagen.« Es war klar, was sie sagen wollte. »Ich möchte Sie nur nicht gern draußen wissen, wo die Leute auf Ihren Gefühlen herumtrampeln können, weiter nichts. Ich meine ... sie sind nicht immer so rücksichtsvoll, wie sie sein könnten. Und manche Leute haben nie Takt besessen, selbst wenn sie nett zu sein versuchen.«

Eine Frau hatte heute morgen zu Karen gesagt, sie habe Angst, ihren kleinen Jungen von Carolyn anfassen zu lassen. Warum? hatte Karen gefragt und so eisig gelächelt, wie sie nur konnte. Glauben Sie, daß sie in letzter Zeit jemanden umgebracht hat? Die

Frau hatte ihr einen fürchterlichen Blick zugeworfen und war, das Kind vor sich her stoßend, davongerannt, als wären sie auf der Flucht vor einer Ansteckung. Zu Carolyn sagte sie: »Vielleicht möchten Sie ja mal ein paar Stunden herkommen und die Lage sondieren. Es gibt ja auch in der Kartei so einiges auszumisten und einzuordnen, wofür Sie sich schon oft Zeit gewünscht haben.«

Als sie zu Ben sagte, sie gehe in die Praxis, meinte er schroff, als wäre das ein Verrat: »Dein Begräbnis.« Sein Gesicht lief rot an. Es war, als wäre man unter Sterbenden – man büßte sein halbes Vokabular ein.

»Zum einen ist es ein Schuldeingeständnis, in Quarantäne zu bleiben. Jacob wird *vermißt.*«

Er sah sie nur an, ein wenig wie eine Eule.

»Und überhaupt ...« Sie dachte einen Augenblick nach und fuhr dann fort: »Haben wir denn selbst kein Leben mehr, unabhängig vom Verhalten unseres Sohnes?«

Bens Augen blitzten sie an. Wieder mußte sie an eine Eule denken, der sie einmal, als sie im Sommer durch den Wald spazierte, am späten Nachmittag begegnet war. Sie hatte ihr weißes Halsgefieder so aufgeplustert, daß sie richtig aggressiv aussah, obwohl sie doch nur auf ihrem Ast saß und herunterschaute. Sie hatte ihr einen kalt funkelnden Blick zugeworfen, der die Luft zwischen ihnen zerteilte, silbern blitzend wie ein Krummsäbel. »Für einen vermutlich geistig gesunden und normalen Menschen ist das unter den Umständen eine erstaunliche Aussage«, sagte er mit beschämender Kälte. Er starrte sie weiter an, als liefe ihr ein scheußliches Sekret aus dem Mund und am Kinn herunter. »Wir sollten lieber so tun, als hättest du das nie gesagt.«

Kamen ihr die Maßstäbe abhanden? Was war so schrecklich daran zu sagen, daß sie sich keineswegs auf ein Nichts geschrumpft fühle durch diesen »Verdacht«, den die Zeitung nicht einmal erwähnt hatte? (Ein paar Tage hintereinander war Nat, der Schulbusfahrer, so freundlich gewesen, nach Judith zu hupen, wenn er sie nicht auf ihrem gewohnten Posten neben dem Briefkasten sah. Ganz gewiß wußte er, daß sie nicht mit Schnupfen das Bett hütete – Nat wußte alles. Der Gute nahm einfach nicht an, daß sie in Deckung gegangen war.) Carolyn fand, daß ihr Entschluß, in die Praxis zu gehen, großes Vertrauen zu Jacob bewies; zumindest einige Leute würden das erkennen und respektieren. Oder was sollte sonst aus ihrem ganzen Wissen werden – über Schwellungen, Symptome –, der Geschicklichkeit ihrer Hände, ihren diagnostischen Fähigkeiten? Wenn man sie vorher gebraucht hatte, brauchte man sie nicht auch jetzt? Das Ganze kam ihr vor wie ein nicht enden wollender Schneetag; alles abgeschnitten, alle Pflichten aufgehoben, während sie zuschauten, wie die Welt unter einer kalten weißen Decke erstickte. Sie hatten Krisensituationen erlebt, in denen sie, da die Pumpe elektrisch war und die Drähte unter dickem Schnee lagen, nicht einmal die Toilettenspülung betätigen, geschweige denn Licht machen konnten. Das Haus vermittelte einem inzwischen immer mehr dieses Gefühl: Die Luft wurde schal, und die Gespräche gingen ihnen aus. Sie saß da und sah Ben an, der dasaß und ins Nichts starrte, auf seine Bedingungslosigkeit pochte, seinen Zorn in sich wälzte und schließlich ihre eigenen Pläne formulierte. Verdammt, sie war noch immer Dr. Reiser. Sie liebte ihr Kind, und sie liebte ihr Städtchen, aber sie war immer noch eine Person von einigem Wert und einer gewissen Funktion, und sie würde das nicht einfach abschneiden im Schatten dieser Anzüglichkeiten. Hol sie alle der Kuckuck.

Sie mußte durch die Stadt fahren, um zum Krankenhaus zu kommen. Von der Hügelkuppe aus wirkten die Dächer, immer noch schneebestäubt, wie mit Zucker bestreute Kuchenstücke. Der Anblick ließ ihr jedesmal den Atem stocken, er war so idyllisch und verschlossen: ein Ansichtskartendorf, am schönsten um Weihnachten, wenn alle drinnen und die Straßen still waren. Es gab tatsächlich Ansichtskarten aus dem neunzehnten Jahrhundert bei der Historischen Gesellschaft, Stiche von heimeligen Häuschen hinter ihren Zäunen, verschnörkelte Zimmermannsgotik an den Traufen, Kränze an den Türen.

Aus der Nähe besehen begann Hyland zu erwachen; das tat es stets früh, ganz im Geiste der Farmer, die es gewöhnt waren, vor Morgengrauen ihre Kühe zu melken. Es gab nicht mehr viele Farmen in der Gegend, nur noch Joss' gelbbraune Kühe draußen an der R 48 – Joe Joss arbeitete jetzt im Optikwerk, behielt aber die Farm bei, und seine Frau führte die Landwirtschaft – und eine Herde gefleckter Holsteiner, die weit draußen am Ende der Camp Road auf einer üppigen grünen Wiese muhten und sich zwischen den Steinen rekelten. Aber das war nur Vieh von Hobbybauern, nicht das Echte. Die Dorfbewohner sagen immer, daß die Fladen von solchen Kühen nicht riechen. Wenn diese Leute ihre Petunien düngen wollen, müssen sie den Dünger genauso in der Tüte kaufen wie wir anderen. Sie lieben unbefestigte Straßen trotz Lehm und Matsch und haben gern ein »1789« über der Tür stehen. Sie trinken Wein, der aussieht wie Ginger Ale, und essen kein Rindfleisch.

Trotzdem waren schon früh Leute auf, parkten vor Doreen's an der Main Street, Lastwagenfahrer, Händler, die ihre Läden gern vor neun Uhr morgens aufmachten, um einen Vorsprung zu haben, oder schlichte Calvinisten, die glaubten, man müsse aus dem Bett sein, bevor die Sonne zum Fenster hereinscheine. (Irgendwie erlaubte ihr Glaube ihnen ein Frühstück, für das sie bezahlen mußten; und es machte ihnen nicht einmal etwas aus, ein Trinkgeld auf dem Tisch zu lassen.) Sie saßen am Tresen oder machten sich in den hohen alten Nischen aus Holz breit, die Doreen nicht durch Plastik ersetzen durfte; ihre schweren Jacken hatten sie in die Ecken gehängt. Spekulierten wahrscheinlich herum, schlossen Wetten ab: schuldig/nicht schuldig. Alle liebten Doreens Krapfen und Kaffeestangen, aber drinnen saßen mehr Freunde von den Taverners als von ihnen. »Stipp und trink«, stand auf einem Schild über dem Tresen. Manchmal kamen die Anwälte hier herein und der Richter, der gegenüber im Rathaus seines Amtes waltete, und sie stippten und tranken zusammen mit allen anderen.

Ben gefiel es hier unten, und manchmal nahm er hier ein zweites Frühstück mit den Leuten zu sich, mit denen er Poker spielte: mit Rudy, dem Schornsteinfeger, und Sam, der Versicherungen verkaufte, aber Kunst liebte, Bens Plastiken liebte. (Einmal hatte er seiner Frau zum Geburtstag eine Vase gekauft, die er »Schrottblumen« nannte, Nieten und Bolzen und ein paar gesprungene Federn.) Ihre Direktheit war es, die Ben so gefiel; ihr gesunder Menschenverstand, ihre Abneigung gegen jeden Dünkel. Eine tief eingewurzelte Sparsamkeit, der Verzicht auf Angeberei. Daß ihre Kinder in der Gegend blieben, ihr ganzes Leben im Städtchen verbrachten. Er hoffte, daß auch Jacob in der Gegend bleiben, aufs College gehen, aber wiederkommen würde; er hoffte, daß Judith, wenn es einmal soweit wäre, wie die Nachbarskinder um die Ecke wohnen und täglich die Kleinen zum Knuddeln vorbeibringen würde.

Er hatte ja recht. Auch sie liebte das normierte Leben in den Vorstädten von Boston nicht, wo jede Küche die gleiche schicke Einrichtung hatte, jeder Quadratmeter ein Vorgarten war. Sie liebten das Verhältnis von Grün und Beton hier, zogen Schlichtheit der Eleganz vor. Die letzte Bastion ... wovon? Nicht der Naivität, nicht einmal der Wohlanständigkeit, darauf hatte niemand ein Monopol. Verantwortungsbewußtsein? Hier wurde einem alles, was man tat, angerechnet, ob positiv oder negativ. Man schleppte es immer mit sich herum. Celene, die hier aufgewachsen war, fand das natürlich am schlimmsten; hier wurde einem nichts nachgesehen. Selbst was man gar nicht getan hatte. Sozialer Determinismus, sagte sie. Verschont mich damit! Aber sie war fortgegangen, hatte sich ihren Städter geangelt und war wiedergekommen. Ich kenne gern die Mannschaftsaufstellung, sagte sie.

Ich möchte, daß meine Kinder wissen, an wen sie sich wenden können, wenn ich sie jemals in der Patsche sitzenlasse. Ich möchte nicht, daß sie Angst vor Fremden haben.

Carolyn hoffte, daß an diesem Morgen jemand da drinnen bei Doreen saß und sagte, man wisse schließlich nichts.

Als sie aus dem Wagen stieg und auf unsicheren Beinen über den vereisten Parkplatz ging, winkte ihr jemand von weitem zu. Na bitte, dachte sie, dann war sie entsetzt, daß sie, seit sie hier zuletzt geparkt hatte, so tief gesunken und für eine simple Geste schon dankbar war.

Ein paar Mütter kamen mit ihren Kindern. Sie versuchten die Beklommenheit zu ignorieren, wie Schauspieler, die sich kaum zutrauten, einem schlechten Stück Leben einhauchen zu können. Ein paar andere äußerten Mitgefühl, das sich wie Beileid anhörte. Sie nickte, dankte und wandte sich wieder dem jeweiligen Kind zu – schnitt eine Schiene auf, pinselte einen Hals aus, gab einem Neugeborenen seine Spritzen und besänftigte sein Geheul. Sie glaubte sich von jeder Mutter mit übertriebener Aufmerksamkeit beobachtet, aber wahrscheinlich irrte sie sich.

Trotz allem hatte sie am Spätnachmittag pochende Kopfschmerzen. Eine Krankenschwester, die sie nur flüchtig kannte, eine Frau mit weißen Haaren und freundlichem Gesicht, die kürzlich aus dem Ruhestand zurückgeholt worden war, schob den Kopf um einen Türpfosten, als Carolyn gerade vorbeiging – sie mußte dort auf der Lauer gelegen haben –, und sagte fast fröhlich und ohne jede Einleitung: »Man sollte Ihrem Sohn mit einem Rasiermesser an die Sie-wissen-schon gehen.«

Carolyn riß den Mund auf. Die Frau war schon wieder verschwunden. Das nächste Mal würde sie eine Antwort parat haben, sich einen Schild vorhalten können, Gleichgültigkeit oder Wut oder auch nur die Unfähigkeit, sich noch überraschen zu lassen. Noch einmal würde sie nicht in so einen Hinterhalt rennen.

Nur Karen verstand es, den richtigen Ton anzuschlagen, oder die richtige Kombination von Tönen. Sie war auf der einen Seite burschikos und unsentimental, fürsorglich auf der anderen, als ob eine Infragestellung ihrer Instinkte eine Infragestellung der natürlichen Ordnung wäre. Carolyn hörte sie mit einer perfekten Mischung aus ungezwungener Höflichkeit und einem starken Unterton von inoffizieller Enttäuschung ins Telefon sagen: »Also, vielen Dank, daß Sie angerufen haben und nicht nur einfach weggeblieben sind, Mrs. Weber. Wir können Ihren Termin gut anderweitig vergeben.« Aber es war natürlich niemand da, der den Termin hätte bekommen können. »Ich kann verstehen, daß Ihnen womöglich etwas unbehaglich wäre – doch – aber ich persönlich halte es nicht für angebracht. Dr. Reiser tut hier ihre Arbeit. O ja, gewiß. Und wieso auch nicht?« Dann eine ungläubige Pause. »Schön, vielen Dank für Ihre Aufrichtigkeit, Mrs. Weber. Alles Gute.« Sie drehte sich zu Carolyn um, die gerade Akten aus den wohlgeordneten Regalen zog. »Diese Heuchler. Aber ein paar sind doch auch sehr nett, das dürfen Sie nicht vergessen. Glauben Sie nicht, daß alle so sind wie die. Einige überschlagen sich geradezu... Und sie erinnern sich auch an allerlei Kleinigkeiten, die Jacob für sie getan hat. Myra Vance sagt, sie hätte ihren Kleinen nie dazu gebracht, in den Schulbus zu steigen, wenn Jacob ihn nicht beschützt hätte, das war vor einem Jahr, und sie ist ihm noch immer dankbar. Sie sagt, Jacob sei der einzige in dieser Bande gewesen, der sich nicht gescheut habe, nett zu sein.«

Als ob er tot wäre. Ihr war die Vorstellung verhaßt, daß über sie geredet wurde, daß man es nötig hatte, solche Erinnerungen aus grauer Vorzeit hervorzuzerren. Sie lächelte und nickte und trug die Akten in ihr Büro nebenan, wo sie sich auf die mit Kord bezogene Couch sinken ließ und die Hand vor den Mund preßte, damit sie sich nicht obendrein noch übergeben und sich gedemütigt fühlen mußte.

Eine Frau, eine neue Patientin, kam mit ihrer achtjährigen

Tochter, die ein Schwimmerohr hatte. »Nanu«, fragte Carolyn lächelnd, »wie kommt sie denn im Januar an ein Schwimmerohr?«

Die Mutter lachte. »Wissen Sie, wir haben einen Swimmingpool im Haus. Nicht hier, das ist hier nur unsere Sommerwohnung, unser Wochenendhaus. Wir wohnen in Boston. In Lexington, genaugenommen. Wir sind nur zum Skifahren hier.«

Carolyn sah noch einmal genauer hin. Die Frau hatte einen blonden Pferdeschwanz und trug Pumps zur Freizeithose. Eine gewellte weiße Linie um die Sohlen zeigte, daß sie damit durch den Schnee gelaufen war. Ihr Pullover war eine handgestrickte Farbenpracht, wahrscheinlich italienisch. Swimmingpool im Haus. Sie war demnach mit dem örtlichen Klatsch nicht vertraut. Sie war vom Mars auf Skiurlaub gekommen.

»Ich bin ja so froh, daß wir in letzter Minute noch einen Termin bei Ihnen bekommen konnten«, sagte sie, während sie ihrem Töchterchen in die Daunenjacke half. »Gewöhnlich ist es bei Ihnen doch so voll. Für so ein Kleinstädtchen, meine ich.« Ihre Tochter zog den gleichen Pferdeschwanz aus dem Kragen. »Aber heute, liebe Güte, als wenn in Ihrem Wartezimmer eine Bombe hochgegangen wäre. Unser Glück jedenfalls!« Sie faltete betulich das Rezept zusammen und fragte, ob die Ohrenentzündung ihrer Tochter bedeute, daß ihr Swimmingpool kontaminiert sei.

Carolyn starrte ihr nach. Das war das Schlimmste, sie hatte es gesehen und darüber gelesen, aber es nie zu fühlen bekommen, wie plötzlich alles so scherenschnittartig vor hellem Hintergrund stand. Schock, oder was? Wie alles in Trümmern lag... Stimmen hallten, geschmacklos und widersinnig, nichts als Platitüden und versteckte Beleidigungen und hinterhältige Verurteilung. Entweder war die Alltagswelt unwirklich, oder sie war es. Oder beide.

Sehe die Welt aus 9000 Metern Höhe. Es gibt in Amerika mehr Berge, als unser Geographielehrer uns je erzählt hat. Jemand hat mir gesagt, hier draußen kriegte man Tortillas aus blauem *Mais! Dad, Du könntest Dir diese Küche mal aneignen, »cuisine« meine ich. »Cocina.« Schlafen ist nicht einfach.*

Ihr fehlt mir

J.

Gestempelt in Albuquerque. Als Carolyn von der Arbeit nach Hause kam und unbedingt einen Drink und ein Bad brauchte, um dann früh zu Bett zu gehen und alles zu vergessen, saß Ben am Küchentisch und starrte auf die Postkarte. Er hatte sie an ein Glas Mayonnaise gelehnt und starrte sie an wie ein Schachspieler eine Mattstellung.

Sie las die Karte, dann griff sie nach dem Glas. »Warum steht das hier?«

»Weiß ich nicht. Es war das größte, was ich finden konnte, um die Karte dagegenzulehnen.«

Sie nahm das Glas und trug es zum Kühlschrank. »Mayonnaise sollte im Kühlschrank aufbewahrt werden.«

»Sag mal, ist das alles, woran du denken kannst? Was ist denn los mit dir?« Er wedelte mit der Karte. »Das ist *Santa Fé.*« Eine lange Reihe von Indianerfrauen war darauf zu sehen, die ihre Waren auf gestreiften Decken vor einer Hausfassade ausgebreitet hatten, einer Art nach vorne offener Galerie. Die Bögen waren aus schönem Stein, und unter ihnen saßen ordentlich aufgereiht diese Frauen mit weichen Gewändern und langen Zöpfen. »Ist das alles? Fällt dir sonst nichts dazu ein?«

»So ist es.«

Sie ging mit schnellen Schritten in der Küche umher, die Lippen zusammengekniffen.

»Was glaubst du, woher er das Geld hat, um ...«

»Er erschlägt einen Menschen ... ja, gut, vielleicht, vielleicht auch nicht, das ist zu hart. Aber er weiß ganz bestimmt, was hier los ist, und dann schreibt er neunmalkluge Karten über Tortillas und irgendwelche Küchen.«

»Carolyn...«

»Er ist... das ist eine psychopathische Reaktion, ist dir das klar? Schon die zweite. Eine ernste Form der Geistesgestörtheit, das ist es, womit wir es hier zu tun haben.«

»O nein. Psychopathisch? Ich weiß nicht einmal, was das ist. Ich sehe nur jemanden, der Angst hat und sich verfolgt fühlt... sieh mal, er kann nicht *schlafen.*«

Sie klatschte ohne bestimmten Grund einen Topflappen auf den Tisch. »Das will ich auch hoffen. Aber das Essen hat er anscheinend noch nicht aufgegeben, oder?« Die Wut, die sich hinter ihren Augen aufstaute, war nicht zu vergleichen mit irgendeiner Wut, die sie auf die kleinen Dinge des Lebens bisher empfunden hatte. Sollte sie sich Sorgen machen, weil er nicht schlief? Jemand schlief dort unten im Gewölbe des Friedhofs, schlief für immer. Sie machte sich klar, wieviel Trost, kalten Trost, aber nichtsdestoweniger Trost, sie aus der Vorstellung bezogen hatte, er sei das Opfer. Am Leben, natürlich am Leben, aber verzweifelt. Fleckenlos.

Sie fand kein Ventil, um es aus sich herauszulassen. Wenn der Boden nicht so dick mit Schnee bedeckt und die Straße nicht immer noch glatt gewesen wäre, sie wäre hinausgegangen und meilenweit gerannt, um dann umzukehren und zurückzurennen und vielleicht gnädig ins Bett zu fallen, das Gehirn ausgebrannt von Kälte und Weite. Sie würde gleich explodieren. Sie hatten noch ihr ganzes restliches Leben vor sich und nichts, woran sie diese Wut hätten verbrauchen können, diese Bewegung, diese Ohnmacht des Nichtwissens. Sie wäre nie auf den Gedanken gekommen, daß sie sich schlecht auf »Belohnungsaufschub« verstand, wie man herablassend von Gettokindern sagte, die Haushaltswarengeschäfte ausraubten, um genug Geld für Goldkettchen und wüste Orgien zusammenzubekommen. Aber irgend etwas mußte sie tun: arbeiten, aufräumen, etwas mit den Händen anfassen, mit dem Verstand. Ihre unverbrauchte Energie würde sonst in ein paar Minuten gegen die Wand klatschen und langsam heruntertropfen.

»Ich habe den *Bugler* noch mal gelesen«, sagte Ben, um jetzt von einer anderen Seite an sie heranzukommen.

»Wir haben ihn alle zusammen gelesen.«

»Die schreiben da nur, daß er zur Vernehmung gesucht wird. Das ist wichtig. Es steht nichts von einem Verdacht oder so darin.« Er sah so zufrieden aus wie einer, der am Tisch saß und auf sein Essen wartete. Es kochte nichts auf dem Herd.

»Kleine Nettigkeiten. Das heißt nicht, daß er nicht verdächtigt *wird*. Es ist nur, was weiß ich, konservativer Journalismus.«

»Aber nett von ihnen«, sagte er trotzig. »Die haben es nicht nötig, nett zu sein. Es steht keine Hetze darin.«

»Kann ich mir denken. Aber die Leute glauben, was sie glauben wollen. Die Zeitung hat gar nicht viel damit zu tun.« Sie sah kurz das sonnige Gesicht der Krankenschwester auftauchen und wieder verschwinden, die Jacob mit einem Rasiermesser an die Intimteile wollte. Sie würde Ben fürs erste verschonen, aber während sie die Gemeinheit wegsteckte, machte sie sich klar, daß sie sich dem allem künftig stellen mußte. Sie arbeitete in einer Praxis, in der sich die entflammten Phantasien und Rachegedanken von Eltern stauten, die in jeder erdenklichen Weise um ihre Kinder fürchteten, während Ben hier oben saß und mit den Fingern über die langen, glatten Glieder seiner Holzfiguren strich. Er ging um sie herum und studierte sie mit der gleichen Hingabe, mit der sie schwierige Diagnosen stellte, und was dabei schließlich herauskam, war das Bedürfnis, von einem Unterarm einen weiteren Millimeter abzuhobeln. Er konnte sich behütet fühlen wie ein Kind – sie erdolchten ihn nicht mit ihren Blicken, seine Statuen, oder tuschelten über ihn oder drohten mit Gewalt. Aber dann wieder war es auch er gewesen, der sie davor gewarnt hatte, zur Arbeit zu gehen. Sie mußte ihm seinen gesunden Instinkt lassen. Sie seufzte und sah sich um. »Wo ist Judith?«

»Sie ist mal zu Kerry's rübergegangen. Ich glaube, sie ist soweit, daß sie wieder zur Schule kann.« Er hatte sie nicht nach ihrem Arbeitstag gefragt, und sie hatte nicht vor, von sich aus etwas darüber zu sagen. Sie sah Jacob vor sich, wie er in einem Restaurant auf dem Marktplatz von Santa Fé saß, hinter bunten Halbvorhängen, und blaue Tortillas in Chili tunkte. Er biß ein Stückchen ab und sah auf den Platz hinaus, wo Menschen in der kalten Wintersonne unablässig hin und her gingen. Sie fürchtete sich vor dem Ausdruck in seinem Gesicht, der weder verängstigt noch besorgt noch irre war. Es war sein gewöhnlicher Alltagsausdruck, der sie, soviel war ihr klar, auf die Knie zwingen würde, wenn sie ihn sähe. »Nein, sie ist noch nicht soweit, daß sie in die Schule kann«, sagte Carolyn. »Es sei denn, bei Kindern ist das anders. Aber ich habe den Verdacht, es wäre dann nur noch schlimmer.« Sie dachte an ihre leere Praxis, die blonde Frau und ihre Tochter, die gemeint hatten, ihr Wartezimmer sehe aus, als wäre eine Bombe darin hochgegangen. In Judiths Gesicht sah man jeden Hieb, es war noch neu und zart und unversehrt. Sie hatte die breite, schöne Stirn einer unversuchten Heiligen. »Glaub mir.«

Ben

Auf der Durchreise.
Hätte nie gedacht, daß sie überhaupt was mit St. Louis zu tun hat, aber hier ist sie, ganz echt. Das Ding hängt im Flughafen, dabei weiß ich doch, daß wir's mal im Smithsonian gesehen haben, was ist da bloß los? Einer hat sich da 'ne Fälschung andrehen lassen! Ich hätte ja auch nie gedacht, daß ich selbst mal nach Missouri komme. Nicht, daß ich jetzt wüßte, warum.
Alles Liebe,
J.

Die *Spirit of St. Louis* baumelte wie ein gigantisches Insekt schattenwerfend über der Flughafenhalle. Die Postkarte hatte etwas Altmodisches an sich, ein mattes, schlecht abgezogenes Foto geradewegs aus den Vierzigern, vielleicht auch früher. Die Ränder waren gezahnt wie bei den Fotos in den Alben meiner Eltern, auf denen alle Leute jung sind und die Männer Badeanzüge tragen, die ihre Brust bedecken.

Carolyn war die Post holen gegangen. Wir sprachen nicht viel miteinander, wir saßen im Haus herum und fühlten uns ganz benommen, als hätten wir beide eine Dosis Kohlenmonoxyd abgekriegt, das sich so unbemerkt an einem emporschleicht, bis man langsam das Bewußtsein verliert. Zumindest ich fühlte mich so. Auch sie erschien mir nicht allzu lebhaft, aber sie versuchte die ganze Zeit Bücher zu lesen und so zu tun, als wäre es wunderbar, daß sie endlich einmal die Möglichkeit hatte, etwas auszuspannen. (Ehrlich gesagt, ich fand es ein bißchen obszön, gerade jetzt Zufriedenheit vorzutäuschen. Man sollte meinen, sie hätte nur eine böse Erkältung, die sie für einige Tage ans Bett fesselte, gerade lange genug, um sich ein paar Agatha Christies zu Gemüte zu führen. Aber sie versteht es nicht, Zeit totzuschlagen, nicht einmal Trauerzeit. Sie kann nicht stillsitzen. *Lieber Gott*, sagte ich mir immer wieder vor, *bitte lehre uns, stillzusitzen. Lehre es uns, lehre es uns, falls es nicht zu spät ist.)*

Mein Gott, ich erinnere mich noch, wie ich ein kleiner Junge war und meine Eltern als orthodoxe Juden am Schabbes nicht einmal ans Telefon gingen. Gerade diese Einschränkung hatte mich immer rasend gemacht; die Frage, was man essen durfte und was nicht, spielte keine besondere Rolle, weil ich eben aß, was meine Mutter auf den Tisch brachte. Und als ich noch klein war, machte mir nicht einmal das Beten etwas aus, oder das Studium der Schriften – meine Ungehaltenheit darüber kam später, als ich eine bewußte Überzeugung brauchte, wissen mußte, worum sich das alles drehte, und keine Antwort fand. Doch dies war anders: Da ging am Freitag abend die Sonne unter, und bis sie am nächsten Tag wieder unterging, sollte ich akzeptieren, daß die Welt einfach nicht existierte. Aber sie war doch da, man konnte darin herumlaufen, sie konnte einen sogar zu Fall bringen, wenn man über die Straße ging und nicht aufpaßte; andere Menschen besorgten darin ihre Einkäufe oder gingen ins Kino, während wir dasaßen und so taten, als ruhte alles. Dabei war die einzige Wirkung auf mich, daß ich alles andere als ruhte, sondern eine ungeheure Anspannung sich in mir aufstaute, die alle Bemühungen meines Vaters zunichte machte. Das Telefon klingelte und klingelte und hörte nicht auf zu klingeln, und ich saß auf meinen Händen und zuckte vor Anstrengung, dazusein und doch nicht dazusein. Ich kam mir vor wie ein Vogel Strauß.

Und so klingelte eines Tages, an einem Vormittag, als mein Vater in der Synagoge und ich aus irgendeinem Grund zu Hause war – ich hatte wahrscheinlich einen Schnupfen, und meine Mutter wollte einer Lungenentzündung vorbeugen – wieder das Telefon und wollte nicht aufhören zu klingeln, und ich stellte mir irgend etwas Schreckliches vor. Wie ich mich von damals kenne, wird es sicher etwas Triftiges gewesen sein: Mein Großvater war da schon im Altersheim, sehr alt und gebrechlich, und ich war überzeugt, sie riefen an, um uns zu sagen, daß er im Sterben liege, daß er gestorben sei, und wir hatten es nicht mitbekommen, während wir die Thora mit unsern Gebetbüchern berührten und sie küßten. Ich sah sie vor mir, wie sie dort im Pflegeheim am Telefon saßen und unsere Nummer wählten und sich wunderten, wo in drei Teufels Namen wir nur steckten. (Es war Schabbes, das wußten sie natürlich; aber wenn es um Leben und Tod ging, hatte das doch Vorrang.) Also sprang ich zum Telefon und nahm ab.

Himmel hilf. Jemand hatte eine falsche Nummer gewählt, und dafür hatte ich gesündigt. »Hallo, ist da José?« Ein Irrenwitz. Aber später, als ich alt genug war, um darüber nachzudenken, und so vieles andere hinter mir ließ, machte ich mir den Moment doch noch zunutze, ich dachte: Unser ganzes Leben ist ein Irrenwitz. All diese Wichtigkeit, und dann ist keiner am anderen Ende; oder bestenfalls ist es eine falsche Verbindung. Ich denke, mein Vater war im Grunde sehr weise, wenn ich es unter diesem Aspekt betrachte: Er wußte, daß ihm nicht soviel entging, wie er gewann, wenn er sich tief in sein Schweigen versenkte und nur ein wenig Frieden suchte. Er wußte, daß er nicht unentbehrlich war, sowenig wie die übrige Welt.

Und nun saß ich da und wartete auf das Klingeln des Telefons, wartete darauf, daß die Welt meinen Jacob zu mir zurückspülte, und alles, was hier ankam, waren aufdringliche Reporter mit immer neuen Fragen (und neu nur deshalb, weil sie allesamt zu dumm gewesen waren, sie früher zu stellen), bestürzte Freunde und die ganz speziellen Störungen durch jene armen Unschuldslämmer, die wegen einer völlig anderen Sache anriefen, etwa: Möchten Sie vielleicht etwas für die Jahrhundertfeier des Colleges spenden, für den Wahlkampf Ihres Senators, »damit er die nächste Wahl überlebt«, und schlimmer: Tim und Julia Novotny – er ist Graphiker, sie macht den schönsten Silberschmuck der Welt – riefen an, um zu sagen, daß sie auf dem Weg von Binghamton wären, um ihren Sohn Scotty am Bates College zu besuchen, wo er im ersten Jahr studierte. (Er und Jacob hatten miteinander Frösche zerquetscht, ich erinnere mich noch an jenen Sommer, als sie neun oder zehn waren. Sie waren groß und klein, blond und dunkel, Scotty ein Junge mit Übergewicht und weich wie ein Kissen, mit unsichtbaren, rotblonden Augenbrauen und Sommersprossen. Nebeneinander sahen sie aus wie ein für den Film zusammengestelltes Freundespärchen.) »Wir sind jetzt in Howe und könnten etwa in einer halben Stunde bei euch sein, entschuldigt bitte, daß wir euch nicht vorgewarnt haben, wir müssen auch nicht über Nacht bleiben, aber es wäre so schön.« Und so weiter. Die Welt ist immer noch da draußen, komme, was da wolle, Schabbes, Mord, heller Wahnsinn.

Wir überfielen sie nicht gleich an der Haustür damit, wir ließen sie sich erst einmal hinsetzen, gaben ihnen etwas zu trinken und redeten über Scotty. Es erschien uns irgendwie unfair, es Leuten, denen etwas an uns lag, so plötzlich ins Gesicht zu sagen, wie eine grundlose Grausamkeit, die wir ihnen antun würden. Wir wußten gar nicht, wie wir uns entschuldigen sollten. »Was können wir nur tun?« wollte Julia von uns wissen, es war klipp und klar das Schlimmste. »Ihr wißt nicht, wo er *ist*?« Sie hielt sich die Hand vor den Mund, als ob schon der bloße Gedanke zu schändlich wäre, um ihn auszusprechen.

»Oder ob er wirklich – ihr wißt schon – ob er etwas Schreckliches getan hat«, sagte Carolyn mit furchtbarer Direktheit.

»Warum hat das nicht in den Zeitungen gestanden?« fragte Tim, als hätte man ihn um die Chance betrogen, es selbst zu erfahren und uns diese ganze Peinlichkeit ersparen zu können. (Oder halt, das ist nicht nett. Woher weiß ich, warum er fragte? Vielleicht hielt er es auch für einen anständigen Zug der Medien – so beispiellos er auch gewesen wäre – oder für einen Hinweis auf Jacobs Unschuld.)

»Hier und da hat es das, soviel ich weiß«, versicherte ich ihm. »Aber es wurde nicht als Sensation aufgemacht. Noch nicht. Man hat keinen – ihr wißt schon ...« (Carolyn und ich machten offensichtlich von dieser Floskel häufigen Gebrauch, obwohl schließlich noch niemand etwas wußte) – »... keinen rauchenden Colt gefunden.«

»Man hat nur einen Verdacht«, half Tim mir aus, und als ich das Angebot annahm und nickte, schossen mir Tränen in die Augen. Ich versuchte so manche Reaktion erst gar nicht mehr unter Kontrolle zu halten.

Carolyn verließ daraufhin das Zimmer. Wir hatten uns über das zu viele Reden gestritten, über ihr Bedürfnis, den blutbeschmierten Wagenheber zu erwähnen, als wäre sie es jedem, der daherkam, schuldig, ihm unsere Seelen auszuhändigen. »Du hast nicht einmal das Recht, jedem zu erzählen, was du weißt«, hatte ich zu ihr gesagt, »du bist es Jacob schuldig, seine Geheimnisse für dich zu behalten. Wenn es denn welche sind. Es könnte uns sogar noch sehr zupaß kommen, daß wir den Mund gehalten haben. Nichts weiter als – Diskretion. Zurückhaltung. Was tut dir daran so weh?«

Es tat ihr um so mehr weh, je lieber ihr die Freunde waren. »Ich bin eben gerne ehrlich, wenn ich kann, Benny. Wozu sind Freunde gut, wenn man sie derart manipuliert, hier ein bißchen Ehrlichkeit, dort eine kleine Lüge? Ich habe Freunde, damit ich vor ihnen ich selbst sein kann, was wäre das Ganze sonst wert?«

Das liebte ich an ihr. Sie war so ehrlich, wie Kinder ehrlich sind, ohne Berechnung, ohne Motiv. Aber ehe Tim und Julia aus ihrem Wagen stiegen, hielt ich den Finger vor die Lippen. »Tu Jacob einen Gefallen«, sagte ich so sanft und ungebieterisch, wie ich konnte. »Man weiß nie, was Leute aus etwas völlig Harmlosem machen. Und was einmal heraus ist, kann man kaum wieder zurückrufen.«

Ich fragte sie nach Scotty, der an diesem Wochenende in *Hartbreak House* die Hauptrolle spielte und sich darauf vorbereiten mußte, eine Weste und Koteletten zu tragen. Julia war wie betäubt. Ich hätte ihr gern gesagt, daß es zwar nett von ihr gemeint, aber doch ein wenig kränkend sei, wenn sie glaube, über ihren eigenen Sohn kein gutes Wort verlieren zu dürfen, als wäre der unsere schon erledigt, ein für allemal, und der Vergleich könne uns umbringen. Wir redeten über die Situation der Lithographie und den schwindenden Markt für guten Silberschmuck in einer angespannten Wirtschaftslage. Natürlich hätten wir über all das sowieso gesprochen, aber der Kontext war merkwürdig, verfehlt. Jedes Thema, das nicht Jacob zum Gegenstand hatte, erschien wie ein Ausweichen; das Nichtwissen hing im Zimmer wie Rauch und erschwerte das Atmen. Sie blieben nicht über Nacht, und wir bestanden auch nicht darauf.

Ich ging jeden Tag einmal in meine Werkstatt, versuchsweise, aber dort kam mir alles nur albern vor, unnütz, als würde ich mich gehenlassen. Ich dachte, wenn das jetzt ein Film wäre, würde ich eine Axt nehmen und ein Stück Holz mißhandeln, mein Lieblingswerk aus dem Fenster werfen und anzünden – es ist so verdammt unfotogen, wie Künstler demolieren und brandschatzen. Ich war nicht in der Lage, etwas zu bauen oder zu zeichnen oder wenigstens die im Antiquariat gekauften Kunstbücher zu lesen, die ich für einen ruhigen Tag hier gehortet hatte. Meine an die Wand gehefteten Skizzen erschienen mir überwältigend trivial. Wer brauchte das alles, außer mir? Wozu war dieser Raum voll Unrat gut, außer für einen wolkenlosen Vormittag, nichts und niemandem verpflichtet? Irgend jemand – Proust, glaube ich – hat einmal gesagt, daß ein Künstler, der eine Stunde Arbeit für eine Stunde mit Freunden, für Gespräche und Geselligkeit opfert, diese Stunde an etwas verschwendet, was nicht existiert. Wenn ich mir jetzt diese eilig hingeworfenen Skizzen ansah, Impulse, die auf den zündenden Funken warteten, und die Adressenlisten, wo ich mir meinen Trödel besorgte – Radkappen, Garnspulen, Schneebesen! – war es schon eine unverdiente Freundlichkeit, die Arbeit ihrerseits als nichtexistent zu betrachten.

Ich hatte versucht, mich von meiner Arbeit leiten zu lassen, hatte angefangen, auf einige meiner Kritiker zu hören, wenn sie sagten, ich manipulierte meine Geschöpfe zu sehr, täte ihnen Zwang an, pfropfte ihnen zu viele gescheite Ideen auf. Warum mußte ich das schöne Holz nehmen und daran herumpfuschen? Es korrumpieren? Jemand sagte mir, mein Werk sei nicht komisch, es sei zynisch, während ich es doch lieber ambivalent genannt hätte, eine Haß-Liebe-Beziehung zu allem: Amerika, der Beschaffenheit meiner Materialien, den natürlichen wie den künstlichen, allen Dingen dieser Welt. Ich hatte diese Frage bei weitem noch nicht geklärt, aber wer auch immer recht hatte, im Augenblick wirkten die Skizzen auf mich unvergleichlich dumm. Reiner Luxus, alles miteinander. Wie peinlich, wenn man als erwachsener Mann seine Zeit etwa auf dieselbe Weise vertat wie im Kindergarten, als man violette Makkaroni auf eine Zigarrenkiste pappte...

Ich nahm mir die Zeitung vor oder sah die Siebenuhr-Nachrichten, legte diese weg, schaltete jene aus. Armeen mähten Garben jenseits von Grenzen, Staatsoberhäupter stiegen auf und wurden gestürzt – alles jenseits meines Gesichtsfeldes. Ich begann immerhin ansatzweise zu verstehen, wie Menschen Selbstmord begehen können – nicht warum, aber wie: was es für ein Gefühl sein mochte, sich dem Tod zu nähern. Nichts. Alles hat den Geschmack von nichts, besitzt keine Anziehungskraft. (Keine Würze, das hat man schon gehört. »Die Dinge haben ihre Würze verloren.« Welch ein Absturz, ständig den Geschmack des Lebens auf der Zunge... und dann auf einmal nichts. Ich dachte nicht an

Selbstmord, das könnt ihr mir glauben. Ich meine nur, es war das erste Mal seit meiner Jugend, daß ich Dinge zu stark empfand, nicht zu schwach, und daß ich es mir vorstellen konnte.) Das einzige, was mir während der Warterei ein gutes Gefühl gab, waren die Spaziergänge, lange Spaziergänge auf Schneeschuhen durch den Wald. Ich ging nicht die Straße hinauf, ich wollte keinen Nachbarn begegnen, ich schlurfte nur auf unserer eigenen Spur einher, hinein in die Einfarbigkeit der entlaubten Bäume und dunklen Tierspuren und Löcher, wo Eis abgetropft war und den Schnee zu Kratern geschmolzen hatte. Die kalte Luft war scharf wie ein Papiermesser – sie war ungefähr das einzige, was ich fühlen konnte. Es war mir recht.

Carolyn kam mit einem Armvoll Post zurück, größtenteils Mist: Reklame, Rechnungen, Aufrufe zugunsten des Regenwaldes, der Rechte politischer Gefangener in der Türkei und Korea, demokratischer Rechte hier in den Vereinigten Staaten von Amerika, die sich liberal zu nennen wagten. Eine Art Beileidsbrief, freundlich und unheilverkündend, von einem Psychiater, zu dem ich früher einmal gegangen war, und der in Philadelphia etwas über Jacob in der Zeitung gelesen hatte. Er versicherte mir, ich sei stark genug, mit allem fertig zu werden, »was da komme«. Und auf Jacobs Namen eine Reklame für Macho-Mail: durchsichtige Unterwäsche – Volltreffer, X markiert die Stelle –, Jockey-Shorts mit Fotos von gewaltigen Apparaten, Aphrodisiaka, »sexuelle Hilfen für dufte Typen«. (Er schwor, er sei nur durch seinen »Hit-des-Monats-Club« auf die Adressenliste gekommen.) Dann reichte sie mir einen Umschlag von der staatlichen Kunstförderung, bei der ich mich um ein Stipendium beworben hatte. Jahrelang hatte ich um einen Trost von dort gebetet, jahrelang hatte ich dünne Ablehnungsbescheide bekommen. Diesmal war es ein dikker weißer Umschlag voller Formulare, die es auszufüllen galt. Zwanzigtausend Dollar wert – für den Preis hätte sie wohl jeder gern ausgefüllt. Mir schnürte es die Brust zusammen; ich war bereits ertrunken, und hier kam der Rettungsring. Vielen Dank, ihr Leute, dachte ich matt. Die Anwaltskosten. Ich sagte es Carolyn nicht einmal.

Zwischen einer A & P-Reklame und einer Abonnements-Erneuerung für *The New Republic* steckte die Postkarte aus St. Louis. Inzwischen hätte man meinen können, daß wir schon damit rechneten, daß wir uns auch schon denken konnten, wo er als nächstes landen würde, aber es traf uns jedesmal wieder wie ein überraschender Schlag in die Magengrube. Wir konnten es uns einfach nicht ausmalen, daß Jacob im Land umherflog wie einer, der mit einem Rundreiseticket Europa bereiste, und uns von den Flughäfen frivole Botschaften schickte... Carolyn schnappte nach Luft, als sie die Karte herauszog. Sie las sie, drehte sie um, las sie noch einmal und gab sie mir mit diesem gequälten Blick, den sie an sich hatte, wenn sie eine tote Taube, eines von Snappys Geschenken, von der Veranda trug.

»Irgendwas an diesen Dingern ist komisch«, sagte ich zu ihr. »Ich weiß nur nicht, was.«

»Sie sind so untypisch für ihn.« Mein Gott, sie sah so müde aus, so ausgepumpt. Bei blonden Frauen fällt das ganz besonders auf.

Ich fuhr mit dem Finger um den gezackten Rand der Karte. »Dabei wissen wir nicht einmal, was ein typischer Brief für ihn wäre. Wann hat er uns denn geschrieben, seit er – ich weiß nicht, einmal mit zehn im Sommer ein paar Wochen bei deinen Eltern war?«

»Und?«

Ich konnte es nicht sagen. Die Texte klangen nicht nach einem Jugendlichen. Es war etwas sonderbar Erwachsenes – Bauchrednerisches – daran. Pose? Der Versuch, wie ein Gleichgestellter anzukommen, wie ein Erwachsener unter Erwachsenen? Es war beunruhigend. »Er schreibt wie ein Imitator. Und – ich weiß nicht, es gibt mir so ein Gefühl...« Ich mußte lange nach dem passenden Wort suchen. »Es gibt mir das Gefühl, als spielte er mit uns, führte uns an der Nase herum. Aufreizend. Findest du nicht?«

Carolyn hatte die Stirn in Falten gelegt. »Es ist die Psyche eines ... du hast recht. Irgendwie klingt das nach einem Fremden. Ich nehme an – wie heißt das noch? Nichts schärft den Verstand so sehr wie das Wissen ...« Sie konnte das Zitat nicht beenden. Ich hielt die Karte fest, und sie stand mit leeren Händen da, hilflos verzog sie das Gesicht.

Etwa eine Stunde, nachdem die Karte gekommen war, rief eine Frau an und wollte einen von uns beiden sprechen. Carolyn war diejenige, die immer zum Telefon sprang, weil sie noch immer auf eine Lösegeldforderung wartete. Die Anruferin wollte ihren Namen nicht nennen. Der Stimme nach sei sie schon älter, meinte Carolyn. »Ich arbeite bei der Post« – ganz ruhig kam das – »und möchte Ihnen nur sagen, falls Sie es nicht schon wissen, daß wir die Anweisung bekommen haben, Ihre Posteingänge zu melden.« Carolyn war dem Ersticken nah. Sie sagte, sie habe nicht einmal gewußt, was sie hätte fragen können. (»Alle wichtigen Augenblicke im Leben ereignen sich immer zum ersten Mal!«) »Ich finde, die sollten Ihnen das sagen, wenn sie so was machen«, fuhr die Frau fort. »Alles was kommt, darüber wissen die Bescheid. Ich wollte nur, daß Sie auch Bescheid wissen.« Das war alles. Dann legte sie sanft auf. So kam es Carolyn vor – sanft. Rücksichtsvoll. Wenn es eine Warnung war, konnten wir nichts dagegen tun. Es war eine Information. Sie bedeutete, man würde die Karten zurückverfolgen, und dieses eine hatten wir also mit der Polizei von St. Louis, Boston, Albuquerque und Santa Fé gemeinsam. Wenn es Briefe wären, geschlossene, ob sie die dann öffneten? Führte der Große Bruder das Regiment, wenn es hart auf hart ging?

Ich fuhr zur Post und sah mich um. Vor dem Briefmarkenschalter ging es nicht weiter, weil der Beamte einer sehr weißhaarigen Dame half, ein Päckchen zu verschließen und zu frankieren, das sie zu Hause hätte fertig machen sollen. Er war geduldig wie ein Vater, beugte sich geradezu ehrerbietig über den Karton, halb im Licht, halb im Schatten, fast wie auf einem Renaissance-Gemälde. (Würde es ihn nicht amüsieren, den de la Tour von Hyland, New Hampshire, oder vielleicht den Vermeer?) Ich mußte zugeben, daß es hier gar nicht so leicht war, die Bürokratie zu hassen.

Hinter ihm waren mindestens drei Frauen, die Post sortierten, Eilpost, Einschreiben, Auslandssendungen. Keine von ihnen sah »älter« aus. Ich dankte ihnen allen, auch wenn ich es für mich behielt. Die Karten würden weiter kommen oder auch nicht, auch ohne ihre oder unsere Hilfe.

Eines Nachts, als ich nicht schlafen konnte, ging ich nach unten, um einen Schluck warme Milch zu trinken, und im nichtssagenden Blauweiß der Küche saß brütend mein Schamane. Seine runden, glatten Schultern sandten scharfe kleine Lichtreflexe aus. »Sprich zu mir, mein Freund«, murmelte ich laut. Er saß teilnahmslos da – urteilte nicht, argwöhnte nichts, wie der Baum, von dem er ein Teil gewesen war.

Da erinnerte ich mich, daß er ja sprechen konnte. Ich beugte mich vor zu dem dunklen Loch, das sein Bauch war, ertastete den Kassettenrekorder und drückte auf PLAY. Er klickte mich an: Band zu Ende. Ich spulte es zurück und blieb davor stehen, stumm, als sähe ich dem Ding beim Denken zu. Und dann, o Gott, es war mehr als gespenstisch – die Grateful Dead, und danach die Stimme eines kleinen Jungen, der eine Baseball-Reportage imitierte, Jacob kommentierte ein Spiel der Sox, und genau in der richtigen Tonlage: »... .holt aus und verfehlt, und da liegt Boggs am Boden. Damit sind schon zwei weg im sechsten Durchgang für die Gastgeber...« Es war seine Stimme und doch nicht seine, zusätzlich kompliziert durch das Bauchrednerische des Spiels. (Hatte ich heute nicht schon einmal etwas von Bauchrednerei gesagt, bei dieser unirdischen Nachricht aus St. Louis?) »Dem Werfer gefällt das Zeichen nicht, das der Schlagmann ihm gibt, er weist es ab, verlangt ein anderes.« Acht oder neun vielleicht. Wir waren so oft hingefahren in das baufällige alte Fenway-Stadion, das sich nie veränderte, nur von Jahr zu Jahr immer schäbiger wurde, drei Stunden Fahrt hin und zurück, und dann manchmal drei Stunden parken, nur um zuzusehen, wie auf dem Spielfeld die Schatten sanken, und ein Hotdog nach dem anderen in seinen Schlund wanderte, immerzu mußte er essen, ein Vogel mit offenem Schnabel. Das schockierende Grün, wenn man hineinkam, die drückende Hitze, die von der Stadt aufstieg. Jacob schrie jedesmal gequält auf, wenn einer den Ball verschlug, und bei den Sox gab es viel zu schreien.

Sentimentaler Daddy. Patriotischer Daddy. Da saß ich, betäubt von Nostalgie. Die Jungenstimme verstummte, dann: »Nein, Paprika und Champignons. Richtig. Nicht Peperoni, ich sagte Paprika. Gut. Also – ist eine Viertelstunde genug?« Und dann zog ich meine Alleswissernummer ab: »Genug?« echote er. »Genug? Genug? Genug? Genug?« Und The Stones. *»You can't always get what you want to.«* Dann ein Wirrwarr, schwindelerregend, zügellos, Geräuscheffekte. Spike Jones. Judith lachte und lachte, Glas zerbrach, die Katze – iiauu –, Judith war mit der Entschuldigung zur Hand: »Sie hat ein paar Bücher umgeworfen, Daddy, schon gut, nichts kaputt«, und wieder Jacob, verschwörerisch, im leisen Gespräch mit jemandem am Telefon: »Nein, nie, das verspreche ich, hör zu, wirklich. N-i-e. Glaub mir.« Himmel, vielleicht mit Martha. Es war grauenhaft. Mir sträubten sich die Haare auf den Armen. Alles vorbei. Ich hatte es gestohlen, hätte es nie haben dürfen, aber da war es. Da und zugleich vorbei. Es gibt nur die Gegenwart, dachte ich. Das Hier-und-Jetzt.

Ich saß im Dunkeln und atmete schwer, dann merkte ich, daß noch ein anderes Geräusch im Zimmer war, das CB-Radio auf dem Kühlschrank, das nichts von sich gab, Funkstille, nur dieses leise Summen, wenn jemand vergessen hat, es auszuschalten, ein gelegentliches Knistern, zufälliges Ätherrauschen. Reine Gegenwart. Warten. Eine Sekunde lang spuckte es ein paar Töne aus, es klang wie »Josie, wo sind die Heftzwecken?«, aber das hieß es wahrscheinlich nicht. Er war wohl irgendwo da draußen. Ich hörte geradezu, wie die kalte Nachtluft hereinströmte. Das CB-Radio ist so sonderbar, wie ein Loch in der Luft, eine Ritze, an die man sein Ohr halten kann. Aber auf der anderen Seite gab es nichts zu hören. Dann endete das Band im Bauch des Schamanen mit einem Freudenjuchzer meiner beiden Kinder aus dem Grab ihrer Kindheit. Genug, genug. Ein Klicken am Bandende. Ein Hahn wurde gespannt.

Also schleppte ich mich ins Bett zurück und legte mich hin, um mich in Schlaf zu verstecken.

Freunde kamen vorbei, aber so sehr sie sich auch um Heiterkeit bemühen mochten, ihre Besuche waren Beileidsbesuche. Wir täuschten Interesse an ihrem Leben vor. Tony Berger und Celene brachten Neuigkeiten aus dem ganzen Schulbezirk: Er unterrichtete »Band« an der Oberschule, vor allem Jazz, swingende Arrangements, gut gemacht und immer steif – sich selbst überlassen, pflegte Tony mit dem Kinn auf den Tasten zu liegen, und es sah so aus, als risse er die Töne mit den Zähnen heraus, ein Hard-slap-Funk à la Thelonious Monk, aber den hielt er unter Verschluß, wenn die Kinder ihn hören konnten. Celene hatte sich im Schönheitssalon damenhafte Löckchen machen lassen, aber gefährlich rot; sie fuhr von Schule zu Schule, um dort den Chören kleine Melodien zu entlocken, und unterrichtete alle Instrumente, vom Glockenspiel bis zur Tuba. In den Lehrerzimmern erzählte man ihr, wie man die Lage sah – ohne Hemmungen, und es klang alles andere als gut. So wie sie über uns redeten, hätte man meinen können, wir wären die Rockefellers, die Kennedys. »Die werden ihn nie finden«, schien die vorherrschende Meinung zu sein. »Er wird protegiert.« Was wohl heißen sollte, daß wir jeden Preis zahlen konnten (und wollten). »Mein Gott, Celene«, sagte ich, »ich will dich ja nicht festnageln, aber sagst du denn überhaupt nichts dazu?«

Sie hatte wunderbare Augen – dreieckig, hatte ich einmal beschlossen, mit der Spitze nach oben, wodurch sie groß und unschuldig wirkten, und sie wußte sie gekonnt einzusetzen, besonders wenn sie gekränkt dreinschauen wollte. »Aber natürlich tue ich das: ›Wißt ihr nicht mehr, wie Ben einmal die Hauptschüler für dieses Wandgemälde zusammengeholt hat, diese herrliche Wand voller Leben, wie könnt ihr nur so reden? Reich? Die ganze Zeit, die er da investiert hat, und bezahlt wurde er in Briefmarken.‹ «

»Und?«

»Und irgendwie, ich sag's ja ungern, meinen sie, das beweise doch nur, daß du es dir leisten kannst. ›Wir könnten nie für so wenig Geld arbeiten!‹ Das nenne ich Dankbarkeit. Ach, Junge, du weißt doch, wie man hier oben zu Künstlern steht. Ich bin gerade noch tragbar, schleppe mich so durch ...« (das hat sie von ihrem Mann gelernt) »maskiere mich als das normale Mädchen von nebenan. Eine Mutter hat mich letzte Woche gefragt: ›Warum bringen Sie ihnen lauter so komische Lieder bei?‹ Ihr Sprößling ist im Marimba-Quartett. ›Was für komische Lieder?‹ frage ich, und sie sagt: ›Diese ausländischen. Gibt es denn nicht genug schöne amerikanische?‹ – Ich weiß gar nicht mehr, was wir gemacht hatten. Irgendwas Israelisches. Japanisches. Ich weiß es nicht mehr. Ungarisch.« Sie fährt sich gern mit den Fingern durchs Haar – zerwuselt es, um es aus der Willfährigkeit des Schulalltags zu befreien.

»Genauso ist es bei Tonyburger. Sie haben es schon gern, wenn er mit den Jazzbands zum Landeswettbewerb fährt und vielleicht den ersten Preis für Tuxedo Junction und dergleichen holt, aber keiner mag so recht darüber nachdenken, wo das herkommt. Weder der Jazz noch der Jazzman. Wenn er in die Schule geht, trägt er ein Jackett, wohlgemerkt. Keinen Schlips, ich meine, das wäre ja Heuchelei, aber er zahlt seinen – naja, seinen halben Obolus.« Ich malte mir gern aus, wie Celene zu dem wurde, was sie ist – ein Mädchen von hier, aber mit Mut und Klasse, die Tony in einem verräucherten New Yorker Club kennenlernte, ganz wie es Mädchen sich erträumen, wenn sie ihre Heimatdörfer verlassen, und ihn mit nach Hause brachte, wo er nun den biederen Schulmeister mimte.

Die Bergers waren unsere besten Freunde, wir waren alle (außer Celene) ein wenig Außenseiter, eigentlich immer noch New Yorker, mochten wir auch noch so respektierlich sein. (Keiner wußte, wieviel man als bildender Künstler wohl verdiente; es war ja durchaus möglich, daß ich mit meinen albernen Sachen das Geld nur so scheffelte, und das machte uns natürlich noch geheimnisvoller.) Und Annie schließlich, an ihr war Hopfen und Malz verloren, seit ihre Liebschaften Jane und Eda hießen, oder seit neuestem – großer Gott! – Anneliese-die-kein-Englisch-spricht-also-wissen-wir-doch-daß-sie-nicht-zusammen-*reden*. Es war nie so recht klar, ob die echten Hylander sich wünschten, sie hätten die Tür zuschlagen können, bevor oder nachdem wir hierhergezogen waren.

Wendell kam vorbei, dann rief er nur noch an, da wir ihm nichts zu berichten hatten. Ich mußte mit jemandem reden, aber es sollte lieber jemand sein, der phantasievoll genug war, sich schlecht zu benehmen. Tony saß bei mir am Tisch, und ich sah ihn scharf an und überlegte. Er verstand sich auf die Taugenichtse in der Schule (die Band übte eine magnetische Anziehungskraft auf sie aus), weil er selbst noch genug von deren Kampfgeist hatte oder sich liebevoll daran erinnerte. Sein baumlanger, drahtiger Körper, seine langen, glatten braunen Haare, die ihm in die Augen fielen, machten ihn wahrscheinlich jugendlicher, als es Wendell mit achtzehn gewesen war. Du, Tony, hätte ich am liebsten gefragt, hör mal, was wäre, wenn Jacob unschuldig ist – nur mal angenommen – und ich der einzige Idiot bin, der etwas verbrochen hat? Wir hatten uns im Lauf der Jahre schon öfter über existentielle Momente unterhalten, Entscheidungen, die man treffen mußte, moralische Definitionen, die wir fein säuberlich ausbreiten konnten wie ein Chirurg seine Instrumente. Das alles hatte mit der momentanen Situation soviel zu tun wie – ich weiß nicht – vielleicht wie die gutgelaunten Instruktionen der Stewardeß zur Räumung des Flugzeugs im Brandfall. Ich hatte keine Zeit zum Nachdenken, Tony! Ich weiß nicht, ob ich ihm genützt oder geschadet habe, indem ich den blutverschmierten Wagenheber verschwinden ließ, die Handschuhe, den ganzen Teppichboden aus dem Kofferraum. Vielleicht habe ich die Kerkertür hinter ihm zugeschlagen. Sie lassen einem keine Zeit, in Ruhe nachzudenken und zu entscheiden, wie man da herauskommt. Aber ich tat, was der kluge Wendell mir gleich zu Beginn geraten hatte: Ich hielt den Mund und damit alle Hintertüren offen.

Meine Träume waren trocken – das ist die einzige Bezeichnung dafür. Ich schlief sehr viel, manchmal auf der Couch, wie einer, den Krankheit oder vorzeitiger Ruhestand niedergestreckt hat, und träumte nie von dem, was wirklich geschah, sondern sah nur weite Wüsten, Kakteen, verblaßte blaue Berge. Ein Bähnchen raste in eine Schlucht hinunter, so eine mit senkrechten Wänden beiderseits der Spur. Ich weiß nicht, wer darin saß, aber es beförderte eine Menge Leute in eine Sackgasse, eine mit wunderschönen blaßrosa und blauen Streifen an den Wänden. Ich weiß nicht, was das zu bedeuten hatte: ein Leben, in dem alles verblichen war? Einmal wachte ich auf, als ich gerade kopfüber in einen kleinen Oasenteich stürzte, in dem ich mein Spiegelbild betrachtet hatte. Narziß? Er schien mir hier nicht recht am Platz.

Außer daß ich in den Träumen ein junger Bursche war, sofern ich überhaupt darin vorkam. Aber so etwas kennt man ja. Ich war etwa in Jacobs Alter und trug meine alte schwarze Lederjacke, in der ich einstmals hatte wild und zornig aussehen wollen, ein Künstler voll Hader. Ein ganzes Jahr lang hatte ich die Welt verflucht, niemand konnte mit mir reden, ich entsetzte meine Eltern und stieß die Verwandten vor den Kopf, die sich in unserer gekachelten Küche herumdrückten, meine frommen Tanten, meine arbeitsamen Vettern. (Ich hatte eine Tante, die einmal wöchentlich fastete, gelegentlich zweimal, um ihre Seele für Gott zu festigen – glaubt mir, ich hatte einiges abzuwerfen.) Ich glaube, ich habe sogar meinen Freunden angst gemacht. Kein Vergleich mit Jacob. Ich war so zornig, hatte mit so vielem zu brechen, der verstaubten alten Religion meines Vaters und Großvaters, den Atembeklemmungen in einem Haus voll Liebe ohne *Verstand*, wie ich es nannte, immer noch unter dem Eindruck, daß Verstand das einzige war, worauf es ankam, in unserer kleinen Wohnung aber kein Intellekt vorhanden war, keine Kunst, nur Essen und Reinlichkeit, Essen und Beten, Beten und Höflichsein. Die häßlichen Wörter, die mir entschlüpften (oder vielmehr: die ich hervorpreßte), machten mehr Spaß als Sex, sie waren die verbotene Befreiung, die den Damm dieser vielen »Du-sollst-nicht« in winzigkleine Stückchen sprengte, auf denen ich dann nach Herzenslust herumtrampelte.

Aber nie habe ich jemanden verletzt, jedenfalls nicht körperlich. Meine Mutter tat natürlich immer wieder so, als hätte ich sie erdolcht. Damals, als ich die katholische Freundin hatte, die mir am Telefon einen Orgasmus besorgen konnte. Oder als ich mich weigerte, mich auf dem College anzumelden, bevor ich nicht ein paar Jahre gemalt und meinen Lebensunterhalt als Taxifahrer verdient hatte. Und so weiter. *Épater les parents.* Ich war wohl kaum der erste, der die Technik entdeckt hatte; allerdings war ihnen meine mangelnde Originalität bestimmt kein großer Trost. Ich bin sicher, ich habe ihnen so weh getan, wie man ihnen aus ihrer Sicht nur weh tun konnte. Aber in Wirklichkeit waren es nur Fleischwunden. Kleine psychische Kratzer. Ich habe nie eine Hand gegen sie erhoben.

Komm doch nur zurück, damit wir mit dir reden können. Damit wir dich *fragen* können. Einmal erwachte ich weinend aus dem

Schlaf, keuchend, schnaufend, als versuchte ich etwas loszuwerden, das mich erstickte. Carolyn, die neben mir lag, nahm meinen Kopf in ihre Arme, drückte mein Gesicht an ihre nackten Brüste und tätschelte mir den Rücken, wie man ein Baby mit Bauchkrämpfen beruhigt. Ich hatte von der katholischen Freundin geträumt und war dabei, die Couch hochzuhebeln, auf der wir saßen. Das war alles. Ich bewegte den Hebel des Wagenhebers auf und ab, schneller und schneller, unschwer zu erraten, daß es um Sex ging, und die Couch hob sich und schwebte schließlich über Wasser, wie etwas in einem schwimmenden Tempelgarten, so etwas Indisches. Verwunschen wirkte es, und darunter lag nur ein kleiner schwarzer Schatten auf dem Wasser wie ein Tintenklecks. Das Mädchen zog die Beine unter sich, wie man es täte, wenn man auf einem fliegenden Teppich in die Lüfte steigen wollte. Aber wieder fiel ich, als ich mich vorbeugte, kopfüber hinein, immer und immer wieder. Ich war offenbar völlig darauf versessen zu ertrinken. »Benny, Benny«, rief Carolyn, sang es fast, aber sie konnte nicht sagen: Ja, ja, es wird doch wieder gut, denn das wäre gelogen gewesen, und sie log nie. Ich weinte weiter, und endlich, gerade an dem Punkt, an dem einem die Tränen eigentlich langweilig werden und man entweder aufhört und nur noch ein bißchen schnieft oder aber erschöpft einschläft, hörte ich mich mit erstickter Stimme flüstern: »Jacob!« Da tat sie es mir gleich, und wir weinten gemeinsam.

Zweiter Teil

Ben

Endlich fand ich eine Beschäftigung für meine Hände: Ich machte Fetische. Betete vermutlich, wie es Jacob wünschte. Sie waren so klein, daß man sie in der Hand halten konnte – Wäscheklammern mit Federn. Mit Knöpfen. Ein bißchen dran herumgeschnitzt. Ich ertappte mich dabei, wie ich einen mit Brüsten und einem dunklen Dreieck aus Putzwolle fabrizierte. Er jagte mir einen höllischen Schrecken ein. Ich machte die Ofentür auf und warf ihn mitten in die Glut und sah ihn eine lange Sekunde zischend und in gleißender Helle aufflammen. Ich muß gestehen, daß ich in dem Moment, als er zu grauer Asche zerfiel, mit einem leichten Zittern seine Macht verspürte, so winzig er auch war, so unfertig.

Vielleicht fand ich es ja wieder, mein Gefühl für das Bild, das wirklicher als die Wirklichkeit war. Ich fuhr ins Städtchen, um mir Reißzwecken zu kaufen, rote, weiße und blaue, und dazu mußte ich erst einmal kräftig schlucken und mich zwingen, ins Central zu gehen, wo alle Leute ihre Zeitungen kauften, ihre Geburtstagskarten, ihre Schreibstifte. Es war ein alter Laden, neunzehntes Jahrhundert, aufgemotzt, aber nicht über eine gewisse zulässige Grenze hinaus – die schwere Tür war uralt und öffnete sich nur langsam. Alle haßten diese erst kürzlich eingebauten elektronischen Wächter, zwischen denen wir jetzt hindurchgehen mußten, die so augenfällig zwanzigstes Jahrhundert waren und laut kreischten – ich nehme an, daß sie kreischten, gehört habe ich es nie, sie hatten die gewünschte abschreckende Wirkung – wenn ein Dieb mit einem kleinen Extra zu entschlüpfen versuchte. Sie standen da wie zwei Wachhunde, die nicht viel zu bellen hatten.

Ich hatte die Hand schon an der Messingstange, um die Tür zu öffnen, da sah ich – sah, und ich schwöre, daß ich es im ersten Moment nicht begriff – ein Foto von Jacob, zwanzig mal fünfundzwanzig Zentimeter, eine körnige Fotokopie, aber deutlich genug, von innen ins Schaufenster geklebt, genau an der Stelle, auf die jedermanns Blick fallen mußte. Ich habe diesen Laden in den elf Jahren, die wir hier wohnen, so gut wie jeden Tag betreten, und deshalb war mein erster Reflex Überraschung, es war, als hätte ich in einem Schaufenster an der Main Street mein eigenes Gesicht erblickt: *Halt, diesen Menschen kenne ich doch!* O ja, ich kenne ihn, und über seinem Namen stand in schwarzen fetten Buchstaben: GESUCHT.

Als das alles endlich zu mir durchdrang, sackten mir die Knie weg. Ich streckte die Hand aus, um mich abzustützen, drückte die Handfläche auf das kalte Glas, genau über seinem Gesicht, Jacob im dunklen T-Shirt, ein wenig gegen die Sonne blinzelnd und mit einem Lächeln, das wie eine Grimasse wirkte. Der Ringerklub – das Hemd war seine Vereinstracht. Der Schatten schuf ihm eine zweite Nase, die zur Seite abstand, wie auf einem Picasso. Ein kubistisches Fahndungsfoto. Ein Erstling. Das verdammte Ding hing hier am bestmöglichen Platz – ich hatte einmal eine Filmreihe organisiert und um der besten Wirkung willen den Spielplan genau dorthin gehängt. Bevor die Sonne unterging, würde jeder es gesehen haben, dieses halbkindliche Gesicht, ahnungslos, und die Hand seines Vaters wie ein Siegel darauf abgedrückt.

Ich ging zum Wagen zurück, zitternd wie ein alter Mann, das weiß ich noch. Woher *wissen* die das? Ich selbst kann seine Schuld höchstens erraten, wie können die ihn also behandeln wie einen bewaffneten Gangster, den in der Bank eine Kamera abgelichtet hat? Jacob, Jacob, du, den sie suchen, gestalten wir unser Leben eigentlich selbst, oder springt uns der Zufall an, wahllos und hungrig wie ein Wachhund?

Fleisch von meinem Fleisch, kein Fetisch der Welt wird die Hunde jetzt noch von ihm abhalten.

Am nächsten Morgen gegen elf rief Corey Weisbach an, ich fuhr aus meiner Erstarrung auf der Couch hoch und war sofort hellwach. Seine Tochter hatte Jacob in Cambridge den Fluß entlang spazieren sehen.

Julie war eine Klassenkameradin, sie war gerade mit ihm in *Ein Wintermärchen* aufgetreten und kannte ihn gut genug, um ihn nicht zu verwechseln. »Hat sie ihn angesprochen?« fragte ich, bereit, mich über jedes Detail zu freuen; ich schwöre, wenn sie gesagt hätte, er sei an einen Baum gekettet gewesen oder halb schlafend unter einer Brücke gelegen, wäre ich auch dafür dankbar gewesen.

»Nein«, sagte er gekränkt, fast tadelnd. »Natürlich hat sie ihn nicht angesprochen. Sie ist von Natur aus geistesgegenwärtig, das war sie schon immer. Wenn sie sich zu erkennen gegeben hätte, wäre er wahrscheinlich weg gewesen, bevor sie noch den Mund wieder zugemacht hätte, oder?«

Das sei anzunehmen, sagte ich. *Santa Fé, St. Louis*, schoß es mir durch den Kopf, diese lichtüberfluteten Szenen brannten vor meinem inneren Auge wie Werbelogos. »Am Fluß?« fragte ich ohne Sinn und Verstand.

»Auf dem Fußweg, nicht weit von der Boylston Street, falls Sie Cambridge kennen. Sie ist da mit ihrem Vetter spazierengegangen, er wohnt in einem der Häuser dort, diesen Studentenwohnheimen. Es waren nur wenige Leute unterwegs, wegen der Kälte. Sie sagt, sie hat ihn ganz genau gesehen.« Jacob mit seiner dunklen Wollmütze, der glatten schwarzen Jacke mit den heißen Streifen, den Blick starr geradeaus, mit dampfendem Atem. Als ob Corey Weisbach meine Gedanken gelesen hätte, fügte er wie zur Bestätigung hinzu: »Sie hat seine Jacke erkannt. Sie sagt, sie hat erst die Jacke gesehen, dann ihn.«

Corey verkaufte Autos. Er kam aus einer alten Autohändlerfamilie, die so erfolgreich war, daß sie gleich nach den angesehensten Familien von Hyland kam, die für ihren Lebensunterhalt nicht zu arbeiten brauchten. Die Weisbachs waren die Kapitalistenaristokratie, mit einer Ford-Niederlassung hier und einer zweiten, großen, in Howe. Er strahlte die Selbstsicherheit und Gediegenheit eines Mannes aus, der im öffentlichen Leben steht und zur Entgegennahme von Ehrungen des Kiwanis- oder Rotary-Clubs wie prädestiniert ist. Solche Leute lassen sich selten ins Bockshorn jagen, schon gar nicht von einem hergelaufenen Gernegroß wie mir. »Einfach rumspaziert, ganz normal, als könnte er kein Wässerchen trüben«, fuhr er in diesem leicht gekränkten Tonfall fort, der heißen sollte: *Wie kann er es wagen?* Ein Schlag auf den Kopf, dachte ich, ein harter Schlag von dem Mörder hat ihm das Gedächtnis geraubt. Es hat schon Seltsameres gegeben.

Ich bedankte mich stotternd, sagte, welche Angst ich gehabt hätte, wir würden ihn womöglich nie wiedersehen, wie freundlich und mitfühlend es von ihm sei, uns zu benachrichtigen, welch schöne menschliche Geste. Gewiß könnten wir selbst hin – zwei Stunden höchstens, bis wir uns fertig gemacht hätten und auf dem Memorial Drive wären. Allein schon zu wissen, wo er sei, so ungefähr, obwohl es auch nicht leicht...

»Mr. Reiser«, unterbrach mich Corey Weisbach – wir kannten uns nicht direkt, allerdings war er prominent genug, daß ihn jeder kannte, und das ist etwas völlig anderes. »Sie sollten wissen, daß wir die Behörden verständigt haben. Durchaus möglich, daß man ihn schon aufgegriffen hat. Ich glaube sogar, man kann davon ausgehen.«

Ich weiß nicht mehr, was ich gesagt habe. Ich muß so etwas wie »Natürlich, *natürlich*« geblökt haben. Ich versuchte mit Anstand die Demütigung zu verwinden, daß ich so offenkundig geglaubt hatte, er habe uns, nur uns gerettet; wieso hätte er das tun sollen? Mein Gesicht war naß von Ausdünstungen aller Art, Schweiß, Tränen, es war heiß hier drinnen, und nach meinen wüstentrockenen Träumen schien es nun den Tau der Erleichterung zu regnen. »Sie haben natürlich getan, was Sie tun mußten.«

»Nun ja«, sagte Corey Weisbach langsam über die riesige Kluft hinweg, die ohne seine Schuld zwischen ihm und mir lag. Ich weiß nicht, ob er mir abnahm, daß ich von vornherein nicht angenommen hatte, wir wären die ersten, die von Jacobs Aufenthaltsort erfuhren. »Sie müssen bedenken, Mr. Reiser, daß Julie zwar eine Klassenkameradin Ihres Sohnes, aber eben auch eine Klassenkameradin der kleinen Taverner ist – oder war, sollte ich wohl eher sagen. Darum.« Ich muß ihm zugute halten, daß es fast wie eine Entschuldigung klang. »Wie auch immer.« Er machte eine Kunstpause. »Es war dann doch nicht so einfach.«

Ich sagte nichts, wartete nur, wie es weitergehen würde.

Wie sich herausstellte, war Julie Weisbach, von ihrer berühmten Geistesgegenwart trotz Überraschung und Angst nicht im Stich gelassen, schnurstracks zu einem Polizisten gegangen, der auf dem Hof der Kennedy School stand, genau gegenüber der Straße, auf der Jacob spazierenging. »Sie hat, wie wohl jeder Mensch, geglaubt, er werde die Sache nun in die Hand nehmen.« Bei der »Sache« zuckte ich zusammen; die Sache, von der er sprach wie von einem Ungezieferbefall, einem Giftgasaustritt, war mein Sohn. Aber der Polizist habe nichts machen können: ein Tatverdächtiger aus einem anderen Bundesstaat – er mußte dem Mädchen leider sagen, daß dies beim besten Willen nicht seine Sache sei, rein rechtlich gesehen. Wenn der Junge hier etwas verbrochen hätte, wäre das etwas anderes. Oder wenn sie wenigstens irgendein Schriftstück von der Polizei in New Hampshire hätten. Einen Haftbefehl. Aber man könne niemanden hopsnehmen, nur weil jemand anders mit dem Finger auf ihn zeige. Er habe nicht auf seinem Revier nachgefragt und ihr gar nicht zugehört, als sie darauf beharrt habe, ein Mord sei schließlich so wichtig, daß *bestimmt* irgendwo ein Haftbefehl vorliege. So mußte sie tatenlos zusehen, sagte ihr Vater, wie Jacob einfach um die Ecke verschwand. Als sie ihn zuletzt gesehen habe, sei er in Richtung Stillman-Krankenhaus gegangen, oben am Mount Auburn, wo der Obus fährt. Und weg.

(Weg! dachte ich. Gott sei Dank weg!) Es sei sehr ärgerlich, sagte Corey Weisbach, als erwartete er meine Zustimmung. Ich konnte mir vorstellen, was er in diesem Moment über die amerikanische Verfassung zu sagen gehabt hätte; ich wollte es lieber nicht hören.

»Wir haben also unsere hiesigen Behörden eingeschaltet, denn das war ja wohl der richtige Weg ...« – unsere hiesigen Behörden, wie großkotzig das klang, wie allmächtig – »und die werden wohl wissen, was sie zu tun haben.« Ich glaubte schon das unvermeidliche »Wofür bezahlen wir sie schließlich?« zu hören. Aber er legte statt dessen wieder eine Kunstpause ein, und als er dann weitersprach, räusperte er sich erst einmal, fast geziert. »Es tut mir sehr leid.«

Ich berichtete es Carolyn, die aufreizend friedlich im Wohnzimmer bei goldenem Licht in einem Sessel saß und las. Sie hörte zu, ohne ein Wort zu sagen, aber während ich sprach, wurde ihr Gesicht um zehn Jahre jünger. »Aha«, sagte sie ganz ruhig, als wär's damit erledigt.

Sie kam in meine Arme, und so hielten wir zwischen uns die Hoffnung fest, daß wir ihn nun vielleicht bald wiedersehen würden. »Wie finden wir ihn nur?« fragte ich, auf Zuspruch hoffend. »Diese Stadt ist so verdammt riesig.«

»Aber du weißt doch, wie man dort immerzu Leuten über den Weg läuft, Ben – wir kommen kaum einmal in die Stadt, ohne irgend jemandem aus einem anderen Leben zu begegnen.« Das stimmte: Es war manchmal schon erstaunlich, wie sich gewisse Leute um den Square herum konzentrierten. Gewöhnlich war man hinterher überzeugt, daß es auf der ganzen Welt nur fünfzehn Menschen gab, von denen man zwölf kannte. Andererseits war es kein Wetter für draußen; im Januar zog man den Kopf ein und ging auf dem kürzesten Weg dahin, wo man hin wollte oder mußte, ohne sich irgendwo aufzuhalten. Die Straßenhändler mit ihrem Silberschmuck und den Pullovern aus Ecuador waren nicht draußen, die Straßenmusikanten bliesen ihre Hörner oder stimmten ihre Gitarren im warmen Wohnzimmer.

»Wir fahren hin«, sagte ich nichtsdestoweniger. »Es geht nicht an, daß er in Cambridge ist und wir nicht einmal versuchen, ihn zu finden.«

Ihr Blick in diesem Moment! Nicht für mich, wohlgemerkt. An mir segelte er glatt vorbei, flatterte an meinem Ohr vorbei zum Fenster hinaus: beinah entrückt – vermutlich ironisch. Als wollte sie sich von allem distanzieren, störrisch auf ihrer Seite des Zimmers bleiben. Ich glaube, sie malte sich aus, wie wir in Cambridge umhergehen, in Gassen spähen, an fremder Leute Türen klopfen, um Theaterfoyers schleichen würden wie Liebeskranke, die einen Blick auf das Objekt ihrer Sehnsucht zu erhaschen hofften. Sie machte ein Gesicht, als wäre ihr eine solche Suche peinlich. »Carolyn, selbst wenn es unmöglich ist, wie könnten wir es nicht tun?«

»Wie stünde ich vor mir selbst da?« antwortete sie mit tonloser Stimme. »Stimmt's? Kommt nicht als nächstes dieser Satz?«

Herrgott, wie weit sollte es noch mit ihr kommen? War es mit ihr gekommen, meine ich – der Schaden war ja wohl schon angerichtet.

»Richtig«, sagte ich, ohne eine Spur von Reserviertheit oder dieser gottverdammten Ironie, die alles weit auf Abstand hält. »Richtig. Wie stündest du vor dir selber da?«

Sie seufzte, lang und schwer. »Und wenn wir ihn finden ...?«

»Ja? Wenn wir ihn finden? Wie geht die Frage weiter?«

»Sei nicht so begriffsstutzig, Ben. Was willst du mit ihm machen? Ihn nach Hause bringen? Ihm deine Kreditkarte geben, ihn zum Flughafen fahren und sagen: Hau ab? Mach dich aus dem Staub?«

Ich wußte es nicht. Wahrscheinlich ja. *Santa Fé. St. Louis. Ein Dutzend anderer Flughäfen, Portland, Chicago, Los Angeles.* Vermutlich würde ich so handeln. Aber ich wußte es nicht. »Und du, du würdest ihn in Ketten legen und hierherbringen?«

Sie sah mich nur an. Ihre Augen wurden dabei ganz dunkel; vor Tränen, dachte ich. Am liebsten hätte ich sie geschüttelt. »Wir sprechen von deinem Sohn«, sagte ich so gehässig wie nur möglich; es ging hier nicht darum, nett zu ihr zu sein. »Falls du es vergessen hast. Es geht um *Jacob*.«

»Falls ich es vergessen habe.« Sie starrte mich nur weiter an, mit stumpfem Blick, und sein Name schwang in der Luft wie von einem Klöppel angeschlagen, genau wie damals, als wir ihn zum ersten Mal zu seinem kleinen dunklen Köpfchen sagten, das noch naß von der Geburt war. Er hallte nach. Schließlich schüttelte sie den Kopf, die Tränen liefen über und tropften herab. »Ich weiß es doch auch nicht. Darum möchte ich es nicht sein, die ihn findet.« Sie versuchte die Tränen mit einem rasselnden Atemzug wieder einzuziehen. »Laß doch – was geschehen soll, *geschehen*.«

Jetzt reichte es mir. »Ich wußte gar nicht, daß du so verdammt passiv bist«, sagte ich und mußte daran denken, wie sie um ihre Patienten kämpfte, wie sie immer wieder sagte, man lasse zu vielen Dingen ihren Lauf, die man durch Eingreifen völlig ändern könnte. »Passiv« war, glaube ich, das Wort, das sie am wenigsten mochte.

Ich ging in die Küche, alles andere als leise, um mir Mantel und Handschuhe zu holen. Meine Straßenschuhe mußten genügen; in Boston würde wohl kaum so viel Schnee liegen, daß man Stiefel brauchte. Vielleicht überfrorener Schneematsch, Eisarchipele auf den Bürgersteigen, graue steinerne Hügel an den Rändern. Nachdem Corey Weisbach ja jetzt die Behörden eingeschaltet hatte, würde jedermann in Cambridge sein Gesicht studieren; noch einmal würden sie ihn nicht entkommen lassen. Ich nahm meinen Kaffeebecher, der auf dem Küchentresen gestanden hatte und kalt geworden war. Er stammte vom National Public Radio, war schwer und dunkel und in weißer Schrift von einem Dutzend Komponisten signiert. Schick. Ich konnte nur noch daran denken (obwohl »denken« kaum das richtige Wort dafür war), wogegen ich ihn wohl werfen könnte. Ich schleuderte ihn wie einen Baseball quer durch die ganze Küche gegen eine Schranktür, und er zersprang in tausend Stücke. Der Kaffee rann wie Abflußwasser an dem hellen Holz hinunter, und die Bruchstücke der Signaturen, von Bach bis Philip Glass, spritzten durch den Raum, als hätte ich einen Sprengsatz gezündet.

Carolyn

An diesem Punkt, dachte sie, während sie Ben die Straße nach Boston hinunterwedeln sah, kommt man entweder zur Vernunft oder nicht. Er bildete sich doch tatsächlich ein, er brauche dort nur hinzukommen und ein bißchen in der Stadt herumzulaufen, und schon würde er Jacob über den Weg rennen. Er sagte, er glaube daran aufgrund der klaren Tatsache, daß man einen Menschen garantiert dann, wenn man ihm um keinen Preis begegnen wolle, auf derselben Straßenseite überholen werde. Ein guter Witz.

Gestern abend war sie noch zu Judith hinaufgegangen, um ihr gute Nacht zu sagen, und dabei war ihr etwas wieder eingefallen. »Du wolltest doch neulich abends etwas über Jacob sagen, darüber, wie wütend er an dem Morgen war, bevor er – verschwand. Aber da klingelte das Telefon.«

Judith zuckte die Achseln. »Ich weiß nicht, ob es was damit zu tun hat. Ich meine, man hat doch manchmal schlechte Laune, ohne gleich hinzugehen und –« Sie seufzte tief und gab sich einen Ruck. »Er war einfach wütend, weil Daddy gesagt hat, er muß für den Oberstufenball alles selbst bezahlen, egal was es kostet. Jacob will – ich meine, wollte – so einen Straßenkreuzer mieten, du weißt ja, wie die das immer machen, die ganze Bande setzt sich da rein mit ihren Mädchen, und dann gondeln sie die ganze Nacht damit rum. Aber Daddy hat bloß gesagt: ›Und woher willst du das *Geld* dafür nehmen?‹« Sie sah ganz verlegen drein, aber wahrscheinlich war es ihr eher für ihren Vater peinlich als für Jacob.

Carolyn faßte sich. »Haben sie sich angebrüllt?«

»Och ...« Judith fühlte sich anscheinend in eine Ecke getrieben, in der sie nicht sein wollte. »Du weißt doch, wie sie immer brüllen, und dann geht es irgendwie vorbei. Jacob findet Daddy – so insgeheim, verstehst du – echt *konservativ*. Er verbirgt es bloß. So was von scheinheilig. Sagt *Jacob*.«

Aber Judith hatte recht: Konnte es eine Rolle spielen, daß er am frühen Morgen schon sauer auf seinen Vater gewesen war? Er hätte sich doch auf jeden Fall mit Martha in diesen Wagen gesetzt, sie hätten weiß Gott was getrunken und ferngesehen und sich reich gefühlt. Da hätte Martha ihn doch sicher getröstet, ihm den Rücken gestärkt – je nachdem – gegen diesen Spielverderber von seinem Vater.

Das mit der Scheinheiligkeit bereitete ihr kein Kopfzerbrechen. Allerdings fragte sie sich schon manchmal – in ihrem tiefsten Inneren, einem Bereich, in den sie sich ungern vorwagte –, ob Ben, so ernst er seine Kunst auch nahm, als Mensch den nötigen Ernst besaß. Sie wußte selbst nicht so genau, was sie damit meinte, sie wußte nur, daß sie das Gefühl hatte, er werde auch in wirklich kritischen Situationen wie der, in der sie nun waren, nur immer weiter Theater spielen, die Leute zum Lachen bringen; auch stark sein, wie zum Beispiel bei den blutbeschmierten Beweisstücken, die er hatte verschwinden lassen, ohne sich zu schämen oder auch nur zu zögern. Für Ben war alles – zumindest was er Prinzipien nannte – immer eine klare Sache. Irgend etwas fehlte – war es Demut? Unschlüssigkeit? Ein Offensein für Trauer, für Mehrdeutigkeit? – obwohl er doch immer sein Künstlernaturell so herauskehrte, zum Beispiel wenn er vor Jacob so tat, als wäre Geld für ihn nicht wichtig, während es ihm eben doch wichtig war – jedenfalls fehlte da etwas. Er war so *entschieden*. Glaubte er sich als Mann beweisen zu müssen? Oder war es Gewohnheit, weil er gegenüber seinen skeptischen Eltern, die es lieber gesehen hätten, wenn er Ingenieur oder Buchhalter geworden wäre, immer den Unbeugsamen spielen mußte? Er hatte so um seine Unabhängigkeit gekämpft; inzwischen war das bei ihm schon eine Macke.

Eines, was sie an Ben so fasziniert hatte, als sie sich kennenlernten, war sein glühendes Engagement für Dinge, die sie, die ewige Klassenbeste, einfach nicht sah. Sie war mit einigen Freunden in die Galerie gekommen, nicht eigentlich um der Kunst willen, sondern angelockt von Wein und Käse, der ungewohnten Atmosphäre, den farbenfroh gekleideten Frauen, den Männern mit ihren verwegenen Bärten und zu weiten Klamotten, den Militärjacken, abgetragenen Lederwesten und marokkanischen Taschen, den farbbekleckten Jeans, alles nur Klischee, das wußte sie. Aber sie brauchte einfach einen Tapetenwechsel; sie war im anstrengendsten Teil ihres Medizinstudiums und benötigte einen geeigneten Ort zum Zeittotschlagen, bevor sie ganz vergaß, wie das ging. Einen Ort zumindest, an dem sie stundenlang und ganz nach ihrem Belieben einmal etwas anderes ansehen konnte als anatomische Teile auf einem Tisch. Und da war Ben, der so ungestüm an die Notwendigkeit seiner Kunst glaubte. (»Meine. Nicht das Zeug, das Sie heute abend hier sehen. Ich bin nur wegen Wein und Käse gekommen.«) Er glaubte wirklich, die Kunst könne einen retten, das Leben vor der Alltäglichkeit bewahren. Sie werden Leben retten, sagte er, aber wozu? Was ist Leben? Jedes Tier kann gesund sein, das ist eine Minimalerwartung. Aber dann?

Damit nahm er sie bei der Hand und führte sie zu einer mysteriösen Leinwand, einer straffen bunten Fahne, die von der Decke hing und von einem namenlosen Ruhm kündete. Er ließ sie einen Rothko betrachten, mit viel Rosa und Orange und einem Gelbschimmer gleich einem Sonnenuntergang in einem Traum, auf den sogar eine Medizinstudentin ein Anrecht hatte, bis alles sich verflüssigte und den ganzen Raum mit selig brechendem Licht überströmte. Ja, sagte sie, o ja, er hatte recht, es war eine Erfahrung so real wie Aufwachen. Sie wollte am liebsten die Tabelle, die sie auswendig lernen mußte, die Bestandteile von Schienbein und Knöchel, die abertausend Rippen, die jeweiligen Organfunktionen links liegen lassen und mit ihm gehen, um Michelangelos Kaltnadelradierungen zu sehen, oder die unglaubliche Eleganz eines

Papua-Paddels aus Mahagoni, das aufrecht an einer reinweißen Wand lehnte, kunstvoller als alles, was ein dänischer Designer sich hätte ausdenken können. Sie schaute ihm bei der Arbeit zu und fragte sich, was er dabei sah; er deckte die halbe Leinwand mit der Hand ab, um sie zu begutachten, legte sie auf die Seite, stellte sie auf den Kopf und meinte: ›Nun, Frau Doktor, was siehst du da?‹ (Eine auf dem Kopf stehende Leinwand?) Dann nahm er sich eine Ecke vor, an der eindeutig – *er* sagte eindeutig – etwas fehlte. Wie sie Bakterien unter dem Mikroskop sah, so sah er auf einer Leinwand leere Ecken, die Beachtung forderten. Er konnte sich in einen Bonnard versenken und strahlend wiederauftauchen.

Und er war liebevoll, so liebevoll im kleinen und besser als sie im ganzen. Nicht in Gedanken abwesend wie so viele Männer, denen die Arbeit der ganze Sinn des Lebens und die Familie nur ein kleiner Schmuckrand drumherum ist. Er war nicht verschlossen, litt nicht an emotionaler Verstopfung. Er schenkte allem Beachtung, das Beachtung verdiente: seinen Kindern beim Spiel, im Kummer, im Schlaf. Ihrem genauso berechtigten Bedürfnis, ihrem Beruf nachzugehen, selbst wenn die Kinder krank zu Hause lagen. Er war tatkräftiger als sie und viel, viel wagemutiger. Im Moment redeten sie nicht genug miteinander, aber er *konnte* reden, normalerweise, ohne diese allerneueste Abwehrhaltung, und noch nie hatte er sie zornig zu Bett gehen lassen. Seine Umarmungen waren zu ungestüm, aber sie hatte immer gedacht: Na und, was soll's? Das war eben seine Vitalität.

Sie hätte das, was fehlte, nicht beim Namen nennen können. Da sie der Meinung war, daß jedes Ding mehrere Seiten hat, wollte sie das auch eigentlich nicht. Aber der Argwohn lastete jetzt schwer auf ihr, er überfiel sie mit der tödlichen Gewißheit, die Menschen wahrscheinlich überkam, wenn sie die ersten Zeichen ihres Verfalls entdeckten: den Knoten fühlten, das Blut sahen, feststellten, daß der kleine Leberfleck größer wurde und seine gezackten Ränder ausuferten. Sie liebte und achtete Ben, aber seine Schwärmereien ebenso wie seine Panikstimmungen machten manchmal mit ihm, was sie wollten. Seines Eifers war sie sich in einer bedrängten Situation, einer Zwangslage wie dieser, mehr als sicher, nicht aber seines kühlen Urteils.

Ausnahmsweise klingelte das Telefon einmal nicht – die Hilfsbereiten drängten ihre Hilfe nicht auf, die Droher drohten nicht. Sie und Judith nahmen rasch ein kaltes Mahl ein und setzten sich vor den Fernseher, um sich den Schrott anzusehen, von dem die Kinder nie genug bekamen, angefangen mit – Ausnahmen bestätigen die Regel – Bill Cosbys perfektem Scheinhaushalt, Ehe, Kindern: Er müht sich in der Küche und richtet ein Chaos an; seine schöne Frau, von Beruf Anwältin, lacht nachsichtig und ist jederzeit bereit, ohne eine Spur von Groll zur Rettung zu eilen und ihn nur gönnerhaft in die Arme zu nehmen, wenn der Schokoladenpudding einem Kuhfladen ähnelt. So leger, wie es in diesem Haus zuging, mußte diese Frau beruflich schon seit langem erfolgreich sein.

Judith wußte, daß ihre Mutter so etwas nie mit ansah. Sie schwor aufs öffentliche Fernsehen und verglich alles übrige mit Erdnüssen – dickmachend, aber ohne Nährwert. Und hat man einmal zu essen angefangen, kann man nicht mehr aufhören. Aber jetzt war Judith froh, sie bei sich zu haben, und beide waren sie so schlank, daß sie zusammen auf einem der dicken Polstersessel Platz hatten. Und auch Carolyn brauchte ihre Wärme: Mütter, hatte man sie schon mit jener Autorität sagen hören, die nur Eltern haben können, und auch nur bevor ihre Kinder ins kritische Alter kommen, haben genauso viele Bedürfnisse wie Kinder, sie haben nur die meisten verdrängt.

Als sie zwischen zwei Shows einmal aufstanden, um sich einen Kakao zu machen, begann Judith ihrer Mutter von einem Mädchen in ihrer Klasse zu erzählen, das eine »pathologische« Lügnerin sei. Sie gebrauchte dieses Wort so oft, daß Carolyn das Gefühl hatte, ihr gefalle sein professioneller Klang. »Sie sagt, daß sie auf Borneo geboren ist. Denk mal, auf Borneo geboren! – vielleicht hat sie es ja daher – und daß sie schon auf jedem Kontinent gewohnt hat und in jedem Meer geschwommen ist. Aber dann hat Mrs. Berney sie in Geographie mal nach den Namen der Kontinente gefragt, und da wußte sie nur drei. Daran haben wir alle gemerkt, was sie für eine pathologische Lügnerin ist.« Judith schob sich triumphierend die Haare hinter die Ohren und fragte Carolyn, warum Leute so etwas täten.

Die Antwort darauf, egal um welche Missetat es ging, war wohl immer dieselbe, das wurde Carolyn in dem Moment klar, als sie es aussprach: »Unsicherheit. Wahrscheinlich hat sie das Gefühl, selbst nicht interessant genug zu sein. Also erfindet sie was dazu.«

»Träumen tu ich so was ja auch«, erklärte Judith rundheraus. »Ich stelle mir dann vor, daß ich, na ja, eine Primaballerina bin, oder eine Zeitlang hab ich mir ausgemalt, sie haben mich für die Rolle der ›Annie‹ ausgewählt, das war für mich das Größte. Meine Stimme hört man dann bis über die Straße, und ich müßte nicht in die Schule gehen, ich hätte *Hauslehrer*.« Aber sie wollte damit sagen: Ich bin nicht *verrückt*, ich bin nicht *pathologisch*.

»Mama?«

»Ja, Schätzchen?« Carolyn nahm zwei Becher und zwei Marshmallows vom Regal. Welch typisch amerikanische Szene, dachte sie: die Frau daheim in ihrer schönen Küche und im trauten Mutter-Tochter-Gespräch über Tagträume. Vater außer Haus, kein Wort über den Sohn. Den pathologischen Sohn.

Judith mußte das gleiche gedacht haben. »Glaubst du, daß Jacob ...«

Carolyn wartete ab. Nichts. »Was? Ob ich glaube, daß Jacob was ...?«

»Daß er ›sicher‹ oder ›unsicher‹ war? *Ist*, meine ich. Manchmal weiß ich nicht, ob es stimmt, daß Leute, die einen schubsen oder ärgern, eigentlich bloß Angst haben und so. Ich meine, gibt es nicht auch welche, die einfach nur fies sind? Nicht eigentlich das Gegenteil und so ... die eben einfach so sind, wie sie sich benehmen? Gibt es das nicht?«

Judith hatte es einfach satt, immer alles relativ zu sehen, wehrte sich gegen die Krankheit des Zuvielwissens, des vermeintlichen. Dr. Freuds Vermächtnis an die Welt: Absolution wegen Schwäche, wegen erlittener Schmerzen. Carolyn konnte es ihr nicht verdenken. Sie würde versuchen, ihr eine Antwort zu geben, aber vorher hatte sie selbst noch ein paar Fragen. »Du kennst doch deinen Bruder, Jude. Was glaubst denn du?«

»Ich kenne ihn überhaupt nicht. Ich glaube nicht, daß ich ihn kenne. Er macht manchmal – komische Sachen.«

Carolyn ließ sie erzählen, während sie gewissenhaft den braunvioletten Kakao umrührte und mit der Löffelkante den Satz vom Topfboden kratzte.

»Einmal hat er einen Hund gesteinigt.« Judith sah sie dabei nicht an; sie ließ den Finger auf der Tischplatte kreisen, als rührte auch sie etwas um. »Eigentlich wollte ich dir das ja nicht erzählen. Ich meine – ich hab's ihm versprechen müssen.« Sie warf Carolyn einen verstohlenen Blick zu. »Das war oben auf der Wiese, da hatte er so einen kleinen gelben Hund, den hatte ich noch nie gesehen, und er hatte ihn irgendwie mit einem Seil an einen Baum gebunden, ja? Und eines Tages – es war ein Samstag, Celeste und ich wollten in den Wald gehen und ein Picknick machen, ja?« Ihr stockender Achtziger-Jahre-Stil kontrollierte unablässig ihre Zuhörerin: Klar? Verstanden? Kommst du noch mit? Carolyn war gar nichts klar. »Er hat ihn mit Steinen beworfen, und der Hund hat gejault und ist immer um den Baum herumgesprungen, ja, und dabei hat er sich dauernd in dem Seil verheddert, verstehst du, und hat seinen Dreck fallenlassen und ist reingetreten, weißt du? Sein Fell war, das war schon – ganz aufgerissen, mit lauter blutigen Stellen, verstehst du, daß es aussah wie Räude, aber er war gar nicht räudig, glaub ich nicht, er sah wie ein ganz normales nettes

Hündchen aus, das wahrscheinlich irgendwem gehörte.« Sie unterbrach sich einen Moment. »Er wollte ihn nicht umbringen oder so«, sagte sie, wie um ihn doch ein bißchen zu entlasten. »Ich weiß nicht, was er eigentlich wollte. Und dann ist er so wütend geworden, weil wir ihn gesehen haben, daß er auch ein paar Steine nach uns geworfen hat, und wir sind weggelaufen. Ich hab zu ihm gesagt, wir können doch nichts dafür, daß wir ihn gesehen haben, wir wollten nur zu dem großen Felsen. Aber irgendwie ...«

Carolyn war zu bestürzt, um den Einzelheiten nachzugehen. Führte er ein Doppelleben? Das konnte nicht Jacob sein. Er war nie grausam gewesen! Grob war er, undankbar, manchmal vielleicht hinterhältig, aber sie hatte ihn noch nie grausam erlebt.

»Und dann ist er wieder so lieb. Wie am selben Abend, da hat er mir angeboten, mein Fahrrad zu reparieren. Ich hab gesagt: ›Du willst doch nur nett sein, damit ich nichts verrate, Jake.‹ Und da war er echt gekränkt und hat gesagt: ›Das hat überhaupt nichts miteinander zu tun. Du bist meine Schwester, und deine Bremsen sind locker, und das ist keine Erpressung und so.‹«

Carolyn griff hinter sich nach einem Stuhl wie eine Blinde. Wie konnte sie glauben, ihn zu kennen? Wie konnte man nur glauben, seinen Sohn zu kennen? Bis zu einem bestimmten Alter sieht man alles, was er tut. Und dann entfernt er sich mehr und mehr. Sie erinnerte sich, wie sie geweint hatte, als sie ihm die ersten winzigen Schuhe an die Füßchen zog – Schuhe, die nicht größer waren als die Blätter eines Baumes –, teils weil sie ihn so einengten, seine Zehen quetschten und gefangenhielten. Der Garten Eden war für ihn zu Ende, als sie das weiße weiche Leder zusammenband, in dessen tausend Fältchen seine Füße ihren Stempel drücken würden. Und teils auch, weil sie schon sah – er war zwar erst zwei Monate alt, drei vielleicht, da Sommer war und sie es so lange aufgeschoben hatte – daß er eines Tages fortgehen würde. Alle fanden ihre Tränen albern, übertrieben, aber sie hatte recht gehabt, und sonst dachte es nur niemand logisch zu Ende: Die Schuhe waren einzig dazu da, ihn ihr wegzunehmen. Als sie ihn anderen überlassen mußte, seinen Babysittern, dem Kindergarten und dann der Schule, begann sich ihr Blick etwas zu umschatten – natürlich gab sie ihn her, natürlich ließ sie ihn los, und natürlich tat sie es gern. Sie war ja nicht pathologisch.

Dann erkannte sie ihn an dem, was er tat – wenn er Fahrradbremsen für seine Schwester reparierte, an dem Ton, mit dem er sich am Telefon meldete, den Spielen, die sie im Fond des Wagens spielten; wie er mit Fremden redete, seine Absätze auf einer Seite so arg ablief, daß der Schuhmacher nur verzweifelt den Kopf schüttelte, der Art, wie er über den großen Onkel lief, nicht schlimm genug für so eine Schiene, die man schwer fußgeschädigten Kindern gab, aber gerade so sehr, daß es den Schuhen die unverkennbare Krümmung gab. Seine verschwitzten Turnsachen, seine Laken, die davon zeugten, daß er ein Mann geworden war, die Briefe, die er an seine Großeltern schrieb, seine Begeisterung für Mathematik, die Freude, mit der er Geschenke für andere kaufte, seine Angst vor dem Fliegen, die ein freundlicher Pilot ihm seinerzeit nahm, indem er ihn ins Cockpit holte. Seine Leidenschaft für Himbeeren, die er in der entsprechenden Jahreszeit pflücken ging, obwohl er dafür in aller Herrgottsfrühe aus den Federn mußte. Was wußte sie, was wußte sie nicht? *Einen Hund gesteinigt, oben auf der Wiese?* Sie hatte keine Worte dafür. Judith schlich um sie herum und fragte: »Ist dir nicht gut, Mama? Ich hätte dir das nicht erzählen sollen.« Ihr Blick war gequält, als hätte sie etwas angerichtet.

»Nein, Judith, mir ist nicht gut.« Sie schloß die Augen. »Es war richtig, daß du es mir erzählt hast. Du kannst nichts dafür, mein Schatz. Aber wie sollte mir gut sein?« Siebzehn Jahre unendlicher Fürsorge, innig und aufopfernd, zur rechten Zeit nachlassend – wann ungefähr? So um die achte Klasse – danach nur noch sporadisches Interesse für die Details. Sie wollte ihn ja nicht einengen. Ihm nicht mehr Fragen stellen als nötig. Ihm nicht sagen: »Tu dies oder jenes nicht« mit Mädchen, sondern nur: »Komm nicht zu spät nach Hause. Ruf an, wenn es sehr viel später wird. Fahr vorsichtig.« *Einen Hund steinigen. Zusehen, wie sich sein Fell vom Blut rötet. Ihn um Befreiung winseln hören.*

Was ist unmöglich auf dieser Welt?

Ben

Ich war erleichtert, aus dem lähmenden Druck des Hauses herauszukommen. Die schmale Straße nach Cambridge lag zwischen hoch aufgepflügten Schneewällen, die schwarze Zacken hatten von den Auswürfen des Autoverkehrs. Es war wärmer geworden; und es war neblig. Ich fuhr vorsichtige dreißig im Bereich der Schulen, obwohl die Kinder wohlbehütet drinnen saßen, und nahm auch in den Städtchen beiderseits der Grenze zwischen New Hampshire und Massachusetts das Gas weg. Selbst bei dieser Geschwindigkeit, mit der ich nur die Hüter des Gesetzes nicht erzürnen wollte, als könnte ich durch Wohlverhalten alles wieder ins Lot bringen, kam ich mir ein wenig ungezügelt vor – nicht ganz, nur fast. Plötzlich fiel mir ein, daß ich im Fall einer Reifenpanne nicht einmal einen Wagenheber bei mir hätte. Darüber mußte ich wieder lachen, doch das Lachen blubberte mir in die Kehle wie Erbrechen. »Was soll ich Ihnen sagen, Wachtmeister, ich hab's irgendwie mit Wagenhebern. Einen habe ich sogar in meiner Werkstatt unter lauter Schrott versteckt. Beschlagnahmt zur Sicherheit der Nachbarn.« Mir wurde schwindlig. Ich war zu allein damit und wünschte mir, daß wenigstens Carolyn mit mir dahin führe, wohin ich fuhr. Ich vergaß dauernd, worum es überhaupt ging. Ich, ich, ich.

Auch Mord war schon zu einem Wort geworden, das man zu oft ausgesprochen hat, wie ihr es als Kinder doch sicher auch getan habt, bis es keine Gestalt mehr hatte, nicht Anfang noch Ende, der ganze Inhalt auf den kalten, harten Boden gekippt: Mord. Ein Wort, das ulkig klang: *Mord-Mord-Mord-Mord*. Der Nebel umfing mich wie Rauch, als stürmte ich in ein brennendes Haus, auf Rettung bedacht. Ich stellte das Radio an und brüllte zum wüsten Getöse einer Heavy-Metal-Band, das mich von hinten umdröhnte, dem Schlagzeugdonner, als ob da immerzu etwas die Treppe herunterpolterte, den kreischenden Gitarren, dem Text, der nicht dazu gedacht war, verstanden zu werden. Die Art von Musik, die man liebt, wenn man sechzehn, siebzehn ist – Mord-Musik, damit das klar ist.

Und ich lief durch die Stadt, als wäre *ich* der Gejagte. Über den Yard, der jetzt am Spätnachmittag ziemlich leer war, mit seinen spröden, kahlen kleinen Bäumen, den graubraunen Betonwegen, die kreuz und quer verliefen und im Frühling so idyllisch waren, jetzt aber naß vom ringsum schmelzenden Schnee. Zielbewußte Studenten begegneten mir auf ihrem Weg in die Stille der Bibliothek. In ihr brannte Licht; es mußte ja, die Szene verlangte danach: ich hier draußen, alle Freude da drinnen eingeschlossen in köstliche Wärme. Klar doch, klar, wie im Kintopp. Es war ungemein still, obwohl ich, wenn ich die Ohren spitzte, den Verkehr hinter mir auf der Massachusetts Avenue vorbeirauschen hörte. Sonst waren es meist nur knirschende Stiefel oder mal ein Eichhörnchen, das über den Weg und den verharschten Schnee sprang. Melancholisch ist ein zu literarisches Wort. Leiderfüllt zu endgültig. Ich war nur kribblig – brannte vor Ungeduld, Erschöpfung und Verwirrung und konnte es nicht einfach wegkratzen. Es machte mich betrunken, so daß ich Lust hatte, irgend etwas Verrücktes zu tun, was mir einfach ein gutes Gefühl gab, hinter einen Baum zu pinkeln, mich die Treppe der Widener Library hinunterzuwälzen oder das harmloseste Gesicht, das mir begegnete, anzupflaumen. Und davon sah ich viele, alle diese behüteten, unverdorbenen, unverdächtigten Kinder mit ihren grünen Büchertaschen und langen bunten Schals. Was hatten sie schon Schlimmes verbrochen, diese sorglosen, halbgebildeten Harvard-Küken? Bei Prüfungen gemogelt? Ihre Zimmergenossen hintergangen, Freund oder

Freundin ausgespannt? Den Finger in den Hals gesteckt, um schlank zu bleiben? Hemmungslos onaniert? Als ich in ihrem Alter war – ich glaube, meine ersten Skulpturen waren im Grunde nur stilisierte Onaniervorlagen. Ich kopierte nicht Rodin, es waren lauter Henry Moores, diese zentnerschweren Weiber mit den gewaltigen Schenkeln und Riesenlöchern in der Mitte. Wer hätte gedacht, daß einem bei den Skulpturen im Museum of Modern Art einer abgehen könnte, bildlich gesprochen? Aber wahrscheinlich hat Moore genau das bezweckt. *Mord-Mord-Mord.* Ich sah einen jungen Burschen mit haargenau Jacobs Figur, aber die Jacke war verkehrt, dunkelblau mit Kapuze und einfarbig, und ich hielt Ausschau nach finsterem Schwarz, ein bißchen eitel, mit Streifen. Vielleicht hatte er sie abgeworfen, versteckte sich im Schafspelz – aber Julie Weisbach hatte ihn an seinen Farben erkannt, und das war erst ein paar Stunden her. Der Bursche in Dunkelblau verschwand um eine Ecke.

Ich ging, bis ich so kalte Füße hatte, daß ich es schier nicht mehr ertrug. Nachmittags war es noch warm gewesen, aber jetzt nahte die Dunkelheit, und die Luft war feucht und eisig, der Himmel rosa von Schnee, der bis zum Morgen fallen würde. Vor dem Coop wurden Passanten die unvermeidlichen Flugblätter in die Hand gedrückt. Sie sind nicht mehr politisch – ich bekam einen Gutschein für ein neues indisches Restaurant namens Baba's, vegetarisch, und eine lachsfarbene Werbung für irgendeinen Guru, der in die Stadt kam, um uns alle wieder mit unserem früheren Ich zu vereinigen, hoffentlich einem besseren. Der Eintritt sollte zwölf Dollar kosten – ob es das wert war, zu erfahren, daß ich in Wirklichkeit der Hunnenkönig Attila oder eine Karmeliterin war? Ich stopfte beide Zettel in einen Abfallkorb und dachte: Vielleicht sollte ich tausend Konterfeis von Jacob drucken lassen, bevor die Polizei es tat, und um Hilfe bitten: HABEN SIE DIESE PERSON GESEHEN? Ich würde den Grund nicht nennen müssen – ein vermißtes Kind eben, ein Ausreißer. Ich könnte sie an Laternenpfähle kleben, wie die Leute es bei entlaufenen Tieren taten. Hört auf den Namen Jacob. Wenn Sie ihn sehen, bitte mit R-Gespräch anrufen.

Ich stand an der Ecke, um über die Straße zu gehen, als ich eine fröhliche Stimme »*Ben*jamin!« rufen hörte. Es gab nur einen Menschen, der mich gern so nannte, und ich hatte recht: Es war Pearl Hedrick, die in der Newbury Street eine Galerie betrieb, in der ich vor ein paar Jahren einmal ausgestellt hatte. Sie umarmte mich, wie sich's gehört, Wange an Wange und Küßchen in die Luft. Sie war schlank wie ein Mannequin, der Mund knallrot, das kurze dunkle Haar nach hinten gekämmt wie bei einem deutschen Offizier aus dem Ersten Weltkrieg. Es wunderte mich immer wieder, daß sie bei dieser Aufmachung die Kunst so ernst nahm, wie sie es tat – wahrscheinlich bin ich voreingenommen. In Wirklichkeit machte sie eben aus sich selbst ein Kunstwerk, mit höchster Präzision geformt und bemalt.

»Wie lange haben wir uns nicht mehr gesehen, Ben, steigst du denn nie mehr aus deinem Eden zu uns herab?« Sie gab sich persönlich gekränkt. Neben ihr stand ein junger Mann, jünger als sie, der ihre Eroberung des Tages sein mußte. Nach seinem Pullover und der Wolljacke zu urteilen (die er an diesem kalten Nachmittag offen trug – sage mir einer, Intellektuelle wären keine Machos!) – nebst wildwuchernden Haarbüscheln über den Ohren, konnte er nur in Harvard lehren, oder vielleicht sogar noch studieren. »Ben Reiser, Marshall Biedenstein.« Sie strahlte mich an und schnitt eine komische Fratze dazu, die fast ein Augenzwinkern hätte sein können, wenn jemand wie Pearl sich so etwas gestattet hätte. »Marshall hat soeben erfahren, daß Yale ihn zum diesjährigen ›jungen Dichter‹ gewählt hat.«

Er musterte nicht seine Füße und trat auch nicht verlegen von einem Bein aufs andere. Er sah mir ernst ins Gesicht, mir, nicht ihr, und korrigierte ihren Werbeslogan: »Zum nächstjährigen, genauer gesagt.«

Ich gratulierte ihm so herzlich, wie ich konnte. Ich habe einmal einen Dichter recht gut gekannt, der jede Unze seines Lebens in kunstvoll gedrechselte Verse drosch; einmal hatte ihn ein Betrunkener im U-Bahnhof vom Bahnsteig geschubst, und ich weiß noch, wie ich nach meiner ersten Dankbarkeit dafür, daß er nicht auf die Stromschiene gefallen oder von einem Zug niedergewalzt worden war, gedacht habe: O Gott, das kriegen wir jetzt bis in alle Ewigkeit zu hören. Und so war es dann auch: Er machte eine ganze Serie daraus, in einem Dutzend Stimmen. Wenn ich jetzt in das dunkle Gesicht dieses jungen Poeten sah, dessen Augen kritisch und für sein Alter ein wenig zu müde dreinblickten, falls er nicht ein wahres Hundeleben hinter sich hatte, fragte ich mich, was er um Gottes willen wohl aus uns machen würde. Welch langen Erguß über die Unmöglichkeit, »Den Anderen« wirklich zu kennen, oder die Unberechenbarkeit des Schicksals. Wie viele verschiedene Ambiguitäten würde er in Jacobs und meinem Namen heraufbeschwören? Alle berechtigt, wohlgemerkt, aber im Augenblick eben leicht verfehlt, ein wenig lächerlich. Kein Wunder, daß Carolyn mit Verachtung ansieht, was ich mit meinem Leben anstelle – der Gedanke blitzte kurz auf wie eine tückische Flosse aus dem Wasser. Was ist wichtiger, Benny, vierzig Grad Fieber oder eine sauber verdübelte Fuge? (Guck mal, Mami, ganz ohne Nägel!) Oder die Entdeckungen, die Pearl mit atemlosem Enthusiasmus immer wieder machte: die Litauer oder Inuit, die auf Glasscherben malten oder aus Menschenknochen Skulpturen schnitzten. Einmal hatte sie ihre ganze Galerie für das bunte Gipsmodell einer Zahnarztpraxis zur Verfügung gestellt. Na ja, ich habe gut reden – auch ich war einmal ihr Gewürz des Monats gewesen, ich mit meinem gebündelten Schrott, und dankbar dafür. Man könnte auch einen Michelangelo nicht gegen vierzig Grad Fieber ausspielen ... Marshall Biedenstein hätte sich sehr amüsiert, wenn er gewußt hätte, welche unsichtbaren Armeen zähnefletschend über sein Gesicht, seine pullovergewärmte Brust marschierten.

Ich starrte sie beide aus meinem Nebeldunst heraus an, ganz einfach erstaunt, daß wir die gleiche Sprache sprachen. Wahrscheinlich war ich wirklich weggedriftet, als wäre ich nicht der Jäger, sondern die Beute. Trotzdem muß ich halbwegs zusammenhängend gesprochen haben, soweit ich überhaupt sprach (ich erinnere mich, daß ich *sie* gar nichts fragte), denn sie wedelte mir nicht mit der Hand vor den Augen, um zu sehen, ob ich noch da sei, und schien mich nicht einmal merkwürdig anzusehen. Sie erkundigte sich, wie es sich gehört, sehr interessiert nach meinen Lieben, der Reihe nach. Als die Reihe an Jacob kam, sagte ich: »Gut, gut«, und einer irren Eingebung folgend: »Du hast ihn nicht zufällig gesehen? Heute, irgendwo hier in der Gegend?« – als hätte sie es mir nicht gleich erzählt, wenn sie ihn gesehen hätte. (Irgendwer hatte mir gesagt, sein Bild sei im *Globe* gewesen: ausgerissen. Diese Seiten las sie anscheinend nicht.)

»Ist er dir abhanden gekommen?« Sie schüttelte mitfühlend den Kopf. »Versuch's im Schallplattenladen, ich glaube, da trifft man sich am ehesten in diesem Alter.«

»Also, wenn du ihn sehen solltest ...« Aber ich verlor wieder den Faden. Wenn, dann? wie Carolyn wohl gesagt hätte. Angenommen, Pearl würde zu ihm sagen: Hallo, Jacob, eben bin ich da an der Ecke deinem Vater begegnet, was täte er dann wohl? Wir, Carolyn und ich, waren nicht die einzigen, die ratlos vor unbeantwortbaren Fragen standen.

Ich schlug ihre Einladung aus, uns irgendwo hineinzusetzen, mit einem Drink aufzuwärmen und Marshalls Glück zu feiern. »Ich muß ihn jetzt wirklich finden und zusehen, daß wir nach Hause kommen, bevor es zu schneien anfängt«, sagte ich und gab ihr einen zu harten Klaps auf den Arm, etwa wie man seinem Tennisgegner eine Spur zu herzlich zu seinem Sieg gratuliert. »Marshall«, sagte ich mit fester Stimme, als ob ich sein Onkel wäre oder ein Freund der Familie, der dem Frischdiplomierten erklärte, seine Zukunft liege in der Plastikindustrie. »Viel Glück. Ich hoffe,

Ihr Buch wird verfilmt.« Er lächelte nicht. Ich kratzte einen Rest höflichen Interesses zusammen und erkundigte mich nach dem Titel.

»*Die Freuden des Todes*«, antwortete er, jetzt endlich lächelnd und schon halb im Gehen.

Die Freuden des Todes. Na schön, das war seine Sache. Wahrscheinlich fand er es gut. Am liebsten hätte ich gesagt: »Aufgepaßt, Meister, so ein Titel kann explosiv sein.« Meine Großmutter hätte etwas schlichter gesagt: »Junge, davon verstehst du doch noch gar nichts.«

»Schöne Grüße daheim!« rief Pearl, den jungenhaften Kopf über die Schulter zurückgedreht, und überquerte die Straße, den Arm fest unter den ihres Liebhabers geklemmt, eine Solidarität, die beinah gehässig wirkte. Ich blieb stehen, wo ich stand, am anderen Ufer eines angeschwollenen Verkehrsstroms. Meine Finger schwitzten derart in den Handschuhen, daß ich sie trotz der schneidenden Kälte herauszog und feststellen mußte, daß sie zitterten. O ja, die Freuden des Todes! Wir waren doch alle wie kleine Kinder, strebten stets nach einer Erfahrung, die wir noch gar nicht haben konnten – durften. War denn die Wirklichkeit nicht schrecklich genug, auch ohne unsere fein ausgeklügelten Darstellungen mit ihren paßgenau verfugten Kanten und raffiniert gebrochenen Linien? Ja, mein Schatz, dachte ich: Vierzig Grad Fieber mit steigender Tendenz sind schlimmer, zählen mehr, kippen den Erdball aus seiner Achse. Und Tod ist keine Freude: keine Frucht, keine Blume, keine Metapher für irgend etwas anderes auf der Welt.

Ich rief jemanden an, den er, wenn ich mich recht erinnerte, kannte – einen der wenigen Schulabsolventen aus Hyland, die es nach Harvard geschafft hatten. Er war beim Westinghouse-»Jugend forscht« im Finale gewesen, mit einem interessanten Experiment über Ernährung bei – egal was. Jedenfalls nicht bei Mäusen. Aber so ähnlich. Sein Zimmergenosse war am Apparat. Nein, Larry Tournier war nicht da; auch sonst niemand. Lächerlich von mir zu glauben, er könne da sein. Sonst kannte ich keinen, den er auch kannte. Ich ging in eine Imbißstube und trank einen so heißen Kaffee, daß mir schon die Augen tränten, wenn ich mich nur darüber beugte. Ich stritt mich mit der Bedienung, weil man hier die zweite Tasse extra berechnete; danach machte sie einen großen Bogen um mich. Ich legte den Kopf auf den Resopaltisch und versuchte zu schlafen, wobei ich wohl den Eindruck eines Penners machte, der gerade mal fünfzig Cent für eine Tasse Kaffee aufgetrieben hat, aber keine mehr; und obwohl ich zu erschöpft war, um mit Anstand wach zu bleiben, konnte ich nicht einmal dösen, sondern hörte das unablässige Stimmengewirr der geschmähten schönen Kinder, die stritten, flirteten, über Kierkegaard oder die Celtics diskutierten oder was sie in drei Teufels Namen sonst so machten, wenn sie beim Essen zusammensaßen. Wenn diese Kellnerin nur wüßte, dachte ich pathetisch, warum ich so müde bin, nach wem ich gesucht habe und warum – Martha Taverner, die bei Jacey's Eiswaffeln abfüllte, sah diesem Mädchen ein wenig ähnlich, gesund und blond, eine Mischung aus Raffinesse und Unschuld, ihrem Alter angemessen –, dann würde sie sofort wegrennen, obwohl sie noch zwei Stunden zu arbeiten hatte. Alle Gefahren liegen hinter mir, dachte ich, abgesehen von der einen oder anderen Möglichkeit, ums Leben zu kommen (ich war überzeugt, daß ich nur hinauszugehen brauchte, um sofort unter ein Auto zu geraten oder mir bei einem Sturz auf einer vereisten Stelle das Rückgrat zu brechen). He, Junge, ermunterte ich mich, die Wange auf der klebrigen Tischplatte: Du kannst jetzt ein existentialistischer Held werden. Melde dich nach Nicaragua, nach El Salvador, was hast du denn zu verlieren? Eine schwindelnde Euphorie erfaßte mich. Ohne Frage ging es Jacob ebenso, was immer es sonst noch mit sich bringen mochte – Verbindungen abgeschnitten, Verpflichtungen aufgehoben: Der Verbrecher ist frei, der freie Mann ist ein Verbrecher; wenn man kein Plätzchen hat, wo man sein Haupt betten kann, läuft am Ende doch alles auf dasselbe hinaus.

Natürlich hatte ich ein Plätzchen für mein Haupt, aber bis dorthin waren es anderthalb Stunden. Ich verbrachte die Nacht auf dem Parkplatz eines kleinen Einkaufszentrums in Concord. Gerade als ich mich von Cambridge auf den Weg nach Norden machte, hatte es zu schneien angefangen, und bei dem heftigen Treiben der Flocken, das einem dichten Nebel gleichkam, und meiner Benommenheit, nachdem ich den Moment der Eigendramatisierung einmal überwunden hatte – der freie Mann ist ein Verbrecher! – wurde mir klar, daß ich mit dem Wagen nicht weiterfahren konnte, er würde mir außer Kontrolle geraten. Ich hoffte nur, daß die Polizei nicht käme und mit Taschenlampen durch die Fenster leuchtete. Ich rollte mich auf der Rückbank zusammen und betete, daß ich nicht träumen möge. Als am Morgen das Licht zu mir hereinschien, waren Himmel und Erde vom genau gleichen blendenden Weiß – ich fühlte mich wie in eine Perle eingeschlossen.

Als ich nach Hause kam, war Carolyn gerade am Telefon und gab Ratschläge zur Dosierung einer Arznei für einen Säugling. Ich hörte nur: »Nicht unter drei Monaten. Auf keinen Fall. Bitte, wenn ich sage, auf keinen Fall, dann meine ich auf *absolut gar keinen Fall.*« Sie machte mir aber aufgeregt Zeichen. Ich verstand nicht.

Endlich nahm sie den Notizblock und schrieb mit großen Buchstaben darauf: SIE HABEN IHN!

Judith kam in die Küche gerannt, als ich mir gerade über dem Spülbecken die Nacht aus dem Gesicht wusch. »Daddy! Du hast ihn nicht gesehen? Er ist in Cambridge, genau da, wo du herkommst! Aber das mit den Postkarten verstehe ich nicht.«

Ich nahm sie fest in die Arme. »Du kannst ihn ja selbst fragen, mein Frätzchen. Was weißt du sonst noch? Ist er wohlauf?«

Sie hielt weiter meine Hand, strahlend, als ob dies nun das Ende der Geschichte wäre und alles wieder gut würde. »Ach, das ist so kompliziert. Er hat bei irgendwem gewohnt, den wir nicht kennen. Wahrscheinlich hat er ihn da kennengelernt. Und er hat dann irgendwie Ärger gekriegt, sie haben ihn verhaftet, ich glaube, weil er einen verhauen und seine ganzen Sachen, Stereoanlage und Kleider und alles geklaut hat, und um Drogen ging's auch ...«

»Warte mal, langsam. Redest du von Jacob?«

»Nein, von diesem *anderen* ...« Ihr Blick sagte, das liege doch wohl auf der Hand. »Also, und da haben sie ihn eben gefunden. Jacob. Sozusagen – ich glaube, das war eigentlich purer Zufall.« Sie umarmte mich noch einmal. »Genau verstehe ich das nicht. Aber Mama sagt, wir müssen hinfahren, du mußt also gleich wieder ins Auto steigen. Armer Daddy!« Wie sie dabei herumhüpfte, erinnerte mich daran, wie sie das beide als kleine Kinder gemacht hatten, wenn wir einen Kinobesuch oder einen Tag im Vergnügungspark in Aussicht stellten. »Bist du nicht froh, Daddy?«

Ich wußte es nicht. Ich dachte, daß er auf der Flucht vielleicht doch sicherer gewesen wäre. Vielleicht aber auch nicht. Sich bei einem Junkie zu verstecken, einem jähzornigen Fremden mit Rachegelüsten – das würde ein normaler Mensch ja wohl nicht Freiheit nennen.

»Es schneit ziemlich schlimm, Judith.«

»Aber wir müssen hin! Nicht hinzufahren, das geht doch nicht! Er ist im Gefängnis, aber Wendell sagt, wir können ihn sehen, wenn wir sofort hinfahren.«

Ich hatte Angst, aber nicht vor der Fahrt. Sie sollte nicht sehen, was für Angst ich hatte, also wiederholte ich nur: »Auf der Heimfahrt bin ich ganz schön herumgeschlittert, und es wird zusehends schlimmer.«

»Dad-dy!« sagte sie mit diesem fassungslos überlegenen Blick, den sie von Carolyn hatte (»Wenn ich sage, *auf keinen Fall* ...«). »Er ist im *Gefängnis* und *braucht* uns. *Ich* will jedenfalls hin, und

wenn ich *zu Fuß* gehen muß!« Judith wußte, daß die Leute das früher getan hatten. Ich hatte es in der Stadtgeschichte gelesen: Im neunzehnten Jahrhundert waren Studenten, die bei Boston auf die Schule gingen, üblicherweise in den Ferien zu Fuß nach Hause gegangen, hundertzwanzig Kilometer hin, hundertzwanzig zurück, über Berg und Tal. Das schien ihnen kaum der Rede wert zu sein. Woraus waren nur ihre Schuhsohlen gemacht? Bessere Sohlen, bessere Seelen. *Sie hatten Jacob.* Immerzu sah ich die blau-weißen Lichter eines Polizeiautos blitzen, an, aus, über sein Gesicht, seinen Körper, bis hinunter zu den leicht einwärts gerichteten Zehen. An: Gefahr: Aus: Sicherheit; entdeckt, versteckt, entdeckt, versteckt; aufgeregt blinkend ließen sie ihn uns einen Augenblick sehen, dann nahmen sie ihn uns wieder weg. Ich stand am Fenster und sah, wie sich die Welt verwischte, von Minute zu Minute mehr Boden verlor an die Farbe des Nichts.

Carolyn

Sie wollten Judith zu Hause lassen; Judith schwor, sie werde ihnen das nie verzeihen. Carolyn fand plötzlich, daß man ein Kind, mochte es noch so liebevoll und besorgt sein, doch unmöglich zu einer Gegenüberstellung im Gefängnis mitnehmen könne – das wäre schlimmer als ein Besuch auf der Intensivstation, nicht nur unpassend, sondern wahrscheinlich auch illegal.

»Wir lassen dich bei den Rapaports«, sagte sie, wobei ihr diese Idee erst kam, als sie schon sprach. Sie hatten etliche Freunde in und um Boston, aber die Tochter der Rapaports war in Judiths Alter. »Wir übernachten dort, und du kannst mitkommen und – mit Clarissa spielen, wenn wir ihn besuchen.«

»Danke«, erwiderte Judith frostig. »Ich spiele nicht mehr, mit keinem, habt ihr das noch nicht gemerkt?« Sie war blaß vor Zorn. »Und normale Leute sind sowieso in der Schule.«

Wie sie dieses »normal« aussprach, gefiel Carolyn nicht. »Gut, dann könntest du ja mit ihr gehen. Wäre das nicht interessant, mal eine andere Schule zu besuchen?«

Judith antwortete etwas, aber Carolyn hörte nicht zu. Ihr war klargeworden, daß sie mit Ben noch so einiges wegen Jacob besprechen mußte, was ihre Tochter lieber nicht hören sollte. Eigenartig – es waren die gleichen Hemmungen, die sie davon abgehalten hatten, jemals in Judiths Hörweite zuzugeben, daß sie einmal eine Abtreibung gehabt hatte, sehr bald, zu bald nach Judiths Geburt; ein gewisses Feingefühl ließ sie zögern, aus Angst, Judith könne das verallgemeinern, auf sich selbst beziehen – wenn du ein Kind so leicht verstoßen kannst, also, das hätte ja dann ebensogut *ich* sein können! Sie fand diese Bedenken lächerlich, zumal sie wegen der Abtreibung keine Gewissensbisse gehabt hatte, abgesehen von Bedauern, von der Trauer, die man nun mal empfindet. Verallgemeinert hatte im Grunde sie selbst, indem sie am Abend nach der »Prozedur« vor Judiths Wiege gestanden und um den kleinen Zellklumpen, der nie eine Seele haben würde, im gleichen Maße getrauert hatte, in dem sie dieses vollständige, komplizierte und *fertige* Menschlein liebte, das da im schummrigen Licht der Nachtlampe lag und schlief.

Aber sie machte sich sehr viele Gedanken um die Entstellungen im kindlichen Gemüt, die Verknüpfung von Ereignissen, die sie mit einer fragwürdigen Verantwortung belasteten oder sie durch Zufall und ungewollt zu Opfern machten – sie sah das bei ihren Patienten, die unter den Traumata unglücklicher Umstände litten und es nicht schafften, sie losgelöst vom eigenen Charakter zu sehen, Kinder mit Gesichtszuckungen, Kinder, die sich immerzu an scharfkantigen Gegenständen stießen und viel zu oft hinfielen, Kinder, die sich deswegen selbst für schlecht hielten.

An dieser Stelle gebot sie sich Einhalt. Was hatte sie schon Gutes bewirkt, diese Fürsorglichkeit, dachte sie bitter. Wenn man sich das Ergebnis ansah, hätten sie wahrscheinlich alles, was sie getan hatten, genau umgekehrt machen müssen. Aber jetzt darüber nachzudenken, war müßig und viel zu selbstmitleidig. Sie ging ein paar Sachen einpacken. »Stell etwas Futter für Snappy zurecht«, rief sie Judith über die Schulter zu. »Soviel Trockenfutter, daß es für ein paar Tage reicht.«

»Lassen wir die Heizung an, damit sie nicht erfriert?« Judith redete noch immer betont spröde, um sie zu bestrafen. »Letztesmal ist ihre Wasserschüssel zugefroren.«

»Die Heizung? Also wirklich, Jude. Katzen frieren im Haus nicht, egal wie kalt es ist.« Und selbst wenn, dachte sie, mit der Fürsorge ist es jetzt genug. Ich habe lange genug zu erraten versucht, was dieser oder jener alles braucht. Was man gibt, steht in keinem Verhältnis zu dem, was man bekommt. Wenn dieses Vieh sich nicht selbst warm halten kann, soll es eben frieren.

Es kam einem nicht direkt wie ein Gefängnis vor. Sie wußte selbst nicht so genau, was sie eigentlich erwartet hatte, vielleicht daß die Wirklichkeit – einfach weil sie nicht gern Kriminalfilme im Fernsehen sah und Detektivromane auch nur deshalb las, weil sie wie Schachpartien waren, und auch noch das willkürliche Blutvergießen bedauerte, mit dem sie immer erst in Gang kamen – sich neu formiert, sich gemäßigt haben könnte zu etwas weniger Rohem. Sie hatte nie verstanden, wozu Leute unbedingt Pistolen und Menschenjagden und krachende Kinnhaken brauchten, um sich anregen zu lassen. Wenn das so etwas wie eine urtümliche Wunscherfüllung durch die Phantasie war, dann herrschte in der Welt mehr Bosheit, als sie wahrhaben wollte, und wurde nur gewaltsam unter dem Deckel gehalten. Oder vielleicht war das normale Leben den meisten schlicht zu langweilig – das wäre noch plausibel. Sie erlebte ihre Krimis tagtäglich, Entscheidungen auf Leben und Tod (wenngleich nicht so viele, wie manche annehmen mochten); vielleicht konnte sie sich einfach nicht vorstellen, wie eintönig ein Durchschnittsalltag war.

Das Gefängnis von Cambridge befand sich, wie ein Penthouse, hoch oben auf dem Gerichtsgebäude. Abgesehen von dem Mann, der die Handtaschen durchsuchte, und der elektrischen Apparatur am Eingang, die einem das Gefühl gab, man werde gleich in ein Flugzeug steigen, war es das eindeutige Gegenteil von gruslig; es hätte ein beliebiges Bürohaus sein können: Im dritten Stock Universal Bathroom Tiles, Pharmaceutical Inc. im zehnten. Es herrschte reger Fußgängerverkehr (Anwälte? Angestellte?), und die munteren Hallos von Bürobekanntschaften hallten mit vokalkargem Bostoner Zungenschlag durchs Foyer. Wenn man allerdings den Knopf für den siebzehnten Stock drückte, gab man sich als etwas anderes zu erkennen als ein Organ der Rechtspflege.

Trotzdem sehe ich wohl aus wie eine Anwältin, dachte Carolyn, nicht wie eine Mutter. Abgesehen von ihrem Gesichtsausdruck, ihrem fast bis zur Verzerrung unbewegten Mund, sah sie tatsächlich aus wie eine Staatsanwaltsgehilfin in offizieller Mission.

Das Reden besorgte Ben. Er sah grimmig und ein bißchen wütend drein, als wartete er nur auf eine Provokation, um die ganze Sache endlich der Polizei allein in die Schuhe schieben zu können. Sie wurden von einem hinter Glas sitzenden, rundlichen Beamten mit Schnurrbart und einer Landesflagge auf dem Ärmel seiner blauen Polizeiuniform emotionslos in Empfang genommen. Hinter seinem Stuhl befanden sich Tresen und alte Schreibtische und ein Telefon, das unaufhörlich klingelte; nur einmal klingelte es nicht, als gerade jemand hineinsprach.

Sie füllten, »unterschrieben bei Strafe falscher Angaben« – die Grammatik stimmte wohl nicht ganz –, grüne Formulare aus, die eine einzige Unterstellung waren, daß sie etwas zu verbergen haben könnten, was sie aber hier sofort gestehen würden, um sich ihre Besuchserlaubnis zu erkaufen. Ihren wahren Namen. Ihre eigenen Vorstrafen. Ob sie von einer anderen Strafanstalt beurlaubt seien. Es bedrückte Carolyn, derart vor Augen geführt zu bekommen, was für Leute draußen waren und was für Leute hier drinnen saßen, und in welcher Beziehung beides zueinander stand. Mein Gott, in was für einem Rosengarten sie lebte ... Name des Insassen (das Wort, so schwarz auf weiß gedruckt, war ein Schock für sie, als wäre er bereits für irgend etwas verurteilt). Verwandtschaftsverhältnis. Sie schoben die Formulare auf einem Drehteller unter der Glasscheibe hindurch.

Sie versicherten, daß sie keine Waffen bei sich hätten – ab hier durfte man sich offensichtlich über nichts mehr wundern oder aufregen. Widerstrebend hängte Carolyn ihre Handtasche in ein Schließfach. (Patienten wehrten sich normalerweise verzweifelt dagegen, ihre persönlichen Gegenstände abzugeben – sie erinnerte sich aus ihrer Assistentenzeit an Frauen, die weinend protestierten, wenn sie ihre Eheringe ablegen sollten, bevor sie in den Operationssaal geschoben wurden: Nicht gerade jetzt ihrer vertrauten Identifikationssymbole beraubt zu werden, bevor man ihnen alles nahm, selbst ihr Bewußtsein! Sie fühlte Zorn in sich aufwallen, als sie die Tasche an einen Haken hängte und sah, wie Ben seine Hosentaschen von allem geliebten Krimskrams leerte. Es stimmte, das war demütigend, und sie merkte, wie sie jetzt, ihrer gewohnten Requisiten ledig, Widerstände aufgab, von denen sie bisher nichts gewußt hatte.)

Sie traten durch eine rote Tür, die einen freundlich anmutete, hätte da nicht wieder ein Schild AB HIER KEINE SCHUSSWAFFEN gehangen, und die so dick war, als verschließe sie einen Tresor. Dann befanden sie sich in dem länglichen, nüchternen Raum, in dem sie ihren Insassen hinter Glas betrachten sollten, so nah, daß sie die Poren seiner Haut und jede seiner Wimpern sehen könnten. Neben jedem Stuhl hing ein braunes Telefon, ganz normal, nur daß sie wie die Telefone in Hotelhallen keine Wählscheiben hatten.

Karnickel kann man in Käfigen betrachten, auch Papageien, Kanarienvögel oder Meerschweinchen. Vor seinen Sohn kann man sich so nicht hinstellen. Das Glas war undurchdringbar dick. Sie sah Fingerabdrücke darauf, wolkig wie Schmutzwasser, wo das Neonlicht es anstrahlte. Würde man hier neben anderen Besuchern sitzen müssen? Anderer Leute Gespräche mithören über – na ja, alles mögliche; das war alles, was man voneinander hatte. Kaution oder Reue oder Rache oder – was darf es sein? »Ich glaube nicht, daß einer hier sehr lange bleibt, es ist ja gar kein richtiges Gefängnis«, sagte Ben leise, als wären sie von Lauschern umgeben. »Es ist vor allem eine Untersuchungshaftanstalt, darum bleiben die Leute hier bestimmt nicht ewig.«

Carolyn sah sich mutlos um. Das sah hier nicht aus wie ein Wartezimmer im Krankenhaus, liebevoll möbliert, um Optimismus zu verbreiten – der Raum wirkte nüchtern, schäbig, karg, ohne irgendwelche optischen Beschönigungen für Pech, Leichtsinn, schlechtes Karma. Für sie besagte diese ganze Umgebung: Du hast es dir selbst eingebrockt, mein Junge, daß du jetzt hier bist, und wir sind nicht verpflichtet, für dein Wohlbefinden zu sorgen. Oder das deiner Familie. Wenn du traurig bist oder dich schuldig fühlst, bitte, gern.

Sie saßen lange da und schwiegen. Es gab nichts zu sagen. Carolyn stützte sich auf ihren Ellbogen, die Hand vor den Augen – die leise summenden Neonlampen verursachten ihr Kopfweh, und anzusehen gab es hier sowieso nichts, dachte sie zornig. Aus irgendwelchen Gründen war außer ihnen kein Besuch da; eine ruhige Zeit, eine Flaute. Je länger sie warten mußten, desto mehr wollte sie der Schlaf übermannen – sie fühlte sich wie in einem Boot, das lautlos auf dem Wasser dümpelte. Momentan ein Segen, dieser Halbdämmer. Es gab darin kein Vorher und kein Nachher. Kein Jetzt.

Schließlich kam doch noch jemand. Eine sehr zierliche Frau, recht jung, mit Lockenwicklern unter einem rotgelben Kopftuch, war eingetreten und hatte, offenbar mit der Prozedur vertraut, ein paar Nischen weiter Platz genommen. Sie schien nicht darüber aufgebracht, daß sie hier war; sie kaute geräuschvoll Kaugummi. Ihrem Aussehen nach konnte sie Italienerin sein oder in Anbetracht des Ortes vielleicht Portugiesin. Sie kümmerte sich gar nicht um sie. Nach ein paar Minuten des Wartens, in denen sie sich hingebungsvoll den Nagellack von den Fingern der linken Hand kratzte und kleine rote Flocken in die Luft pustete, kam ein sehr dürrer, drahtiger junger Mann in weiten grauen Klamotten aus dem Zellentrakt und setzte sich ihr gegenüber. Sie sprach sofort in ihr Telefon, ohne Einleitung und im Ton eines Menschen, der vom Streiten unendlich müde ist. O je, o je, dachte Carolyn, da sitzt eine, die schon zu oft hier war, Schwester oder Liebchen; eine, die mehr gibt, als sie bekommt. Sie hörten die Stimme des jungen Mannes nicht, sahen ihn aber durch die Glaswand die Tirade erdulden; er sah aus, wie er auch bei sich zu Hause ausgesehen hätte: gelangweilt, böse, sichtlich darauf erpicht, sie loszuwerden, aber noch nicht ganz willens, sie zum Teufel zu schicken.

Auch Jacob trug nicht seine eigenen Sachen; ob Gefängnis oder nur Arrest, sie verpaßten hier jedem ihr unförmiges Anstaltsgrau; und blaß war er. Die Haare klebten ihm am Kopf, als hätte er gerade seine Mütze abgenommen. Carolyn versuchte in seinem Gesicht zu lesen, aber es war betont ausdruckslos.

Sie machte Anstalten aufzustehen, Ben ebenso, aber Jacobs Kerkermeister hatten nach Kräften alles so unpraktisch eingerichtet, daß jede unziemliche Liebesbezeigung von vornherein unterbunden wurde. Die Grenze war hermetisch dicht. Sie glotzten einander über die Kluft hinweg an, wie Kläger und Angeklagter. Nach ihm zu fassen, war nicht möglich. Aber da war er wenigstens, lebendig, unversehrt, vertraut.

»Folterknechte«, knurrte Ben. Immerhin blieb es ihnen erspart, sich der Frage zu stellen, ob Jacob, wenn er gekonnt hätte, gekommen und ihnen in die Arme gesunken wäre. Er stand vollkommen reglos da, vollkommen ausdruckslos. Carolyn forschte in seinem Gesicht nach irgendeiner Regung – unterdrückter Angst, Erleichterung oder einem Ansatz leidvollen Zerfließens – aber sie sah nur in ein so vollkommen leeres Gesicht, daß sie sich beherrschen mußte, um nicht durch die Scheibe zu springen und ihn zu schütteln. Er ist zu jung, dachte sie flüchtig, um sich derart in der Gewalt zu haben. Schwer zu glauben, daß dies der Augenblick war, um den sie gebetet hatten.

Statt dessen zerfloß Ben. Tränen liefen über seine Wangen, und er konnte es nicht lassen, immerzu nach der toten Glasfläche zu greifen; sein Verlangen, Jacob zu fühlen, war so groß, daß seine Hände vor gestauter Energie zuckten. »Jacob«, sagte er beschwörend, noch einmal »Jacob«, und noch einmal, einfach in die Luft, denn das Telefon hatte noch keiner von ihnen angerührt.

Jacob musterte sie von oben bis unten, als überlegte er, ob er sich überhaupt zu ihnen bekennen sollte.

Endlich nahm Ben den Hörer, aber es war so unmenschlich, durch einen Apparat mit jemandem zu reden, der einem unmittelbar gegenübersaß, daß er einfach nicht damit zurechtkam. Lautlos summte es in Carolyn: »Reach out and touch someone«; laut hätte sie es nicht zu singen gewagt, aber die Grausamkeit des Witzes brach ihr wie Schweiß aus den Poren. Wollten die einen bewußt in den Wahnsinn treiben, oder gelang es ihnen nur zufällig?

»Jake, wir müssen miteinander reden«, flüsterte Ben verschwörerisch. »Sprich mit uns.« Jacob saß auf der Vorderkante seines hölzernen Stuhls. Anders als sein Vater rückte er den seinen nicht vertraulich näher, und er nahm auch nicht den Hörer von der Gabel.

Carolyn forschte nach etwas Vertrautem an ihm, hatte aber bisher noch nichts entdeckt. Es war, als ob jemand ein Modell von Jacob angefertigt und ganze Arbeit geleistet hätte, aber ohne ihm auch Leben einhauchen zu können; sie erkannte ihn nicht.

Ben winkte sie heran. Sie setzte sich, fühlte sich wie ausgehöhlt. Wie geht es dir? – mehr wollte sie nicht wissen, aber sie mußte wie in einer Telefonzelle warten, bis sie an die Reihe kam. Machte er sich über sie lustig, oder war die ganze Situation so absurd, daß er nicht damit fertig wurde? Ben gestikulierte, er solle doch den Hörer abnehmen, als hätte er dessen Vorhandensein vielleicht noch gar nicht bemerkt. Der Wärter, der auf Jacobs Seite an der Wand lehnte, mußte ihm etwas zugerufen haben, denn Jacob drehte sich jetzt zur Seite und sah ihn an. Er nickte kaum sichtbar, es war nicht mehr als ein fast unmerkliches Zucken, aber zum Hörer griff er noch immer nicht. Und man konnte ihn nicht zwingen. Für einen, der sich um keinen Preis einer Konfrontation aussetzen wollte, war das ein Traum, zu schön, um wahr zu sein.

So starrten sie eben einander an. Carolyn fand sein Schweigen dem Anlaß angemessen; es war wie in einem Stück von Beckett –

sie hätten nur noch Mülltonnen gebraucht, um darin zu sitzen, oder ringsum Dunkelheit. Ihre stumpfen Stimmen würden im Nichts schweben und wie Nachthemden auf der Leine flattern, sinnlos. Aber nun, im wirklichen Leben: War er wohlauf? War er Herr seiner selbst, oder hatte er einen Schock zurückbehalten, eine schwere Verwundung? »Könnten wir nicht mal fragen, ob wir zu ihm dürfen?« meinte sie zu Ben, obwohl sie sich dabei dämlich vorkam. »Wenn wir sagen, daß er das Telefon nicht abnimmt?«

Ben schüttelte nur ohne jede Hoffnung den Kopf. Jacob beobachtete sie von der anderen Seite, nahm alles in sich auf. Sein Blick folgte ihr auch, als sie zu dem Wärter auf ihrer Seite ging und ihr Anliegen vorzubringen versuchte.

»Kontaktbesuche sind an einem anderen Tag«, antwortete der Wärter mit seiner amtlich unbeteiligten Roboterstimme. »Ein Insasse muß schon zwei Wochen hier sein, bevor Sie...«

Sie griff nach dem ersten besten Strohhalm. »Er ist doch noch ein Junge. Erst siebzehn. Es ist das erstemal...«

»Da müssen Sie mit denen da draußen reden, Gnädigste. Vielleicht erlaubt's der Sheriff, er kommt von der Jugend.« Seine Miene blieb vollkommen unberührt. Inzwischen drängten sich andere Besucher in den langen, schmalen Raum, und er ließ keinen aus den Augen. Einige, die hier offenbar regelmäßig verkehrten, begrüßten ihn wie einen alten Freund.

Carolyn hatte ihren Spaß an der Formulierung, der Sheriff komme »von der Jugend«! Sie erklärte Ben mit Zeichen, daß sie jetzt nach draußen gehe, um diese Möglichkeit zu eruieren. Er saß zusammengesunken auf seinem Stuhl, nur noch erschöpft, und Jacob und er stierten einander an wie zwei Tiere, die nur darauf warteten, wann das andere endlich die Flucht ergriff. Wenigstens sind sie beschäftigt, dachte sie verzweifelt, während sie dem Wärter Zeichen gab, er solle sie hinauslassen, damit sie diesen jugendlichen Sheriff aufsuchen und ihn um die Erlaubnis bitten könne, ihren Sohn anfassen zu dürfen. Ben und Jacob führten, zwar wortlos, aber doch eine Art Zwiegespräch, feindselig, jedoch gefühlsgeladen.

Als sie mit der Erlaubnis wiederkam – sie sollten ihn in einem kleinen Nebenzimmer sehen dürfen, eine Ausnahme, die nur im Hinblick auf sein zartes Alter gewährt wurde –, empfand sie einen (kläglichen) Triumph, denn jeder Brosamen, den sie einem in einem solchen System zuwarfen, war ein Wunder.

Sie mußten also hinausgehen und wieder hereinkommen, diesmal zu ihrem »Kontaktbesuch« – es klang nach einem Gesellschaftsspiel, einer sexuellen Begegnung vielleicht –, eine Frau untersuchte sie, ohne das Gesicht zu verziehen, betulich und gewissenhaft, von oben bis unten mit einem Metalldetektor und ließ sie sich um die eigene Achse drehen, wie um ihre Kleider auf schiefe Säume oder ungleiche Taschen zu überprüfen.

»Du lieber Gott«, brummte Carolyn, »glauben die wirklich, wir würden da mit einer Waffe reingehen?«

»Ja ja, lachen Sie nur.« Die Frau betastete weiter mit unbewegter Miene ihren Rock. »Sie würden sich wundern, was die Leute hier alles reinzuschmuggeln versuchen. Man sollte es nicht für möglich halten.« Sie lächelte nicht, sie nannte auch keine näheren Details. Es blieb Carolyn überlassen, sich darüber ihre Gedanken zu machen: Handgranaten? Kätzchen? Nervengas?

Und es wurde noch schlimmer. In dem Zimmer stand ein breiter Tisch, und Jacob flüchtete sich rasch auf die gegenüberliegende Seite und nahm hinter der sicheren Barriere Platz. Als wäre es ein Mantel, in den er sich fest einhüllen konnte, durch die Distanz vor Berührungen, Gefühlen und elterlichen Tränenergüssen geschützt, so saß er hinter einem guten halben Meter Resopal und schaute ernst und erwartungsvoll in ihre Gesichter.

Stand das Kind unter Schock? War es eine Art Dissoziationsverhalten? Carolyn ging rasch alle Möglichkeiten durch, die ihr in den Sinn kamen. Sein kühl abschätzender Blick machte sie frösteln. Sie beeilte sich, ihm mit Erklärungen zuvorzukommen: Wenn ein Schrecken groß genug war, konnte er so etwas bewirken, einfach jedes Gefühl unterbinden. War es nicht so? Er schien auch ohne die Glasscheibe einen durchsichtigen Schild um sich zu haben. Sie hatte das bei autistischen Kindern erlebt, eine Sicherheitszone, eine Aura negativer emotionaler Ionen, die Neugier abwiesen, Gefühle töteten, indem sie scheinbar keine Kenntnis davon nahmen. Oder dies zumindest versuchten. Es war keine Arroganz, es war Unvermögen.

»Jacob.« Ben hatte seinem Drang widerstanden, ihn einfach zu packen und mit Gewalt in seine Arme zu reißen. Er hatte gesittet auf seiner Seite Platz genommen und beugte sich jetzt nur vor; aber in seinem Ton schwang tödlich die väterliche Belehrung: »Wir sind so froh, daß du wohlauf bist.« Keine Antwort. Das überraschte sie nicht. »Ich weiß nicht, ob du dir vorstellen kannst, was wir uns für Sorgen gemacht haben...« Sie waren alle der Welt entrückt. Wie konnte es geschehen, daß etwas so greifbar und offenkundig Wahres jetzt aus seinem Mund so unaufrichtig klang? Ob das Licht in diesem Zwinger ihnen alles Leben aussaugte oder der Verdacht, es könnten Fremde mithören?

Ben versuchte es jetzt anders, mit Witz und guter Laune. »Sag mal, Jacob, deine Schwester hat uns aufgetragen, dich als erstes nach den Postkarten zu fragen. Wie hast du – *warst* du da überall? Bist du hierher zurückgekommen, nachdem du erst im ganzen Land herumgeflogen bist? Jake?«

Sie erhielten zum Lohn ein angedeutetes Lächeln – er schien ein wenig amüsiert. Aber er sagte es nicht. Carolyn dachte an die Stimme, die aus den Postkarten gesprochen hatte, die befremdliche Erwachsenenkumpanei. Den Bauchredner. Er hatte es sich offenbar anders überlegt.

»Du glaubst doch nicht, daß du das ewig durchhältst, oder?« Ben geriet allmählich in Rage – er wußte, daß er provoziert wurde, aber das zu wissen und sich nicht provozieren zu lassen, war zweierlei. »Wenn du nicht mit uns redest...«

»Wir haben der Polizei nichts gesagt«, erklärte Carolyn ruhig, um das Hickhack zu beenden. Ben funkelte sie an. Er fand wahrscheinlich, daß es an ihm gewesen wäre, das zu sagen; nach ihrer Unterwürfigkeit gegenüber Fran stand ihr das nicht zu. »Dein Vater hat – sich vor dich gestellt.« Sie wünschte, es gäbe ein Mittel, festzustellen, was in ihm vorging, einen inneren Seismographen vielleicht, eine Art Lügendetektor, der ihnen anzeigte, was dieses Schweigen ihn insgeheim kostete. Nahm er sie überhaupt wahr, irgendwo tief hinter diesen starren Augen? Amnesie? Oder hatte er einen Schlag auf den Kopf bekommen? Es war widersinnig, mußte aber in Betracht gezogen werden. »Hör mal, Jacob«, begann sie erneut und sehr bemüht, einen anderen Ton anzuschlagen als Ben. »Du könntest uns als erstes mal erzählen, was man dir hier gesagt hat. Warum du hier bist.«

Er sah sie an, ohne mit der Wimper zu zucken. Sie schwor sich, jetzt nur ja nicht so daherzuschwatzen, wie man es fast immer tat, wenn ein Gesprächspartner seinem Part nicht gerecht wurde. »Weißt du, warum du hier bist?«

Bei dieser Frage schlug er die Augen zur Decke, als flehte er eine geheimnisvolle Macht da oben um Erlösung an. Dieses Verhalten war ihr so vertraut, daß sie einen lauten Seufzer der Dankbarkeit ausstieß. Wenigstens funktionierte er noch.

»He, Bartleby«, frotzelte Ben. »Du kennst doch ›Schreiber Bartleby‹, oder habt ihr das im Englischunterricht nicht gelesen? Das war dieser Kerl, der alles ›lieber nicht‹ wollte. Egal was man ihm antrug, er sagte nur immer ein und dasselbe: ›Ich möchte lieber nicht.‹« *Das*, dachte Carolyn, bringt uns bestimmt nicht dahin, wohin wir müssen. Es wunderte sie nur, kränkte sie vielleicht ein wenig, daß Jacob seinen Vater nicht auch mit diesem unverschämten Erbarm-dich-Blick abspeiste.

Ben, der sie nicht einmal eines Seitenblicks gewürdigt hatte, erklärte noch einmal, was doch auf der Hand lag: daß sein Schweigen ihm hier nicht heraushelfen werde. Armes Kind, dachte Carolyn, und dabei hätte sie ihn doch am liebsten bei den Schultern gepackt und die Worte aus ihm herausgeschüttelt. Das weiß er natürlich selbst, aber wahrscheinlich treibt es ihn nur noch tiefer in sein Loch. *Panik.* Einmal war sie vor einem Prüfungskomitee zur Salzsäule erstarrt – da war sie noch sehr jung gewesen, und es ging um ein Stipendium fürs College. Aber sie wußte, wie das war, ab einem bestimmten Punkt wollte man sich nur noch tiefer eingraben, immer tiefer, wenn man doch nur schon tot wäre, nur um seine Scham zu begraben. Es war einer der entsetzlichsten Augenblicke der Hilflosigkeit in ihrem Leben gewesen – diese vage Erkenntnis, wahrgenommen wie durch eine grobe Leinwand, durch Alkohol oder Schmerz, daß man sich das alles selbst antat. Kein anderer tat es einem an. Es war eine animalische Reaktion wie bei dem Reh, das im Scheinwerferlicht erstarrt, dem Waschbär, der wie betäubt am Straßenrand steht. »Jacob«, flüsterte sie bewegt. Wie konnte er auf den Schmerz in ihrer Stimme nicht reagieren?

Ob es ihm leicht- oder schwerfiel, er widerstand. Er blickte auf die Tischplatte, auf der seine eine Hand lag. Als er sie sah, so sauber und gepflegt, zog er sie rasch auf seinen Schoß zurück. Dann hob er wieder den Blick und sah sie beide ohne Interesse an, ohne Bedürfnis oder Anteilnahme. *Tote Augen*, dachte sie müde. Passiver Widerstand. »Du weißt, daß du morgen vernommen wirst?« fragte sie barsch. »Hat man dir das gesagt?« Jetzt rede ich wie Ben, dachte sie. Vielleicht klappte es ja besser, wenn sie sich nicht so kleinmütig gaben. »In New Hampshire wird nach dir gefahndet. Mit Haftbefehl. Deshalb bist du hier.« Unter normalen Umständen hätte er jetzt höhnisch gefragt: »Bin ich denn nicht schon verhaftet?« Aber er verharrte in seinem Schweigen. »Man wird nichts weiter tun als feststellen, daß du die in dem Haftbefehl genannte Person bist. Wendell hat gesagt, daß sie nichts weiter von dir wollen.«

»Und du wirst wohl ein, zwei Worte von dir geben müssen, Jake. Ich glaube nicht, daß sie sich groß mit dir unterhalten wollen, aber sie werden dich vielleicht fragen müssen, wer du bist und so weiter.« Das war Ben, mit halberstickter Stimme. »Du bist hoffentlich bereit, mit *ihnen* etwas mehr zu reden.« Er lachte bitter auf. »Ich denke, sie werden dir einen Anwalt stellen, du wirst einen von hier brauchen, aus Massachusetts. Nur um die Sache noch komplizierter zu machen. Und wenn du wieder in Hyland bist, besorgen wir dir deinen eigentlichen Anwalt, und dann werden sie eine Kaution festsetzen.« Er sah seinen Sohn eindringlich an. »Kaution. Damit du nach Hause kannst. Aber nicht schon morgen. Ich weiß nicht, wie lange so was dauert. Aber...« Es gab noch einiges mehr zu sagen, doch Jacob sah nicht so aus, als ob er überhaupt zuhörte. Es war ein reines Machtspiel; und für den Augenblick war er auf der Gewinnerseite.

Carolyn stand auf und hoffte, daß Ben ihrem Beispiel folgen und nicht einfach anders bestimmen würde. »Denk über Nacht auch ein bißchen darüber nach, was du morgen zu Wendell sagst. Er kommt gleich morgen früh hierher. Er wird bei der Vernehmung dabeisein.« Ihr Blick war ganz sachlich. »Stiehl ihm nicht die Zeit, Jacob.«

Seine Augen blitzten wütend auf – war er beleidigt, weil Wendells Zeit ihr offenbar mehr bedeutete als seine Gefühle? Auch gut. Wut war immerhin *etwas*.

Ben kam mit. Er hatte mit den Fingern das Zeichen für »Ich liebe dich« gemacht. Er und die Kinder hatten eine eigene Zeichensprache; sie hatten ihren Spaß daran, einander in aufreizendem Schweigen Zeichen zu machen, bis Carolyn nicht mehr wußte, was sie denken sollte. »Wenn du willst, kannst du das doch auch lernen«, neckten sie. »Wir leben in einem freien Land, keiner hindert dich daran.« Jetzt wartete Ben noch extra eine Sekunde, ob Jacob, durch die Geste überrumpelt, darauf eingehen würde – irgendwie zeigen würde, daß etwas angekommen war.

Der Wärter hatte sich in Bewegung gesetzt, sowie Carolyn ihren Stuhl zurückschob, und Jacob, offenbar nicht im mindesten versucht, seinem Vater ebenfalls ein Zeichen zu machen, »ich liebe dich« oder wenigstens irgend etwas Unverbindliches, war gleichfalls aufgestanden und hatte sich zu ihm umgedreht. Man sollte meinen, er könnte es nicht erwarten, sie alleinzulassen und zurückzugehen in – mein Gott, war es wirklich eine Zelle, in der sie ihn hier festhielten? Waren da noch andere Männer drin, mürrisch dreinblickende junge Kerle wie dieser eine, der seiner jungen Besucherin nicht einmal ins Gesicht sah, Kriminelle, Alkoholsünder, Dealer? Was ihn auch immer dort erwartet, dachte sie niedergeschlagen, zu entmutigt, um auch nur Ben ansehen zu können, es scheint ihm lieber zu sein, als seine Eltern sehen zu müssen.

Ben nahm sie bei der Hand, als sie aus dem Gefängnis kamen und die Straße hinuntergingen. Aus seinem Mund kam eine Art Schmatzen, so etwas wie *tsk*, als ob er gleich ausspucken wollte. Das machte er immer, wenn er ratlos war; es war ein Geräusch aus seinem tiefsten Innern, wie das Knirschen seines Getriebes.

Carolyn blieb an der Ecke stehen und hob die Hand, als wollte sie nur wieder zu Atem kommen. Sie war sich keineswegs sicher, ob Ben verstand, in welche Verlegenheit sie gerade jetzt das Elternsein brachte. Es war unerträglich, es machte sie fix und fertig, wie Jacobs Radikalität sie zu alten Knochen stempelte. Sie sah sich als dicke Vettel, unvorteilhaft gekleidet, vom Leben gebeutelt – die klassische hinter dem Mond gebliebene Mutter eines Kindes, das bereits an ihrem Ohr, an ihrer spießigen Frisur, an ihrer ganzen hoffnungsvollen Bedeutungslosigkeit vorbei in die Weite blickte.

Mit den Jahren hatte sie es ja manchmal regelrecht genossen, diese Spannung zwischen ihrer öffentlichen Rolle und dem Bild, das sie selbst von sich hatte und das immer noch irgendwie verankert war in der Unabhängigkeit des jungen Mädchens, das mit leichtem Gepäck reiste: Wenn sie durch die Turnhalle zu der Holztribüne ging, um von dort aus der Schulband zu lauschen, Jacob ganz hinten an der großen Pauke; oder wenn sie am Memorial Day ihrer Judith applaudierte, die in der Parade auf sie zumarschiert kam, ganz klein zuerst, im Näherkommen zur vollen Größe anwachsend und dann beim Weitergehen wieder kleiner werdend, bevor sie ganz um die Ecke verschwand, die Augen pflichtgemäß geradeaus, ohne ein Lächeln für ihre Eltern, die Zähne zusammengebissen vor Anstrengung, ihre Hälfte der Fahne hochzuhalten, HYLAND ELEMENTARY SCHOOL, gelb auf dunkelgrünem Satin. In solchen Momenten durchfuhr sie so ein Staunen, halb Stolz, halb Verlegenheit, manchmal überlief sie sogar eine richtige Gänsehaut, daß sie hier stand, daß diese Kinder, die dort die wunderlichen, empfindlichen Stadien ihrer eigenen Kindheit durchliefen, ihr gehörten. War es krankhaft, sich so zweigeteilt zu fühlen, so unabgerundet in ihrer Mutterrolle? *Du denkst zuviel*, hatte ihre Mutter immer zu ihr gesagt. *Tu's einfach* (was es auch war: Silber putzen, sich für eine Party feinmachen, Autofahren lernen) *und sag nicht immer: Ist es nicht komisch, daß* ... Ihr Biologielehrer in der Oberschule hatte das gleiche gesagt: »Denk nicht weiter darüber nach, Carolyn, mach ihn schon tot, den blöden Frosch, und damit hat sich's. Er macht *dir* keinen Vorwurf, und du brauchst nicht zu fragen, was er in diesem Moment empfindet.« Ebenso ihr Tutor am College. Bis sie dann Medizin studierte, hatte sie das im Griff, was aber nicht hieß, daß sie, wenn sie nicht damit rechnete, nicht immer noch darüber erstaunt sein konnte, wo sie sich manchmal plötzlich wiederfand: mit Geld in der Tasche, großen Scheinen, nicht den vom Taschengeld abgesparten Vierteldollars! Oder nackt im Bett mit diesem wettergebräunten Mann, der sich über ihre voll entwickelten Brüste beugte und dabei vor Behagen grunzte! Oder daß sie ein Kind ansehen und sagen konnte: »Bei dem Jungen liegt ein klarer Fall von ...«, nur aufgrund des Zusammentreffens dreier bestimmter Symptome. »So, und dagegen tun wir jetzt folgendes.« Und das dann richtig machen...

Und wer waren jetzt diese Leute (sie war Teil des unseligen Teams), die diesen schweigsamen, zornigen jungen Mann zum Sprechen nötigten? Zu nötigen versuchten, und nicht einmal mit Erfolg. Sie sah diese Leute mit seinen Augen, Eltern an sich – »O Gott, meine Mutter! Mein Vater!« – sie hörte es förmlich und hätte sich am liebsten auf den Randstein gesetzt und ihr Unglück, ihre Niederlage hinausgeweint.

Sie ging an Bens Seite zu ihrem Wagen, ohne ein Wort zu sagen. Ben war es, der weinte, er verstand sich darauf soviel besser als sie, er weinte fast lautlos, sein Gesicht war so sehr von dicken Tränen überströmt, daß sie fürchtete, er könne blind in den Straßenverkehr hineinrennen. Warum konnten sie nicht zueinander finden in ihrem Schmerz und darüber reden? Warum gingen sie so nebeneinander her, jeder für sich?

Sie brauchte eine Tasse Kaffee, um zu sich zu kommen; sie waren weiß Gott nicht in Eile. Sie fuhren, bis sie die ersten Häuser erkannten, ein bescheidener Trost, als wären sie in der Umgebung des Gefängnisses im Wald verirrt gewesen. Ben fand einen Parkplatz am Putnam Square, wo Restaurants und Läden ihr ewiges Bäumchen-wechsle-dich spielten – die jeweils neueste Mode, die neueste Cuisine durften nach ihrem Viertelstündchen Reichtum, wenn nicht Ruhm streben. Immer wenn sie nach Cambridge kamen, mußten sie feststellen, daß wieder ein alter Friseursalon einem Antiquitätengeschäft gewichen war, ein Haushaltswarengeschäft einer Bagelbäckerei Platz gemacht hatte. Sie steuerten auf etwas Neues zu, es nannte sich »Café Olé«. Aus ihrem geliebten Ramschladen für ausgesonderte Heeres- und Marinebestände (wo Carolyn einmal eine Feldflasche und ein paar Leuchtkugeln für Jacobs Pfadfinderexkursion erstanden hatte) war ein prachtvolles grünes Blumengeschäft geworden, ein tropischer Dschungel, der aussah, als sollte er seine schwüle Süße geradewegs auf die kalte Straße hinausdünsten. Carolyn nahm die Neuerung mit halber Aufmerksamkeit zur Kenntnis. *Plus ça change*, je mehr sich ändert, desto mehr bleibt alles beim alten, dachte sie, während sie kurz ihren Schritt verlangsamte und sich einen Moment diesem Fenster voll Blumen zuwandte, einem wohltuenden Anblick von Sanftheit und Farbe; die Scheibe war so dick beschlagen, daß man dahinter kaum etwas erkennen konnte.

Ohne diesen mißlungenen Versuch, ihren verbissenen Fußmarsch kurz zu unterbrechen, hätte sie das CARTE BLANCHE nebenan nicht gesehen. Es war ein kleines, vollgerammeltes Lädchen, schummrig und verstaubt wie ein Antiquariat, aber keines von der neuen Sorte, das Taschenbücher zum halben Preis feilbot, sondern ein echtes, mit einer Atmosphäre von vergilbendem Papier. Im Schaufenster hing der berühmte komische Stich von den Sutro-Bädern, wo die vielen Männer in ihren pastellfarbenen einteiligen Badeanzügen schwatzend auf einer Art Gerüst über dem blaugrünen Schwimmbecken stehen. Im Fenster lagen Bücher, aufgeschlagen an strengen Federzeichnungen und Stichen, und davor, fächerförmig angeordnet wie ein Kartenspiel, Postkarten im Dutzend mit der Bildseite nach oben. Carolyn blieb verdutzt stehen und sah genauer hin; Ben ging weiter, als wäre er allein.

VALENTINSGRÜSSE. VIKTORIANA. HAUPTSTÄDTE DER WELT.
AMERIKANISCHE STÄDTE. HAUSTIERE. BERÜHMTE GESICHTER.
FÜR ALLE GELEGENHEITEN. HUMORIGES.
ZUM SAMMELN, ZUM KORRESPONDIEREN.
HABEN SIE DIE EWIGEN BOGEYS UND MONROES SATT?
18 000 KARTEN VORRÄTIG. TÄGLICH MEHR!

Sie rief Ben nach, er solle doch einmal stehenbleiben. Er war schon am Eingang des »Café Olé« und drehte sich ärgerlich um. »Ist das der richtige Moment für einen Schaufensterbummel?«

Sie lief ihm nach und zog ihn am Arm zurück. »Sei doch nicht so borniert«, sagte sie, ohne zu lächeln, und fühlte dabei ihr Herz klopfen, als wollte es ihr ein für allemal den Garaus machen. »Wie wär's mit so einem Bildchen von Al Jolson? Ginger Rogers? Wie wär's mit Burns und Allen? Clarence Darrow? Buenos Aires? Benny ...!« Sie zwang sich, langsam durchzuatmen. »Oder Santa Fé?«

Als sie die Rapaports anrief, war sie darauf eingestellt, ihren Freunden die Sache in groben Umrissen zu erklären und sich und Ben für so lange als nötig in ihr großes Haus in Cambridge einzuladen. Der Preis dafür wäre, über Jacob reden zu müssen, allerdings ohne darin Trost zu finden, dachte sie.

Am Telefon meldete sich die Haushälterin, die so schlecht Englisch sprach, daß es kaum der Mühe wert schien, ihren Namen zu hinterlassen, geschweige eine Nachricht. Sie versuchte Sarahs und Michaels dienstliche Nummern herauszubekommen, doch vergebens. Vielleicht lag es nur an ihrer momentanen Verfassung, jedenfalls bekam sie jetzt eine richtige Wut auf die beiden mit ihrer ach so modischen Barmherzigkeit, ihrer reflexartigen Nächstenliebe, die sie laufend in die unglaublichsten (je nach Geschmack auch komischen) Situationen mit dubiosem Hauspersonal brachte. So mußten sie immerzu auf ihre Gärtner aufpassen, wenn diese, zum erstenmal mit der Technik der Neuen Welt konfrontiert, mit PS-starken Maschinen ihren Rasen attackierten, oder einer Frau, die in den Bergen Ecuadors noch das Essen am offenen Feuer gekocht und ihre Babys in selbstgewebten bunten Schlingen getragen hatte, den Mikrowellenherd oder die im Hause geltenden Benimmregeln für Kinder erklären. Einmal hätten sie dabei um ein Haar ihren damals noch winzigen Dickie zu beklagen gehabt, weil das Mädchen ihn einfach allein in der Badewanne ließ, um dem fordernden Summen des Wäschetrockners zu gehorchen, aus Furcht, der könne ja sonst möglicherweise explodieren: das Kind war dabei einen gefährlichen Augenblick lang untergegangen. Lauter nette Leute und sicherlich in großer Not, aber auch ebensosehr der Kultivierung bedürftig. Heute brachte Carolyn keine Geduld für die schüchterne, ängstliche Frau auf, die ihr nicht einmal sagen konnte, wie die Rapaports im Dienst zu erreichen waren, und sie hatte auch nicht die Zeit, es selbst herauszufinden, indem sie ihnen von einem Institut zum anderen nachstellte, Michael in Harvard, Sarah am Wellesley.

»Dann werden wir eben einfach vor ihrer Tür stehen«, sagte sie ungehalten zu Ben. »Nächtliches Strandgut mit Gepäck. Hoffen wir nur, daß sie ihr Gästezimmer nicht schon jemand anderem versprochen haben.«

Als sie hinkamen, tauchte gerade Sarahs Kopf aus dem Kofferraum ihres Wagens auf, dann ihre Arme, mit Einkaufstüten beladen. »Na, ihr zwei, kommt ihr gerade zufällig hier vorbei?« rief sie ihnen vergnügt entgegen. Ben stellte seine kleine Reisetasche neben einen verharschten Schneerest und ging hin, um sie von ihren Paketen zu befreien. »Schön wär's«, meinte er, und Sarah, die eine Tüte aus dem feudalen kleinen Gourmetlokal um die Ecke festhielt, als wollte er sie ihr stehlen, sah ihn endlich an und fragte mit gebührender Besorgnis: »Aber Benny, was ist denn los?«

»Das erzähl ich dir drinnen«, knurrte er. »Jetzt laß dir schon *helfen*, Sarah.«

»Ich bin nicht mehr an Gentlemen gewöhnt«, meinte sie lachend und ließ endlich die Tüte los. Trotz der Kälte hatte sie nichts auf dem Kopf. Ihr kurzes dunkles Haar hatte die ersten grauen Streifen, wie mit dem Lineal gezogen, aber sie sah immer noch aus wie ein verspieltes kleines Mädchen. »Steck mal deine Nase da rein, riecht das nicht göttlich?« Knoblauchduft entstieg den Tiefen der Tüte und benebelte wie ein Scotch auf leeren Magen.

Sie folgten ihr in den Spätnachmittagsschatten eines großen alten Hauses, das von Kinderstimmen, Fernsehgeplärr und den

Düften eines mehr oder weniger fertigen Mahls erfüllt war, zubereitet von »Azula, die eine *wunderbare* Köchin ist. Ein wenig beschränkt vielleicht...« Ben und Carolyn wechselten einen Blick, »aber ihre Eintopfgerichte, die würdet ihr euch nicht einmal träumen lassen.«

»Ich zweifle nicht daran«, meinte Carolyn lächelnd. Die Tulpen auf dem Eßzimmertisch, ein unschuldiges, dunkelrotes und frisches Stilleben, kränkten ihren eigenen inneren Aufruhr. Überhaupt regte dieses ganze Haus sie heute maßlos auf, obwohl es ihr sonst immer so gefiel. Michael war Japanologe, spezialisiert auf eine bestimmte Dynastie in irgendeinem Jahrhundert, dem zehnten?... zwölften? Sie konnte sich das nie merken; es war für ihn so real wie – vielleicht der Zweite Weltkrieg, dachte Carolyn, ein Ereignis eben, an dem teilzunehmen ihm nur um ein paar dumme Jährchen versagt gewesen war. Und da er nun leider nicht persönlich dabeigewesen war, hatte er so viele Artefakte aus jener Zeit zusammengetragen, wie sie sich nur leisten und dem alten Haus mit seinem schweren dunklen Gebälk, den altmodisch tief hinunterreichenden Fenstern und breiten Simsen auf irritierende Weise einverleiben konnten. An den Wänden hingen bronzene Gongs und zarte Triptychen von Nebeln und Bergen; Wandschirme aus pastellfarbenem Papier schnitten Ecken ab, und an einer Eßzimmerwand spannte sich ein reichverzierter Kimono aus dunkelblauer und hyazinthroter Seide, mit ausgebreiteten Ärmeln und so glänzend, als wäre er naß. Heute konnte Carolyn dieses Ding nur voller Mißmut betrachten – sonderbare Idee, ein leeres Kleidungsstück auf diese Weise an die Wand zu hängen, die Arme ausgebreitet wie ein unsichtbarer Christus an einem unsichtbaren Kreuz.

Judith hatte bei der Aussicht, in dieser verdrehten Situation ein paar Tage bei einer zwar netten, aber nicht engen Freundin zu verbringen, in letzter Minute darum gebeten, bei Celeste in Hyland bleiben zu dürfen. »Dort«, hatte sie zornig gesagt, indem sie sich ihren Küssen entzog, »brauche ich wenigstens nichts zu erklären.«

Und als sie jetzt Anlauf nahmen, um die Sache Sarah zu erklären – die währenddessen ihre Einkäufe auspackte, von ihrem Sohn dieses und jenes wissen wollte, einen Anruf ihrer Tochter aus der Schule entgegennahm, weil das Sporttraining etwas länger dauerte, einen Salat vorbereitete und mit verklärtem Gesicht Azulas Wundereintopf umrührte (»Wo nimmt sie nur die *Zutaten* her?« fragte sie laut den Topf) –, konnten sie Judiths Widerstreben gut verstehen.

»Wir sollten vielleicht warten, bis Michael da ist, dann brauchen wir das Ganze nicht zweimal zu erzählen«, meinte Ben. Sarahs Küche war sehr asketisch: reinweiß, stets sauber, und erfreulich zurückhaltend dekoriert. An den Wänden hingen, ordentlich gerahmt und so mit jenem Ewigkeitswert versehen, der Kindergartenkunst ins Absolute erhebt, die Meisterwerke ihrer Sprößlinge. Carolyn fand, daß Ben hier ganz erhitzt und verschwitzt wirkte. Er sah aus wie ein Gefühlsdesperado. Wie ein Jude unter Briten.

»Damit ihr *was* nicht zweimal erzählen müßt?« Sarah hielt mit Rühren inne. »Seid ihr krank? Seid ihr hier, um euch untersuchen zu lassen? Was ist *los*?«

Sie wechselten einen bedeutungsvollen Blick, diesmal gleichzeitig. Mochten sie sich gelegentlich auch noch so fern voneinander fühlen, die Welt brachte sie immer wieder gewaltsam zusammen. »Jacob ist in Schwierigkeiten«, begann Ben vorsichtig, und Carolyn schloß die Augen, um nur noch seine wohlvertraute Stimme zu vernehmen und nicht sehen zu müssen, wie der erste Anflug von Verstehen über das Gesicht ihrer Freundin huschte, oder mitzubekommen, wie sie im wörtlichen oder übertragenen Sinne einen Schritt zurückwich, ehe sie aus Höflichkeit und Anteilnahme zu ihnen kam, um sie mit leeren Trostworten in die Arme zu schließen.

Aber sie machte ihre Sache gut. Sie zeigte Mitgefühl, ohne zu übertreiben, und stellte Fragen, ohne sie zu bedrängen. Zuhören war Sarahs Beruf. Sie war Studentenvorsteherin am Wellesley, eine Tätigkeit, die sie gern als »hauptberufliches Rollenvorbild« bezeichnete. Die Inhaltslosigkeit einer solchen Stellung machte Carolyn immer ein wenig ratlos – sie hatte sich stets vorgestellt, daß Rollenvorbilder irgend etwas von sich aus *tun* und nicht nur geschlechtsspezifisch inspirieren müßten. (Sie selbst hatte zum Beispiel schon oft genug vor irgendwelchen Gruppen gesprochen, um zu wissen, daß sie für junge Frauen eine unwiderstehliche Repräsentantin des »Ärztestandes« war.) Aber das war anscheinend eine überholte Vorbedingung.

Ohne zu fragen, ob sie welchen wollten, brachte Sarah ihnen je ein Glas dampfend heißen, gewürzten Cidre, wobei ihr Blick sagte: »Alles, wovon ihr denkt, daß ihr es braucht, ist voll gerechtfertigt.« Aber sie gab sich überhaupt nicht gefühlsduselig. Nur einmal zuckte sie kurz, als Carolyn von ihrem Besuch bei Jacob im Untersuchungsgefängnis erzählte. »Buchstäblich nicht ein einziges Wort!« wiederholte sie, sofort bereit, sich darüber aufzuregen. Offenbar war der Trotz eines Jugendlichen leichter vorstellbar als ein Gewaltverbrechen. Konnte man ihr das verdenken?

»Kein einziges Wort.« Carolyn stellte rasch ihr Glas ab und verbarg die nassen Augen hinter ihren Händen, und schon kam Sarah herbeigeeilt und schloß sie in die Arme.

»Er wird sich schon wieder besinnen, Carolyn. Weil er muß. Er wird dich noch sehr brauchen. Später. Wart's nur ab.«

An ihrer Schulter, das Gesicht in den rauhen Baumwollstoff gedrückt, konnte Carolyn weinen, überrascht und erleichtert, als wäre nach langer, sinnloser Erregung ein Stöpsel herausgeflogen. Hier durfte sie sich gehenlassen, denn Sarah hatte ihnen zugehört, ohne sichtlich allzu schockiert zu sein. Je mehr sich die Leute wunderten, je überschwenglicher sie waren, desto weiter waren sie davon entfernt, etwas zu begreifen. Von denen, die sie nur dumm angafften, und sei es aus reinem Mitgefühl, war anscheinend keinem klar, daß sie doch immer noch dazugehörten, trotz allem Menschen waren. Vielleicht lag es am räumlichen Abstand – vielleicht wohnte Sarah gerade weit genug von Hyland weg, so daß Carolyn und Ben zusammen die einzige Gemeinde waren, die sie kümmerte. Oder es mochte an ihrem Beruf als neutrale Zuhörerin liegen, als hauptberufliche wasserfeste Schulter. Sie hatte, wie Ben es vielleicht ausdrücken würde, den Bogen raus.

Als Michael nach Hause kam, sahen sie ihm erst mal zu, wie er den Mantel auszog, die Krawatte, das Hemd, die Schuhe, und dann die nackten rosa Zehen, die wie kleine Garnelen unter den Aufschlägen vorschauten, in die Hausschuhe steckte. Es war ein Ritual; er wirkte ganz bedrückt, bis er sich endlich für den Feierabend hergerichtet hatte. Dann saß er wie erschlagen unter dem Eindruck ihres Berichts.

Aber nicht lange. Michael war der Mann, der jede Situation sofort in die Hand nahm, und die Personen der Handlung gleich mit; er organisierte und improvisierte, er bewahrte einen vor den dummen Vorkehrungen, die man selbst getroffen hatte, und stellte Verbindungen her. Nur das Beste war in seinen Augen gut genug. »Wir müssen einen besseren Anwalt für euch finden als diesen Niemand, den das Gericht euch zuteilen wird.«

»Aber hier spielt das noch gar keine Rolle, hat man uns gesagt«, wandte Ben ein. »Das ist ja nicht sein eigentlicher Anwalt, Mike, die Sache morgen früh ist eine reine Formalität. Die wollen nur wissen, ob er Jacob Reiser ist. Ist er die in dem Haftbefehl genannte Person? Verzichtet er auf eine Anhörung zu seiner Auslieferung? Das könnte auch jeder Notar machen, wenn sie ihn ließen.«

Michael sah ihn listig an. »Trau nie einem kleinen Beamten, ich meine so einem Speichellecker von einem Bürokraten, wenn er dir in einer Amtsstube irgendwas Wichtiges sagt. Ich würde so einem nicht mal trauen, wenn es nur um einen Strafzettel ginge, und nun bedenkt, womit ihr es hier zu tun habt. Bitte, Ben.« Irgendwie wußte er immer alles besser, und ab einem bestimmten Punkt beugte man sich seinem Urteil. Der Preis dafür war, daß man sich im Licht seiner Fürsorge meist ein bißchen leichtsinnig vorkam, ein wenig unvernünftig unter dem beruhigenden Balsam seiner Logik. Ben nahm es manchmal übel, wenn ihm etwas aus der Hand genommen wurde, aber Carolyn sah jetzt, schon anhand ihres eigenen Befindens, wie erschöpft er war, wie weit von jedem Stolz entfernt. Und wie dankbar. Michael runzelte seine wunderschöne Stirn – er sah eigentlich immer besser aus, je mehr die Zeit seinem Gesicht das Hübsche nahm und es durch vollendete Konzentration, durch reife, ernste Anteilnahme ersetzte – und begann zu überlegen, was für sie notwendig war.

Sie gingen einigermaßen zeitig zu Bett. Verzweiflung war ermüdend, das sah Sarah selbstverständlich ein. Sie folgte ihnen mit einer Schale Obst die lange, gebohnerte Treppe hinauf, brachte ihnen Handtücher und holte zuletzt auch noch den kleinen Fernseher, der normalerweise, umgeben von Gerümpel, in Dickies Zimmer stand. »Schulfete«, sagte sie. »Er braucht ihn heute sicher nicht.« Sie stellte ihn auf die bemalte Eichenkommode und stöpselte ihn ein. »Guckt euch irgendwas Albernes an«, empfahl sie. »Ein Huhn, das durch einen Reifen springt, oder ein Interview mit Tiny Tim wäre vermutlich genau richtig.« Dann merkte sie wohl selbst, daß sie mit ihnen umging wie mit willenlosen Kindern, und trat den Rückzug an. »Nur noch eines, ich verspreche es. Braucht ihr einen Wecker? Eigentlich herrscht hier ja morgens ein solcher Lärm, daß er Tote aufweckt.«

Gott sei Dank ist sie dabei nicht rot geworden, dachte Carolyn. Manche Leute wurden bei so etwas rot, als hätten sie alle Tode dieser Welt zu verantworten. »Wir kommen schon zurecht«, sagte sie. »Streck du jetzt mal alle viere von dir, Sarah. Wir machen das schon. Wirklich.« Sarah ging rasch zu ihr und gab ihr noch einen Kuß auf die Wange. Diese Ohnmacht der Freunde – auch dies eine

Bürde, für die sie sich schuldig fühlte. »Entschuldige, daß wir – euch einfach so damit belasten«, sagte sie. »Es hat euch sicher gerade noch gefehlt.«

»Ha!« Sarah strich Carolyn das Haar aus der Stirn. »Euch etwa nicht? Ich sage immer zu meinen Kindern, Leben ist das, was immer dazwischenkommt, wenn man sich gerade was anderes vorgenommen hat. Sieh mal, wir sitzen doch schließlich alle im selben Boot. Und darüber jammern mag ich nicht. Ich wollte nur, wir könnten mehr tun, um euch zu helfen.«

Carolyn bugsierte sie zur Tür hinaus. »Laß mich wenigstens nicht daran schuld sein, wenn du morgen im Dienst einschläfst.«

»Welch verlockende Aussicht! Kopf auf dem Schreibtisch, Schuhe von den Füßen und schlafen. Wenn ihr das geschafft hättet, wäre ich euch sogar dankbar.«

Ben hatte den Fernseher eingeschaltet. Auf dem Bildschirm waberte irgendein transparentes Gewebe vor den Gesichtern des Fernsehballetts, ein Meer pastellfarbener schäumender Wellen, wie sturmgetriebene Wolken zu einer an- und abschwellenden Musik. Man hatte den Eindruck, daß da ein kunstbeflissener Grundschullehrer ein Festspiel veranstaltete und seine unglückseligen, aber gehorsamen Drittkläßler zu Dutzenden über die Bühne jagte und Bettücher schwenken ließ, die ihre Mütter zu dem Zweck gebatikt hatten.

Carolyn zog Rock und Pullover aus und blieb leicht verlegen in der Zimmermitte stehen. Hin und wieder ertappte sie sich dabei, daß sie völlig vergaß, was um sie herum vorging, wodurch sie in diese Mühle geraten waren, diesen Schmerz, der alles umgab. Gegenstandslose Niedergeschlagenheit, die bloße Ahnung, daß die Dinge nicht so waren, wie sie sein sollten – es konnte sich zur Gewohnheit verselbständigen. Manchmal versank sie in eine barmherzige Leere, so als schliefe sie im Stehen.

Als sie daraus auftauchte, wieder klarsah, saß Ben nackt auf der Bettkante und starrte zu ihr herüber. So hatte er sie nicht mehr angesehen, seit das alles angefangen hatte; sie hatten, seit Jacob verschwunden war, nicht ein einziges Mal miteinander geschlafen. So manchen Abend hatte sie gedacht, wie wohltuend es wäre, getröstet einander in den Armen zu liegen; es wäre wie eine Verheißung, daß trotz allem das Leben weiterging. Aber sie waren trokken wie sonnengedörrte Knochen, und leicht angewidert bei der Vorstellung von Feuchte und Dunkelheit und lustvoller Berührung. Wenn sie dieser Tage an Sex dachte, sah sie nur Sumpf. Provokation. Gefahr. Sie sah diesen blonden Kopf, geschändet durch Sex, wenn auch nur indirekt. Auch ohne direktes Zeugnis war sie sich dessen sicher.

Das mochte auch der Grund dafür sein, warum in Bens Blick jetzt etwas beinah Wütendes lag, mehr Lüsternheit als jene zarte Aufforderung, die sie gewohnt war. Lüsternheit, dachte sie, trägt immer einen gewissen Vorwurf in sich, ein Gefühl hilflosen Gefangenseins. Sie wandte sich verlegen ab.

Aber der Fernseher war abgeschaltet, und er stand neben ihr, und die Art, wie er sie zu sich herumdrehte, verhieß keine Sanftheit. Seine Hände glitten rasch über ihren Körper, jeder Zoll an ihm war hellwach und begierig. Er sagte kein Wort.

Sie wehrte sich nicht. Verwirrt und keineswegs sicher, ob dies nun eine Nötigung war oder ob er in ihr ein Bedürfnis erkannt zu haben glaubte, ihre geheimen Wünsche erraten hatte, ließ sie es sich gefallen, daß er ihre Haut rot scheuerte mit seinen rauhen Zimmermannshänden, sie quer übers Bett legte, sie verzweifelt auf die rosa und gelben Muster des Bettzeugs nagelte. Er nahm sich keine Zeit für sie und mußte sich mit Gewalt in sie hineindrängen, und als er kam, heulte er auf. Es klang, als hätte ihn jemand hinterrücks erschlagen. Weit, weit von sich selbst entfernt, konnte sie nichts als Verwunderung empfinden über ihr animalisches Wesen. Seines. Das ihre war im Augenblick nur allzu menschlich, allzu bewußt, und als sie das ferne Lachen und die freudig erregten Stimmen aus dem Fernseher nebenan hörte – oder vielleicht kam es auch von unten aus dem Wohnzimmer, woher auch immer, es zeigte jedenfalls, wie gut sich der Schall sogar in diesem solide gebauten alten Haus ausbreitete –, fühlte sie sich gedemütigt. Dikkie, der um seinen Fernseher gebracht nebenan im Bett lag, mußte sich doch fragen, ob da wohl jemand – jemand anders – im nächsten Zimmer umgebracht wurde. Und alle anderen, die mithören mußten, wagten nicht, einander anzusehen.

Sie strampelte wütend, um unter Bens schwerem Körper wegzukommen, und funkelte ihn an. »Ein toller Auftritt«, sagte sie.

»Was?« Er war von oben bis unten in Schweiß gebadet, Kopf und Schultern patschnaß.

»Nun, jetzt wissen jedenfalls alle, daß du noch am Leben bist und funktionierst.«

Ben schnaufte heftig, als hätte sie ihn geohrfeigt. »Ich wüßte nicht, wieso sie daran hätten zweifeln sollen. Und was schert es mich überhaupt, was die von mir denken?«

»Weiß ich nicht, das mußt du mir schon sagen. Aber da Michael es so gut versteht, jeden ganz klein und hilflos zu machen, mußtest du wohl ein bißchen demonstrieren – ich meine, man konnte das ja nicht gerade intim nennen.«

»Herrgott!« Er ergriff ihre Hand, hielt sie fest und ließ den Kopf auf die haarige Brust sinken. »So siehst du das?« Er schloß die Augen und begann leicht hin und her zu schaukeln wie im Gebet. »Kann denn gar nichts mehr so sein wie früher, Carolyn? Ich weiß, das klingt jetzt rührselig, aber – wir sind doch nun hier in diesem – völlig normalen Haus. Ich sehe die beiden, die jeden Abend zusammen ins Bett gehen können wie normale Leute, die ihren Spaß aneinander haben und sich lieben können wie – nenn es Freunde oder wie du willst – und sich dann umdrehen und einschlafen und nicht von eingeschlagenen Schädeln träumen oder die Gurte des elektrischen Stuhls sehen müssen, und ... ich hab's dir ja nicht erzählt, aber gestern nacht, da habe ich Jacobs Asche auf einem Altar gesehen.« Er wandte den Blick ab und mußte die

Augen zusammenkneifen in der Erinnerung. »Es war das Bema in der kleinen Synagoge, in die mein Vater mich immer mitgenommen hat, und alle beugten sich über dieses Handtuch mit – ich weiß, daß es Jacob war – genau wie wir uns bei seiner Beschneidung über ihn gebeugt haben.« Er sah sie beim Sprechen nicht an. Er knetete nur ihre Finger. »Nicht jeden erwartet so etwas beim Zubettgehen. Und als ich mir die beiden so ansah, so bumsfidel, da hab ich gedacht, ja, genauso werden sie's machen, wenn sie heute abend zu Bett gehen, sie werden an uns denken, uns arme Shmuks, die so fürchterlich in der Tinte sitzen, und dann werden sie einander in die Arme nehmen und ihr eigenes Glück feiern. Da habe ich dich in die Arme genommen. So. Entschuldige.«

Er legte sich hin und drehte ihr den Rücken zu. Sie saß da und hielt sich umschlungen, denn es war kühl geworden; offenbar drehten sie den Thermostaten kleiner, bevor sie zu Bett gingen. Sie streckte die Hand aus und legte sie auf seinen Rücken, aber er war immer noch nicht abgekühlt. Unter der Blumenwiese auf der Bettdecke glühte er wie im Fieberwahn.

Judith

Celeste war in Jacob verliebt und erklärte Judith, daß »die Sache«, die da passiert war (*wenn* sie denn wirklich passiert war; sie hatte so ihre Zweifel), kaum ausreichen würde, um ihre Gefühle für ihn zu ändern. Eher schien er dadurch für sie zum Helden zu werden. Ihre hellblauen Augen bekamen etwas Abwesendes, wenn sie von ihm sprach, so ähnlich, wie wenn sie sich diese Kitschgeschichten zusammenphantasierte, in denen sie an den unwahrscheinlichsten Orten irgendwelchen Rockstars über den Weg lief, die augenblicklich in ihr die heimliche Prinzessin ihrer Träume erkannten und sie zum immerwährenden Honigmond auf eine Insel entführten. Ihre Geschichten endeten mit tränenreichen Szenen, wenn sie in die Welt zurückkehren und sich ihren Karrieren widmen mußten – sie verstand sich gut aufs Drohen, sie mußten sich dann zwischen ihr und einer Zehn-Städte-Tournee entscheiden. Und als die *New Kids on the Block* um ihre Liebe gegen *The Cure* antraten, glich das einem glorreichen Bandenkrieg. Celeste, die etwas dicklich war und deren Haar von undefinierbarer Farbe und weich und lockig wie bei einem Baby war, während ihre Büste schnell ein allzu umfangreiches Eigenleben entwickelte, träumte sich solche Märchen zusammen wie eine Wahrsagerin vor ihrer sechzig Zentimeter dicken, in allen Farben schillernden Kristallkugel.

Judith dachte, wenn sie mit diesem romantischen Unfug unbedingt weitermachen wollte, war das ihre Sache. Als aber Celestes Eltern sie in Howe vor dem Kino absetzten, fand sie es gar nicht gut, wie Celeste einigen Jungen aus ihrer Klasse, die etwas weiter vorn in der Schlange standen, vernehmlich zuflüsterte: »He, ihr kennt doch Judith, oder? Ihr Bruder ist *Jacob Reiser.*« Da Celeste so blödsinnig ehrlich war, sollte das wohl eine allerhöchste Empfehlung sein, als ob Judith die eigentliche Berühmtheit hier wäre. Aber einer der Jungen verzog angewidert das Gesicht und machte eine Gebärde dazu, als käme ihm gleich das Abendessen hoch, und so ein großer dicker Schnösel mit roten Ohren, Rex hieß er, musterte sie einmal unverschämt von oben bis unten und meinte unbewegt: »Mein Vater sagt, die sollten mal was mit denen machen, damit dieser Perversling sich stellt.«

Judith verstand nicht ganz, wer mit »die« und »denen« gemeint war – wer sollte was mit wem machen? Und wieso sollte »dieser Perversling« sich deswegen stellen?

Celeste schien nur ärgerlich. »Rex!« Sie stampfte mit ihrem Turnschuh auf, als wär's ein Flirt. Judith stellte sich hinter sie und wartete ab. Celeste glaubte ihr wohl einen Gefallen zu tun, indem sie sich völlig natürlich benahm (wenn man es so nennen konnte). Nach dem Kino würde Judith mal ein Wörtchen mit ihr reden.

Sie konnte sich gar nicht auf das Geschehen auf der Leinwand konzentrieren, sie hörte nur das Gekreisch übererregter Stimmen und hin und wieder das triumphierende Scheppern ineinanderkrachender Autos. Statt dessen sah sie ihren Bruder, sehr klein, wie er in Handschellen roh herumgezerrt wurde, sah ihn von Menschenmassen umringt, die ihn wie ein in die Ecke getriebenes Tier verhöhnten und mit Stöcken nach ihm stachen. Sie versuchte an anderes zu denken, wie sie es beim Zahnarzt immer tat, aber nichts fiel ihr ein. Sie sah Brian, den Jungen, den sie gerade am liebsten mochte, aber er schaute sie gar nicht erst an. Sie kramte zwischen den Kleiderständern im »Open Trunk« herum, als zöge sie die Sachen einzeln heraus und drehte ihre Preisschilder um. Was sie sah, war Martha Taverner, die neben dem Open Trunk bei Jacey's arbeitete, tief über die Eiskübel gebeugt. Sie sah, was alle dachten: Martha irgendwo im Bett oder auf der Rückbank des Dodge, splitternackt, mit Jacob, der aussah wie der, der sie vor Jahren einmal mit seinem nackten Körper erschreckt hatte, und er ging schreiend auf Martha los, in der Hand den Wagenheber. Jedermann sah in den letzten Wochen ihren Bruder splitternackt – alle bastelten sie an derselben schmutzigen Geschichte. Mochten die Details auch verschieden sein, am Ende lief es darauf hinaus, daß die beiden taten, was sie nicht tun durften, und dann irgendwie in Streit gerieten. Dann sah sie Martha in der Erde liegen, Lehm auf den Augen, und nach und nach zum Skelett werden, ihre Kleider und Schuhe fielen von ihr ab, alles fiel von ihr ab, und Jacob war immer noch irgendwo da draußen. Unter der *Spirit of St. Louis*, in Santa Fé an eine Säule gelehnt. Sie weigerte sich, ihn sich jetzt weinend in den Armen ihrer Mutter vorzustellen, wie er würgte im Angesicht seiner Tat. Sie hustete einmal, zweimal, um nicht laut aufheulen zu müssen.

Celeste hielt ihr den Kübel Popcorn hin. »Nein, lieber nicht«, sagte sie. »Danke.« Sie wäre daran erstickt. Sie wünschte, sie hätte keinen Körper, weder zum Essen noch zum Anziehen, noch um ins Bad zu gehen. Sie wußte, daß sie nie einen Jungen an sich heranlassen würde. Es gab keine jüdischen Nonnen, aber vielleicht konnte sie ja einen – wie hieß das noch, Orden oder so ähnlich – gründen. Da konnte man Leuten Gutes tun, aber man brauchte nicht zu heiraten, und niemand konnte einem zu nahe kommen. Das wäre fast, als hätte man keinen Körper. Es gefiel ihr nicht, Brüste zu bekommen, die taten nur immerzu weh, und wenn sie auch noch nicht groß genug waren, um ihr lästig zu werden, und es vielleicht nie sein würden – es war schon blöd, nicht zu wissen, wie man einmal endgültig gebaut sein würde –, beobachtete sie doch Celeste bei ihren Versuchen, herauszufinden, wie sie am bequemsten darauf lag, was ihr aber nicht gelang.

Die Jungen, die sie kannte, spreizten beim Sitzen immer weit ihre feisten Beine, um sich breitzumachen. Oder es waren mickrige kleine Wichte, die immer noch aussahen wie Drittkläßler. Die Großen rülpsten und schwitzten, als machte es ihnen richtig Spaß, durch die Welt zu stampfen – warum auch nicht, es hielt sie ja keiner davon ab. Und nicht nur die Bauernjungen, die vor der Schule zu Hause mit anpacken mußten und, wenn sie ankamen, nach Stallmist rochen. Sie waren alle so, oder doch fast alle (Brian ausgenommen). Daß so einer einmal in sie eindringen könnte, war schon als bloße Vorstellung zu gruslig, einfach ekelhaft. Das hatte nichts mit ihrem Bruder zu tun, sie war ganz von allein darauf gekommen und hatte schon eine ganze Weile vor diesem Schlamassel angefangen, darüber nachzudenken. Außerdem war Jacob, verglichen mit den meisten, ja noch halbwegs zierlich gebaut, er wirkte neben Jungen wie Rex, diesem blähsüchtigen Bullen, eher feingliedrig und im Gesicht sauber. Jacob fand Furzen weder besonders witzig noch glaubte er, damit sein einzigartiges Können beweisen zu müssen; wenn er vor ihr stand, verdunkelte er nicht gleich die Sonne.

Doch von all den feindseligen Gehirnströmungen, die Judith während des endlosen Chaos auf der Leinwand aussandte, spürte Rex nichts. Als sie und Celeste das Kino verließen, wartete er schon mit seiner Bande am Ausgang. »Na, sollen wir euch nach Hause fahren?« fragte er lässig, als wäre es ihm eigentlich egal, was sie darauf antworteten.

»Meine Eltern holen uns ab«, sagte Celeste. »Sie sind essen gegangen und kommen danach wieder hierher.« Es klang richtig bedauernd.

»Wir laden euch zu 'ner Pizza ein.« Rex setzte eine hoffnungsvolle Miene auf, bei der es Judith im Magen kribbelte. »Sag ihnen, wir bringen euch dann gleich heim. Wir halten nur kurz in der Stadt und ziehen uns ein paar Teile rein.«

Celeste sah Judith begeistert an. Deswegen hatte sie sich doch die Augen mit blauem Lidschatten angemalt. Die *New Kids on the Block*, schien sie zu sagen, sind Tauben auf dem Dach, aber hier haben wir ein paar echte Spatzen in der Hand. Oder fast. Oder wenigstens vielleicht. »Wir überlegen es uns«, bot Celeste an. »Wartet mal kurz.« Sie drängte Judith an die Wand unter den Feuerlöscher hinter Glas. »Du magst nicht?« Ihre Frage war mehr eine Feststellung, fast schon ein Befehl.

»Celeste, das sind *Rüpel.* Dieser Rex sieht doch aus wie – ein Schinken.« Sie hätte gern etwas noch viel Gemeineres und Originelleres gesagt, aber wenn man einen Ausdruck mal brauchte, fiel er einem prompt nicht ein. Seine Hände schienen an den Armen dranzuhängen, an der breitesten Stelle, ohne Gelenke dazwischen. Sein Hals war faltig wie bei einem dicken alten Mann. Wahrscheinlich hatte er einen Rettungsring um den Bauch, weiß und sommersprossig. Wenn sie ihn sah, mußte sie an Griebenschmalz denken.

»Die sind schon okay. Was ist, hast du Angst?«

Ja, ein bißchen schon. Warnungen von früher stiegen aus ihrer Erinnerung auf, Ermahnungen, nicht in Autos zu steigen, nicht mit Fremden zu gehen, Jungen nicht auf Tuchfühlung an sich heranzulassen. Na ja, sie waren ohne sie nach Cambridge gefahren, es war wohl nicht weit her mit ihrer Sorge. Und wer sagte überhaupt, daß diese Typen ihr auf Tuchfühlung nahekommen würden?

»Wovor sollte ich Angst haben?« Der Feuerlöscher kam ihr vor wie ein Ausstellungsstück im Museum; sie heftete ihren Blick darauf. NUR IM NOTFALL BENUTZEN. Ihr Vater hätte den brauchen können, irgendwas Komisches würde er aus dieser Mündung schon machen. Der aufgerollte Schlauch sah aus wie ein flach zusammengeringeltes Lebewesen. »Mir ist echt nicht gut, Celeste. Ich möchte lieber nach Hause.«

Celeste rüttelte sie am Arm. »*Jude*. Wir wollen uns doch nur« – sie benutzte Rex' Ausdrucksweise, als wär's ihre eigene – »ein paar Teile reinziehen.«

Judith erinnerte sich, daß sie Gast war und zum Streiten in einer schlechten Position. Sie folgte ihr lustlos. Vor dem Kino schickte Celeste ihre Eltern nach Hause, die es offenbar gut fanden, daß diese Jungen, wirkliche Jungen, keine Phantasiegebilde, Interesse zeigten. Judith hatte das Gefühl, daß Celestes Mutter bereits um die Chancen ihrer Tochter bangte: Dauernd lag sie ihr in den Ohren, etwas gegen ihren »Babyspeck« zu tun, einen Tanzkurs zu machen, sich für Make-up zu interessieren. Judiths Mutter bekam Anfälle, wenn sie sich schminkte. »Damit hat es noch Zeit«, sagte sie immer, was wohl auch heißen sollte, daß es mit vielem noch Zeit hatte.

Einer der Jungen hatte ein Auto. Was trieb sich dieser Sechzehnjährige hier mit den zurückgebliebenen Achtkläßlern herum? Sie verkniff sich die Frage. Im Fond des Wagens, wo sie verdrießlich zwischen dreien von ihnen saß, eingequetscht von ihren Daunenanoraks, roch es miefig nach Rauch und Schweiß. Der Fahrer, er hieß Kenner oder Canner oder so ähnlich, ließ an der Ampel vor der Schnellstraße den Motor aufheulen. Sie war noch nicht ganz auf Grün, da brauste er schon mit einem Tempo los, daß es ihr die Eingeweide durchschüttelte. Celeste plapperte unentwegt, aber keiner schien ihr zuzuhören; die Jungen unterhielten sich, ebenso abgehackt wie pausenlos, einfach über ihren Kopf hinweg. Genauso wird es sein, dachte Judith, in sich zusammengekauert mit ihrer Wut. Alle Mädchen, die sie kannte, würden letztlich ihr Leben darauf einrichten und solchen Ekelpaketen darin Platz machen, nur weil sie Hosen anhatten. Ihr Bruder hatte einmal gesagt: »Weißt du, Kleine, das verstehst du erst, wenn du mal einen richtig gern hast – ich meine, *richtig* gern hast. Dann ist das alles, was jetzt so doof aussieht, auf einmal ganz logisch. Du wirst dich noch wundern.« Er hatte immer irgendein Mädchen gern, entweder aus der Nähe oder von fern; solange sie zurückdenken konnte, war er immer verliebt gewesen.

Vielleicht war sie ein bißchen langsam. Oder etwas stimmte nicht mit ihr. Sie wußte, daß es Mädchen gab, die andere Mädchen *auf diese Weise* gern hatten – Dana Parry und so eine seltsame Mutante, die sich C. Sharp nannte und weder wie ein Mädchen noch wie ein Junge aussah, waren einmal in der Turnhalle unter derselben Dusche erwischt worden und daraufhin spektakulär von der

Schule geflogen. Sie konnte nicht recht herauskriegen, was die nun eigentlich miteinander gemacht hatten; viel konnte es nicht gewesen sein, denn dafür waren sie ja wohl nicht ausgerüstet. Und natürlich hatte sie auch im Fernsehen von so etwas gehört. Aber sie hatte Mädchen nicht auf *diese* Weise gern. Wenn sie sich vorstellte, daß Celeste sie zu küssen versuchte oder sie anders als kameradschaftlich – wozu ihre alte Freundschaft ihnen ja Grund genug gab – in die Arme nähme, fand sie das nur abstoßend. Aber Jungen, die zum Grapschen und Fummeln gebaut waren, stießen sie noch mehr ab. Sie hatte niemanden auf diese Weise gern. Und wenn sie dadurch unnormal war – damit konnte sie leben.

Sie kamen am Derby Lake vorbei, langsam, weil sie eine lange Schlange vorsichtiger Fahrer vor sich hatten; bei noch mehr Geschaukel und Geschlitter in diesen ewigen Haarnadel-Kurven wäre ihr schlecht geworden. Aber dann bogen sie auf die Straße in die Berge ab, die vom See wegführte und auf der man ein Stück weiter an den herrschaftlichen Anwesen vorbeikam. Der alte Geldadel wohnte da oben, meist nur im Sommer, und Psychiater, die dicke Honorare verlangen mußten, um ihre Reitställe zu finanzieren, und Fabrikbesitzer. Ein Zeitungsredakteur, der dort eine sogenannte Villa besaß, hatte einmal von ihrem Vater eine Skulptur gekauft und sie in seinem Garten aufgestellt. Als Daddy ihn dann nach einem Jahr einmal besuchte, hatte der Mann sich tausendmal entschuldigt, weil das Ding unter einer soliden Schicht Vogelkacke steckte.

Sie richtete sich auf und sah besorgt nach draußen. Rex paffte demonstrativ an einer Zigarette und behauptete steif und fest, es sei ein Joint. »Willst du auch mal?« Er hielt ihr das Ding unter die Nase; es roch nach brennendem Heu. Ihr Bruder machte das auch manchmal – einmal hatte er seine ganzen Sachen mit Raumspray eingesprüht, um den Geruch zu übertönen, bevor seine Eltern nach Hause kamen, und da hatte er dann statt dessen nach Maiglöckchen gerochen. »Nimm das weg!« Judith schüttelte den

Kopf, eher um den betäubenden Düften zu entkommen, als um das Angebot abzulehnen. Sie bewegte den Kopf so ruckartig, daß sie ihre Nackenwirbel knacken hörte, als wäre etwas herausgesprungen. Sie fuhren jetzt schnell an großen, dunklen Häusern vorbei, an Tennisplätzen – sie sah sie nicht, wußte aber, daß sie da waren –, an Dreifachgaragen und hübschen, künstlich angelegten Teichen. Der Mond war noch kaum am Horizont sichtbar, er ging gemächlich auf, und es lag wenig Licht auf dem Schnee der ausgedehnten Felder.

Sie hätte protestieren sollen – der Weg zur Pizzeria in der Innenstadt war das jedenfalls nicht. Aber sie fühlte sich einsam und bedrückt, und Sprechen schien ihr zu anstrengend. Ihre Eltern waren Stunden weit weg. Ihr Bruder war nicht bei ihnen, noch nicht. Ihr sonderbarer, grober, zarter Bruder, der einfach zu ihrem Leben gehörte, und nun hatte er vielleicht jemanden umgebracht. Vielleicht hatte er ihr wirklich weh tun wollen, einem Mädchen, das er *richtig* gern hatte. Und vielleicht würde er dafür sterben müssen. Sie mußte sich das wieder und wieder vor Augen führen, und jedesmal endete es mit Marthas Gesicht, oder was sie davon in Erinnerung hatte, mit kleinen Erdklumpen auf den Lidern. Wenn sie dieses Bild oft genug an sich vorüberziehen ließ, würde es ihr vielleicht einmal langweilig, und sie könnte sich davon freimachen. Noch langweilte es sie nicht. Am allerliebsten hätte sie jetzt die Tür aufgestoßen und sich aus dem Auto in den Schnee fallen lassen. Aber die Tür befand sich neben Celeste, die ganz merkwürdig kicherte. Sie mußte an diesem dämlichen Joint gezogen haben, sonst würde sie nicht so albern und unbeherrscht gackern. Gerade ließ sie sich darüber aus, wie Madonna besser aussehe – blond oder braunhaarig –, als ob das einen Menschen interessierte.

Judith schloß die Augen und kam sich vor, als flöge sie durchs All, ein fallender Stern, ein immer schneller werdender Komet. Ihr Körper war weit entfernt. Sie wollte nie mehr anhalten. Einmal kamen sie ins Schleudern, sie fühlte, wie die Räder blockierten und der Wagen hilflos und wie in Zeitlupe einen großen Kreis auf dem Eis drehte, während alle nur »Uuuuh!« machten, wie auf dem Jahrmarkt. »Noch mal!« brüllte Rex. »Fahr zurück, und dann voll auf die Bremse, Mann!«

Der Fahrer kümmerte sich nicht um ihn. Celeste seufzte. Judith hatte erst neulich *Dr. Schiwago* auf Video gesehen, und das hier war, als flöge sie in einer Kutsche über die Steppe dahin, nur wärmer. (Wenn sie das jetzt sagte, würde Celeste quieken: »Omar Sha*rif*, diese Augen!«) Sie rasten noch ein Stück weiter, dann fühlte sie den Wagen wieder in die Kurve gehen, diesmal mit Absicht, und eine Zufahrt hinauffahren, die kilometerlang zu sein schien. Als sie schlitternd zum Stehen kamen, schlug sie die Augen auf, sah nichts als die dunkle Silhouette eines großen Hauses und wünschte sich, sie könnte die Augen wieder zumachen und schlafen. »Steig aus«, sagte Rex grob zu ihr und stieß sie mit dem Knie gegen den Arm. »Du bist so dämlich, daß du in der Scheiße steckst und es nicht mal merkst.«

Keiner hatte einen Schlüssel zum Haus, aber Canner ging hintenherum, und nach langem Warten in der feuchten Kälte, die ihr die Zehen abfraß, öffnete er ihnen die Haustür von innen. »Willkommen in meinem Schloß«, sagte er mit einer großspurigen Gebärde. »Die Herrschaft ist zu Hause.«

Die Jungen und Celeste liefen beeindruckt im ganzen Erdgeschoß herum, wo sie mit ihren Stiefeln und Schuhen schmutzige Wasserpfützen auf den Teppichen hinterließen. Judith blieb mit hängenden Schultern bei der Tür stehen; sie war nicht einmal neugierig. Schöne Häuser hatte sie schon öfter gesehen, und im Augenblick interessierte sie sich nicht für chinesische Schalen und klauenfüßige Sideboards. Was taten sie hier? Würden diese Maulaffen, die an allem, was sie in die Finger kriegten, herumfummeln mußten, als nächstes anfangen, an ihr und Celeste herumzufummeln? Sie war zum einen Teil entsetzt und angewidert von diesem

Gedanken; zum anderen, überwiegenden Teil aber war sie in weiter Ferne und beobachtete ganz ruhig sich und die anderen, die zur Zeit reihum eine Miniaturkanone befingerten, als spielten sie mit dem Gedanken, sie eventuell zu kaufen.

»*Wohnst* du hier?« fragte Celeste mit verdrehten Augen.

»Klar«, antwortete Rex aus der anderen Ecke des langgestreckten Zimmers. »Wir wohnen hier, und ich bin der König von England.«

Wem gehörte dieses Haus? Sie hatte nicht vor zu fragen. Sie hatte nicht vor, auch nur ein einziges Wort zu sagen. Canner stand mit weit aufgerissenen Kinderaugen vor einer kleinen Standuhr wie vor einem Schaufenster. »Verdammt noch mal, wann ist endlich die volle Stunde?« fragte er. »Ich will hören, was die Alte sagt.«

Sie liefen ungeduldig im Zimmer herum und faßten alles an, nur weil es ihnen keiner verbieten konnte. Endlich sagte Rex: »Also, wo steht hier wohl das Scheißtelefon?«

Celeste erstarrte. Sie hielt einen riesengroßen gläsernen Apfel allzu lässig in den Händen. »Wozu brauchst du ein Telefon? Willst du die Pizza hierher bringen lassen?«

Darüber lachten alle, aber Judith wußte, daß Celeste keinen Spaß gemacht hatte. Einer der Jungen, so blond, daß man seine Wimpern überhaupt nicht sah – sie fühlte sich an ihr weißes Meerschweinchen erinnert –, stand so still dabei, daß sie ihm ansah, wie wenig er mit dieser Sache hier zu tun haben wollte, genau wie sie. »Wie wollt ihr das überhaupt machen?« wandte er sich besorgt an Rex. Er war eindeutig nur ein Mitläufer. Eine Zimperliese, wie Rex wahrscheinlich fand.

»Ganz einfach«, antwortete Rex. »Ein Kinderspiel, klar? Wir rufen an und sagen, sie ist entführt, weiter nichts. ›Gebt das überall bekannt‹, sagen wir, ›zum Beispiel im Fernsehen und so, und sagt ihm, wenn er sich stellt, kriegt ihr sie zurück. Sonst behalten wir sie.‹« Er musterte sie lange von oben bis unten. »Und wer weiß, was wir mit ihr machen.« Sein Anorak stand offen, und darunter kam ein rauchblaues T-Shirt zum Vorschein, auf dem sie nur die Worte »du auch« lesen konnte. Er zuckte die Achseln. »Null Problemo.«

»Und wir verlangen ja kein Geld, wohlgemerkt«, fügte Canner ernst hinzu. »Wir sind nur die Bürgerwehr.« Er war groß und mager, und seine kurzen Haare standen ihm vom Kopf ab wie die Eisenspäne in dem Magnetspiel, das sie einmal gehabt hatte. Man konnte mit einem kleinen Stabmagneten kleine schwarze Punkte unter der Glasplatte bewegen; sie hatte damit immer Köpfe mit wirr in alle Richtungen stehenden Haaren geformt. Judith wußte, daß sie sich jetzt eigentlich hätte fürchten müssen, aber es war, als sähe sie alle miteinander durch das falsche Ende eines Fernrohrs. Das Ganze war so blödsinnig, daß sie völlig ruhig blieb; sie fühlte sich diesen wichtigtuerischen Idioten haushoch überlegen. Offenbar wollten sie so gern Verbrecher spielen, aber die Schlauesten waren sie nicht gerade. Und anscheinend schrieben sie ihr Drehbuch auch erst beim Filmen. Solange sie nicht ihre Muskeln ins Spiel brachten, würde sie ganz bestimmt mit ihnen fertig werden. Sie überlegte, ob sie ihnen gleich sagen sollte, daß Jacob schon hinter Schloß und Riegel war, oder in aller Ruhe zusehen, wie sie anriefen und sich Ärger einhandelten.

»Ihr wißt ja«, sagte der Blonde, wobei er sich nervös über die Lippen leckte. Judith hätte gern gewußt, ob er ein richtiger Albino war. Wenn er sprach, lief sein Gesicht so rot an wie rohes Fleisch. Es sah aus, als müßte es weh tun. »Ihr wißt ja, daß auf Entführung die Todesstrafe steht.«

»Ja, schon, aber wir erfüllen hier schließlich nur eine Pflicht, oder? Wir helfen der Polizei, weil die doch wieder mal alles verpfuscht, so wie's aussieht. Das hat mit *Entführung* nichts zu tun. Verstehst du? Wir treten für eine *Sache* ein.« Canner starrte den Blonden drohend an, als wollte er seine Zustimmung erzwingen.

»Ich weiß nicht«, sagte der. Ein weinerlicher Typ. Sie stand hier zwar auf seiner Seite, sah aber auch, wie nervtötend er war. »Das ist...«

Judith konnte kaum auf ihre eigene Stimme vertrauen. »Ihr könnt euch die Arbeit sparen, ihr Blödmänner. Mein Bruder ist schon im Knast, wenn ihr's wissen wollt.« Sie hätte ihnen gern auch noch gesagt, daß sie sich nicht für die Verbrecherlaufbahn eigneten, dachte dann aber, das würden sie auch selbst noch früh genug merken.

»Wo? Wieso haben wir davon nichts erfahren?« Jetzt gingen sie alle zugleich auf sie los.

Rex glaubte ihr einfach nicht. Canner meinte: »Wieso sollen wir dir das glauben? Du willst doch nur hier raus.«

»Na schön«, sagte sie lächelnd. »Dann ruft doch an. Ich hab nichts zu verlieren, wenn die da unten euch auslachen. Los, macht schon.« Sie fuhr mit der Hand über den glatten Rücken eines Brokatsessels. Er war kühl und fest. »Bringt euch doch in Schwierigkeiten. Mir soll's recht sein.« Sie hatte nur den Wunsch, sich irgendwo hinzulegen und dieses Nichts zu fühlen, das sie vorhin in dem dahinrasenden Auto entdeckt hatte. Einen Augenblick überlegte sie, ob es wohl jenes Nichts war, das Menschen dazu bewegt, Selbstmord zu begehen. Wollte man das Nichts damit verewigen? War es nichts weiter als das?

Vielleicht würden sie jetzt das Haus verwüsten, dachte sie, da sie keinen anderen Anlaß mehr für ihr Hiersein hatten. Im Grunde war es enttäuschend. Sie schienen nicht geneigt, überhaupt irgendwas zu tun. Egal wem das Haus gehörte, sie benahmen sich wie Gäste, abgesehen davon, daß Rex die Miniaturkanone einsteckte und der Blonde versehentlich ein Osterei – es war eins von diesen teuren Schmuckeiern, mit Stoff beklebt und mit Goldfarbe bemalt – von einem Beistelltisch fegte und zusah, wie es zu seinen Füßen zerbrach. Sein armes, käsiges Gesicht färbte sich erneut mit einem unglaublichen, pulsierenden Rot, das sich wie Lebensmittelfarbe in einem Papierhandtuch gleichmäßig ausbreitete. Er weckte ihren Beschützerinstinkt, weil er einfach nichts verbergen konnte, und das war bei diesen Widerlingen, die seine Freunde waren, fast so, als liefe er nackt herum.

Aber ihr konnten sie keine Angst mehr machen. Sie ging auf Canner zu, der die Schlüssel hatte. »Du fährst uns jetzt besser nach Hause«, sagte sie, indem sie sich regelrecht vor ihm aufbaute und nur inständig hoffte, daß sie nicht rot wurde oder es klang, als würde sie ihn bitten. »Du halst dir sonst eine Menge Ärger auf.«

Er widersprach ihr nicht einmal, sondern befahl den anderen nur mit einer Armbewegung, ihm zu folgen.

So fuhren sie nach Hause, verdrossen und schweigsam. Judith wußte, daß sie nichts mehr gegen sie unternehmen würden, sie hatte sie allzu jämmerlich vorgeführt. Celeste, die sich die ganze Zeit nicht recht hatte entscheiden können, ob sie nun wütend sein oder Angst haben oder einfach mitspielen sollte, tuschelte Judith zu, wie enttäuscht sie sei, daß aus der Pizza nichts geworden war. (Großer Gott, dachte Judith, da ist Hopfen und Malz verloren. Das Schlankwerden kann sie sich aus dem Kopf schlagen.) Celeste bedankte sich, als sie anhielten, um die beiden bei aufheulendem Motor vor ihrer Einfahrt aussteigen zu lassen, denn Canner konnte selbst im Leerlauf das Gaspedal nicht in Ruhe lassen. Judith sagte nichts. Sie konnte sich einen gewissen Triumph nicht verkneifen – sie hatte ihnen nichts weiter gesagt, als daß ihr Bruder bereits festgenommen war, wie albern dieses ganze Unternehmen war, und sie sollten sie jetzt gefälligst nach Hause bringen. Sie entfernte sich von dem Wagen, so schnell sie konnte.

Sie wäre bereit gewesen, die verhinderten Gangster einfach zu vergessen, aber durch die Sache hatte ihre Freundschaft mit Celeste einen Knacks bekommen, das war nicht zu leugnen. Celeste wollte gern zu den Mädchen gehören, die sich – so hatte sie es ihre Mutter einmal sagen hören, und der Ausdruck gefiel ihr – vor ein Regiment Soldaten hinlegten. Die Vorstellung war so komisch wie schrecklich. Sie sah Celeste rücklings auf einem staubigen

Acker liegen, nur Fleisch, wie eine Schnecke ohne Haus, die wabbligen Schenkel und die teigigen neuen Brüste im grellen Licht präsentiert, während ein Riesenschwarm junger Männer in Khaki, eine ganze Schwadron frischgebackener, kurzgeschorener Rekruten, mit der Fahne voran einfach über sie hinwegmarschierte. Sie nahmen sich nicht mal die Zeit, ihr etwas anzutun.

Das Schwierige war, überlegte Judith, nachdem sie schweigend, vorgeblich mit Rücksicht auf die schon schlafende Familie, zu Bett gegangen waren, zu wissen, daß sie nicht einmal ihren Eltern erzählen würde, was passiert war. Oder nicht passiert. Oder hätte passieren können. Sie hatten Kummer genug mit dem, was wirklich passiert war, und noch schlimmeren Kummer mit dem, was weiter passieren würde. Überhaupt hatte sie ja, abgesehen von den ersten paar Minuten, nicht einmal Angst gehabt, dachte sie. Aber es war schon seltsam. (Das Kissen unter ihrem Kopf war so weich, daß sie das Gefühl hatte, hinterrücks ins Bett einzusinken. Es erinnerte sie daran, daß sie nicht zu Hause war.) Das Wort »Verbrechen« war ein Fernsehwort. Oder etwas, das einem beim Spielen oder im Kino begegnete. Heutzutage schaute man Mördern und heiseren Detektiven bei der Arbeit zu, nicht mehr den guten Feen, die sie noch aus ihren Kinderbüchern kannte. Weltraumtaxis hatten die Stelle der fliegenden Teppiche und Hexen auf Besenstielen eingenommen – Wunderland der Phantasie! Aber das waren keine wirklichen Verbrechen ... Jetzt sah es doch so aus, als müßte eine böse Tat die nächste nach sich ziehen, oder sie auslösen, auch wenn dieser dumme Streich nichts weiter war als kindische Großtuerei. Es hatte etwas Ansteckendes, und sie wußte, daß es erst ein Ende haben würde, wenn ihrem Bruder ein Leid widerfahren war, schlimmes Leid. (Oder jemand anderem, wenn sie Glück hatten. Sie klopfte auf das Holz neben ihrem Bett, das tat sie sicherheitshalber immer, wenn sie sich etwas wünschte. Man konnte nie wissen.) Aber irgendwer würde bezahlen müssen: Auge um Auge.

Manchmal hatte sie sich gewünscht, ein Einzelkind zu sein, wie Celeste.

Sie war ganz allein, und auch wenn sie alle nach Hause kämen, ob mit ihm oder ohne ihn, sie wäre noch mehr allein.

Warum waren sie alle so ineinander verhakt, daß keiner sich daraus befreien konnte? Warum konnte man nicht einfach sagen: »Ich weiß davon nichts, guck nicht *mich* an?«

Er war ein besonderer Junge. Ein vortrefflicher, sensibler, gutaussehender, komplizierter Junge. Sie dachte an Rex und Canner, die so verkommen waren, so verschlagen und krankhaft, und an dieses blonde Meerschweinchen, und stellte den schlanken, edlen, wohlgestalteten, gescheiten Jacob daneben, den sie liebte. Sie mußte sich die Faust in den Mund pressen, um nicht aufzuschreien, ihn nicht zu verfluchen.

Katzen, dachte ich – ich hatte nur allzuviel Zeit zum Denken –, haben es am besten: reines Vergnügen, reines Leid. Kein Grübeln, keine Reue. Snappy, die Katze, war mein Idol des Augenblicks. Wenn sie sich auf den Rücken wälzt, wie es Pferde tun, nur viel anmutiger, eine kleine Welle, die über sich selbst hinwegspült, dann ist sie das vergnügteste Lebewesen der Welt. Tue ich ihr etwas Häßliches an, biege ihren Kopf zurück, um eine Pille zwischen ihre spitzen Zähne zu schieben, oder hole ihr einen verbotenen Hähnchenflügel aus dem Maul und gebe ihr für den Diebstahl eins auf den kleinen Hintern, so merkt sie sich das nicht, behält keine Erinnerung daran zurück.

Womit ich sagen will: Ich begann ernsthaft an meiner Rolle in der Sache zu zweifeln, und das konnte ich mir nicht leisten.

Carolyn erzählte mir, wie wütend Jacob wegen der Fete gewesen sei, als ich versucht hätte, ihm klarzumachen, was überflüssige Vergnügungssucht sei, wenn er nur einmal ehrlich darüber nachdenke. Nach ihrer Meinung war ich zwar nicht zu Unrecht entsetzt gewesen – Limousinen, Alkohol am Steuer, die ganze Chose, bei der die jungen Leute nur Leben und Gesundheit riskierten oder sich zumindest finanziell ruinierten –, aber irgendwie hätte ich ihm das besser beibringen sollen, auf andere Weise: »Ihm jetzt so zuzusetzen – guter Zweck, ungute Mittel, ist nicht nur unwirksam, es ist, wie du weißt, kontraproduktiv.« Und mehr. »Es hat noch nie etwas genützt, wenn du ihn angebrüllt hast. Manche Jungen stecken das weg, aber Jacob konnte das noch nie. Er fixiert sich dann ganz auf deine Wut, nicht auf deren Ursache. Macht einfach dicht. Und du schimpfst weiter.«

»Warum hat er sich denn nicht von mir abgeguckt, worauf es im Leben ankommt? Das ist doch das viele Geld nicht wert, und diese leichtsinnige Gefährdung dazu! Und warum hat er nicht den Stolz, sich sein Benzin selbst zu kaufen, seine Klamotten, seine Platten? Warum muß er mich zu einem kreischenden kapitalistischen Schurken machen?«

»Machen?«

»Machen, ja. Wer sind denn die Väter, deren Söhne von klein auf die Wertmaßstäbe ihrer Familie begreifen?« Er hatte gesagt, ich sei schlimmer als die Väter, die karierte Hosen trügen und Golf spielten und zu Rotary-Versammlungen gingen. Er hasse es, wie mein Verhalten im Gegensatz zu den Figuren stehe, die ich in den Garten stellte, um Raubzeug abzuschrecken, der Müllpatrouille, die klapperte, wie man noch keinen Schellenbaum hat klappern hören, um Vögel und Waschbären fernzuhalten. Meine Blechritter mit ihren scheppernden Rüstungen. »Was hat das eine mit dem anderen zu tun?« fragte ich ihn. »Ich will nur, daß du für dich selbst aufkommst. Für mich ist auch niemand aufgekommen.«

»Ach, denk mal an«, versetzte er. Wir hatten das im Lauf der Jahre schon ein paar dutzendmal abgehandelt, laut und temperamentvoll, bis er nicht mehr darauf einging und dastand wie eine meiner Statuen und es an sich abprallen ließ. »Denk mal an. Von wegen locker vom Hocker! Alles nur Mache. Ein Opa bist du. Du hältst dich für aufgeklärt. Fetzig. Hip. Aber unter dem coolen Anstrich, dem Mach-was-du-für-richtig-hältst, darunter bist du ein gottverdammter Patriarch.«

Das Unwort unserer Zeit. Der Gesprächskiller.

Bin ich das? War ich es? Ich wollte doch nur, daß sie selbständig wurden. Angeblich wollen sie ja alle selbständig sein. Warum sollten meinen Sohn Privilegien lähmen? Schon die bescheidensten Mittelschichtsprivilegien lassen die Säfte vertrocknen, stumpfen den Willen ab – ich will nicht, daß er irgend etwas als gegeben hinnimmt, nur weil wir es ihm zu leicht gemacht haben. Dann sprachen wir über Heuchelei. »Und wie steht es mit deiner?« fragte ich ihn. »Du willst alles für dich getan haben, alles bezahlt, aber du willst das Sagen haben.« An dieser Stelle rief dann Carolyn von der Tribüne, daß er doch noch ein Kind sei, wie sollten wir ihn denn nicht unterhalten, Ben, er geht doch noch auf die Oberschule. »Aber er will die Vorrechte eines Erwachsenen«, warf ich ein und durfte mich als Nörgler fühlen, wobei ich doch wußte, daß nicht ich hier der Heuchler war. Es war peinlich, in den Klauen eines so alten Konflikts gefangen zu sein. Aber ich wollte ihn stark sehen; ich wollte, daß er aus eigener Kraft aufrecht ging. Macht mich das zu einem Reaktionär?

Ich fragte Tony Berger, ob er mich für einen Ewiggestrigen halte. Er lachte und sagte: »Aber Ben, du weißt doch, daß ein echter Patriarch keine Quiche backt.«

Ich sagte, ich meinte es ernst. Ich hielt mich selbst für fürsorglich und liebevoll. Ich fand, daß ich sie ermutigte, bei einem Minimum an Vorschriften ein Gerüst gab, um sie nicht zu verweichlichen. »Da draußen läuft eine narzißtische Generation herum, und ich mag solche Muß-haben-Babys nicht.«

»Ich weiß, von denen habe ich ja genügend in der Schule«, sagte Tony. »Sogar hier. Konfektionsgehirne. Aber du hast so einen Hang zum Übertreiben«, sagte er, »das ist es. Eine schwere Hand. Manchmal weiß er gar nicht, woher der Druck kommt, wie bei starkem Wind. Das weißt du ja selbst.«

Ich wußte es nicht. Ich wußte, daß sie es nicht leiden konnten, aber ich glaubte nicht, daß sie deswegen mich nicht leiden konnten.

»Ich mag dich ja trotzdem, alter Knabe, und du bist nicht schlimmer als wir übrigen inkonsequenten Blödiane, aber...« Das war sein letztes Wort: »Aber.«

Ich legte mich an diesem Tag ins Bett. Ich bekam keine Luft mehr, es war ein Gefühl, als wäre ich gestürzt. »Abgeschlafft«

nannten wir das, als ich ein kleiner Junge war und die Hälfte meines Lebens mit Stolpern zu verbringen schien. Stolpern über die eigenen Beine. Ich lag im Bett unter der kobaltblauen Decke und sah eine Szene nach der anderen im gedämpften Drei-Uhr-Morgenlicht der Küche. Ich studierte das Gesicht meines Sohnes, wie es sich mir verschloß, sich umschattete, verfinsterte, weil er alle meine Hoffnungen und Absichten mißverstand. Hatte ich mich mißverständlich ausgedrückt? Mir ist, als sollte mein letztes Wort an die Welt, wie Tonys letztes Wort an mich, nur Verwirrung sein: *Aber*.

Jedesmal, wenn wir wieder etwas Neues und Unerträgliches tun mußten, sagte ich mir: »Sie mußten einen Sarg kaufen.« »Sie mußten es den Großeltern beibringen.« Das war ein gutes Korrektiv für Selbstmitleid. Ich mußte Zuflucht zu dem allen nehmen, als wir überlegten, wie wir an das Geld für die Kaution kommen sollten.

Jacob hatte ein kleines Sparguthaben von seinen Großeltern. Von Carolyns Seite, versteht sich. Aber da war sehr schwer heranzukommen, so etwas kann man nicht einfach mit der Scheckkarte abheben. Eine zweite Hypothek auf das Haus, dito. Wer hat schon hunderttausend oder gar zweihunderttausend Dollar in der Schublade liegen? Und wer, selbst wenn er das Glück hat, sie zu besitzen, kann sie bar auf den Tisch legen?

Wer hat sich je besonders für Kautionen interessiert? Ich weiß, daß die Geschäftsschilder der Kautionsgeber in den Straßen um alle großen Gerichte herum wie Unkraut wachsen, so wie die Steinmetze sich an der Straße zu einem Friedhof drängen. Logisch. Aber das ist auch schon alles, was ich weiß. Und ihr wißt wahrscheinlich auch nicht mehr. Selbst wenn wir Carolyns Eltern anriefen, hätten die das Geld wohl nicht daheim im Sparstrumpf. Vermutlich würden sie ihren Makler anweisen müssen, etwas zu verkaufen. Einiges.

»Was werden die von uns erwarten, Wendell?« fragte ich ihn wütend.

»Kautionsmäßig, meinst du?«

»Kautionsmäßig.« Herrje.

»Mann, das ist schwer zu sagen«, hatte Wendell geantwortet. »Je nach Beweislage könnte, wird die Anklage wahrscheinlich ein Kapitalverbrechen geltend machen, und in dem Fall können wir die Kaution vergessen. Zu Kapitalverbrechen zählen Raub, Vergewaltigung, Entführung, Polizistenmord.« Es fiel ihm schwer, diese Worte vor uns auszusprechen, glaube ich, aber er sprach sie aus, auch wenn er sie nach besten Kräften in Watte wickelte. »Es würde mich nicht wundern, wenn denen einfiele, auf Entführung abzuheben. Eine Überraschung wäre das nicht.«

Nichts ist wirklich, sagte ich mir. Und nichts ist von Dauer.

»Und wenn es«, begann Carolyn, »wie durch ein Wunder doch kein Kapitalverbrechen wäre? Wenn es nur – was ist denn das Gegenteil? – ein Wald-und-Wiesen-Verbrechen wäre? Was dann? Friede Freude Eierkuchen?«

»Nicht so voreilig. Vor der Kaution kommt erst einmal die Frage nach seinem Status.« Womit er meinte, ob wir anstreben sollten, daß er als »Jugendlicher« (der er war) vor Gericht gestellt würde, oder als »Erwachsener« (der er, wenn wir die falsche Entscheidung trafen, möglicherweise nie sein würde). »Kaum anzunehmen, kaum«, erklärte Wendell uns im prachtvollen Rapaportschen Wohnzimmer. »Eigentlich gar nicht anzunehmen. Hinrichten werden sie ihn nicht. *Nein* und abermals nein. Nicht so einen Jungen.«

Das Wort war ein schwarzes Loch: Unser beider, unser aller Leben stürzte in sich zusammen, implodierte, war mit diesem einen Wort ausgelöscht. Irgendwie hatte ich nicht damit gerechnet, daß er es aussprechen würde. *Hinrichten?* Der gute Geschmack hätte ihm verbieten müssen, es auszusprechen, zumindest Rücksicht auf unsere Gefühle. Es war wie die schlimmste

Diagnose, die Carolyn im Hinblick auf die Chancen eines Patienten stellen konnte, und ich wußte, daß sie so etwas nur Eltern zumutete, von denen sie glaubte, sie könnten es verkraften. Wieso glaubte Wendell, wir könnten *Hinrichten* so einfach verkraften? In Wahrheit war es ihm natürlich egal; wir *mußten* es verkraften, ob wir konnten oder nicht. Wie es letzten Endes auch die Eltern todkranker Kinder mußten. Ich genierte mich wegen meiner Naivität. Ich sah, daß ich noch nicht das Stadium erreicht hatte, in dem ich akzeptieren konnte, daß die Mühlen dieses Gerichts, dieses Systems, weitermahlen würden, unabhängig davon, was wir, Carolyn und ich, verstanden oder wovon wir uns einbildeten, wir hätten es im Griff.

Ich erholte mich als erster. »Warum sagst du *nein*?« *Ich* zumindest brauchte das Wort nicht auszusprechen.

»Punkt eins, wir sind hier in New Hampshire, Ben. Nicht in Texas, nicht in einem von diesen verrückten Südstaaten, wo man so gern den Hebel umlegt. Oder genauer gesagt, die Spritze drückt; die machen das ja nicht mehr elektrisch.«

»Danke«, sagten wir wie aus einem Mund. Eine tröstliche Unterscheidung.

»Dann die Klasse. Seien wir doch mal ehrlich. Sieh ihn dir an.« Womit er wohl meinte, zu sauber, zu weiß, zu gutbürgerlich, zu ... »Alles, was ihr seid«, sagte Wendell. Alles, was du bist, eine Liebesschnulze, dachte ich undankbar. Du bist der zarte Kuß des Frühlings. Welche Schlüsse konnte man daraus ziehen – daß im letzten Jahr keiner mehr hingerichtet worden war, dessen Eltern eine aufgeräumte Küche hatten? Die sonnengereifte Tomaten und frische Pasta in Sahnesoße aßen? Die Bach auf einer guten Anlage hörten? Ich hatte das natürlich immer verstanden; jeder verstand das.

»Eigentlich ist das schrecklich«, sagte Carolyn.

»Und ob. Klar.« Er sollte sich das Haar nicht so nach vorn kämmen, wie ein alternder Beatle oder ein mongoloider Junge mit zu hoher Stirn. Ich wünschte, ich könnte ihm das sagen. Er machte ein ganz betrübtes Gesicht. »Es *ist* schrecklich für die auf der anderen Seite, und wahrscheinlich ist es ein gutes Argument gegen die Todesstrafe, aber wir können jetzt, wenn ich ganz ehrlich sein soll, keine Zeit damit vertun, sie zu beweinen. Ihr habt genug am Hals.«

»Alles, was wir sind, Carolyn«, sagte ich zu ihr. »Könnten wir es doch nur in Flaschen abfüllen und verkaufen. Kauft die richtigen Weine und bewahrt eure Kinder vor dem Henker! Sichert euren kleinen Schurken künftig kurze Freiheitsstrafen!« Wir nahmen uns bei der Hand. Ich hob die ihre an meine Lippen, küßte sie und schloß die Augen.

Hallo Mama, Papa, was macht das Leben in Hilton Head? Hattet ihr schon euer Viertelstündchen Winter? So ein schönes, schönes Land. Hat da unten kürzlich jemand die Toilette gespült? Ein Schokoladenpapier auf den Rasen geworfen und dafür Knast bekommen?

Komisch, wie komme ich auf Knast? Mal sehen, ach ja, da fällt mir was ein. Erinnert ihr euch an euren Enkel Jacob? Richtig, unser Ältester, und älter, als ihr glaubt. Mal sehen, also – einmal angenommen ...

Wie sehr liebt ihr ihn? Laßt mich das gleich zu Anfang fragen. Oder uns, Carolyn und mich, wie sehr liebt ihr uns, denn darauf läuft es hinaus, wenn man es ohne Verpackung betrachtet. Wie dick ist Blut gegenüber Wasser? Und wie ist es eine Generation weiter, immer noch recht zähflüssig, was meint ihr? Weiter stabil, die Farbe noch erkennbar, euer eigenes?

Wir hatten hier nämlich mal so einen netten Jungen, der hat ...

»Mein Gott«, sagte sie, »du bist nicht in der Verfassung, meine Eltern anzurufen. Ben, um Himmels willen.« Sie nahm mir sanft den Hörer aus der Hand. Wir befanden uns in den stillen, indirekt beleuchteten Gefilden der Rapaportschen Küche, wo das weiße Telefon hing, umgeben von allem, was man zum Notieren brauchte und womit Azula nichts anfangen konnte. Die Notizblöcke trugen alle die Insignien von Universitäten; zum Kritzeln hatte man die Wahl zwischen Wellesley oder Harvard. Sarah und Michael waren zur Arbeit gefahren. Azula führte das Regiment, auf ihre Art; sie hatte die Ablagen von Frühstückstellern und Brotkrumen befreit, die Spülmaschine beschickt und die Zeitungen fortgeräumt, hinter denen die Familie ihren Kaffee und Orangensaft zu sich genommen hatte. »Keine gesellige Zeit bei uns«, hatte Sarah entschuldigend zu Carolyn und mir gemeint und gewußt, daß wir alle erleichtert sein würden.

Wir hatten es bisher geschafft, Carolyns Eltern nur ganz spärlich zu unterrichten. Dazu hatte es einiger glatter Lügen bedurft, zu denen sie sonst nie Zuflucht nahm, obwohl sie ihnen auch bisher nicht alles anvertraut hatte – wann habe sie eigentlich damit aufgehört? fragte sie mich, als ob ich es wüßte. Mit zwölf? Sechzehn? Darüber müsse sie eigentlich mal nachdenken, sagte sie, müsse versuchen, sich zu erinnern. (Ich hatte mich den meinen nie anvertraut, also konnte ich ihr da keine Maßstäbe anbieten.) Es war eine Strapaze, dieses Ausmaß an Augenverschließen, das ihr normaler Ton seit nunmehr drei Wochen bedeutete. Sie waren ihre Eltern, und sie brauchten das nicht zu wissen; sie hatte ihnen keinen Schrecken einjagen wollen. Jacob ist weggelaufen, hatte sie ihnen gesagt. Wir wissen nicht, wo er ist, aber wir haben Postkarten von ihm bekommen, wir wissen also, daß er wohlauf ist ... bis hierher keine Lügen, klar? Nur die für jedermanns Seelenfrieden notwendigen Auslassungen.

Aber daß es ihr so gut gelang, daß sie nicht durchschaut wurde – ich sah, welch erneuter Verlust das für sie war. In der Zwischenzeit betete sie, daß keine überregionale Zeitung sich des Falles annehmen möge, oder eine dieser Fernsehsendungen, »Mord der Woche« oder so. Die Gefahr, daß sie dieser Tage die rückwärtigen

Seiten der *New York Times* lasen, war sehr gering. (Die Bostoner Zeitungen überschlugen sich damit: MORDVERDÄCHTIGER BEI DROGENRAZZIA IN CAMBRIDGE GEFASST. Gewiß, sie räumten ein, daß er mit den Drogen nichts zu tun hatte; gewiß, er war nicht direkt ein geifernder Schlächter mit dem Messer in der Hand. Aber Schlagzeilentexter schreiben nicht für das Seelenheil von Großeltern.) Wir sagten, nun ja, es zieht doch viele Jungen in die große weite Welt, versteht ihr? So viele kommen wieder nach Hause. Indem wir sie schonten, hatten wir das Gefühl, unsere Kinder zu schonen. Bea und Ira schienen dieser Tage vorwiegend Bridge zu spielen und ihre Wintergewächse zu pflegen. Sie machten einen Kurs in Knollen und Zwiebeln und noch einen, der sich »Neue Varianten religiöser Erfahrung« nannte, und den ein gitarrespielender Presbyterianer hielt. Ich nannte es ihr Leben nach dem WASP-Dasein.

Für mich war die Sache wesentlich einfacher, weil meine Mutter, die im Hebräischen Altenheim lebte, seit Jahren nicht mehr zu erkennen gab, daß sie auch nur einen einzigen menschlichen Satz verstand, sei er einfach oder kompliziert. Sie war für mich – ich habe zu guter Letzt den Schmerz überwunden und gelernt, den Gedanken zuzulassen – ein geologisches Phänomen geworden, dessen bewußtloser Zustand mich mehr an einen natürlichen Gesteinsauswuchs oder eine verkalkte Extrusion, eine Muschel vielleicht, erinnerte als an die Frau, die ich einmal geliebt hatte, unter welchen Vorbehalten auch immer. Sie war eine Erinnerung, die ich hegte, aber die Frau, die ich besuchte, dieses arme haar- und zahnlose, sprachlose Ding, hatte damit nichts zu tun. Ich hätte mir gewünscht, zu meines Vaters Grab gehen und dort mit ihm reden, ihn um Rat fragen zu können, rein emotional, um mit der späten Achtung und Sympathie, die ich in seinen letzten Jahren für ihn entwickelt hatte, etwas anfangen zu können. Aber das war ein Luxus: Bevor ich mich über letzte Fragen unterhalten konnte, mußte ich – die Formulierung machte mich nach wie vor krank – eine Kaution auftreiben, schnell und in schwindelerregender Höhe.

Es kursieren alle möglichen undurchschaubaren Kautionsvereinbarungen, bei denen mir schon übel wird, wenn ich sie nur zu verstehen versuche – unsere Steuern macht Carolyn – zehn Prozent von hunderttausend Dollar (nicht daß wir sie gehabt hätten), aber ich dachte an die Zukunft und verzagte. Auf diese Burschen draußen an den Straßen, das hatte ich schon gehört, sollte man lieber nicht zurückgreifen, wenn man nicht vollkommen verzweifelt ist. Wer es nicht ist und es dennoch tut, den werden sie die Verzweiflung lehren. Du zahlst ihnen zehn- oder zwanzigtausend Dollar nur dafür, daß sie dir ihr Geld leihen; und dann darfst du noch in Angst leben, daß sie dir die Beine brechen, wenn dein Junge wieder nach St. Louis abhaut oder Santa Fé. Ein schlechtes Geschäft.

»Ich mache das schon, Benny. Laß mich. Ich weiß sie zu nehmen.« Sie war heute ganz in Blaß und Beige, von Kopf bis Fuß, wie ein halb ausradiertes Bild.

Ich widersprach nicht. Ich ging ins Eßzimmer, wo ich in dem stillen Haus ihr Gespräch halb mithören konnte, und setzte mich. Der leere Kimono hing an der Wand, platt wie eine abgestreifte Haut. Zufällige Satzfetzen drangen an mein Ohr: »... könnte jemand sein, aber... die Beweislage wird... und der Anwalt... kein Grund... nun gut.« Ihre Stimme war schrecklich fest, beherrscht bis zur Unkenntlichkeit. Sie hielt für uns alle die Stellung. Jacob wäre stolz gewesen.

Sie ist die gute Tochter, das ist es. Sie hat noch eine jüngere Schwester, Nina, mit der sie soviel durchgemacht hatten, daß Carolyn, von vornherein nicht zum Schwierigsein veranlagt, unwiderruflich in die Rolle derer gedrängt wurde, die nichts Unrechtes tat, und sie erwarteten von ihr, dieser Rolle gerecht zu werden. Und nun gab sie diesen Titel freiwillig auf. Das eine Kind, das habe ich schon lange begriffen, muß immer dasjenige sein, das Kummer bereitet, und das andere hat ihn zu ersparen, zu lindern, zu glätten, darf nie Anstoß erregen. Familienökonomie; die Brüder Grimm haben das durchschaut. (Diese Rolle würde nun also an Judith hängenbleiben – sie war vermutlich ohnehin ihr Los, falls das ein Trost war.)

Die Sache wurde noch dadurch kompliziert, daß sie gar nicht wirklich Carolyns Eltern waren. Ich meine, rein biologisch. Aber da wurde Wasser in Blut verwandelt, eine Alchimie, an der sie hart gearbeitet haben. Sie hatten sie mit anderthalb Wochen bekommen, nachdem sie die Hoffnung auf ein eigenes, leibliches Kind aufgegeben hatten; und nach etwas mehr als einem Jahr wurde Bea, begleitet vom Lachen der Götter, mit Nina schwanger. (Es heißt, statistisch gesehen sei das gar nicht so häufig der Fall, wie es manchmal aussieht. Vielleicht ist es ja nur ein so verblüffender Zufall, daß jeder Fall, von dem man hört, doppelt zählt.)

Irgendwie machten sie aus der Adoption nie ein Tabu, so daß Carolyn in der Phase, in der sie umherlief und von ihren »richtigen« (und somit besseren) Eltern träumte, nie heimlichtun oder ein schlechtes Gewissen haben mußte. Und die Neugier verging – es war eine »private« Adoption gewesen; von dem Arzt, der sie vermittelt hatte, einem Freund von Bea und Ira, erfuhr Carolyn, daß ihre Eltern jung und gesund gewesen waren, er Pharmaziestudent, sie Krankenschwester – wie wunderbar, fand sie, als sie beschloß, Ärztin zu werden: Ich setze die Familientradition fort, vielleicht liegt es sogar in den Genen!

Aber ihre eigenen Eltern waren ihr durchaus gut genug. Letzten Endes schien die tägliche Hinlänglichkeit ihrer Liebe ihr mehr zu genügen als Nina, die es – davon war ich immer überzeugt – der nicht einmal blutsverwandten Einschleicherin nie verzeihen konnte, daß sie zuerst durchs Ziel gegangen war. Welches Ziel? Die Aufmerksamkeit, die Liebe ihrer Eltern? Sicherlich haben sie Nina mindestens genauso geliebt. Wenn Herzensgüte ein Geheimnis ist, ich schwöre es, dann ist unstillbare Wut, Glücksverweigerung es ebenso.

Nina ist übrigens eine fabelhafte Frau, wenn man sie unter bestimmten Gesichtspunkten betrachtet, den leichten; bei den Kindern steht sie hoch im Kurs, und zwar aus eben den Gründen, aus denen für uns schwer mit ihr auszukommen ist – sie ist immer für Überraschungen gut (unzuverlässig), großzügig (leichtsinnig) und schickt ihnen verrückte Geschenke von überallher, wohin es sie in ihrer Sucht nach »Authentizität« so treibt – sie haben einen Satz Schrumpfköpfe, ein Dominospiel aus Perlmutt, eine vergoldete Laute – alles Dinge, die sie sich gar nicht leisten kann, obwohl sie keine Hemmungen hat, ihre Eltern um Geld zu bitten. Sie zeigt den Kindern nie, wenn sie wütend oder enttäuscht ist, nie dieses Gefühl, sie sei um etwas Grundlegendes betrogen worden und die Welt schulde ihr Wiedergutmachung. Aber Carolyn wird mit Schweigen und abwehrenden Vorwürfen bedacht. Ich sage ihr, daß sie nur faul ist, ich sage ihr, daß sie in ihrem Leben nie so hart gearbeitet hat wie Carolyn an einem Tag – ihr könnt euch vorstellen, wie beliebt ich bei ihr bin –, und sie sagt mir, ich sei voreingenommen. Das bin ich natürlich; ich liebe eben Carolyn. Sie dagegen gibt mir das Gefühl, ein republikanischer Bridgespieler zu sein, der alles und jedes selbstgerecht verurteilt und nichts im Kopf hat außer dem Ziel, das er sich gesteckt hat. (Darauf hätte ich immer gern das einzig Wahre gesagt: Da müsse sie erst einmal meinen Bruder Stuie kennenlernen, der auf seine täppische Art im Grunde ein Pfundskerl ist, großmütig, warmherzig – er ist vereidigter Buchprüfer, erfolgreich genug für ein Haus mit offenem Giebel und Swimmingpool, »einem kleinen nur, Kindergröße«, hatte er einmal zu mir gesagt, wohl in dem rührenden Bemühen, in seinem älteren Bruder keine Neidgefühle aufkommen zu lassen. Seine Lebensart ist nicht die meine, aber wir schaffen es, die Grenzen anzuerkennen und um die gefährlichen Stellen einen Bogen zu machen. Außerdem lebt er in San José, gerade weit genug weg, daß es keine so große Rolle spielt, was für Musik er hört oder in was für einem Haus ich wohne. Meist müssen wir uns auf irgend etwas einigen, was mit unserer Mutter zusammenhängt, meist gibt es nicht viel Spielraum zum Einigen. Ich habe ihm von Jacob nichts gesagt, da wir nicht öfter als vielleicht viermal im Jahr miteinander telefonieren, und es würde seltsam anmuten, wenn ich ihn eigens anriefe, um es ihm zu erzählen. Schon komisch. Er würde sich durchaus davon betroffen fühlen, aber es ihm so aus heiterem Himmel mitzuteilen, wäre – ich weiß nicht, es wäre fast so etwas wie Angeberei: Sieh mal, womit ich mich jetzt herumzuschlagen habe, mein normaler Bruder. Vergehen und Verbrechen. Und keineswegs Kindergröße.)

Ich liebte Carolyns Eltern, denn sie waren beständig und nicht aus der Ruhe zu bringen. Meine Mutter war furchtbar abergläubisch; alles, was sie tat und glaubte, schien angehaucht vom Duft der alten Heimat: sie nannte meine Schwiegerleute »Yankees«. Das amüsierte sie köstlich, denn sie waren ja erst eine Generation länger »Amerikaner«. Meines Vaters umfassende Weisheit hatte durch und durch mit der Härte des Lebens als Jude und Einwanderer zu tun, der Schwierigkeit einer vom Glauben auferlegten Wohlanständigkeit. Er hatte seine religiöse Unterweisung in Kiew erhalten, aber hier war er »in Textilien«, ein Zuschneider mit scharfem Auge und scharfer Klinge, der nur am Sabbat zum Leben erwachte. Ira Miller, Carolyns Vater (ein »Dad«, wo Herschl Reiser ein »Papa« war) dagegen war Importeur für Parfüm und Eau de Cologne und erfolgreicher, als man mit derlei Dingen hätte sein dürfen, wenn man Wert an Wert maß. Er spendete einen hübschen Teil davon für wohltätige Zwecke, aber obwohl er Angeberei haßte, finanzierte er seinen Töchtern auch hübsche Garderoben und teure Ausbildungen.

Und Bea. Sie hatte champagnerfarbenes Haar, als ich sie zum erstenmal sah, und genauso ist es geblieben, kein Kringel einer Locke ist abgeflacht in all den Jahren. Sie ist jetzt viel trauriger, als sie es vor Jahren noch war, wohl von all dem Elend, das Nina durchmachte, ihrem Mißbrauch von Substanzen, von denen ihre Eltern nie gehört hatten, aber uns gegenüber hat Bea noch immer ein offenes Herz, und sie ist untadelig zu den Kindern. Vielleicht lächelt sie zuviel, wie die Frau des Präsidenten, und versucht wenig überzeugend die problematischen Stellen zu übertünchen, aber das fand ich immer eher tapfer als verblendet. Das einzige, was wir an ihnen auszusetzen hatten, war, daß sie sich so dankbar in diese Bühnenkulisse am Meer zurückgezogen hatten, wo sie unbestreitbar glücklich waren: Sie hatten sich dort die Illusion der perfektionierbaren Umwelt gekauft, die durch und durch wohlhabend, weiß und golfsüchtig ist. Das ist nicht *politisch*, hat Ira gesagt. Das Recht, in Sicherheit und Komfort zu leben, ist ausschließlich unsere eigene Angelegenheit. Nun gut. Carolyn hat zu mir gesagt, ich solle mich da nicht so überlegen aufführen – glückliche Eltern, sagt sie, sind nicht zu verachten – und da hat sie natürlich recht.

Jetzt aber, dachte ich unwillkürlich, indem ich die Handballen gegen die Augen preßte, die so müde waren, als hätte ich bei schlechtem Licht eine Geländefahrt gemacht – wem würden sie jetzt die Schuld an dieser kleinen Bombe geben? Mir, dem Abweichler, dem Emigrantensohn mit dem Stoppelbart, der ihre blonde Tochter gestohlen hatte? Oder einem verirrten Gen in Carolyns Stammbaum, für das sich niemand verantwortlich fühlen mußte oder konnte? Würden sie sich gegen mich wenden und sich zu Verdächtigungen bekennen, die sie die ganzen Jahre über an der Leine gehalten hatten, gegen mich, der nichts einbrachte, mich, den Lauten, den Rechthaber, den mit dem New Yorker Akzent und den linken politischen Ansichten, dem es Spaß zu machen schien, sie wegen jeder Entscheidung, die sie trafen, zu kritisieren? Würden sie ihr Goldmädchen, ihre gute Hexe aus dem Osten, von jeder Verantwortung freisprechen?

Hör schon auf, dachte ich. Hör auf, hör *auf*. Wie schaffe ich es nur immer, mich in alles hineinzudrängen? Sie sprach mit ihren Eltern, die liebevoll waren, auch wenn sie sich vornehm gaben, die verziehen, auch wenn sie gekränkt wurden. Warum, zum Teufel, mußte ich mir Gedanken über ihre Einstellung zu *mir* machen? Warum mußte ich daran zweifeln? Ich sah sie vor mir in ihrem langgestreckten, sonnigen Haus zwischen sorgsam beschnittenen Bäumen auf der alten Plantage in South Carolina, die zum Hafen für Pensionäre von unangreifbarem Geschmack und unvorstellbarem Reichtum geworden war.

Sie versuchten zu verstehen, was ihre Tochter ihnen erklärte: warum sie eine unerhörte Summe aufbringen müsse, nur als Garantie, daß Jacob nicht wieder unserem Einflußbereich entfleuchen würde. Ihr Enkel hatte, als sie ihn zuletzt sahen, keine bizarre Frisur in Primärfarben getragen, ihres Wissens schwänzte er nicht die Schule oder (aber das war ein schnell schwindendes Kriterium) handelte mit Drogen wie anderer Leute unkluge, unglückselige Enkel. (Ihre Nachbarn, die Pursleys, hatten einen Jungen, einst ihr angebeteter Musterenkel, der wegen Crack im Gefängnis saß, ob er es genommen oder verkauft hatte, wußten sie nie so genau, aber wahrscheinlich war das kein so großer Unterschied. Dafür mußten die Großeltern vor ihrem Namen jetzt das Wörtchen »arm« dulden, so verläßlich wie einen Titel.)

Meine Schwiegereltern waren an beiden Anschlüssen ihres Telefons, durch ein paar orientalische Brücken voneinander getrennt. Bestimmt saß Carolyns Vater starr in dem malvenfarbenen Queen-Anne-Sessel in der Wohnzimmerecke, bei den hohen Fenstern. Drei verschiedene Vogelarten spielten Himmel und Hölle auf der anderen Seite der Scheibe, wohin er pflichtschuldig immer Körner legte, weshalb ihre Mutter fand, er verwöhne sie. Jetzt würde er nach seiner Frau rufen, oder falls noch nicht jetzt, dann bald: »Bea, meine Nitros, kannst du mir bitte meine Nitrokapseln bringen? Ich trau mich nicht, sie mir selbst zu holen.«

Carolyn würde mit hochroten Wangen, als hätte man sie geschlagen, und Schweißperlen am Haaransatz dastehen und die Hand, die nicht den Hörer hielt, zusammenkrampfen und wieder öffnen und stumm beten: »Daddy, bitte stirb jetzt nicht, stirb nicht daran!« Laut sagte sie mit gezwungen ruhiger Stimme: »Wißt ihr schon, Ben hat ein Stipendium bekommen, ja, ist das nicht schön? Ja, vom Staat, für seine Arbeit.« Sie sagte nicht *endlich*. »Aber wir bekommen das Geld erst in einigen Monaten, das ist das Problem, sonst brauchten wir nicht – ja, also, es ist mir schrecklich, darum bitten zu müssen, denn wir *werden* es ja haben, jedenfalls zum Teil, ich meine, es läuft nur zeitlich etwas unglücklich.« Und unglücklicherweise war es auch erheblich weniger, als uns das kosten würde. Warum hatte Jacob das nur nicht bedacht, warum hatte er nicht als rücksichtsvoller Junge warten können, bis mein Scheck von Uncle Sam kam – Herrgott, mein Gehirn war in seiner Verzweiflung etwas Widerliches! Es war, als hauste ein Wurm darin, der von mir weg und in die komischsten Winkel kroch. Ich ging hinein und legte beide Hände auf Carolyns Schultern; sie zuckte überrascht zusammen bei der Berührung. Herrje, Ira, dachte ich, indem ich die Wange an ihr Haar legte, das ein bißchen nach Himbeeren roch. Stirb du nicht auch. Ich hörte die ferne, dünne Stimme ihrer Mutter flehen, daß es nicht wahr sei, nicht wahr! *Darling, denen unterlaufen auch Irrtümer,* schwor sie. *Die Polizei ist dafür bekannt, daß sie Verdächtige braucht! Habt ihr denn – außer daß er offenbar ausgerissen ist – einen Grund zu glauben, daß er das getan hat?*

Azula kam mit einem gelben Plastikkorb voll schmutziger Wäsche die Treppe herunter. Sie blieb stehen und machte eine kleine Verbeugung, wie eine Orientalin, wobei sie uns fest ansah, wie man es ihr wahrscheinlich eingetrichtert hatte. Sie klemmte sich den Korb an die Hüfte und machte sich auf den Weg zur Kellertreppe. »Schönentach!« sagte sie mit einem herrlichen hebräischen Rachenlaut und zeigte eifrig ihre sehr weißen Zähne. Sie hatte es wahrscheinlich im Näherkommen geübt, sich die beiden

Wörter immer wieder vorgesagt, bis sie wie eines klangen. Ihr glänzendes Haar hing ihr in Zöpfen über die Schultern, dünn und gerade wie Spargel.

Wir sahen sie groß an. Carolyn legte die Hand auf die Sprechmuschel, als wollte sie etwas erwidern, dann lächelte sie und nickte.

»Ihnen auch«, sagte ich und zeigte ihr ebenfalls die Zähne. »Einen schönen Tag.«

Wendell läutete, und ich konnte durch die schmalen Scheiben neben der Tür sehen, wie geduldig er auf der Eingangstreppe stand und auf Einlaß wartete. Ein Staranwalt, dachte ich, würde wahrscheinlich jetzt da draußen auf und ab gehen, energiegeladen wie ein Puma. Wir hatten schon überlegt, ob wir ihn, den kleinen Provinzverteidiger, nicht anheuern sollten. Hatte Michael recht, sollten wir das beste Schwergewicht engagieren, das zu haben war? Er hatte angeboten, uns einen zu besorgen. Vorerst hatten wir das jedenfalls abgelehnt. Wendell würde nicht unser Verteidiger sein, weder würde er so einen gewichtigen Fall übernehmen, noch (obwohl er das nicht sagte) seine Mitbürger vor den Kopf stoßen wollen. Schlimm genug, daß er uns jetzt beriet. Er würde, wenn es darauf ankäme, aushelfen, aber sogar er betonte, daß wir einen Verteidiger von außerhalb brauchten, einen ausgebufften Profi. Hat sich schon einmal jemand überlegt, was eine Verteidigung kostet – mindestens hunderttausend, eher das Doppelte, je nachdem? Hat sich schon einmal jemand überlegt, daß dies eine Spezialität ist, die regelrechte Besessenheit erfordert, einschlägige Erfahrung und einen aufgeräumten Schreibtisch, und daß Anwälte wie Wendell Bye nur eines von den dreien aufweisen konnten, wenn wir Glück hatten?

Nein, ich hatte es mir nicht überlegt. Ich hatte noch nie die Gelegenheit gehabt, mich für das Thema zu interessieren. Es gibt Pflichtverteidiger, hatte er uns beruhigt, eine Art Prozeßfeuerwehr. Es klang wie ein Club, den die kleinen Jungen aus der Nachbarschaft gegründet hatten. »Wenn ihr euch keinen großen Namen kaufen könnt, geben die euch ziemlich sicher einen, der ausschließlich so was macht. Es ist ein Service, eine Art Verteidigerkollektiv. Schändlich unterbezahlt. Aber es garantiert eine annähernde Chancengleichheit.« Er lächelte dünn.

»Unterbezahlt?«

»Nun ja, verglichen mit den Louis Nizers, den Melvin Bellis. Ein *bißchen*.«

Auch wenn er nicht arbeitete, trug Wendell eine Krawatte, nicht diese ungeniert kitschigen Dinger, die ich besaß, Flamingos oder himmlische Babys in schreienden Farben, sondern gestreift und standesgemäß. (Stephanie trug, wie mir jetzt auffiel, obwohl ich mir darüber nie Gedanken gemacht hatte, auch Seidenstrümpfe bei jeder Gelegenheit, außer beim Picknick.) Ihre Korrektheit war grotesk und, wie ich fand, furchterregend.

Er trat mit ernster Miene ein und sah sich um. »Die Leute haben ein bißchen was auf die Seite gebracht, scheint mir«, sagte er.

Das wäre nicht das erste, das *mir* aufgefallen wäre. Er betrachtete die bunten Kriegerschilde über dem Kaminsims und schien über einer witzigen Bemerkung zu brüten, besann sich aber offenbar eines besseren. Das war auch gut so; wenn es nichts mit den Sieben Samurai zu tun hatte, wollte ich es nicht hören.

Carolyn kam aus der Küche und küßte ihn kurz auf die Wange. »Hast du ihn gesehen?«

Wendell Bye sieht manchmal aus wie einer, dem plötzlich die Brille beschlagen ist. Jetzt stand er da und blinzelte sehr gewichtig hinter den Gläsern. »Ich habe ihn gesehen, ja.« Er setzte sich auf einen der weißen Stühle und balancierte seine Aktentasche auf den Knien. Aber nachdem er sie geöffnet hatte, starrte er eine Weile hinein, um sie dann, als gefalle ihm nicht, was er darin sah, langsam wieder zu schließen. »Man kann sagen, daß ich ihn gesehen habe, aber nicht gehört.« Er lachte. »So würde man doch eigentlich ein Musterkind definieren, nicht?«

Himmel. Ich war aufgesprungen und brüllte los. Carolyn versuchte mich zu beschwichtigen, indem sie die Hände hob und in der Luft herumfuchtelte. »Ein schönes Musterkind! Wir haben ihn ermahnt, Wendell, wir haben ihm gesagt, daß du kommst und daß er dir nicht die Zeit stehlen soll.«

»Es tut mir leid«, sagte Carolyn ruhig zu ihm. »Wirklich, Wendell. Hat er nur – stumm dagesessen?«

Wendell seufzte. »Er sah nicht wütend aus. Ihr wißt ja, wie er ist. Wir erhitzen uns, und er bringt es fertig, ruhig und abgeklärt zu bleiben wie ein Buddha.«

Ich konnte nicht aufhören, im Zimmer auf und ab zu gehen; es war wohl die Energie, die ich aufgewendet hätte, um Jacob zu verdreschen, wenn er so einen Auftritt in meiner Gegenwart gewagt hätte. (Unsinn. Ich wußte ja, daß ich gar nichts hatte machen können, als wir ihn besuchten. Aber das war in der Öffentlichkeit. Mein Gott, es war im Gefängnis.) »Glaubt er wirklich, er kann so weitermachen?« fragte ich. »Meint er, wenn er uns nur ignoriert, gehen wir wieder weg? Wendell, weiß er, was ihm bevorsteht, was meinst du? Daß es sich hier nicht um ein Spielchen handelt?«

Wendell zuckte die Achseln. »Ich bin kein Psychologe, Ben. Ich weiß nicht, was er sich dabei denkt. Ich habe ihm gesagt, und zwar ziemlich deutlich, denke ich, welche Alternativen wir haben.« Er nahm seine Brille ab und rieb sich die kleinen roten Grübchen rechts und links am Nasenbein; dabei wirkte er so erleichtert wie einer, der sich die Schuhe ausgezogen hat. »Aber ich kann euch nicht sagen, was er davon verstanden hat, denn er hat mich nichts gefragt, er hat mich nichts wiederholen oder klarstellen lassen oder irgend etwas von all dem, was Leute sehr ausgiebig tun, wenn sie es mit einem Anwalt zu tun haben. *Ihr* wißt das ja.«

Was die Notwendigkeit von Klarstellungen betraf? O ja, und ob ich das wußte.

»Ich habe ihm auseinanderzusetzen versucht, daß er vielleicht doch etliches zu seiner Verteidigung zu sagen hat und daß es je nachdem, was er zu sagen hat, vielleicht gar nicht erst zu einem Prozeß kommen wird.« Er sah mich mit hoffnungslosem Grinsen an. »Wenn ihn das beeindruckte, hat er sich jedenfalls nichts davon anmerken lassen.«

Ich blitzte ihn an. »Ist das wahr? Wie meinst du das?«

Wendell sah mich alles andere als mitfühlend an. Ich glaube, er wußte oder hatte zumindest den Verdacht, daß ich, auch wenn ich ihn durchaus gern mochte, von seiner Intelligenz nicht sonderlich beeindruckt war; er fühlte sich von mir ein bißchen hochnäsig behandelt, und das wohl mit Recht. Da die Juristerei eine Sache des Wortes ist, hatte ich immer so ins Blaue hinein, aber eben völlig zu Unrecht, angenommen, daß die Leute, die sie betrieben, Bildung hochschätzten und vielleicht sogar soweit gingen, ein bißchen zu lesen. Keineswegs. Wendell und Stephanie haben den größten Fernseher, den ich je in einem Privathaushalt gesehen habe, und sie haben ein Jacuzzi und ein sehr gutes Auto und ein voll eingerichtetes Wohnmobil. Aber soweit es in ihrem Haus etwas Buchähnliches gibt, sind es Kataloge für allerlei Annehmlichkeiten, die nur auf Käufer warten. Ich glaube, sie haben sogar etwas in eine Klassikerreihe mit Goldprägung investiert, aber die war ja nie zum Lesen gedacht. Sie soll nur unbenutzte Regale mit etwas Geschmackvollem füllen.

Wenn er aber über die Juristerei redet, verwendet er gern Ausdrücke wie »Stand der Jurisprudenz«, was im Grunde nur heißt: »Tu mir den Gefallen und halte dich da raus, Ben. Das ist mein Revier.« Carolyn, die ja auch ihr Privatvokabular hat, kann das nachempfinden. Sie erkennt offenbar den Handwerkerkollegen. In ihren Augen war ich grausam; es war eine Verachtung, die mir nicht zustand, die Überheblichkeit des Künstlers, der ebenso in seinem Jargon gefangen ist, aber den Mythos absoluter Offenheit aufrechterhalten muß. Sie betonte, Wendell liebe seinen Beruf, und verstand nur zu gern diese Wichtigtuerei, die ich als schmierig und reinen Selbstschutz empfand. Er machte seine Arbeit, und er machte sie gut. Was er nach Feierabend las oder nicht las, war seine Sache: Fragt man seinen Arzt, was er liest? Dagegen konnte ich nichts sagen. Und warum er unser Freund war, darüber konnte ich ein andermal nachdenken.

»Hör mal zu, Ben«, sagte er langsam und betont. Was auch immer bevorstand, diese Rollenumkehr muß ihm jedenfalls wohlgetan haben. »Ich habe Jacob erklärt, daß sie ein paar Augenzeugen haben, ihr wißt es ja, und wahrscheinlich haben sie die wirklich. Weniger klar ist, was diese Leute gesehen haben, und schlimmstenfalls sind es sowieso nur Indizien. Sie sagen nicht – bisher zumindest –, daß sie jemanden hätten, der den Mord beobachtet hat. Oder gesehen hat, wie er die Leiche – halt, pardon, laßt mich das anders ausdrücken – der gesehen hat, wie die Leiche dort abgeladen wurde. Das übrige gerichtsmedizinische Zeug – da werden wir sehen müssen. Soweit wir wissen, steht dieser Prozeß auf den wackligsten Füßen, die es je gab.«

Es klang, als wollte er vor mir ein Plädoyer halten; es müssen die Worte gewesen sein, die er vor meinem Sohn gesprochen hatte, ohne damit etwas zu erreichen. Sein Ernst war rührend und würde im Gerichtssaal, wo er wie ein aufrechter kleiner Pfadfinder aussähe, gut ankommen. Aber wie ich ihn so hörte und sah mit seiner blauen Ripskrawatte, der mit den roten und goldenen Krönchen, seinen vertrauenerweckenden eckigen Schulterpolstern, die ein bißchen an die Footballkluft einer Schülermannschaft erinnerten, seiner vernünftigen Stimme, konnte ich gut verstehen, daß Jacob in ihm so etwas wie einen Konrektor sah, oder einen dieser kurzärmeligen Mormonen, die an die Tür kommen und kostenlose Schriften über die Erlösung feilhalten. Zu so einem würde er freiwillig nie ein Wort sagen. (Wenn ich daraus hätte schließen wollen, daß ich in meinem saloppen Hemd, mit meinem nicht gerade alltäglichen Gebaren mehr sein Fall gewesen wäre, so war ich doch auch sein Vater, und eine größere Disqualifikation gab es nicht.) Stil spielt vielleicht im Leben eines Jugendlichen eine zu große Rolle, aber das werden wir so schnell nicht ändern. Jedenfalls nicht rechtzeitig.

»Wenn er wenigstens mal den Mund aufmachte, hätten wir vielleicht ein paar Alternativen anzubieten. Wo er war, ob sie sich unterwegs getrennt haben ...«

»Wendell«, sagte Carolyn. Sie verhielt sich sehr umsichtig und sah ihn aus zusammengekniffenen Augen fest an. »Sprichst du davon, was du glaubst, oder von etwas, was wir konstruieren könnten?«

Er leckte sich rasch über die Lippen, ein Zeichen, daß er sich zu einem längeren Vortrag anschickte. Ich fand ihre Frage reichlich naiv. »Carolyn, wie siehst du unser Rechtswesen?« Er wartete die Antwort nicht ab. »Geht es nicht immer nur darum, wer was am wirkungsvollsten darlegen kann? Am überzeugendsten, meine ich.«

»Was ...« Sie schien nach Worten zu graben. Dann seufzte sie und begann noch einmal. »Und die Wahrheit? Fragst du danach nie?«

Er sah sie mit seinem Pharisäerblick lange an. Hinter seinen Augen sah ich kleine Warnlichter aufblitzen – nein, nein, kompliziert mir die Sache nicht mit so etwas! In diesem Sekundenbruchteil mußte er begriffen haben, daß wir Dinge wußten, die zu hören ihn sehr unglücklich machen würden. Wahrscheinlich würde er über sein Unglück hinwegkommen, darin ist er gut, aber würde das Wissen den Schwung seiner Verteidigung bremsen? Solche Augenblicke, dachte ich, müssen sich wohl ständig zwischen Anwalt und Mandant abwechseln. Welch ein Beruf, sich reinen Nützlichkeitserwägungen zu verpflichten. Das ganze Gebäude seiner Arbeit auf ein Fundament von Ausflüchten, Täuschungen und Einschüchterungen zu stellen und es an jeden Fremden zu vermieten. Jetzt wird er uns fragen müssen, wird wissen müssen, was wir wissen, nur für den Fall, daß es gegen uns verwendet werden könnte.

Wendell rückte ein paar Zentimeter von uns ab. »Die Wahrheit«, sagte er, nicht nur zu Carolyn, »kommt manchmal auch ins Spiel. Man kann sich nicht immer darauf verlassen, daß sie sich heraushalten läßt. Aber die Wahrheit ist nicht immer einfach, Carolyn. Und es ist Sache der Anklage zu beweisen, was sie beweisen kann. Wenn sie es nicht kann, nun ...«, und er warf einen Blick in die Runde, als ob wir ein ganzer Saal voller Zuhörer wären, »dann hat sie ihren Auftrag verfehlt. Ein fairer Kampf.« Ich hielt ihn für einen viel zu schlichten Menschen, als daß er an Wahrheitsverdrehungen und Winkelzügen wirklich Spaß haben könnte. Kein Wunder, daß er nicht der Anwalt war, den wir brauchten, denn der mußte genau das können.

Carolyn

Es war zu grotesk. Sie konnte nicht glauben, daß sie das *buchstäblich* machen würden: Wendell hatte gesagt, »die Behörden« von Massachusetts würden Jacob bis an die Staatsgrenze bringen und ihn dort »den Behörden« von New Hampshire *aushändigen* – wie eine Ware, ein Paket oder ein Bündel Papiere! Er konnte schwer nachvollziehen, wieso dieser Gedanke seine Klienten so bitter belustigte. Sie lachten und lachten, bis er in Carolyns Augen die Tränen der Wut sah.

»Dürfen wir zugucken?« fragte sie, indem sie die Tränen zornig mit dem Handrücken wegwischte. »Dürfen wir der feierlichen Übergabe des Corpus delicti beiwohnen?«

Er zauderte. Wirklich, sie machten es sich selbst schwer.

»Ich meine, das ist doch sicher nicht verboten, oder? Wir fahren lediglich hinter dem Polizeiauto her – in geziemendem Abstand –, und wenn es dort hält ...«

»Beim Stacheldraht an der Grenze ...« ergänzte Ben eifrig.

»... steigen wir nur aus – wir würden sie nicht behindern oder so etwas, die brauchten nicht einmal zu wissen, daß wir da sind! Und dann gucken wir lediglich zu.«

»Eben.« Wieder Ben. »Wir würden nicht im Traum daran denken, uns einzumischen. Wir würden nur dem Akt der Auslieferung zusehen. Ich hab mir schon immer gewünscht, einmal einem Akt der Auslieferung zuzusehen, wie das vor sich geht, wie es ...«

»Na schön«, sagte Wendell, vielleicht ein wenig barsch. »Schon gut, ich hab's gehört.« Eine von Stephs Phrasen. »Ich weiß beim allerbesten Willen nicht, ob ihr das dürft oder nicht, ich habe noch nie erlebt, daß es jemand gewünscht hätte.«

Carolyn kochte – etwas von Bens Wut breitete sich in ihr aus. »Ich kann mir nicht vorstellen, warum nicht. Man hat doch nicht alle Tage Gelegenheit, mit anzusehen, wie das eigene Kind – wie nennt man das – extradiert wird? Oder bezieht sich das nur auf Leibeigene? Ich weiß es nicht mehr, jedenfalls klang es so ähnlich wie ›exportiert‹.«

»Carolyn!« sagte Wendell.

»Oder deportiert. Ja, das war's. Von *deportare* – wegtragen. Man nimmt ihn in die Hand und trägt ihn weg, wie eine tote Maus, nicht?« Sie schien fürs erste befriedigt.

Er streckte schon die Hand aus, um ihren Arm zu fassen, zog sie aber in letzter Sekunde wieder zurück; es wäre in diesem Moment etwas unpassend gewesen. »Würdet ihr nicht besser einfach nach Hause fahren und uns vor Gericht wieder treffen? Ich gebe euch Bescheid, sowie der Termin anberaumt ist. Es ist in keiner Weise nötig ...«

Streite nicht, was nötig sei, ging es ihr durch den Kopf. O streite nicht, was nötig sei, und laß die Tat geschehen. Shakespeare, oder? Vielleicht Lear? Was ging ihr da nur für lauter archaisches Zeug im Kopf herum? Extradieren ... laßt Taten geschehen. Wenn sie so weitermachte, würde sie ihre Sätze demnächst mit »Alldieweil ...« beginnen. Kam das davon, wenn man mit den Formalien der Juristerei und ihrer steifen, umständlichen Sprache in Berührung kam?

»Wir werden dort sein«, sagte sie in bestimmtem Ton. Sie versuchte sich auszumalen, wie das Polizeiauto mit quietschenden Reifen genau neben dem kleinen schwarzweißen Pfosten zwischen den Staaten anhalten würde, oder vielleicht ein Stückchen weiter, an dem großen blaugoldenen Schild: BIENVENUE A NEW HAMPSHIRE – WELCOME TO NEW HAMPSHIRE, während der Verkehr auf der R 3 weiterbrauste. Das Bankett war um diese Jahreszeit übersät mit verharschten Schneehäufchen, versiegelt mit Eis, das immerzu schmolz und wieder gefror. ZWEI MENSCHEN ÜBER-

FAHREN BEI GEFANGENENÜBERGABE, ENTSETZTE ELTERN SEHEN HILFLOS ZU. Oder würden sie die Straße verlassen und die Sicherheit einer Tankstelle oder eines Dunkin' Donuts neben der Schnellstraße aufsuchen, Jacob übergeben (in Handschellen?) und hineingehen und etwas Heißes trinken und eine Doughnut zu sich nehmen, während Jacob draußen im verschlossenen Auto saß und ihm das Wasser im Mund zusammenlief, wenn er hinausblickte? »Wir werden dort sein«, sagte sie noch einmal mit fester Stimme zu Wendell, der ein wenig schmerzlich das Gesicht verzog. »Außer uns braucht das niemand zu verstehen.«

Wendell war im Irrtum. New Hampshire opferte für ein paar Stunden einen Streifenwagen und schickte einen Sheriff, der Jacob mit sich fortnahm, ehe sie auch nur beim Gefängnis ankamen. Entführt durch das Gesetz.

Als sie sich bei der Anmeldung nach der Überstellung erkundigten, sah der schnurrbärtige Beamte sie durch seine Glasscheibe an und sagte kühl: »Schimpfen Sie nicht mit *mir*, Sir. Bestellen Sie Ihrem Anwalt, daß er hinterm Mond lebt. Früher haben wir das so gemacht, aber jetzt nicht mehr.«

Ben wollte Einspruch erheben.

»In Wahrheit«, sagte der Polizist mit einem Kopfschütteln, das Bewunderung sein mußte, »kommen diese Sheriffs ganz gern mal für ein paar Stunden raus, verstehen Sie? Eine schöne Fahrt, fast wie ein halber Tag Urlaub ...« Er zwinkerte ihnen zu. »Auf Steuerzahlers Kosten.«

Ins Rathaus zu gehen war nicht leicht, leicht auch nicht, sich so selbstverständlich wie möglich über die knarrenden Dielen in den Gerichtssaal zu begeben. Sie lächelte und nickte dem halben Dutzend Leute zu, die sie sah, ob bekannt oder nicht – der Verwaltungsangestellten, deren Absätze wichtigtuerisch klapperten wie spitze kleine Hämmer (sobald sie in ihrem Büro war, würde sie sich sofort ans Telefon hängen, um die Nachricht von Jacobs Ankunft zu verbreiten), ein paar Männern in Arbeitskluft, die im Erdgeschoß die Toilette renovierten, sowie ein paar Unbekannten, die ihren Geschäften nachgingen. Alle wußten, warum sie hier waren.

Und sie waren, das mußte sie zugeben, keine Sekunde zu früh hier. Wie Celene dank einer kilometerlangen Gerüchtekette erfahren hatte, planten die Taverners schon für den Fall, daß Jacob nicht gefunden und nach Hyland überstellt worden wäre, eine Mahnwache – Kerzen, schwarze Binden –, und bald würden sie gegen die Unfähigkeit oder Laschheit der Polizei demonstrieren. Jacobs Bild auf ihren Pappschildern, wie ein gepfählter Kopf? Marthas Kopf gleich daneben? Wer könnte das sehen, ohne an Lynchen zu denken?

Und nun, wie viele Leute hatten beobachtet, wie Jacob aus dem Auto des Bezirkssheriffs geladen wurde, die Hände hilflos in Schellen, sein Gesicht wie das des Sheriffs völlig ausdruckslos, den Blick geradeaus gerichtet? Was meinten sie, wenn sie von Diskretion für Jugendliche redeten? Hätte man das doch nur im Dunkeln getan! Celene hatte sich erboten mitzukommen, um bei ihnen zu sein; die Schule war für heute zu Ende (was die Zahl der Schaulustigen vor dem Rathaus nur noch vergrößerte). »Laß nur«, hatte Carolyn geantwortet. »Aber ich notiere mir alle gutgemeinten Angebote wie dieses. Ich stelle eine Liste für den himmlischen Buchhalter zusammen und werde dafür sorgen, daß er sie zu sehen bekommt, das verspreche ich.« Solange ihr das sowieso niemand abnehmen konnte, sah sie keinen Grund, andere mit hineinzuziehen. Sie hätte sich gewünscht, ihren Freunden überzeugender danken zu können, aber die Kluft zwischen ihnen klaffte tief und gefährlich, und man durfte sie doch nicht anerkennen. Es war, als hätte sich zwischen ihrem Haus und den Häusern ihrer Freunde ein See aufgetan, dessen Grund unsichtbar blieb, und dennoch kamen sie alle Tage nach draußen und überquerten ihn so unbefangen, als wäre er eine Wiese mit Wolfsmilch und Schafgarbe und blühenden Gräsern. Anscheinend gelangten sie hinüber; sie dagegen lebte auf dem Grund, wo keine Luft war, kein Licht...

Als sie und Ben durch die schwere Schwingtür in den Gerichtssaal traten, drehte Jacob sich um und sah sie an. Etwas in seinem Blick war, wie Carolyn augenblicklich fand, ein ganz klein wenig anders als dieses starre Glotzen im Gefängnis. Er schien – durchlässiger. Zugänglicher. Jacob schien sie zu erkennen.

Aber es war unnatürlich, ihn immerzu an solch unfreundlichen Orten zu treffen – nach seinem Verschwinden war dies die nächstgründliche Abkoppelung. Es glich einer Entwöhnung, dachte sie. Was für eine Ironie, als Mutter entwöhnt zu werden, so unvermittelt wie es bei jenen geschah, die sich ein Kind gewaltsam von der Brust rissen und keine Reue empfanden. Heute ist er noch dein Sohn, morgen ist er ein Junge, dem du immerzu von fern in öffentlichen Räumen begegnest; immer wenn du ihn jetzt siehst, befindet er sich im kalten Neonlicht, und seine Bewacher sind nie fern. Wenigstens hatte er wieder vertraute Sachen an, seinen blau und grün gestreiften Pullover, seine verschlissenen Jeans mit dem modischen Riß an einem Knie. Er saß allein in der ersten Bankreihe. Wendell stand neben der Richterbank und unterhielt sich mit Tom Grady, dem Richter, der seine Robe so lässig in der Hand hielt, als wäre sie sein Regenmantel. Als Wendell sie sah, hob er die Hand, wie um zu sagen: Bleibt mal da, geht nicht weg!

Ben ging vor ihr her, geradewegs zu Jacob. Er setzte sich neben ihn, berührte seinen Arm und – Carolyn konnte es kaum fassen – legte mit rauher Zärtlichkeit den Kopf an die Schulter seines Sohnes. Er war schon über das Wiedersehen hinaus: Lassen wir die Begrüßung, die Umarmung. Es war, als ob er sagen wollte: *Na also. Das wäre überstanden. Gott sei Dank.* Es war wie ein tiefer Seufzer der Erleichterung, halb lachend, fast scherzend: einfach eine Wiederbegegnung nach allzulanger Trennung. »Ich setze auf die Theorie, daß er völlig verängstigt ist«, hatte Ben beim Frühstück gesagt. »Ich will ihm den Zweifel zugute halten – ich denke, er ist vor Angst wie versteinert.« Mag sein, dachte sie. »Und wenn ich mich entsprechend verhalte, kann ich vielleicht etwas erreichen.« Jacob erwiderte die Liebkosung jetzt nicht, er wehrte sich aber auch nicht dagegen.

Carolyn ging langsam näher. Sie fühlte eine riesige Wut in sich, Wut anstelle der Erleichterung, die sie empfunden hatte, als sie ihn lebend in diesem Gefängnis sah, eingesperrt in diesen Safe hinter der grellroten Tür. Sie liebte Spiele nur zu gegebener Zeit – zur Spielzeit –, und Angst hin, Angst her, er hielt sie hin, sogar jetzt. »Jacob«, sagte sie. (Wie konnte man jemanden in den Arm nehmen, der seinerseits nicht den Wunsch danach verspürte?)

Jacob sah sie an, als hätte sie ihn an einem völlig normalen Tag auf der kleinen Tribüne am Sportplatz getroffen. Was ist mit dir los? hätte sie ihn verzweifelt gern gefragt und es wörtlich gemeint. Hast du dich von allen guten Geistern verabschiedet? Bist du *krank*? Ihr Herz klopfte so rasend, daß sie fast das Gleichgewicht verlor. Aber wie hätte denn jemand eine solche Frage sinnvoll beantworten sollen? Wie war das noch mit diesen Syllogismen – *Alle Menschen lügen. Ich bin ein Mensch. Also lüge ich.* Wozu mit dieser Frage den eigenen Verstand beleidigen?

Tom Grady war gerade lange genug verschwunden, um sich die schwarze Fledermausrobe überzuwerfen, die in dem leeren Gerichtssaal seltsam dramatisch wirkte. Ihm folgte Della Fort, die Gerichtsschreiberin, eine Frau von solch unauffälliger Gestalt und Erscheinung, daß Carolyn sich nur wundern konnte, woher sie überhaupt ihren Namen wußte. Della hatte vor Jahren einmal das Haus gehört, in dem sich Judiths Kindertagesstätte befand; derart waren in Hyland die Beziehungen ineinander verflochten – jeder spielte im Leben jedes anderen mindestens zwei Rollen. Sie hatte zudem eine Tochter, die an Skoliose litt, und Carolyn hatte ihr geholfen. Sie backte die unwahrscheinlichsten Kuchen, dekoriert mit Blau und Purpurrot und silbernen Kügelchen, die aussahen, als wäre Quecksilber darin eingebettet, buntem Puderzukker und anderem ungenießbar aussehenden Zierat, der für eine lebhafte und unterdrückte Phantasie sprach. Alljährlich sammelte sie unverdrossen für die Krebshilfe. Sie hatte eine strenge Miene aufgesetzt und sah niemanden im Gerichtssaal an – das brachte ihr Beruf wohl mit sich. Aber Carolyn war über die Maßen dankbar, daß sie außer dem Richter hier die einzige Außenstehende war; sie war ihr mit einem Mal so vertraut. Ich habe ein Stück meines Lebens mit dir gelebt, Della Fort, dachte sie. Ich habe die letzten elf Jahre hier unter demselben Wetter verbracht, dieselben Berge gesehen. Gibt uns das nicht Anspruch auf ein bißchen Mitgefühl?

Tom Grady war Rechtsanwalt und mußte ein paar Tage die Woche zu Gericht sitzen, meist über Alkoholsünder und kleine Ladendiebe. Heute war er zu dieser speziellen Anhörung einfach zu Fuß von seiner Kanzlei zum Rathaus heruntergekommen, statt die Straße hinaufzugehen, wo in seinem schmucken viktorianischen Schindelhaus seine Frau das Essen auftrug. Er war ein schwergewichtiger Mann mit rotblondem Haar, der zum Schwitzen neigte und aussah, als könnte er einen Lastzug steuern. (Aber soviel Carolyn über ihn wußte, war er, obwohl er eher an einen Scharfrichter aus dem sechzehnten Jahrhundert erinnerte, ein einigermaßen feinfühliger Mensch.)

Er winkte Jacob, er möge nach vorn kommen und an einem Tisch näher bei der Richterbank Platz nehmen.

»Dürfen wir mitkommen, Sir?« fragte Ben in so respektvollem – oder eingeschüchtertem – Ton, daß Carolyn um ein Haar lächeln mußte.

»Wenn Sie wollen, Mr. Reiser. Aber normalerweise ist das der Platz des Verteidigers.« Der Richter hatte eine heisere Stimme, die beruhigte; er sprach ein bißchen wie Mel Tormé.

Sie standen alle auf und gingen nach vorn. Ben setzte sich links neben Jacob, aber Carolyn rückte einen Stuhl weiter nach rechts, damit Wendell neben ihm Platz nehmen konnte. Sie dachte an all die Filme, die sie schon gesehen hatte – wo bekam man sonst schon einmal einen Gerichtssaal zu sehen? – und die Zeichnungen in den Zeitungen, auf denen der Angeklagte den Kopf zu seinem Anwalt hinüberneigt, der ihm Ratschläge erteilt. Jacob neigte nicht den Kopf. Sein Gesicht wirkte aufmerksam und selbstsicher, vielleicht sogar entspannt. Als Wendell etwas zu ihm sagen wollte, war er es, der sich hinüberbeugte, um in Jacobs Ohr zu flüstern, das nicht einmal zuckte. Jacob standen die Haare ein wenig unordentlich über den Kragen, aber nicht allzu schlimm. Diesen blaugrünen Pullover trug er wohl jetzt schon ziemlich lange. Der Junge sollte unter Mordanklage gestellt werden, und seine Mutter hatte, wie sie zu ihrer eigenen leichten Belustigung bemerkte, nichts Besseres zu tun, als sich um seine saubere Wäsche zu sorgen.

Fran Conklin war leise eingetreten, allein. Das sollte hier kein großer Zirkus werden – allmählich war sie schon für kleine Geschenke dankbar. Er setzte sich an den anderen Tisch. Seine Uniform war beschwerlich, das Eisenzeug an seinem Gürtel klapperte gegen den Stuhl, und der Revolver in seinem Holster schob sich schräg nach oben, so daß es aussah, als könnte er jeden Augenblick herausfallen. Gefährlich sah das aus. MORDVERDÄCHTIGER BEI VERNEHMUNG VON SCHUSS AUS REVOLVER DES POLIZEICHEFS GETÖTET. Carolyn konnte sich kaum überwinden, Fran anzusehen. Es überraschte sie selbst, daß sie einen solchen Groll gegen ihn hegte – es widersprach jeder Logik, und sie hatte für Unlogik gar nichts übrig, denn sie war ihrer unwürdig und kontraproduktiv. Ben saß wie gebannt vornübergebeugt und krümmte und streckte abwechselnd die Hände. Sie saß vollkommen reglos und zwang sich, gleichmäßig zu atmen, wie sie es tat, wenn sie nicht einschlafen konnte, um ihren Herzschlag zu beruhigen. Wenn sie schon bei dieser Anhörung so reagierten, die doch ein Nichts war – mehr oder weniger eine reine Formalität, der Richter eine bekannte Größe, fast ein Nachbar –, wie würden sie dann erst beim Prozeß reagieren?

Die Stimme des Richters klang zuerst brüchig, als sei sie eingerostet und müsse erst langsam in die Gänge kommen. Er bat um Nachsicht dafür, daß er um diese ungewöhnliche Stunde auf gewisse Rituale zu verzichten gedenke – er könne die Verhandlung selbst für eröffnet erklären, und niemand müsse aufstehen, wenn er hereinkomme. Dies sei eine Sitzung besonderer Art, aber doch rechtsgültig und bindend aus der Sicht des Staates New Hampshire, dessen Fahnen links und rechts von ihm hingen. Sie nickten gehorsam. Sie schienen alle den Atem anzuhalten.

Fran erhob sich langsam und schwerfällig zur Vereidigung. Er bewegte sich widerstrebend, als wäre er ebenso schwergewichtig wie Tom Grady. Tom fragte Fran – Captain Conklin –, welche Klage er vorzubringen habe, und Fran benannte, ohne jemanden anzusehen und mit so monotoner Stimme, als hätte er alle Tage einen Mord zu melden, den Jugendlichen Jacob Reiser als verdächtig, eine gewisse Martha Taverner aus Hyland am vierzehnten Januar des Jahres ermordet zu haben. Er wurde gefragt, ob dieser Jacob Reiser anwesend sei; er sah Jacob an, sah erstmals sie alle an, ohne den Funken eines Gefühls zu verraten, und sagte: »Ja, Euer Ehren. Das ist er.«

Jacob schauderte, sie glaubte es selbst am ganzen Körper zu spüren, obwohl Wendell zwischen ihnen saß. Er zitterte wie ein Blatt Papier, über das ein leichter Wind ging. Dann ließ er die Schultern sinken. Ben zuckte so heftig zusammen, als wäre Frans ausgestreckter Finger ihm in die Rippen gefahren. Er legte den Arm um seinen Sohn und hielt ihn fest.

Carolyn sah den Rest der Verhandlung wie durch ein Tuch, das so rot und feucht war wie Blut. (Aus Gründen, die ihr nicht ersichtlich waren, ging es vor einem Jugendgericht nur um »wahr« oder »nicht wahr«, anklagefähig oder nicht anklagefähig; schuldig oder nicht schuldig kam nicht vor, als könnten solch schwierige Begriffe für Kinder vielleicht unverständlich sein. Sie würde Wendell nach dem Grund fragen; er würde ihn ihr nicht nennen können.) Jacob trat vor, teilnahmslos stand er da und sagte mit leiser, ehrfurchtsvoller Stimme, die nicht schwankte, »nicht wahr« auf die Anschuldigung.

In anderen Teilen nahm dann aber Wendell das Heft in die Hand, souverän auf einmal im Vergleich zu den übrigen, und das war ein Segen. Er zählte all die gewichtigen Gründe auf, die dafür sprachen, gegen Jacob eine niedrige Kaution festzusetzen oder, besser noch, ihn einfach in die Obhut seiner Eltern zu entlassen. Seine Prozeßstimme war kaum wiederzuerkennen, als ob nicht Tom und er zusammen Golf und Bridge spielten, Bier tränken, sogar in trauter Gemeinsamkeit in die Büsche pinkelten – Wendell hatte ihnen das einmal in einem Anflug von Prahlerei erzählt –, wenn sie sich dem neunten Loch näherten und der Weg zum Clubhaus in Zeiten der Not zu weit war. Wendell baute sich in seinem grauen Straßenanzug vor dem Richtertisch auf und machte geltend: daß der Beschuldigte schon so lange in Hyland wohne; die Bindung seiner Eltern an die Gemeinde; ihren Hausbesitz; seinen bisher makellosen Leumund; und schließlich, daß er zu diesem Zeitpunkt noch ein Jugendlicher sei, den man beaufsichtigen und für den seine Eltern die Verantwortung übernehmen könnten. (Welche Anmaßung, dachte Carolyn. Wäre es nicht leichter, für die Umtriebe der Katze Snappy zu garantieren?)

Was da sonst noch so an Worten fiel, rauschte an ihnen vorbei, während sie verkrampft dasaßen und zu verstehen versuchten: Rechtsprechung. Erwachsener. Jugendlicher. Beglaubigte Erklärung. Und Geld. Geld verstanden sie. Das Geld kam von amtlicher Seite ins Spiel: Könnten sie sich einen Anwalt leisten, oder würden sie Prozeßhilfe beantragen? Deswegen hätten sie sich fast geprügelt: Natürlich würden ihre Eltern ihnen den besten Anwalt bezahlen, den sie fanden. Natürlich sagte Ben nein.

»Ben, es geht um *Jacob*.«

»Danke für den Hinweis.« Er starrte sie an, als halte er sie für verrückt.

»Du bist inkonsequent, Ben. Ich dachte, es gäbe nichts, was du nicht...«

»Das aber nicht. Die haben massenhaft achtbare Anwälte, sagt Wendell. In Mordsachen erfahren. Die tun ja nichts anderes.«

»Du willst es dem Zufall überlassen, der göttlichen Fügung? Würdest du auch so denken, wenn er operiert werden sollte und wir ihm einen guten Chirurgen besorgen müßten? Oder würdest du ihn ins Wohlfahrtskrankenhaus bringen und auf Gedeih und Verderb einem beliebigen Arzt in die Finger geben – es ist ja schön, daß es noch Idealisten gibt, die ihre tägliche gute Tat bei Mordprozessen tun. Aber ein x-beliebiger *Fremder*?«

Ben hatte sie hämisch angesehen. »Aber Schatz, Fremde sind sie doch alle, oder? Jeder ist ein Fremder. So gesehen ist sogar dein Sohn ein Wildfremder.«

Sie war nicht sicher, ob sie mit solch abgrundtiefer Bitterkeit umzugehen wußte. Sie blieb still sitzen und wartete ab. Sein Gesicht war wie ein zugefrorener See, schimmernd und tückisch. »Ich vergesse manchmal, daß du es dir immer aussuchen konntest«, sagte er eisig. »Gute Schulen, gute Garderobe.«

»Ist das wirklich der Zeitpunkt...«

»Du hast recht, nein. Aber ich sehe nicht zu, wie deine Eltern ihre Liegenschaften verpfänden«, sagte er, mit Betonung auf dem Plural, »damit wir es einem aus Hollywood importierten Schaumschläger in den Rachen werfen können.«

»Aber wenn er – oder sie – nun einfach besser wäre? Wenn...«

»Carolyn, weißt du überhaupt, von welchen Summen wir hier reden? Eine ordentliche Verteidigung dürfte in diesem Land einfach nicht so viel kosten. Damit dürfte man nicht irgend so einem großen Star seinen Schrank voller Maßanzüge finanzieren müssen.«

Sie hatte geglaubt, diese alten Ressentiments seien längst in ihm erloschen. (Wären die Taverners nicht sehr erstaunt, wenn sie hören könnten, wie er sich immer noch als den armen Jungen sah, jetzt und für alle Zeit? Wie verrückt sie doch alle miteinander an ihren alten Zeiten klebten!) Sie bat Wendell, ihnen zu raten; er wollte sich da nicht einmischen. »Er kann eine gute Verteidigung auf Staatskosten bekommen. Er kann eine gute Verteidigung von einem Staranwalt bekommen, was einiges kosten wird, weil der Kerl mit seinem ganzen Troß von Gott weiß woher anreisen muß. Manchmal ist es ganz gut, wenn die Leute keine Wahl haben, weil sie einfach nicht über die Mittel verfügen.« Ihm war sichtlich nicht wohl in seiner Haut; er sah starr geradeaus und wandte den Blick weder zu ihm noch zu ihr. »Und manchmal auch wieder nicht.«

»Ben, du mußt die Dinge auseinanderhalten«, hatte sie endlich gefleht, als sie neben ihm im Bett lag. »Pack deinen Klassenhaß, pack deine Enttäuschung darüber, daß deine Kinder nicht in Armut aufgewachsen sind, pack das alles ein und steck es weg, bis das hier vorbei ist. Du kannst es hinterher sortieren. Bis dahin ...«

»Denk an Jacob.«

»Denk an Jacob.«

»Gut«, sagte er und zog sich die Bettdecke bis zum Hals hinauf, »aber verstehen kannst du das doch? Es ist schwierig, bei diesem Lauf der Dinge seine Selbstachtung zu bewahren. Ich arbeite nicht mehr ...«

»Ich auch nicht.«

»Kann sein, daß du im Moment ein bißchen aus der Übung kommst, Schatz, aber du weißt, was du *weißt*. Es ist etwas Greifbares, Solides. Es löst sich nicht in Dampf auf – zerstört sich nicht selbst. Ich fühle mich, als würde mein Gehirn von Termiten zerfressen. Was ich nicht tue, geht mir verloren. Es schwindet mehr und mehr. Und jetzt wenden wir uns wieder an deine Eltern und bitten deinen Daddy um etwas von seinem Gold.«

»Wir können noch eine Hypothek aufnehmen, Benny. Wir können ein paar Sachen verkaufen.« Sie zog ihn zu sich. »Du kannst tun, was du immer zu deinem Sohn sagst, Darling. Auf die eine oder andere Weise kannst du für dich selbst aufkommen.«

Zum erstenmal in ihrem Leben wünschte sich Carolyn, sie hätte Jura studiert, um sich selbst – sie alle – vor dieser Hilflosigkeit zu schützen, damit sie nicht diesen Schleier der Angst vor ihren Augen fühlen mußte, durch den sie nur noch Schatten sah. Ben hielt Jacobs Hand; Jacob, der wie ein Zwölfjähriger aussah, ließ es sich gefallen.

»Euer Ehren«, sagte Wendell soeben, »wir werden einen eigenen Rechtsbeistand haben. Wir brauchen den Staat nicht um Hilfe zu bitten.« Sie zwang sich, auf seinen Stuhl zu rücken, der noch warm war, und Jacobs andere Hand zu nehmen. Sie war kalt und feucht, aber nicht so starr wie die ihre.

»Und nun«, sagte Tom Grady, »zur Frage der Kaution.« Der Richter schwieg ein paar Augenblicke, ungeniert im Zwiegespräch mit jenen unbekannten Musen der Gerechtigkeit, die möglicherweise das Amtsgericht von Grieves County erleuchteten. Er gehörte zu jenen Männern, die stets schwer atmeten und immer ein zusammengeknülltes Taschentuch bereit hielten, und mit so einem betupfte er sich beim Sprechen das ganze Gesicht, wie um sich zu beruhigen. Wenn er schnell den Kopf drehte, flogen die Tropfen nach allen Seiten, wie bei einem Schauspieler der Speichel. Er wischte sich jetzt sogar über die Augen, als wäre er in Trauer; alles an ihm versprühte Feuchtigkeit.

Eine Freilassung gegen Kaution war das verbriefte Recht des Beschuldigten. Allerdings, so mahnte der Richter, habe man besagten Beschuldigten eben erst von außerhalb der Staatsgrenzen hierher zurückbringen müssen, und daß er heute hier sei, habe man nur einem glücklichen Zufall zu verdanken. Zudem, und vielleicht vor allem, sei neben seiner erwiesenen Unzuverlässigkeit zu bedenken, daß eine ernstlich um ihr Wohl besorgte Gemeinde sehr darauf bedacht sei, den Urheber einer schrecklichen, ja undenkbaren Tat vor Gericht zu bringen, so daß zur Sicherheit des Beschuldigten wie auch zur Beruhigung für das Gericht eine Freilassung gegen Kaution nicht gewährt werden könne. Er beugte sich ein wenig zu ihnen herunter, als könne der Gerichtsreporter ihn so nicht hören, und sagte: »Ich will ganz ehrlich zu Ihnen sein, Mr. und Mrs. Reiser. Und Jacob. Es wäre mir lieber, diese Stadt würde erst ein bißchen abkühlen, bevor du dich wieder sehen läßt.« Er wartete, ob sie verstanden hatten; dann wurde er wieder amtlich. »Die Frage wird erneut zur Sprache kommen, nachdem sein Status als Erwachsener festgestellt wurde oder nicht.« Er sah zu Ben und Carolyn. »Bedaure.«

Carolyn saß wie erschlagen von der Bedeutung seiner Worte – daß Jacob hier nicht sicher war. Was wußte er, was er ihnen nicht sagte? Daß die Leute da draußen, ihre Nachbarn, in ihrer Wut so weit gehen könnten, ihm etwas anzutun? Selbstjustiz, und das in einem Staat, der nicht einmal wild und verrückt und schnell mit dem Finger am Abzug war? Gerechtigkeit kontra Massivholzküche, Wendell? Rache kontra *New Yorker*-Abonnement, nicht zu vergessen. Was Celene ihnen Feindseliges aus den Lehrerzimmern zugetragen hatte, schwirrte ihr durch den Kopf. Die Taverners hatten, genau wie Celene, Verwandte in allen umliegenden Dörfern: Tanten jeden Alters; Schwäger mit Jagdgewehren in ihren Autos; nichteheliche Vettern. Gerade jetzt war jeder Tintenklecks in ihrer Familiengeschichte dazu angetan, sie noch bemitleidenswerter, vertrauter, schutzbedürftiger zu machen – wahrscheinlich würde man mit ihnen reiten, wenn es darauf ankam. Sie konnte Jacob atmen hören, nicht schwer, aber schnell, als ob er gerannt wäre. Sie fühlte, wie ihre Blindheit sich in einzelne Tränen auflöste, ein stetiger Strom, der ihre Wangen hinunterstürzte und von ihrem Kinn tropfte. Sie perlten über ihren Pullover bis auf den Rock, als hätte ihr jemand eine Handvoll Ziermünzen in den Schoß geworfen.

Er kam also zu seiner eigenen Sicherheit nach Concord, in die Jugendstrafanstalt, um dort dem ersten seiner vielen Verhöre entgegenzuharren. Sie hatten ihn zurückbekommen, um ihn gleich wieder zu verlieren. Einmal drückte er ein wenig ihre Hand –

trostsuchend, oder war es nur ein nervöses Zucken? Tom Grady ließ seinen Hammer auf den Tisch sausen, es knallte wie ein unerwarteter Schuß. Das sollte die Stimme des Staates sein; sie war schroff und unmenschlich, als wäre ein Baum umgestürzt, so unpersönlich wie nur möglich. Sie blieben schweigend sitzen, bis Fran, der ein finsteres Gesicht machte, um nicht zu zeigen, daß er sich insgeheim freute, für den nichtvorhandenen Büttel einsprang und zu ihnen kam, um Jacob, nicht einmal unsanft, abzuführen.

Judith

Es war kein Zufall, daß sie ihn überhaupt nie zu sehen bekam. Sie hätten sie nach Cambridge mitnehmen können und hatten es nicht getan; sie hätten sie zu dem Prozeß mitnehmen können – ihr Vater sagte ja immerzu, es sei kein Prozeß, es sei nur ein »Verhörtermin-ohne-weitere-Bedeutung« –, aber sie hatten es nicht getan. Und als sie von dort zurückkamen, sahen sie auch nicht so aus, als ob es ohne weitere Bedeutung gewesen wäre, und recht geschah ihnen. Sie gingen schlafen. Oder jedenfalls zu Bett, als ob sie der Rest des Tages nicht mehr interessierte. Es wurde so früh dunkel, daß man, wenn man mußte, ohne weiteres so tun konnte, als wäre schon Nacht. So oder so erzählten sie ihr nicht viel; beide sahen aus, als hätten sie einen Schlag in den Magen bekommen, einen harten.

Es paßte alles zusammen; sie respektierten einen nicht, wenn man ein Kind war. Sie vergaßen einen einfach oder machten die Tür hinter einem zu, schlossen einen aus, als gehörte man nicht mal zur Familie. Aber sie wußte, daß Jacob sie bestimmt gern gesehen hätte, das war das andere. Sie verstand einiges, woran kein Erwachsener sich auch nur erinnerte, und er wäre froh darum gewesen.

Sie war so wütend, daß ihre Eltern sie weinend antrafen, als sie nach Hause kamen. Sie weigerte sich, mit ihnen zu reden oder auch nur die Fragen zu stellen, die ihr auf der Zunge brannten – habt ihr das mit den Postkarten herausbekommen? Hat er etwas zugegeben? War er außer sich, oder hat er Mr. Cool gespielt? Ist er jetzt im Gefängnis unten im Ort? (Einmal hatten sie bei einem Klassenausflug die Arrestzellen im Keller gesehen, und die waren zu ungeheuerlich für Menschenwesen – enge Zellen, kleiner als

Wandschränke, mit einer Toilettenschüssel und einer in die Wand betonierten Schlafkoje, sichtbar in dieser Reihenfolge, so daß man hauptsächlich nur die Toilettenschüssel ohne Brille sah. Manchmal werfen welche mit der Brille; alles wurde unter dem Aspekt gesehen, ob es sich als Waffe eignete! Was nicht aus Stein war, das war aus schwarzem Eisen. Da drinnen könnte ein Heiliger zum Tier werden, hatte sie gedacht, obwohl der Polizist, der sie dort herumführte – es war Troy James' älterer Bruder, weshalb es schwierig war, ihn ernst zu nehmen; er und Troy knufften einander die ganze Zeit, als ob sie zu Hause wären –, ihnen sagte, da bleibe einer nie länger als eine Nacht drin. Sie wären hauptsächlich für Betrunkene zur Ausnüchterung, und dann müßten sie nach oben in den Gerichtssaal und bekämen eine Geldstrafe und dürften wieder gehen. Ehrlich gesagt probiere niemand groß, sich eine Waffe zu machen, räumte er ein, dazu hätten sie gar nicht die Energie, obwohl manche versuchten, sich etwas anzutun. Einmal habe sich einer erhängt, wie und warum, das sagte Troys Bruder nicht. Sie hatte sich daraufhin gefragt, ob einer sich im Gefängnis umbringt, weil er schuldig ist oder weil er sich nur schämt. So oder so war es zu furchtbar und einsam, um es sich auszumalen... Das mit den Waffen allerdings, darüber hatte sie gern nachgedacht; sie hatte in der Schule mal einen sogenannten »Test auf ungewöhnliche Verwendungen« mitgemacht, um zu sehen, ob sie in eine besondere Förderklasse gehen könne – was würdest du mit einem Ziegelstein machen, worauf sonst niemand käme? Einem Kaugummipapier? Einer Schlangenhaut? Seit dem Ausflug zu den Arrestzellen war sie regelrecht davon besessen, was man außer einer Keule, um damit jemanden niederzuschlagen – einfallslos –, aus einer Toilettenbrille machen könnte, einem Kleiderhaken, einer Schreibtischschublade.

Sie brauchte nicht zu fragen, wo er war. »Sie bringen ihn nach Concord«, hatte ihre Mutter als erstes gesagt, als sie ihren Mantel aufhängte. Ihre Augen waren rot, ihre Wangen blaß. »Da sind lauter Jugendliche, die alle auf das gleiche warten, verstehst du, ihren Prozeß oder andere gerichtliche Maßnahmen, da hat er also viel – Gesellschaft.« Sie stockte vor dem letzten Wort. Judith spürte ihren Ekel vor den Menschen, mit denen er dort zusammensein würde. Vielleicht würde er da als ein richtiger Krimineller wieder rauskommen.

Wenn er je herauskam. Und ein Krimineller war er schon. Das vergaß sie immerzu.

Sie dachten, sie weine um ihn. Sie hätte ihnen gern gesagt, daß sie wütend auf sie war, aber das hätte egoistisch ausgesehen. So konnte sie nur dastehen und fühlen, wie die Tatsachen und die Gleichgültigkeit, die ihre Eltern ihr entgegenbrachten, an ihr herunterliefen wie kalter Regen. »Jude, wir fahren hin, sobald sie es uns erlauben. Nicht heute, es ist schon zu spät, und er muß sich erst eingewöhnen.«

Ihr Vater hatte noch immer kein Wort gesagt; er war gefährlich rot im Gesicht, als könnte er jeden Moment explodieren.

»Morgen, wenn du magst. Er möchte dich sehen.«

Klar, dachte sie. Sie konnte es nicht unterlassen: »Woher weißt du das?«

Da merkte sie, daß ihre Mutter sie belogen hatte, niemand hatte sie auch nur erwähnt. Ihre Mutter konnte nicht lügen, das war eine ihrer Schwächen. Sie konnte sich lediglich auf die Lippen beißen, bis sie so rot waren wie das Gesicht ihres Mannes. Judith hätte ebensogut unsichtbar sein können, gar nicht hier wohnen – nicht einmal leben – so sehr war ihnen allen an ihr gelegen. Sie warf sich über Snappy, die hereingekommen war, als ihre Eltern die Tür öffneten, und jetzt unschuldig und anmutig über ihrem Trockenfutter den Kopf hob und senkte. Sie grub ihr nasses Gesicht ins Fell der Katze. Kalt. Es war kalt und ein bißchen feucht und roch wie ihre Bettdecke, wollig und fast süß. Snappy wurde ganz sanft, wenn Judith sie an sich drückte, und machte ein hilfloses Geräusch tief in der Kehle, Freude und die Hoffnung, sie möge nicht loslassen.

Dann schleppten ihre Eltern sich in ihr Schlafzimmer hinauf wie alte Leute, und Judith saß in der Küche und sah den Himmel sich von Tiefblau über Violett zu Schwarz verfärben, versuchte die Veränderungen mitzubekommen und schaffte es nicht.

Ja, sie besuchten ihn. Sie schwor sich, dort nie wieder hinzugehen.

Es war ein schmuckloses, altmodisches Backsteingebäude, und er war oben im zweiten Stock hinter einer Tür, an der sie klingeln mußten, bis jemand kam und sie einließ. Judith konnte nicht feststellen, ob die unbewegte junge Frau, die viel zu schnell in alle Richtungen zeigte, auf den Tagesraum und die Bibliothek und die Einzelzimmer der »Klienten«, eine Insassin oder vom Personal war; sie sagte es auch nicht. (Klienten? Komisches Wort für Jugendliche, die man erwischt und eingesperrt hatte.) Die junge Frau, dicklich in ihrer jungenhaften braunen Kordhose, die roten Haare leicht zerzaust, sah nicht so aus, als wollte sie sich wirklich mit ihnen abgeben – sie konnten lächeln, soviel sie wollten, sie lächelte nicht einmal zurück. Sie führte sie in den Eßsaal (blaugrüne Plastikstühle, Bilder an den Wänden, die aussahen, als ob die »Klienten« sie in irgendeinem Kurs gemalt hätten) und ließ sie stehen, um Jacob zu holen.

Judith warf sich an ihn wie ein Vogel, der gegen eine Mauer fliegt. O wie gut er doch aussah, die Züge klar, die Augen von einem durchdringenden Graublau. Die Farbe neuer Jeans. Sie forschte in seinem Gesicht nach Schmerzen, einer Veränderung zumindest, fand dort aber nichts. Er stand stramm wie ein Soldat, während sie eins ums andere Mal seinen Namen sagte, und sah sie mit einem Widerwillen an, als ob sie eine lästige Fremde wäre, die ihn mit ihrer schmalzigen Liebe bedrängte. Er trat sogar einen Schritt zurück, erleichtert, als sie die Arme von seinem Hals sinken ließ.

Sie würde ihn nie für sich allein haben – das dämmerte ihr, als der lächelnde Anstaltsleiter (der in sauberen Turnschuhen angetanzt kam wie ein Sportlehrer, dem nur die Trillerpfeife fehlte) ihnen zeigte, wo sie sich hinsetzen konnten. Ein Bruder ist dazu da, um mit ihm zu tuscheln, zu streiten, was man tun, welches Programm man sehen soll. Als sie noch klein war, hatte er ihr Puppenhaus repariert, nachdem zwei Vettern, Onkel Stuies Söhne, die zu Besuch waren, die Decke im ersten Stock heruntergerissen und das halbe Wohnzimmermobiliar zertrümmert hatten (und dabei gelacht und gelacht). Desgleichen die Hängematte, die unter ihrem Gewicht zerrissen war, als sie sich hineinwarfen – feiste kleine Lümmel waren sie, überfüttert, mit Ponyfrisuren –, und Jacob hatte es geschafft, die komplizierten Stricke wieder richtig zusammenzuknüpfen, was unglaubliche Geduld und mehr Köpfchen erforderte, als sie besaß. Er machte die besten gegrillten Käsesandwichs. Er hielt Snappy fest, damit sie ihr ein neues Flohhalsband überstreifen konnte. Er erzählte Gespenstergeschichten, bei denen ihr echt gruselte. Er überließ ihr seine Läufertrophäe für ihr eigenes Regal. Er knuffte sie am Arm und sang mit ihr auf dem Rücksitz des Autos, verballhornte die Texte der anständigen Lieder und brachte sie so zum Lachen, daß sie sich einmal in die Hose machte. Erzählte ihr Geheimnisse, wenn auch offensichtlich nicht die wichtigen. Lachte unbändig über nichts. Spuckte große Töne. Aber das alles war es nicht. Schwer zu sagen, was er ihr bedeutete, aber es war mehr als die einzelnen guten Sachen, die er machte. Er gehörte zum Hintergrund, war Teil ihrer natürlichen Umwelt, das war es. Er war einfach da. Jetzt und schon immer, seit Anbeginn der Zeiten. Sie hatte eine Schulfreundin, Sandra Lee, deren Bruder letztes Jahr nach der Examensfeier tödlich verunglückt war – es war schrecklich, aber nicht dasselbe: er war *fort*. Ein für allemal fort, und alle waren untröstlich; es machte ihn fast zu einem Helden. Aber sie hatte Jacob nicht wieder. Sie hatte nicht einmal seinen Schatten. Ihre Eltern hatten ihn, sie hatten, was sie brauchten, nicht wahr? Sie hatten ihn wieder, in Sicherheit, wenn auch nicht frei. Sie hatte nichts.

Das hier war wie Schule, desinfiziert und von falscher Fröhlichkeit. Es gab keine privaten Eckchen. Man war immer im grellen Licht. Sie saß am anderen Ende des Tischs und hörte die gedämpft murmelnden Stimmen ihrer Eltern. Ein- oder zweimal sagte er etwas. »Kann ich meine Comics haben?«

»Die mit den Sexbomben? Viel Ausschnitt, mit Stiefeln und Knüppeln? *Jacob.*« Warum konnte ihr Vater nicht einmal den Mund halten?

Das war der Moment, als Jacob ihr einen langen, durchdringenden Blick zuwarf. *Siehst du?* Sie versuchte eine Mitteilung zurückzuschicken. *O ja, genau.* Alles, was er wollte.

Ihre Mutter war still. Sie fuhr mit den Fingerspitzen auf der Tischkante hin und her, bis es allen auf die Nerven ging. Dieses nichtige Geplauder regte sie auf, das sah Judith. Ihre Mutter hatte ihr einmal gesagt, sie könne nicht einfach nur plaudern, damit habe sie schon als Teenager ihre Schwierigkeiten gehabt; sie müsse immer über *etwas* reden, sagte sie, auch wenn es nichts Wichtiges sei. Ihr Tag war durchorganisiert, von sehr viel Arbeit angefüllt, die sie sich selbst auferlegte. Natürlich hatte ich meinen Spaß, betonte sie – es kommt nur darauf an, was man Spaß nennt. Mit sechzehn arbeitete sie schon nach der Schule in einem Labor. Sie züchtete Blumen als Hobby, tupfte unsichtbaren Blütenstaub auf die Fortpflanzungsorgane von Lilien und Tulpen. (»Sexy!« Jacob hatte mit der Hand gewedelt, als wäre die Vorstellung verdammt heiß.) Sie trug immer farblich abgestimmte Pullover, Röcke und Strümpfe. Kein Wunder, daß sie sich auf das leere Geschnatter von Teenagern nicht gut verstand. Judith wußte nicht recht, ob sie dieses Mädchen gemocht hätte. Sie sah sie im Gruppenraum, so eine typische Tucke, der sich in alten Filmen immer irgendeiner zuwendet und ihr die Brille abnimmt oder die Nadeln aus dem straff hochgesteckten Haar zieht und ganz überrascht flüstert: »Sag mal, du bist ja ... schön!«

Ihr Vater redete so fröhlich von diesem ADC – sie dachten alle, das hieße »Adolescent Detention Center«, Jugendgefängnis, was ja sinnvoll gewesen wäre, aber es hieß in Wirklichkeit »Awaiting Disposition of the Court«, was weniger nach einem Namen klang als nach einem Problem – »Zur Disposition des Gerichts« –, daß man hätte meinen sollen, er wolle Jacob dafür begeistern, dorthin zu gehen, wie auf ein College. Da durften sie nämlich fernsehen und telefonieren, und jemand kam und gab ihnen Schulunterricht. Na, das konnte sie sich vorstellen – sie hatte so einige von denen gesehen, mit ihrer gräßlichen Haut und dem schlenkernden, abweisenden Gang, man sah ihnen an, wie sie sich verweigerten, einfach *Nein!* sagten zu allem, was ihnen helfen sollte, einen Beruf zu erlernen und sich zu rehabilitieren. Daß sie sich bei irgend etwas hatten erwischen lassen, hieß nicht, daß sie jetzt ganz lieb wären und sich ändern wollten. Deren Lehrer hätte sie nicht sein wollen, vielen Dank. Sie selbst stand irgendwo dazwischen: Sie sah durchaus, wie es Jacob nur wütend machte, wenn Fremde ihm aufmunternd auf die Schultern klopften (und dabei gehörte er noch zu den Höflichen). Aber sie wußte, daß sie immer tun würde, was man von ihr verlangte, sogar mit einem gewissen Vergnügen; sie würde brav sein, sich schubsen lassen wie ihre Mutter, die so finster dreinblickte. Ja, sie waren zwei brave Mädchen, der Vernunft zugänglich, was beruhigend war. Wofür ja auch einiges sprach. Die sich weder zu Wutausbrüchen noch zu dumpfem Widerstand oder Gewalt hinreißen ließen. *Tucken*, die Sorte Mädchen, die beim Examen Medaillen von der American Legion bekamen. O Gott, dachte sie, wenn ich jemand anders wäre, ich könnte mich selbst nicht leiden.

Sie richtete kein weiteres Wort an ihren Bruder. Im Auto redete ihr Vater unentwegt und verstummte dann, und ihre Mutter sah aus wie hypnotisiert, gelähmt von einem Schmerz, den sie nicht lokalisieren konnte, oder von einem schwierigen Problem, das sie zu lösen versuchte. Immer wenn sie nachdachte, war sie einfach nicht mehr da.

Judith hatte sich selbst schon Gedanken darüber gemacht, wie sie es anstellen sollten, für ihren Bruder »einen Anwalt zu kaufen« – so nannte es ihr Vater, als wollte er absichtlich biestig sein. Es war unvernünftig, sich für das Billige zu entscheiden, wenn man sich das Teure leisten konnte: Ihre Mutter hatte ihr das in bezug auf Anschaffungen beigebracht – nicht daß sie mit Geld um sich warf, sie war nur der Meinung, daß Qualität sich bezahlt mache. Ihr Kleiderschrank war der Beweis dafür – wenige schöne Sachen, die gut zueinander paßten und aufwendig verarbeitet waren.

Mitten in einer ihrer Diskussionen über dieses Thema hatte Judith einmal geglaubt, ihr Vater werde ihre Mutter gleich schlagen (obwohl er das noch nie getan hatte). Sie hatte schon immer schreckliche Angst gehabt, ohne sie auch nur annähernd in Worte fassen zu können, daß er irgendwann in einem seiner Wutanfälle überkochen und – ohne Vorsatz, er würde nicht im Traum daran denken, so etwas zu tun, nur eben in diesem schlafwandlerischen, zornberauschten Zustand, in den er manchmal geriet – ihre Mutter ins Gesicht schlagen würde.

Und dann: *Blackout.*

Es wäre augenblicklich das Ende ihrer Ehe. Wenn ihr Vater seinen Stolz hatte, dann hatte ihre Mutter ihn erst recht.

Sie sah die beiden jetzt an, als sie in die Garage fuhren, sah sie beide wie in weiter Ferne, beide mit den Gedanken woanders, allein und grübelnd. Grübeln war überhaupt das, was alle hier ständig taten. Sie konnten manchmal fröhlich sein, aber sie schienen nie zu vergessen, nur zu vergeben, und darauf war kein Verlaß, denn sie führten Buch über ihre Kränkungen und konnten sie von einer Sekunde auf die andere wieder hervorholen. Sie war viel mehr lautes Reden und Lachen gewöhnt, immer mit irgend jemandes Lieblingsmusik – Schubert oder M. C. Hammer oder The

Dead – im Hintergrund. Jedesmal, wenn sie jetzt eine Frage an sie hatte, sah sie schon im voraus die gequälten Gesichter, mit denen sie antworten würden. Sie kamen ihr – für Eltern – reichlich konfus vor. Besser klärte sie ihre Fragen allein.

Der Platz, an dem Jacobs alter Wagen sonst stand, war schon lange leer. Gruslig war das, als ob das Auto sein Geist und zusammen mit ihm verschwunden wäre.

Als der Holzofen brannte und die Kälte aus dem Zimmer trieb, öffnete ihre Mutter zwei Dosen Tomatensuppe und stellte Judith bald eine dampfende Schale auf den Tisch, mit Salzkräckern und Karottenstäbchen. »Kein tolles Abendessen, tut mir leid.« Als ob das nicht schon seit Wochen so ginge, zusammengestoppelte Mahlzeiten und nicht viel Unterhaltung bei Tisch. Die Freunde brachten, auf ihre eigene Bitte, schon lange kein Essen mehr. Aber hätten sie damit nicht sowieso aufgehört, nachdem die erste Not vorüber war?

»Macht nichts, ich habe gar keinen Hunger.«

»Mit Essen wird's bei uns ein bißchen karg, wenn wir dauernd nach Concord müssen.«

»Ich sage doch, es macht nichts.« Die Suppe sah für sie aus wie eine ganze Schüssel voll Blut, das säuerlich roch und sie an den Kindergarten erinnerte. Sie rührte eine Weile mit dem Löffel darin herum, als wollte sie essen, nur um ihre Mutter loszuwerden, dann ging sie auf ihr Zimmer und zog sich aus, ohne Licht zu machen. Im Dunkeln stellte sie sich vor, sie sei in diesem ADC – »Zur Disposition des Gerichts« (sie hatte immer geglaubt, Disposition habe etwas damit zu tun, ob Leute nett oder gemein veranlagt wären) – und sollte besuchenden Eltern die Tür öffnen. Sie würde nett zu ihnen sein, weil sie doch alle so traurig wären, und vor allem würde sie sich um Geschwister kümmern, die sich einsam fühlten und Angst hatten. Sie hätte ein Zimmer zum Abschließen und würde sich mit älteren Mädchen anfreunden, die im Laden Sachen geklaut hatten, die sie haben wollten, vielleicht sogar Autos gestohlen, und dabei wären sie im tiefsten Grunde ja nur mißverstanden und eigentlich sehr lieb, sie hatten nur Eltern, die ihnen nie zuhörten oder tranken oder sie verprügelten oder Schlimmeres. (Es gab viel Schlimmeres, und der Gedanke, der eigene Vater könnte sich zu einem ins Zimmer schleichen und einen zu irgendwelchen Sachen zwingen, war so abstoßend, daß man es sich gar nicht ausmalen mochte. Als sie die ersten paar Mal davon hörte, hatte sie noch gesagt: Ach was, das saugen die sich aus den Fingern, so etwas kann es gar nicht geben. Dein *Vater*, der dir die Windeln gewechselt hat!)

Vor dem Einschlafen sah sie sich als beste Arbeiterin im Speisesaal (wo die Kinder bedienten und abräumten und nicht klagen durften). Sie stellte sich vor, sie hätte die meiste Energie und die beste Einstellung. Disposition. Sie wäre eine Kriminelle – warum sie dort war, dachte sie nie zu Ende – und zugleich der Star, Liebling der Anstaltsleiterin und mit allen Privilegien ausgestattet, die sie dort zu vergeben hatten: langes Aufbleiben, kostenlose Schokoriegel aus dem Automaten. Und ihre Eltern würden weinen, wenn sie zu Besuch kämen, und ihre Hände nehmen und küssen und sie während des ganzen Besuchs nicht mehr loslassen.

Es gab keine Geheimnisse in diesem Städtchen.

Celeste erwartete sie am nächsten Morgen hinter der Schule, wo der Bus sie absetzte. Sie zischte vor Erregung, hatte Dampf vor dem Mund, graublau wie ihre Mütze und ihr Schal, eine Farbe wie Zigarettenrauch. »Hast du gewußt, daß sie *schwanger* war?«

»Was?« fragte Judith. »Wer?« Sie hatte im Bus vor ihrem aufgeschlagenen Biologiebuch gesessen und sich eine Amöbe vorzustellen versucht.

»Martha.« Celeste hatte Martha Taverner zu einem Star im Film ihres Lebens erhoben. »Der Au-top-sie-Bericht. Mein Vater hat es gehört, er war bei den Oddfellows und dürfte es eigentlich gar nicht wissen, aber die haben alle darüber geredet, und darum ist es kein Geheimnis, sagt er. Sie haben festgestellt, daß sie ein Baby kriegte.«

Judith wich vor ihrer Häme einen Schritt zurück. O Gott, dachte sie, o mein Gott, dann stimmte es ja alles, ihre Vision, in der ihr Bruder nackt auf den schlanken Schenkeln dieses unschuldig aussehenden Mädchens lag. Batman am Werk, genau so böse, wie er nach ihrem Verständnis war, seltsames Fleisch, das sich veränderte, wenn es in die Nähe eines Mädchens kam, und nun konnte die ganze Welt sich vorstellen, wie sie gezappelt und gekeucht hatten. Alle Oddfellows.

»Und noch was«, fuhr Celeste unbekümmert fort, für die das alles gute Nachricht und so lustig war. »Sie war schwanger, *und* da war dieser Schuppen, in den sie gegangen sind. Ihre Freundin, Tina Guy, die kennst du doch, die sagt, daß sie da immer hingegangen sind, nach der Schule und so, und an dem Tag waren sie auch dort. Alles mögliche haben sie gefunden, Zigaretten und Tassen und lauter Zeug, und sie sind *sicher*.«

Judith preßte ihre Bücher an die Brust, als könnten sie alles von ihr abhalten. Gleich mußte sie sich übergeben, aber bevor sie es hier tat, würde sie sich eher unter den Bus werfen. »Herzlichen Dank«, sagte sie zu Celeste und warf ihr einen langen, abschätzigen Blick zu, bevor sie so schnell wie möglich über die Straße lief, die glänzende Streifen hatte wie ein glasierter Kuchen, und weiter in das Wäldchen hinter dem Spielplatz. Es war schmal und licht, aber wenn sie ein paar Schritte hineinging, konnte sie niemand mehr sehen.

Sie legte die Bücher vorsichtig auf einen trockenen Stein, zog ihre Jacke zurück und beugte sich über eine kleine Vertiefung, ein von Schmelzwasser geformtes Becken hinter einer dürren Fichte. Eine Zeitlang konnte sie nur würgen, aber sie schloß die Augen und gab sich Mühe, und schließlich kam ihr Frühstück hoch. Sie stellte sich dabei die Suppe von gestern vor, zähflüssig und blutrot, die dünne Haut darauf gerunzelt, und das half ihr, Kakao und Frühstücksflocken loszuwerden. Laßt sie eine Schüssel Blut vor den Mörderprinzen stellen, den *Vater*prinzen. Batman ein Vater. Und nirgendwo konnte sie hingehen, um von ihm loszukommen.

Carolyn

Annie Dineen riet zu einem Einkaufsbummel.

»Bitte, Annie! Das würde ich schon erstens nicht tun, warum sollte ich dann also zweitens?«

»Um dich abzulenken«, sagte Annie. »Ich würde dir auch meinetwegen Bäumeschneiden empfehlen, oder Angeln? Fuchsjagd? Hauptsache, es hilft dir.«

Judith, ja, sie könnte etwas Ablenkung gebrauchen, dachte Carolyn. Das Kind – und das war sie doch oder war es gewesen, bevor sie in das alles hineingezerrt wurden – war in letzter Zeit so niedergedrückt, und wer könnte es ihr verdenken? Sie schien hin und her gerissen zwischen dem Wunsch, daß ihre Eltern es merkten und es doch gleichzeitig nicht zur Kenntnis nahmen, *sie* bemerkten und dann in Ruhe ließen.

Nun, diesen Zweck erfüllte nichts so zuverlässig wie ein unbedingt notwendiger Einkauf. Das Ziel der Jagd war klar definiert: Sie suchten nach ein paar neuen Handschuhen mit passender Mütze, denn was Judith zur Zeit hatte, war »abartig«; außerdem konnten sie nicht ohne ein Trikot, insbesondere in Mauve oder Petrol, zu Ehren der Gymnastikgruppe, nach Hause kommen. Und schließlich mußte sie unbedingt noch eine Bluse haben, die sie nicht näher beschreiben konnte, aber auf den ersten Blick erkennen würde.

So machten sie sich fröhlich, frisch und unbeschwert auf den Weg. Ben und Jacob hatten ihren Sport gemeinsam, und alle vier hatten sie gewisse Familienrituale, aber das Einkaufen war in letzter Zeit zu ihrem Bindeglied geworden, wie damals zwischen ihr und ihrer Mutter. (Ihre Schwester hatte jede Chance, die sie bekam, lautstark und verächtlich ausgeschlagen.) Jetzt war Judith eingehüllt in ein Gefühl glücklichen Wohlbefindens, so zufrieden wie im Kino – ich sitze auf meinem Platz, und die Welt ist in Ordnung, und ich habe sogar einen Riesenkübel Popcorn –, wenn gleich die kommenden Attraktionen über die Leinwand flimmerten. Wahrscheinlich konnte man diese ganze Generation zu allem manipulieren, was man von ihr wollte, wenn nur die Cineplex-Odeon-Musik dem Befehl vorausging, oder das AMC-Logo UND JETZT UNSER HAUPTFILM!, hell leuchtende Buchstaben, die von der Leinwand weg ins Dunkel flogen.

Carolyn schlug vor, Judith solle ein paar Kassetten mitnehmen – zum nächsten Einkaufszentrum war es weit, so weit, daß es einem wie ein Ausflug vorkam. Was sie dann im Auto umwogte, war vor allem Rhythmus. Sie stellte pflichtschuldig ein paar Fragen: Warum war Janet Jackson so beliebt? War sie fertig mit Michael, war er nicht passé? Welches waren ihre Lieblingshelden? »Helden?« fragte Judith verständnislos zurück. Das war ein zu ernster Punkt und daher eine zudringliche Erwachsenenfrage. »Du meinst, ob ich an sie denke, so im *richtigen* Leben?«

Die Fahrt führte sie eine dreiviertel Stunde lang durch grüne Landschaft und verstädterte Dörfer, deren große Kolonialhäuser Freiwild für den Kommerz waren, wenn sie an der Straße lagen – VERSICHERUNGEN und TEPPICHE stand da angeschrieben, und Gruppenpraxen. Judith erzählte von ihren Schulfreundinnen, einer Lehrerin, die kurz vor dem Rausschmiß stand, weil sie einfach zu gemein war, ihrem neuen Interesse, sie würde nämlich – »vielleicht, vielleicht«, sagte sie fast andächtig – Reitstunden nehmen. Je nichtiger die Unterhaltung, desto mehr entspannten sich Carolyns Nacken und Schultern. Sie unterhielt Judith mit Geschichten aus ihrer Schulzeit, wie sie – hatte sie ihr das noch nie erzählt? – einmal allein in einen Zug nach Chicago gestiegen war, mit elf, und eingeschlafen und erst in Denver wieder aufgewacht war.

Der Verkehr wurde immer dichter, je näher sie dem Einkaufszentrum kamen, und als sie endlich auf dem Parkplatz herumkurvten und einen freien Platz fanden, hatten sie Hunger. Schuldbewußt kichernd gingen sie Hand in Hand auf die Suche nach etwas zu essen. Judith war hocherfreut. »Und wir haben noch nicht mal was gearbeitet!« Carolyn war einerseits glücklich, andererseits traurig, denn für solch unbeschwerte Vergnügungen mit ihrer Tochter hatte sie nie Zeit. Es war schwer, hier schlecht gelaunt zu sein oder an so etwas wie Handlungen und deren Folgen zu glauben. Zum ersten Mal konnte sie ihrem Unglück etwas Gutes abgewinnen: Sie konnte sich diesen Tag frei nehmen, und niemand störte sich daran.

Und es war berauschend: Lichter, von Spiegeln reflektiert; eine Frau im weißen Kittel, wie eine Ärztin, näherte sich ihnen mit einem Zerstäuber, aus dem etwas Schweres und Teures mit anzüglichem Namen kam – Carolyn winkte sie fort wie einen angreifenden Mückenschwarm, aber Judith hielt dankbar ihr Handgelenk hin und konnte gar nicht mehr aufhören, daran zu schnuppern, während sie die Rolltreppe hinauffuhren. Farbige Stoffe stapelten sich auf den Tischen, adrett gefaltet, und Musik erfüllte die ganze Luft, sanfter Jazz, der sie bei Laune halten sollte. Sie kam sich, während sie da herumging, wie betrunken vor: leichtsinnig, seltsam angeregt und völlig irreal. »Mützen«, sagte sie zu Judith. »Zur Sache. Mützen und Handschuhe. Wo finden wir die?«

»Oh, guck mal, Mama! Würde dir das nicht prima stehen? Das ist – genau richtig für dich!« Sie blieben vor einer dunklen Satinbluse mit tiefroter Passe stehen. »Die paßt so wunderbar zu deinem Haar. Oooh!«

Carolyn lachte. »Man sollte meinen, dir tut was weh! Aber Judith, wozu brauche ich gerade jetzt etwas zum Feinmachen? Wirklich ...«

»Ach, Mama, *brauchen*! Probier sie doch einfach mal an, bitte. Ich will bloß sehen, wie Du darin aussiehst. Ist sie nicht – echt geil?« Carolyn hörte, wie sie das Wort regelrecht ausprobierte. Sie und Celeste hatten wahrscheinlich ein komplettes neues Vokabular für ihre Eitelkeiten, ihre Hoffnungen und Verzweiflungen.

Judith zuliebe nahm sie den Bügel vom Haken und trug ihn in die Umkleidekabine, dazu eine lässige Hose aus dem gleichen dunklen Satin, nicht ganz schwarz, etwa wie ein früher Nachthimmel. Der Stoff war dick und glatt wie nasse Farbe.

Judith setzte sich auf einen Hocker und sah bewundernd zu, wie Carolyn ihren Pullover über den Kopf zog. »Du hast so einen schönen Hals.« Ganz Kind wollte sie sein, Mutters Liebling. Alles, was du willst, dachte Carolyn. Liebes Kind oder was auch immer. »*Ich* habe da so schreckliche Kuhlen.« Judith machte die Wangen hohl.

Sie diskutierten ernst über Schlüsselbein und Schulterblätter. »Die wachsen sich aus, Jude, das verspreche ich dir. Ich war so dürr, das würdest du gar nicht glauben. Oberweite drei.«

Judith zog stirnrunzelnd ihre Schultern hoch, damit die Höhlungen noch hohler wurden. »Und ich bekomme auch nie – du weißt schon.« Sie zeigte es an Carolyn. »Ist mir ja *recht*. Nur meine Kleider sehen so leer aus!« Judith hatte sich erst in diesem Jahr ihren ersten BH gekauft – ihre Tänzerinnenfigur, so rein in der Form, so unschuldig fest und asexuell, trieb Carolyn fast die Tränen in die Augen. Sie konnte richtig fühlen, wie Judith sie betrachtete und sich dabei fragte, wie es sich wohl anfühlte, so weich gerundet zu sein, dazustehen in einem Spitzenunterrock, ihn abzustreifen, um in den schwarzen Satin zu schlüpfen, ihn zuzuknöpfen und mit jedem Zentimeter Haut, den man bedeckte, nur noch schöner zu werden. »Hübsch«, sagte sie und strich darüber, als wäre es ein Pelz. »Du siehst aus wie ein Filmstar. Nimmst du's?«

»Ach, Judith, was soll ich denn damit? Du weißt doch, daß wir zur Zeit nicht besonders viel ausgehen.« (Als hätte sie sich zum Ausgehen je feingemacht!) Sie drehte sich um und betrachtete ihren langen Rücken. Wirklich wunderbar – überraschend elegant, ein Kostüm wie aus dem Leben eines anderen Menschen. Oder ob ihr etwas Eitelkeit, ein wenig Aufwand für sich selbst, nicht gerade jetzt guttun würde?

»Ich finde, du solltest dir mal was richtig Extravagantes zulegen!« sagte Judith verzückt und legte dabei ihrer Mutter den Arm um die Taille. »Ich finde, das solltest du nach dem Abendessen anziehen und dann das Licht dämpfen und zu Daddy gehen und ihn überraschen. ›Wer ist denn diese tolle Frau?‹ wird er sagen, ›ist das dieselbe, die so ...‹« Das moschusartige Parfüm, mit dem sich Judith vorhin hatte ansprühen lassen, schien sie beide einzuhüllen.

»Judith!« flehte sie lachend. »Hab Erbarmen!« Dieselbe, die so – unnötig, den Satz zu vervollständigen.

Ein Schwarm Oberschülerinnen besetzte eine Reihe Umkleidekabinen gegenüber, lärmend, übersprudelnd von kessen Sprüchen. »Warte nur, bis er *das* sieht, das haut ihn glatt um!«

»Deine Mutter aber auch. Jesses, Nicole, darin setzt du keinen Fuß vor die Tür. Die sperren dich glatt ein!«

»Ach, laß mich doch mal in Ruhe. Hier, wie sieht das aus, wenn der Reißverschluß ein ganz kleines Stückchen offen ist? Guck mal.«

Judith wurde ganz steif und legte den Kopf an die Schulter ihrer Mutter. Carolyn sah, wie sie erstarrte, fühlte die spitzen Ellbogen an ihrer Hüfte; Judith hatte angewidert den Mund verzogen. Tolle Frauen und tolle Mädchen waren demnach nicht das gleiche.

»Mensch, ist das *cool*!« Sie brachen in selbstzufriedenes Lachen aus.

»Wartet doch mal!« rief Nicole. »Guckt mal, wenn ich die Beine hochkremple. Na, ist das nicht gleich was anderes? *Wow!*«

»O Gott, jetzt hab ich sie ganz ruiniert!« sagte Judith an der Schulter ihrer Mutter.

»Was?« Carolyn machte sich von ihr los und sah zuerst ihre Tochter an, dann an der Bluse hinunter.

»Tränen auf der Bluse. Guck doch nur, was ich gemacht habe. Lauter Flecken.«

Du lieber Gott. »Kein Grund zur Aufregung, Schätzchen. Wir hängen sie wieder weg, und alles ist in Ordnung.« Sie strich ihrer Tochter übers Haar. »Tränen sieht man nicht an, von wem sie sind.« Sie nahm ein Taschentuch aus ihrer Handtasche. Judith wischte sich das Gesicht ab und gab es ihr zurück. Sie hielt das Tuch auch an ihr Gesicht und atmete einmal, zweimal, dreimal langsam ein und aus, im Dunkeln, bis sie sich wieder gefangen hatte. Dann öffnete sie die Augen unter den Megawattlampen, um sich wieder herausholen zu lassen aus der Tiefe ihrer selbst.

Ben

Er war aus Manchester, ein Hiesiger, zu meiner Beruhigung. Wendell kannte ihn gut. »Der Beste. Besser als der Beste«, sagte er, aber mein gestörtes Vertrauen in Wendells Urteil stand sowieso außer Frage.

»Das ist einer von denen, die sich von ihren Fällen auffressen lassen.«

»Na prima. Und du meinst, da bleiben für den Prozeß noch ein paar Häppchen übrig?«

»Nun hör mal zu, Ben. Wenn es irgendeine Chance gibt, daß es gar nicht erst zum Prozeß kommt, dann habt ihr sie mit diesem Mann. Er hat in seinem ganzen Leben erst einen Prozeß verloren. Der Mann ist Strafverteidiger mit Leib und Seele. Er lebt sehr bescheiden – so ein altmodischer Typ, wie ein Landarzt, man könnte glauben, er wohnt im Hinterzimmer seiner Kanzlei. Im Ernst. Und von seiten des Staates hast du seinetwegen keine Schwierigkeiten zu erwarten.«

»Das volle Honorar nimmt er aber trotzdem ...«

»Nun ja.« Wendell zog seine Krawatte gerade. »Aber ihr bekommt mehr, als euer Geld wert ist, das kann ich dir versprechen. Hör zu, sieh ihn dir selbst an. Frag ihm Löcher in den Bauch, laß dir beweisen, daß er sein Geld wert ist. Er wohnt gleich drüben in Manchester. Na los.«

Unterwegs redeten wir über den Klatsch. Der kleine Scheißer konnte die Hose nicht zulassen, fing ich an, aber zugegeben, ein einziger Seitenblick von Carolyn brachte mich zum Schweigen. Heuchler, jawohl. Sie brauchte es nicht auszusprechen: Wie alt war ich denn, als ich das erste willige Mädchen fand? Wie alt war ich, als ich verzweifelt war und nur jemanden brauchte, der mich auch wollte? Bei meinem ersten Mal war ich älter gewesen als Jacob, aber nicht viel, und das war sicher nicht mein Verdienst. Ich sah noch immer die angeschmuddelten grauen Laken vor mir, die wir noch schmuddeliger machten (das ausgeliehene Bett im Atelier meines Freundes Maxie in der Wooster Street), ein Mädchen namens Theda und ich. Ich glaubte, ich würde daran sterben, ich verstand nicht, warum nicht die halbe Welt beim Orgasmus einen Herzschlag bekam. Vielleicht kriegen sie ihn ja, hatte Theda gemeint, geradeheraus, wie sie in allem war, Sex eingeschlossen – sie versprach nichts, was sie nicht zu geben bereit war. Woher will man das wissen? Ich erinnere mich noch, wie wir Nachrufe erdichteten: Mr. Jones, verschieden nach drei Runden mit Miss Smith. Mr. Williams segnete das Zeitliche, als Mrs. Williams auf ihn stieg und sein Gesicht mit ihrem Haar zudeckte. John und Joan Johnson simultan verstorben. Selbstmord, riefen wir lachend und packten einander.

»Es könnte das Motiv gewesen sein«, sagte Carolyn, ohne mich dabei anzusehen.

»Wenn du ›Motiv‹ sagst, heißt das, du glaubst es.«

Sie lachte kurz und bitter, es klang wie ein abgebrochenes Bellen. »Schaffst du es denn, es *nicht* zu glauben? Seit wann?«

Es wäre mir schwergefallen zu sagen, was ich dachte: daß ich, egal ob er es getan oder wie durch ein Wunder nicht getan hatte, den Glauben an jedes Wissen verloren hatte. Wie konnte es denn eine Rolle spielen, was ich glaubte, ich konnte mir nicht ausmalen, was in seinem Kopf vor sich ging. Seine Erinnerungen waren jetzt die seinen – gut, das waren sie natürlich immer gewesen, nur nicht so offensichtlich – und seine Motive auch.

Du glaubst zuerst, das Leben deines Kindes liege in deiner Hand und du könntest es dort festhalten; er ist ja auch immer bei dir, der Kleine. Wenn er mit Freunden spielt, bist du dabei und spielst den Schiedsrichter bei ihren Kabbeleien. Carolyn und ich wechselten uns dabei ab. (Wenn überhaupt, dann nahm ich es ihr manchmal ab.) Du kaufst die Spielsachen, du sperrst ihn auf dem Hof ein, wo ihm nichts passieren kann. Und du glaubst das ganze Ensemble in seinem Kopf zu kennen, die Schreckgestalten ebenso wie seine süßen Träume. Aber dann hat er eines Nachts einen Alptraum. Der reißt seinen Schlaf entzwei, und den deinen auch. Du rennst hin, holst ihn aus dem Bettchen, als stände es in Flammen, legst seinen Kopf an deine Schulter und tröstest ihn – und er kann dir gar nichts davon erzählen. Das eine oder andere Wort kann er dir sagen, dir ungefähr andeuten, woher das Monster kam – o dieser gräßliche Film, als könnte man Alpträume nicht auch ohne Walt Disney haben. Es war riesengroß und haarig und direkt hinter ihm. Oder er stürzte von einer Steilwand auf die Felsen darunter. Egal was es auch sein mag. Wo hat er das her? Er sieht keine Gewaltfilme im Fernsehen. Er hat nie ein Trauma gehabt. Spontanzündung, das ist es. Kleine Mikroben, die in der Wärme seines Kopfes wachsen, diesem feuchten Medium.

Dann wächst er ein wenig aus deinem Blickfeld heraus; der Kindergarten, wo er Erfahrungen macht, von denen du nie erfährst, kleine Erlebnisse, zu unwichtig zum Erzählen. Ginny hat ihn von der Schaukel gestoßen, Seth hat ihm beim Mittagessen seinen Napfkuchen geschenkt. Gut, schlecht, jedenfalls immer unsichtbar.

Die Arroganz, die Chuzpe. Es ist sein Leben, auch wenn es klein ist, umhegt von erwachsenen Beobachtern. Es ist sein Leben. Aber es ist ein langer Weg von dort bis zum Totschlag an einer Frau, und ein langer Weg auch, wie ich schockartig erkannte, von dem jungen Vater, der ich damals war, zu dem Großvater, zu dem er mich gemacht hätte. Hätte, haben könnte, wäre nicht der Tod dazwischengekommen: Es deckte mich zu, als würde ein Laken über mein Gesicht gezogen.

»Es wäre ganz nützlich«, dachte ich laut, »wenn er ein wenig mit uns redete. Doch, das wäre nützlich.«

»Wenn er nach Haus kommt«, sagte sie. »Wenn wir ihn auf Kaution freibekommen. Zu Hause ist er vielleicht wieder mehr er selbst. Er kommt mir vor wie – geblendet – an diesen Orten. Geblendet von den Lichtern.«

»Bildlich gesprochen, meinst du.«

Sie seufzte. »Bildlich gesprochen.«

Ich dachte an das Mädchen, das schwanger war; diesen Leichtsinn. Idioten!

Es hatte ihn also aufgebracht oder betroffen gemacht oder erschreckt. So viele Oder, und aus dieser Entfernung alle austauschbar. Ich wußte noch nicht einmal, was wir zu diesem Anwalt sagen sollten außer: *Bitte. Koste es, was es wolle.*

Ohne diesen Namen hätte ich ihn für einen Juden gehalten. Aber Demaris. Panos. Manchester ist sehr griechisch. Er war klein, dunkel, flink, etwa in meinem Alter, vielleicht jünger, hatte eine Menge schwarzes Haar, eine Pompadourfrisur, wie man sie eine Generation früher genannt hätte. Seine Hose war etwas bauschig – Jacob würde lachen – und von einem weichlichen Hellblau, das man eher bei einem Möbelverkäufer erwartet hätte als beim besten Strafverteidiger weit und breit. Die meisten Anwälte residierten in den schicken neuen Häusern an der Elm Street, er in einem nicht direkt viktorianischen Haus in einem Nebensträßchen der Altstadt. Das Haus gehörte, wie er uns später erzählte, seiner Familie im weiteren Sinne; griechische Familien sind nett zueinander. So einen Mietvertrag hätte er bei einer besseren Adresse nie bekommen. »Wenn man seine Unkosten niedrig hält, kann man seine Arbeit da investieren, wo es not tut«, sagte er. »Warum soll ich es mit der einen Hand von Ihnen nehmen und mit der anderen an den Vermieter weitergeben?«

Mein Gott, waren wir mißtrauisch! Seine Sekretärin ließ uns in dem winzigen Wohn- und Wartezimmer Platz nehmen, und wir schnüffelten darin herum, als könnten die ausgelegten Zeitschriften (eine bunte Mischung: Von *Golfer's Digest* über *Smithsonian* bis *Heiße Öfen* – für seine jugendliche Klientel?) uns Bedeutsames über ihn sagen. Seine Zimmerpflanzen waren von der Sorte, die auch ohne viel Pflege gedeiht, reizloses, stachliges Zeug, und an den Wänden hingen Poster wie in griechischen Restaurants: das knallige Blau der Ägäis, die steinernen Treppen von Inseldörfern. Die weiße Kuppel einer Kapelle, weiße Häuser über steil ansteigenden, steinigen Feldern. Von einem anderen Verwandten geschenkt bekommen, jede Wette. Ich wartete gespannt auf Carolyns Reaktion; sie zeigte keine. Neugier schon, sonst aber vorerst nichts. Immer wenn sie ihr Urteil zurückhielt, strahlte sie so etwas Unnatürliches aus, ein krampfhaftes Schweigen, das in Wirklichkeit aber sehr laut war. Die Wissenschaftlerin beim Sichten der Fakten, betont neutral, bevor sie eine Hypothese wagt. Nichts dagegen einzuwenden. Mir selbst war er schon aufgrund der ungenierten Geschmacklosigkeit seiner Bude eher sympathisch. Aber ich mußte da aufpassen: Man kann ebenso leicht als Prolet wie als Aristokrat aufgehängt werden. Kommt nur darauf an, wer gerade an der Macht ist.

Er kam persönlich zu uns heraus, mit schnellen Schritten. »Panos Demaris«, sagte er, und ich fühlte schon, wie sein Blick, viel grimmiger als meiner oder Carolyns, uns förmlich einsog. Sein Händedruck war emphatisch.

Aber tiefes Schweigen legte sich auf uns, als wir dann alle in seinem Büro saßen; nur die Ledersessel knarrten. Es war ein ungemein bevölkertes Büro: Schwarzweißfotos von historischen Gestalten, lokalen und vielleicht auch überregionalen Honoratioren, und überall Familie, Kinder, Großmütter und alle Altersstufen dazwischen. Er sah uns abwartend an. Ich mußte an meinen Psychiater während des Studiums denken, der mit aufreizender Geduld dagesessen und nichts gesagt hatte, während ich meine

Familie auseinandernahm und dann ein wenig anders wieder zusammensetzte. Demaris' Familie an der Wand könnte die meine sein, dachte ich ein bißchen müde – all diese Menschen, die uns zu sehr lieben und die wir (wahrscheinlich deswegen; weil sie zuviel verlangen) enttäuschen müssen. Ob griechische Familien ihre Kinder erdrückten? Die Frage beantwortete sich von selbst.

Wenn Carolyn nicht endlich den Anfang gemacht hätte, säßen wir wohl immer noch da. »Wendell Bye hat Ihnen schon von uns erzählt.«

Er zog eine Augenbraue hoch: kein Einspruch.

»Unser Sohn ...«

Er wollte hören, was wir zu sagen hatten. Er sah von ihr zu mir. Ich hatte etwas zu sagen, also traute nun ich meiner Stimme und ergänzte: »Er ist siebzehn. Geht auf die Oberschule.«

»Man wirft ihm vor«, fuhr Carolyn fort, während sie den Klettverschluß ihrer Schultertasche aufriß, daß es klang, als würde ein Pflaster von einer Wunde gezogen, »ein Mädchen umgebracht zu haben. Eine Mitschülerin. Eine Freundin.« Sie zog ein pfirsichfarbenes Papiertuch aus der Tasche und behielt es für alle Fälle in der Hand. »Wir haben nicht die Spur einer Ahnung, ob er es getan hat oder nicht.«

»Mein Gott«, sagte ich, obwohl ich wußte, daß es albern war, aber ich wollte irgendwie eine Beziehung zu dem Mann herstellen, »haben Sie früher auch Donald Duck gelesen? Wir machen es geradeso wie seine Neffen Tick, Trick und Track, die ihre Reden auch immer unter sich aufteilen.«

Carolyn sah mich erstaunt an. Ich wußte mit Panos Demaris' Miene nichts anzufangen. Der Mann agiert die halbe Zeit vor Geschworenenbänken.

Dann erzählten wir ihm alles, was wir wußten – abzüglich der Teile, die ich gelöscht hatte, belief es sich auf kaum mehr als nichts. Er machte sich Notizen, gab aber keine Kommentare. Was nicht hieß, daß er keine Meinung hatte.

»Müssen Sie von jemandes Unschuld überzeugt sein, um seinen Fall zu übernehmen?« Wieder echt Carolyn mit ihren naiven, so hochgesinnten wie irrelevanten Fragen. Ich fürchtete nicht, daß sie fahnenflüchtig würde und ihm von dem Wagenheber erzählte, das tat sie bestimmt nicht. Ich glaube, sie wollte ihre Verschrobenheit demonstrieren, die (anders als seine) kein Stilmittel, sondern Ausdruck ihrer Reinheit und Unschuld war. Ihre moralische Ernsthaftigkeit. Ich fand, sie machte sich damit lächerlich.

Er lachte denn auch, leise, vielleicht herablassend, vielleicht anerkennend. Er war kein lauter Mensch, aber ein Energiebündel, dem das Stillsitzen schwerfiel. »Ich habe viel mit Jugendlichen zu tun«, sagte er, »die in jeder nur denkbaren Klemme sitzen. Etliche davon haben seit ihrem vierten Lebensjahr keine Missetat ausgelassen, die es gibt. Trotzdem verdienen sie eine gute Verteidigung.«

Wie schön, eine so klare Linie zu haben. »Woher wissen Sie, daß er überhaupt mit Ihnen reden wird?« fragte ich.

Es war ein Klischee, ich hätte das in einem Film gesehen haben können, am Ende einer Szene wie dieser hier – hatte es wahrscheinlich auch schon gesehen –, aber mein Gefallen daran entsprach meinem Bedürfnis, die Antwort zu hören. »Er wird mit mir reden.« Er atmete geräuschvoll aus und vollführte mit den Zeigefingern einen Trommelwirbel auf der Tischplatte, als könnte er kaum erwarten, endlich zur Sache zu kommen. »Ich kann Ihnen nicht versprechen, daß er mir die Wahrheit sagen wird, aber reden wird er mit mir, wenn das Ihre Sorge ist.«

Auf dem Heimweg fuhr Carolyn, und ich schloß die Augen. Ich sah Panos Demaris und Carolyn und irgendeine alte Frau in Schwarz zwischen ihnen, eine Frau von Samos oder Siphnos, oder vielleicht aus Wilna oder Minsk. Sie spazierten zwanglos, nicht eng beieinander, durch die Wiesen hinunter zum Meer. Carolyn ging mit ihm fort, das war klar, aber ich selbst kam in dem Traum nicht vor, höchstens als das Augenpaar, das ihnen nachsah, während sie kleiner und immer kleiner wurden, gleich den Menschen auf einem dieser Poster. Sie würde ihm gehören, aber ich begehrte nicht dagegen auf. Ich mußte es nicht mit ansehen. Ich öffnete die Augen und sah Carolyns angespanntes Gesicht, als sie gerade Gas gab, um einen Lastwagen zu überholen.

Ich glaube, Überlegenheit und Männlichkeit waren für mich immer austauschbare Begriffe. Aber wie stand es mit Überlegenheit und Sieg?

Ob er noch andere Klamotten hatte, in denen er vor Gericht auftrat?

Wir schienen nur noch unterwegs zu sein. Wir besuchten Jacob, anscheinend nur, damit ich über Fernsehsendungen und die Basketball-Liga plaudern konnte, und kehrten wütend und völlig erschöpft von der Mühsal der Konfrontation mit dem Nichts nach Hause zurück. Judith mochte nicht mitkommen, ohne sich näher über ihre Gründe auszulassen, und so schlugen Carolyn, Jacob und ich die Zeit tot wie drei Fremde, die einander nie richtig vorgestellt worden waren. Nachdem Demaris in der Jugendhaftanstalt gewesen war, fuhren wir nach Manchester, um mit ihm darüber zu reden. Ob sie über Basketball gesprochen hatten?

»Er ist ein intelligenter Junge«, sagte er, ohne auf Details einzugehen. »Ich mag ihn. Stört es Sie, wenn ich esse, während wir reden?« Es war halb vier. Er wickelte ein Gyros-Sandwich aus einem fettigen weißen Papier und beugte sich tief darüber, die Schultern fast auf der Tischplatte, damit nichts an sein Hemd kam.

»Ist das nun ein später Lunch oder ein frühes Abendessen?« fragte Carolyn. Es war unverkennbar, daß er sie irritierte – einer der großen Unterschiede zwischen uns beiden ist der, daß sie für exzentrisches Benehmen nicht sehr viel übrig hat, sofern es nicht einem bestimmten Zweck dient.

»Frühstück, glaube ich. Ich hatte eine Vorverhandlung und bin danach nicht mehr dazu gekommen.« Er war offenbar so mit seinem Beruf verheiratet, wie Wendell es uns verheißen hatte: Er nahm nie Urlaub und fuhr eine unmögliche Rostlaube. (»Ach was«, hatte er einmal zu einem Vetter aus New York gesagt, als dieser meinte, sein Wagen sei eine Schande für die Zunft, »wir sind hier in New Hampshire. Es wäre mir richtig peinlich, hier mit etwas Besserem herumzufahren.«) Er sagte uns dennoch unverblümt, daß er nicht unbedingt an Leute wie uns dachte, wenn er »bedürftige« Fälle für wenig Geld übernahm. »Das müssen Sie zugeben, tun Sie sich und mir den Gefallen, einmal genau hinzusehen«, hatte er sehr schlicht und vielleicht ein bißchen müde gemeint. »Und wenn das Ganze Sie finanziell noch so sehr mitnimmt, was es sicher tun wird: Schauen Sie, ich habe gerade einen Fall für einen Jugendlichen abgeschlossen, der da drüben in den Gemeindehäusern lebt.« Er deutete mit dem Kinn hinüber. Ich hatte gar nicht gewußt, daß es in Manchester Gemeindehäuser gab. »Der Junge schläft auf Stühlen im Wohnzimmer. Jedesmal, wenn er ein Stück gewachsen ist, wird noch ein Stuhl dazugestellt.« Achselzucken. Er wußte, wann er den Mund zu halten hatte.

Weitere Nichtigkeiten. Mittlerweile begann mein Fuß zu wippen: *Und? Und? Und?*

»Also gut. Er sagt noch immer nichts. Ich habe ihn gefragt, ob ihm klar ist, in welcher Situation er steckt – wer abhaut, hat in den Augen der Öffentlichkeit etwas auf dem Kerbholz –, und das scheint der Fall zu sein. Aber er will sich nicht einmal entlasten – wahrscheinlich jugendlicher Trotz, das merkt man irgendwie. Die Hoffnung, er brauche nur die Zähne zusammenzubeißen, dann gehe das alles an ihm vorüber.« Das Fleisch auf seinem Sandwich sah aus wie ein schmutziger Waschlappen. Er biß ein großes Stück davon ab. »Ich habe also zu ihm gesagt, hör mal, ich habe eigentlich keine Lust, deine Geschichte zu erfinden, aber wenn ich muß, tue ich auch das. Wenn du mir nicht hilfst, mach ich das einfach.

Ich kann mit ein paar durchaus plausiblen Sachen aufwarten – Schuldunfähigkeit zum Beispiel – du warst betrunken. Du warst high. Verstanden? Geistige Umnachtung taugt hier oben nichts, die macht man vor einer Jury aus New Hampshire lieber nicht geltend, solange einem noch eine andere Wahl bleibt. Man ist hier nicht besonders nett zu Leuten, die zu verschieden sind von dem, wofür man sich selbst hält.« Er lachte, fast ein bißchen schüchtern. »Egal was man in Wirklichkeit ist, versteht sich. Jedenfalls erwartet man hier mehr als anderswo, glaube ich, daß sich der Mensch in der Gewalt hat. Hier herrscht nicht gerade ein Klima der Großzügigkeit, wenn du anführen willst, du wärst verrückt, verstehst du, so verrückt, wie die Gerichte dich haben wollen – das wäre denen hier zu einfach, beeinträchtigtes moralisches Urteilsvermögen, und du siehst nicht aus wie ein Irrer, der sich von Baum zu Baum schwingt oder so. Du verstehst – ob einer zwischen Recht und Unrecht unterscheiden kann – es ist eine unzulängliche Definition für jeden, der sie anwendet, und für jeden, gegen den sie angewandt wird.«

»Eine moralische Kategorie«, sagte ich.

»Mit einem Schuß Pragmatismus. Zwei widerstreitende Begriffe.« Er zuckte die Achseln. »Dann gäbe es noch Notwehr, es gäbe ... nun ja, wir haben schon noch ein paar Tricks in der Kiste. Aber wir sollten die Geschichte nicht an seiner Stelle erfinden müssen, verstehen Sie? Wir sollten ihm den Mund nicht mit der Brechstange öffnen müssen. Und wir sollten wissen, womit wir es zu tun haben. Was können die herausfinden. Was für materielle Beweise können sie vorlegen.« Das waren Feststellungen, keine Fragen. In dieser Form waren sie besonders beängstigend. »Er sollte besser einmal scharf darüber nachdenken, nicht? Denn das kann ich nicht selbst machen.« Er schluckte geräuschvoll das letzte Stück Sandwich hinunter. »Lassen Sie mich Ihnen ein paar Fragen nach Jacob stellen, wenn's recht ist. Ich muß ja irgendwie aus ihm schlau werden, nicht?« Er stand auf und ging ein bißchen auf und ab, dann ging er plötzlich in die Hocke, machte ein paar kräftige Kniebeugen und richtete sich wieder auf. »Mein Kreislauf will nicht mehr, ich fühl's. Mein Blut muß regelrecht verklumpen.«

»Zuviel Retsina«, warf ich ein. »Solange Ihr Gehirn nicht verklumpt, geht es noch.«

Panos lachte. Aber er wechselte die Gangart so schnell wie eine zustoßende Schlange. »Glauben Sie, daß Jacob im allgemeinen offen mit Ihnen redet?«

Ich begann meine Antwort, bevor die Frage ganz heraus war. »Sie meinen, ob wir ein enges Verhältnis haben?«

»Nein, das ist nicht dasselbe. Ich meine, rein faktisch: Sagt er normalerweise die Wahrheit?«

Carolyn sah mich an. Er log doch nicht, oder? »Nicht so unbedingt«, sagte sie. »Ich kann mir nicht vorstellen – meinen Sie, in kleinen Dingen? Daß er sagt, er hat den Mülleimer rausgestellt, und hat es gar nicht? In dieser Preislage?«

Panos nickte. »So sind Teenager eben, da kann man nichts machen. Ich meine vielleicht doch die etwas wichtigeren Fragen. Wohin er geht, wo er gewesen ist. Woher er sein Geld hat, mehr in der Art.«

»Da dürfte er Durchschnitt sein«, sagte ich.

»Nein, halt mal, Ben. Meinst du, solche Krawallszenen um drei Uhr morgens gibt's in jeder Familie? Ob er da nicht ein bißchen ...«

»Aber das hat doch mit Lügen nichts zu tun. Das ist – wie soll ich sagen? – er will nicht gern Rechenschaft ablegen. Sieht einfach die Notwendigkeit nicht ein. Ich glaube, die sehen die meisten Jungen in seinem Alter nicht ein, bis sie selbst irgendwann Eltern sind. Er ist ein ganz normaler Junge, Panos.«

»Hat er Ihres Wissens einmal was gestohlen? Und wenn's nur Kleinigkeiten wären?«

»Er ist ein Schlamper«, warf ich ein, während ich scharf nachdachte. »Manchmal verliert er so die Übersicht, daß er gar nichts mehr auf die Reihe kriegt. Und dann passiert es ... ja, da fällt mir ein, daß er mir einmal erzählt hat – irgendwann später –, daß er nach einem Wohltätigkeitsmarsch das eingesammelte Geld nicht abgeliefert hat, immer wieder hat er vergessen, es mit in die Schule zu nehmen. An die siebzig Dollar, für Multiple Sklerose war das, glaube ich. Oder halt, nein. Muskeldystrophie war's. Diese Jerry-Lewis-Geschichte. Egal. Und da hat er das Geld einfach behalten. Läßliche Sünden.«

Mir fielen auch die Scheine ein, die er einmal aus Carolyns Handtasche genommen hatte. Es wäre mir wie Verrat vorgekommen, jetzt davon zu reden, obwohl ich nicht wußte, warum. Carolyn mußte es ebenso ergehen – sie hielt jedenfalls den Mund.

Hingegen erzählten wir ihm tausend Nebensächlichkeiten, wie gut Jacob sich mit Computern auskenne – ein Kind seiner Zeit –, und daß er ein mittelmäßiger Ringer sei, aber dieses Jahr mindestens einen Kampf gewinnen wolle. Von seiner Allergie gegen Erdnüsse, seinen freiwilligen Vorlesestunden während eines Sommers im Altersheim. (So wie sich das anhörte, hätte man ihn für einen regelrechten Tugendbold halten können. Ich erkannte ihn selbst nicht wieder.) Ich sagte, er habe noch immer Freunde aus der Grundschule. Auch ein paar neue, die er nie mit nach Hause bringe, was das auch immer zu bedeuten habe, Schüchternheit, Verlegenheit, wer konnte das wissen? Ich erzählte ihm, daß Jacob mir gern in meiner Werkstatt half, wenn er konnte, früher jedenfalls, und wie wir dann über alles mögliche redeten, während wir formten und schmirgelten und leimten, über Kunst, die Schule, andere Jungen, sogar ein bißchen über Mädchen. Ich wußte nie, ob er offen mit mir redete, woher sollte ich es wissen? Ich dachte, wir verstanden uns gut. Das war allerdings schon eine Weile her. Bevor er Auto fahren konnte. Vielleicht, bevor er Geheimnisse hatte, ich weiß es nicht. Ein paarmal erwähnte ich seine Mitarbeit, wenn ich meine Werke ausstellte: Gemeinschaftsarbeit von Benjamin und Jacob Reiser.

Ob wir uns für etwas Besonderes hielten?

»Meinen Sie allgemein oder in Hyland?« fragte ich.

»Sowohl als auch. Beides.«

Carolyn und ich sahen uns unschlüssig an. »Allgemein ist das schwer zu sagen«, begann Carolyn. »Sehen Sie, man kann sich ja nicht losgelöst von seinem Umfeld betrachten. Insofern...« Sie zuckte die Achseln. »In New York, woher wir kommen, nein, da kann man mit unsereinem die Straße pflastern.«

»Die Autobahn«, sagte ich.

»Aber hier – in Hyland. Na ja...«

»In Hyland«, fuhr ich fort, »sind wir einerseits einmalig, andererseits wieder nicht. Ich meine, ich spiele Poker – habe gespielt, muß ich jetzt wohl sagen – in einer durchaus gemischten Runde, einem Schornsteinfeger, einem Versicherungsvertreter, einem Jazz-Pianisten, der an der Oberschule die Band leitet. Kommt also ganz darauf an, wie man's betrachtet. Wir sind im Freundeskreis der Schule, und Carolyn singt dort im Chor. Wir wollen nichts Besonderes sein. Wir sind nicht hierhergezogen, um uns über die Masse zu erheben.«

»Andererseits«, meinte Carolyn ein wenig steif, »bin ich Ärztin, und mein Mann ist Bildhauer, folglich... Das macht unseren Status etwas komplizierter. Hyland ist eine ländliche Gemeinde, die sich ein bißchen zur Vorstadt entwickelt und manch einem schon ein wenig zu schick wird. Aber es hat hier schon immer etliche Leute mit Geld gegeben, die nicht dafür zu arbeiten brauchen, gewissermaßen altes Boston, und für die sind wir wahrscheinlich nur...«

»Kleine Krauter«, sagte ich.

»Das heißt, der Status verändert sich laufend. Je nachdem, wer was für wen tut. Und mit wem man redet. So gut wie jeder ist auf seine Art eine Autorität.«

»Und die Familie des Mädchens? Die Taverners?«

Wir seufzten. »Marthas Vater«, begann Carolyn zögernd, »gehört wohl zu denen, die nie so recht – etwas aus sich gemacht haben. Er hatte einmal Alkoholprobleme. Wirkt eigentlich ganz nett, und ich glaube, er ist auch amüsant, nicht wahr, Ben? Er und noch ein paar Männer aus dem Städtchen waren früher immer für einen Jux zu haben. Einmal haben sie die Straße vor dem Rathaus dunkelrot angestrichen. Ich weiß nicht mehr, warum. Und dann haben sie irgendwann mal einen Plattenspieler an den Feueralarm geklemmt und eine Platte abgespielt, irgend so einen Song, den hörte man dann in der ganzen Stadt.« Sie schaute ein wenig hilflos drein. »Mrs. Taverner kenne ich kaum. Aber sie haben viele Fürsprecher in Hyland. Das verstehen Sie. Hier aufgewachsen, viele Angehörige hier. Sie haben den Vorteil...«

»... daß sie dazugehören«, sagte ich. »Welche Tugenden sie oder wir auch aufzuweisen haben, es ist ein bißchen mehr ihre Stadt als unsere. Sie kennen die Situation bestimmt. Hinzu kommt, nicht zu vergessen, daß wir Juden sind. Weniger als eine Minderheit.«

»Hat das schon mal Probleme gegeben?«

»Nun ja, ich weiß nicht, wie sie untereinander reden, einige sind jedenfalls sehr respektvoll. Es ist wahrscheinlich besser, als vollkommen gottlos zu sein. Aber irgendwer hat einmal zu mir gesagt«, erklärte ich ihm, und mein Mund fühlte sich an, als wäre er voller Staub, »solange alles gutginge, würden wir darüber wohl nie etwas zu hören bekommen. Sowie aber einmal etwas schiefginge...«

Panos sah uns scharf an, ohne mit der Wimper zu zucken. Ich möchte behaupten, er überlegte, ob wir wohl Snobs waren, die es nur nicht zugeben konnten, oder echte Gleichheitsverfechter, deren Füße in der Falle steckten. Und ob es in Hyland wohl noch jemanden gab, der uns mochte. Er wartete ein paar Takte, bis sich das alles gesetzt hatte.

»Nun gut«, sagte er dann. »Zurück zu Jacob.« Es schien ein weiter Weg dahin zurück. Er tippte sich mit dem Radiergummi am Ende seines Bleistifts an die Stirn. »Sie beschreiben mir da einen recht normalen Jungen. Wie Sie selbst sagen. Eine Frage – und versuchen Sie es bitte als völlig neutrale Frage zu betrachten, ja? Das ist keine Anschuldigung. Würden Sie sagen, daß es bei Jacob irgendwelche besonderen – irgendwelche psychologischen Probleme gibt, die Ihnen schon einmal Sorgen bereitet haben?«

So hörten wir uns also an, wie Panos die Anschuldigung zu entschärfen versuchte (denn eine Anschuldigung, wenn auch eine unbestimmte, schwang natürlich versteckt darin mit). »Wut«, sagte er. »Das ist ein sehr wichtiger Punkt. Bitte hören Sie zu. Hat Jacob irgendwelche besonderen Probleme mit dem Äußern von Wut? Neigt er dazu, Dinge in sich hineinzufressen? Explodiert er manchmal? Wenn einer so – *ruhig bleibt* – wie er es ...«

Carolyn legte sanft eine Hand auf meinen Arm. Ob sie glaubte, mich trösten oder zurückhalten zu müssen, weiß ich nicht. Bevor wir noch etwas sagen konnten, fuhr Panos schon fort, keineswegs sich rechtfertigend, aber immer noch in diesem halbgeflüsterten Verschwörerton – bitte nicht den Kindern weitersagen: »Sie müssen nämlich eines wissen, Mr. und Mrs. Reiser.« Er lächelte. »Oder Mr. und Doktor Reiser?«

»Ben und Carolyn«, sagte meine Frau.

»Gut, Ben und Carolyn. Ich habe den ersten Polizeibericht, den Bericht des Gerichtsmediziners – das sind Dinge, die sie uns natürlich geben müssen –, und Sie müssen wissen, daß – egal was Jacob uns am Ende erzählen wird und ob es wahr oder unwahr ist – schwer für uns zu sagen, bevor wir es gehört haben, ja? Also, Sie müssen wissen, daß in diesem Bericht von einer Wunde am Kopf des Mädchens die Rede ist, die nicht von einem einzigen Schlag stammt. Da ist vielmehr die Rede von wiederholten und derart heftigen Schlägen, daß ...« Er seufzte so tief und geräuschvoll wie ein Wettläufer nach dem Rennen. »Die Einzelheiten tun nichts zur ... sie würden es Ihnen nur unnötig schwer machen. Der springende Punkt ist: Er hat einmal zugeschlagen und dann offenbar noch einmal zugeschlagen, und noch einmal und noch einmal, so, verstehen Sie? So geht das natürlich fast immer. Nach dem ersten Schlag gibt es kein Halten mehr.«

Er hatte einmal kurz den Kopf gehoben; den größten Teil seiner Rede, die er in sachlichem Ton vortrug, hatte er an das Papier gerichtet, aus dem sein Sandwich gekommen war und das jetzt offen auf seinem Schreibtisch lag wie eine große weiße Blume mit gezackten Blütenblättern. Ich hatte gebannt zugehört, gierig nach jedem Hinweis. Wenn Jacob uns wenigstens ein paar Bröckchen hinwerfen würde, könnten wir daraus etwas zusammenbasteln. Dann hob er den Kopf und sah, daß Carolyn sich bei seinen Worten förmlich auflöste. Sie hatte die Hände vor dem Gesicht, als brauchte sie es, wenn sie sich die Augen zuhielt, nicht zu hören. »O je – bitte, Dr. Reiser. Warum haben ...«

Carolyn schlug abwehrend in die Luft. »Das können Sie nicht *machen*!« schrie sie ihn an, und ihr Gesicht war so gräßlich verzerrt, wie ich es selten gesehen hatte, eine Mischung aus Abscheu und – ich weiß nicht was. Entsetzen vor ihrem eigenen Abscheu vielleicht. »Sie können hier nicht so herumspekulieren, wie das zugegangen sein könnte ... was er uns nicht sagt ... als ob das alles gar nichts weiter wäre! Herrgott«, stieß sie atemlos hervor und schlug wieder die eine Hand vor die Augen. »Wie stellen Sie sich vor, daß wir das *überleben* sollen?«

Panos Demaris warf mir einen raschen Blick zu. Ich wußte, wenn sie den sähe, würde sie nur noch wütender – der eine Mann vergewisserte sich bei dem anderen: Hat sie das öfter?

Sie war noch nicht fertig. »Nur weil Sie so etwas alle Tage zu hören bekommen. Sie haben es tagtäglich mit gräßlichen, gewalttätigen Menschen zu tun ...« Sie stand so abrupt auf, daß ihr Stuhl umgefallen wäre, wenn ich ihn nicht aufgefangen hätte. »Bitte, Mr. Demaris. Wir werden zum erstenmal mit solchen Dingen konfrontiert.«

Er machte ein gequältes Gesicht. »So? Dann schätzen Sie sich glücklich.« Er sah sie mit einem Lächeln an, das er bedauert hätte, wenn er sie besser gekannt hätte.

»Kommen Sie mir nicht so von oben herab, Sir. Gewalt und Schmerzen sind mir weiß Gott nicht neu. Ich bin Ärztin, und es gibt wenig, was ich noch nicht gesehen habe.« Sie hielt ihr Tuch zusammengeballt in der Faust, aber sie würde den Teufel tun und es benutzen, damit sie aussah wie eine Lady, die sich aufs Stichwort über die Augen tupfte. »Hilf mir doch, Ben. Wie soll ich es ihm klarmachen?« Ihre Stimme drohte zu versagen. »Sie sprechen von meinem *Sohn*.«

»Es mag Sie überraschen, Doktor, aber es ist immer irgend jemandes Sohn. Oder Tochter. Auch wenn er oder sie schon früher mal was ausgefressen hat. Für Sie mag das alles ganz neu und frisch sein, und das ist wohl mit ein Grund dafür, daß es Ihnen so weh tut. Diesen Schock zu verwinden, ist nicht leicht. Aber die Mütter, deren Söhne schon alles mögliche hinter sich haben, sind so müde, wenn sie hier hereinkommen, daß sie eigentlich auch nicht viel besser gewappnet sind als Sie.« Er sah ihr direkt in die Augen. »Die sind wie – nun, ich könnte mir vielleicht Patienten vorstellen, die schon gar kein Immunsystem mehr haben, die von ihren vielen früheren Krankheiten total geschwächt sind. Wenn Sie also gestatten – nein, ich will das, was Sie empfinden, kein Jota kleiner machen, aber das eine muß ich Ihnen sagen – glauben Sie bitte nicht, daß es für Sie schlimmer ist als für irgend jemand anderen.«

Er packte sie bei ihrer Selbstgerechtigkeit. Sie schloß die Augen. Ich wußte nicht, was in ihr vorging.

»Verlangen Sie von mir, daß ich die diversen Möglichkeiten etwas – zartfühlender – vortrage? Oder würden Sie andere Fakten vorziehen? Die könnte er Ihnen nämlich liefern, wenn es ihm beliebte, mitzuspielen. Ich bin nur nicht sicher, ob Ihnen die besser gefallen würden.«

Sie hatte ihre Fassung wieder. Das war der letzte *cri de cœur*, den er von ihr hören würde.

»Es fehlt mir nicht an Mitgefühl, schließen Sie das bitte nicht aus alledem. Von Mitgefühl ist hier nicht die Rede. Aber haben Sie mir nicht gesagt, Dr. Reiser, Sie hätten die Leiche gesehen?«

»Die Leiche! Das war nicht einfach irgendeine Leiche, es war ein Mädchen, das ich gekannt habe. Aber gut. Genug«, sagte Carolyn. »Gütiger Himmel, manchmal denke ich, daß *ich* schon abstumpfe von den zu vielen – Leichen.«

Panos Demaris leerte seine Dose Diätlimonade. »Das sind also die Parameter, die erst einmal festgelegt werden müssen, bevor wir etwas unternehmen können.« Er schien gewillt, auf Distanz zu bleiben. Ich konnte mit ihm fühlen. »Tut mir leid. Ich finde das selbst bedauerlich. Aber es läßt sich nicht umgehen. Zunächst aber Jacob. Er wird sich schließlich besinnen, ich garantiere Ihnen, daß er dieses Spielchen bald satt haben wird. Er verplempert nur Zeit, und ich wünschte – ach ja. Manchmal hilft es schon, wenn man sie aus dieser Gefängnisatmosphäre herausbekommt. Vierundzwanzig Stunden am Tag beobachtet zu werden, hat etwas Vergiftendes, es ermutigt nicht eben zu spontanem Handeln.« Er grub Mund und Kinn in eine riesige Papierserviette. »Dann sind natürlich noch einige Verfahrensfragen zu bedenken. Ich habe einiges zu tun und muß dabei sehr behutsam vorgehen, und was Sie – ich – wir – dabei empfinden, spielt leider keine allzu große Rolle.« Er strich sich über die Wangen; sie sahen aus, als könnten sie eine nachmittägliche Rasur vertragen. Ich verstand, warum Wendell ihn mit einem Landarzt verglichen hatte – er war streng, aber nicht hart. Er hatte, wie ich dankbar bemerkte, keine *Allüren.*

Auf dem Weg zum Auto faßte ich ihren Arm so sanft, wie ich nur konnte.

»Weil mir das verdammt noch mal zu sehr nach Polizeibericht klang. Sieh mal, da steht Jacob stocksteif wie ein Wild im Scheinwerferlicht – einfach gelähmt –, und ich warte darauf, daß dieser Kerl endlich anfängt, vom *mutmaßlichen Täter* zu reden, wie das bei denen doch üblich ist. Wo warst denn eigentlich *du*, das möchte ich mal wissen, du und deine berüchtigte Wut?«

Dieser Ausbruch paßte nicht zu ihr. Es war dieselbe Frau, die noch so nett zu Fran Conklin gewesen war, als er die Botschaft brachte. Ich wußte nicht recht, was sie an Panos so aufgebracht hatte. »Aber Carolyn. Du warst so ganz auf Feindschaft eingestellt, während ich nur hörte, wie da jemand zu verstehen versuchte. Aber du kannst ihm nicht übelnehmen, daß er außer sich war – er hat eine Aufgabe zu erfüllen und bekommt von keiner Seite Hilfe, von Dankbarkeit ganz zu schweigen.«

Sie ging darauf nicht ein. »Ich sehe schon, daß wir uns als Preis dafür, diesen Dämon zum Verteidiger zu haben, unablässig unter die Nase reiben lassen müssen, wieviel ärmer andere Leute dran sind, wieviel mehr sie gelitten haben. Merkst du nicht, daß dieser Mann unsereinen nicht ausstehen kann, Benny? Wir sind ihm nur gut fürs Geschäft, damit er sich's leisten kann, denen zu dienen, die es mehr wert sind.«

Ich sagte, das sei eine böswillige Übertreibung.

»Schwamm drüber«, sagte sie mit todmüdem Blick. »Ich wollte, er hätte schon gegessen gehabt, bevor wir hinkamen. Wir bezahlen seine Zeit, und er *frißt*. Dieses ekelhaft fettige Zeug, das da runtertropfte.«

»Versuch's zur Abwechslung mal mit etwas Nächstenliebe«, riet ich meiner Frau, die selbst in der Verzweiflung noch vornehm aussehen konnte. Nur der Rest der Welt aß mit vollem Mund. »Oder glaubst du, er könnte mit leerem Magen mehr für Jacob tun?«

Carolyn

Die erste Zeitungsmeldung, die Jacob beim Namen nannte, bezeichnete ihn als Erwachsenen. »Heute bist du ein Mann«, mit diesen Worten wurde ein Junge am Tag seiner Bar-Mizwa begrüßt. Carolyn, der dieser halbamtliche Optimismus abging, war der Meinung, daß wohl nur der Junge selbst und dessen aufmerksame Eltern es wagen konnten, sein Erwachsenwerden zu datieren. Aber bei Jacob entschied das Gericht auf Reife, und das war eine Niederlage, wenn auch keine Überraschung. Nichts Gutes erwuchs daraus: Es bedeutete Konsequenzen, die bitterer und langwieriger waren, als man sie einem »Jugendlichen« auferlegte, und weit weniger Nachsicht. Panos Demaris sagte, das habe nicht ausbleiben können, und verbot ihnen, sich davon deprimieren zu lassen: Ein des Mordes an einem Mädchen angeklagter Siebzehnjähriger gelte eben als reif. Kein Gericht hätte da anders entschieden.

Es bedeutete auch, daß es mit seiner Anonymität vorbei war, obwohl das ja in einem Ort wie Hyland vom ersten Tag an nur ein Witz gewesen war. Am besten hätte man sich jetzt davongemacht. Ihre Eltern hatten schon gemeint, Hilton Head sei selbst um diese Jahreszeit sehr schön, das Klima viel gemäßigter als das von Neuengland im Winter. »Alle eure Vögel sind jetzt hier bei uns«, hatte ihre Mutter sie zu locken versucht. »Du würdest sicher ein paar wiedererkennen.«

Carolyn bedankte sich höflich, sagte aber, dazu müßten sie günstigere Zeiten abwarten. »Hier kommt eine Kaution auf uns zu, Mama, und dann ein Geschworenengericht, großer Gott. Ich weiß noch nicht genau, was das bedeutet, aber daß wir nirgendwohin verreisen werden, weiß ich bestimmt.« Wie beiläufig das klang, wie alltäglich heiter!

Sie wiesen Reporter ab, bemühten sich freundlich zu bleiben, schafften es aber spätestens ab dem dritten nicht mehr. Einer brachte Carolyn besonders auf, der sich mit der Kamera in der Hand hinstellte und drohte, wenn sich keiner im Haus zu einem Interview bereit finde, würden die Leute daraus ihre eigenen Schlüsse ziehen. »Ziehen Sie, was Sie wollen«, hatte sie ihm geantwortet, wobei ihre Stimme sich vor unterdrückter Wut ganz wund anfühlte. »Aber vielleicht erinnern Sie sich an ein paar elementare Rechtsgrundsätze, die besagen, daß jemand als unschuldig gilt, solange ihm nicht das Gegenteil bewiesen worden ist.«

»Ach Gott«, hatte der junge Mann gesagt, als ob das ein Fliegendreck wäre. Sehr jung. Während sie energisch die Tür hinter ihm schloß, wünschte sie inbrünstig, daß ihm die Schreibhand verwelken und abfallen möge.

Am liebsten hätte sie in einem Versicherungsbüro gearbeitet, wo es ihr schlimmstenfalls passieren konnte, daß jemand sie wie Luft behandelte, während sie ihm seine Police aushändigte, oder in einer Wäscherei hinter dem Ladentisch, wo die Leute sich nicht durch ihre Hände im Innersten beschmutzt fühlen würden.

Ihre Patientenschaft war so zusammengeschmolzen, daß sie es Karen freistellen mußte, sich eine Stelle zu suchen, wo ihr Gehalt gesichert war. »Man sollte meinen, Sie hätten AIDS«, sagte Karen unter Tränen der Wut. »Man sollte meinen, Sie würden ihre kleinen Lieblinge schon mit Ihrem Atem vergiften. Ach Carolyn, ich *verstehe* das nicht!«

Carolyn rang sich ein Lächeln ab. »Wenn Sie glauben, ich könnte es Ihnen erklären, sind Sie an der falschen Adresse.« Sogar die Kollegen im Krankenhaus behandelten sie kühl – höflich, aber auf der Hut. Sie hatte gehört, Tom McAnally habe sich darüber aufgeregt, daß sie am Mordtag hergekommen sei, um Marthas

Leiche zu sehen. Glaubte er etwa, daß sie etwas von Jacobs Verstrickung gewußt habe, daß Jacob ihr alles gebeichtet habe und sie daraufhin eiskalt in die Praxis gegangen sei, um hinter einer Unschuldsmaske weiterzuarbeiten? Wo war sein gesunder Menschenverstand geblieben, von seinem Mitgefühl ganz zu schweigen? Offenbar waren Ärzte um keinen Deut klüger als andere Leute.

Sie nahm Karen in die Arme und glättete ihr ohnehin schon glattes Haar. Karen hatte versprochen, wiederzukommen, sobald die Wolke weitergezogen war. Carolyn wagte daran gar nicht erst zu denken: Was würde aus ihnen allen geworden sein, wenn – falls – die Wolke weiterzog?

Sie fühlte, wie sie intellektuell versteifte, so wie bei einem Sportler, der zum Zuschauen verurteilt ist, die Muskeln erschlaffen. Planloses Lesen entrückte sie nicht der Gegenwart, der Bürde ihrer Langeweile und Sorgen, aber vielleicht half Studieren. Sie hatte immer am besten gelernt, wenn sie niedergedrückt war, so wie manche Leute dann aßen und andere tranken. Es bedeutete eine Fahrt nach Boston, um die Bücher zu finden, die sie brauchte – niemand in dem kleinen Gemeindekrankenhaus von Hyland hatte eine ernstzunehmende Bibliothek auf dem neuesten Stand –, und sie ging im Schatten des Klinikums dahin und fühlte wieder die Ehrfurcht vor der Macht des Wissens, die diese Gebäude darstellten, den wahren Adel der Mühe und Hingabe. Diese kam einem zu Hause allzuleicht abhanden, selbst unter günstigsten Umständen; die intellektuelle Begrenztheit der täglichen Landarztroutine war immens. Ben empfand das wahrscheinlich ähnlich, wenn er hierherkam und einen Tag im Museum verbrachte.

Und es war eine Erlösung, wieder der Anonymität anheimgegeben zu sein, einfach über die Straße zu gehen und die medizinische Fachbuchhandlung zu betreten, die Stille dort, auf der Suche nach einer Monographie über Blutgase bei Kindern. Sie fühlte sogar den Blick eines Mannes im Mantel (sehr urban gekleidet, von den ländlichen Sachen ihres Mannes so verschieden wie Harrod's oder Burberry von Monte's »Robuste Kleidung für robuste Männer« in Hyland). Er betrachtete sie wohlgefällig, während sie angelegentlich geradeaus blickte, ein Buch in die Hand nahm, es durchblätterte, ein anderes nahm. Gott allein wußte, was er über sie dachte. Gott allein wußte, daß es auf jeden Fall falsch war. Sie mußte lächeln bei dem Gedanken, was sie ihm bei einer Tasse Kaffee alles flüstern würde. Armer Mann!

Sie wollte Judith etwas mitbringen. Sie ging die Newbury Street hoch, an den prunkvollen Läden vorbei, ihrem geschmackvollen Minimalismus, aber nichts sprach sie besonders an. Schlimmer noch, Judith würde die Geste als das durchschauen, was sie war. Dennoch, war es nicht besser, ihr irgend etwas mitzubringen als gar nichts? Das afrikanische Körbchen kostete einiges mehr, als es wert sein konnte, und nichts davon würde nach Dakar gehen. Sie tat noch eine Halskette aus Bananen, Wassermelonen und – was war das, Kiwis? – hinein. Albern.

Und Judith nahm es ernst von ihr entgegen, bedankte sich und trug es in ihr Zimmer wie ein Hund, der einen Knochen vergraben will. Carolyn würde sich sehr wundern, wenn sie ihre Tochter das Kettchen jemals tragen sähe – für sie würde es auf ewig das Odium der Tragödie haben. Ein Bestechungsgeschenk für ein Lächeln, und es kam nicht einmal ein Lächeln dabei heraus. Das Beunruhigendste an Judiths Depression war, daß Carolyn wußte, wie verantwortungsbewußt ihre Tochter war, wie sehr sie sich gewöhnlich bemühte, ihren Eltern keinen Kummer zu machen. Sie neigte eher zum Herunterspielen als zum Aufbauschen. Manchmal hatte man das Gefühl, sie sei mit einem Bewußtsein dafür geboren, wie es sein mußte, die eigene Mutter, der eigene Vater zu sein. Und darum, dachte ihre Mutter, ist sie sogar über diese Art Kontrolle hinaus. Das kluge Mädchen erkennt die Katastrophe mit einem Blick.

Sie zog sich für den Kautionstermin an wie zu einem Begräbnis, ohne darüber nachzudenken. Diesmal sollte Judith mitkommen: Sie schien sich mit ungewohnter Sorgfalt darauf vorzubereiten, als ob ihr erstes öffentliches Auftreten im Reiser-Gefolge dies verlangte. Für ein Mädchen, das für Glamour ein wenig zu schüchtern war, mutete diese Reaktion seltsam an – Carolyn glaubte auf ihren hellen Lidern sogar einen Hauch Lidschatten zu entdecken; und mit Sicherheit erkannte sie Teerosenduft. Alles ohne vorherige Konsultation; wenn Judith sich heutzutage anzog, tat sie dies – wie auch alles andere – hinter verschlossener Tür. Ihre Eigenständigkeit mußte ja sowieso einmal kommen, aber Carolyn konnte nicht dagegen an, das Plötzliche ihrer Feindseligkeit übelzunehmen; sie zweifelte kaum, daß Judith hier nicht etwa einen Sprung gemacht hatte, sondern geschubst worden war. Oder gezerrt.

Sie fuhren in die entgegengesetzte Richtung von Concord und Manchester, nach Westen, Richtung Vermont. Wie viele Amtssitze könnten sie in einem Monat abklappern, überlegte sie, öffentliche Gebäude, die zur Erhaltung der Ordnung da waren, zum Flaggezeigen? Das Landgericht Grieves County war ein schönes viktorianisches Gebäude in Howe, hoch, schmal und aus Backstein, das ein paar Generationen lang häßlich ausgesehen hatte, jetzt aber wieder in Gnaden stand, der Putz war in den Originalfarben neu gestrichen. Neben der Tür hing eine Tafel in der Form von New Hampshire, die ein bißchen Geschichte vermittelte. Das Haus hatte etwas Schmuckes, als könnte die enthusiastische Renovierung auch die bitteren Realitäten der Justiz attraktiver machen. Zumindest pittoresker.

Sie brachten Jacob in einem Polizeiwagen her, so wie sie ihn von Massachusetts abgeholt hatten. Wieder auf Steuerzahlers Kosten, vielen Dank. Allesamt Kollaborateure in einer Sache, die einmal ein privates Schicksal gewesen war. Auch eine Art von Ruhm, dachte sie bitter. O Jacob, solchen Beifall hättest du uns ersparen können. Der Aufmacher des gestrigen *Bugler* lautete: MORDVERDÄCHTIGER VOR GERICHT IN HOWE. Nächste Woche würden sie hetzen, was das Zeug hielt: MORDVERDÄCHTIGER AUF KAUTION ZU HAUSE IN HYLAND. Futter für die Tratschmäuler. Sie hatten ein Foto aufgetrieben, einen Schnappschuß. (Welcher hilfsbereite Freund hatte ihnen den gegeben?) Es zeigte Jacob, lachend, hübsch und unverzeihlich unbeschwert. Der Mörder mit seinen Freunden; Martha befand sich wahrscheinlich gerade außerhalb des Kamerawinkels. Man konnte nur gefühllos aussehen, wenn man noch am Leben war – Logik hin oder her, das Bild schien seine momentane Fröhlichkeit zu zeigen. Zwei Reporter schlichen vor dem Gerichtssaal herum, Kameras baumelten an ihren Händen; sie kannte keinen von ihnen.

Aber es ging alles ganz sachlich zu. Was hast du erwartet? fragte sie sich streng. Keinen Sensationsauftritt. Wahrscheinlich aber etwas Gestaltetes, wie im Film, alles Langweilige herausgeschnitten. Nahaufnahmen von den Hauptakteuren. Jacobs Augen, Panos Demaris' geschäftiger kleiner Gestalt – was war er doch für ein Wichtigtuer, ein Pfau im grauen Gabardine, ohne Pomp und doch beherrschend, überall gleichzeitig und allen vertraut. Der Richter, der aussah, als ob er Verdauungsbeschwerden hätte – vielleicht hatte er welche, es war kurz nach dem Lunch – und den Blick nicht von den hohen Fenstern in seinem Gerichtssaal wandte, die grau waren vom dichter werdenden Regen. Er sah aus wie einer, der sich um seine Golfpartie sorgte. Es war Februar; wahrscheinlich überlegte er, ob der Regen in Schnee übergehen und ihm den Heimweg erschweren würde.

Es wurde viel getuschelt, außer Hörweite, vorn beim Richter. Es ging sie nichts an – sie hatten den Verdächtigen geliefert; jetzt hatten sie stillzusitzen. Man hatte den Eindruck, einem Film im Entstehen beizuwohnen, bevor die Cutter zu Werke gingen. Sie hatte einmal bei Dreharbeiten zugesehen, in einem Nachbarort, den man um ein Jahrhundert zurückversetzt hatte, indem man ausgiebig Sand auf die Straßen gestreut und die Veranda des Kaufladens umgeräumt hatte: mehr Fässer und Harken, Eismaschine weg, überall Petunien. Viel Lärm um weniger als nichts: Stillstand. Lähmung fast, während hundert Assistenten mit Schreibblöcken herumrannten und nichts für die Kameras passierte. Tage waren dahingegangen, bevor sie ihre Aufnahmen bekamen. Endlos, immer wieder dasselbe, ermüdend, ohne Höhepunkte; nicht einmal eine Andeutung, was das alles sollte.

Judith saß verdrießlich da und zupfte an einem eingewachsenen Nagel. Ben war ganz woanders; er summte kaum vernehmbar vor sich hin (was sie fast ebensosehr nervte, wie wenn er sich die Nägel mit diesem silbernen kleinen Dingsda schnitt – sooft sie das Geräusch hörte, dachte sie an Scheidung. »Kau sie doch ab!« zischte sie bei sich, wohl wissend, wie irrational es erscheinen würde, wenn sie ihren Widerwillen jemals offen zeigte). Und nun saß er da und summte, als wäre er bester Dinge.

Der Richter sprach plötzlich, nachdem er bisher kaum etwas gesagt hatte, außer zu denen, die am Richtertisch die Köpfe zusammensteckten. Es klang nach reiner Routine: Die Schwere des Verbrechens, die Natur der, die Gefahren von. Verstanden. Hunderttausend Dollar, einfach so. Die Forderung – der Befehl – schien aus dem Nichts zu kommen. Nicht daß sie darauf nicht vorbereitet gewesen wären, nur wozu es dienen sollte, war verblaßt. Sie würden ihn auslösen gegen einen Bankscheck, den sie persönlich unten bei der Gerichtsverwaltung abgeben sollten, einen Scheck über einhunderttausend Dollar. Carolyn zwang sich, die Augen zu schließen und sich an das Blau-Braun-Violett der eingedrückten Schläfe des Mädchens zu erinnern, die Haare erstarrt in einem gehärteten Leim aus Blut und Gewebe ihres Schädels. Sie sah, wie Tom McAnally die Socken über den bläulichweißen Knöcheln hinunterrollte, die Haut war fleckig vor Kälte. Nun gut, sagte sie sich. Es erschien ihr pervers, wie Masturbation, sie schämte sich, daß sie sich mit Gewalt den grausamsten Teil vor

Augen führen mußte, um sich an das Was und Warum zu erinnern und zu sagen: »Ja, Ben, tu es«, denn er war es, der den Scheck in der Tasche hatte. »Gehen wir.« Sie sagte es aber und erhob sich. Einhunderttausend, zahlbar in einer Summe, war wenig für den Atem eines Menschen, der jemandes Tochter war.

Keiner von ihnen sprach mit den Reportern, die ihre Kameras hoben und diese gefühllosen Fotos auf den Stufen des Gerichts schossen, von denen die Zeitungen immer voll sind, solche, die entweder Freunde oder Feinde aus denen machen, die sich beim Frühstückskaffee damit konfrontiert sehen. Unfreundlich, diese Familie, würden sie sagen. Sieh mal, die gucken uns nicht mal an.

Jacob saß auf dem ganzen Heimweg neben seiner Schwester, genau wie in den Jahren seiner Kindheit, als er endlose Stunden damit ausfüllen konnte, zu kichern, gelegentlich einen Schrei auszustoßen, um Platz zu streiten und leise oder laut Comics zu lesen. Damals, weißt du noch, Jacob, auf einer kurvenreichen Straße, als Judith dich total vollgekotzt hat, während du schliefst? Sie fragte ihn nicht, ob er sich erinnerte. Die Häufigkeit seiner Fahrten auf der Rückbank tendierte gegen Null, seit er selbst fahren konnte – wohin fuhren sie schon, wohin er ohne Zwang hätte mitfahren wollen?

Carolyn sah, wie verlegen es Judith machte, neben ihn einzusteigen. Er stieg schwankend ein, ließ sich schwer fallen und blickte starr geradeaus. Sie ging ruhig auf die andere Seite und stieg irgendwie zurückhaltender ein als sonst. Carolyn versuchte sich vorzustellen, wie das alles für ihn sein mußte, aber sein Schweigen – nicht mürrisch, nur abwesend – erfüllte, was er sich davon versprochen haben mußte: Es machte ihn nahezu unkenntlich. Unerreichbar. Sie konnte nirgends einhaken. Was für eine Selbstauslöschung, seine ganze Sanftheit und Verletzlichkeit war ausradiert mitsamt den Eigenheiten seiner Persönlichkeit. Und es hielt sie alle auf Abstand. Es gab nichts, was sie zueinander hätten sagen können, ohne daß es gezwungen klang. Er war wie der verrenkte Fußknöchel, dachte sie, der den ganzen Körper aus dem Lot brachte. Die Fahrt von Howe dauerte eine halbe Stunde; Ben schaltete schließlich das Radio ein, um etwas gegen die ungewohnte Stille zu tun. Es gab ihr einen Stich ins Herz, daß niemand darüber stritt, was für Musik man hören wolle.

Sie schloß die Augen, während sie ostwärts jagten. Der Regen, der dem Richter Sorgen bereitet hatte, fiel immer noch, aber die Luft war warm, und er richtete nichts Schlimmeres an, als die Straße schwarz zu färben und den Reifen ein Zischen zu entlokken. »Skunk!« rief Judith und zog die Nase kraus. Früher hätte sie damit ein sofortiges Echo bei ihrem Bruder ausgelöst, der dem nie widerstehen konnte – er hätte ihr eins auf den Arm gegeben und »Doppelskunk!« zurückgerufen, und sie hätten einander noch lange gehänselt, nachdem der Geruch des Skunks sich längst verzogen hatte. Carolyn sah an Bens Augen, daß er richtig high war von der Erregung der Fahrt. Sie schienen zu zucken wie Pupillen im REM-Schlaf, nahmen alles rasch auf, ein kleiner Tanz des Bewußtseins auf der Innenseite der Windschutzscheibe. Gelegentlich gab er wieder dieses tonlose Summen von sich. Sie fragte sich schließlich, als sie ins Städtchen einfuhren und es wieder verließen, ob jemand sie gesehen hatte, wie sein, Jacobs Kopf ungeniert dort im Fond des Wagens aufragte. Eine Heimkehr.

Es war noch nicht spät, und die Fahrt war nicht sehr anstrengend gewesen, aber Jacobs Verhalten hatte sie ermattet. Seine Teilnahmslosigkeit war lastend, stumpf, aggressiv – es war, als schleppten sie einen Mehlsack nach Hause. Sie stellten den Sack mitten in der Küche auf den Boden, und da stand er, ohne sich zu rühren oder irgend etwas wiederzuerkennen. »Mach, was du willst, spiel ruhig weiter die Salzsäule«, sagte Ben mit einer Stimme, die vor unterdrückter Wut kaum hörbar war, »aber laß dir ja nicht einfallen, die Haustür zu öffnen.«

Der Ton solcher Bemerkungen forderte eigentlich ein »Und

wenn doch?« von Jacob heraus, aber er sagte nichts, er stand nur da, als hätte er es nicht gehört. Ben verkniff sich, vielleicht aus Dankbarkeit, sein rhetorisches »Verstanden?«. Carolyn hätte ihm zu dieser Selbstbeherrschung am liebsten applaudiert.

Sie sah keinen Sinn mehr darin, sich mit Gewalt auf den Beinen zu halten. »Ich lege mich ein paar Minuten hin«, sagte sie müde. »Jacob, hast du Hunger?« Sie wollte sich bereit zeigen, ihm ein Essen zu machen. »Leg doch ab«, sagte sie mit gezwungenem Lächeln. »Bleib ein bißchen.«

Judith kramte im Kühlschrank herum und fand einen komischen Becher Schokoladenpudding. Sie pflückte den Schlagsahnespender aus der Kühlschranktür und kreiste ostentativ damit über dem Pudding, bis sie ihm einen Kegel aufgesetzt hatte, der glänzte wie Rasiercreme. Gutes Mädchen, dachte Carolyn. Aber ihr Bruder ließ sich nichts anmerken. »Mein Gott«, sagte Judith tapfer, »jetzt verschmäht er sogar schon Schokolade!« Sie stieß einen langen Seufzer ganz alltäglicher Verärgerung aus, machte wie ein Soldat auf dem Absatz kehrt und verließ den Raum.

Sie zogen beide die Schuhe aus und krochen unter die Decke. Sie gaben acht, daß sie einander nicht berührten.

Das Bett nahm Carolyn auf, unten hart, oben weich, die Decke fühlte sich an wie ein warmer Leib, der sich an ihren schmiegte. »Mein Gott, wir werden ganz zerknittert aufstehen.«

»Willst du irgendwohin?« Ben schloß die Augen. »Na gut. Ist er wütend? Hat er Angst? Ich wollte nur, ich – könnte es einfach *kapieren.*«

»Er will uns bestrafen. Ich weiß selbst nicht, was ich damit meine, aber ich fühl's. Er ist ...«

»Er sendet Todesstrahlen aus«, sagte Ben. »Vielleicht ist das nötig.«

»Nötig wofür?«

Ben drehte sich auf die Seite, von ihr weg. »Um mit dem leben zu können, was er getan hat.« Er sprach, als wäre er schon halb im Schlaf, er gähnte, als wollte er es sich für ein Nickerchen gemütlich machen. Was war nur mit ihnen geschehen seit jenem ersten Abend, als das alles über sie hereingebrochen war! Sie richteten sich mit der Unmöglichkeit ein wie mit einer chronischen, lebensbedrohenden Krankheit. »Der zu sein, der er ist.«

»Oder um es von sich wegzuhalten«, begehrte sie auf. Aber schon als sie es sagte, dachte sie bei sich: Zu abstrakt, zu lehrbuchhaft. Zu glatt. So denken Fremde, nicht Eltern. Aber sie wußte nicht, wie Eltern dachten, Eltern allgemein. Fahles Spätnachmittagslicht malte eindrucksvolle Vierecke oben an die Wand. Auch sie wurde weggespült in einer Welle, die den Horizont verdeckte und sie herumwirbelte und hinabzog. Am Mittwoch, wenn der *Bugler* herauskäme, würden sie mit ihrem Blick in die Kamera und den langen dunklen Läden des Gerichtsgebäudes konfrontiert sein, die hinter ihnen aufragten. Die Leute würden sie ansehen und die Köpfe darüber schütteln, wie sie sich dort als ganz normale Familie aufspielten.

In der Küche stand Jacob in seinem schwarzen Parka mit den roten und gelben Streifen und starrte auf den Besenschrank. Er zitterte so heftig, daß er die Arme um sich schlang und sie fest zusammendrückte.

Als sie ein paar Stunden später wieder aufwachten, war das schwere Gewicht von ihnen abgefallen, als wäre es nur ein Jetlag gewesen. Jacob saß vor dem Fernseher, noch immer in geschlossener Jacke. Carolyn brachte ihm einen Teller Kartoffelsuppe und stellte sie ihm auf das Tischchen. Das Zimmer war dunkel bis auf den Kasten mit den bunten Figuren, die umherrannten und stehenblieben und sich über eine hölzerne Bar hinweg anstarrten, die so auf Hochglanz poliert war, daß sie Lichtsterne abstrahlte. Die Lachspur schwoll an und ab wie eine Welle, die gegen einen Strand brandet. *Jubel-Trubel-Heiterkeit.*

Wie sonderbar, dachte sie: Das bläuliche Licht von früher war verschwunden, dieser unirdische Schimmer, der in den Tagen des Schwarzweißfernsehens jedes Fenster mit seiner Phosphoreszenz füllte, wenn man durch die Straßen ging und nach rechts und links sah. Sie legte den Löffel neben den Teller. Das Gesicht ihres Sohnes war rosa in dem Regenbogenlicht. Er war ganz absorbiert von einem Streit zwischen einer sehr großen Frau und zwei Männern, einem im Trainingsanzug und einem im Regenmantel – sie war bestürzt über seine intensive Konzentration, als hätte sie ihn bei etwas überrascht, wovon er behauptet hatte, er könne es nicht mehr. Seine Aufmerksamkeit war also noch intakt, wenigstens das.

Neben ihrem Zorn empfand sie zunehmende Verzweiflung: Sie würde an Klaustrophobie sterben – buchstäblich sterben, dachte sie. Es gab keine Welt mehr. Er war alles, woran sie noch denken konnte – für Monate? Eher für Jahre. Dieses hübsche Gesicht, die sanft geschwungenen dunklen Brauen, die feste, vollkommene Nase, die härter werdenden Konturen, die einmal so weich gewesen waren, damit würde sie eingesperrt sein, mit dieser Teilnahmslosigkeit und Unempfänglichkeit. Sie hatte Patienten, deren Eltern Ähnliches beschieden war – es war nicht in Worte zu fassen, wenn man sie dabei erlebte, wie ihr Kind dahinschwand oder Schmerzen ertrug oder gegen eine Lähmung ankämpfte. Vielleicht war das schlimmer, jemand anders würde das besser beurteilen können als sie. Aber schlimmer oder besser, war das hier nicht etwas anderes? Sein Körper hatte ihn nicht mit einem dieser genetischen Mißgeschicke oder bitteren Unfälle der Materie besiegt; er hatte sein Schicksal, ihr Schicksal – das Schicksal dieses armen lieben Mädchens – in die Hände genommen und umgebogen wie einer, der Eisenstangen bricht. (»Oh, Mama«, hörte sie ihn höhnen, »wieso ist das Mädchen denn auf einmal lieb?«) Er hatte die Stäbe mit Gewalt verbogen, dann war er mit dem Kopf voran hindurchgekrochen, aber hinein in den Käfig, nicht heraus. Und sie mußten ihm folgen.

»Du brauchst nicht so zu tun, als ob du nicht hungrig wärst«, sagte sie zu ihm, um so etwas wie Herzlichkeit bemüht. »Das eine oder andere Lebenszeichen wirst du schon von dir geben müssen – essen, auf die Toilette gehen, egal was. Schlafen.« Er wandte nicht den Blick vom Fernseher. Die *California Raisins* tanzten lüstern im Gegenlicht zu einem irren Beat. Sie war versucht, den Fernseher auszuschalten, nur um zu sehen, ob er in seiner Frechheit, seiner Unverschämtheit aufbegehren würde. »Du brauchst keine Angst zu haben, daß wir sie irrtümlich für eine Andeutung von Kommunikation halten.«

Sie war eine ungeduldige Frau – ihr Vater hatte ihr immer gesagt, das sei die ganz natürliche Folge ihrer Klugheit: keine Zeit für Narren, Wiederkäuer, Schwätzer, Gefühlsdusel. Er hatte es immer so dargestellt, als könnte einem nichts Besseres geschehen. (Daß ihre Schwester Nina eine schwatzhafte, gefühlsduselige Närrin war, lag in der anderen, unausgesprochenen Hälfte der Botschaft. Erst in den letzten Jahren war Carolyn allmählich aufgegangen, daß sie selbst – in aller Unschuld zuerst, später vielleicht allzu willig – die Überträgerin dieser sarkastischen Einschätzung gewesen war. Im Augenblick sprach Nina nicht mit ihr, aber, soweit sie wußte, auch nicht viel mit anderen.)

Jetzt wollte sie es, zu Recht ungeduldig, übers Knie brechen. Die Details überspringen und den Knoten durchhauen. Der Vorgang hätte sie interessieren müssen, tat es aber nicht. *Was geschieht?* war alles, was sie wissen wollte. Irgendwo hatte sie einmal gelesen: *Es hat bei uns schon Winternachmittage gegeben, die hundert Jahre dauerten.* Ihr kam es vor, als träten sie gerade ins zweite Jahr ein.

Eine Dinnerparty. Stellt euch vor: Die Mutter des Angeklagten bewirtet Gäste mit confit de canard, *Wildgeflügel mit Persimonen, Kohlsalat und Zitroneneis.* Für so eine Obszönität würde man *sie* ins Gefängnis sperren.

Die Mutter des Angeklagten geht einkaufen, findet einen Ralph

Lauren für neunzehn Dollar neunundneunzig. Sie wird im eigenen Vorgarten gelyncht.

Es ist Winter; sie kann nicht im Garten arbeiten. Sie kann nicht reiten oder wandern gehen. Die Opfer bekommen alle Aufmerksamkeit, die »Täter« auch. Aber sie hatte nie gedacht, daß man ein normales Leben opfern müsse für – was? Für die Mitreisenden?

Sie erinnerte sich, wie ihre Freundin Carla während ihrer Chemotherapie gesagt hatte: »Früher habe ich mir immer gewünscht, endlich einmal Zeit zu haben für alle diese Bücher. Man sollte mit seinen Wünschen vorsichtig sein – wenn man sie sich erfüllen kann, ist einem womöglich so schlecht, daß man nichts mehr davon hat.«

Als man zuletzt von Nina gehört hatte, war sie gerade in Montana und fühlte sich ganz klein vor der Landschaft, »dieser Leere«. (Da hat die Leere in ihrem Kopf wohl endlich ihresgleichen gefunden, dachte Carolyn gefühllos. Dann bereute sie den unfreundlichen Gedanken. Aber sie hatte ihn gedacht, und er blieb hängen.) »Es ist großartig hier draußen, weil man gar nichts anderes als unbedeutend sein *soll.* Niemand wirft hier einen großen Schatten, und alles von Menschenhand Geschaffene wirkt so erbärmlich. Die Häuser sehen aus wie zusammengeleimte Zahnstocher.« Es war eine so gute Rechtfertigung, daß Carolyn ganze Kolonien von Selbsthassern und Schwächlingen vor sich sah, die sich in den langen blauen Schatten der Berge aneinanderdrängten, wo nichts wichtig war. (Den Jägern und Eigenheimbesitzern mangelte es allerdings nicht an Selbstbewußtsein. Vielleicht gab es dort zwei Bevölkerungen.)

Nina rief am späten Abend an. Es war merkwürdig. Sie hatte, womit niemand rechnen konnte, mit ihren Eltern gesprochen; hin und wieder verspürte sie den geheimnisvollen Drang oder Wunsch, schwer zu sagen was, sie anzurufen. »Wie geht's ihm, Carolyn?« fragte sie tonlos, entweder stand sie unter der Wirkung eines Beruhigungsmittels, oder sie fühlte sich zu der Frage gezwungen. Immerhin triumphierte sie nicht.

Carolyn schluckte etwas hinunter, was ihre Kehle füllte wie Blut. »Auf Kaution freigelassen. Wir haben ihn heute nach Hause geholt und sind jetzt – eben hier. Niemand weiß bisher etwas. Aber er redet nicht mit uns, Nina. Ich habe nicht die leiseste Ahnung, wie es ihm geht.«

Nina lachte. Sie hatte eine heisere Stimme, eine Stimme, die von Chemikalien und Rauch immer aufs neue aufgerauht und durch Schweigen wieder geglättet worden war. Sie kannte diesen Trick. »Ah-ha, Carolyn, da hast du's wohl mal mit einem zu tun, dem du nicht beikommst!« Es machte sie fröhlich; wenn Selbstverneinung eine besondere Kunst erforderte, dann war sie darin Meisterin. »Du, gib ihn mir mal. Ich möchte mit ihm reden.«

Sie versuchte sich Nina vorzustellen, wie sie in einem kleinen Holzhäuschen saß, vielleicht – sie würde sich nie einen Wohnwagen mieten, obwohl sie sagte, es ständen viele dort herum und schmiegten sich in die geräumigen Arme der Gebirgsausläufer. Es würde einer dieser häßlichen Auswüchse sein, die sie in der protzigen Landschaft beschrieben hatte, aus Streichhölzern gebaut und in Gefahr, von Steinschlag plattgewalzt zu werden. »Mein Leben«, sagte sie nur, wenn man sie darauf ansprach.

»Was ist los da draußen, Nina? Süffelst du?«

»Süffeln oder schnüffeln, Schwesterherz? Ich weiß selbst nicht so genau, was ich im Moment mache. Viel Meditieren. Joga. Ich lerne ein bißchen Schwarzfußmedizin und ein bißchen Crow. Schon in Ordnung. Obwohl dich das ja mächtig interessiert.«

»Ach bitte, Nina. Rufst du an, um mich an unsere ersten fünfzehn Jahre zu erinnern? Brauche ich das wirklich im Moment?«

Nina seufzte. »Entschuldige. Nein, deswegen rufe ich ganz bestimmt nicht an.« Es klang, als meinte sie es ernst. »Ich ... immer wenn ich denke, ich bin nicht mehr böse wegen – allem – lasse ich mich fallen und vergesse mich. Hör mal, ist der Junge da? Ich möchte mit ihm sprechen.«

Na ja, was soll's, dachte Carolyn. Sie ging in das Zimmer, in dem Jacob wie in Trance saß, nahm dort den Hörer ab und sagte: »Deine Tante Nina. Sie ruft aus dem Weltraum an.« Sie drückte ihm den Apparat in die Hand, und er nahm ihn unwillkürlich. In der Küche lag der Hörer noch da, wo sie ihn hingelegt hatte, vor einer Reihe Kochbücher. Sie hob ihn behutsam auf und hielt ihn ans Ohr.

»Hallo, Stinker«, hörte sie ihre Schwester sagen. »Hast du was an neuen Filmen gesehen, von denen ich wissen muß?«

»Nur einen alten«, sagte Jacob, und seine Stimme klang nicht einmal eingerostet. »›Casablanca‹, hast du von dem schon mal gehört? Ich glaube, der ist echt berühmt.«

Nina lachte leise. »O ja, das hab ich. Den hab ich schon zehn- bis fünfzehnmal gesehen. Hat er dir gefallen?«

»Mhm. Doch, der war besser als das Geknalle, das sie einem jetzt ständig servieren. Es war so ... es kam einem ein bißchen wie *Geschichte* vor. Aber lustig war er auch.«

»Ich wußte schon immer, daß du einen guten Geschmack hast. Sind dir ein paar neue Bücher für unsere Liste untergekommen?« Sie hatten eine ganz und gar unglaubliche Allzeit-Bestenliste, die bis in die Zeit zurückreichte, als er noch ein kleiner Junge war, und die unter anderem Bücher enthielt, die sich mit der Herstellung von Raketen und Eiscreme befaßten, Bücher über Schlittenhunde und Maharadschas.

Er zögerte. »Nein, ich war – äh – beschäftigt.«

Nina grunzte zustimmend. »Hab ich schon gehört.« Sie wartete.

»Was hast du gehört?«

Sie seufzte, sehr lange und laut. »Ich hab gehört, du hast womöglich was angestellt, was nicht mehr rückgängig zu machen ist.«

Die Pausen wurden länger. »Stimmt.«

Judith stand in der Küchentür und beobachtete sie. Verlegen wandte Carolyn sich ab. An der Wand hingen Fotos von Judith und Jacob, alle aus ihrer Kinderzeit, sie lächelten darauf, wenn sie nicht gerade aßen. Auf einem flog Jacob durch die Luft, die Knie angezogen – er kniete im leeren Raum –, über sonnenbeschienenem Wasser. Sein Mund war zu einem Freudenschrei geöffnet.

»Wie siehst du das, Jacob?« Nina konnte so behutsam fragen, wie sich eine Pinzette bewegte.

»Wie ich das sehe? Ich denke, ich komme da vielleicht nicht lebend raus.«

»Das heißt...«

Eine weitere unmögliche Pause. »Das heißt, die kriegen mich, oder ich kriege mich selbst. So oder so.«

»Jacob.«

»Mhm...«

»Jacob, alter Stinker. Nimm denen nicht die Arbeit ab, bitte. Sei nicht grausam gegen dich selbst.« Ihre Worte wurden dringlicher, spannten sich wie eine Feder. »Wenn du bestraft werden mußt, laß es doch die machen, die tun das nur allzugern. Tu's nicht selbst. Hörst du mich?«

Seine Stimme wurde leiser, sie klang, als würde er gerade niedergeschrien, nicht aufgerichtet. Die Leitung war verstopft von den Tränen, gegen die er ankämpfte. »Ja, ich höre.«

Sie sagte ihm, seine Eltern hätten ihre Telefonnummer, wenn er sie brauche. Sie erzählte ihm eine komische Geschichte von einem Schaf, das mit dem Maul an ihrer Haustürtreppe festgefroren gewesen sei, und wie sie es mit einem dampfenden Teekessel behutsam befreit und sich mit ihm angefreundet habe, und jetzt komme es ins Haus und schlafe manchmal neben ihrem Bett wie ein Hund.

»Auf den Geruch könnte man ja gern verzichten, aber es gibt in diesen kalten Tagen recht viel Wärme ab.« Sie sagte ihm, die Berge sähen aus wie gemalte Kulissen für diese Filme, die man heute nicht mehr mache, und die Indianer führen mit dampfenden Motoren von einem Städtchen zum nächsten. Sie sagte ihm, sie habe nur die halbe Zeit elektrischen Strom. »Ich wollte, du könntest das hier draußen sehen«, sagte sie.

Er quittierte den absurden Wunsch mit einem kleinen Schnauben. »Ich auch.«

»Ich hab dich lieb, mein Junge«, sagte sie heiser, als wäre das auch nur wieder so eine Geschichte. »Du bist mein allerliebster Lieblingsneffe aller Zeiten.«

Carolyn hörte an ihrem Ende ein abschließendes Klicken.

Judith stand mit den Händen in den Hüften da, es war die Besiegelung ihres vernichtenden Urteils. »Würdest du das auch bei *mir* machen? *Himmel*...«

Carolyn lachte freudlos. Sie zitterte innerlich vor Anspannung. »Ach, Judith, sei nicht so kleinlich. Es *gibt* Momente...«

»Du und Daddy, ihr habt uns immer gesagt, daß es keine Ausnahmen gibt: Man stiehlt nicht, man betrügt nicht, und man *lauert* nicht! Oder lauscht.«

»Sprich nicht so laut«, flüsterte sie. »Pst...« Sie wünschte, Judith ginge weg, damit sie über das, was sie gehört hatte, nachdenken konnte. Oder nicht gehört hatte. Die Liebe darin, die Ungehörigkeit. Er hatte nichts zugegeben, nur die Gefahr, in der er war. Kein Wort über Schuld oder Umstände. Typisch Nina, da hatte sie die Chance, ihn ein wenig zu öffnen, und machte alles mit *Gefühlen* wieder zunichte.

Wie auch Ben es fertigbringen würde. Ihn zu trösten, statt ihn zur Rede zu stellen. Entweder das, dachte sie mit einiger Überraschung, oder ihn in Grund und Boden stampfen. Bitte, da hatte man's: Entweder würde er seinen Sohn in die Arme nehmen und seine Angst wegstreicheln, oder er würde das Haus zusammenbrüllen und Zeter und Mordio schreien. Das nannte man dann unkalkulierbar.

»Am liebsten würde ich's Jacob sagen!« erklärte Judith. »Ich glaube, das tue ich auch. Ich sage ihm: ›Du bist hier nicht der einzige Verbrecher!‹« Sie hatte sich wohl daran erinnert, wie Jacob einmal zur Schnecke gemacht worden war, weil er sie am Telefon belauscht und sich dann darüber lustig gemacht hatte, wie sie und Celeste von Liebe schwärmten, von Jungen, von Frisuren. Für sie war Gerechtigkeit noch immer etwas Absolutes.

Nina, Nina, Nina. Keinen festen Knochen im Leib, nur das Fett der Selbstverachtung, und keinen brauchbaren Gedanken im Kopf. Hatte sie das mit Absicht getan, großherzig besorgt um die Leiden ihres Neffen, oder hatte sie es nur verpatzt, die Chance entschlüpfen lassen, ein bißchen zu bohren und die Wahrheit herauszubekommen? Realität war für Nina ein Schimpfwort. Es bedeutete nie etwas Gutes, war eher befrachtet mit Feindseligkeit und harten Notwendigkeiten, geladen mit explosiven Fakten, die den Tod des Status quo verhießen.

Einmal war ihre Mutter auf dem Eis gestürzt, als sie noch sehr jung waren – acht und sechs vielleicht, oder neun und sieben – und an einem verschneiten Tag hinter ihr drein vom Kaufladen nach Hause trotteten, ihre Mutter beladen mit schweren Einkaufstüten, und da waren ihr plötzlich die Beine unter dem Körper weggerutscht, so daß sie hart hinfiel. Carolyn hatte ganz genau wissen wollen, wo es ihr weh tat – hier, am Rücken? Oder nur am Steißbein, da unten am Ende vom Rückgrat? Sie hatte gerade in der Schule gelernt, daß Leute sich manchmal nicht bewegen dürfen, wenn sie verletzt sind, und nun probierte sie ihr Wissen aus, froh, auf irgendeine Weise helfen zu können, bohrte und stocherte nach den Details. Nina, die kleine Schreie ausstieß wie eine kreischende Möwe – vielleicht sollten es auch Aufmunterungen sein, man hätte es nicht sagen können –, riß sich den Mantel herunter und deckte ihre Mutter damit zu bis zum Kinn. Obwohl sie ihre Handschuhe zu Hause gelassen hatte, formte sie aus Schnee einen kleinen Hügel und schob ihn ihrer Mutter als Kissen unter den Kopf und streichelte dabei immerzu ihr Gesicht. Carolyn war nie der Gedanke gekommen, daß ihre Schwester ein besserer Mensch sein könnte als sie selbst. Bei all ihrer sozialen Unzulänglichkeit, ihrer Unfähigkeit zur Freude war sie im tiefsten Innern vielleicht doch die freundlichere, liebevollere von beiden. Wir hätten ein einziges Mädchen sein sollen, dachte sie. Oder eine einzige Frau. Wir wären vollkommen gewesen, eine Mischung aus Hart und Weich, Antreiben und Trösten. Heilen und Hätscheln.

Sie wären eine ganze Ecke weniger einsam gewesen, beide, soviel stand fest.

Judith

»Jake«, flüsterte sie am folgenden Nachmittag von seiner Zimmertür her. »Ich weiß, daß dir nicht so sehr nach Reden ist, aber – bitte! Warst du eigentlich wirklich irgendwo?« Sie trat von einem Fuß auf den anderen. »Etwa – so in höchstens fünfundzwanzig Wörtern? *Bitte!«*

Er hatte mit dem Rücken zu seinem Schreibtisch gesessen. Er betrachtete sein Zimmer, als ob er es noch nie gesehen hätte, oder wie einer, der sich über das Leben eines anderen anhand von dessen Umgebung ein Urteil bilden will und nicht weiß, was er von ihm halten soll. Er seufzte und schloß die Augen. »Klar war ich«, sagte er ruhig. »Jeden Tag bin ich aufgestanden und nach Logan gefahren –« das war der Flughafen, draußen am Ende der T-line – »und ich hatte einen ganzen Stapel von diesen Postkarten, verstehst du? So mit all den Städten drauf. Die hatte ich aus diesem verrückten Laden. Und dann hab ich mich umgesehen und einen Flug gefunden, der dahin ging, wohin ich wollte, und irgend jemanden aufgetrieben, der nichts dagegen hatte, für mich 'ne Karte aufzugeben, wenn er da war.«

Judith sah ihn groß an. Er hatte noch immer die Augen geschlossen und lächelte, aber das Lächeln galt nicht ihr.

»Und wenn ich dem – egal wem, und abgelehnt hat's keiner – die Karte gegeben hatte, hab ich mich auf einen dieser Sitze im Wartebereich gesetzt, weißt du, nicht weit vom Schalter. Entschuldigung, Podium. Die nennen das ja gern Podium, so was Aufgeblasenes, nur damit man nie weiß, wovon sie reden. Und dann hab ich die Augen zugemacht, einfach so. Und bin mitgeflogen. Nur daß ich schneller da war. Und billiger. St. Louis und Albuquerque.

Weißt du, man kann nicht in einer großen Maschine direkt nach Santa Fé fliegen, man muß über Albuquerque, und ich war dort überall.« Sie hätte gern gewußt, ob ihm auch da, im Flughafen, so langsam die Tränen gekommen waren wie jetzt. Es wäre ihm peinlich gewesen. »Aber du sagst das nicht weiter, nein? Es würde ja keiner verstehen.«

»Hmmmm, nein, ich sag's nicht«, versprach sie. »Aber *ich* kann's verstehen. Hoffentlich hat es dir Spaß gemacht.« Ihr war nicht danach, Jacob zu bemitleiden, das wäre ja auch nicht normal gewesen. Von sentimentalen Leuten redete er immer, als wären sie häßlich. Sie wünschte, sie hätte die Arme um ihn legen können, aber das würde er ihr nie verzeihen. Sie wartete noch auf eine Drohung, aber er kehrte ihr nur den Rücken zu, und diesmal studierte er den Blick aus seinem verstaubten Fenster, den schmutzigen Schnee unten auf der Einfahrt, von Autoreifen hunderte Male festgewalzt, und die fernen Berge, die vor Kälte violett anliefen.

Jacob hatte einmal gesagt, wir machten aus unseren Mahlzeiten einen Fetisch. Ich habe mir darüber eigentlich nie Gedanken gemacht, bin davon ausgegangen, daß überall auf der Welt die Leute einmal am Tag zusammenkommen – wahrscheinlich tun das die Beduinen in der Wüste genauso wie die Äthiopier, die dieses schwammige Brot in eine gemeinsame Schüssel tunken. Es war kein krampfhaftes Bemühen, die Familie zusammenzuhalten, es war nur natürlich: Liebe, Neugier und Interesse füreinander, und schließlich mußte man ja auch mal essen – es gab ein halbes Dutzend Gründe, alle von der guten Art. Aber nein, sagte er. Er habe eine Menge Freunde, die zwischen Tür und Angel äßen. Selbst hier, wo die Auflösungserscheinungen der Großstadt noch nicht sichtbar eingesetzt hatten, gab es Alleinerziehende und Schichtarbeiterfamilien. Familien, in denen sie einander nicht leiden konnten. Es war atemberaubend, dieses Fensterchen auf die Vielfalt des Familienlebens, das er uns öffnete. Und er hatte in der Schule ein bißchen Soziologie gelernt, oder vielleicht war es Psychologie. Egal, für uns hatte man darin einen Namen – wir waren die Nuklearfamilie, und vielleicht war uns zu vieles selbstverständlich. Judith war erschrocken. (Es war schon ein paar Jahre her.) Was unsere Familie denn mit der Atombombe zu tun habe, wollte sie wissen. Wir lachten, aber sie hatte recht – ließ uns dieses Wort nicht gefährlich erscheinen, wie etwas, das jederzeit explodieren konnte?

Nun aber. Wir kamen alle unter der schieren Macht der Erwartung um sechs Uhr zu Tisch. Jacobs erster Abend zu Hause, ich hatte Szetschuan-Hühnchen mit gebratenem Reis und ungeheuer überteuerten, nicht jahreszeitgemäßen Zuckerschoten gemacht. (Jede Fahrt zum Supermarkt kostete mich einige Überwindung. Manche Leute waren sehr sachlich und sagten guten Tag; andere schnitten mich, drehten ihre Einkaufskörbe von mir weg. Aber auch die Höflichen mochten sich nicht unterhalten. »Na, wie geht's denn?« wäre wirklich zu lächerlich gewesen, und ich hatte auch keine Lust. Aber wir mußten essen, und ich absolvierte den Spießrutenlauf mit ausdrucksloser Miene.

Dann allerdings mußte ich beim letzten Mal auf dem Heimweg vom Einkaufen tanken – an den Tankstellen in unserm Städtchen wird man noch bedient, wir brauchen die Arbeitsplätze –, und der junge Bursche, der mir den Tank füllte, lang wie ein Basketballspieler, aber ein bißchen zu krumm, zu langsam, zu schwer, steckte den Kopf durchs Wagenfenster und sagte: »Bestellen Sie doch Jake 'nen schönen Gruß von mir. Von Freddy.«

»Gern, Freddy«, sagte ich, so erfreut, daß ich richtig verlegen war. Er war so neutral wie die Windschutzscheibe, die er gerade wusch. »Sonst noch was?«

»Nein, ein schöner Gruß genügt.« Er drehte den Schwamm um. »Von Freddy.«)

»Das haben sie euch in – Deer Creek – bestimmt nicht aufgetischt«, redete Carolyn verbissen auf ihn ein. So nannten sie die Jugendhaftanstalt, einfach wie eine Vorstadtstraße, diese Träumer.

Er lächelte dünn und mampfte. Nehmen wir einmal an, daß Dankbarkeit ein Gefühl ist, das für Worte zu tief ist. Gestern abend hatte er Carolyns Suppe nicht einmal angerührt, aber jetzt aß er wenigstens, als hätte man ihn verhungern lassen. Seine Wangen waren eingefallen, seine Gesichtsfarbe schrecklich, aber das hatte ich nicht schlechter Ernährung zugeschrieben; im Kittchen gab es Gründe genug, nicht auszusehen wie das blühende Leben.

Wir übrigen schwatzten über dies und jenes. Judith erzählte uns, sie wollten »Working« aufführen; es gebe keine geeignete

Rolle für sie, und sie werde dann wohl hinter der Bühne arbeiten, als Kulissenschieberin oder Beleuchterin. Wir waren wie eine Stereoanlage, eine nicht alltägliche, drei Lautsprecher, die in beträchtlichem Abstand voneinander aufgestellt waren. Jede Stimme kam aus einer anderen Ecke. Und in der Mitte saß der leere Raum.

Carolyn versuchte es mehr oder weniger direkt anzusprechen: »Was hast du denn so gegessen, Jake? In Deer Creek?«

Er zuckte die Achseln. »Du weißt ja«, sagte er zu seiner Gabel. »Das Übliche.« Seine ersten Worte.

»Das Übliche. Also, ich habe noch nie in so einem Lokal gegessen, was ist denn das Übliche?«

Er schüttelte nur den Kopf, als wäre die Antwort zu kompliziert für seinen Wortschatz.

Ich mußte mich zurückhalten – mußte, und tat es. Also sprang jetzt Judith wieder ein und versuchte das Loch zu stopfen. Ich war ihr dankbar, aber es löste das Problem nicht.

Ein *deus ex machina* löste es. Wir sind noch nicht aufgegeben, dachte ich. Es gibt noch unausgefüllte Eckchen für glückliche Zufälle auf dieser Welt, auch wenn sie aus reiner Bösartigkeit in Gang gesetzt werden.

Also, das Telefon klingelte. Wir hatten in diesen Tagen nicht zu wenig Übelwoller am Apparat, die uns darüber belehren zu müssen glaubten, daß unser Sohn in die Todeszelle gehöre. Wir waren die Leute, die gestern zufällig die feinsinnige Botschaft JUDEN VERGIESSEN KINDERBLUT in ihrem Briefkasten fanden, illustriert mit einem flachliegenden Strichmännchen, von dem die Blutstropfen nach allen Richtungen wegspritzten, wie von Kinderhand gemalte Sonnenstrahlen. Die ersten paar Male trifft einen so was, wie Carolyn mich gewarnt hatte, voll in die Weichteile. Aber man kann sich nicht dauernd verletzen lassen, und so läßt man es dann nicht mehr zu. Gefühllos oder nicht, man entwickelt eine Routine, und die spult man ab wie ein Tonband. Man hält nicht Zwiesprache mit seinen Peinigern (die sich nur einbilden, sie wären Gott), und ich hatte es aufgegeben, deswegen ein schlechtes Gewissen zu haben.

Diesmal war die Frohnatur ein alter Mann mit dünner Stimme, der eine Weile brauchte, um zum Thema zu kommen, sich aber schließlich für Steinigung aussprach. Ich hatte schon seit langem gedacht, wenn das alles zum Lachen wäre, kämen wir aus dem Wiehern nicht mehr heraus. »Verstehe, Sir«, sagte ich mit ungezwungener Ruhe. »Sehr biblisch. Und Sie würden den ersten Stein werfen, wenn ich Sie recht verstehe?« Betretenheit in der Leitung. Das war wohl so ähnlich, wie wenn man einem Exhibitionisten den Auftritt verdirbt, indem man beim Anblick seiner kostbarsten Teile gähnt. Er sagte es also noch einmal, nur lauter, und fügte hinzu, es passe ja genau, daß mein Sohn auf die schiefe Bahn gerate, bei so einem Klugscheißer als Vater.

Darum beendete ich das Gespräch wie üblich. »Jetzt möchte ich Sie bitten, einmal sehr genau zuzuhören.« Ich sagte das gern in vertraulichem Ton, damit er den Hörer schön fest am Ohr behielt und aufmerksam der nur für ihn gedachten Botschaft lauschte. »Ich möchte Sie wissen lassen, Sie guter Amerikaner, daß mein Sohn unschuldig ist. Er ist nicht schuldiger als Sie, solange ein ordentliches Gericht ihn nicht schuldig gesprochen hat. Und das ist bisher noch nicht geschehen. Nein, nein«, schnitt ich ihm seinen Widerspruch ab, »Sie werden mit dieser Tatsache noch recht lange leben müssen, und vielleicht sogar noch länger, denn noch ist er, in diesem Augenblick, ein freier junger Mann, völlig legal auf Kaution frei, einer, dem noch nichts bewiesen wurde.« Ich wartete nicht auf seine Reaktion (die zweifellos im Sinne von »Aber Sie und ich wissen doch« ausgefallen wäre); ich legte auf und setzte mich wieder hin. Immer noch wurde ich dabei rot.

Judith applaudierte. »Mann, Daddy, du bist echt cool!«

Aber Jacob sah mich durchdringend an. »Glaubst du das?«

Seine Stimme brach über mich herein wie eine Erinnerung.

»Wie meinst du das? Ob ich glaube, daß jedermann unschuldig ist, bis ihm Schuld nachgewiesen wurde? Sofern ihm keine nachgewiesen wurde, sollte ich wohl sagen. Natürlich glaube ich das. Unser Rechtssystem ...«

»Ich meine nicht unser Rechtssystem. Ich meine mich. Glaubst du, daß ich unschuldig bin?«

Das war ja nun eine andere Geschichte, oder? Ich kaute sehr bedächtig mein Hühnchen und trank einen Schluck Wasser. »Jacob«, sagte ich, »ich weiß es nicht. Jetzt, da du hier bist, können wir darüber reden. Wir haben jede Menge Zeit.« Ich hätte ihm gern gesagt, was ich für ihn getan hatte, ob er schuldig war oder nicht. Ich meine nicht, damit er dankbar war oder mich dafür liebte. Ich meine, damit er sich hier sicher fühlen konnte. Sich ein bißchen entkrampfen und uns vertrauen. »Das spielt keine Rolle«, sagte ich statt dessen – es war dasselbe mit anderen Worten. »Wie die Wahrheit auch aussieht, wir stehen zu dir. Glaub mir, es spielt keine Rolle.«

»Nicht so. Das meine ich nicht. Das ist doch sentimentaler Scheiß. Ich meine ...«

»He!« rief Carolyn. »Nicht so voreilig, ja? Sentimentaler Scheiß?«

»Ach, Mensch, so'n Zeug erzählen doch alle Eltern. Das ist nicht ...«

»So, tun sie das?« fragte sie kühl, und ich war ihr dankbar. »Erzählen sie so was wirklich? Und sie verstecken auch die Mordwaffe und lassen Beweise verschwinden? Tun sie das? Weißt du das ganz genau?« Ihr Gesicht war gefährlich weiß, mit roten Flekken darauf, die leuchteten wie Striemen.

Er sah uns an, von einem zum andern und wieder zurück, als wollte er uns nacheinander fragen, ob das ein Witz sein sollte. Bei Gott, er kapierte es wirklich nicht. »Was für eine Mordwaffe?« Er fragte es nicht verwundert, geschweige denn dankbar, sondern verächtlich, als wären wir seine Ankläger.

Es war unwürdig, Ehre einzufordern für das, was wir getan hatten, was ich getan hatte. Es war kränkend, die Eltern seines Freundes Frodo und weiß der Himmel wie vieler seiner anderen Freunde zu zitieren, die deutlich gemacht hatten, daß sie gar nicht automatisch »so'n Zeug erzählen« würden. Das war hier kein Wettbewerb. Ich bat ihn also, uns zu erzählen, was passiert war. Während er sprach, hielt ich mir vor, daß ich schon die Hoffnung aufgegeben hatte, jemals wieder seine Stimme zu hören. Wenn ich sie nur hörte, brauchte mir das, was sie sagte, nicht auch noch zu gefallen. Das war doch das Entscheidende, nicht? Es war unser Problem, nicht seines allein, und wir würden es gemeinsam lösen müssen. Das war sowohl der Grund als auch die Folge unserer endlosen Abendmahlzeiten an diesem Tisch, über die er so gern spottete, mit den ungezwungenen Berichten, dem Austausch von Informationen, dem geduldigen Zusammentragen von tausend täglichen Haupt- und Nebensächlichkeiten. Die böse alte Nuklearfamilie, lauter dichtgedrängte Partikelchen um einen Kern, der – ich weiß nicht, was er war. Früher einmal wäre das automatisch Der Vater gewesen, Jacobs Patriarch. Aber heutzutage war das bestimmt nicht mehr so, und ich wollte es auch nicht so haben.

Mitten auf dem Tisch glänzte das Hühnchen satt in seiner Soße. Das Gemüse drumherum leuchtete wie Schmuck. Ich hatte dieses Essen als ein Zeichen der Hoffnung zubereitet, um Zungen zu lösen und uns an andere Zeiten zu erinnern. Aber wir brauchten uns das nicht bewußtzumachen, damit es bei uns funktionierte. Wir brauchten nur zu essen und uns stark zu fühlen.

»Wie soll ich hier vor diesem Hühnchen sitzen und erzählen, wie ich jemanden umgebracht habe?« Er sah sich den Mischmasch auf seinem Teller an, das Braun und Grün, dazwischen das Rot der Paprika, dann hob er den Blick und betrachtete uns, die wir reglos dasaßen und uns nicht trauten, eine Silbe von uns zu geben. »Wenn ich schon hier bei euch sein soll ...«

»Du hast nicht mit uns reden wollen, als du in Cambridge warst.

Du hast in Deer Creek nicht reden wollen. Du wolltest *nie* reden. Gott allein weiß, was das sollte. Was sollen – woher sollen wir denn wissen, was wir denken sollen, geschweige tun?« Das war ich, die Vernunft in Person. »Wirklich, was sollen wir deiner Meinung nach tun, um dir zu helfen?«

Er wirkte in die Enge getrieben. Aber ich verstand, was er meinte: Vielleicht machte diese Alltagsszene, dieses vertraute Familienbild, das wir zusammengestellt hatten, als ob sich nichts verändert hätte, es ihm um so unmöglicher. Aber brauchten wir denn einen Friedhof um Mitternacht, wie in den Gruselgeschichten? Brauchten wir verdammt noch mal den Nebel von Transsylvanien?

Ich wiederholte Wort für Wort. »Was sollen wir deiner Meinung nach tun, um dir zu helfen, wenn du nicht...« Ich wollte sagen *aufgibst*. »Hör auf, davonzulaufen, Jacob«, bat ich ihn statt dessen. »Du bist jetzt zu Hause. Kannst du nicht endlich aufhören, davonzulaufen?«

Seine Stimme klang so ruhig, daß man sie fast nicht erkannte. »Wenn ich euch sage, was passiert ist – das war nicht *ich*. Es war nicht *ich*, klar?« Er stieß seinen Teller weg. Er hat, dachte ich ungnädig, immerhin den Anstand, sich von seinem Teller abzuwenden. Die Möglichkeiten waren erschöpft: Flucht, Lügen, Schweigen, alles alter Käse, wie er es vielleicht ausgedrückt hätte. Hier endeten sie in einer Sackgasse. Zu Hause oder in der Falle, ich weiß nicht, wie er es empfand. Ich versuche gar nicht mehr, mir seinen Kopf zu zerbrechen.

»Also. Wenn ich kann.« Er schloß die Augen und hielt sie eine ganze Weile geschlossen. Dann öffnete er sie, sah uns aber nicht an. »Wir waren – na eben, ja – wir haben uns dieses Jahr ziemlich viel zusammen herumgetrieben. Ich weiß, daß ihr das nicht mal wußtet. Ich hab's – ich fand, daß ihr das nicht unbedingt wissen mußtet. Ihr hättet es auch nicht gern gewußt. Fragt mich nicht warum, es klingt jetzt nur blöd, aber damals eben nicht. Und es spielt keine Rolle, glaub ich jedenfalls. Es hätte auch sowieso nichts geändert.«

Judith stemmte die Ellbogen auf den Tisch und stützte den Kopf auf die geöffneten Hände. Sie sah aus wie ein Kind am ersten Schultag, bereit für alles, was man ihr vorsetzen würde. Und mein Sohn redete und redete. Sein Gesicht war blaß, als er anfing, wurde aber beim Reden immer röter, bis ich am Ende Angst um ihn bekam. Bekommen Teenager Schlaganfälle? Konnte ein Siebzehnjähriger sich so aufregen, daß ihm ein Blutgefäß platzte?

Er erzählte uns, sie hätten eine Hütte gehabt, in die sie nach der Schule gegangen seien, viele viele Male. Es war eine längst aufgegebene Jagdhütte, die Marthas Onkel Harry Pipes gehörte, ganz am Ende eines Holzwegs, der unweit der Kreuzung Poor Farm Road und Skittles Road begann. »Wenn es matschig oder verschneit war, haben wir den Wagen dort stehen lassen und sind zu Fuß hingegangen. Sonst konnte man fahren. Viel war in der Hütte nicht drin – ein paar Töpfe und Pfannen und schäbiges altes Geschirr, ein verrosteter Ofen. Ein Dartboard, das wir auch benutzt haben. Eine Couch.« Das kann ich mir denken. »Alles schwer vergammelt, aber das war uns egal, wir waren dort weg von allen anderen, und das war – eben – genug.« Ich verurteilte das nicht. Ich sah Theda auf mich herabblicken, hinter der Hecke ihrer dunklen Haare hervor, ich sah unsere jungen Körper, von denen wir noch kaum Gebrauch gemacht hatten, fest aneinandergepreßt und dachte: Na schön, und? Eigentlich sogar gut. Carolyn, die jungfräuliche Königin – in ihren Augen stand dunkler Vorwurf, vielleicht auch schlichte Traurigkeit, ich will da nicht voreilig sein – blickte nicht ganz so nachsichtig drein. Aber das ist eine andere Geschichte.

An dem bewußten Tag – als er es den »bewußten Tag« nannte, öffneten sich seine Augen so weit, als hätte er eine Ohrfeige bekommen – hatten sie sich furchtbar gestritten. Sie hatte von der Minute an, als er sie bei Jaceys Eissalon abholte, auf ihm herumgehackt, verachtungsvoll, war eindeutig auf Streit aus. »Wie wir dann also in die Hütte kamen, hab ich aus ihr rauszukriegen versucht, was denn los war, und schließlich hat sie es mir gesagt, ›du wirst das nicht gern hören‹, hat sie gemeint – und dann kommt raus, daß sie schwanger ist. Und ich bin's eigentlich gar nicht, auf den sie sauer ist, sie ist sauer auf alles und jeden. Vor allem auf Gott, weil der es hat geschehen lassen. Sie hatte es manchmal schon arg mit Gott, besonders wenn sie was brauchte. Ich hab ja oft zu ihr gesagt, daß Gott für sie ein Schokoladenonkel ist.« Er schnaubte belustigt. »Das fand sie natürlich überhaupt nicht gut.«

Ich nickte. »Das wußten wir schon, Jacob. Daß sie schwanger war. Man hat es – festgestellt. Du verstehst.« Ich brachte es nicht über mich, das Wort Obduktion auszusprechen, als ob es ihn erschrecken könnte.

»Ja, gut. Aber es ist ja viel komplizierter, wißt ihr? Mein Gott, das ist ein richtig kitschiger Scheiß.« Er sah zu Carolyn und Judith, die beide betreten auf ihren Stühlen rutschten. »Entschuldigung.« Ich hätte gern gesagt, daß wir uns hier um Schwerwiegenderes zu sorgen hatten als um Kraftausdrücke.

Das Kompliziertere war, daß sie nicht glaubte, das Kind sei von ihm. Ganz wie in den Fernsehserien. Und an dem Punkt wurde es dann erst richtig häßlich. Sie wollte nicht sagen, von wem das Kind sein könnte oder wie es dazu gekommen war, und schon gar nicht warum. »Nur hat sie eben offensichtlich – ihr wißt schon. Sich umgesehen. Und ich hatte keine Ahnung.« Er lachte über den eigenen Hang zur Schönfärberei; er war verlegen. »Sie hat gemeint, daß es nicht unsers sein kann, weil...« Er warf ganz schnell einen Blick zu Judith, als ob diese Einzelheiten vielleicht nichts für ihre Ohren wären; aber dann fuhr er fort »... wir immer sehr vorsichtig waren. Ich wollte wirklich... ich hab versucht, *verantwortungsbewußt* zu sein, versteht ihr? Ich hab nichts Unrechtes an dem gesehen, was wir machten, aber ich wollte nicht, daß sie in so eine blöde Lage kam.« Hierbei, wahrscheinlich bei der Erinnerung an seine Besorgtheit – es muß die Zärtlichkeit seiner Gefühle für sie gewesen sein –, stürzten ihm die Tränen aus den Augen. Er stand auf und ging langsam im Zimmer umher, den Kopf schüttelnd, als könnte er, wenn er nur grob genug mit ihm umging, die Emotionen hinausschleudern.

»Ja, und dann, ich weiß nicht«, sagte er, als er an den Tisch zurückgekehrt war, aber er setzte sich nicht, er blieb stehen und lief dann wieder herum. »Dann wollte sie, glaub ich, daß ich mit ihr Schluß mache – fängt an mich zu beleidigen, sagt alles mögliche, ziemlich dummes Zeug, wie: ›Du taugst sowieso nichts, ich kann dir ja jetzt sagen, daß ich mir nie was aus dir gemacht habe‹, so was alles. Sie sagt, du hältst dich ja für so einen tollen Kerl, und deine Eltern sind ja so was Besonderes, ihr mit diesem Haus und dem Rasen. Der Rasen hatte es ihr echt angetan, darüber mußte sie sich immer auslassen. Ich hab zu ihr gesagt, mein Gott, dieser Rasen kann mir gestohlen bleiben, wenn du's genau wissen willst, ich muß ihn mähen, aber es war, na ja, man hätte meinen können, das ist ein Herrschaftsgut hier, oder so was mit Zugbrücke.«

Er räusperte sich. Er hatte mehr geredet, als es die meisten Jungen seines Alters in einem Jahr tun. »Und dann, ja, dann dreht sie total durch, wirft mir sogar vor, daß ich, na ja, immer so vorsichtig bin. Daß ich es immer mit – das machen nur Schlaffis, versteht ihr, immer so vorausdenken und – ich weiß nicht, es war ihr alles zu – na eben, zu kontrolliert. Versteht ihr, was ich meine? Es hörte sich an, als wenn sie einen nur respektieren könnte, wenn er – ja, sie sozusagen zwingt. Ich hab sie gefragt: ›Was denn, brauchst du einen Höhlenmenschen, einen, der dich an den Haaren hinter sich herschleift? Fändest du das gut, wenn dich irgend so ein haariger Affe verdrischt und sich einen Dreck drum kümmert, was er da macht?‹ Und sie so ungefähr: ›Ja, eben, genau so einen wünsche ich mir, und das bist ganz bestimmt nicht *du*.‹ Darauf hätte ich ja eigentlich stolz sein müssen, aber, Mann, in dem Moment nicht. Ich hab mich gefühlt wie der letzte Dreck.« Er rieb sich hart mit der Hand übers ganze Gesicht. »Und ich meine, ich weiß ja jetzt nicht mal, ob ich den ganzen Scheiß *glauben* soll. Ich meine, Entschuldigung, diesen ganzen – diese Wut. Ich hatte immer das Gefühl, daß sie völlig durcheinander war und nur einen brauchte, an dem sie das alles auslassen konnte, und da hat sie es eben mir an den Kopf geworfen, alles was ihr so einfiel. Alles, woran sie mir die Schuld geben konnte. Und da – und da...« Das konnte er nicht sagen. Er stand eine ganze Weile mit fest zusammengekniffenen Lippen da. »Sie hat dann ein paar Sachen gemacht, die – nicht so fein waren. Um mich – ja – zu provozieren. Damit ich das machen sollte, versteht ihr, mich benehmen wie ein Wilder.« Das war der Punkt, an dem sein Gesicht so schrecklich rot anlief, daß ich Angst um ihn bekam. Er war in Tränen aufgelöst und ganz außer Atem, aber was schlimmer war, er war noch röter als nach dem Triathlon, das wir letztes Jahr gelaufen waren. »Ich mag darüber nicht reden, ich – mag einfach nicht. Ich hab's nicht gebracht. Ich konnte das nicht machen, was sie alles von mir wollte. Und ich hab mich...« Er keuchte schwer.

»Geschämt?« half ich nach.

»Geschämt und geärgert und geekelt und – so vieles auf einmal, daß ich nicht mal mehr geradeaus sehen konnte. Und da hab ich gesagt, also gut, das war's, zwischen uns ist Schluß, ich fahr dich jetzt nach Hause, und dann kannst du dein Baby kriegen oder nicht, und bei deinem Höhlenmenschen bleiben oder nicht, mir soll's egal sein. Und dann sind wir gegangen.«

Und dann und dann? Wir saßen da und schwiegen.

»Und dann, ich weiß nicht, sind wir zur Straße gegangen, weit auseinander, und sind ins Auto gestiegen, und wie wir bei Tuttle's Farm sind, sagt sie: ›Jacob, ich hab das alles gar nicht so gemeint, entschuldige.‹ Sie weint. Sie ist nur so durcheinander. ›Halt mal hier an, dann zeig ich dir, daß ich es nicht so gemeint habe.‹ Ich also von der Straße runter – so was Blödes – wir stehen da vor diesem Zaun und, ja, sitzen da eine Weile rum und machen es sozusagen wieder gut. Ich bin noch immer aufgebracht, denn ehrlich, ich fand das wirklich nicht gut, was sie mir alles gesagt hatte, und ich denke mir, irgendwo im Innern muß sie das doch so gemeint haben, und ich weiß, daß ich es an einem schlechten Tag wahrscheinlich alles noch mal zu hören kriege. Aber wir sitzen ein Weilchen da und sind – ja, wieder gut, echt. Und inzwischen wird's schon dunkel. Und wie ich wieder losfahren will, sitzen wir fest. Wir stecken echt in der Scheiße.«

Das alles konnte ich mir ohne weiteres vorstellen. Es *war* Jacob, erkennbar und menschlich, der diese Geschichte erzählte. Ich weiß, daß sie schrecklich ausgehen wird, aber er ist wenigstens echt, er ist warm und voller Leben, und ich wußte es doch, ich wußte es: Er ist kein Teufel. Entweder versteht man's oder man versteht es nicht, wie ich regelrecht euphorisch wurde, weil die Stimme, die uns das erzählte, nicht die Stimme eines Fremden war.

Und dann wird es wieder schlimm. Sie probieren alles mögliche, um aus dem Loch herauszukommen, aber wie jeder weiß, gräbt man sich dabei nur noch tiefer ein. Sie ruckeln, das Mädchen versucht zurückzusetzen, während er schiebt, sie klemmen eine Matte unter das Rad, aber nichts hilft. Schließlich kommt sie auf die Idee, den Wagen hochzukurbeln. Er weiß nicht recht, wozu das gut sein soll, aber sie sagt, dann könnten sie wenigstens das Loch, das inzwischen unter dem Rad entstanden ist, auffüllen und es auf einer glatten Schneefläche noch einmal versuchen. Sie machen das also, und als sie den Wagen vorsichtig wieder ablassen, hat es nichts genützt. Vorwürfe und Gegenvorwürfe. »Sie putzt mich herunter und sagt, wenn ich ordentliche Schultern hätte, dann hätte ich kräftiger schieben können. Ich meine, es ist so idiotisch, daß – ich könnte das nie vor Gericht sagen, die würden mich auslachen, es ist doch nicht – wie konnte das so enden?« Er schüttelte immer noch den Kopf. »Ich gebe ihr also den Wagenheber, damit sie ihn zurücklegt, denn er hat ja nichts genützt, und sie nennt mich irgendwas Gemeines, ich erinnere mich nicht mal mehr, einen Schlappschwanz oder so, einen Waschlappen, einen Versager, ich weiß nicht was, aber es war sozusagen das eine zuviel, und da hab ich durchgedreht und ihr eine gescheuert.« Er seufzte. »Ja, das hab ich, ich hab ihr eine gescheuert, nicht fest, ich hab sie nur so von der Seite am Kinn erwischt. Ich war so müde, ich wollte bloß noch heim und sie nicht mehr sehen. Ich hab ihr einiges an den Kopf geworfen, was ich nicht hätte sagen sollen. Nichts Nettes. Ihr könnt es euch wohl denken.« Ich *konnte* es mir denken. Scham und Wut und Schmach und sexuelle Demütigung obendrein, das alles kam über ihn wie die Dunkelheit, die inzwischen rapide zunahm. »Und wie ich ihr eine gescheuert hatte, da hat sie mich gepackt und mir ins Gesicht geschlagen, zuerst mit der Hand, und dann, ich glaube, ich hab sie von mir wegdrücken wollen, haben wir irgendwie angefangen, uns zu prügeln – oder beinah –, und dann hat sie mit dem Wagenheber nach mir geschlagen.« Er gab einen furchtbaren Ton von sich, als würde er erstochen, sein Fleisch zerrissen – als ob die Worte, jedes eingegraben in seine Haut, mit Gewalt aus ihm herausgerissen würden. »Bitte«, sagte er, »*bitte*, muß ich das?«

Wir saßen mucksmäuschenstill.

»Du mußt«, sagte ich.

Er ging in die Ecke, wo mein Schamane stand, mein Holzklotz, unbeleuchtet und unwirklich, streckte die Hände aus und strich sanft über die dicken gewölbten Schultern, wie ein Blinder oder ein Baby etwas betastet, was es nur durch Fühlen kennenlernen will. Um Trost zu suchen, o mein Jacob. Etwas Festes und Wahres unter den Händen zu fühlen. Ein paar Minuten stand er dort und weinte hemmungslos, versuchte es nicht zurückzudrängen. Carolyn stand auf und ging zu ihm, stellte sich neben ihn und faßte ihn um die Schultern, ganz fest. Ich erinnerte mich, daß ich ihn seit Jahren nicht mehr hatte weinen hören. Als er diese blöde Mütze aufsetzte, ein Zeichen, daß er nun ein richtiger Jüngling war, eitel und stark und alles andere, war er zu erwachsen geworden, um zu weinen. »Gut«, sagte er schließlich. »Ich kann's. Gut.« Carolyn setzte sich wieder.

Seine Stimme hatte sich verbraucht, ich konnte ihn kaum noch hören. »Sie hat nach mir geschlagen und mich knapp verfehlt und ... ich hab das Ding geschnappt, sie hat mich angekreischt, und ich hab's ihr aus der Hand gerissen und ...« Er bedeckte sein Gesicht, nicht mit den Händen, sondern mit der Armbeuge, mit dem grauen, genoppten Ärmel seines Pullovers. Ich mochte mir nicht vorstellen, was er dort in dem kratzigen Dunkel sah, in das er seine Augen grub. Es dauerte lange. Niemand sagte etwas. Judith schniefte einmal, und wir saßen da und rührten uns nicht. »Es ist ja so«, sagte er endlich, »ihr sagt *Mord*, ihr sagt *tot*, *erschlagen*, und das klingt so – geheimnisvoll. Und so riesig. Es klingt so – unvorstellbar. Aber das war es gar nicht. Ich hab das ja nicht absichtlich getan, ich hab daran überhaupt nicht gedacht. Sogar noch, nachdem ich es getan hatte – ich meine, nachdem es *passiert* war –, hab ich mir gar nicht vorstellen können, daß ich ihr so was Schlimmes angetan hatte. Überhaupt nicht. Es war so unwirklich. Es war wie ein Unfall – versteht ihr, wenn ich nach ihr geschlagen und sie verfehlt hätte, wie sie mich, nur um ein paar Zentimeter, wir wären – alles wäre – meine größte Sorge wäre jetzt vielleicht, ob ich ihr noch guten Tag sagen soll, wenn ich sie in der Schule treffe.«

Er sah uns mit dem ganzen Unverständnis an, in dem wir all diese Wochen gefangen gewesen waren, der Verwunderung, wie denn ein Unfall zu so einer schrecklichen Realität werden konnte. Das konnte man nachempfinden. Es war logisch. Ich ging dahin, wo er stand, die Augen weit aufgerissen und wieder von Tränen überquellend wegen dieses unsagbaren Pechs, und ich nahm ihn in die Arme und fühlte, wie er sich an mich lehnte, sich nicht mehr wehrte, sich nicht mehr verweigerte. »Du brauchst nichts zu fürchten, Jacob«, flüsterte ich ihm zu. »Wenn du ihnen genau das erzählst, Wort für Wort, hast du nichts zu fürchten.« Ich hörte schon seine Worte im Gerichtssaal, ich sah das Erstaunen in seinen

Augen, das Unverständnis, das auch ihn zum Opfer machte. Er nickte an meiner Schulter, doch er konnte seine angespannten Schultern nicht wirklich entspannen, diese Verkrampfung, die ihm das Gefühl gab, zur Flucht bereit zu sein. (Erst später fiel mir der Wagenheber wieder ein – wie sollte er dessen Verschwinden erklären? Es war zu idiotisch. Irgendwie würde ich ihn überreden müssen, für mich zu lügen!)

Aus dem Augenwinkel sah ich Carolyn, die schmalen Hände vor sich auf dem Tisch. Ihre Finger öffneten und schlossen sich, öffneten und schlossen sich, wie bei einer aufgeregten Katze. Das tat sie, wenn sie Kummer hatte und angestrengt nachdachte; es schien ihre unverbrauchte Energie aufzusaugen. Auch sie sah ganz schön überwältigt aus, aber sie hatte die Stirn gerunzelt. Ihre Miene war fast hochmütig vor Abwehr, und etwas zerplatzte in mir. Klappe zu. Ich konnte nicht wissen, was sie dachte, aber in diesem Augenblick fühlte ich mich ohne Frage eins mit Jacob und hatte Angst vor meiner Frau. Warum konnte sie sich nicht damit zufrieden geben? Wir waren noch nicht über den Berg, dachte ich, und ich klammerte mich mit Macht an allem fest. Er würde diese Geschichte erzählen müssen, so gut er nur konnte. Er würde sie vor Gericht erzählen müssen, überall, wo man ihm zuhörte. Ein Unfall. Unglückliches Zusammentreffen. Böses Blut auf beiden Seiten, und die schreckliche Waffe zur Hand.

Carolyn

Sie waren die einzigen Leute ohne Spülmaschine, die sie kannte. Obwohl sie grundsätzlich fand, man solle ein zeitsparendes Gerät nie verachten, liebte sie es, mit den Händen in dem warmen Wasser herumzufahren und dabei nachzudenken – es war eine archaische Befriedigung. Sie ließ das Becken mit dem Geschirr vom Abendessen voll Wasser laufen und tauchte genüßlich die Hände bis zu den Gelenken in die Wärme. Draußen vor dem Küchenfenster, hinter dem schwarzen Rasen, blitzten Autoscheinwerfer durch die Dunkelheit und verschwanden wieder, wie Kometen.

Leise Zweifel begannen in ihr zu arbeiten, durchströmten sie wie ein dünnes Rinnsal. Sie zog die Finger durch die Seifenspiralen, wartete auf die Gefühle, die sich einstellen mochten, ob logisch oder nicht. Nicht daß sie ihm die Geschichte nicht glaubte, sie erschien ihr durch und durch plausibel: nichts Sensationelles, keine Mär von nie dagewesenen Leidenschaften. Im Gegenteil, sie war so banal wie das wirkliche Leben, genauso gewöhnlich, ein Geschehen provozierte das andere, wirre Emotionen breiteten sich immer weiter aus, bis sie alles befleckten. Und seine Distanzierung von den Folgen, die hatte sie verstanden: Soll *ich* das getan haben? Wie hat das nur passieren können, wir waren doch nur... wir haben nur... ich wollte nicht... Als hätte er eine Vase zerbrochen. Als hätte er die Katze hinausgelassen, obwohl sie ihm gesagt hatten, er solle sie im Haus behalten. Aber ab diesem Punkt kam sie nicht mehr weiter. Man konnte unabsichtlich etwas Schlimmes tun; sie hatte Leute gesehen, die mit ihren Autos Kinder angefahren hatten oder auch nur Hunde. Sie hatte sie fast in Hysterie geraten sehen, weil sie schuldlos Schreckliches angerichtet hatten.

Etwas Unersetzliches kaputt gemacht, und nicht einmal durch Unachtsamkeit. »Sie ist einfach hinausgelaufen ...« – »Er kam plötzlich zwischen zwei Autos hervor ...« – »Er ist hinter seinem Ball hergerannt, und es wurde schon dunkel ...« O Gott, riefen sie, o Gott, vergib mir! – die Fahrer nicht weniger trostbedürftig als die Eltern.

Er hatte dieses Mädchen bis zur Unkenntlichkeit zugerichtet – diese Frau –, mit der er intimste Handlungen, Worte, Gefühle geteilt hatte, Stunden um Stunden. Er hatte ihr gerade erst bei Tuttle's Koppelzaun ins Ohr geflüstert, war ihr wahrscheinlich mit den Lippen über den zarten Nacken gefahren, dort wo die kurzen blonden Haare sich lockten. Dann hatte er auf sie eingeschlagen. Hatte gefühlt, wie der Stahl auf das feine blonde Haar traf, das er so gut kannte, den zerbrechlichen Schädel – und hatte das Weite gesucht. *Wie Unfallflucht*, hatte sie an jenem ersten Abend beim Zubettgehen gedacht, während sie mit immer langsameren Bewegungen ihren Pullover über den Kopf zog, den Büstenhalter abstreifte und sich wie durch eine schwere Traumflut zum Bett kämpfte. Von allen Feiglingen die verruchtesten, hatte sie immer gedacht, wenn wieder einmal ein Verkehrsopfer eingeliefert wurde, das waren Unfallflüchtige, die sich noch einmal umgeschaut haben mußten, ob auch niemand sie gesehen hatte, dann die Scheinwerfer ausgeschaltet, falls es dunkel war, und sich aus dem Staub gemacht. *Unfallflucht*, das war nicht gleichzusetzen mit jenen schuldlos begangenen Taten, nach denen die Verursacher schreiend ankamen, Blut in den Stimmen, Blut für immer an ihren Händen.

Unfallopfer. Ein gefühlloses Wort, das den Eindruck erweckte, es handle sich um etwas Unvermeidliches, etwas, was es tagtäglich darzubringen galt. Nun aber dieses Mädchen – sie stockte, einen Teller in den Händen wie einen großen flachen Stein. Herrgott, das Mädchen. Es war kein Unfallopfer, es war auch nicht mit einem einzigen Schlag getötet worden, fast versehentlich, wie

Jacob es geschildert hatte. Zu guter Letzt kroch das Bild nun doch noch ungebeten aus ihrer Erinnerung empor. Dieser eingeschlagene Schädel, den sie gesehen hatte, er war das Resultat eines ungeheuren Zorns, einer maßlosen blinden Wut. Wenn er doch nur genauso schlecht gezielt hätte wie sie, hatte er gesagt. Aber nein. Nein. Es mochte ohne sein Zutun soweit gekommen sein, er hatte diese ganze gräßliche Szene sicher nicht gewollt, aber einmal darin gefangen, hatte er da nicht zugeschlagen und immer wieder zugeschlagen? Notwehr? Ausgeschlossen. Und dann hatte er sich davongemacht. Ohne Hilfe zu holen, ohne ein Auto anzuhalten oder selbst zum nächsten Haus zu laufen oder... Das dunkler werdende Wasser, in dem kleine Reste von dem guten Essen schwammen, schwappte unter ihren Händen. Sie würde sich gleich übergeben müssen.

Carolyn wandte sich mit tropfenden Händen vom Spülbecken ab. Er war erst ein Kind und hatte entsetzliche Angst. Konnte man einen verängstigten Jungen einen Feigling nennen? Und diese ungezügelte, zerstörerische Wut, die hatte sie im Lauf der Jahre hier schon oft erlebt – bei Ben war sie an der Tagesordnung. Einmal hatte er seine Skulpturen kurz und klein geschlagen, weil er sich von ihnen verraten fühlte, sie wollten nicht werden, wie sie sollten. Und einmal war er so wütend gewesen, da hatte sie ihn den ganzen Arm durch eine Hartfaserplatte in seinem Atelier schlagen sehen, fast wie in Ekstase; und gleich darauf war er wieder ganz ruhig gewesen, befriedigt wie nach dem Sex. Und Jacob war mit einem Markierstift gekommen und hatte die Stelle mit einem Pfeil gekennzeichnet – rot –, aus dem ein langes, wohl nicht salonfähiges Wort kam: § # $ % ^ & *! Einmal hatte er ein Feuer angezündet und, obwohl es fast eine Stunde dauerte, bis es richtig brannte, darin die Skulptur eingeäschert, mit der er sich vergeblich abgemüht hatte, und pure, mörderische Wut hatte in seinem Gesicht gestanden, Wut auf das Holz, als wäre es ein Lebewesen, auf dem ein Fluch lag. Wieder und wieder hatte er vergeblich versucht, dieser Wut

Herr zu werden – wozu wäre *er* wohl fähig gewesen mit einem harten Stück Eisen in der Hand? Wie oft hätte *er* zugeschlagen? Sie schlang die Arme um sich und hinterließ dunkle, nasse Abdrücke ihrer Hände auf dem jeweils anderen Ärmel, wie mit der Schablone aufgemalte Blumen. Ihr Sohn wurde ihr endgültig entrissen, sie fühlte es. Er hatte sich schon einmal losgerissen und danach wieder und immer wieder, je näher sie der Wahrheit kam. Ja, wo er an ihrer Brust gelegen hatte, klaffte ein Loch, durch das die kalte Winterluft hereinblies.

Ben

Eines Abends fuhren wir, weil wir nicht mehr stillsitzen konnten, zu unsern Freunden Mock und Harlie Frazier. Sie hatten vor noch nicht langer Zeit New Jersey hinter sich gelassen und den Hyland Inn and Tavern gekauft, genau in der Stadtmitte, ein wunderhübsches altes Haus mit abblätternder Farbe und durchhängender Veranda, das sie mit sehr viel Liebe und Geld dem endgültigen Verfall entrissen. Nachdem es jetzt wieder tipptopp war, nahm die Stadtbevölkerung es voll Stolz in Anspruch. Mock hatte für den Vorraum ein Spinnrad aufgetrieben, außerdem einen Sekretär aus dem achtzehnten Jahrhundert, auf dem neben der Anmeldung Prospekte der örtlichen Kunstgewerbeläden feilgeboten wurden, und sie hatten ein halbes Dutzend Himmelbetten mit Spitzenbaldachinen in die Zimmer gestellt.

Ich saß gern in der düsteren Schenke in den großen Sesseln – Holz und Leder, wie aus dem Mittelalter. Hyland hatte einmal ungeniert so ausgesehen. Ich kam hierher, um den Griesgram zu spielen und meine Steckenpferde zu reiten: Wenn man 1832 Holz nach bestimmtem Zuschnitt kaufte, bekam man es und brauchte keinen Zentimeter mit dem Sägewerk zu teilen. Wenn man ein Hühnchen aß, war es sauber und gesund. Es gab noch keine Motorräder. Das lange Schild über der Bar, alt und mächtig schwer, an beiden Enden mit Trauben bemalt, begrüßte einen: TRITT EIN, OB FREMDLING ODER FREUND. 1828. Es war eine Oase: Das wahre Leben rauschte draußen auf der Straße vorbei, während die Gäste die Schaukelstühle besetzten und über das Leben unter den Alteingesessenen philosophierten. Es amüsierte mich, wenn ich die Männer aus dem Speisesaal kommen und die wohlgesättigten

Bäuche unter den Jacketts tätscheln sah, die Frauen mit geröteten Gesichtern nach einem guten schweren neuenglischen Mahl. (Man riecht es schon von der Tür aus: den üblichen gebackenen Kabeljau, den üblichen Brotpudding mit dem Geschmack von angebräuntem Sirup.) Der offene Kamin hinter uns arbeitete, was das Zeug hielt. Im Sommer zierten Kästen mit Petunien und blauen Lobelien die Veranda, und im Garten prangte eßbares Grün. Es war ein verzaubertes Plätzchen.

Mock kam hinter der Bar hervor, als sie uns sah, und setzte sich zu uns in die Nische. »Na ...« sagte sie unverbindlich, wobei sie in ihren großen Händen einen Löffel hin und her drehte.

»Na?« erwiderte Carolyn. Mock und Harlie hatten uns weder angerufen noch besucht. »Wie läuft die Saison, Mockie? Alles okay?«

Mock zog die Schultern hoch. Sie war eine üppige Frau mit einer schlichten Kleinmädchenfrisur, die den dunklen Kopf auf der stattlichen Figur ganz klein erscheinen ließ, während die authentisch wirkende lange weiße Schürze sie noch größer machte. Diese war aus Musselin und hatte einen Spitzensaum: So etwas trugen Vermeers Frauen oder deutsche Bäuerinnen. »Gut zum Skifahren«, sagte sie. »Dieses Jahr ganz ohne Kunstschnee.« Und das war alles. Der Raum war voller Gäste, die Beleuchtung gemütlich wie von Öllämpchen, und ringsum ein einziges Stimmengesumm. Wäre dies mein Haus gewesen, ich hätte das Gefühl gehabt, Gastgeber einer guten, wenn auch ruhigen Party zu sein. »Du siehst aus wie eine Komödiantin, Mock«, sagte ich, »im historischen Kostüm.«

Sie lächelte, aber nicht sonderlich herzlich. Und wir sahen einander an. Es bedeutete wahrscheinlich, daß sie schlimme Gedanken hegte, sie aber nicht aussprach. Kein Wort. Wie waren wir nur auf die Idee verfallen, hierherzukommen? Gemütlichkeit für den durchreisenden Fremdling, nicht aber für den belagerten Freund am Ort, der bis zu den Knien in der hausgemachten Jauche stand.

Ich wäre am liebsten aufgestanden und hätte mich dafür entschuldigt, daß wir ihr süßes Es-war-einmal besudelt hatten.

»Ich muß mich wieder um die Gäste kümmern«, sagte Mock, ein bißchen müde, wie ich fand, und rückte schon vom Tisch ab. »Hört mal...« und ihre Miene war bekümmert, das will ich ihr zugute halten. »Ihr wißt ja, daß wir – daß ihr unsere Freunde seid. Das wißt ihr doch. Aber...« Sie warf einen Blick über die Schulter, aber falls sie moralische Unterstützung suchte, ihr Mann ließ sich nirgends blicken. »Seht mal – ich weiß nicht, ob ihr... Wußtet ihr, daß Mike bei uns arbeitet? Mike Taverner.«

Ich erstarrte, mein Bier schon halb am Mund. »Was macht er denn?« Leeres Geschwätz. Als ob das eine Rolle spielte.

»Ach, alles mögliche. Er versteht von allem ein bißchen – Reparaturarbeiten, Elektroleitungen. Er ist – er – na ja, er trinkt jetzt schon lange nicht mehr, und er ist einfach – einfach super. Super.«

Nun, wenn er super war, konnten wir es wohl nicht sein. So viele Supermenschen hatten in diesem Staat nicht alle auf einmal Platz. Ich glaube nicht, daß ich es laut gesagt habe, aber sicher bin ich mir da nicht. Carolyn sah Mock nicht an, sie starrte nur mit zusammengekniffenen Augen in den Raum. Zum Glück starrte keiner zurück.

»Ben«, sagte Mock – ich weiß nicht, warum gerade zu mir, ich konnte mein eigenes Gesicht ja nicht sehen. Sie stand jetzt vollends auf; erschreckend groß war sie. »Ich ergreife nicht gern Partei. Es ist alles ganz furchtbar, es muß gräßlich für euch gewesen sein. Aber ich habe Mike gesehen, er ist so ein liebenswerter Kerl, so hilflos unter diesem – ihr wißt schon, ich meine, er gibt ja manchmal vielleicht ein bißchen an, aber so tut er doch nur vor uns, und ich glaube nicht – also, er fühlt sich eben bei Leuten wie uns nicht richtig wohl, anfangs hatte er auch immer nur Verachtung für unsere – ihr wißt schon...« Sie schloß die ganze Gesellschaft mit einer einzigen Kopfbewegung ein, »unsere Klientel. Aber er hat sich uns regelrecht unentbehrlich gemacht, und jetzt ist er – na ja, diese Geschichte hat ihn einfach erledigt, so ist das. Er ist kaputt. Sein Töchterchen. Soviel ich höre, trinkt er auch wieder, und wer könnte es ihm verdenken, also...«

Mir lag auf der Zunge, »Mein Söhnchen« zu sagen.

»Mock«, sagte statt dessen meine Frau mit mühsam gewahrter Würde, »es rührt mich, daß du so sehr an deinen – daß du so sehr an Mike Taverner denkst. Das ist sehr anständig von dir. Aber ich verstehe nicht ganz, warum du dich so auf die eine Seite stellen mußt. Ich kann nicht...«

»Carolyn, mach's mir nicht schwer, ja? Du kannst das vielleicht aus eurer Situation heraus nicht verstehen. Aber ich finde einfach, daß ihr – weniger verloren habt. Und ihr habt mit mehr angefangen. Versteht ihr? Natürlich müßt ihr euch vor ihn stellen, aber, ich sag's nicht gern, etliche Leute hier sehen das auch so, sie glauben...« Mock blickte mit ihren runden blauen Augen zur Decke. Sie gehörte anscheinend zu den Menschen, die sich die Mimik ihrer Kindheit bewahrt hatten – und dies war ihr »entrüstetes Kind«.

»Egal was sie denken, es ist ganz schön anmaßend von ihnen, so sicher zu sein, daß ihnen selbst...«

»Carolyn«, sagte ich. »Das kannst du nicht wirklich wollen, Schatz.«

Sie sah mich an, als wäre ich gerade erst hereingekommen. Manchmal war es, als stände einer von uns unter Schock – das kam ganz plötzlich und verging genauso schnell wieder. *Ach du bist es. Und wir sind immer noch hier.* »Du hast recht«, sagte sie. »Danke. Nein, das will ich nicht.« Ihre Lippen spannten sich.

Ich schwenkte mein Bier im Glas, wie andere mit dem Fuß wippen, wenn sie ungehalten sind; es schwappte ein wenig über und platschte auf die hölzerne Tischplatte. Wir starrten auf den Fleck, wie man eine öffentliche Zurschaustellung anstarrt. Mock nahm keine Serviette, sondern faßte den Saum ihrer blütenweißen Schürze, den mit den Spitzen, und wischte ihn seufzend auf.

In meiner Werkstatt stank es. Abgestandene Luft, säuerliche Asche, etwas Totes in den Wänden, wie nasse Pappe, aufdringlich, ranzig. Sollte ich plötzlich sterben, würde man sie so vorfinden: unaufgeräumt, das Werkzeug einfach auf der Werkbank liegengelassen, denn ich bin nicht einer dieser Hausmeistertypen, die alles liebevoll säubern und gleich wieder an seinen Platz hängen. Meine Figuren lungerten herum wie Waisen, nur noch halb lebendig in dieser stickigen Luft. Ich allein wußte, was ihnen zu ihrer Vollendung noch fehlte.

Immer bin ich so begierig hierher gekommen, wie ein Liebhaber in das Bett seiner Mätresse steigt ... Ich habe nie verstanden, wieso Künstler in dem Ruf stehen, in Cafés herumzusitzen und zu schwatzen, wo wir doch alle so von der Arbeit besessen sind. Sogar ich, der ich mich anscheinend mehr als manch anderer unter Leuten herumtreibe, der ich in dieses herrlich grüne Hyland gezogen bin, halb der Einsamkeit, halb der Geselligkeit wegen – sogar ich mußte mich manchmal zwingen, die Arbeit hinzulegen und zu Bett zu gehen, damit ich einigermaßen früh wieder aufstehen und meinen Kindern Frühstück machen konnte.

Ein falscher Schritt, und er müßte den Rest seines Lebens Gefängniskost essen. Wabblige Eier, graues Toastbrot. Schon dabei drehte sich mir der Magen um. Dazu hatten wir ihn nicht in die Welt gesetzt. Wir hatten ihn nicht großgezogen, damit er in der Blüte seiner Jugend ins Gefängnis ging, bei völlig intaktem Verstand, sein Körper kaum benutzt. Ich konnte ganz rührselig werden angesichts all des Schönen, das er nie erleben würde, all der Länder, die er nie besuchen würde – keine Seine, keinen Prado, keine Fontana di Trevi.

Für Taten, die im Affekt begangen wurden, gab es Gnade selbst vor Gericht. Und wie man mir gesagt hatte, gab es gewisse Spielräume für Übermaß, Fehleinschätzung, unkontrollierbaren Trieb. Aber konnten wir auf die Geschworenenbank vertrauen? Würden sie einem sinnlos geopferten Leben nicht noch ein gutes hinterherwerfen? Ich sah wieder Jacobs Schlüsselanhänger, Marthas loses Bikini-Oberteil, sie selbst kokett abgewandt, nachgiebig, provokativ. Aber was brachte das? Am Ende war er der Mann mit der Keule, so würden es die Geschworenen sehen. Seht diesen Kerl, er hat sie in die ewige Nacht geprügelt, nur weil sie ihm unter die Haut gegangen ist und ihn ein bißchen gekitzelt hat.

Panos sagte, es gebe darüber zwar keine Statistiken, aber etwa die Hälfte aller Eltern, die er kenne, würde ihren eigenen Kindern die Polizei auf den Hals hetzen. Das hieß allerdings auch, daß die andere Hälfte es nicht tat. Eine Frage des I Ging vielleicht, oder des Beichtstuhls. Sehr oft erfahre man natürlich nie, sagte er, was Eltern wüßten und wovor sie die Augen verschlössen; sie gingen ja nicht damit hausieren. Sogar bei Drogen, sogar wenn ein Jugendlicher seiner Großmutter das Gold aus den Zähnen stehle ... es sei das gleiche, wie wenn Kinder ihre Eltern schützten, von denen sie mißhandelt würden, sie lögen und nähmen es lieber weiter auf sich, als daß sie sich von ihnen trennten. Er erzählte mir das, weil ich ihn danach fragte.

Man muß wissen, daß so ein Strafverteidiger ja nicht einfach ein umgekehrter Staatsanwalt ist. Er neigt durch Übung, Temperament vielleicht, eher zu etwas Mitgefühl für seinen Bösewicht. Er betrachtet den ganzen erbärmlichen Schlamassel, den er da ausgräbt, eher wie einer, der im Kaffeesatz liest, ein Leben daraus zusammensetzt, seine Hintergründe, seine Qualen. Ich dachte, Panos würde es gern sehen, wenn Jacob ungeschoren davonkäme. War das eine Wunschvorstellung? Dachte ich vielleicht eher, daß er nur seine Bilanz nicht verschlechtert sehen wollte, seine Gewinn- und Verlustrechnung?

Ich kritzelte auf meinem armen vernachlässigten Skizzenblock herum, schraffierte und schattierte und erschuf Jacob. Ich hatte ihn schon so oft gezeichnet, daß ich seine Züge im Schlaf skizzieren konnte, kannte all die kleinen Ecken und Bögen, die der Stift machte, um ihn erkennbar werden zu lassen. Es ist nur ein schmaler Grat zwischen Portrait und Karikatur, es kommt darauf an, wie stark man die Eigenart bestimmter Züge hervorhebt. Vorstoß, Rückzug, Korrektur, Revision. Weniger Hals, mehr Stirn. Seine Nase ist nicht so spitz. Die Wangen zur Zeit schmaler. Das Ganze kostet nur dreißig Sekunden. Wenn es klappt, ist es ein Wunder. Ich hatte jetzt sein Bild unter meinen Händen.

Ich warf Scheite in den Holzofen und blieb davor stehen, die leeren Hände ausgestreckt; ich bewegte sie darüber wie der Zauberkünstler, aus dessen Zylinder gleich die Taube fliegt. Was einem im Leben so alles *beinah* passiert, mit schierem Glück aber eben nur beinah. Wenn man je Auto gefahren ist, ist man auch schon beinah gestorben. Hat man beinah getötet. Dazu all das, was man um ein Haar an den eigenen geliebten Kindern angerichtet hat, im Zorn. Und sofort bereut. Unglücksfälle, Jähzorn, unversöhnliche Träume – wie der schmale Grat zwischen Portrait und Karikatur. Wie kann er für eine einzige Tat sein Leben verlieren? Ich habe das Gefängnis gesehen, mit Rollstacheldraht bewehrt wie eine Kampfstellung.

Gut, ich hatte meine Kinder gehabt, meine Karriere, sogar meine kleinen Erfolge. Ich wünschte, ich könnte statt seiner gehen. Ich täte es, ohne zu zögern. Wer würde da zögern? Ein Kuhhandel neuer Art.

Ich muß den Kopf zurückgelegt und ein wenig gedöst haben. Was wäre, wenn. Niemand hatte ihn dabei beobachtet. Gut. Ein stiller Tag an der Poor Farm Road. Düster wie die Schraffierungen auf meinem Skizzenblock. Er war vor uns bestimmt ehrlich gewesen. Er war sein eigener Ankläger. Wenn er es nicht zugegeben hätte, könnten wir es dann überhaupt mit Bestimmtheit wissen, oder würden wir nur weiter mutmaßen? Wenn er geschwiegen hätte oder achselzuckend gesagt: »Ich weiß nicht, ich habe sie da stehenlassen«? Und ich hatte das Beweismittel vernichtet, bevor ich überhaupt richtig hatte nachdenken können. Ich hatte ihm einigen Spielraum verschafft.

Ich hielt mit nickendem Kopf ein U-Bahn-Schläfchen. Sah einen Polizisten über eine Leiche gebeugt und eine Zeichnung, vielleicht war es auch ein Foto, von einem Skelett darüber legen wie eine Decke. Biegsame Knochen, weil sie aus Stoff waren, ein Kostüm oder so ähnlich. Ich konnte nicht sagen, wer die Leiche war, nicht einmal ihr Geschlecht erkennen, aber ich fühlte, daß es Jacob war, wie es einem in Träumen so geht. Der Polizist war sanft. Er deckte die Leiche sorgsam zu, und sie lag auf einer Schnellstraße unter einer Decke aus Knochen, die im Dunkeln leuchteten. Autos fuhren drumherum, ohne ihr Tempo zu verlangsamen. Ich wachte auf und wußte, was wir tun würden. Ich fühlte das Ganze in meinen Händen wie etwas Greifbares, das eine Form hatte. Unter der guten Arbeitslampe lag es sichtbar vor mir. Wenn ich schon nicht *statt seiner* gehen konnte, vielleicht konnte ich doch an der Wahrscheinlichkeit, daß *er* gehen mußte, ein bißchen herumschnitzen. Hier eine Ecke abrunden, dort eine Kante schärfen. Kräftig daran arbeiten. Nur Mut. Und wenn sie am Ende mich holten, um so besser, dann holten sie vielleicht nicht ihn. Es starben Väter und Mütter, weil sie ihre Kinder vor heranrasenden Autos wegrissen. Wessen Leiche war das, unter dieser Decke aus Knochen?

Am Ende mußte jemandem vergeben werden, entweder Jacob für seine Tat, oder mir, weil ich nichts getan hatte. Lieber wollte ich – keinen Wettstreit, dachte ich, nein, bloß keinen Wettstreit – meine Vergebung ihm zukommen lassen.

Judith

Judiths Klavierlehrerin ließ sie eigene Musikstücke schreiben. Was sie machte, das wollte sie gut machen, und Harmonielehre war ihr ein Buch mit sieben Siegeln. Gerade schrieb sie ihre Komposition noch einmal ab, damit es wenigstens ordentlich aussah, dieses erbärmliche kleine Liedchen, das sie an den Kindergarten erinnerte. Sie saß am Klavier und keuchte schwer vor lauter Widerwillen.

»Du warst gar nicht da«, sagte ihr Vater plötzlich aus der anderen Zimmerecke. Er sagte es fest, mit heiserer Stimme.

»Bitte?« fragte Judith.

Jacob, auf dem Weg zur Treppe, wollte gerade durchs Zimmer gehen. Er hielt mitten im Schritt inne. »Was hast du gesagt?«

»Du warst überhaupt nicht da. Ihr hattet diesen Streit, und du bist wütend von ihr weggegangen. Du hast sie mitsamt den Schlüsseln beim Auto zurückgelassen. Also weißt du nicht, *was* passiert ist, während sie da allein an der Straße war.«

Ihr Bruder schwieg eine lange Minute. »Ich bin nicht ...«

»Dann hast du es dir anders überlegt und bist zurückgekommen. Wäre das nicht möglich? Hör zu: Du bist total umnebelt nach Hause gefahren und dann nach Cambridge abgehauen, um wegzukommen. Um nachzudenken. Weil du natürlich wußtest, daß man dich zwangsläufig verdächtigen würde.«

Sie hörte das »tch«, das ihr Bruder beim Nachdenken machte, indem er die Zunge über den Gaumen zog. »Und der Wagen? Warum sollte ich den herbringen und ohne ihn abhauen?«

Auch ihr Vater dachte nach. Sie heckten etwas aus, das sah Judith, beider Augen leuchteten vor Eifer, sie grübelten wie über einem gemeinsamen Projekt auf dem Arbeitstisch, ein Herz und eine Seele. Ihr Vater beugte sich über seine Knie weit nach vorn – über ihre Noten hinweg konnte sie ihn gerade noch sehen. Er ließ seine Knöchel knacken und richtete sich wieder auf. »Damit dich niemand fand. Ein Auto ist immer leicht aufzuspüren. Das macht die Polizei alle Tage. Aber wenn du wirklich weg wolltest... ich meine, du warst in Todesangst. Wer wäre das nicht?« Er sah sehr zufrieden aus. Das fehlende Glied.

»Mann, Dad!« Jacob atmete so kräftig aus, daß er die Lippen blähte, und ließ ein langgezogenes »Uiii« hören. »Meinst du wirklich, das könnte – das ist doch zu simpel. Es kommt mir zu leicht vor.«

Ihr Vater ging zu Jacob, der noch immer völlig verdutzt da stand, wo er angehalten hatte, vielleicht um es ihm zu ersparen, durchs Zimmer gehen zu müssen, und nahm ihn in die Arme. Er war so groß und breit, daß er fast jeden in seinen Armen verstecken konnte. Sie waren nie so liebevoll miteinander umgegangen, als Jacob nur Jacob war, verdrießlich und ungehorsam. Jetzt war er gewiß geneigt zu gehorchen. Es war ekelhaft, wie eifrig er bei der Sache war.

Judith hielt die Luft an. Sie fürchtete, das ganze Zimmer würde vor Falschheit stinken, wenn sie einatmete. Sie wußte nicht recht, wie das riechen würde, aber sie hielt sich mit der einen Hand Mund und Nase zu und schloß vor ihnen allen die Augen. Falls sie überhaupt wußten, daß sie da war, kümmerte es sie nicht.

»Dad«, sagte ihr Bruder schließlich. »Jemand hat mich gesehen. Da war doch ein Zeuge, der uns zugewinkt hat, als wir am Zaun festsaßen, und er hat doch noch gefragt, ob wir Hilfe brauchten, und wir haben nein gesagt. Ich weiß nicht, wie viele uns noch gesehen haben.«

»Du brauchst dich an keine Zeugen zu erinnern, Jake. Das ist eine stille Straße.«

»Na hör mal.«

Ihr Vater grinste wie Jack Nicholson, ein bißchen wüst, aber auch ein bißchen charmant. »Aussage gegen Aussage.«

»Wobei der eine wegen Mordes angeklagt ist.«

»Was du nicht sagst. Es hat schon Seltsameres gegeben, ein wegen Mordes Angeklagter könnte ja sogar einmal die Wahrheit sagen. Überhaupt, wer weiß, was der andere vielleicht für einer ist? Könnte ja einer sein, der wütend ist und gern mithelfen möchte, jemanden zu verurteilen. Ein Freund der Familie des Mädchens. Das gibt der Anklage nicht viel in die Hand.« Er redete so begeistert, daß der ganze Plan einem vorkam wie ein Spiel, das er aus reinem Vergnügen spielte. »Oder – paß mal auf, er hat dich also gesehen. Du streitest ja nicht ab, daß du da warst, du warst steckengeblieben, oder? Aber das ist – du verstehst, das ist noch kein *Mord*. Das war das erste, was Panos zu mir gesagt hat, er hat gesagt: ›Mord ist nur ein tätlicher Angriff ohne Zeugen‹, so ähnlich jedenfalls. Was haben die denn als Beweis dafür, daß du wirklich etwas verbrochen hast?«

»Das Auto. Den Wagenheber.«

»Sauber. Weg.«

»Bist du dir mit dem Auto sicher? Woher weißt du, ob die nicht – na ja, du weißt schon, ob da nicht noch irgendwelche Blutflecken drin waren? Vielleicht haben die einen Hund, der das für sie ausschnüffelt, oder einen Test oder so, wer weiß schon ...«

Ihr Vater überlegte. »Ich nicht. Ich bin nur ziemlich sicher, aber wer weiß, es hängt wahrscheinlich davon ab, wie genau und gründlich – wie gründlich die Suche ist. Ich war jedenfalls unglaublich sorgfältig. Der ganze Kofferraum ist – umgeräumt. Und der Wagenheber...« Er legte ein Weilchen den Kopf in die Hände, er schien sich von einer schweren Anstrengung auszuruhen, und wer konnte es ihm verdenken? »Jake, ich hab's dir doch schon gesagt. Vergiß ihn, er ist längst verschwunden. Glaub mir. Selbstvernichtung. Als hätte es ihn nie gegeben.«

»Selbstvernichtung, ha.« Jacob setzte sein einnehmendstes

Grinsen auf. »Soll ich nicht fragen?« War das derselbe Bruder, der nicht mit ihnen reden wollte, bevor er nach Hause kam, kein Wort, kein Blick, nur Wut? So einfach ist das, dachte Judith. Das Ganze, die tote Martha, der brüllende Jacob, der den Wagenheber schwang, während er im Halbdunkel auf sie zuging und sie traf, mit einem entsetzlichen Laut, Stahl auf Knochen, das alles sollte jetzt auf einmal lange her sein. Wenn im Wald ein Baum niederstürzt und niemand es hört (damit verglich sie es am liebsten) ... aber, begehrte Judith auf, aber, aber, aber, selbst wenn der Baum unbemerkt am Boden liegt, das Mädchen ist trotzdem tot. Ob jemand sie schreien gehört hat oder nicht.

Judith mußte sich mit beiden Händen an ihrem Klavierstuhl festhalten, um still zu bleiben. Sie hatte sich inzwischen schon mehr als einmal gesagt, daß sie nicht die Familienpolizei war. Wenn es sie anwiderte, daß jemand lauschte oder glattweg log oder gar mit Waffen herumspielte, mußte sie damit allein fertig werden. Sie fragte sich, ob das so die Dinge waren, die einen Menschen dazu brachten, wegzulaufen – der Gedanke hatte sie immer abgeschreckt, aber so ganz allmählich konnte sie sich vorstellen, von ihnen allen so weit wegzurennen, wie es nur ging. Noch nicht, aber bald ...

Es war ein bißchen furchteinflößend, so zu denken, denn am Ende könnte sie dann womöglich auch Selbstmord verstehen. Bisher erfüllte nur Jacob das eine oder andere ihrer zulässigen Kriterien für Selbstmord: Er hatte etwas zu Schreckliches getan, um damit leben zu können, etwas, was nicht mehr ungeschehen zu machen oder zu verbessern war. Schuld, körperlicher Schmerz und eine allzu unerträgliche Welt, das waren die einzigen drei nachvollziehbaren Motive, die sie finden konnte. Tod eines geliebten Menschen, zum Beispiel eines Kindes, das vielleicht auch noch, oder eines Liebsten, wie bei Romeo und Julia, aber das glaubte sie eigentlich nicht. (Sie räumte ein, daß sie da vielleicht nicht mitreden konnte, da sie noch nie verliebt gewesen war, nicht einmal nahe daran.) Er hätte das Recht, sich umzubringen. Oder zumindest könnte er, indem er es täte, beweisen, daß es ihm ehrlich leid tat. Sonst war er doppelt schuldig, wenn er weiterlebte, und ihr Vater war noch schlimmer. Sie sah sein Lächeln, ein wenig boshaft, ein wenig drohend, insgesamt fremd, das er im Gesicht gehabt hatte, als er die wasserdichte Lüge ersann. Immer wenn Snappy einen Vogel fing oder ein Eichhörnchen oder auch nur eine kleine Eidechse, kam so ein seltsamer Ton aus ihrer Kehle, fast eine Bitte. Er klang merkwürdig, erregt und angstvoll zugleich. So ein quäkender Ton. Und so hatte er ausgesehen, auf eine ganz komische Weise. Sie hatte keine Worte dafür; im Augenblick hatte sie keinen Namen für ihren Vater.

Ben

Wenn Panos Jacob gekannt hätte, wäre seine Geschichte ihm zumindest etwas verdächtig vorgekommen – Pausen, flehende Blicke zu mir, scheinbare Konzentrationsschwächen, die aber, wie ich genau merkte, nur schlechtes Gewissen waren, das ihm im Hals steckte wie eine Pille, die nicht runtergehen wollte. (Oder wenn es nicht schlechtes Gewissen war, dann Unsicherheit – er lebte noch nicht so lange mit der revidierten Fassung. Oder beides.) Ich denke, Panos hat wahrscheinlich angenommen, daß er einen sehr jungen Burschen vor sich hatte, dem vor der ganzen Situation himmelangst war, der gerade erst aus der Kälte seines benommenen Schweigens zurückgekehrt und nun eben schüchtern war in Anwesenheit eines Anwalts: Wer konnte es ihm verübeln, wenn er nervös war?

Es überraschte mich ein wenig, daß er Jacob nicht allein ins Verhör nehmen wollte. Vielleicht aus reiner Güte, damit er ganz entspannt bleiben konnte. Vielleicht brachte es ihm mehr, wenn er uns zusammen sah; oder er tat es bewußt. Jedenfalls kannte Panos Jacob nicht. Darum hörte er sehr aufmerksam zu, während seine Assistentin – eine ernste, nonnenhafte junge Frau in dunklen Kleidern mit Perlen und mattblondem Haar, Mag Trottier mit Namen – alles gewissenhaft mitschrieb, was er sagte, und es zur Sicherheit auch noch auf Tonband aufnahm. Panos unterbrach ihn so wenig wie möglich, aber er hatte ein paar Fragen. Nur einmal machte ich mir wirklich Sorgen um meinen Sohn. Das war an der einen weichen Stelle, dem einen durchhängenden Brett, der imaginären Handlung zwischen den zwei tatsächlichen. »Sag mal, Jacob, was hattest du denn so im Sinn, als du sie allein beim Auto gelassen hast? Wolltest du Hilfe holen, oder warst du wütend oder...« Wie nannte man das vor Gericht, Einflüsterung? Nein, Suggestivfrage. Er suggerierte ihm verschiedene plausible Möglichkeiten. (Etwa weil er glaubte, Jacob könne selbst mit keiner aufwarten?)

Jacob warf mir einen Blick zu, schnell wie der Hieb einer Katze. »Laß dir Zeit«, hätte ich ihm gern gesagt. *»Mal dir das aus.«* Ich selbst tat nichts anderes, als mir Situationen auszumalen. Es fiel mir nicht schwerer, mir die neue Geschichte vorzustellen als die alte. Für ihn war das wohl schwieriger.

»Ich hatte einfach eine Wut«, sagte er schließlich, fast unhörbar. Wahrscheinlich kam es seiner wahren Empfindung zu diesem Zeitpunkt ziemlich nah. »Ich war – ich wollte nichts tun, was ich dann bereuen würde.«

Vielleicht ein wenig zu nah? Aber Panos schluckte es. Wahrscheinlich hörte es sich ungemein ehrlich an: zuzugeben, daß man um ein Haar versucht gewesen wäre, handgreiflich zu werden, aber man hatte sich, wenn auch mit Mühe, noch immer in der Gewalt gehabt.

»Und was hast du gemacht, nachdem du weggegangen warst? Wie lange warst du weg?« Die Fragen wurden detaillierter, die Fehlermöglichkeiten nahmen zu. Herrje aber auch. Warum hatte er niemanden auf der Straße vorbeikommen sehen, als er wegging? Er sei nur ein Stück weit gegangen, sagte er, und dann von der Straße weg in den Wald. Im Schnee? Der sei dort dünner. Warum in den Wald? Er wollte niemandem begegnen, und falls sie ihm nachkäme, wollte er nicht gefunden werden. War ihm jemand begegnet? Nein, aber in seiner Wut hätte er das wohl auch gar nicht gemerkt, er hatte anderes im Kopf als den Straßenverkehr.

»Ob sich wohl einer, der ihn gesehen hat, melden würde?« fragte ich, denn ich vergaß im Augenblick, daß er ja gar nicht dort gewesen war.

»Wie sich's anhört, war er ja wohl nicht sehr sichtbar«, meinte Panos neutral. »Wie weit bist du gegangen?«

Bis die ersten Häuser in Sicht kamen, wo die Bottom Street auf die Poor Farm Road stößt – er habe die Lichter gesehen, die um die Zeit wohl gerade angingen.

»Und warum bist du dann umgekehrt und zurückgegangen?«

»Weil ich mich wieder besser fühlte. Ich habe über unsern Streit nachgedacht und gefunden, daß wir uns noch einiges zu sagen hätten. Da bin ich schnell zurückgegangen.«

»Und wie lange hat das Ganze nach deiner Schätzung gedauert?«

»Eine halbe Stunde vielleicht. Mehr oder weniger, ich kann so was nicht gut schätzen.«

Dann hatte er sie also gefunden. Ich hoffte inständig, daß er ihre Lage relativ zu den Reifenspuren richtig schätzte, denn die hatten sie ja. Wahrscheinlich hatten sie Fotos. Konnte es noch ein winziges verräterisches Detail geben, zu klein, um es sich zu merken? Die Angst in seinem Gesicht war echt, als er davon erzählte. Niemand hätte die eine Art Angst von der anderen unterscheiden können.

»Und keine Waffe in der Nähe?« fragte Panos.

»Gesehen habe ich keine. Aber es war dunkel, und ich war – ich hatte solche Angst.«

»Wo waren die Autoschlüssel?«

»Im Kofferraum. Im Kofferraumschloß, meine ich.« O Gott, ein Schatten, den die wahre Geschichte warf. Weil er doch den Wagenheber habe herausholen wollen.

»Da hattest du sie aber nicht steckenlassen?«

»Ich weiß nicht«, sagte Jacob. »Ich könnte nicht beschwören, wo sie waren. Wahrscheinlich im Zündschloß, ich wüßte nicht, warum sie woanders hätten sein sollen.«

Aber Panos fragte nicht nach dem Wagenheber, ob einer da war, und wollte auch sonst nichts über den Kofferraum wissen. Man hatte schließlich keine Waffe gefunden. Die hätte alles sein können, ein Stein, ein Stück Rohr, etwas, was der Mörder mitgenommen hatte. Ich dachte an den Miniwagenheber, harmlos zusammengelegt in seinem roten Kästchen. Hatte ich irgendeinen unvorstellbaren Mist gebaut, dem Polizeilabor die Suche leichtgemacht?

Fürs erste wollte ich lieber gar nichts sagen.

»Und«, fragte Panos mit einem undurchschaubaren Blick auf Mag Trottier, die mit dem Ernst eines Chirurgen bei der Operation über das Tonbandgerät gebeugt saß, »wie hast du den Wagen freibekommen, nachdem er im Schnee steckengeblieben war?«

Aber in dieser Version spielte die totale Immobilität des Wagens Gott sei Dank nicht dieselbe Rolle wie in Jacobs Geschichte. (Ob der Zeuge das Auto aufgebockt gesehen hatte, das war die Frage. Das würden wir womöglich erst erfahren, wenn es zu spät war.) Jacob zuckte die Achseln. »Ich mußte da weg. Ich hab einfach Vollgas gegeben und bin losgefahren.«

»Warum bist du nach Hause gefahren?«

Er stockte, und ich sah ihn fieberhaft überlegen. »Ich brauchte Geld.«

»Und keiner hat dich ins Haus kommen sehen?«

»Nein. Meine Eltern waren noch nicht zu Hause. Wo meine Schwester war, weiß ich nicht.«

Ein schlechter Zug, dachte ich. Das würden wir irgendwie geradebiegen müssen. Ich konnte nicht so schnell denken – nasse Fußabdrücke? Fehlte sonst noch etwas aus seinem Zimmer? Wo konnte Judith gewesen sein? (Ein Nickerchen gemacht, statt Klavier zu üben? Nur allzu einleuchtend!) Ein dünner Schweißfilm stand auf meiner Stirn und kühlte sie wie ein Windhauch.

»Du bist das Risiko eingegangen, all diesen Leuten zu begegnen?«

»Ich hatte mir überlegt, wenn der Wagen meiner Mutter da wäre, würde ich vielleicht nicht reingehen. Aber sie kommt nie so früh. Die anderen – da hab ich es einfach drauf ankommen lassen. Mein Vater ist um die Zeit normalerweise in seiner Werkstatt, und die ist nicht im Haus, sie ist ein Stückchen weiter oben, hinter der Garage. Und ich dachte, wenn ich Judith sähe, der könnte ich – irgendwas erzählen. Egal was. Sie verstehen.« Er hob wieder die Schultern. »Sie glaubt mir so ziemlich alles, was ich sage.«

Falls Panos es seltsam fand, daß Jacob an diesem Nachmittag durch Hyland gefahren sein sollte, als wäre es eine verlassene Stadt, ohne jemanden zu sehen oder gesehen zu werden, sagte er jedenfalls nichts davon. Mir aber wurde plötzlich klar, daß Unsichtbarsein ebensosehr ein Problem sein konnte wie eine Lösung – man hatte keine Alternativen zu bieten. Es ließ einen sozusagen nackt dastehen. Es ging mir gegen den Strich, Panos für dumm zu verkaufen, ich fand es geradezu ekelhaft. Aus unseren Lügen persönlichen Vorteil zu ziehen, war mir zuwider.

Panos lehnte sich zurück, schloß die Augen und hielt die Hände vor sein Kinn wie ein Kind, das mit den Fingern eine Kirche mit Turm formt. »Na schön, Jacob«, sagte er endlich. »Und wenn ich nun sage, es ist ziemlich klar, daß du es warst, daß du ihr etwas auf den Schädel gehauen und dich aus dem Staub gemacht hast?«

Ich weiß nicht mehr, ob wir beide laut nach Luft schnappten. »Aber ich ...« Jacobs Gesicht war von einer Sekunde auf die andere mit diesem gefährlichen Rot angelaufen. Ich kam mir vor wie unter Wasser, wo ich keine Luft bekam.

»Tun wir einfach mal so – als wenn ich jetzt der Staatsanwalt wäre – es ist ja genauso gut möglich, daß du es warst, der sie totgeschlagen hat, wie könntest du beweisen, daß du es nicht warst? ›Keiner hat was gesehen‹ funktioniert nämlich in beide Richtungen.«

»Aber«, fing Jacob wieder an. Ich hielt mich zurück, indem ich die Fingernägel tief in meine Oberschenkel grub, seitlich, wo man es nicht sah. Er schaute mich an wie ein Ertrinkender.

»Beantworte das nicht!« sagte Panos sehr laut und hob die Hand wie ein Verkehrspolizist. »Merk dir das, Jacob, auf diese Frage brauchst du nicht zu antworten. Das müssen *die* tun. Sie müssen *dir* etwas beweisen, *du* mußt nicht das Gegenteil beweisen.«

»Wozu sind denn dann Alibis gut?« fragte ich. Ich glaube, mein Blutdruck sank wieder ein bißchen.

»Alibis sind sehr nützlich. Aber Prozesse gewinnt man damit selten. Sie sind nur eine andere Form von Hörensagen – sehen Sie, ein Freund, die Mutter, irgendwen findet man immer, der einem aus der Patsche hilft, indem er sagt, sie hätten alle beieinander gesessen und das Spiel der Celtics gesehen und Salzbrezeln gegessen. Es ist besser als nichts, aber schwammig.« Er stieß zwei Finger in die Luft. Sie gab nach. »Solche Fälle werden nach wie vor mit harten Fakten gewonnen oder verloren, und es wäre besser, wenn sich noch irgendwo ein paar solide Beweise finden ließen.«

»Dann ist das also gut?« fragte Jacob und sah zum erstenmal an diesem Vormittag wirklich unschuldig aus.

»Es ist – vielleicht besser. Als gut würde ich nichts von alledem bezeichnen.« Er seufzte. »Gut wäre es, wenn du es von vornherein nie nötig gehabt hättest, diese Kanzlei zu betreten oder gar den Gerichtssaal. Gut ist – na ja – im Bett zu sterben. Und in deinem Fall auch das noch lange nicht.« Er lächelte Jacob traurig an. »Wobei mir einfällt – Mrs. Reiser? Pardon, *Dr.* Reiser? Darf ich fragen, wo sie sich heute vormittag aufhält?«

Was das heißen sollte, war klar – hatte sie Wichtigeres zu tun als hierherzukommen und die Verteidigung ihres Sohnes zu besprechen?

Wir zögerten beide. Die Möglichkeiten sausten vorbei wie die Zahlen auf einem Glücksrad.

Jacob sagte, noch ehe ich eine bessere, geschicktere Erklärung fand, sie sei erkältet. Sie habe sich elend gefühlt und gemeint, sie könne sowieso nicht viel nützen, fuhr er fort. Ich wünschte, er würde den Mund halten. Panos machte eine Notiz und lächelte, die Karten vor der Brust. Dieses Lächeln gab mir das Gefühl, als Angeklagter vor dem Ankläger zu stehen.

Ich fragte ihn, ob er Anspruch auf eine Zeugenliste habe. Er stehe auf gutem Fuß mit der Staatsanwaltschaft, sagte er, demnach werde es da wohl keine Schwierigkeiten geben.

Jacob war stumm und furchtbar blaß. Ich holte tief Luft und fragte, wie unser Fall denn nun stehe.

Panos zuckte die Achseln. Mag Trottier schaute elend drein, aber ich sollte noch merken, daß sie immer elend dreinschaute, als ob es ihr ein Graus wäre, sich mit einem potentiellen Schurken im selben Zimmer zu befinden, und keineswegs ihr eigener Wille. Sie erinnerte mich an meine Kusine Frannie, die ans Wellesley ging, als ich etwa zwanzig war, so ausstaffiert, daß sie nur ja nicht ins Auge fiel, statt dessen Solidität ausstrahlte, ehefrauliche Sittsamkeit, als ob sie eine feste Säule wäre, an der man beim Aufstieg Halt und Stütze fand. Ein braves Mädchen von Beruf. Himmel, wie ich diese braven Mädchen verachtete. Ich dachte einen Augenblick an Martha, wie sie Jacob haßte, weil er nett zu ihr war. Aber schließlich entwuchs ich diesem dummen Baudelaireschen Traum, ich brauchte nur genug Zeit und Carolyns liebevolle Geduld. (Und zum Ausgleich war Frannie, die planmäßig ihren Harvard-Absolventen geheiratet hatte, später selbst ein bißchen aus dem Ruder gelaufen, als die vollkommene Ehe schal wurde, und hatte sich noch ein paar späte Hörner abgestoßen und ein paar höchst unsittsame Dinge getan, die ihrer vom Korsett befreiten Seele einiges Vergnügen bereitet haben müssen.)

Panos holte mich zurück. »Ich denke, wir werden uns über Verschiedenes den Kopf zerbrechen müssen. Aber ich will Ihnen sagen – wenn die nicht sehr viel mehr zu bieten haben als ein paar Leute, die im Auto vorbeigefahren sind und ihn nicht gerade auf frischer Tat im Scheinwerferkegel hatten...«

Jacob blinzelte, als würden die Scheinwerfer in diesem Moment auf ihn gerichtet.

»Dann können die sich ihren Fall womöglich an den Hut

stecken. Das soll nicht heißen, daß es so einfach sein wird. Ich brauche noch einige zuverlässige Informationen über die gerichtsmedizinische Untersuchung. Aber...«

Ich nehme an, wir hatten ihm die Steine geliefert, und nun mußte er ein Haus daraus bauen, das Gebäude sorgfältig zusammenfügen, damit es jeder Erschütterung standhielt. Er schien schon ganz woanders zu sein, von uns fortzugleiten oder vielmehr entschlossen seinen eigenen Weg zu gehen und die Bausteine mitzunehmen, um sie noch einmal bei besserem Licht zu betrachten. Ich wußte nicht, wieviel Begeisterung ich von Panos hätte erwarten dürfen. Ich glaube, ich wartete darauf, daß sein mediterranes Temperament mit ihm durchging und er uns lauthals gratulierte, nachdem die Geschichte in dieser gereinigten Fassung vorgetragen war, die Jacob von jeder Schuld freisprach. Seine Stirn blieb jedoch gerunzelt, sein Mund fast altjüngferlich geschlossen, während er an den Problemen arbeitete, die er selbst damit hatte, und rasche Notizen auf seinen Block warf, als ginge uns das Ganze nichts an. Er war wie Wendell, ich glaube, die sind alle gleich: Er brauchte sich an meinem Phantasiegebilde nicht aufzuhalten, er brauchte nicht so viele weiche Fakten, um damit zu spielen. *Glaubt er es?* würde Carolyn wissen wollen. *Spielt es eine Rolle, ob er es glaubt?*

Wir waren schon an der Tür, als Panos die Hand auf Jacobs Arm legte. »Jake, ich bin manchmal ein bißchen langsam. Wie gesagt – man wird alt. Eine Kleinigkeit muß ich dich hier und jetzt noch fragen.«

Jacob schien zu Tode erschrocken; seine helle Haut war wie ein Thermometer, die Röte stieg ihm immer höher in die Wangen wie das Quecksilber, wenn es heiß wird.

»Nur aus Neugier. Worüber habt ihr zwei euch denn gestritten? Weswegen warst du so wütend?« Panos schlug sich an die Stirn. »Nicht zu fassen, daß ich das glatt verschwitzt habe.«

Er war unaufrichtig, glaubte wohl, er könne Jacob auf dem falschen Fuß erwischen. Ich hätte darauf gewettet. Nach dem Motiv zu fragen, das vergißt man nicht.

Mein Sohn lächelte; zögerte; lächelte noch breiter, wie ein Schaf. »Zum einen war sie schwanger.«

Panos' Gesicht lief dunkel an vor Überraschung. Auch er lächelte, als hätten sie miteinander etwas zu blödeln. »Junge, ich glaube, jetzt müssen wir uns doch noch mal hinsetzen, nur ganz kurz. Das klingt gewissermaßen ernst.« Er faßte Jacob am Arm und drehte ihn sanft herum.

Jacob wartete nicht erst, bis er saß. »Ich glaube aber, es war von einem anderen. Das hat sie jedenfalls gesagt.«

Panos sah aus, als wollte er vor Aufregung aus dem Zimmer stürzen und einmal um den Block rennen.

»Ist das gut, Panos?« fragte ich ihn.

»Sehr gut, mein Freund. Es ist das Beste, was ich heute zu hören bekommen habe. Du glaubst also, das Baby war von einem anderen? Warum?«

Er zuckte die Achseln. »Weil sie's mir so gesagt hat. Ich konnte – sozusagen – ich hab's ihr geglaubt.«

»Und weißt du auch, von wem? Heiliger Bimbam. Oder hast du eine Ahnung?«

Jacob schüttelte den Kopf.

Panos ließ einen Juchzer los wie ein betrunkener Footballfan und streckte den Daumen hoch. »Du bist also sicher. Und es kann nicht doch von dir gewesen sein?«

»Hm, wie meinen Sie das? Meinen Sie, ob wir – Sie wissen schon ...«

»Richtig. *Du weißt schon.*«

Jacob seufzte. »Also, na klar haben wir. Ist doch so. Aber sie hat mir gesagt, es ist von einem anderen.«

»Aber Jacob. Junge. Was heißt, ›sie hat mir gesagt‹? Sie könnte dir das aus vielerlei Gründen gesagt haben. Daß sie dir einfach die Wahrheit sagen wollte, ist bei ihr wohl nicht so sehr anzunehmen.« Er klappte die vorher beschriebene Seite noch einmal auf und kritzelte weitere wichtige Notizen darauf, krakelig wie ein Arzt, der ein Rezept ausstellt. »Zuallererst müssen wir jetzt von dem Gerichtsmediziner einen DNS-Test machen lassen. Jesses. Der kann uns raus- oder reinreißen.«

Nicht nur das könnte uns reinreißen, dachte ich. Was würde er sagen – bestimmt mehr als ›Jesses‹ –, wenn er wüßte, daß ich gelogen hatte, manipuliert, geschwindelt? Und wenn ich das alles beschwor, leistete ich auch noch einen Meineid. Eine gewisse Abgestumpftheit mußte mich erfaßt haben, sonst wäre ich beim bloßen Gedanken an die Schlagzeilen, geschweige die Gefängniszelle, am Boden zerflossen. Ich denke, so fühlt sich das an, wenn man sich zu etwas entschlossen hat: Die eigenen Prinzipien machen einen unempfänglich für bloßes Gefühl. Es war lehrreich. Und eine einsame Erfahrung.

Ich betete, daß ich nichts kaputtgemacht hatte, außer – zu spät, dafür zu beten – außer meiner Ehe. Carolyn hatte heute morgen, bevor wir zu Panos fuhren, nicht mit mir gesprochen. Sie hatte in ihrem Bademantel dagesessen und in den mystischen Dampf ihres Kaffees gestarrt, stumm wie mein hölzerner Schamane. Ich hatte ihr gesagt, was wir vorhatten. Ich hatte ihr versprochen, daß es klappen würde. Sie hatte kein einziges Wort dazu gesagt. Ich weiß nicht, ob sie uns auf dem Weg zur Tür verflucht oder uns Glück gewünscht hat. Es war nicht fair von Panos, fand ich, uns ihre Abwesenheit zum Nachteil anzurechnen, als wäre sie eine Zeugin und hätte die Aussage verweigert, aber er hätte recht, wenn er es für vielsagend hielte. Es war vielsagend. Ich hätte mir gern eingebildet, es wäre nicht so.

Als wir wieder im Auto saßen und durchs Verkehrsgewühl zur Queen City Bridge und von dort auf die Schnellstraße fuhren, war Jacob schweigsam. »Alles klar?« fragte ich. Das Radio war nicht an, und wir hatten eine Menge toter Luft zwischen uns.

Er zuckte die Achseln.

Ich wollte nicht drängen – die schwere Hand, vor der mich Tony Berger gewarnt hatte. Weiß Gott, er hatte Grund genug, bedrückt zu sein. Aber diese bedrückte Haltung sah mehr nach Verdrossenheit aus. »Jake?«

Er zuckte nur mit einer Augenbraue, nicht gerade zugänglich. Er verschwand fast unter seiner Mütze; es schien, als versteckte er sich darunter. (Die Mütze war das erste, wonach er verlangt hatte, als sie ihm seine Sachen wiedergaben; er hatte sie liebevoll in die Form eines Baretts zurechtgedrückt.)

»Wie findest du, daß es gelaufen ist?«

Lange Pause. Ich meine, wirklich lang. Schon wollte ich noch einmal fragen.

»Du meinst, ob er es gut fand?«

»Was?«

»Oder ob *ich* es gut fand.«

»Was gut fand?«

Endlich drehte er sich mit dem ganzen zusammengesunkenen Körper zu mir um. »Deine Geschichte.«

»Mein Gott, ja. Also gut, meine Geschichte. Unsere Geschichte.«

Er wandte sich ab, und ich sah, daß seine Augen voller Tränen waren. »Deine.«

»Jacob.« Ich hätte am liebsten angehalten. Wenn ich nicht einen Kleinlaster rechts von mir gehabt hätte, wäre ich von der Straße runtergefahren. »Jacob, sieh mich an.«

Er schniefte, aber es war Arroganz, kein Weinen. Es war sein rotzfreches Scheiß-drauf-Schniefen, sein Sag-mir-bitte-nicht-was-ich-zu-tun-habe.

»Willst du nicht deinen Hals retten?«

»Hör mal, wer rettet hier eigentlich meinen Hals?«

»Gut, ich frage dich noch einmal, ja? Sei nicht kindisch, Jake. Willst du deinen Hals retten? Oder willst du dich der Gnade fremder Leute ausliefern? Die werden nämlich nur einen Blick auf dich werfen, ein kräftiges, selbstbewußtes Mannsbild mit jähzornigem Temperament – *nachweislich* – und dann werden sie die Fotos von diesem zarten blonden Mädchen sehen, dessen Kopf...«

»Sie war nicht zart.«

Ich lächelte. »Akzeptiert. Also, sie war nicht zart, sie war ein männermordendes Ungeheuer. Aber das können die nicht sehen, auf dem blöden Foto sieht man das nicht. Und selbst wenn – was erwartest du eigentlich von denen? Das sind keine Leute, die dich lieben.«

»Ja gut, ich weiß«, sagte er, sehr ungehalten. »Das habe ich schon mal gehört.« Er sagte es in einem Ton, als sprächen wir über zu spätes Heimkommen.

»Jacob, weißt du, worauf ich hinauswill? Ich möchte das nur klarstellen, ja? Ich will nichts weiter, als daß wir zuerst mal dein Leben retten, um deine Seele können wir uns dann hinterher kümmern. Dringe ich damit zu sehr in deine – wie sagt man, deine Sphäre? Sag's mir, wenn es so ist.«

Er schloß die Augen. »Ich weiß nicht, Dad. Entschuldige. Ich weiß nicht, was es ist. Natürlich bin ich dir dankbar.« Ganz tonlos. Er rutschte noch tiefer in seinen Sitz und legte die Füße aufs Armaturenbrett. Seine Turnschuhe hinterließen einen Nebel staubiger Abdrücke. »Laß mich einfach mal schlafen, ja? Ich bin so müde, Gott, du kannst dir nicht vorstellen, wie müde ich bin.«

Wir nahmen den Weg durch die Berge, diese langgestreckten überhöhten Kurven, durch die sich die Straße wand wie ein Fluß. Tempo. Der Wind zerrte an dem Wagen, während er den Curry Mountain hinunterjagte, der Lärm würde uns erschlagen, wenn ich das Fenster öffnete. Herrgott noch mal, dachte ich, während ich verbissen weiterfuhr. Ich bin nicht Abraham. Ich werde nicht meinen Sohn auf dem Altar irgendeiner Macht opfern, die nach ihm verlangt. Ich bin kein Ausbund an Rechtschaffenheit wie Abraham. Er mag ja der Vater seines Volkes gewesen sein, aber – o

Blasphemie – er war seinem Sohn kein guter Vater. Wen gibt es da draußen, dem man trauen kann? Wer kann uns im Dickicht des Rechts einen Widder versprechen?

Jacob hatte den Kopf zum Fenster gedreht. In dieser Stellung verharrte er, bis wir durch den Schneematsch auf unserer Einfahrt fuhren. Und ich hatte noch nicht den Motor ausgeschaltet, da war er schon zur Tür hinaus und fort.

Carolyn

Sie waren unter Strafandrohung vorgeladen, in einer Sprache, die nur Unterwerfung duldete. Sie sollten vor Gericht in Howe erscheinen und Fragen beantworten. Die Grand Jury wollte es so.

Wendell, der zu ihnen gekommen war, um sich ein Footballspiel im Fernsehen anzusehen und, wie Carolyn fand, sich fast wehmütig zu erkundigen, wie sie mit Panos zurechtkämen, erklärte ihnen die Sache mit der Grand Jury so ausführlich, daß Carolyn irgendwo zwischendrin den Faden verlor. Es war schlimmer, als wenn jemand mit einfachen Worten Football zu erklären versuchte. »In Großstädten«, sagte Wendell, »tagen diese Jurys ständig. Hier draußen gibt es so wenig zu tun, da brauchen sie die halbe Zeit gar nicht zusammenzutreten.« Er zwinkerte ihnen zu. »Darum leben wir ja schließlich hier.«

Sie stand auf und richtete ein Tablett mit Knabberzeug her, ganz wie in einem echt amerikanischen Haushalt: Kartoffelchips, Tortillachips, Bier. Das einzige, was sie über eine Grand Jury zu wissen brauchte – dieser hoheitliche Name, der sie ans England des zwölften Jahrhunderts denken ließ –, war doch, daß man hinging, wenn man gerufen wurde. Es war noch kein Prozeß, hier wurde nur darüber entschieden, *ob* es überhaupt zu einem Prozeß kam.

»Das ist zum Schutz des Beschuldigten«, beteuerte Wendell, indem er die Beine von sich streckte, lässig, obwohl der Beschuldigte ihr nicht besonders geschützt vorkam: Er würde keinen Anwalt haben, es war kein Richter da, jeder durfte nur seine eigene Aussage hören. Sie konnten gegen nichts Einspruch erheben. Schutz?

(»In Wirklichkeit läuft das so«, sagte ihnen Panos in dem Ton, in dem er stets das auf der Hand Liegende erklärte, »daß der Staatsanwalt bekommt, was er haben will. Ganz einfach. Oder sie – unsere Mag erinnert mich daran, daß sie mit etwas Glück eines schönen Tages einmal Staatsanwältin sein wird. Nicht meine Vorstellung von Glück. Ich hätte nie gedacht, daß sie rotes Fleisch so liebt, aber... egal. Er, sie oder sonstwas präsentiert nur Fälle, an denen was dran ist. Das müssen Sie einfach wissen. Wenn nichts dran ist, wenn die Grand Jury gegen einen Prozeß entscheidet, können Sie sicher sein, daß er von vornherein nicht damit vor Gericht gehen wollte. Er ist dankbar, er hat einen wackligen Fall vom Hals. Ist an dem Fall was dran, kann man sicher sein, daß die Grand Jury für den Prozeß stimmt. Ich bin überhaupt nicht zynisch, Kinder. Das ist einfach so.«)

Jacob hatte sich zu den Männern auf die Couch gesetzt. Er versuchte offenbar der ganz normale Junge zu sein, der in einem ganz normalen Haus saß, wo man zum Football Knabberzeug servierte. Er nahm sich ein Bier. »Wenn das Gericht schon sagt, daß ich erwachsen bin.« Er lächelte. Niemand hielt ihn zurück. Er sah reifer aus, als er vor all dem ausgesehen hatte. Seine Gesichtszüge veränderten sich, kaum merklich noch, aber die Konturen wurden schärfer. Obwohl er ja sehr dünn war, hatte das nichts mit Dünnsein zu tun, er bekam sogar fast schon so etwas wie Falten beiderseits der Nase. Er war zu jung für die Wirkung der Schwerkraft. Aber Unschuld rundet die Wangen, Erfahrung höhlt sie; und schlechtes Essen, dachte sie zornig. Es war aber mehr: Es war etwas in seinem Blick verlorengegangen, der Eifer, die Offenheit, alles in sich aufzunehmen, was man ihm vorsetzte, dieser Hunger. Der ungeschützte Blick eines Jungen, der nicht viel zu verschleiern hat. Natürlich hatte er versucht, abgeklärt auszusehen, in Gegenwart seiner Eltern sogar abgestumpft. Das machten hauptsächlich die heruntergezogenen Lider, die halbgeschlossenen oder sogar himmelwärts verdrehten Augen. Aber darin lag kein Stumpfsinn, keine Bitterkeit, es war eben seine Uniform, seine Pflicht, und die zog er an und aus wie seine Jacke. Sie vermißte jetzt seine Unverschämtheit: Sie war nur Masche gewesen, nichts dahinter. Was sie jetzt zu sehen glaubte, waren die Rückstände seines Selbstschutzes, der ihn hatte stumm bleiben lassen, bis er nach Hause kam, und ihn noch immer stumm bleiben ließ. Ein verzweifeltes Vermeiden jeglichen Entgegenkommens. Die Unschuld war ihm abhanden gekommen. War es demnach Schuld – doppelte Schuld, wie Ben es sich zusammenbastelte –, oder war es Angst, die ihn so reserviert machte?

Sie fuhren in ohrenbetäubendem Schweigen nach Howe. Jacob kam nicht mit; man konnte ihn nicht zwingen, dort zu erscheinen, und man durfte es ihm nicht zum Nachteil auslegen. (Und wer sagt, daß sie es nicht doch tun werden? fragte sie sich. Werden sie weitermelden, wer aussagt und wer nicht?) Carolyn wünschte, sie hätte zu ihm sagen können: Also, jetzt möchte ich das mit den Postkarten wissen. Wie hast du das gemacht? Und *warum*? War das dein Traum von Flucht, oder sollte es uns nur irreführen – ein Knochen für die Hunde, damit sie beschäftigt waren? Aber sie hatte den Verdacht, daß er nicht antworten würde. Er mochte zwar jetzt reden, aber das hieß nicht gerade, daß die Geständnisse nur so sprudelten. Es war ein herzlos strahlender Tag, es sah aus, als müßte es warm sein in dieser Sonne, aber es waren mindestens zehn Grad unter dem Gefrierpunkt. Sie traten hintereinander in das malerische Gerichtsgebäude und mußten in der Halle vor der geschlossenen Tür des Zimmers Platz nehmen, in dem die Grand Jury tagte. Panos war auch irgendwo in der Gegend und kümmerte sich um irgendwelche Vorgänge, die sie nicht nachvollziehen konnten. Mag, deren Lächeln aussah, als wäre es Teil ihrer Arbeitsplatzbeschreibung, versicherte ihnen, er werde da sein, um ihnen Mut zu machen und Fragen zu beantworten, falls sie einmal herauskommen und sich in irgendeinem Punkt vergewissern wollten, bevor sie sich auf etwas festlegten, und um sie nach ihrer Anhörung zu befragen. Mag selbst war eine sehr trockene Ratgeberin: Fassen Sie sich kurz, bewahren Sie ruhig Blut, spielen Sie keine von diesen emotionalen Szenen, von denen alle Welt glaubt, sie seien die Seele jedes Gerichtsverfahrens. Da drinnen wird das niemanden beeindrucken. Die müssen einen Fall nach dem andern abhandeln und interessieren sich nur für Fakten, sie haben dicke Ordner mit Zeiten, Daten und Dokumenten und sind nicht scharf darauf, sich für oder gegen irgend jemanden zu engagieren. (Auch in einem Fall wie diesem, der so die Gemüter erregte? War sie so naiv?)

Dieses hübsche Gebäude mit seinem ehrfürchtig restaurierten Anstrich, den hohen Fenstern hinter den Raffrollos, die den Winter draußen hielten, war nicht zu vergleichen mit den geschäftigen Großstadtgerichten – es war so vornehm, daß es wie eine historische Imitation wirkte, eine Bühnenkulisse, in der gar nichts Reales geschehen konnte ...

Aber dann begann der seltsame Teil. Sie wurden freundlich aufgerufen, einer nach dem andern, als wollte man ihre jeweilige Privatsphäre respektieren, und es war wie die Diskretion, mit der Patienten zur Beratung oder Behandlung gebeten wurden. Sie kam sich vor wie in einem Krankenhaus, nicht in einem Gericht. Das Vibrieren der Lampen, die rücksichtsvoll gedämpften Stimmen derer, die ihnen sagten, wo sie Platz nehmen sollten, wo sie sich Kaffee im Styroporbecher aus dem Automaten holen könnten, die zuerst Fran Conklin aufriefen – das alles weckte eher den Eindruck, daß Gefahr hier wie im Krankenhaus gehandhabt wurde, als wäre Krankheit das Thema, nicht Bestrafung.

Wer konnte auch nur ahnen, was sie fragen würden, nachdem nun Panos Wendells Beteuerungen mit einem Lachen hinweggefegt hatte? Die Staatsanwaltschaft hatte sicherlich ihre Flinten geladen; es bestand keine Hoffnung, daß es nicht zu einer Anklage kommen würde. Panos hatte Gerüchte gehört, man wolle nicht auf Mord plädieren. Wenn das stimme, werde er einen mit ihnen trinken gehen, sobald der lange Tag vorbei sei.

Sie sahen Fran Conklin herauskommen. Er nickte und wandte sofort das Gesicht ab. Ein Polizist wird im Gerichtsgebäude kein Mitgefühl zeigen – das ist nur sinnvoll, dachte sie, wahrscheinlich sinnvoller als gezwungene Freundlichkeit wie unter politischen Gegnern, die sich zuerst an die Kehle gehen, dann lächeln und sich zusammen in der Senatsbar einen hinter die Binde gießen.

Sie – *sie* war eine rundliche Blondine, in Blaßlila mit passenden Schuhen, als ginge sie auf eine Party – winkte Ben zur Tür herein. Es war nicht die doppelte Schwingtür eines Gerichtssaals, es war nur ein Zimmer mit harten Stühlen, in Reihen aufgestellt wie in einem Klassenzimmer, und einem abgewetzten kleinen Tisch davor.

Inzwischen war Mag fortgegangen, um Panos zu suchen; sie saß jetzt allein hier draußen. Sie fühlte sich wie eine ihrer eigenen Patientinnen, die warteten, daß ein Arzt vorbeikam und sagte: »Begnadigt.« Sie war die Ärztin hinter der Tür, die mehr über die Krankheit wußte, als ihr lieb war, ihre düstere Prognose, die Schmerzen, die sie erst noch mit sich bringen würde.

Panos erschien wie aus dem Nichts. Hier auf seinem eigenen Misthaufen war er fast drollig vor Erregung. »Nun?« fragte er sie.

»Nun?« wiederholte Carolyn.

»Was haben die gefragt – was haben Sie gesagt?«

»Ich war noch nicht drinnen. Bisher erst der Polizeichef, und jetzt Ben. Sollten Sie nicht eigentlich hier draußen sein und uns Hilfestellung geben, wenn wir Probleme haben?«

»Ich bin ja hier«, antwortete er mit gespielter Unschuld. »Hat's schon Probleme gegeben?«

»Sie machen sich noch lustig darüber?« fragte Carolyn gereizt. »Soll ich mich etwa auch amüsieren?«

»Mein Gott, Carolyn, das ist doch nur Routine hier. Eine kleine Formalität, die Sie durchstehen müssen. Wenn wir die Sache hier abgeblasen hätten und gleich in die Hauptverhandlung gegangen wären, hätte das keinerlei Unterschied gemacht. Unsere Arbeit kommt erst noch. Ich sagte Ihnen schon, Sie sollen sich nicht aufregen.«

Sie sah angewidert aus. »Da es das einzige Leben meines einzigen Sohnes ist, worüber da drinnen verhandelt wird, rege ich mich auf, soviel ich will.«

»Tun Sie sich keinen Zwang an. Ich hoffe nur, daß Ben es gelassener nimmt als Sie. Sie wollen die Leute da drinnen doch nicht aufscheuchen, oder?«

Ben ist vermutlich die Gelassenheit in Person, dachte sie zornig, aber man sollte ihn im Augenblick lieber nicht an einen Lügendetektor anklemmen. Wie in aller Welt sollte sie es nur schaffen, sich auf Unwissenheit zu berufen, an solchen Auslassungen, solchen Verzerrungen festzuhalten? Wie sollte sie eine solide Fassade aufrechterhalten, wenn alles schon bei bloßer Berührung zerbröckeln und um sie herum einstürzen konnte? Ben hatte recht, seine Darstellung war plausibel. Aber sie wirkte so furchtbar gereinigt. So passend. Gestern abend hatte sie ihn vor dem Schlafengehen gefragt: »Hast du dabei keine Bedenken, Ben? Dieses Monstrum, das du mit Bindfaden und Spucke zusammengebastelt hast ...«

»Wenn er ein Organ von dir brauchte«, hatte er gefragt, während er sich die Schuhe aufband, »würdest du es ihm geben? Hättest du Angst?«

»Natürlich. Zweimal ja.«

Er zog sich einen Schuh aus und betrachtete ein Loch in seinem Socken. »Also schön, mein Schatz. Zweimal ja. Du verstehst mich.«

Da saß sie nun und starrte vor sich hin, ohne Panos noch eines Blickes zu würdigen. Ben kam gerade wieder heraus, knallrot im Gesicht und wütend, und setzte sich so schwer hin, daß die Bank wackelte. Die Frau in Blaßlila, die mit der sanften Stimme, kam hinter ihm heraus. Ihre Augen waren ganz weit aufgerissen, als hätte sie etwas Erschreckendes zu sehen bekommen. »Mrs. Reiser, wir müssen Sie leider bitten, am Freitag vormittag noch einmal wiederzukommen. Wir haben länger gebraucht, als wir angenommen hatten, und können Sie jetzt nicht mehr anhören.« Wieder wie am Krankenbett. Die Frau lächelte und lächelte, als ob es sie schmerzte. »Wir tagen morgen nicht, aber am Freitag um zehn wieder. Können Sie dann hier sein?«

»Ja, gut«, sagte Carolyn und lächelte nun selbst. Sie waren alle so zwanglos, als hätte sie nur ihren Termin beim Friseur verschoben. »Gut, kein Problem.« Sie musterte Ben von der Seite. Was hatte er getan? Großer Gott. Die Blonde sah aus, als ob sie Angst vor ihm hätte, sie warf immer wieder einen raschen Blick zu ihm, als fürchtete sie, er könne etwas Jähes und Gefährliches tun. Hatte er den Tisch umgeworfen? Sie beschimpft? »Benny?« fragte sie ruhig.

Ben hatte sich zu ihr herübergelehnt und sie theatralisch in die Arme gerissen. »Hol sie der Teufel«, sagte er, indem er sie fest an sich drückte. »Scheiß auf die ganze Bande.« Endlich kamen auch die Reporter mit ihren Kameras an. »Also bitte«, sagte Ben, indem er aufstand und ihnen trotzig die Brust bot, als forderte er sie heraus, auf ihn zu schießen. Sie feuerten ihre Blitze. »Ich habe nicht ausgesagt, und ich werde nicht aussagen, und jetzt könnt ihr in euren dämlichen Zeitungen schreiben, was ihr wollt.«

»Sie haben nicht ausgesagt?« wiederholte Panos, dem die Augen aus dem Kopf quollen. Er sah aus wie eine Zeichentrickfigur.

»Die stellen derart dämliche Fragen, die kann ich zum Teil gar nicht beantworten, zum andern Teil geht sie das verdammt noch mal nichts an. Ich durfte nichts bewerten, nichts erklären oder erläutern oder...«

»Herrje, Ben, warum haben Sie mir bloß nicht gesagt, was Sie vorhatten?« zischte Panos. Die drei Reporter standen im Weg. »Zum Teufel, was glaubten Sie denn da drinnen schützen zu müssen? Großer Gott.« Er zog an seinen Jackenaufschlägen, als versuchte er sie zu verlängern, und ging vor der Bank auf und ab.

»Es gibt bestimmt irgendeine Schutzvorschrift, so was wie Immunität, irgendein Vorrecht, daß der Staat einen nicht zwingen kann, sein eigen Fleisch und Blut ans Messer zu liefern«, sagte Ben zu den Reportern, zwei jungen Männern und einer Frau. »Es gibt schließlich noch so etwas wie den fünften Zusatz zur Verfassung. Fragen Sie meinen Anwalt.«

Der Reporter des *Howe Record* zielte mit seiner altmodischen Kamera auf Carolyn. Sie legte einen Arm um Ben, den anderen um Panos und lächelte, was das Zeug hielt. Vorrechte? Immunität? Panos hatte nichts dergleichen erwähnt. Er hatte die zurückhaltendste Ehrlichkeit empfohlen, die sie aufbringen konnten. Keine Tricks. Sie lächelte so gewinnend, daß sie von den Reportern schon halb die Frage erwartete: »Hören Sie, Mrs. Reiser, erwarten Sie vielleicht, daß wir Ihnen das glauben?«

»Also, Ben, wir müssen uns unterhalten«, sagte Panos wütend. »Die Jury ist da drinnen fertig, gehen wir einfach in dieses Zimmer und biegen ein paar Sachen gerade.«

»Reden Sie nicht in diesem Ton mit mir, Panos. Ich bezahle Sie, wohlgemerkt, nicht umgekehrt.«

»Ach, Junge«, sagte Panos, und wich dabei zurück, »hier geht es verdammt noch mal nicht darum, wer wen bezahlt. Hier geht es darum, Ihren Sturkopf aus dem Kittchen rauszuhalten. Falls es dafür nicht schon zu spät ist.« Er stieß die Tür auf, und sie gingen hinein.

Ben

»Ein Vorrecht, wie Sie es fordern, gibt es nicht«, sagte er zu mir, und er sagte es ziemlich schroff. »Mußte ich unbedingt da draußen sein und Ihnen beim Hineingehen ins Ohr flüstern? Ja, mußte ich das?« Er redete wie meine Mutter, wenn sie sich anschickte, mich bei den Schultern zu packen und zu schütteln. »Wie konnten Sie das tun, ohne sich den allermindesten Rat zu holen? Die hätten Sie doch rausgelassen. Ich habe gesagt, Sie sollen rauskommen und fragen, wenn es was zu fragen gibt.«

»Es gab für mich nichts zu fragen. Suchen Sie mir die Bestimmung raus«, sagte ich.

»Scheiße, suchen Sie mir die Bestimmung raus. Wie denn, soll ich eine erfinden?« Er rannte in Kreisen herum. »Dieser Staat gibt – wie die meisten Staaten, lassen Sie sich das gesagt sein – Eltern nicht das Recht, gegen ihre Kinder nicht auszusagen, wie es bei Ehepartnern der Fall ist. Eine solche Bestimmung gibt es nicht, und wenn Sie die noch so praktisch fänden. *Suchen Sie mir die Bestimmung raus.*«

»Kommen Sie mir nicht so von oben herab, ja? Ich finde, das ist nicht der Ton, in dem ein Anwalt mit seinen Klienten spricht, Panos.«

»Nein? Bitte sehr, die meisten Klienten hören auch auf ihren Anwalt, wenn er ihnen etwas sagt, Ben. Sie behandeln mich nicht als Ihren Anwalt, also behandle ich Sie verdammt noch mal auch nicht als meinen Klienten.«

»Ihre Grobheit ist wohl eine Form von Besorgnis, ja? Nur zu meinem Besten.«

»Scheiß auf Grobheit. Mit Amy Vanderbilts gutem Ton kommen Sie vor Gericht nicht weit, Sir. Sie nehmen die Geschichte nicht ernst, das ist das Ärgerliche an Ihnen. Kein bißchen ernst, es ist unglaublich. So was habe ich bei einem Klienten noch nie erlebt. Sie meinen, Sie könnten die Regeln bestimmen, und alle würden sich danach richten.«

»Oh«, sagte ich, »das würde mich aber freuen. Sie hatten noch nie einen, der es besser zu wissen glaubte und beim Verhör seinen eigenen Kopf durchgesetzt hat? Herrscht bei Ihnen eiserne Disziplin?«

»Auf jeden Fall nicht solch völlige, absolute, totale Mißachtung der Folgen, Freundchen. Wissen Sie, was Sie da provozieren?«

Ich wußte es nicht.

»Zunächst mal riskieren Sie Knast wegen Mißachtung des Gerichts. Womöglich reißen Sie auch *mich* noch da mit rein, und ich habe keine Lust, für Sie ins Kittchen zu gehen, vielen Dank. Sie werfen ein sehr verdächtiges Licht auf Ihren Jungen, Ihren geliebten Sohn, wenn Sie mit der Grand Jury Katz und Maus spielen. Reicht's? Wieso bilden Sie sich eigentlich ein, Sie könnten mit solchen Sachen nach Belieben spielen? Für wie stark halten Sie sich eigentlich?«

»Sie können es ja mal ausprobieren«, sagte ich. »So viele Leute drehen und wenden das System zu ihrem Vorteil. Die Halunken im Kongreß, die aus den dreckigsten Geschäften immer wieder sauber hervorgehen. Und denken Sie mal an Ollie North. Die Drogenhändler, die in den Knast wandern und quasi noch am selben Tag wieder rauskommen. Die Ablaßschacherer. Wieso können Sie nicht ...«

»Sie sind ein Träumer, mein Junge«, sagte Panos grob. »Ihr Sohn ist ein völlig anderer Fall, das wissen Sie selbst, oder falls Sie es nicht wissen, sollten Sie lieber mal darüber nachdenken. Bei Ihrem Sohn geht es um Mord oder – wenn wir Glück haben, sehr viel Glück – vielleicht nur um Totschlag, und die werden ihn nicht behandeln wie einen Kongreßabgeordneten oder einen General mit viel Lametta an der Uniform. Unter diesen Umständen können Sie sich allerhöchstens eine gemeinsame Zelle für Sie beide erhoffen. Stellen Sie sich das mal vor, wenn das *People Magazin* kommt und eine Geschichte über Sie schreibt – Zimmergenossen hinter Gittern. Himmel!«

»Die Sache ist«, antwortete ich durchaus ruhig, »daß es mir hier um ein Prinzip geht, und das opfere ich weder für einen Ablaßhandel noch aus Angst vor einer Grand Jury oder was Ihr System mir sonst noch anzubieten hat. Da gehe ich lieber ins Gefängnis. Es kann einem Schlimmeres passieren.«

»Es könnte allerdings Schlimmeres passieren«, sagte Panos. Er war so wütend, daß er mir nicht einmal nahe kam, sondern immerzu außen um die Stühle herumlief, die wie für einen Vortrag, ein Konzert oder dergleichen aufgestellt waren. »Und was für ein Prinzip ist das? Ich fürchte, das habe ich nicht ganz mitbekommen.«

»Daß ich für meinen Sohn weder um einen Ablaß schachere noch denen helfen werde, ihn zu verurteilen. Das habe ich gesagt. Ich habe es ihnen als mein Prinzip erklärt. Nicht daß ich etwas zu verbergen hätte, aber warum sollte ich denen noch helfen, ihm die Handschellen anzulegen? Was sie wissen wollen, sollen sie ohne meine Hilfe herauskriegen, da stehe ich nicht als Zeuge zur Verfügung.«

»Haben Sie denn nichts zu sagen, was ihm *helfen* könnte? Ich denke, Sie sind von seiner Geschichte überzeugt.«

Ich starrte in das Dunkel, das jetzt alles zu umhüllen begann wie vorher das Licht. Ich weiß nicht, warum ich nicht einfach für ihn gelogen hatte, ich hätte doch ein gut Teil weniger Aufsehen erregt, wenn ich nur gesagt hätte: *Ich weiß nicht, ich weiß nicht, ich weiß nicht.* Aber diese ganze Art, in der sie mir gekommen waren, diese unglaubliche Unterstellung, daß ich ihnen helfen würde... ich betete zu Gott, daß ich nicht unabsichtlich etwas getan hatte, was sein Schicksal besiegelte. »Nein, nichts«, sagte ich. »Er hat es nicht getan, und er hat erklärt, was passiert ist. Aber ich werde die auf nichts von allem mit der Nase stoßen. Das ist nicht meine Aufgabe, das haben Sie selbst gesagt.«

»Ich habe gesagt, Sie müssen nicht den Fall für sie lösen. Ich habe nicht gesagt, Sie dürfen die Leute in den Hintern treten.«

»Er ist für sein Tun und Lassen verantwortlich. Und er kann sich dafür verantworten.«

Panos tat erstaunt. »Er schon, aber Sie nicht?«

»Nein, Sie verstehen nicht«, sagte ich. »Sie verstehen noch immer nicht. Er hat getan, was er getan hat, und ich hatte nichts damit zu schaffen, es nur zu akzeptieren, als er es mir erzählte. Jetzt bin ich an der Reihe, etwas zu tun, und das tue ich: Ich verweigere die Aussage. Die wollen, daß ich ihm in den Rücken falle, die versuchen mich zu einer Aussage zu verleiten, die der seinen widerspricht, und da spiele ich nicht mit. Ich werde ihnen nicht noch helfen, ihn mir wegzunehmen. Und wenn ich sonst noch was tun könnte, verlassen Sie sich darauf, daß ich es tun würde.«

»Wieso Ihnen wegnehmen? Eben haben Sie noch gesagt, daß er sein eigener Herr ist. Ist er nun der Ihre, wie Sie es ausdrücken, oder ist er es nicht?«

»Das ist doch völlig egal. Jedenfalls ist es meine Sache. Im Augenblick kann ich nur sagen: Ohne meine Mithilfe.«

»Aber Sie treiben doch ein Spiel, Ben. Ich sehe Sie den großen Mann markieren, nur für Ihr eigenes Ego. Wenn es Ihnen Probleme bereitet, die Anweisungen eines verfassungsmäßigen Gremiums zu befolgen ...«

»Wieso Spiel? Mir ist es damit so ernst, wie es ernster nicht geht. Wenn sie ihn schuldig sprechen, dann bitte ohne meine Hilfe. Hört man das nicht dauernd von euch Anwälten, wenn ihr einen besonders harten Brocken verteidigt, irgendeinen dreckigen, hartgesottenen Lumpen: Die sollen ihre Arbeit selbst tun? Das sagt jeder zu Carolyn, wenn sie fragt, wie Sie bloß für solche Kotzbrocken arbeiten können, die bei Ihnen anklopfen. Wie oft habe ich das schon gehört: Wenn die ihn nicht überführen können, egal was er getan haben soll, dann hat der Staat eben seine Aufgabe verpatzt. Also, warum darf ein Vater das nicht genauso sagen wie ein Verteidiger?«

»O je, ein Purist«, sagte Panos mit all der Verachtung, die ich von seinesgleichen erwartet hatte. Seines- oder ihresgleichen, er *ist* einer von ihnen, nichts als Verfahrensfragen im Kopf, und das sollte ich tunlichst nicht vergessen. Kein Respekt, nur Wut über die Umstände, die ich ihm mache. »Ein Purist«, wiederholte er. Diese Unverschämtheit! »Einer dieser existentialistischen Heroen, über die Sie im College gelesen haben . . .«

Ich: »Einverstanden, ein Purist. Ich weiß nicht, über wen Sie im College gelesen haben. Aber ja, ich bin der Meinung, daß Eltern Puristen sein sollten, zuallermindest. Hände in die Taschen und Mund zu. Ohne sich dafür zu entschuldigen.«

Mein Vater hat einmal etwas Interessantes zu mir gesagt. Er war keiner von diesen alttestamentarischen Doktrinären, auch wenn er noch so viele Stunden im Gebet verbrachte, geschmückt mit seinen rituellen Zutaten, und er mag auch frei von allen Konflikten gewesen sein, kristallklar in seinen Erwartungen und Handlungen, aber alles, was er tat, war von Gerechtigkeit bestimmt. Und einmal, als ich irgendwie in der Klemme steckte – mein Freund Mike und ich hatten in der Schule etwas ausgefressen, ich weiß nicht mehr was, aber es war meiner Lehrerin nicht entgangen, und sie ließ die Eltern kommen –, kam er von dieser Besprechung nach Hause und schüttelte sich vor Ekel über das Verhalten von Mikes Vater. Oder vielleicht war es seine Mutter gewesen, oder beide. Egal wer. Sie hätten sich vor der Lehrerin auf den Bauch geworfen, berichtete er mir, durch und durch fassungslos ob dieses Verrats. Sie hätten ihr in allem zugestimmt und die üblen Gewohnheiten ihres Sohnes noch mit eigenen Beispielen ausgeschmückt! Gut, die Lehrer sind also die Autoritäten, sagte er. Gut, sie haben die Macht. Und? Warum müssen diese amerikanischen Eltern deswegen ihre Kinder so im Stich lassen? Sie verraten sie, nur um irgendeinem Fremden zu gefallen, der eine Klage über sie vorbringt! Ich kann mir meinen Sohn zu Hause vorknöpfen, danke, das Recht habe ich, aber wenn ich mit dir vor der Öffentlichkeit stehe ... Ich will dir mal was sagen, Benny, hatte er gemeint. Ich sollte vielleicht nicht korrigieren wollen, was Moses gehört hat, aber ich war schon immer der Meinung, daß es noch ein elftes Gebot geben sollte.

Seine Treue verblüffte mich. Ich war mir nicht einmal sicher, ob er recht hatte; ich selbst hätte ohne weiteres eingeräumt, daß unter gewissen Umständen noch jemand anderes als mein Vater das Recht hatte, mir heimzuleuchten. Aber ihr könnt euch vorstellen, daß ich natürlich dankbar war.

Was für ein Gebot? fragte ich. Ehre deine Kinder, sagte er. Ich habe es nie vergessen. Wahrscheinlich hat er mir eins übergezogen oder mir etwas weggenommen, was mir lieb war, um es eine Zeitlang in seinen Schrank zu schließen, dessen Schlüssel er versteckt hielt (ich wußte genau wo: in der obersten Schublade seiner Kommode, unter den Socken und Taschentüchern). Ich sage nicht, daß seine Erziehungsmethoden besonders originell oder aufgeklärt waren. Das Entscheidende ist aber, daß er das hinter verschlossener Tür abmachte. Draußen in der feindlichen Welt jedoch, auch wenn er meiner verdrehten Darstellung eines Ereignisses keinen Glauben schenkte, war es für ihn einfach eine Frage des Stolzes, daß er mein Schutz und Schirm zu sein hatte. Meinen Verfolgern auch noch zu raten und zu helfen, da hätte man gleich von ihm verlangen können, er solle das Blut in seinen Adern rückwärts fließen lassen. »Das ist«, höre ich ihn noch sagen, *»widernatürlich.«*

Nun hätte ich dagegen die andere Seite vertreten und sagen können, das sei Stammesdenken. Auf diese Weise wurden doch die armen Schweine in der biblischen Geschichte abgeschlachtet, wo Jakobs Tochter Dina vergewaltigt wurde und ihre Brüder daraufhin, um ihre Ehre zu rächen, ein ganzes Regiment unschuldiger Männer hinmetzelten, nur weil sie die Gefolgsleute des Vergewaltigers waren; ein wahrhaft blutrünstiger Präventivschlag. Ein Amoklauf der Familienbande. Aber meinen Vater, der kein Krieger war, bewegten eben die simplen Begriffe des einfachen Mannes von den Pflichten elterlicher Liebe. Er sprach von Verteidigung, die passiv ist, die einfach als Prinzip besteht; er sprach nicht von Angriff, der Handeln erfordert. Das leuchtete mir ein. Gewaltloser Widerstand.

Nun gut, dachte ich, dann bin ich ja jetzt nur sein Sohn. Ich ehre nur endlich den Vater, der seine Kinder ehrte. Natürlich sehe ich, warum es mich so hart ankam, auf meinen eigenen zwei Füßen loszuziehen – es war zu spät, um das alles so widerspruchslos zu sehen wie Herschl Reiser. Aber es war nicht zu spät, die Augen zu schließen und ihn beifällig nicken zu sehen, was er selten tat, als er noch lebte und ich der Junge war, den es so oft zu verteidigen galt.

Judith

Einer von ihnen kreuzte sogar in der Schule auf, direkt an der Tür zum Klassenzimmer. Irgendwie hatte er, sie konnte es gar nicht glauben, die Erlaubnis bekommen, ihr aufzulauern und sie vor aller Augen zu demütigen. »Kann ich dich mal einen Augenblick sprechen, Judy?« fragte er in vertraulichem Ton, richtig niedlich, sehr jung und eifrig, in Khaki und Turnschuhen, eigentlich einer, mit dem sie sich sonst sehr gern unterhalten hätte. Aber sie sah halb versteckt seine Kamera herunterbaumeln. »Nein«, sagte sie, ohne ihn auch nur anzusehen, und drängte sich an ihm vorbei ins Klassenzimmer. Er hatte in einem Ton gefragt, als ob er sich wirklich mit ihr unterhalten wollte, aber sie kannte das von diesen aufdringlichen, neugierigen Reportern, die sie schon alle bestürmt hatten, daß es ihm gar nicht um sie ging, sondern um etwas, was er aus ihr herauslocken und an Fremde verkaufen könnte. Sie ging nach hinten, stellte sich vors Anschlagbrett und beschäftigte sich angelegentlich mit nichts, tat sehr geschäftig und betete, daß er fort sei, wenn sie sich wieder umdrehte. Ihre Hände zitterten. Natürlich tuschelten alle, warum auch nicht? Wenn einer anderen so aufgelauert worden wäre, hätte sie auch mitgetuschelt.

Wie viele Siebtkläßler kamen in die *Boston Evening News*? (In die Schlagzeilen, nannte es Celeste. Toll.) Ihre Gesichter und ihre »Geschichte« waren inzwischen wahrscheinlich auch in anderen Städten bekannt, überall in Neuengland. Vielleicht in ganz Amerika. »Morbid« war das Wort, das ihre Mutter dafür benutzte. Es klang, wie wenn einem Huhn der Hals umgedreht würde. Sie malte sich eine ganze Szene dazu aus – »Bring mir den Vogel erst, wenn er vollkommen morbid ist«, sagt die Mutter, und die Tochter dreht die Handgelenke in entgegengesetzte Richtungen, fühlt das Knacken, und schlaff baumelt der Hals herunter.

Sie war bei Celestes Geburtstagsparty gewesen, ein gewagtes Unternehmen, weil sie ihnen allen eine Fremde war und mißtrauisch darauf wartete, daß jemand ihr etwas vorwarf, woran sie unschuldig war. Als sie »ehrliche Meinung« spielten (eine Qual schon unter günstigsten Bedingungen), hielt sie unwillkürlich den Atem an. Irgendwer bezeichnete sie als die »Ernsteste«, zwei Mädchen als die »Netteste«. Sie waren nicht ehrlich, meinten es aber gut. Als der Abend dem Ende entgegenging und das Geschenkpapier gebührend in den Teppich getreten war, erbot sich Celestes Vater, sie nach Hause zu fahren. Er brachte Lori – das Auto ihrer Eltern war in der Werkstatt – nach Hause und mußte an Judiths Haus vorbei. Er war in der letzten Zeit immer besonders nett, wenn sie da war, pfiff und scherzte und versuchte ihr ein Lächeln zu entlocken.

Lori redete unaufhörlich davon, welche Tiere zur Nagetierfamilie zu zählen seien und welche ihr fälschlich zugeordnet würden – wie waren sie nur auf so ein Thema gekommen? Schon als Celestes Vater in die letzte, langgezogene eklige Kurve einbog, sah Judith ein Flackern links von dem Hügel, wo ihr Haus etwas abgesetzt stand, so daß man es von der Straße aus nicht sah. Es sah aus wie eine blinkende Neonreklame, deren Licht in die Höhe schoß, wieder absank, wieder stieg. Lori schwatzte noch immer, als sie in die Einfahrt bogen (Nerze seien keine Nagetiere, wohl aber Eichhörnchen) und Mr. Charters mit einem Ruck anhielt. »Herrje!« sagte er. »Heiliger Jesus!« In der Mitte des Rasens, nicht weit von dem alten Brunnen, stand eine große Figur mit ausgebreiteten Armen. Sie war von Flammen umhüllt.

Judith schnappte nach Luft. Es war eigenartig schön – schön eigenartig –, auf so etwas mochte man am Meer oder auf einem Berggipfel stoßen, irgendwo weit fort von zu Hause, wo Dinge riesig und überdimensional sein können. Sie hatte einmal einen Film gesehen, in dem ein Schiffsmast infolge irgendwelcher unglaublicher Vorgänge am Himmel Feuer gefangen hatte, und er pulsierte vor Licht, genau wie das hier. Seine orangefarbenen Flammen leckten wild hinaus ins Dunkel, und Funken sprühten weg und verloschen oder fielen in den Schnee. Manche ließen sich von einem Aufwind emportragen, als wollten sie sich unter die Sterne mischen. Es war nicht zu vergleichen mit einem prasselnden Feuer im Ofen oder Kamin, es war ein ganzes Element für sich, feierlich und spektakulär, ein gewaltiges Loch im Dunkel, mit einem Strahlenkranz wie eine Sonne. »Verdammt, das ist ja ein Kreuz«, flüsterte Mr. Charters fast so ehrfürchtig, wie man von einem Wunder spricht. »Ich kann's nicht glauben. Diese Schweine!«

Sie parkten in einigem Abstand, und Judith sprang aus dem Wagen. Celestes Vater rief ihr nach, sie solle nicht zu nah herangehen. Aber sie lief ja zum Haus, denn von denen drinnen hatte es anscheinend noch keiner gesehen, keiner war draußen. Es war wohl gerade erst passiert, vielleicht vor ein paar Minuten, sonst hätten sie doch sicher dieses launische Licht schon auf- und niederflakkern sehen. Sie riß die Tür auf und rief. Es mußte ja wohl etwas Beängstigendes sein – Mr. Charters hatte die Leute, die das gemacht hatten, *Schweine* genannt –, aber sie konnte nicht anders als diesen Turm aus Licht prachtvoll zu finden, wie etwas, das von der Natur zu flammender Herrlichkeit entfacht worden war. Sie wußte, so etwas nannte man ein Gotteswerk. Nach so viel Weltlichem, so viel Getuschel, so viel heimlichem Gemunkel war das einfach ungeheuer. Es war gewaltig und klar, Gott sprach vom Berge: *Du sollst nicht töten.* Es war Ezechiel, der die brennenden Räder sah – ihr Vater hatte ihr diese Geschichte vorgelesen. »Geh nicht zu nah heran«, rief er jetzt, schwer atmend. »Das Ding fällt gleich um.«

Nachdem sie eine Weile zugesehen hatten – sie war so verzaubert, daß sie die ganze Nacht hätte dastehen können –, sagte ihr

Vater, er werde jetzt die Polizei rufen, »egal wie die zu uns steht«, und wandte sich zum Haus. Celestes Vater sagte immer wieder: »Mein Gott, es tut mir so leid, das ist ja schrecklich, das ist wie – Birmingham oder Mississippi oder so!« Dann fand ihr Vater die an die Tür genagelten Zettel. »Hol's der Henker, leben wir wieder in Martin Luthers Zeiten?« Sie fand, daß er es richtig genüßlich sagte. Martin Luther – meinte er Martin Luther King? Seinetwegen waren doch Kreuze angezündet worden, oder nicht?

Ihre Mutter schwieg und zitterte. Judith legte ihr den Arm um die Taille. »Schon gut, Mama«, flüsterte sie. »Es tut ja keinem wirklich weh.«

Die Zettel waren eine Petition, fotokopiert, mit angeblich 493 Unterzeichnern. KAUTION FÜR JACOB REISER WIDERRUFEN! Es wurde behauptet, seine Anwesenheit im Städtchen sei eine Bedrohung, sein Verhalten sei gefährlich und unberechenbar, und seine Eltern gehörten wegen ihres kriminellen Verhaltens ebenfalls eingesperrt. »Er gilt seit langem als eine Bedrohung für die Gemeinde«, schloß das Pamphlet. »Wir, die Unterzeichner, wollen ihn nicht frei in unserer Stadt herumlaufen haben.«

Jacob bückte sich, während sein Vater im flackernden Feuerschein den Text mit gespielter Dramatik zu Ende deklamierte. Er nahm eine Handvoll Schnee und formte einen Schneeball, sein Atem ging keuchend, sein Gesicht verzerrte sich. Er warf den Schneeball nach dem Feuer. Er flog hindurch und traf das Holz mit einem feuchten Klatschen, wie wenn ein reifer Apfel platzt. Er machte ein Dutzend Schneebälle, wirbelte, bückte sich, richtete sich auf und warf, und die meisten flogen geradewegs durch die Flammen und zerplatzten sinnlos irgendwo im Dunkeln. »Bin ich denn ein Hund? Ja, ich bin ein Hund, und sie wollen mich an die Kette legen.« Judith dachte an den kleinen gelben Hund, den er mit Steinen beworfen hatte, genau wie er jetzt die Schneebälle warf. »Alles hat eine innere Verbindung«, sagte ihr Vater immer.

»Über kurz oder lang kriegt man alles zurück.« Bisher hatte sie nie auch nur annähernd verstanden, was das heißen sollte.

Sie wollte sehen, daß er bereute. Sie wollte sehen, daß er hinrannte zu dem brennenden Körper des Kreuzes und sich hineinzuwerfen versuchte. Natürlich würde ihn jemand retten – Vater oder Mutter würde ihn am Arm packen und ihn beschwichtigen: Sei nicht so dumm, Jacob, komm mit ins Haus. Aber sie wollte ihn seine Schuld annehmen sehen, zumindest für einen Augenblick, und er sollte dafür bluten. Oder sich verbrennen.

Um den Fuß des Kreuzes herum war der Schnee zu einer Pfütze geschmolzen. Am Morgen, oder auch später, wenn die Asche abgekühlt wäre, würde dort ein Eisring sein. Eis war es, woran ihr Bruder sie denken ließ, nicht Feuer. Eis war es, was er verdiente.

Sie stellte sich neben ihn und flüsterte mit einer Stimme, die sie selbst kaum erkannte: »Ich wünschte, sie *würden* deine Kaution widerrufen. Ich wünschte, ich müßte dich nicht mehr sehen.« Sie drehte sich zu ihrer Mutter um, die sie erschrocken ansah. Tränen stiegen ihr in die Kehle und wollten sie verstopfen. Sie hatte nicht gewußt, daß sie so etwas sagen würde. »Ich wünschte, er wäre tot!« schrie sie und warf sich mit ihrem ganzen Gewicht gegen ihn. Jacob, der nicht damit gerechnet hatte, taumelte rückwärts und plumpste in den knirschenden Schnee. Es war fast komisch, wie seine Beine akrobatisch in die Höhe flogen. Dann blieb ihr nichts mehr, als schnell davonzurennen, mit ihren Schuhen geräuschvoll die Eishaut zu durchstoßen, die den Schnee versiegelte. Es war so ermüdend, immer wieder den Fuß aus dem Loch zu ziehen, daß sie wußte, sie würde nicht weit kommen. Die Kanten des gefrorenen Schnees um ihre Knöchel waren scharf wie Glasscherben. Aber wenn er sie gehört hatte, genügte das ja schon. Sie wollte keinen Bruder mehr. Sie wollte nicht mehr morgens aufwachen und sein unverschämtes Gesicht sehen müssen, das für sie auf immer verdorben war und alles andere verdarb und sie alle zu Monstern machte. Weit drüben auf dem Rasen – dem großen Rasen, der

Martha nicht geheuer war und sie glauben machte, er sei reich – begann das Kreuz sich mit einem Geräusch wie von spritzendem Wasser zu neigen. Es kippte langsam nach unten, glitt fast widerstrebend zu Boden, als müßte es sich erst losreißen, und sie sah ihre Familie im Kreis darum stehen, wieder in Dunkel gehüllt, nachdem das Licht verloschen war. Nur ihre Beine waren noch von den Knöcheln bis zu den Knien erhellt von dem sterbenden Feuer. Judith stand mit den Beinen in dem eingebrochenen Schnee, ihre Zehen begannen vor Kälte zu schmerzen. Weißer Rauch stieg auf, wild wie die Flammen selbst, drängend. Er stieg kerzengerade hoch, höher als das Kreuz gewesen war. Die Schweine, die das getan hatten, konnten es wahrscheinlich von ihren eigenen Gärten aus beobachten, wenn sie dort im Dunkeln standen und hersahen.

Carolyn

Wasser schien das einzige Medium zu sein, in dem sie sich zur Zeit noch wohl fühlte – es war entweder primitiver Seelenbalsam, dieser Überzug aus reiner Transparenz, oder einfach warm, weich, anspruchslos. In der Badewanne sah sie, wie spitze kleine Wellen um ihre Knie plätscherten wie auf einem See bei rauhem Wetter. Als sie bei ihren Eltern in Hilton Head zu Besuch gewesen war, hatten diese sie an den Atlantik geführt, zu einem gemächlichen langen Spaziergang entlang der Küste. Sie hatten ihr da draußen Festungen aus Konföderationstagen gezeigt, Inseln, auf denen man Munitionsdepots angelegt hatte, schmale Buchten, in denen Südstaatenschiffe vor Anker gegangen waren. Was machten sie dort, Ira und Bea Miller, eingebunden in die Konföderationsgeschichte?

Andererseits, was machte sie, ganz zu schweigen von Ben, Sohn des frommen Herschl, begraben mit Käppi und Talith, hier wenige Kilometer von dem Ort entfernt, wo William James seine Sommer verbracht hatte? Sie wohnten eine Stunde von Emersons Haus und Bronson Alcotts zugrundegegangener Farm und all den übrigen großen WASP-Vätern, Nachfahren der Mathers, der Wigglesworths, dieser alttestamentarischen Geißeln. Ihr Haus, ihres und Bens, war in der Anlage von einer Weite und Reinheit, von der ihre armen Vorfahren aus der Alten Welt nie zu träumen gewagt hätten: Sie lebten wie die Gutsherren. Es war nicht eigentlich ihres, dieses Wissen lauerte immer irgendwo im Unsichtbaren, aber sie wußte nicht, was es bedeutete – nur, daß sie nicht hier geboren war wie Celene, sondern es sich lediglich erwählt hatte? Sie war auch ihren Eltern nicht geboren worden, sie hatten sie erwählt

– was bedeutete das alles? Daß Wahl geringer zählt als Zufall? Sicherlich konnte man doch an einem Ort geboren werden, wo man nicht hingehörte, erst recht in einem Elternhaus, das einen weder brauchte noch wünschte. Sie legte, während sie darüber nachdachte, den Kopf so weit zurück, daß ihre Nackenhaare das warme Seifenwasser in sich aufsaugten wie ein trockenes Handtuch.

Sie hörte ein schüchternes Scharren an der Tür, die sie immer mit einem harten Gummikeil sicherte, aber nicht zuschloß, wenn sie badete, falls jemand schnell herein mußte. Judith schob den Kopf herein und war sofort von Dampf umhüllt. »Kann ich mit dir reden?« fragte sie mit einem dünnen Stimmchen, das nichts zu erwarten schien, und zog wie ein Bettelkind ihren Pullover um sich, als ob das Badezimmer nicht suppenwarm wäre.

Es sei diese Lügerei, sagte sie. Es war der Anschlag auf ihren Realitätssinn, aber so nannte sie es nicht. Carolyn sah, wie der Schmerz alle Anfangssymptome der Unsicherheit in Judith hervorrief, denn sie sah aus, als wollten ihre Glieder sich jeden Moment von ihr lösen und nach allen Seiten wegfliegen. Sie war so käsebleich, als wäre ihr schlecht. Ihre Augen waren ganz rot.

Sie sprach sehr überlegt, als hätte sie es eingeübt. »Er *lügt*. Er verdreht alles, was passiert ist, Mama. Wie kannst du das zulassen?«

Es war nicht der beste Moment für Carolyn, da sie nackt und nicht auf den Beinen war. Judith sah ihr ruhig ins Gesicht und nahm keine Notiz von dem, was da lang und bleich in der Wanne lag. Das Wasser schimmerte leicht bläulich, wie die Milch, mit der sie ihre Tochter anfangs genährt hatte.

»Sag mir mal, was du damit meinst, Jude.« Sie wußte genau, was Judith meinte.

»Was soll ich dir groß sagen? Die spielen doch was vor – zuerst vergräbt Daddy dieses – Ding. Das schreckliche Ding, mit dem er sie *umgebracht* hat.« Judiths Augen waren voll Tränen, und als sie den Kopf bewegte, flossen sie über. Wasser überall, dachte Carolyn, die sich so liederlich vorkam, als hätte sie getrunken. Das Gesicht ihrer Tochter war patschnaß, die Oberlippe von Tränen beperlt. »Jetzt denken sie sich diese Geschichte aus – ich war dabei, im selben Zimmer, und die haben mich einfach ignoriert, wie – es war ihnen völlig egal, ob ich das alles mithörte, sie haben nur überlegt, wie sie – einfach – *lügen* können, alles ganz anders erzählen, als es wirklich war! Du hast Jacob gehört, du weißt doch, was passiert ist.« Sie ist ein schönes Mädchen, dachte Carolyn abwesend – es war eine ganz neue Art, sie zu sehen, so auf diese Entfernung, die wie ein Schleier zwischen ihr und allen anderen Dingen lag. (Dinge? dachte sie. Judith ein Ding?) Und was änderte es, daß sie schön war? Was hatte Schönheit mit alledem zu tun?

»Willst du dasselbe tun wie Daddy? Einfach nicht mit diesen Leuten von der Jury reden?« Sie kniff die Augen zusammen, als wollte sie aussehen wie eine böse Comicfigur. »Oder willst du einfach lügen, wenn du hingehst?«

Sie hatte nichts zu sagen, sie hatte keine Pläne. Sie lag im Wasser und löste sich langsam auf, ihre Zellen wurden weich, ihre Fingerspitzen schrumpelten, als agiere sie in einem Zeitrafferfilm und würde in Minutenschnelle zu einer alten Frau. Schläfrig war sie, kaum fähig, sich zu konzentrieren. »Jude – man geht nicht vor Gericht, um über alles, was passiert ist, unbedingt die Wahrheit zu berichten.« Es kostete sie Mühe, überhaupt etwas zu sagen, geschweige denn das Richtige. »Man geht hin, um sich zu verteidigen, so gut man kann, und wenn einer das, was geschah, beweisen kann ...«

»Nur weil *man* das tut – nur weil es einem womöglich auch noch glückt ...« Sie sah aus, als wollte sie nur noch flüchten. Von der Wanne aus sah Carolyn die obere Hälfte von Judiths Kopf im Spiegel verdoppelt, ihre schöne helle Haarkappe. Doppelt gefangen. Immer wieder hob sie die Hände vor dem Körper, als versuchte sie etwas hochzuheben, was sie nicht vom Boden bekam.

»Wie kannst du da einfach hingehen wollen und so lügen? Ich dachte, Daddy ist der einzige, der lügt.« Sie hatte laut zu weinen begonnen, anklagend, wie früher immer, wenn ihr großer Bruder etwas Unrechtes getan hatte und sie es aller Welt verkünden wollte. »Du hast dich von Daddy rumkriegen lassen. Es ist ekelhaft.« Jetzt wanderte ihr Blick ganz an Carolyn hinunter, von den Haaren angefangen, die sie mit einer Spange provisorisch hochgesteckt hatte, und langsam über ihren hellen, ungeschützten Körper bis zu den rosa Füßen, die aus dem Wasser ragten wie zwei komische Gewächse. »Und was *ich* denke, interessiert überhaupt keinen. Ich bin ja bloß ein dummes kleines Kind. Es ist euch sogar egal, ob ich hingehe und *petze*.«

Carolyn setzte sich auf, langsam, als hätte sie Schmerzen. Das Wasser teilte sich und schlug wieder zusammen. Sie glänzte wie poliert, wie Bens schönstes Holz. War es das, was Judith so aufbrachte: daß man sie gar nicht als Mitwirkende betrachtete? War sie gekränkt, weil ihr in dem Komplott keine Rolle zugewiesen war? »Was meinst du mit ›petzen‹?« Sie war nicht erschrocken, nur überrascht.

Judith sah aus, als müßte sie sich von irgendwo herausbuddeln, wo sie nicht atmen konnte. Sie reckte steif den Hals wie auf der Suche nach frischer Luft, dann fuhr sie sich heftig mit dem Handrücken übers Gesicht. »Das kannst du dir selber ausdenken!« schrie sie, rannte hinaus und versuchte die Tür hinter sich zuzuschlagen. Doch der kleine Gummikeil, der lose auf dem Boden lag wie ein Eishockeypuck, fing sie ab und hielt sie, und die Tür blieb, festgeklemmt, halb offen stehen. Kalte Luft kam herein wie eine Querströmung unter Wasser. Sie ließ Carolyn erschauern wie ein Urteilsspruch.

Während sie sich abtrocknete, überlegte sie, was sie Judith sagen wollte. Sie würde ihr zu bedenken geben, daß auch Gerichte Unterschiede machten. Es gebe so etwas wie »plötzliche Erregung aus hinreichendem Anlaß« – so hatte Panos sie belehrt, als er mit ihnen die verschiedenen Verteidigungsmöglichkeiten durchging –, und selbst wenn man alle Fakten kenne, werde man Jacob nach diesem Maßstab nicht zum gemeinen Mörder stempeln. Warum könnten sie diesen gnädigen Maßstab dann nicht auch selbst anlegen? Sie kannten Jacob, sie hatten sein schmerzliches Geständnis gehört, und die Dinge hatten sich eben so entwickelt, daß sie nun seine Fürsprecher sein müßten, nicht Fremde auf der Geschworenenbank. Selbst diese Fremden würden zum gleichen Schluß kommen, daß er seine Hölle schon hinter sich habe. »Bitte«, würde sie sagen, »du brauchst kein schlechtes Gewissen zu haben, wenn du ihm wünschst, daß er freikommt und sein Leben fortsetzen kann, nach all dem Entsetzlichen, das er schon durchgemacht hat. Dem Selbstekel. Der Angst. Er hat dieses Unheil ja nicht vorsätzlich angerichtet. Bitte hab ihn weiter lieb.«

Warm eingehüllt in ihren Bademantel ging sie durch die dunkle Diele zu Judiths Zimmer, aber Judith rief mit Geisterstimme zu ihr heraus: »Wenn *ich* es nun wäre, Mama? Wenn mich jemand umgebracht hätte?« Sie mußte im Stockfinstern sitzen, den Rükken an der Wand; sie mußte da gekauert und gewartet haben, bis ihre Mutter aus dem dampfenden Bad kam.

Carolyn blieb stehen. Jedes einzelne ihrer feinen Nackenhaare stellte sich bei der Frage auf wie unter einem Windstoß. Judith, um Gottes willen. »Und wenn du es wärst, die jemanden umgebracht hätte?«

Es folgte eine lange Pause; Judiths Atem klang gepreßt, wie immer, wenn sie geweint hatte und ihre Nase lief. »So etwas täte ich nicht!« beteuerte sie mit erschrockenem Stimmchen. »Auf keinen Fall! So etwas Furchtbares könnte ich nie tun!«

Das war der Unterschied zwischen ihnen, mochte ihre Tochter auch noch so intelligent und gutwillig sein: Sie war ein Kind, es gab so vieles, was sie sich nicht vorstellen konnte. »Du sollst nie nie sagen, Schatz. Glaubst du denn, Jacob hätte sich vorstellen können, daß er jemals tun würde, was er getan hat?« Carolyn sprach lauter ins Dunkel hinein. »Das ist das Schwierige, Judith. Eines Tages ...«

»Sag nicht immer ›eines Tages‹, ich kann es nicht leiden, wenn du ›eines Tages‹ sagst!« Wieder ganz Kind.

Carolyn seufzte schwer. »Ach, Jude, warum soll ich denn nicht ›eines Tages‹ sagen? Manche Dinge kannst du noch nicht wissen, dafür ist es einfach zu früh. Es verlangt ja auch niemand, daß du sie weißt oder auch nur glaubst, wenn du sie hörst. Manches lerne ich selbst gerade erst.« Das war die große Überraschung, die tiefste, die letzte. Mit zwölf, dreizehn Jahren weiß man noch ganz genau zwischen Tugend und Laster zu unterscheiden. In ihrem Alter geziemten sich diese Begriffe nicht mehr. Jacob mußte das auch so empfinden. Nichts, was nicht passieren kann. Einfach passieren.

Sie tastete sich mit der Hand an der Wand entlang, mit den Fingerspitzen, und warf das Licht an, wie man einen Eimer Wasser ausschüttet, in einem Guß, ohne Warnung. Die Helle erstaunte sie. Judith, überrascht von dem Guß kalten Lichts, sprang aus ihrer Ecke hoch und floh.

Jacob sagte immer, ›Blutspendeaktion‹ klinge so, als liefen sie da mit der Sammelbüchse herum. Zweimal jährlich fuhr ein großer weißer Lastwagen vor die Kellertür der Kongregationskirche, und heraus kamen Gerätschaften, die ganze Zimmer füllten – Feldbetten, Emailtische für die Stationen, Schläuche über Schläuche, stapelweise Plastikbeutel, Pflaster, Klebebänder –, und die Schwestern und Pfleger bauten das alles so rasch und routiniert auf wie ein Feldlazarett im Krieg, das dauernd den Ort wechselte. Kein Wunder auch, daß sie die Sache im Griff hatten – wenn sie in die Stadt kamen, war das aufregend wie Zirkus, aber die Leute, die mit dem Wagen herumfuhren, von Osten nach Westen, von Norden nach Süden und zurück, machten das an jedem Tag des Jahres, abzüglich der Wochenenden.

Carolyn hatte sich schon vor Monaten dafür gemeldet, denn zwei Ärzte mußten immer anwesend sein. Die Grand Jury tagte erst morgen. Sie sah keinen Grund, nicht hinzufahren.

Unwahr. Sie sah Gründe, und die kränkten sie.

Ben war gestern abend in den Nachrichten gewesen – Gott sei Dank nur im Radio; Howe war zu klein für einen Fernsehsender – und ganz bestimmt auf dem CB-Klatschkanal. Die Sitzungen der Grand Jury waren geheim, aber er hatte ja seine Erklärung vor der Presse abgegeben. Und der Staatsanwalt hatte gesagt, o ja, natürlich, wir werden ihn wegen Mißachtung des Gerichts belangen. Annie Dineen hatte angerufen und noch ein halbes Dutzend andere, um zu fragen, was er sich in drei Teufels Namen dabei gedacht habe. Wendell war in höchsteigener Person erschienen und hatte sich in die Küche gesetzt und ernst und streng dreingeblickt.

»Ihr Pech«, sagte Carolyn. »Ich habe ein eigenes Leben. Die Stadt hat nämlich auch ihre Bedürfnisse. Sie dreht sich nicht nur um uns und unsere Probleme.« Während sie in der Badewanne lag, hatte sie schließlich gedacht (und sich aus dem Wasser aufgerichtet und stocksteif dagestanden wie der Schamane und alles vollgetropft): Es liegt an mir, ob diese Geschichte uns alle umbringt oder nur einige von uns. Mich. Judith. Vielleicht war es an der Zeit, ein paar emotionale Prioritäten zu setzen.

»Die haben wahrscheinlich schon längst Ersatz für dich«, meinte Ben. Sie saß bei einem frühen Frühstück, und er sah ihr voll Widerwillen zu.

»Damit kann ich mich auseinandersetzen, wenn ich dort bin.« Sie biß in ein Muffin, als müßte sie einen Faden abbeißen.

»Es könnte peinlich werden.«

Sie sah ihn scharf an. Er schlief um diese Jahreszeit im Trainingsanzug, grau und ein bißchen zerlumpt. »Hört, hört, wer's sagt.« Sie trank nachdenklich ihren Kaffee. Er erinnerte sie an das Pillsbury-Teigmännchen. »Überhaupt habe ich schon Peinlichkeiten zuhauf hinter mir. Es gibt Schlimmeres.«

Sie zog sich ihren weißen Krankenhauskittel an, ehe sie das Haus verließ. Normalerweise hätte sie damit gewartet, bis sie bei der Kirche war, aber er fühlte sich so gut an, er roch so vertraut, nach dem wirklichen Leben, beißend und kratzig vor Sauberkeit, die Taschen tief genug für ein Stethoskop und viele kleine nützliche Dinge, und sie konnte nicht warten. Ihren Wintermantel zog sie darüber. »Entweder bin ich in einer Viertelstunde mit einem blauen Auge wieder da, oder ich bleibe den ganzen Tag weg.« Als sie losfuhr, stand er an der Haustür, wartete, da war sie sicher, auf einen Anruf aus ihrem anderen Leben, von Panos, der bestimmt noch wütend war.

Erstaunlich, daß da Leute vor der Tür Schlange standen, um ihr Blut zu spenden, genau wie sie sich zweimal jährlich beim Schlußverkauf für ein Schnäppchen anstellten. Es war alles ein Ritual. Altruismus gepaart mit ebensoviel – nein, nicht direkt Druck. Erwartung vielleicht. Pflicht. Teil des Ganzen zu bleiben, seinen sozialen Verpflichtungen nachzukommen. In Großstädten funktionierte das nicht halb so gut; das war Hylands Stärke.

Sie parkte auf der Rückseite, weit weg von der Menge, die sich bereits versammelte, und ging durch die Hintertür hinein. Die meisten Gesichter, die sie sah, waren die der reisenden Schwestern und Pfleger; sie schauten sie alle nicht sonderlich neugierig an. Eine Frau mit einer Stimme wie Schmirgelpapier, Jerry mit Namen, hatte schon Dutzende Male mit ihr zusammengearbeitet. Sie hatte rote Haare, und ihre Gesichtsfarbe ließ vermuten, daß sie sich gelegentlich ein Schlückchen genehmigte, um durchzuhalten. Sie begrüßte Carolyn so herzlich wie arglos. Carolyn war so erfreut, sie zu sehen, daß ihr Tränen in die Augen stiegen. Jerry baute gerade die Lederliegen auf, Ersatz für die Feldbetten, die dem ganzen Unternehmen immer das Aussehen einer viktorianischen Krankenhausstation gegeben hatten. Die Liegen machten den Eindruck, als könnte man gut ein Nickerchen darauf halten.

»Hallo, Doc, wie geht's, wie steht's?« fragte Jerry.

Ein schlechter Witz, dachte Carolyn. »Es war schon mal besser, Jerry. Und Sie? Was macht die Tochter?«

»Daß Sie daran aber auch immer denken! Richtig lieb.« Und so bekam sie die Leidensgeschichte von Jerrys Tochter mit ihren Weisheitszähnen zu hören, eine verwickelte Saga von hohen Rechnungen und unerträglichen Schmerzen. Carolyn streute Laute des Mitgefühls ein; niemandes Sorgen gehörten belächelt, nur weil sie an den eigenen Kummer nicht heranreichten. Sie dürften nur nicht alle das Wort »Schmerz« gemeinsam haben; es sollte für verschiedene Grade von Schmerz auch verschiedene Bezeichnungen geben, dachte sie, so wie die Eskimos vierundzwanzig Schneearten unterscheiden.

Die hiesige Leiterin der heutigen Aktion erschien eilig mit ihren Unterlagen, sah Carolyn und blieb wie angewurzelt stehen. Minette Schact war eine hübsche Frau mit niedlichem Gesicht und einem herbstfarbenen Plaidkostüm. Sie war eine wohlerzogene und ordentliche Mitbürgerin, die nie schiefe Absätze oder Laufmaschen hatte, eben die Frau, die man gern an der Spitze seiner Kampagne sieht. Sie wirkte so, als hätte sie ihre festgefügte Meinung über Frauen mit ungebärdigen Söhnen.

»Sie haben mich hoffentlich auf Ihrem Plan, Minette«, sagte Carolyn sanft und unerschrocken. »Ich stehe schon seit Herbst darauf.«

Minette erschien nervös unter ihren adretten dunklen Locken. Man sah ihr an, daß sie jetzt gern eine höhere Instanz zugegen hätte, um das Problem weitergeben zu können. »Hm, wir haben heute schon Dr. Rafferty und – äh – Dr. Caldwell ...«

»Aber es schadet ja nichts, wenn Sie drei haben«, sagte Carolyn liebenswürdig. »Oder falls einer von den beiden sich befreien lassen möchte ...« Sie hatte nicht die Absicht, zu bitten. Ärzte hatten hier an diesem Tag das Sagen.

Je lieber Minette ihr die Teilnahme versagt hätte, desto weniger konnte sie sich dem beugen. Denn vermutlich waren die Gefühle gegen sie so stark, daß alle diese guten Menschen nichts weiter tun konnten, als sie entweder hinunterschlucken oder vor aller Öffentlichkeit zugeben, sie, die staatlich preisgekrönten Blutspender in einem Städtchen, wo schon so viele, zum Teil wiederholt, mit der blutstropfenförmigen Blutspender-Ehrennadel ausgezeichnet waren. Minette verzog sich, als hätte man sie körperlich bedroht.

Die Ärzte hatten eigentlich nie viel zu tun, aber der Staat verlangte, daß immer welche zugegen waren. Die Schwestern und Pfleger maßen Blutdruck und Temperatur, sie stachen in die Finger und drückten Wattebäusche auf den Stich, sie füllten die Blutproben in kleine Röhrchen und beobachteten, was daraus wurde. Carolyn tat weniger: Sie stellte Fragen, die jeder hätte stellen können, über Krankheiten und Reisen – in Hyland gab es nicht so viele Leute, die durch Reisen nach Mozambique oder Mayanmar zum Risiko wurden. Aber heute war sie überzählig. Da konnte sie ja die Fingerstecher mal ablösen, um ihnen Zeit für einen Imbiß oder eine Zigarette zu geben. Sie konnte wieder einmal warme, lebendige Haut unter den Fingern fühlen, wie in alten Zeiten, und die anderen wären froh um die Pausen.

Die Doctores Rafferty und Caldwell (George und Scott, der eine uralt und schwerhörig, der andere so blutjung, daß er aussah wie ein College-Student) waren höflich, aber verlegen. »Carolyn!« sagte Rafferty viel zu laut und riß die Augen weit auf, als ob sie vielleicht nicht richtig funktionierten. »Man hat mir gar nicht gesagt, daß Sie kommen. Ich dachte eher, Sie würden ...« Er unterbrach sich. Sie standen in dem lauten, holzverkleideten Korridor in der Nähe der Garderobe.

»Ich habe Urlaub genommen, George«, sagte sie, fast atemlos von der Mühe, die es sie kostete, in möglichst selbstverständlichem Ton zu sprechen, »aber wie Sie wissen, gehöre ich durchaus noch dazu. Deshalb halte ich das hier nach wie vor für meine Pflicht.«

Da standen Leute in Trauben und gafften, das wußte sie, natürlich wußte sie es, und einige würden gewiß auf Distanz bleiben – wenn nur niemand einen Beutel Blut über sie kippte oder sie lauthals beschimpfte. Sie erinnerte sich an die fröhliche weißhaarige Schwester, die sie hinterrücks mit ihrem skurrilen Vorschlag überfallen hatte, was man mit Jacob machen sollte.

»Sehen Sie, Carolyn«, sagte der alte Mann mit tragender Stimme. »Ich finde, daß Ihnen übel mitgespielt wird, und ich hoffe, Sie wissen das.« Sie hätte ihn gern zum Schweigen gebracht, gute Absichten hin oder her. »Ich meine, man sollte doch erst mal abwarten, bis die Gerichte Klarheit geschaffen haben. Dafür sind die doch da, oder?« Seine aristokratisch näselnde Stimme klang verdrossen.

»Danke, George«, sagte sie und faßte ihn am Arm. »Ich bin Ihnen dankbar.«

»Nun ja, es halten noch etliche Leute zu Ihnen, nur bilden sie wohl – äh – eher den stilleren Teil der Bevölkerung, sind diskreter. Aber das wissen Sie ja sicher selbst.«

Ja, wahrscheinlich; sie hatte Rafferty im Verdacht, daß er eigentlich nur Leuten mit höherer Schulbildung das Wahlrecht zubilligte. Wappne dich lieber gegen die Arroganz der Gemarterten, sagte sie sich. Wappne dich gegen Undankbarkeit – aber Dankbarkeit war so ermüdend, es war wie Humpeln, alle anderen Emotionen wurden dadurch aus dem Lot gebracht.

Es kam zu keiner Krise, keiner sichtbaren zumindest. Jemand, dessen Name laut Formular Monte Fitz war, hatte ihr die Hand hingestreckt, sie wieder zurückgezogen und einigermaßen höflich »Entschuldigung« gesagt, dann war er ohne weitere Erklärung fortgegangen. Aber wenn jemandem Blut abgezapft werden sollte, konnte es vielerlei Gründe geben. Sie durfte nicht alles auf sich und Jacob beziehen.

Sie sah ein paar Leute die Köpfe zusammenstecken, und keiner aus dieser Gruppe setzte sich neben sie und streckte den Arm aus für die Druckmanschette. Andererseits traten etliche Frauen und ein paar Männer, die zusammen aus der Klavierfabrik gegenüber gekommen waren, mit trotzigem Blick vor sie hin. Sie errötete – ah, da war es wieder, vor Dankbarkeit – sie hatten wohl ihretwegen eine Versammlung abgehalten; und sie schienen für eine Politik des Anstands gestimmt zu haben. »Hallo, Doktor Reiser«, sagten sie etwa, »geht's Ihnen gut?« Von den Frauen kamen diskretere Varianten; sie hatte nicht einmal mehr das Gefühl, auf die Frage lächeln und nicken zu müssen. Es war eine Demonstration für die Nachbarn. Sie konnte nicht einmal ahnen, warum sie das taten oder was es sie kostete.

Eine dunkelhaarige Frau mit einem sehr blonden Baby auf dem Rücken blieb wartend stehen, um mit ihr zu sprechen. Sie machte sich richtig breit vor Carolyns Tisch, damit alle sie sahen. Carolyn entließ den Mann, den sie gerade ausgefragt hatte (er wollte wissen, ob eine Reise nach Tanger ihn auf die Ausschlußliste bringe. »Kommt darauf an, was Sie da gemacht haben«, antwortete sie ihm unverblümt und lächelte ein wenig. Er lächelte nicht zurück). Die junge Frau beugte sich vor und sagte ihr Sprüchlein auf. »Ich kenne Jacob, und Jacob würde so was nicht tun, was die von ihm behaupten. Das kann ich denen auch sagen, wenn Sie wollen.«

»Sind Sie mit ihm befreundet?« fragte sie, eine durch und durch dämliche Frage. »Woher...?«

»Wir sind – zusammen rumgezogen. Sie verstehen – sozusagen mal miteinander gegangen.« Ihr Baby krallte sich in ihr Haar und riß daran, kräftig, so wie man dem Busfahrer signalisiert, daß man aussteigen will. Sie war eigentlich noch ein Mädchen, obwohl dieses Baby zwischen ihren Schultern hing. Eine Oberschülerin wahrscheinlich, die abgebrochen hatte, um dieses engelsblonde Prachtkind zur Welt zu bringen. Noch eine Freundin, von der sie nichts gewußt hatten. »Er ist ein echt guter Mensch«, beteuerte sie ganz wie jemand, der ihn kaum gekannt hatte. »Und Ihnen möchte ich Kraft wünschen.« Das Wort klang wie in lauter Großbuchstaben geschrieben – sie nahm sich selbst sehr ernst. Carolyn dankte ihr verlegen und erkundigte sich nach dem Namen des Kindes.

»Gypsy«, antwortete sie, ohne zu lächeln. »Sie ist ein sechziger Baby, verstehen Sie? Und sie soll mal frei aufwachsen – wie ohne Schuhe und Haareschneiden und so. Ich glaube, ich werde sie nicht mal zur Schule schicken, das ist eine Tour, die ich keinem wünsche, schon gar nicht meinem eigenen Fleisch und Blut.« Sie schob sich das Kind ein wenig höher und wandte sich zum Gehen. »Bestellen Sie ihm 'nen schönen Gruß von Deanna, ja? Sagen Sie ihm, ich hab ihn gern. Und KRAFT.« Sie machte das Siegeszeichen, und Gypsy schnappte mit einem fröhlich-wilden Schrei nach ihren Fingern.

Das Geschäft ging ein bißchen schleppend (allerdings nicht für Rafferty und Caldwell, wie sie sah). Sie schloß einen Moment die Augen hinter der vorgehaltenen Hand. Das unangenehme Gefühl, daß die ganze Zeit eine Flut von Gaffern gerade außerhalb ihres Gesichtsfeldes stand, nahm sie sehr mit, das spürte sie aber nur, wenn sie innehielt. »Einen Arzt, schnell einen Arzt hierher!« hörte sie und riß sich aus ihrem Tagtraum.

Ein kräftiger junger Mann – das sah sie, als sie hineilte – war umgekippt. Einfach weggesackt, als er ohne seinen halben Liter Blut aufstehen wollte; jetzt lag er wie ein großer Baumstamm zwischen den dünnen weißen Emailbeinen des Schwesterntischs. So etwas passierte meist Männern. (Weil Frauen an den Anblick von Blut gewöhnt waren? Weil der Zwang, den lässigen Macho spielen zu müssen, die Männer so strapazierte? Wer hätte es sagen können?) Zwei Pfleger trugen ihn hinter eine spanische Wand, und sie machte das Übliche – Blutdruck, Untersuchung von Schädel und Knochen, und Riechsalz –, während draußen die kleine Flut geschäftiger Geräusche unvermindert dahinrollte. Rafferty und Caldwell waren zurückgeschickt worden. Sie war schließlich Ärztin, wenn auch nur für den Notfall.

Der junge Mann in der dunkelgrünen Uniform einer hiesigen Ölgesellschaft war sommersprossig und feist, und seine Augen, die sich sehr langsam dem Licht öffneten, glitzerten feucht. Sie lächelte ihn ohne Herablassung an. Er war nur ein paar Jahre älter als Jacob. »Alles in Ordnung? Ist Ihnen noch schwindlig?«

Er schloß die Augen wieder. »Mannomann, ist das peinlich.«

»Ach was, Sie würden sich wundern, wie oft das passiert. Ihr langen Kerle scheint da die meisten Schwierigkeiten zu haben.«

Er lachte. »Und um so härter fällt man auch. Zu blöd, ich hätte einfach den Beutel nicht angucken sollen, wo das Blut reinlief. Iiih, ich konnte gar nicht glauben, daß das alles aus mir rauskam.« Er war noch immer blaß, seine Sommersprossen hoben sich dunkel von den Wangen ab. Er hatte hübsche blaue Augen, wie ein Starlet. »Jesses, das sah aus wie ein Pfund Rindsleber. Ich kann Rindsleber nicht ausstehen!«

»Sie *konnten* es glauben, das ist es gerade.« Sie mußte jetzt ein bißchen Schreibarbeit erledigen, dokumentieren, daß nichts passiert war. Während sie die Fragen durchging, begann er sie genauer zu mustern.

»He, sind Sie nicht die Mutter von diesem Typ?«

Sie unterschrieb zornig, mit einem theatralischen Schlenker hintendran. »Wer ist ›dieser Typ‹?«

»Sie wissen doch – der das Mädchen umgebracht hat.« In seinem breiten, netten Gesicht stand Verwunderung, vielleicht sogar Dankbarkeit.

»Ich bin die Mutter des Jungen, von dem man annimmt, daß er vielleicht ein Mädchen umgebracht hat. Das ist ein großer Unterschied.« Sie sprachen so sachlich darüber, daß es sie fast amüsierte. Der Junge sah aus, als wollte er sie am liebsten um ein Autogramm bitten.

»Ich übergebe Sie jetzt einer Schwester. Fühlen Sie sich wieder wohl?«

Er nickte. Ein gesundes junges Rosa war in sein Gesicht zurückgekehrt. Nur sein Haaransatz war noch feucht. »Meinen Sie, er hat es getan?« fragte er schüchtern. Er zuckte die Achseln, zu verlegen, um das »es« näher zu erläutern. »Sie wissen schon.«

Sie sah ihn lange an. »Die sollen Ihnen viel zu trinken geben, ja? Zwei, drei Becher von diesem Orangensaft. Ein paar Sandwichs. Und Kekse. Sie brauchen Ihre Energie.« Sie tauchte unter der spanischen Wand hervor und rief Jerry zu, sie solle ihn abholen. In dem Raum mußten an die hundert Menschen in Bewegung sein, kleine Gruppen, die für ein, zwei Minuten innehielten, sich dann unabhängig voneinander wieder in Bewegung setzten und sich zu neuen Gruppen formten, wie in einem Bienenstock. Und was dabei herauskam, ein Kühlschrank voll Hilfe für Fremde, war zumeist gutgemeint.

Plötzlich legte sich für sie ein Bild über die Szene, ihre Schwester Nina, die in die tiefen Fernen Montanas blickte, ein einseitiges Gespräch führte mit dieser unkritischen Landschaft, den schattigen Bergen, die nie Fragen stellten. Nicht gesellig, nicht leutselig. Jedes Land braucht seine eigene Art von Fremdenlegion, dachte sie dankbar. Für Notfälle, zum Ausspannen. Für Verzweiflung.

Gegen zwei Uhr trat Terry Taverner ein. Sie war eine kleine, rundliche Frau, die aus einem Satz konzentrischer Kreise zu bestehen schien – sogar ihre Frisur war eine Serie kleiner, enggedrehter Locken. Carolyn kannte sie von der Bank, in der sie jahrelang gearbeitet hatte, und dann von – war es die Sears-Niederlassung oder die Hähnchenbraterei? Jedenfalls etwas, wo sie hinter einer Theke stand und kassierte und mit den Leuten plauderte. Es war schwer, sie mit ihrer hübschen schlanken Tochter in Verbindung zu bringen, aber wer wußte denn andererseits, wie sie einmal ausgesehen hatte, bevor die schreckliche Bequemlichkeit der Ehe einsetzte?

Vermutlich war sie jünger, als sie aussah. Sie trug einen leuchtendblauen Parka mit Gürtel und halbhohe Stiefel mit leblos wirkendem Pelzbesatz; sie hatte die typische Ausstrahlung der alternden Hylander Hausfrau, keinerlei vorstädtischen Schick, nur biedere Bodenständigkeit, brauchbar, ein bißchen müde, fast ein wenig feindselig gegenüber jeder Schönheit, die nicht aus Hollywood herüberflimmerte, und dann zum Tagesausklang geborgen in ihren vier Wänden. Obwohl sie eine Frau war, die wohl nie große Beachtung gefunden hätte, wäre sie nicht zum Opfer geworden, schien sie jetzt beim Hindurchgehen die Menge zu teilen – man machte ihr Platz. Ungezogen wie Kinder glotzten sie schamlos von ihr zu Carolyn und wieder zurück. »Oh, jetzt aufgepaßt«, flüsterte jemand, grausam oder freundlich oder nur voyeuristisch. Carolyn wandte das Gesicht ab.

Als einmal etwas weniger zu tun war – zu ihr kamen die Leute immer grüppchenweise –, stieß sie ihren Stuhl zurück und verließ den Gemeindesaal, um auf die Toilette zu gehen, sich etwas kaltes Wasser ins Gesicht zu spritzen und ein paar Minuten allein zu sein, zu entspannen. Sie war nicht überrascht, als sie aus der Kabine kam und Terry Taverner beim Händewaschen antraf. Carolyn sah sie zuerst im Spiegel, ihre kleinen, unsentimentalen Augen, das Haar ein Lockenverhau, wie Holzwolle. Ein Unglück, dachte sie mit Erschrecken, macht nicht aus jeder Frau eine Dame Judith Anderson.

Carolyn seufzte.

Terry Taverners Augen flammten auf, als hätte sie zwei Kohlen angeblasen, dann beschlugen sie wieder mit Asche.

Carolyns zweiter Seufzer war nicht hilflos, sondern angestrengt. »Mrs. Taverner?« Das Fragezeichen setzte sie zum Zeichen des Respekts, der Demut.

Marthas Mutter hatte sich noch immer nicht zu ihr umgedreht. Es war sehr sonderbar, dieses Gesicht im Spiegel anzusprechen; als spräche sie zu einem Fernsehapparat. Vielleicht gab es der Frau ja ein Gefühl der Distanz; vielleicht sogar das Gefühl, überhaupt nicht dazusein.

»Ich wollte schon lange mal mit Ihnen reden.«

Sie sollte keine Antwort bekommen.

»Bitte«, hörte sie sich sagen, obwohl sie nicht recht wußte, worum sie bat. »Das war – auch für mich, auch für uns – die schwerste Zeit unseres Lebens. Ich möchte ...« Ihre Stimme klang verdammt noch mal zu *vorsichtig*.

Terry Taverner maß sie voller Verachtung, ihren langen weißen Kittel, ihr Haar mit der blonden Tönung. Sie selbst hatte die engen, starren Löckchen einer frischen Dauerwelle. Carolyn hatte das Gefühl, daß ihre eigenen Locken dagegen verschwenderisch groß waren, daß man ihrer Ungezwungenheit das Geld anmerkte, erstklassige Bildung und die hundert Unwägbarkeiten all des je Erstrebten und Erreichten. »Vorteile« nannten das alle, die es nicht hatten. Eine Frisur konnte so etwas zum Ausdruck bringen, auch wenn jetzt nicht der Moment war, sich Gedanken über die Gründe zu machen. Kein Platz für Historie in dieser schummrigen, fluoreszierenden, deogeschwängerten Luft.

»Wir – werden wahrscheinlich unseren Sohn verlieren«, sagte sie ruhig, und heiße Tränen sammelten sich in ihren Augen. Konnte sie es wirklich wagen, diese Frau über die Gemeinsamkeit ihrer Tragödie zu belehren? »Ich habe tausend Stunden wachgelegen und an Martha gedacht. Ich möchte nur, daß Sie das wissen. Es wird nichts ändern, aber Sie könnten vielleicht ...«

»Was?« Mrs. Taverner sprach ihre ersten Worte in schroffem Ton. »Ich könnte vielleicht *was*?«

Carolyn hob die Schultern. »Ich weiß es nicht.« Sie griff nach dem Rahmen der Kabinentür und hielt sich dankbar daran fest. »Vielleicht sehen Sie auch in uns –« Was ...? »– Menschen. Eltern, eine Familie, meine ich, die ebenso – hilflos ist?«

Eine ganze Weile glaubte sie, Terry Taverner werde vielleicht nicken, sie womöglich umarmen, ganz so, wie sie sich diese Szene erträumt hatte. Absolution im Wohnzimmer der Taverners, das war es, worum sie gebetet hatte; hundertmal hatte sie es sich hinter geschlossenen Lidern ausgemalt, gemeinsame Tränen, vereintes Leid, bittersüßes Erinnern (und hatte dann nicht gewagt, hinzugehen und darum zu bitten). Aber die Frau stand eine ganze Minute lang in totaler Starre da und sagte dann verachtungsvoll: »Wegen was haben Sie sich hilflos zu fühlen, sagen Sie mir das mal. Sie haben ihn zu dem gemacht, was er ist, niemand sonst. Er ist irre und läuft frei auf der Straße herum wie ein Normaler!« Mrs. Taverner hatte sich endlich umgedreht und war fast bis an die Wand zurückgewichen, wo die Papierhandtücher in ihrem silbrigen Behälter hingen, als ob Carolyn jeden Moment auf sie losgehen könnte. »Die Leute erzählen uns alle möglichen Sachen, die Ihr herziges Söhnchen schon früher gemacht hat. Mein Mann meint, wir sollten Sie auf alles, was Sie haben, verklagen, weil Sie dieses Monster nicht an die Kette gelegt haben.«

Carolyn fühlte die Worte wie Krallen im Gesicht. Ihre Wangen brannten. Was meinte sie damit, was erzählten die Leute über Jacob?

Sie ließ sich von Terry Taverner noch einmal sagen, daß sie sich wohl einbildete, ihr gehöre die Welt. Schön, dann gehörte ihr eben die Welt – sie hörte sich das alles mit einem leisen Lächeln an, das wahrscheinlich arrogant wirkte, aber es bewahrte sie, gleich einer Maske, vor der Auflösung.

»Sie lebte noch, morgens, als ich ihr auf Wiedersehen gesagt habe. Sie sind Ärztin, denken Sie ruhig mal daran, wo sie jetzt ist.« Sie legte sich die Hand auf den Magen, der bei dem Gedanken daran weh tun mußte. »Ihre Freunde sind alle auf den Friedhof gegangen und haben da alles aufgestellt, was sie gern hatte – ihre Spieluhr ist da, und Fotos von ihnen allen, die haben sie ihr gleich mit in den Sarg gelegt, rings um sie herum. Sie haben uns nicht mal gefragt, haben einfach ihre Schminksachen geholt und ihren Schmuck und ein goldenes Hündchen mit Löchern für ihre Ohrringe und alles ringsum aufgebaut, es sieht aus wie auf ihrem Frisiertisch, nur daß Schnee darauf liegt. Aber das bringt mir alles mein kleines Mädchen nicht zurück, und Sie können sagen, was Sie wollen, von mir haben Sie kein Mitleid zu erwarten.« Sie schüttelte den Kopf, und die Tränen flogen nach allen Seiten wie Regentropfen.

O ja, und was Ihr liebes kleines Mädchen so alles getrieben hat, dachte Carolyn. Natürlich verdiente sie nicht zu sein, wo sie jetzt war – wie war es nur möglich, daß sie jetzt unter dem Schnee lag? Aber Ihr kleines Unschuldslamm hat ein Leben geführt, das Sie sich auch nicht vorstellen können. Und einiges davon wußten Sie sogar. Einiges davon wußte die ganze Stadt. »Ich bitte nicht um Ihr Mitleid, ich sage nur...«

»Sie sollten lieber auf diesen Jungen aufpassen, weil er auch mal da enden wird. Die lassen ihm das nicht durchgehen, was er ihr angetan hat. Und wenn wir bis vors höchste Gericht gehen müssen, er kommt uns so nicht davon, und ich werde jubeln, wenn sie den Hebel umlegen. Eine Unverschämtheit, mich auch noch um etwas zu bitten! Haben Sie das Kreuz gesehen? Dann wissen Sie, was die Leute von Ihnen und Ihrem Sohn halten. Sie können froh sein, daß mein Mann nicht mit einer Flinte zu Ihnen gekommen ist.«

Das klang alles so vertraut, daß Carolyn nicht wußte, ob sie es unbewußt schon einmal gehört hatte oder ob es nur Klischee war. Filmgeschwätz. Was konnte bei all dem herauskommen, was nicht schon einmal gesagt worden war? Die Worte nebelten sie ein, berührten sie aber nicht. Sie hallten wider wie der schlecht geschriebene Text eines alten Melodrams. Aber dies war nun gewiß nicht der Moment für literarische Einwände! Man sollte keinen guten Schriftsteller brauchen, um von seinem Leid zu sprechen, sich sympathisch zu machen, bemitleidenswert. *Du bist gefühllos*, dachte sie. *Du bist unmenschlich*. Doch nein, etwas würde zu ihr durchdringen. Nicht das, aber irgend etwas. Sie hatte eine harte Schale, aber gefühllos war sie nicht. Gefühllose Leute empfanden nichts. Sie empfand einiges. Bestimmte Dinge, nicht vorhersehbar. *Bitte. Etwas.*

Sie suchte nach Worten, die sie auch über die Lippen bringen könnte, etwas, was ihren Ansprüchen genügte, aber da ging die Tür auf, erstaunlich, daß es nicht schon früher geschehen war, und zwei alte Damen kamen langsam herein, die Mäntel über dem Arm. Sie hatten identisch blaugetönte Haare und die hängenden Kinnladen von Bauchrednerpuppen, und Terry Taverner nutzte den Moment der Ablenkung, um ohne Abgangszeile zu verschwinden. Carolyn beugte sich zitternd über das Waschbecken, und nachdem sie ihr Gesicht so lange mit kaltem Wasser eingeweicht hatte, bis sie vor Kälte bebte, ging auch sie hinaus, holte ihren Mantel und fuhr nach Hause.

Halloween. Jacob mußte neun gewesen sein. Vielleicht zehn. Die jährlichen Rituale vermischten sich, gerieten in ihrer Erinnerung durcheinander. Sie wußte nicht, warum ihr gerade jetzt, als sie sich hinters Steuer setzte und den Motor anließ, dieses Halloween einfiel. Ein leichter Brandgeruch im Wagen? War jemand in einem Cape vorbeigegangen? Ja, sie sah aus dem Augenwinkel ein wehendes Stück Tweed, jemand ging auf der anderen Straßenseite in Richtung Bibliothek. Es war in dem Jahr, als er im Gemeindesaal mit seinem Sherlock Holmes-Kostüm den Wettbewerb um Einfallsreichtum gewann. (Jede Idee, die es ihr ersparte, auf ihrer Nähmaschine einen kleinen Fuchs zu nähen, oder ein kleines Pferd samt beweglichen Ohren und Futtersack, war für sie schon siegverdächtig. Später hatte Annie Dineen, die Gute, diese Aufgabe für Judith übernommen; sie zauberte die fabelhaftesten Sachen zusammen, durchdacht, phantasievoll, einschüchternd. »Schon gut, Schätzchen«, sagte Annie gutgelaunt, während sie die Nadeln aus dem Saum der Cancan-Tänzerin zog oder die Früchte auf Carmen Mirandas Kopf auftürmte, »dafür hätte *ich* nie Medizin studieren können, glaub mir. Gib mir einen Kadaver zum Zunähen, und draußen bin ich.«)

Jacob zog sich also in diesem Jahr eine voluminöse karierte Pelerine an, die Ben als Kunststudent immer aus Jux getragen hatte: (Er hatte sie nie weggeworfen, weil er alles aufbewahrte, um es in seinen Skulpturen zu verwenden – sie erzählte den Leuten immer, er habe die Salamis seiner Mutter im Tresor verwahrt.) Jacob fand eine wunderschöne Mahagonipfeife mit verwegen gebogenem Stiel und einem riesigen Kopf, in dem er ganze Äste hätte verbrennen können. Irgendwo entdeckte er eine dunkle Mütze mit Ohrenschützern, und dann brauchte er nur noch eine Lupe – die entlieh er sich vom Oxford English Dictionary, das mit einem schönen dicken Vergrößerungsglas geliefert wurde, damit man auf den engbedruckten Seiten etwas lesen konnte.

Die Kinder waren in einem großen Kreis umhergegangen, während die Eltern an den Rand traten, eine bunte Reihe von kleinen Tieren und gegenständlichen Begriffen – Freiheitsstatue, Recycling –, die einen sehr ernst, andere tanzend und albernd. Die Mütter, die an ihren zweifarbig gestrickten Katzen und perlenbesetzten Ballettkleidchen geschuftet hatten, waren wütend, als Jacob der Sieg zugesprochen wurde. Sie meinten, es sollten zwei Preise vergeben werden, einer für »gemachte« Kostüme und einer für »(nur) zusammengestellte«. Er wußte sich vor Freude kaum zu lassen. »Köpfchen!« sagte er ein um das andere Mal, während er tief gebückt umherging, so wie er sich einen Detektiv auf der Fährte vorstellte. »Man muß nicht mühsam etwas machen, man muß nur *schlau* sein.«

Carolyn wünschte sich, die Kinder hätten nicht in Konkurrenz gegeneinander antreten müssen. In einer Ecke schluchzte eine besiegte Braut: »Als ich hier reinkam, hab ich gedacht, ich bin die *Schönste*!« Das kleine Mädchen mit Schleier und Schleppe, auf der die anderen dauernd herumtrampelten, war schmächtig und blond und hatte unruhige kleine Füße in weißen Ballettschuhen –

es könnte Martha gewesen sein. Jedenfalls war sie irgend jemandes liebes kleines Mädchen und mußte schon die Grundbegriffe des offenen Kampfes zwischen Klugheit und Schönheit kennenlernen – jemand hätte ihr versichern sollen, daß sie ihre Rache noch bekommen würde –, erfahren, wie es ist, erwählt und übergangen zu werden, und daß es manchmal besser wäre, Leute nicht zu beurteilen, sondern sich einfach wohl fühlen zu lassen. Nach der Parade bekamen die Kinder Doughnuts und mußten nach Äpfeln springen – das hätte genügen sollen.

Sie hatten zu oft gewonnen, Jacob und die übrige Familie. Immer hatte sie, Carolyn Miller, beim Rechtschreibe-Wettbewerb als letztes Kind in der Reihe gestanden, hatte Jacob in Mathematik gesiegt, waren Bens Bilder – wie lange war das her! – zum Aushängen in der Schulhalle ausgewählt worden, hatten Judiths Sprünge den ersten Platz in der Gymnastik belegt. Alle hatten sie hart dafür gearbeitet, aber sie waren immer auf Erfolgskurs. Und hinter den Kindern, die es nie schafften, standen Mütter, die zischelten: »Ungerecht! Immer dieselben! Wir protestieren!« Nichts wurde ihnen geschenkt, aber sie verstanden es sich zu holen – eine Minderheitengewohnheit, sich immer anzustrengen. Auch zu wissen, wie man arbeiten mußte – dann wurde Leichtigkeit daraus, wie aus den Investitionen mancher Leute Reichtum wurde. Dennoch waren es Privilegien. *Terry Taverner, die sie mit kleinen Augen im Toilettenspiegel anstarrte. Ihre Tochter – jemandes Tochter – in ihrem kleinen Brautkleid, nie schön genug.* Waren Verdienste nicht auch nur ein Privileg, solange man sie nicht hatte?

Judith saß am Klavier, als sie ins Haus kam. Sie saß unnatürlich gerade und tat nichts weiter, als auf den Tasten herumzuklimpern, Dissonanzen erzeugend, sehr leise, sehr ernst und trotzig. Klotzige Akkorde aus den unmöglichsten Kombinationen, pianissimo. Die Noten rieben sich aneinander, daß es knirschte. Es sollte etwas heißen, es sollte vieles heißen.

Sie versuchte das Haus so zu sehen, wie Terry Taverner es sehen würde. Die Zwanglosigkeit war es, nicht die Protzigkeit der Möbel, die sie verwirren und abstoßen würde, und die Anordnung der Bilder, so vieler Bilder, große Farbkleckse überall, und vieles nicht einmal erkennbar: nicht Menschen oder Landschaften, wie man es auf Bildern meistens sah. Und der Krimskrams – besaßen sie überhaupt irgend etwas, was man als Krimskrams bezeichnen könnte? Die künstlerische Lässigkeit, die sichtbare Unlust, Geld für gute Möbel auszugeben, außer für ein paar Antiquitäten aus einer derben, nicht eleganten Periode (die Wäschetruhe, die schwere Eckvitrine, ein stumpfes, verkratztes Puritanerblau). Die abgetretenen Orientteppiche. Die Bücher. Martha hatte zu Jacob gesagt, nur Juden hätten so viele Bücher. Und nichts Vergoldetes. Ein weiterer Beweis für die Liederlichkeit ihrer Klasse. Angeber. Ungläubige.

Judith fuhr mißtönend einmal mit dem Handrücken auf den Tasten hin und her.

Carolyn wäre am liebsten zu ihr gegangen und hätte gesagt: »Ich werde dich nicht enttäuschen«, aber sie wußte nicht, was das Gegenteil von »enttäuschen« sein könnte.

Maggie Dormer rief an, im Namen einiger Mitglieder des Chors, in dem Carolyn sang. (»Ganz inoffiziell«, sagte sie fest. »Überhaupt nicht offiziell, verstehst du?«) Der Curry Mountain Chorus war eine gemischte Gruppe, von der Collegestudentin bis hin zu Dot Weyerhauser, die mit zweiundachtzig Jahren noch immer einen himmlischen, festen Alt hatte. Sie liebten ihren Bach und Brahms und übten fleißig ihre Tonleitern. Letztes Jahr, vor der Weihnachtskantate, hatten sie sogar einen Austauschstudenten engagiert, der ihnen bei der deutschen Aussprache helfen sollte – aber im allgemeinen brauchte man keinen Stammbaum, um dazuzugehören. Carolyn sang Alt, manchmal auch Tenor, wenn sie gebraucht wurde. Zur Zeit vermißte sie den Chor ganz schrecklich.

»Wir haben vor, so eine Art Versammlung abzuhalten«, sagte Maggie zu Carolyn, so energisch, wie sie den Chor immer dazu anhielt, daß jeder zu Hause seinen Part übte. »Ich weiß nicht, ob ihr kommen wollt oder nicht. Wir sind ein bißchen erschrocken über – sieh mal, Carolyn, was da so geredet wird, ist manchmal – na ja, Henry nennt es hetzerisch.« (Henry, ihr Mann, war ein sanfter Mensch, trotz seiner Baßstimme, die ein furchterregendes Instrument war, wenn er normal redete.) »Und jetzt, nachdem die dieses gräßliche ...« Sie konnte es nicht aussprechen. »Wirklich hetzerisch.« Die Gruppe, die sie im Sinn hatte, schien auch den Kern der Musikliebhaber im Städtchen einzuschließen, die im Sommer begeistert zur Kammermusik strömten. Wenn man vom Balkon des Gemeindesaals hinunter auf die Menge blickte, sah man reichlich weißes Haar, feines Tuch, ein ganzes Sortiment Birkenstock; offenbar ein solides Kontingent von der episkopalischen und der unitarischen Kirche.

»Maggie«, sagte Carolyn. »Eine Versammlung zu welchem Zweck? Wie könnt ihr ...«

»Wir können dafür sorgen, daß die Vernunft nicht ganz auf der Strecke bleibt. Henry sagt – und ich fürchte, er hat recht –, daß zur Zeit viel Verteufelung getrieben wird.«

»Aber daran werdet ihr nichts ändern.« Es war ein komisches Gefühl, der Barbarei das Wort zu reden.

»Hör mal, Carolyn. Jacob war noch nicht einmal vor Gericht. Wir können die Leute zumindest daran erinnern, daß ihr alle ein bißchen Rücksichtnahme verdient. Einfache menschliche Rücksichtnahme.« Carolyn dankte Maggie, sagte aber, daß sie wohl nicht kommen würden, obwohl sie sehr gerührt sei. Sie fand, es wäre Stimmungsmache, wenn sie hingingen.

Ben holte den *Bugler* von der Eingangstreppe, wohin das Zeitungsmädchen ihn mit ihrer bewundernswerten Rückhand geworfen hatte. Als er an die Leserbriefe kam, breitete er ihn vor sich auf dem Tisch aus. Zwei Briefe befaßten sich mit ihnen, der eine war die Petition, die sie an die Haustür genagelt gefunden hatten, das Edikt, wie Ben es nannte, worin gefordert wurde, Jacobs Kaution zu widerrufen, unterschrieben (allerdings nicht auf dem Zettel selbst) von 493 Bürgern der Gemeinde. Der andere beklagte eine »terroristische Taktik nach dem schlechten Vorbild der berüchtigtsten Extremisten« – die Handlung selbst blieb ungenannt –, die, wie es darin hieß, ein beschämender Fleck auf dem Namen des Städtchens Hyland sei. »Wir leben in einer Demokratie, und der Preis der Demokratie ist, daß die Mühlen der Gerechtigkeit langsam mahlen und auch dann noch manche Überraschungen hervorbringen können. Wir dürfen keine Volkswarte sein, die bestimmen, was dabei herauszukommen hat, und schon entsprechend handeln. Eine Schande!« Carolyn hörte Tony Bergers militante Stimme und sah, daß die vier anderen, die neben seiner Frau Celene und Wendell und Steph den Brief unterschrieben hatten, Lehrer aus der Umgebung waren; nicht direkt Leute, die sie kannte, aber ihre Namen sagten ihr etwas. Die meisten Leser dieser Zeitung würden sich natürlich eher auf die Seite der 493 »normalen« Bürger schlagen als auf die der Lehrer, die womöglich Volvos fuhren und progressive Ansichten hatten. Das war allerdings nicht ganz gerecht; das mit der Klassenzugehörigkeit war zu einfach. Sie dachte an Mock Frazier unten im Restaurant. Sie dachte an ein Dutzend andere ordentliche Spießer, die brav ihre Zweifel geäußert hatten. Trotzdem ein Hoch auf Tony, dachte sie. Ein Freund. Ein Weggefährte.

Es war auch ein Leitartikel darin: »Jeder Mensch hat das Recht, nach einem schrecklichen Ereignis wie einem Mord zu denken, was er denken zu müssen glaubt«, schalt der Kommentator, »aber es ist die Bewährungsprobe für einen Staat und für ein Volk, ob es seine Leidenschaften zügeln kann und der Gerechtigkeit ihren Lauf läßt, welchen Weg sie auch immer nimmt. Brutale Drohungen und Einschüchterungsmethoden stellen nicht gerade Frieden und Ordnung in unserer Stadt zu einem Zeitpunkt wieder her, an dem wir beides am nötigsten brauchen.« Es war alles so unpersönlich – jedesmal, wenn sich jemand auf Demokratie berief, hätte sie am liebsten etwas zerschlagen. Demokratie, die bittere Medizin. Demokratie, der Bremsklotz der gemeinen Blutrache, der lange, ermüdende Prozeß. Der Name des Beschuldigten blieb ein Loch in der Sprache, ein klaffendes Schweigen. Nun, besser ein gesichtsloser, versinnbildlichter Beschuldigter als Jacob Reiser mit Adresse und Telefonnummer, denn gleich wären sie da, die Kreuzeverbrenner und Fingerzeiger, wie wahr! Terry Taverner war da wahrscheinlich ganz ihrer Meinung, das war das Ulkige – auch sie würde sich schlecht behandelt fühlen durch solche Abstraktionen, die den Blick von Martha ablenkten, ihrem besonderen Mädchen, ihrem Fleisch und Blut, das nicht mehr war. Demokratie hielt für sie alle ihre gleichmacherische Hand bereit. Ein kalter Trost.

Carolyn stützte die Ellbogen auf die ausgebreitete Zeitung und legte den Kopf auf die Hände.

Ein letzter Versuch. »Du willst ihn also nicht die Wahrheit sagen lassen, so daß Panos dann auf ...«

»Auf was soll er plädieren? Eine kurze Freiheitsstrafe? Auf Totschlag? Für ein paar mildernde Umstände? Das ist nicht wie beim Friseur – ›nur hier ein bißchen wegnehmen und sonst alles lassen, wie es ist‹.«

Sie ging nicht darauf ein. »Vielleicht – sogar – Bewährung. Vielleicht lassen sie ihn frei, unter psychiatrischer Aufsicht. Wenn er es genauso schildert, wie er es uns geschildert hat, wie könnte man da an ihm zweifeln? Manchmal, wenn man seine Geschichte nur ansprechend genug erzählt ...«

»Stimmt. Bewährung oder zwanzig Jahre. Er hat nur ein Leben, Carolyn. *Ein Leben.*« Er sagte es wie eine Drohung.

»Aber sie doch auch, Ben. Hatte sie nicht auch nur ein Leben?«

Kaum vorstellbar, daß sie so unterwürfig redete, sowohl vor Terry Taverner als auch vor ihrem Mann.

»Beruf dich einfach auf den fünften Verfassungszusatz. Das ist sauber, legal und neutral. Du brauchst nicht zu lügen.«

»Der betrifft nur einen selbst. Wenn sie aber nach Jacob fragen? Dich hat das ja auch schon in Schwierigkeiten gebracht.«

»Du weißt nur, was *du* weißt, darum geht es. Wenn du schweigst, brauchst du nicht zu lügen und sagst auch nicht die Wahrheit. Du sitzt in der Mitte und wartest. Wie Zen. Stasis. Vollkommenheit.«

»Und du wirst Zenmeister im Knast von Grieves County.«

Er lächelte, und ein gespannter Friede strahlte aus seinem Gesicht. »Ein jüdischer Zen-Meister. Schön, ich werde bestimmt nicht der erste sein.«

Als sie gegen zehn Uhr im Bademantel hinunterging, standen Ben und Jacob in der Küche und machten Pizza-Muffins.

»Wo ist Judith?«

Ben sah unschuldig vom Käseschneider auf. »Judith scheint unsere Gesellschaft neuerdings nicht zu schätzen. Ich glaube, sie boykottiert uns.« Er sagte es so neutral, daß es nach Selbstgefälligkeit klang.

Sie schauderte. »Jake, leg noch ein bißchen Holz nach, ja? Ich habe gerade geduscht.« Sie setzte sich ärgerlich hin. »Du hast dir noch keine Gedanken darüber gemacht, warum das wohl so ist?«

Jacob hatte mit der Eisenzange in den Holzofen hineingefaßt, um einen Klotz vorzuholen, der sich hinten in einer Ecke versteckt hatte. Carolyn sah von ihm nur Gesicht und Schultern, während er sich halb hineinlehnte. Sie sah seine Augen sich weiten, bevor sie den Schrei hörte. Er taumelte zurück, wie nach einem Stoß, und fuchtelte wild mit dem Arm, der wie eine Fackel loderte. »Jake! Hierher, Jake!« Ben warf sich auf den Arm, bedeckte ihn mit seiner Brust und schleifte Jacob zum Waschbecken, um den Arm mit kaltem Wasser abzuspritzen. Jacob stöhnte »Ah, ah, ah!« wie in Ekstase.

Sie war aufgesprungen und riß an den Resten seines geschwärzten Hemdsärmels, konnte aber nicht sagen, ob er an der Haut festklebte oder nur durchnäßt war. »Brich ein Stück Aloe ab«, befahl sie Ben, der zur Fensterbank sprang und das dicke, feuchte Ende der saftigen Pflanze abbrach, die dort stachlig und ungraziös in ihrem Topf stand. Carolyn hatte den Ärmel behutsam zurückschieben können, zentimeterweise, um sicherzustellen, daß er sich nicht in Jacobs Haut eingebrannt hatte. Sie verteilte einen dikken Klecks farbloser Schmiere auf der blasigen Haut, wobei sie ihn so wenig wie möglich zu berühren versuchte, und mußte an das brennende Kreuz denken. Eine Drohung. Eine Warnung. Das Feuer *wollte* ihn.

»Wir fahren ins Krankenhaus«, sagte sie in einem Ton, der keinen Widerspruch duldete. »Ich muß mir nur schnell was anziehen. Das muß richtig behandelt werden, und zwar schnell.« Als sie wieder herunterkam, hatte Jacob seine Jacke an, den einen Arm draußen, das Gesicht so weiß und naß wie eine aufgeschnittene Kartoffel. »Ach, Junge.« Sie strich ihm über die Stirn. »Es wird schon bald viel besser sein, das verspreche ich dir.« Sie legte die Arme um ihn, vorsichtig, um die verbrannte Seite nicht zu berühren, dann öffnete sie die Haustür; draußen war es heilsam kalt.

Der Ärzteflügel war dunkel, abgesehen von den roten Lampen, die wie Kohlenglut über dem Noteingang glommen. Als sie ihr Zimmer aufschloß und das Licht anknipste, hatte sie das Gefühl, es nie verlassen zu haben. Die gelb und grün geblümten Kissen im Wartezimmer sahen etwas verschlissener aus, als sie es früher wahrgenommen hatte, und Karen – welch aufmerksame Freundin – hatte die Pflanzen aus ihren Korbhalterungen genommen, um sie zu Hause zu pflegen. Ansonsten war alles wie VORHER, und freudige Erleichterung durchschwemmte sie wie Adrenalin.

»So, dann komm mal hier rein, damit wir das richtig säubern

und etwas zum Kühlen drauftun können. Wir müssen einer Infektion vorbeugen.« Sie beugte sich mit voller Konzentration über ihn, und ihre Finger, dankbar, tun zu dürfen, worauf sie sich so gut verstanden, arbeiteten in der gewohnten Ausgewogenheit von Hand und Hirn. »Moment mal.« Sie griff in die Ecke, in der sie das Kassettenradio mit einer großen Auswahl Kindermusik hatte, womit sie die Schreihälse ablenkte. Sie schaltete ein und drehte am Wählknopf, bis sie irgendwo eine vertraute Geräuschkulisse fand. »M. C. Hammer, cool«, sagte Jacob. »Okay, laß das an.«

Langsam und vorsichtig arbeitete sie an seinem Arm, der weichen Unterseite. So viele unschuldige kleine Körper waren hier drinnen schon durch ihre Hände gegangen, Blinddärme ertastet, Knochen eingerenkt, verschleimte Bronchien abgehorcht worden. Sie hatte Jacob im Blick, aber ihre Gedanken schweiften ab: kleine Jungen mit Bobtailfrisuren und knochigen Schultern, Mädchen mit Locken, die weicher waren als die Wattebäusche im Glas. Kleinmütige, die sie ansahen wie Spaniels, und dann die Lebhaften, die Zappler, die Hysterischen. Kinder, die Wörter hervorbrachten, von denen die Mütter glaubten, sie kennten sie gar nicht. »Kinderärzte müssen eine sentimentale Ader haben«, hatte ihr Lieblingsprofessor Timonelli einmal zu ihr gesagt. »Ich geniere mich da nicht«, hatte er gemeint, obwohl er ganz schön ruppig mit ihnen umgehen konnte. »Ich weiß nicht genau, ob ich meinem Schnuller und der Schmusedecke je entwachsen bin – im Herzen bin ich mit ihnen Kind und suche meinesgleichen.« Sie hatte ihn das gern sagen hören; er war ein grobschlächtiger Mann mit großem, pockennarbigem Gesicht, neugieriger Nase und wildem schwarzem Haar und von der Zartheit des Kindes in ihm so weit entfernt wie jeder andere Mann. Aber er konnte flüstern. »Deswegen muß man bei dem, was man mit ihnen macht, absolut hart sein. Für Fehler ist bei diesen Kleinen kein Raum. Ihr müßt hart sein gegen euch selbst, damit die Kinder es nicht hinterher zu büßen haben.«

Der Verband war so sauber wie frisches Papier, aber das würde er keine zehn Minuten bleiben. »Tut es weh?« fragte sie Jacob, und als er den Kopf schüttelte – »noch taub« –, sah sie wieder, wie ehrlich er aussah, wie der Abstand zwischen seinen Augen, die Form seines Kinns, wie das alles auf geheimnisvolle Weise so angeordnet war, daß man Vertrauen zu ihm hatte, alle Proportionen leicht vergrößert. (War nicht Mickey Mouse so angelegt, daß er wie ein Baby aussah – sie hatte das irgendwo gelesen –, damit man bei seinem Anblick ganz weich wurde, großer Kopf, tief angesetzte Ohren? Sie schien da besonders empfänglich zu sein.) Jedes Kind, das schon auf diesem Untersuchungstisch gelegen hatte, das Papier zerknüllt, mit den Füßen gestrampelt, über die Schulter nach seiner Mutter geblickt, lebendig und bedürftig – und die Mutter so bedürftig wie das Kind –, beobachtete sie. Gott, wie ihr das fehlte! Lauter Gesichter schwebten auf einmal im Zimmer, ein Suchbild, die Gesichter in Bäumen versteckt, unsichtbar. Jacob war ein Kind, eines davon. Martha war eines, dieses kleine Mädchen mit den sichtbaren Rippen und winzigen knopfförmigen Brüstchen und den sehr blonden Brauen über klaren blauen Augen. (Wie sentimental dürfen wir sein, Timonelli? flehte sie. Wo ziehst du die Grenze?) Judith war wieder eines, ein Kind wie jedes andere, weder besser noch schlechter, nicht mehr wert und nicht weniger als die anderen – was bedeuteten diese Worte, bevor *Privilegien* einsetzten? Judith, langbeinig und blond, aber nicht so feenblond wie Martha. So viele Arten, blond zu sein. Wie Judith immer kreischte, wenn ihre Mutter ihr eine Spritze gab – sie hatte sie schließlich immer der nächstbesten Schwester übergeben: Sollte sie lieber die Schwester hassen.

Hatte Martha gekreischt im Augenblick des – Aufpralls, oder wie hieß das? Der Auslöschung. Sie sah Judiths zartes Ohr, wo es von kurzem weichem Haar überlappt war, das Ohr, in das sie endlos geflüstert hatte, als Judith noch klein war und Geheimnisspielen liebte. (Was aber, wenn sie keine Judith hätte? Konnte sie nur für Martha fühlen, weil sie auch so ein Töchterchen hatte, blond und anhänglich?) Judith stemmte sich dann hoch, um ihrer Mutter ins Ohr zu kichern, überwältigt von dem Nichts, das sie zu sagen hatte, und dem Wunsch, das Spiel möge weitergehen. Und die unvorstellbar weiche Schläfe neben dem Ohr, zerbrechlich wie eine Eierschale, fein durchzogen von einem einzigen blauen Äderchen. Erwachsenwerden ist nur eine Sache des Abhärtens, von Eierschale zu Leder. Und dann wieder des Weicherwerdens, bis man sich dann später auflöste. Wozu ist das *gut*, fragte sie jetzt – fühlte nur, fragte nicht in Worten. Warum sie retten, Timonelli? Warum ihnen schließlich Schmerzen ersparen? Wie konnte sie eines retten, das schon dahingegangen war? Was konnte sie geben?

Nun, es war vielleicht ungehörig, eine Tochter haben zu müssen, um den Verlust zu fühlen, aber so war es nun mal – sie hatte eine. Sie hatte eine Tochter. Sie hatte einen Sohn. Sie konnte nichts weiter tun, als seine Sicherheit preisgeben.

Sie konnte beiseite treten und ihn im Freien stehenlassen, der Gnade der Eltern anderer anheimgegeben. Er wäre nicht allein, sein Vater wäre bei ihm. Judith würde dann bei ihr sein. Eine Trennlinie verliefe zwischen ihnen, unauslöschlich.

Sie hatte plötzlich das eigenartige Gefühl, daß etwas in ihr fiel, wie umkippende Dominosteine, ein langsames Zusammenstürzen, unaufhaltsam. Der Einsturz dauerte eine lange Minute und endete dann, beim letzten angekommen, womit die ganze fließende Bewegung zum Stillstand kam.

Es würde ihr Ende sein. War Martha unter dem Schnee nicht auch das Ende für die Taverners? Wäre das nicht noch schlimmer? Jacob lächelte sie an, endlich erleichtert, und zeigte auf seinen Arm. »Kann ich mich jetzt um die Schularbeiten drücken?«

Sie nahm ihn von neuem in die Arme und lächelte auch. Nachdem die Gefühlswallung in ihrer Brust sich gelegt hatte, war sie innerlich kalt und ruhig. Erledigt. Ich verlasse dich, dachte sie, mein liebster, bester Junge, ich überlasse dich dir selbst. Es war

Zeit, sich zu stellen, und wenn er da einmal durch wäre – aber sie brachte es nicht über sich, die Worte auch nur zu denken, zu klein fühlte sie sich vor der Ungeheuerlichkeit –, wäre er nicht mehr ihr Junge, auch nicht mehr der seines Vaters. Sie hatte zu Terry Taverner gesagt, sie würden ihren Sohn verlieren; sie wußte, daß die Frau ihr nicht geglaubt hatte.

Es war, als hätte er sie zu Boden geworfen und den Fuß auf ihre Brust gestellt. Sie würde die Augen schließen und den Schnee auf ihr Gesicht fallen lassen, und wenn er schmolz, wären es Tränen.

Ben war nicht mit ihr gekommen. Als sie aus dem Zimmer der Grand Jury kam, ging sie geradewegs zu Panos. Er saß wartend neben Mag auf der Bank und ließ seine Knöchel knacken. Am anderen Ende der Halle waren ein paar Leute, eine sehr dicke Frau in Türkis, tief im Gespräch mit ihrem bissig aussehenden Anwalt. Carolyn wies Panos und Mag mit einer Handbewegung zur Seite, und sie machten ihr Platz auf der Bank.

»Wie ist es gelaufen, Genossin?« Sie stellte sich vor, wie Panos mit seinen Söhnen alberte, in einem Haus mit zu vielen Möbeln, zu vielen Menschen, wo alles nach Küche roch. Er mochte um keinen Preis wie die feinen Leute reden.

Sie hielt sich eine Weile die Hand vor den Mund, als ob es sie davor bewahren könnte, sprechen zu müssen. Es war eine Angewohnheit, über die Ben lachte, als ob rohe Gewalt die Worte drinnen halten könnte. »Also. Ich habe ihnen wohl die Wahrheit gesagt.«

Panos lachte. »Gott sei Dank, daß hier noch jemand bei Sinnen ist. Er hat Sie also nicht rumgekriegt, an seiner Seite ins Verderben zu gehen. Also, was kann ich da sagen? Gut.«

»Das meine ich aber nicht. Ich meine, daß Ben und Jacob Ihnen nicht die Wahrheit gesagt haben, Panos. Ich kann nicht glauben, daß Sie das nicht gewußt haben.«

Die Stille war zum Schneiden. Er wartete.

»Es gibt eine andere – o Gott, ich weiß nicht, was Sie jetzt machen werden, Panos.«

»Was *ich* machen werde. Hm.« Er sah sie aus zusammengekniffenen Augen an. »Reden Sie schon weiter«, sagte er barsch. »Ich habe für Spannung nichts übrig.« Er schien böse auf sie zu sein, als ob sie Schwierigkeiten machen wollte. Er und Mag wechselten ungeduldige Blicke.

Sie fühlte sich so schwach, daß sie ihren Oberkörper kaum noch aufrecht halten konnte. »Können wir darüber woanders sprechen? Es fällt mir sehr schwer, es ist sozusagen – na ja, es eignet sich nicht für ein Gespräch zwischen Tür und Angel. Und da kommen die Kerle schon wieder.«

Die Pressefotografen bedrängten sie. Sie hatte immer das Gefühl, daß sie mit ihren Stoppuhren irgendwo im Hintergrund standen, um sich in einem vorbestimmten Augenblick wie eine angreifende Armee auf sie zu stürzen. Sie haßten die Geheimniskrämerei der Grand Jury, aber wenigstens den Abgang der Hauptpersonen konnten sie erwischen, und je verzweifelter diese waren, desto besser. Carolyn beherrschte sich. Lichter blitzten sie von hinten an. Sie fanden ein leeres Besprechungszimmer, weitere Plastikstühle, weiteres Neonlicht – das Recht schien in einer scharfkantigen Welt zu residieren. Es war schlimmer als im Krankenhaus.

Sie erzählte ihm Jacobs Version, mit Schweigepausen, in denen sie ihre Tränen zurückdrängen mußte. (Sie hatten genug geweint, sie alle, dachte sie ärgerlich, und es änderte nicht die Bohne. Aber es kostete zuviel Kraft, zu widerstehen.) Sie berichtete ihm, wie Ben ein paar bedeutsame Änderungen vorgenommen hatte, nicht viele, gerade genug. »Haben Sie diese Geschichte wirklich geglaubt? Kam sie Ihnen nicht sehr – merkwürdig vor?« fragte sie ihn, aber Panos knurrte nur als Antwort. »Weiter«, sagte er. »Und die Tatwaffe? Der Wagenheber, den er benutzt hat, wie Sie sagen? Wissen Sie, wo der geblieben ist?«

»Das werden Sie nicht gern hören wollen.«

»Vielleicht muß ich es wissen.«

»Er wird nicht zum Vorschein kommen, das verspreche ich Ihnen. Aber ich sage es nicht.«

»Haben Sie ihn überhaupt gesehen?«

Sie schüttelte den Kopf.

»Dann ist das also Hörensagen. Man muß schon für kleine Geschenke dankbar sein.« Panos war der Schweiß ausgebrochen; seine dunkle Stirn sah aus wie Bens nach einem Sechs-Kilometer-Lauf. Es war wohl eine Leistung, dachte sie abwesend, Panos Demaris so erschüttert zu haben.

»Man kann Sie nicht zwingen, vor Gericht gegen Ihren Mann auszusagen. Hilft es Ihnen, das zu wissen?«

Sie lächelte. »Gilt das auch für Gespräche mit dem Verteidiger?«

»Wie Sie wollen. Ich möchte nur nicht, daß es mich später im Traum verfolgt und ich mir Pflichtvergessenheit vorwerfen muß. Wenn es Ihnen egal ist, was aus Ihnen wird, ist mir noch lange nicht egal, was aus mir wird.«

Sie nickte. »Verständlich.« Dann Schweigen.

»Herrje!« Er sah auf einmal völlig erschöpft aus. »Ist Ihnen eigentlich klar, daß alles, was Sie da drin gesagt haben, unwiderruflich ist? Wissen Sie auch nur ungefähr, was das bedeutet?«

Sie nickte. Nur sehr ungefähr. Sie wußte gar nichts, so oder so.

»Sie hätten sich nicht zuerst mit mir beraten können, nein? Mein Gott, Sie sind ja genau wie er, Sie machen alles nach Ihrem eigenen Kopf, beide. Wenn Sie's genau wissen wollen, ich weiß überhaupt nicht, wofür Sie mich bezahlen. Mein Rat kommt nicht gerade billig, aber Sie fragen nicht, Sie reden nicht, Sie beide rufen mich nur hinterher dazu und wollen, daß ich die Bescherung aufwische, die Sie angerichtet haben.« Er wirkte fast ein bißchen beeindruckt. Mag riß nur die Augen auf. »Carolyn, ich weiß nicht einmal, ob ich diesen Fall jetzt noch behalten kann. Darüber werden wir sehr angestrengt nachdenken müssen.« Das »wir« bezog sich auf Panos und Mag; sie selbst hatte da jetzt nicht mehr mitzureden.

»Was heißt das?« Sie sah, daß Mag den Kopf in die Hände gelegt hatte, sehr dramatisch, als handle es sich um ihr eigenes Dilemma. Was konnte man sich von diesen Leuten überhaupt erhoffen?

Er holte ganz tief Luft, wie sie es von ihren Patienten immer verlangte, wenn sie ihre Brust abhorchte. »Hier sind Fragen des Berufsethos berührt, meine Liebe, wenn ein Anwalt weiß, daß sein Mandant lügt. Wenn er von einem verlangt, daß man unterdrückt, was man weiß. Das sind so Probleme, die man richtig liebt, nicht? ›Müssen Sie an die Unschuld Ihres Mandanten glauben?‹« – er fragte es mit hoher, höhnischer Stimme. »Dieses ganze Blabla von Ihnen. Also dann. Sehen wir uns mal an, was Sie getan haben, um die Sache zuzuspitzen. Wenn ich weiß ...«

»Sie wissen gar nichts, Panos. Sie waren nicht dabei. Und keiner von uns beiden hat auch nur die Spur eines Beweises, es ist nur die Aussage – eines Elternteils gegen die des anderen. Sie haben schon gesagt, daß die Anklage einen lausigen Fall hat, und so ist es immer noch. Nur daß er für die Verteidigung jetzt eben auch lausig ist.«

Panos schloß erzürnt die Augen. »Sie werden ganz allein dastehen, Carolyn, wenn die beiden bei ihrer Geschichte bleiben. Wenn wir auf ›nicht schuldig‹ plädieren, und Sie kommen dann mit Totschlag an, plötzlicher Wut oder egal was, hängen Sie ganz allein zum Trocknen draußen auf der Leine.«

Mag hatte den Kopf wieder gehoben und malte wie verrückt auf einem gelben Block herum. Ihre zwanghaften Kringel, so dick, daß sie das Papier eindrückten, waren wie Fingernägel auf der Schiefertafel.

»Oder er.« Carolyn war nicht so forsch zumute, wie sie sich gab.

»Wenn Sie da drinnen seine Geschichte erzählen, bin ich nicht da, um Ihnen zu helfen. Sie sind dann nämlich Zeugin der Anklage.«

Das vermutete sie auch, obwohl sie es unter diesem Gesichtspunkt noch nicht betrachtet hatte. »Wenn Sie mich der Lüge bezichtigen, stehe ich als rachsüchtig da. Als Rabenmutter, die ihren Sohn ins Gefängnis zu bringen versucht. Wird jemand glauben, daß ich das ohne Grund täte?«

»Oder irre. Vergessen Sie das nicht. Sie könnten als Irre dastehen. Sie könnten als eine dastehen, die ihrem Mann mit allen Mitteln an den Kragen will – das *wäre* ein Grund, und nicht einmal ein sehr ungewöhnlicher. Wenn ich sage, was ich sagen könnte, Baby, kann ich Sie als Medea hinstellen.« Er fuhr sich mit der Handkante über die Kehle.

Sie wußte nichts mehr zu antworten. Sollte man sie doch für irre halten, es war ein geringer Preis. Sollten sie Jacob normal und unschuldig finden, sie hätte die Wahrheit gesagt. *Medea?*

»Mein Gott, Sie sind so störrisch wie er«, sagte Panos ohne Bewunderung.

»Oh, ich bin noch viel schlimmer.« Sie ließ sich die Sache durch den Kopf gehen. »Wenn Ben wütend wird, geht er in die Luft, er schreit eine Weile herum, aber dann kühlt er auch schnell wieder ab, und kein Groll bleibt zurück. Er ist es losgeworden, und seine Starrköpfigkeit dazu. Aber ich.« Sie dachte über sich selbst nach, ihre Verschlossenheit, ihren Gerechtigkeitssinn, sobald sie einen Beweis hatte. »Ich erhitze mich ganz langsam, aber dann bleibe ich wütend bis in alle Ewigkeit. Ich habe nie richtig darüber nachgedacht. Ich bin wirklich nicht sehr versöhnlich, Panos. Oder veränderbar.« Bei dieser bitteren Wahrheit wurden ihre Augen naß. »Es gibt – so einiges, woran ich mich aufhänge. Tatsachen. Mir können Sie mit Tatsachen kommen. Sie erstarren für mich zu Stein.« Ihre Schwester hatte ihr das bei jeder Gelegenheit gesagt. Ihre Schwester floß wie Wasser, und sie kristallisierte wie Fels.

»Ihr Mann kommt mir sehr griechisch vor. Mediterran. Heftiges Strohfeuer und – ffft, die Luft ist wieder rein. Gereinigt. Gewitter. Wir haben meinen Vater immer ›Brausewind‹ genannt. Einmal hat er derart mit dem Fuß aufgestampft, daß er durch die Treppenstufe gekracht ist. Mein Bruder hat's mit seiner Polaroid geknipst und ihm das Bild geschenkt, und das fand er so komisch, daß er es eingerahmt hat.« Er sah sie allzu scharf an. »Haben Sie Ben gesagt, was Sie hier vorhatten?«

»Noch nicht.«

»Sie wollen aber?«

Sie lachte über die ungeheuerliche Vorstellung, es zu verschweigen. »Ich wüßte nicht, wie ich das nicht tun könnte.«

»Himmel«, sagte Panos. »Da kann ich nur noch sagen, hoffentlich hat er nicht das Temperament seines Sohnes, sonst muß ich mir Sorgen um Sie machen.«

Das sollte wohl schwarzer Humor sein. »Machen Sie sich ruhig Sorgen. Er hat nicht das Temperament seines Sohnes, sein Sohn hat das seine.« Er hatte gegen seinen Jähzorn angekämpft, so gut er konnte, das wußte sie. Aber kann man von einem Menschen, der weiß, daß er ein Problem hat, mehr verlangen, als daß er es unter Kontrolle zu bringen versucht? Hatte er sich nicht zu Therapeuten geschleppt wie einer, der eine unsichtbare schmerzhafte Krankheit hat, hatte er nicht alles getan, außer sich den Mund mit einem Knebel zu verstopfen? War er nun verantwortlich für das, was noch übrig war, wenn es ihm manchmal mißlang? Oder für das, was für immer unter der Oberfläche spürbar blieb? Kinder schmeckten, was ihre Eltern schluckten.

»Ich glaube, Ben hat immer erwartet, daß die Kinder wie er sind – es gewissermaßen *verstehen*. Sich nicht bedroht fühlen. Wenn er aufbrauste und sich dann schnell wieder beruhigte. Nur konnten sie nie etwas anderes sehen als die wütende Hälfte. Aber wissen Sie«, fuhr sie nachdenklich fort, »ich bin für sie vielleicht noch schlimmer als er. Jemand, der bewußt straft, ist kein bißchen besser als – ein Hitzkopf, der einem eine klebt und dann darüber lacht und einen wieder in die Arme nimmt.« Sah sie das zu romantisch? Oder war es die Kombination, die tödlich war, sein Aufbrausen, ihr rasches Abbinden jeder Wunde? Sie taten beide ihr Bestes, aber es war vielleicht Öl auf Wasser. Vielleicht war Jacob die unvermeidliche Flamme. »So oder so«, kehrte sie mit einem verlegenen Lächeln zum Thema zurück, »die Sache ist die, ich hab's getan. Da drinnen. Es ist geschehen. Es ist gesagt.«

»Was haben Sie denen denn nun genau gesagt?«

Sie blickte sich um, in panischer Angst. Auf dem Schild an der halboffenen Tür stand GESCHWORENENZIMMER. Dort würden sie sitzen, oder in einem ähnlichen Raum, klein und schlicht, erleuchtet nur von ihrer eigenen Konzentration. »Mag, ob Sie mir wohl aus einem der Automaten da draußen ein Wasser besorgen können? Oder irgend etwas, nur naß und kalt.« Sie suchte in ihrer Handtasche nach Münzen. Wieviel Ablenkung würde sie brauchen, um sich vor dem Zusammenbruch zu bewahren? Sie würde sich blutig kneifen, ehe sie hier drinnen zusammenbrach wie ein Kind.

Mag erhob sich langsam, gehorsam. Das Geld nahm sie nicht. »Schon gut. Das setzen wir Ihnen auf die Rechnung.«

»Sie weichen aus«, sagte Panos.

»Sein ganzes Geständnis.«

»Seine Einlassung. Ein Geständnis war das nicht. Aber gut. Wieviel davon?«

»Alles.«

»Das mit der Schwangerschaft?«

»Alles, wie gesagt.«

»Dann haben Sie denen also auch noch ein tolles Motiv geliefert. Haben Sie mal *Eine amerikanische Tragödie* gelesen? Das von dem Jungen und dem Mädchen und dem Ruderboot?«

»Aber es war nicht seins, er ist nicht – war nicht ...«

»Dann eben Eifersucht. Tut's genauso. Sogar noch besser. Was haben Sie für Jacob zu erreichen geglaubt, wenn Sie denen so einen schönen Grund auf dem Tablett servieren?«

Mag stellte eine Dose Diät-Cola vor sie hin, deren kalte Seiten glitzerten.

»Aber was wirklich geschehen ist...«

»Carolyn, es ist doch *scheißegal*, was wirklich passiert ist! Wann werden Sie das endlich kapieren? ›Die Wahrheit‹ ist in einem Gerichtssaal nur ein Konstrukt aus Effekten. Es ist *Theater*. So etwas wie die schlichte Wahrheit gibt es nicht, solange man sie durch die Art der Darstellung umgestalten kann, oder pervertieren, sogar erfinden. Nicht die Tatsachen, wohlgemerkt. Ich rede von der Art der Darstellung. Jede Seite kann darauf Einfluß nehmen, wie die Dinge sich darstellen, und nur wie sie sich darstellen, darauf kommt es an.«

»Was Sie da beschreiben, ist Public Relations. Sie beschreiben eine Werbekampagne.«

»Ganz recht.« Er trank einen Schluck aus ihrer Coladose und schnitt eine Grimasse. »Mein Gott, das schmeckt wie Bohnerwachs. Als hätte ich den Fußboden abgeleckt.« Er wischte sich mit dem Handrücken über die Lippen. »Das heißt, hier sind einige sehr verschiedene Elemente im Spiel – Jacobs Persönlichkeit, wenn er aussagt; die Haltung Ihres Mannes, wenn wir ihn dahin kriegen, daß er sich herabläßt, in der Öffentlichkeit über seinen geliebten Sohn zu sprechen; der Ruf des Mädchens, und der wird – das garantiere ich Ihnen, da können Sie noch so pfadfindertugendhaft auftreten und Wiedergutmachung leisten und Buße tun – diesen Prozeß nicht überleben. Ein Mädchen, egal wie unschuldig es aussieht, das mit dem einen herumbumst und von dem anderen ein Kind kriegt, eignet sich nicht zur Heiligsprechung vor Gericht, das kann ich Ihnen versprechen, wenn ich Ihnen auch sonst nichts versprechen kann.« Er sah sie scharf an. »Heulen Sie mir jetzt nichts vor, Carolyn. Es ist nun mal geschehen, und die Suppe müssen Sie nun selbst auslöffeln. ›Er ist ja so ein Ekel‹, höre ich Sie schon zu Ben sagen, wenn Sie heimkommen. ›So ein Rohling, er hat nicht eine einzige mitfühlende Zelle im Leib.‹« Er stand auf und schlich um den Tisch herum. »Scheiße, Carolyn. Ich will nicht, daß Ihr Sohn verurteilt wird, aber wenn Sie mir meine Arbeit unmöglich machen wollten, hätten Sie das nicht besser anfangen können.« Er vollführte einen kleinen Steptanz. »Applaus vom Staatsanwalt. Er sollte Ihnen Rosen schicken.«

Sie ließ die Attacke in vollkommener Ruhe über sich ergehen. Genau aus diesem Grund war sie nicht vorher zu ihm gekommen. »Es war eine Sache des Prinzips, daß ich das tun mußte, Panos. Darum habe ich Sie auch nicht um Erlaubnis gefragt. Die brauchte ich nicht. Hier ging es nicht um Ihre Prozeßstrategien.« Sie hatte zu Judith gesagt, es gebe in ihrem Alter keine unabdingbaren Prinzipien, die seien ein Luxus. Es gab anscheinend niemanden, den sie nicht angelogen hatte.

Er lachte. »Was Sie nicht sagen! Sie und Ihr hitzköpfiger Mann. Sie und Ihre ach so heiligen Prinzipien. Ich sage Ihnen eines, Sie sind egoistischer, als Sie auch nur im entferntesten ahnen, alle beide. Sie werden noch sehen, wie nackt und armselig Ihre Prinzipien sind. Sie wollen, daß er die Konsequenzen auf sich nimmt, und er wird so einige auf sich zu nehmen haben, und wie. Und dann wird es zu spät sein, auch nur ein einziges Wort zurückzunehmen.«

Während sie allein nach Hause fuhr, um den See herum, vorbei an dem alten Friedhof und hinaus auf die unendliche, schnurgerade Straße, verschleierte sich ihr Blick. In einem solchen Wolkenbruch des Zorns fiel das Sehen schwer. Jetzt war auch Panos wütend, obschon seine Wut rational und beherrscht war und sie ihm nicht böse dafür sein konnte – der Mann tat nur seine Pflicht. Aber niemand schonte sie. War es ererbt oder erlernt, was Ben und Jacob gemeinsam hatten? Es schien eine genetische Disposition zu so vielen unberechenbaren Dingen zu geben – Hyperaktivität, wie man jetzt herausfand. Zeitlich begrenzte Aufmerksamkeit. Schüchternheit. Warum nicht Jähzorn? Galle, wie man ihn vor Jahrhunderten nannte, als man ihn für eine körperliche Eigenschaft hielt.

Sie sah Jacob eigentlich immer als von seinem Vater eingeschüchtert, ob er zurückbrüllte oder sich mit aller Macht beherrschte, immer aber bis ins Mark verängstigt. Ben ragte turmhoch über Jacob auf, obwohl er das seit Jahren nicht mehr konnte: Sie waren jetzt gleich groß. Sie sah in ihm Bens Leibeigenen. Vater und Sohn, sie konnte sie sich beide vorstellen, wie sie an etwas herumrissen, das aussah wie eine riesige Frucht, die sie zwischen sich hielten, geädert und fleischig, von Saft triefend. Sie teilten sie sich, aßen von beiden Seiten, aber sie schien nie kleiner zu werden. Sie hatte sie, wie ihr jetzt einfiel, einmal so gesehen, nach einem ihrer Kräche, Angesicht in Angesicht, eine Zeremonie der Wut über irgendeine winzige Missetat. Was war das noch – ach ja, Jacob hatte sich ein Sweatshirt ausgeliehen, Bens liebstes, es stammte vom Boston Museum, ein Matisse vorn und irgendwer anders hinten, Braque vielleicht –, und er hatte es ruiniert, einen Flecken darauf gemacht oder es zerrissen, irgend etwas. Nichts. Nachdem sie ihnen einen Abend lang hatte zusehen und zuhören müssen, hatte sie beide im Traum gesehen, wie sie diese Frucht verzehrten, und beim Aufwachen hatte sie das Bild verdrängen wollen. Und es war ihr den ganzen Tag nachgegangen, Übelkeit erregend wie ein ranziger Geschmack im Mund. Was für ein eigentümliches Bild: zwei Kinder mit verschmierten Gesichtern, und sie die zornige Mutter, die ihnen mit einem nassen Tuch nachlief, sie wie eine Hexe verfolgte, ein häßliches altes Weib, das ihnen ihren Spaß nicht gönnte, und beide laut kreischend.

Ben

»Warte hier«, sagte ich zu ihr. »Bleib hier und warte.«

Und ich ging ihn holen. Unter Protest mußte ich ihn aus dem Bett zerren, wo er im Dunkeln lag, den verbundenen Arm auf der Decke, und seine ewige Musik laufen hatte, dieses Kreischen und Jaulen junger Burschen, die nichts als Krawall im Kopf hatten. »Komm mit und hör dir an, was deine Mutter getan hat«, sagte ich. »Sie hat's getan, Junge, und das ist nie mehr ungeschehen zu machen.« Ich zog ihn über den kalten Flur in unser Zimmer, meine Hand um seine, die nach hinten zog, sich losreißen wollte. Die Fenster waren so angelaufen von der Kälte, als waberten draußen Rauchschwaden vorbei.

Sie hatte am Vormittag ausgesagt, und dann war sie verschwunden. Weiß der Himmel wohin; ich habe es nie erfahren. Ich machte den Kindern ihr Abendessen und überlegte, ob ich sie vermißt melden sollte. Es *passieren* nun einmal Unglücke, auch wenn einem das ausgerechnet heute wie ein schlechter Witz vorgekommen wäre. Leute kommen von der Straße ab und stürzen in den Derby Lake. Oder ihnen wird ohne Vorwarnung plötzlich übel. Es werden sogar welche ermordet.

Aber gegen zehn kam sie dann, sah uns nicht an und ging gleich zu Bett. Ich folgte ihr nach oben und wartete, während sie sich im Bad auszog – zum erstenmal, seit ich sie kannte. Und dann mußte ich es mir anhören.

Ich hatte so etwas befürchtet. Ich traue ihr nicht, hatte ich jedesmal gedacht, wenn sie am Tisch saß und ihre Laune pflegte; sie bereitet sich darauf vor. Sie hat ihn nie retten wollen. Vom ersten Augenblick an, als ich sie die Hände öffnen und schließen sah, öffnen und schließen, während Jacobs Worte zu ihr durchdrangen, hatte ich gewußt, daß sie ihm nie vergeben würde.

»Los, sag's ihm«, befahl ich. Ich selbst blieb an der Tür stehen, aber ihn schob ich hinein, so daß er mitten im Schlafzimmer stand, wie ein Tier. Ich hatte ihnen beiden angst gemacht, sie zitterten, aber das war ihr Werk. Man hat in solchen Dingen eine eigene Entscheidung. Egal was einem in die Hand kommt, man kann es, verdammt noch mal, wenigstens ein ganz klein wenig gestalten. Man kann es versuchen.

»Sie war doch auch ein Mensch«, sagte sie, als läge der ganze Rest schon auf der Hand. »Weiter nichts. Ich liebe dich und möchte dich beschützen, aber ihre Eltern haben sie eben auch geliebt und wollten sie beschützen.« Sie weinte dabei, ganz still und gleichmäßig, als wäre es ein ihren Worten unterlegter Rhythmus, und je mehr sie weinte, desto mehr drängte es mich, sie zu schütteln, damit sie sich dem stellte, was sie uns antat. »Glaubst du, dein Leben sei das einzige, das vernichtet ist? Ben? Manchmal benimmst du dich, als wären Marthas Eltern nur – ein Ärgernis. Eine Unannehmlichkeit. Und Martha ...« Sie riß, eine Parodie der Ungeduld, die Hände hoch. Diese Vereinfachung war unfair.

Jacob stand nur da und hörte sich das an. Er runzelte nicht einmal die Stirn, sein Gesicht blieb ganz ruhig. Was denkt man so, wenn die eigene Mutter, die einem das Leben geschenkt hat, einem plötzlich die Hände um den Hals legt und zudrückt? Kinder werden an so vielen Stellen ihres Weges im Stich gelassen, von Geburt an. Aber ein Baby, ja, das ist doch nur theoretisch ein Mensch. Wird es abgelehnt, dann ist das keine wirkliche Ablehnung, es sind die Umstände, das Leben seiner Mutter kann es nicht aufnehmen und bei sich halten. Tausend Gründe, aber es sind nicht seine Gründe, nicht seine Schuld, sie haben mit *ihm* nichts zu tun. Carolyn wurde so fortgegeben, aber ich glaube nicht, daß sie sich jemals *abgeschoben* gefühlt hat. Was aber denkt Jacob, wie er so dasteht – daß alles, was er ist, was er siebzehn Jahre lang war, nicht ausreicht, um ihm einen Wert zu geben? Sie kennt ihn besser als irgendwer sonst, aber sie will ihn nicht retten.

»Jeder Ruck am Seil«, sagte sie mit geschlossenen Augen, »hat mich sicherer gemacht, daß ich das tun mußte. Benny, du solltest besser damit aufhören. Wenn du mich zwingst, ihn als mein Baby zu sehen, meinen Jungen, meinen Liebling, zieht sich das andere Ende nur fester zusammen, warum verstehst du das nicht? Martha war *ihr* Baby, *ihr* Mädchen, ihr *Liebling*. Hörst du nicht?«

»Die Sorge kannst du *ihren* Eltern überlassen, sie sorgen sich ja auch nicht um Jacob.«

Jacob sah von ihr zu mir und wieder von mir zu ihr.

Sie zog sich in sich selbst zurück wie eine Schildkröte. Ich sah sie schrumpfen, die Beine unter sich gezogen, die Schultern irgendwie eingeklappt. »Jacob«, sagte sie. Ich mußte mir Mühe geben, um sie zu hören. »Jacob, kannst du das ein bißchen verstehen?«

»Du verlangst von ihm verteufelt viel«, begehrte ich auf, »wenn du von deinem eigenen Sohn Verständnis dafür erwartest, daß du ihn verrätst. Meinst du *verzeihen*?«

»Es ist kein Verrat, Dad«, sagte jetzt mein Sohn zu mir. »So ungefähr verstehe ich, was sie meint.« Warum sah er aus, als hätte er Angst vor mir? Beide starrten mich an, als ob *ich* hier der Verbrecher wäre. »Wenn das nun jemand mit mir gemacht hätte? Ob Unfall oder nicht.« Er zuckte die Achseln, als wäre das doch ganz einfach. »Ich halte das nicht für – ich kann es verstehen. Man muß jeden verteidigen. Martha – es ist zu spät, aber ich verstehe das. Auch Martha sollte man verteidigen.« Seine Augen waren feucht. Sie hatten die Farbe eines bestimmten Gesteins, das ich liebe; naß waren sie von einem tieferen Blaugrau, so wie die Steine am Teich dunkel werden, wenn man sie naßspritzt. Diese schönen Augen, weder ihre noch meine.

Sie erhob sich vom Bett und legte die Arme um ihn, und er lehnte den Kopf an ihre Schulter wie früher, als er halb so alt war. Er tröstete sie. Meine Knie wurden weich, ich sah die Grand Jury in diesem leeren Raum in der Runde sitzen, aller Augen auf mir, die unversöhnlichen Frauen mit ihren stahlgrauen Haaren, stählernen Augen, steinharten Seelen, die sich garantiert noch nie einen Moment des ehrlichen Zorns gestattet hatten, die rechtschaffene junge Hausfrau mit dem feinen Lächeln liebenswürdigen Zweifels, der Mann, der mit seinem Schlüsselbund spielte, als er mit mir sprach, ein nervöses Klimpern, wie Schlittenglocken in der Ferne, er schnippte sie mit dem Daumen. Der sehr runde Mann mit dem Babyspeck, der mir ein paar unangenehme Fragen nach dem Wagen stellte, schlaue Fragen, und die ganze Zeit dabei lächelte. »Die Aussageverweigerung ist für Kriminelle da«, sagte er, und der Vertreter der Staatsanwaltschaft belehrte ihn, daß er das nicht sagen dürfe. »Keine Kommentare bitte. Keine Einschüchterung. Dieses Gremium ist zur Tatsachenfeststellung da, solange Mr. Reiser im Raum ist. Ihre Meinungen können Sie später kundtun.« Tatsachenfeststellung vielleicht, aber bei mir fanden sie keine. Null. »Ich suche nach dem Vorsatz«, sagte der Dicke. »Ich will den Vorsatz finden.« Er wußte nicht, wovon er redete. »Gut«, sagte der Staatsanwalt. »Suchen Sie, soviel Sie wollen, nach allem, was Sie wissen möchten, aber beschränken Sie sich auf die Tatsachen. Bitte.« Zu diesen Leuten war meine Frau gegangen und hatte ihnen Jacob ausgeliefert. Einfach ausgeliefert.

»Willst du unbedingt deine Strafe haben?« fragte ich Jacob. »Meinst du, du hast sie verdient?« Herrgott, wir waren inzwischen genug bestraft, unser aller Leben lag in Scherben zu unseren Füßen. Wieviel mehr muß er noch geben?

Keine Antwort von ihm, aber von Carolyn: »Schon gut, Ben«, sagte sie mit so einem Unterton lange strapazierter Geduld, den ich zutiefst kränkend fand. »Ich verstehe, warum du tun mußtest, was du getan hast. Glaub mir, ich verstehe das.« Es kam mir vor wie ein Schnuller, der mich ruhigstellen sollte. »Aber ich spreche nicht davon, wie du es siehst, ich spreche davon, wie *ich* es sehe.« Sie rückten wieder zusammen, ihre Arme schlossen sich fest um seinen schmalen Rücken. Jacob, derart umkämpft, war wie gelähmt.

»Jacob, Jacob«, hörte ich sie sagen – sie hatte so ein geschlechtsloses weites Nachthemd an, nach Großmutterart, eine große Wiese voller Maßliebchen, orange und gelb. »Wie konnte ich nur eine Minute lang an dir zweifeln? Für wen habe ich dich nur gehalten?«

Dritter Teil

Judith

In manchen Teilen Houstons tobt und brüllt der Straßenverkehr derart, daß er die Stadt richtig in Verruf bringt. Die Stadtautobahnen sind wie Lavaströme, die sich Tag und Nacht einen Berghang herunterwälzen. Man weiß, wenn man davor stehenbleibt, wird man begraben. An einer Kreuzung zweier ganz normaler Straßen direkt vor der Galleria, wo alle Welt einkauft, sind so viele Fahrbahnen und grüne Abbiegepfeile, die immerzu aufleuchten und wieder verschwinden, daß ich glaube, es muß leichter sein, zu Fuß den Ozean zu überqueren, als hier heil von einer Straßenseite auf die andere zu kommen.

Aber es gibt auch freundlichere Gegenden. Wir wohnen an einer stillen grünen Straße. Wir haben einen Vorgarten, in dem unsere Katze friedlich die Eichhörnchen scheucht und auf dem Zaun in der Sonne sitzt. Wir bauen Auberginen und Salat an und bessere Tomaten als in New Hampshire. Nur die Zucchini wollen nicht werden – einfach unvorstellbar, denn früher konnten wir sie kaum schnell genug wegschenken. Hier befällt sie irgend etwas Tödliches, das sie in der insektenwimmelnden, patschnassen Luft des Frühsommers faulen läßt, oder es sind nicht genug Bienen da, um zwischen den Pflanzen Verbindung zu halten und ihren Sexualhonig zu verbreiten, wie mein Vater es nennt.

Manchmal sitze ich im Garten unter einem großen gefiederten Hickory, habe das Gefühl, glücklich zu sein, und weiß nicht, was ich tun soll. Vor langer Zeit wurden wir zur Trauer verurteilt, und so verzehrt mich beim Zurückdenken, was da an Schuldgefühl noch übrig ist. Wahrscheinlich werde ich später dafür bezahlen müssen, wenn ich ganz aufgehört habe, mich zu erinnern.

Meine Mutter sagt, ich bezahle schon jetzt dafür. Sie wirft mir vor, ich hielte mich von allen und allem fern. Das stimmt, aber ich glaube, ich täte es so oder so. Jungen fand ich schon immer eklig, das ist nichts Neues. Sie haben ihre nützlichen Seiten, aber aus der Nähe betrachtet sind sie allesamt noch Babys – ich! ich! ich! – und haben etwas Bösartiges an sich. Soweit sie nicht gefährlich sind, sind sie lächerlich. Sie tun mir den größten Gefallen, wenn sie auf Abstand bleiben. Und Freundinnen – ich hatte nie viele Freundinnen auf einmal, und so wird es bleiben. Außerdem habe ich festgestellt, daß die, die man hat – meine beste Freundin war einmal Celeste Charters, mit der es Spaß gemacht hat, solange ich viel jünger und nicht so schwer zu verstehen war –, sie können einem in den schlimmsten Nöten doch nicht folgen und helfen, wenn es kompliziert wird. Das kann eigentlich keiner. Meine eigene Mutter sollte mich wenigstens so gut kennen. Ich denke, ich bin genau wie sie – sie war nie sozusagen überschwenglich mit ihren Gefühlen. Zumindest nicht äußerlich.

Mein Bruder Jacob genauso. Ich glaube, ich scheue ein bißchen vor ihm zurück, falls er irgend etwas Sonderbares tut. Ich rechne natürlich nicht damit, daß er mir etwas tut, das kann ich mir nicht vorstellen. Ich weiß gar nicht, ob ich sagen kann, was ich erwarte. Aber ich behandle ihn ein bißchen zu höflich, wie – ich weiß nicht, wie Besuch vielleicht. Wie einen dieser Austauschstudenten, den man nicht kränken will, weil man die Sitten seines Landes nicht kennt.

Und schlimmer, wie soll er noch jemandem trauen, wenn er sich selbst nicht trauen kann? Wenn ich Jacob wäre, hätte ich ständig Angst, alles zu zerbrechen, was mir in die Finger kommt. Und dann hätte ich Angst davor, nicht reinen Tisch zu machen. Da ist er wie mein Vater.

Keiner macht so richtig reinen Tisch auf dieser Welt, das habe ich erkannt. Alle schleichen und schlittern umeinander herum, wenn man erst mal richtig hinsieht, und alle bekommen, was sie wollen, wenn sie es nur gut genug verstehen. Ich sehe genau, wie meine Familie, so sehr ich sie liebe, in einem Sumpf von Drohungen und Kapitulationen und Schmerzen steckt, und Dingen, die sie einander nicht sagen, aber vielleicht war das ja schon immer so. Bei meiner Familie, und ebenso bei den meisten Jugendlichen, die ich kenne, und ihren Familien.

Aber wie dem auch sei: Wir sind jetzt an diesem anderen Ort, in dieser Stadt, die größer ist als der ganze Staat, in dem ich geboren bin, einige Male größer – und ob ihr es glaubt oder nicht, als wir herkamen, war die entscheidende Frage für uns alle an diesem neuen Ort, was wichtig ist und was nicht, und wer wir waren und wer wir jetzt sind, heute. Mit der Zeit sind dann auch diese Fragen weitgehend verstummt – man müßte besessen sein, um sich hier immer weiter damit zu beschäftigen. Wir sind, die wir geworden sind, und mehr gibt es darüber nicht zu sagen.

Am Anfang, als ich in Houston wieder in die Schule ging, fand ich, daß ich es nicht verheimlichen sollte. Warum seid ihr hierhergezogen? wurde ich da von irgend jemandem völlig unschuldig gefragt. Meist habe ich es nicht gesagt, aber schließlich, wenn ich mich mit jemandem richtig angefreundet hatte, habe ich geantwortet: Also, weißt du, mein Bruder hat nämlich jemanden umgebracht – darauf erst mal große Augen und langes Schweigen, dann vielleicht das eine oder andere Wort der Überraschung, oder man wechselte auch ganz schnell das Thema, bevor es auch nur richtig durchgedrungen war. Ich ging wegen meiner Tanzerei auf eine »musische« Oberschule, die, wie mein Vater es nannte, allerlei »schräge Vögel und halbe Portionen« in ihren Reihen hatte – nicht nur Schüler, die talentiert waren, sondern auch solche, die sich in die normalen, biederen Allerweltsschulen nicht recht einfügten. Alle zusammen sorgten wir für viel Lärm und Farbe – wir hatten ganz schön dramatische Auftritte – und ich nehme an, so eine Schule kann eine ganze Menge an Ungewöhnlichem schlucken.

Jeder schien aus irgendeiner buntschillernden Familie zu kommen, in der etwas Entscheidendes schiefgelaufen war: Es waren normale Scheidungen dabei, aber es gab auch kompliziertere Fälle. Zum Beispiel: Der Vater meines Freundes Mark war eine Frau geworden, ohne Witz, und als sie kam, um ihn in »Amadeus« spielen zu sehen, stellte er sie als seine »zweite Mutter« vor. Sie – er? – war eine hochgewachsene, grobknochige Frau, sah aber sehr gut aus, mit auffallend breiten Wangenknochen und einer glatten Brust, die man über dem obersten Knopf ihrer Bluse sehen konnte. Nur ihre Stimme stammte noch aus der Vergangenheit, die sie hinter sich lassen wollte. Die Stimme war zu tief, um auch nur erotisch zu sein, und wirkte wie eine kalte Dusche. Doch Mark berührte das offenbar weniger, als man meinen sollte. Ich weiß nicht, was er durchgemacht hat, um so weit zu kommen, aber als er sie uns vorstellte, merkte man ihm nichts an. Und in der Kunstklasse ist ein Mädchen, das ich nicht näher kenne, dessen ganze Familie von einem Schiff im Golf von Mexiko entführt wurde, es hatte irgendwas mit Drogen zu tun, und sie hat seit drei Monaten nichts mehr von ihnen gehört. Nach denen sucht das FBI. Das muß man sich mal vorstellen!

Ihr seht also, daß ich bei niemandem besonderes Aufsehen erregte, wenn ich mein eigenes Geheimnis preisgab.

Ich persönlich empfand das als Wohltat, denn ehrlich gesagt, jahrelang hatte in unserer Familie niemand an irgend etwas außer Jacob gedacht, und ich war an dem Punkt angelangt, an dem mir das Ganze schon sehr – nun ja, es war *unwirklich*. Anders kann ich es nicht beschreiben. Ich war soweit, daß ich schon nicht mehr so richtig glaubte, es sei überhaupt etwas passiert, wie ein Wort seinen Sinn verliert, wenn man es zu oft wiederholt. Und in gewisser Weise hatte ich ein schlimmes Gefühl dabei. Man fühlt sich eben scheußlich, bei aller Erleichterung, wenn man aufhört, an die Toten zu denken. Aber um ehrlich zu sein, wahrscheinlich werden sogar Marthas Eltern irgendwann dahin kommen, daß sie nicht mehr immerzu an sie denken, und dann werden sie sich schrecklich fühlen, als hätten sie an ihr gefehlt.

Mein Vater zum Beispiel mußte für etwa ein halbes Jahr ins Gefängnis, weil er vor der Grand Jury nicht gegen Jacob aussagen wollte. Sie haben ihn ins Bezirksgefängnis gesteckt, aber das war nicht unbedingt, wonach es klingt, es war ein kleines Gebäude aus Hohlblocksteinen mitten in den Maisfeldern. Gleich unterhalb führte eine wunderhübsche steinerne Bogenbrücke über einen schmalen Bach, vielleicht war es sogar ein kleiner Fluß, der Geräusche machte wie ein Mensch außer Atem. Vermutlich konnten sie das drinnen nicht hören, weil die Fenster so total versiegelt waren. Aber sehen konnten sie ihn. Für ein Gefängnis war es ein sehr sonderbarer und friedlicher Ort. Als ich ihn das erstemal besuchte – ich weiß noch, das war um die Zeit, als seine Berufungen von einem Gericht zum andern gingen, immer höher hinauf, bis er schließlich doch verlor –, da war es Spätsommer. Er und meine Mutter hatten nicht ein einziges Wort miteinander gesprochen – nicht eines – seit dem Tag, an dem sie vor der Grand Jury ausgepackt hatte. Später beim Prozeß hat sie natürlich dasselbe wieder getan, und ich auch, und alles war dann in der Zeitung, sogar im Fernsehen, die konnten gar nicht genug kriegen von der »Familienfehde«. Aber daran war ich inzwischen gewöhnt.

Meine Mutter sprach von gekränktem Stolz auf beiden Seiten, aber keiner von ihnen zog aus, sie richteten es nur so ein, daß sie nie gleichzeitig im selben Zimmer waren. Das konnte mitunter ziemlich albern werden, wie bei solchen Theaterstücken, in denen Leute die Tür aufmachen und immer genau vor dem Menschen stehen, den sie am wenigsten sehen möchten, aber meist bewies es mir nur, daß man sich an alles auf der Welt gewöhnen kann. Ehrlich gesagt, ich hatte meinem Vater auch nicht viel zu sagen. Ich fand, er liebte Jacob zu sehr und alles andere – alle Menschen und vor allem die Wahrheit – zu wenig. Ich hätte ihn immer gern gefragt, warum es ihn so wenig kümmerte, was aus mir wurde, während er meinem Bruder zuliebe die Wahrheit verdrehte. Aber ich traute mich nicht.

Und manchmal war ich mir nicht einmal sicher, ob das, was er tat, für Jacob das Beste war. Ich hätte gesagt, bitte für mich keine Lügen, vielen Dank, und hätte mich bestrafen lassen, wenn ich mich dafür sauber und ehrlich hätte fühlen können. Zumindest glaube ich, daß ich das gesagt hätte, nach bestem Wissen und Gewissen. Jacob sagte nie ein Wort (nicht daß ich ihn hätte fragen wollen). In dem Punkt ist er wie einer, der das Gedächtnis verloren hat. Aber wir reden überhaupt nicht mehr viel miteinander, außer über Dinge, die uns beiden nicht soviel bedeuten.

Komisch, ich war nach einer Weile gar nicht mehr böse auf Jacob. Ich glaube zumindest, daß ich es nicht war – er war inzwischen zu traurig. Er bezahlte auf diese Weise. Ich sah, daß er gewissermaßen immer noch ein Kind war. Jedenfalls kein Erwachsener. Eher wie einer, der aufhört zu wachsen. Und ich glaubte fast, daß auch irgendwas mit ihm nicht in Ordnung war – er hatte einen furchtbaren Schock erlitten, und es war, als ob ich ihn entschuldigen könnte, wenn sein »moralisches Urteilsvermögen« nicht so recht funktionierte. (So hatte der Staatsanwalt es beim Prozeß genannt – glaubt mir, ich habe ein Weilchen gebraucht, bis ich heraushatte, was er damit meinte. Zu seinem moralischen Urteilsvermögen vor dem Schock hatte ich so einige Fragen, aber es blieben immer Fragen.) Die Sache ist, daß ich wohl mehr von meinem Vater erwartet hatte. Mein Vater handelte *aus freier Entscheidung*.

Natürlich, als es an der Zeit war, Dad einmal zu besuchen, wollte meine Mutter nichts dazutun, und so fuhr mich denn mein Bruder hin. Ich dachte inzwischen nur noch in Schlagzeilen, wir waren die reinste Showbusiness-Familie, und das hier war nun wirklich zu grotesk: MUTMASSLICHER MÖRDER FÄHRT SCHWESTER INS GEFÄNGNIS, VATER BESUCHEN! Ich war soweit, daß ich einfach alles in diese atemlos sinnlose Kurzschrift übersetzte:

KLEINE SCHWESTER DES MÖRDERS HAT KONZENTRATIONSSCHWIERIGKEITEN, GIBT HAUSARBEIT ZU SPÄT AB; BEKOMMT ERSTE FÜNF.

REISER-SCHWESTER WEHRT SICH GEGEN KLASSENKAMERADIN, VERLETZT ANGREIFERIN IN PAUSENHOFSCHLÄGEREI.

VERWANDTE DES MUTMASSLICHEN MÖRDERS MELDET VANDALISMUS; SPINDTÜR ZERSCHLAGEN, IHR EIGENTUM IN DER GEGEND VERSTREUT.

Zu den Dingen, die mich aufrechthielten, wenn Leute gemein zu mir waren, gehörte, daß Annie Dineen, diese Freundin der Familie – oder eigentlich meiner Mutter – immer sagte: »Wenn du das überstehst, wirst du unheimlich stark sein«, oder: »Das wird dir zu einem eisernen Panzer verhelfen.« Allerdings war ein eiserner Panzer nicht gerade das, was ich mir für mich selbst so vorstellte. Aber ich hielt durch, ich zog den Kopf ein und ließ sie alle mit mir machen, was sie wollten. Das *Ich* begab sich woandershin, will ich damit sagen. Fragt mich nicht, wohin. Nach innen, denke ich, außer Sichtweite.

Also, Jacob der Killer fuhr mich zum Gefängnis, in die Berge nördlich von Howe, über die schattigsten Serpentinen. Er blieb draußen im Auto sitzen und schlief – er schlief sehr viel damals, vermutlich waren das die einzigen Momente, in denen er nicht daran denken mußte, daß er einen Mordprozeß vor sich hatte –, während ich hineinging. Er stand ja unter Anklage, und damit verliert man einiges an Rechten. Zum Beispiel ein Gefängnis aufzusuchen, aber ich glaube, das war auch besser so. Man muß ja nichts überstürzen, und womöglich erwartete ihn da drinnen seine eigene Zukunft. Was alles noch verdrehter machte, war natürlich, daß ich gar keine besondere Lust hatte, meinen Vater zu sehen, und ich hatte den Verdacht, daß er mich auch nicht sehen wollte. Aber wenn wir auch zu Hause nicht miteinander redeten, nun saßen wir hier, und zwischen uns war diese gräßliche Glasscheibe. Das hat mich einfach fertiggemacht. Eben noch die wunderschönen grünen Felder, und jetzt starrte ich hier durch dieses Glas, das verschmiert war von den Fingerabdrücken Wildfremder, anderer trauriger Familien, die verzweifelt die Hände nacheinander ausstreckten, und ich sollte durchs Telefon mit ihm flüstern! Da wurde es auf einmal sehr schwer, zu *fühlen*, wie das Schreckliche, das Jacob an jenem Wintertag getan hatte, zu *so etwas* führen konnte. Ich dachte, ich verstehe überhaupt nichts mehr davon, was Menschen tun oder warum sie es tun, oder wie sehr sie es verdienen, daß man sie dafür bezahlen läßt. Gibt es Verbrecher oder Angehörige von Verbrechern, die Ursache und Wirkung noch richtig auseinanderhalten können und leiden, wenn sie leiden sollen, und sich dann gründlich bestraft fühlen, wie man sich nach einer prasselharten Dusche sauber fühlt und gereinigt nach Hause geht und es »hinter sich lassen« kann?

Mein Vater wurde gemeinsam mit diesen anderen Männern zu mir herausgebracht, die viel brutaler oder jedenfalls ärmer aussahen. (Sie hatten allerlei angestellt, wie er mir erzählte, zum Beispiel ungedeckte Schecks ausgestellt, Leute verdroschen, Autos gestohlen, also nichts richtig Schlimmes. Aber einer hatte offenbar ein kleines Kind mißhandelt, nicht sein eigenes, sondern das seiner Freundin, hatte es gegen die Wand geworfen und mit einer Zigarette verbrannt und vielleicht sogar sexuell belästigt. Ich habe ihn nie gesehen, sie hielten ihn von den anderen getrennt, zu seinem eigenen Schutz.) Mein Vater hatte keinen Bart mehr, seine Haare waren kurzgeschoren wie bei einem Soldaten, und er hatte so schlabbrige graue Sachen an, so eine Art Schlafanzug und – das war mir am schlimmsten, glaube ich, schlimmer als das mit dem Bart, und das war schon schlimm genug, denn ich glaube, ich hatte noch nie sein nacktes Gesicht gesehen, sein Kinn und die weichen Stellen um Mund und Hals und das alles –, und dann hatte er so ein Armkettchen an, wie sie es einem im Krankenhaus ums Handgelenk legen, als wäre er irgendeine herrenlose Sache in einem Lagerhaus, und sie müßten ihn amtlicherseits ständig im Auge behalten.

Als könnten sie sich nicht darauf verlassen, ihn nach seinem Namen zu *fragen*, so daß sie ihn an ihm befestigen mußten und man ihn nur mit einem Spezialwerkzeug, das sie dafür haben, wieder abnehmen konnte. Mein Vater war inventarisiert wie ein Anzug, der gestohlen werden könnte, wenn nicht dieses Plastikding daran wäre. Sie hatten jeden Quadratzentimeter des Hauses unter Beobachtung – man sah diese kleinen blauen Fernsehschirme in so einer Art *Kommandozentrale*, und immerzu hörte man schwere Türen surrend auf und zu gehen, auf und zu.

Das alles war zuviel für mich, ich konnte bloß noch heulen und heulen. Ich kam mir vor wie ein Baby. Einmal hätte der Wärter (der ohnehin nicht sonderlich begeistert war, ein Kind »ohne Begleitung Erwachsener« hier drin zu haben) mich fast rausgeworfen, aber ich konnte mich ein Weilchen beherrschen, bis er mich endlich in Ruhe ließ. Annie Dineen hatte recht, ich wurde hart.

Was nun meinen Vater angeht: Ich fand es nicht gut, was er gemacht hatte, weniger daß er den Mund gehalten hatte, wofür er jetzt wegen »Mißachtung des Gerichts« hier einsaß, sondern daß er sich diese Lüge ausgedacht hatte, von der seine Kerkermeister hier gar nichts wußten, um Jacobs Tun und sein eigenes zu vertuschen. Aber *das* war ungerecht. Es war unmenschlich. Er hatte mehr Würde verdient als einen Schlafanzug und ein elektronisches Namensschild. Ohne Bart sah er wie ein ganz anderer aus, und jung. Oder sozusagen jung und alt zugleich, ein bißchen zerfurcht und müde, aber viel weniger energisch, weniger – aggressiv. Die Haut, die seit – ich weiß nicht, vielleicht seit zwanzig Jahren – kein Licht mehr gesehen hatte, war so blaß wie bei einem Mädchen und sah sehr zart aus. Ich hätte gern die Arme um meinen Vater gelegt. (Später konnte ich das, er wurde zum sogenannten »Kontaktbesuch« befördert und durfte auf der Gefängnisfarm arbeiten, was ihm sehr gefiel. Er bekam schmutzige Fingernägel beim Karotten- und Zwiebelernten und durfte an irgendwelchen landwirtschaftlichen Maschinen herumbasteln, weil er sich auf so was gut verstand. Seine neue Haut wurde rot, dann braun, und härtete ab, und bald sah er nicht mehr so sehr wie ein geprügelter Hund aus.) Es war eigentlich gar nicht so schlecht, fast wie eine reguläre Arbeit, nur daß er abends nicht zum Schlafen nach Hause durfte. Irgendwie sah es für mich so aus, als ob die sich alle daran gewöhnten, dort zusammen zu sein. Menschen passen sich an, meinte er. Sie machen das Beste daraus. Manche mag ich richtig gern, sagte er. Sie haben vielleicht auf die falsche Art gelernt, ihre Probleme zu lösen, aber wenn man ein paar Schichten tiefer schaut, sind einige recht intelligent, und sie sind für sich selbst eine größere Gefahr als für alle anderen.

Wenn ich nach Hause kam, erkundigte sich meine Mutter nie mit einem Wort nach dem Besuch, aber ich erzählte ihr trotzdem davon. Ich sagte: »Bitte, Mama, überleg dir doch schon mal, wie du ihm vergeben kannst, wenn er heimkommt, er ist so einsam.« Er hatte nicht einmal Jacob, mit dem er hätte reden können, Jacob, für den er im Gefängnis saß. Weil ich noch ein Teenager war und wir ja angeblich total unnachsichtig sind, hat sie wohl mehr Sturheit von mir erwartet, und vielleicht mehr Zorn als Versöhnlichkeit. Aber es machte mich irgendwie demütig – ich konnte fast verstehen, wie er sich zu seinem Meineid für Jacob durchgerungen hatte. Verbrechen aus zu großer Liebe konnten nicht dasselbe sein wie Verbrechen aus Gleichgültigkeit oder Hartherzigkeit – ich glaube, so kam schließlich auch meine Mutter dahin. Jemand – ein Rabbi aus Buffalo – schrieb uns, erstens, als Jona zornig auf Gott war, weil er die Staude hatte verdorren lassen, die ihm in der Wüste Schatten spendete – das war, nachdem er das mit dem Walfisch hinter sich hatte und statt dessen jetzt schmorte –, hätte ihm Gott gesagt, daß er kein Recht habe, zornig zu sein: Du hast die Staude nicht aufgezogen und geliebt wie ich. Das sollte wohl heißen, du kannst dir kein Urteil darüber erlauben, was *ich* empfinde. Niemand kann wissen, wie Liebe und Fürsorge von einem anderen empfunden werden und was er um dieser Liebe willen alles anstellt. Und zweitens schrieb er meinem Vater, daß Eltern nach jüdischem Gesetz das Recht haben, nicht gegen ihre Kinder auszusagen. Dem Gesetz unseres Landes müsse er schließlich gehorchen, schrieb er, aber: »Mr. Reiser«, schrieb er ihm in sehr respektvollem Ton, »Sie sollten wissen, daß Ihr Verlangen ein sehr natürliches ist, geheiligt durch Tausende von Jahren der geistigen Rechtschaffenheit.« Er schrieb meiner Mutter nichts über Gerechtigkeit, und daß man das Kind eines anderen lieben solle wie sein eigenes. Ich finde, das hätte er ruhig erwähnen und sie auch loben sollen.

Jedenfalls, egal was passierte, auch wenn ich anderer Meinung war als er, mein Vater war mein Vater, und ich hatte ihn mein ganzes Leben lang geliebt. Es war mir unmöglich, nichts für ihn zu empfinden. Ist das gut, ist es schlecht? Wie die Antwort auch lautet, ich sehe in dieser Frage gar nicht soviel Entscheidungsspielraum, wie ich zu haben glaubte.

Und außerdem brachte mir mein Vater in dem Jahr, in dem er noch im Bezirksgefängnis war, sein Lieblingswort bei – *paradox*. Es war ein bißchen schwierig, die Bedeutung ganz zu erfassen und zu wissen, wann es genau richtig war, es zu benutzen, aber ich hatte ja noch reichlich Gelegenheit, darüber nachzudenken und seine richtige Anwendung auszuprobieren, und es war mir auch ganz nützlich beim Lesen. Zuallererst, glaube ich, gefiel mir das Wort einfach vom Klang her, es glitt einem so über die Zunge und sprang mit einem Schnalzer herunter. Aber noch besser, der ganze Begriff war so praktisch, weil man sah, wie oft zwei gegensätzliche Dinge anscheinend zur gleichen Zeit passierten, oder wie man notwendigerweise zweierlei Gefühle zugleich hatte, die aber miteinander im Widerstreit waren, oder schlimmer noch, beide waren richtig! Es war ein besseres Wort als *komisch* oder *verwirrend* oder jedes andere Wort, das mir einfiel. Ich dachte, wenn Paradox Wasser wäre, würden wir darin ertrinken, oder wenn es etwas zu essen wäre, brauchten wir nie mehr zu hungern.

Was wir durchmachten, während die Akten der Anwälte immer dicker wurden und die Gerüchte im ganzen Städtchen sich mehrten – unser Anwalt, Mr. Demaris, versuchte mit ihnen zu reden, aber sie sagten alle nein –, war das Warten auf den Prozeß, über ein Jahr lang. Aber das war vielleicht ganz gut so: Die Wut der Leute verbrauchte sich. Ich glaube, das geschah so oder so – auch unsere Einstellungen wurden milder. Wer überhaupt Gefühle hat, kann nicht auf immer und ewig starr vor Wut herumlaufen. Mein Vater kam aus dem Bezirksgefängnis nach Hause und sah, daß Jacob und meine Mutter einander nicht an der Kehle hingen, daß Jacob in ihr einfach nicht seine Verräterin sehen wollte. Ob ich das jetzt gern sage oder nicht, aber solange mein Vater fort war, fiel es uns sogar leichter, richtig miteinander zu reden. Alles verschiebt sich etwas, wenn einer fehlt. Es ist nicht so, daß man die Lücke auffüllt, aber man arrangiert sich sozusagen. Außerdem waren wir alle viel mehr zusammen als früher, denn diese Kälte herrschte ja fast überall, außer zu Hause. (Das ist ein gutes Paradox: mit Einsamkeit gestraft zu werden und sich daher fast dankbar einander zuzuwenden.) Jacob war auf den Straßen von Hyland ja nicht gerade sicher. Wenn einem die Leute schon ein brennendes Kreuz auf den Rasen stellen und einem auf der Straße häßliche Worte nachrufen, treibt man sich einfach nicht mehr so gern in der Stadt herum, geht Pizza essen und spaziert über die Hauptstraße wie Mr. Teenage New Hampshire. Jemand schrieb ihm »Galgenvogel« mit gelber Farbe auf die Seite des Wagens, als er beim A & P parkte, und als wir das herunter hatten, sah man, daß auch etwas Lack mit abgegangen war, und so steht jetzt ein Geisterwort auf dem Kotflügel, das man wahrscheinlich für alle Zeit sehen wird.

Meine Mutter arbeitete schließlich eine Weile umsonst und unter anderem Namen in einer Klinik in Howe. Das sei der Preis für ihre kostenlosen Dienste, sagte sie ihnen – sie könne als Dr. Joanna Miller arbeiten (ihr zweiter Vorname und ihr Mädchenname), und niemand dürfe mit einem Sterbenswörtchen verraten, wer sie sei. Aber es tat mir weh, sie zu sehen – sie ging fast in Verkleidung, damit man sie aus den Zeitungsgeschichten über die »Familienfehde« nicht erkannte. Ihr Haar trug sie in einem gouvernantenhaften Knoten, so einem Ding, in das man einen Bleistift steckt, und sie legte sich eine verspiegelte Brille zu. (Sie überlegte sogar, ob sie ihre Haare braun färben sollte, aber ich flehte sie an, es nicht zu tun, und ich glaube, sie war erleichtert, als ich sie überzeugte, das gehe nun doch zu weit.) Aber sie sagte, es sei die Mühe wert, um wieder arbeiten zu gehen, auch wenn sie manchmal Probleme habe, auf ihren eigenen Namen zu hören. Ich konnte nur hoffen, daß niemand sie »demaskierte«, das wäre ein schrecklicher Lohn dafür gewesen, daß sie ganze Tage für kranke Kinder opferte, ohne einen Cent dafür zu verlangen.

Als sie am ersten Tag zur Arbeit ging, dachte ich: *Was ist mit meinem Leben geschehen?* Es war schon beinah komisch: Zuerst bekommt mein Vater fast alle Haare abrasiert, wie Samson, und jetzt wird meine Mutter vor meinen Augen zu einer anderen, die ich kaum wiedererkenne! Das war, fand ich, für mich genau der richtige Moment, einen echt kurzen Lederrock und einen engen Pullover anzuziehen und selbst zu versuchen, jemand anders zu werden. Wenn ich es wollte, war das der Augenblick. Aber alles, wozu ich es brachte, waren längere, losere Sachen, die mich völlig verhüllten, und Stiefel, die bis an meine Rocksäume reichten, dazu das Haar so wenig gepflegt, wie man es mir gerade noch durchgehen ließ – ich schnitt es nicht mehr, es wurde von Tag zu Tag unordentlicher und häßlicher. Wir spielten alle auf die eine oder andere Art Verstecken, und das Schlimmste war, daß wir uns alle nur wünschten, wir könnten schlafen gehen und auf der anderen Seite des ES wieder aufwachen. Dieses ES war der Prozeß, alles definierte sich als vor oder nach dem ES, wenn unser wirkliches Leben vielleicht wieder beginnen konnte. Oder nicht beginnen konnte. Aber dann wüßten wir es wenigstens.

Der Prozeß fand in einer Stadt namens Savoy statt, so weit wie möglich von Hyland entfernt, aber doch noch im zuständigen Gerichtsbezirk, denn unser Anwalt, Mr. Demaris, hatte nachgewiesen, daß Jacob keinen fairen Prozeß bekommen könne in einer Gegend, wo alle genau zu wissen glaubten, was sich zugetragen hatte, und ihn von allen Seiten bedrohten. Wir wohnten in einem Motel, wo wir abends viel Karten spielten, weil wir ja sonst nirgends hingehen konnten, und vor unserem Zimmer saß für alle Fälle eine Polizistin. »Es gibt immer wieder solche Spontanrächer«, erklärte Mr. Demaris, »da kann Vorsicht nicht schaden.« So redete er. Ich mußte darüber lächeln.

Tagsüber spielten wir alle mehr oder weniger unsere alten Rollen, obwohl wir uns ja inzwischen gegenüber früher etwas verändert hatten. Da war »die belastende Mutter«, »der verweigernde Vater« – Daddy verweigerte diesmal nicht, er sagte, er habe seinen Standpunkt klargemacht und nun sei es an der Zeit, dafür zu sorgen, daß Jacob seine Freiheit bekomme, aber er schaffte es irgendwie, sich sehr weichlich und *un*interessant zu machen, so daß die Leute sich gefragt haben müssen: Wozu denn das ganze Gesums um seine Aussage? Und dann war da »der verschüchterte und respektvolle Sohn« in einer weiteren Verkleidung, einem neuen grauen Anzug mit gestreifter Krawatte. (Wenn wir unter uns waren, machte er sich einen Spaß daraus, sich den Schlips wie eine Schlinge über den Kopf zu streifen, die Zunge herauszustrecken und die Augen vorquellen zu lassen, und ich sollte dann kreischen: »Jacob, wenn man dich sieht!« Aber das tat ich nicht mehr. Ich bin nicht sicher, ob solche Sachen meinen Sinn für Humor steigerten.) Ich denke, das ist nicht ungewöhnlich – und im Zeugenstand war Jacob ebenfalls unglaublich höflich. Ganz Musterknabe. Er und Daddy müssen das Schleimen zusammen geübt haben. Wie wenn man sich einen Anzug anzieht, die Uniform der Wohlanständigkeit, und alle Absonderlichkeiten sind – ffft – wie weggeblasen.

Sonst verschreckt man die Leute, und sie glauben das Schlimmste von einem.

Und ich sollte diesen großen weißen Kragen tragen, wahrscheinlich, damit ich »zu jung zum Lügen« aussah – und ich mußte achtmal »Ja« und vierzehnmal »Nein« sagen und dann in klitzekleinen Babyschritten, Frage und Antwort, Frage und Antwort, wiederholen, was ich noch von dem wußte, was Jacob uns erzählt hatte. Sehr ermüdend, eine Geschichte so zu erzählen. Außerdem ist das, wie sich herausstellte, überhaupt nicht wie im Film, der Zeugenstand lädt von vornherein nicht sonderlich dazu ein, etwas Neues zu erzählen. Die Spannung im Gerichtssaal ist schrecklich, wie auf der Bühne, nur schlimmer, das Herz klopft einem immer schneller, je näher man darauf zukommt, und man will einfach seinen Text nicht vergessen oder etwas sagen, was nicht vorgesehen war. Ich übte vor dem Spiegel. Meine Mutter mochte nicht helfen. Sie sagte: »Du brauchst keinen Regisseur. Sag einfach, was geschehen ist. Sei frisch und ungekünstelt – und vergiß nicht, daß du ihn nicht zu überführen brauchst!« Aber man muß sich mal überlegen, daß wir ja alle *Zeugen* waren, außer Jacob, der als einziger von Anfang bis Ende dabeisein durfte. Nach all der Warterei fand ich es schon reichlich komisch, wie wir in einem anderen Zimmer saßen und damit beschäftigt waren, das Ganze zu verpassen.

Aber jetzt kommt das Ärgerlichste: Die Sache lief im Fernsehen, und wir durften das nicht sehen. Richtig wie eine echte Show, nur länger und ohne Werbung. Das ganze verrückte Drama kam zu allen Leuten ins Wohnzimmer, von der Minute an, als der Richter mit seinem Hammer auf den Tisch schlug, um die Verhandlung zu eröffnen, bis zu dem Moment, als er sie wieder schloß. Das ist etwas völlig Neues, und aus irgendeinem Grund hat New Hampshire, das sonst nie die Nase vorn hat, außer bei den Präsidenten-Vorwahlen, irgendwann beschlossen, es so zu machen. Früher durften die Leute im Gerichtssaal nur zeichnen, sagte Mr. Demaris – man durfte nicht einmal eine Kamera mit durch die Tür nehmen. Und jetzt ganz plötzlich haben sie da diese Kamerateams mit ihrem Kabelsalat, und alle sind so ein bißchen angespannt, für den Fall, daß sie ins Bild kommen. Er konnte sich gar nicht mehr beruhigen deswegen. »Mich wundert, daß sie nicht auch noch Schilder hochhalten, auf denen ›Applaus‹ steht.« Mein Vater sagte, Panos meine damit nur: »Ist es gut für meinen Mandanten?« Wer weiß, für wen es gut sein sollte, außer für Leute, die nichts Besseres zu tun hatten, als den ganzen Tag dazusitzen und das anzuglotzen wie eine Seifenoper. Wie ich hörte, gab es welche, die darüber diskutierten, wer ihnen gefiel und wem sie nicht trauten und ob Jacob *gut aussehe*, und welche, die um Geld wetteten, ob er »gewinnen« oder »verlieren« würde, was immer das heißen sollte. Ich fand, sie hätten uns zumindest eine Gage zahlen können.

Immerhin störte die Kamera die wichtigen Leute nicht sehr, die Zeugen nämlich, sie stand nur da und glotzte – mich machte vor allem die Vorstellung nervös – und das hatte mir gerade noch gefehlt, daß ganz New Hampshire mit uns da drinnen saß, daß sie sich alle ihr Teil dachten und jeder seine Meinung hatte, ohne wirklich etwas zu *wissen*. Ich meine, der Gerichtssaal war ja gewissermaßen klein. Ich glaube, im Zuschauerraum hatten höchstens fünfundzwanzig Leute Platz, und das waren fast alles treue Freunde beider Seiten, die extra von Hyland herkamen. Aber keiner von denen, die es zu sehen bekamen, wenn sie zwischen Gymnastik und Kochen hin und her schalteten, hatte viel zu gewinnen oder zu verlieren – Zuschauen war ein Sport. Es war gruslig.

Und wir waren die einzigen im ganzen Staat für die es wichtig war, und ausgerechnet wir sahen nichts davon! Als wir Mr. Demaris fragten, ob wir zuschauen dürften – schließlich wurde es ja gesendet, und wir hatten einen Fernseher in unserem Motelzimmer –, sagte er: »Hört mal, laßt das bitte, ja? Nicht, solange der Prozeß läuft. Wir können keine Komplikationen brauchen.«

Ich fragte, wieso nicht? Ich lernte es allmählich, meine Meinung zu äußern.

»Denkt mal selbst nach. Ihr seid allesamt Zeugen.« Er war ein bißchen ungeduldig, glaube ich. Ehrlich gesagt, ich verstand nicht recht, was das denn ändern sollte – als ob jemand aufgrund dessen, was er sah, im letzten Moment seine Aussage ändern würde. »Ihr braucht euch nicht auf solche Weise ins Zwielicht zu rücken. In diesem Staat läuft vieles auf Vertrauen gegen Vertrauen. Wir setzen Geschworene nicht ohne weiteres in Quarantäne und sperren Zeugen nicht ein, wir haben die Leute immer nur gebeten, keine Zeitung zu lesen und keine Fernsehnachrichten anzusehen. Und jetzt ist eben diese neue Technologie da, die nicht direkt für euch gedacht ist. Ob es mir gefällt oder nicht, das Ding ist nicht für die Akteure da, nur fürs Publikum. Und ihr seid nicht das Publikum. Nutzt es nicht aus.« Er warf meinem Vater einen ganz scharfen Blick zu, als er das sagte; er traute ihm nicht. Es hieß, ich weiß ja, daß Sie sich gern Ihre eigenen Regeln machen. Vermutlich sah er meinen Vater im Geiste schon heimlich davonschleichen, um einen Blick auf die verbotenen Vorgänge zu erhaschen, wie ein Alkoholiker, der sich schnell einen hinter die Binde gießt. »Tun Sie's bitte nicht«, warnte ihn Mr. Demaris. »Lassen Sie einmal Klugheit walten. Sie werden merken, wie anregend das sein kann.«

Aber später. Später war es legal. Mr. Demaris gab meinem Vater die Videobänder, und er trug sie vorsichtig herein, als könnten sie explodieren, wenn er sie fallen ließ. Wir setzten uns um den Fernseher, und es ließ sich nicht umgehen, daß wir an all die gemütlichen, harmlosen Stunden dachten, die wir im Lauf der Jahre dagesessen und die Celtics oder Meisterwerke der Bühne oder Samstagabend live gesehen hatten, und meine Mutter seufzte und legte mit geschlossenen Augen den Kopf zurück. Es sah aus, als spräche sie ein Gebet. Zuerst hatte sie gar nicht hinsehen wollen, sie sagte, es sei doch alles beim erstenmal schon viel zuviel gewesen, warum wir uns das denn antun müßten?

»Es ist ja nun geschehen«, sagte Daddy zu ihr. »Es ist jetzt Teil der Wirklichkeit. Es ist in der Welt.«

»Was heißt ›in der Welt‹?« fragte sie ihn. »Du willst nur nicht, daß alle etwas wissen, was du nicht weißt.«

Aber ich meine, er hatte recht: Alle anderen hatten uns gesehen, Freunde wie Fremde. Bis ich nicht selbst gesehen hatte, wie wir aussahen, hatte ich das Gefühl, sie alle könnten mich sozusagen hinter meinem Rücken sehen.

Marthas Eltern waren sehr emotional, ganz wie wir erwartet hatten. Ihre Mutter brach immer wieder zusammen und mußte warten, bis sie weitersprechen konnte, und ihr Vater war so erpicht darauf zu reden, daß er immer schon mit der Antwort anfing, bevor die Fragen überhaupt gestellt waren. Er sah ein bißchen wie ein intelligentes Nagetier in Anzug und Krawatte aus, wie eine Figur in einem Kinderbuch, die man zu dem Tier gemacht hat, dem sie am meisten ähnelt. Sogar der Staatsanwalt mußte versuchen, ihn zu bremsen. Mein Vater sagte, das sei alles aufgesetzt, aber ich sah nicht ein, warum das so sein sollte, selbst nach so langer Zeit. Ich dachte an Jonas Staude, und daß man Verständnis für die Liebe anderer zu ihren Geschöpfen haben soll. Ich versuchte mir vorzustellen, wie mir denn zumute wäre, wenn es endlich zum Prozeß käme wegen Mordes an jemandem, den ich liebte, wie ihn – ich setzte meinen Vater an Marthas Stelle, obwohl das so gut wie unmöglich war –, und es fiel mir gar nicht schwer, mir auszumalen, wie schrecklich das wäre und wie ich »um Fassung ringen« müßte, wie die Zeitungen es ausdrückten. Aber wer weiß? Ich bin sehr zynisch geworden, bei allem Verständnis. Beides wechselt sich in mir sozusagen ab. Ich glaube also nicht mehr alles, was ich höre, das heißt, irgendwo nagt immer noch ein bißchen Zweifel. Und selbst wenn – warum sollten ihre Eltern nicht auch nur eine einzige Träne simulieren dürfen – wenn die meinen lügen konnten, warum sollten die ihren nicht auch alles tun dürfen, was sie wollten? *So* zynisch bin ich nun auch wieder nicht.

Die Zeugen, vor denen wir die meiste Angst gehabt hatten, waren ihre Freundinnen, wie Tina Guy und ihre Kusine Donna, die Jacob schon in Hyland »gefährlich« genannt hatten. Aber jetzt erlaubte man ihnen natürlich nicht, so zu reden. Ich wußte, daß sie ihm gern noch Ladendiebstahl angehängt hätten. Unerlaubte Benutzung eines fremden Wagens, bevor er einen Führerschein hatte. Alkoholgenuß als Minderjähriger und gerade soviel Hasch, wie jeder normale Junge nahm. Alle gaben doch zu, daß sie mit allen möglichen Pillen experimentierten, sogar ein bißchen mit Kokain. Alle taten es, taten es schon jahrelang, und so erschien Jacob eben auch nicht schlimmer als alle anderen. Sein Freund Jackie hatte in der Schule erzählt – und das Getuschel war bis zu mir vorgedrungen –, daß Jacob einmal, als sie im Vergnügungspark Whalom waren, Feuerwerkskörper vom Riesenrad geworfen hätte, die theoretisch jemanden hätten treffen können, und auf der Bowlingbahn hatte er ein paar Prügeleien gehabt, aber da waren sie immer zu mehreren. Ich sagte na und, als ich das hörte – sind das Schwerverbrechen? Donna wollte im Zeugenstand erzählen, daß Jacob sich einmal auf einer Party mit Martha gestritten und ihr gedroht habe, das werde ihr »noch mal leid tun«, weil sie mit einem anderen geflirtet hatte. Er hätte sie an den Haaren gerissen und ihr das ins Gesicht geschrien. Überhaupt, sagte sie, habe er »so einen Dunst von Gefahr« um sich verbreitet. (Ich wußte, was das heißen sollte – es wirkte, als ob er immer von Gefährlichem träumte, schlimmer als Ladendiebstahl und Feuerwerkskörper, auch wenn er es letztendlich nicht tat.) Aber Mr. Demaris erhob Einspruch – was das mit dem Verbrechen zu tun habe, dessen er heute angeklagt sei? Jacob Reiser, sagte er, steht nicht wegen einer »Ausdünstung von Gefahr« vor Gericht. Später machte er sich über diesen ganzen »Dunst« lustig. Ob er nach Schwefel stank? fragte er die Geschworenen. »Meinen Sie, man hätte sein Kommen riechen können?«

Der schlimmste Teil, an den ich mich erinnere, war, als Jackie in den Zeugenstand trat, weil er und Jacob zusammen gewesen waren, kurz bevor Jacob an diesem Tag Martha von der Arbeit abholte, und die beiden viel miteinander geredet hatten. Jacob sei »hochgradig erregt« gewesen, ein Ausdruck, der so weit außerhalb seines Wortschatzes lag, daß man die Nachhilfe heraushörte, die er bekommen hatte. Er sagte, Jacob habe ihm erzählt, Martha mache ihn so wild, daß er nicht wisse, was er tun werde, wenn sie ihn je betrüge, er glaube, dann könne er sich nicht beherrschen. Mr. Demaris entlockte ihm das Zugeständnis, daß Jacob nie gesagt habe, was er tun werde, er habe es nicht »spezifiziert«. Somit war das natürlich ein tolles Geständnis.

Jackie behauptete auch, Jacob habe sich beklagt – das alles auf dem Weg zum Eissalon! –, daß Martha »einen gewissen Teil seiner Anatomie im Schraubstock« habe, und er bekomme ihn da nicht heraus. »Würden Sie diesen gewissen Teil bitte näher bezeichnen?« Jackie war ein bulliger Kerl mit kurzen Haaren und dem Hals eines Footballspielers. Er errötete, und der Gerichtssaal »gluckste« (Zeitungswörter. Wie ich sie liebe). Es sah nicht aus, als ob in diesem Gerichtssaal viel gegluckst würde, deshalb klang das Lachen erfreulich in den Ohren der Verteidigung. Es war erstaunlich, wie wenig »harte« Beweise sie dafür hatten, daß Jacob gefährlicher sein sollte als die meisten Jungen in seinem Alter. (Mr. Demaris sprach immer von hart und weich, als ob man Beweise mit den Händen befühlen und ihre Beschaffenheit ertasten könnte. Vielleicht können Rechtsanwälte das ja.)

Bei ihm klang das dann so, als ob Jacob mehr ein Plagegeist für seine Umgebung wäre, ein »Rabauke« oder vielleicht sogar nur ein »Möchtegern-Rabauke« als ein kaltblütiger Killer, der aus dem Verkehr gezogen gehörte. Und das meiste davon wies die Verteidigung zurück – das seien Klatschgeschichten, keine Beweise. Es gab nur einen einzigen ernsthaften Zeugen – die anderen, falls es wirklich welche gab, kamen nie zum Vorschein. »In einer Kleinstadt wie unserer«, sagte meine Mutter plötzlich – es war das erstemal seit langem, daß überhaupt einer von uns etwas sagte, und ihre Stimme aus dem Halbdunkel erschreckte mich – »tun

Leute das. Sie bekommen Angst, sich in der Öffentlichkeit festzulegen, obwohl sie hinter vorgehaltener Hand jede Menge zu erzählen haben.« Der eine tapfere Zeuge hatte die beiden neben der Straße stehen sehen, ein Mr. Gellhorn, der in Howe bei einer Versicherung arbeitete und in der Dämmerung gerade auf der Poor Farm Road nach Hause fuhr, und er konnte nur sagen, daß sie neben dem Wagen gestanden und geredet hätten – nichts weiter Verdächtiges. Nein, er glaube nicht, daß sie etwas in den Händen gehabt hätten, aber das sei schwer zu erkennen, wenn man nicht genau hinschaue. Es könnte sein, daß sie gestritten hätten, aber ehrlichen Gewissens könne er das nicht behaupten, er habe sie nur kurz gesehen. Er habe abgebremst und zu ihnen hinübergerufen, ob sie Hilfe brauchten, und sie hätten abgewinkt. – »Beide?« – »Ich erinnere mich nicht« – und das war's. Nein, Martha habe keinen besonders verzweifelten Eindruck gemacht. Er sah achselzuckend zum Staatsanwalt, der offensichtlich gern mehr gehört hätte, und sagte »Tut mir leid.«

Das »gerichtsmedizinische Gutachten« war reichlich verschwommen. Mr. Demaris wußte das schon, weil ihm davon berichtet worden war, aber er war trotzdem richtig aus dem Häuschen. (Diese Anwälte wissen immer schon so viel, wenn sie in den Gerichtssaal treten. Mr. Demaris sagte, Überraschungszeugen kämen nur in schlechten Filmen plötzlich zur Tür herein, wo dann ein allgemeines Aufstöhnen durch die Reihen geht und alle wissen, daß sie jetzt die richtige Wahrheit zu hören bekommen.) Ich erinnere mich noch, wie er Mag Trottier einen Kuß gab und mit ihr durchs Zimmer tanzte; sie hatte vorausgesagt, daß sie nichts Brauchbares haben würden, und in einem Fall, der nur auf »Indizien« beruhe, sagte sie, brauche man eindeutige physische Beweise. (Mr. Demaris nannte sie »heiße Requisiten«.)

Gerade sagte in der Glotze irgend jemand, »das Paar« – Jacob und Martha – habe an dem Nachmittag die Hütte benutzt, es gebe reichlich Beweise für eine »unlängst erfolgte Benutzung«. Aber das hatte ja niemand bestritten, damit konnten sie nichts anfangen. Und es war zuviel Zeit vergangen, bevor die Polizei das Auto sicherstellte – sie räumten ein, daß daran manipuliert worden sein »könnte«, vielleicht aber auch nicht. Es sei verdächtig, daß Daddy in den Kofferraum gesehen habe, bevor die Polizei mit dem Durchsuchungsbefehl kam, aber damit allein konnten sie nichts beweisen. (Sie versuchten eine »Absicht zur Unterdrückung verdächtiger Indizien« daraus abzuleiten, aber Mr. Demaris fragte, »welche konkrete Schuld in der Sorge eines Vaters liegt, solange der Inhalt unangetastet bleibt.«) Man kann wohl sagen, daß mein Vater großes Glück hatte, weil die Inspektion des Wageninneren »nichts Schlüssiges« erbrachte. Was man im Kofferraum fand, ließ sich unmöglich deuten, eine Menge altes Sägemehl sei darin herumgeflogen – sie konnten nicht sagen, wie lange es schon dort war – und eine Decke und eine Menge lose Holzstücke. Es seien Fasern von irgendwelchem Teppichmaterial darin gewesen, aber insgesamt herrschte ein solches Durcheinander, daß sie nichts sagen konnten – die Indizien »ließen keine Schlüsse zu«. Sie konnten anhand von Haaren und Kleiderfasern nachweisen, daß Martha auf dem Beifahrersitz gesessen hatte, aber das war keine große Sache, niemand hatte es bestritten.

Sie hatten einen Wagenheber gefunden, einen ganz kleinen, ordentlich zusammengelegt in einer Schachtel, aber die einzigen Fingerabdrücke darauf waren die meines Vaters und noch ein paar, die zu irgendeinem früheren Besitzer gehören mußten, aber mit Sicherheit nicht von Jacob waren. Er hatte in seinem ganzen Leben noch nie ein Rad gewechselt. Es war erstaunlich, was Mr. Demaris sich alles einfallen ließ: Er hatte jemanden von der Southside Garage kommen lassen, der sagte, er habe einmal in einer Regennacht hinausgemußt, um für Jacob den Wagen aufzubocken. (Ich weiß noch, was Jacob dafür von meinem Vater zu hören bekam. Daddy hat es ihn bezahlen lassen – er wollte ihn doppelt bezahlen lassen, aber meine Mutter sagte, das sei ungerecht, denn was einer nicht könne, das könne er eben nicht, und dafür dürfe man nicht zweimal bestraft werden. Daddy sagte, Jacob habe nur nicht naß werden wollen, und mit Können oder Nichtkönnen habe das gar nichts zu tun.)

Etliche Leute bezeugten Jacobs Heiligkeit. Freunde der Familie, die Bergers, Annie, ein paar nette Leute aus der Stadt, eine echte Klassefrau, der Jacob einmal im Sommer die Sträucher geschnitten hatte, und Nat, der Schulbusfahrer, der sagte, Jacob sei normalerweise sehr höflich gewesen, auch wenn er meist zu spät dran und sehr laut gewesen sei. »Ein Schulbus ist was Schreckliches«, erklärte er den Geschworenen sehr ernsthaft, als wäre das ein Schandfleck auf der Gesellschaft oder so, aber »für Jungen im Schulbus, würde ich sagen, war er ein richtig netter Kerl.«

Dann war ich dran. Da saß ich, fünf Jahre jünger angezogen, als ich war, und alles in allem ein bißchen unecht. Sie sagten mir immerzu, ich solle lauter reden, und ich weiß jetzt auch warum – wie hätte ich wissen sollen, daß meine Stimme klang, als käme sie aus meinen Schuhen? Und es war demütigend, ich sah so benommen aus, daß man meinen sollte, ich wäre gerade aus einem Koma erwacht. Ehrlich, ich wußte gar nicht, daß ich so verängstigt war. Aber auch wenn ich einen großen Hollywood-Auftritt hingelegt hätte, es hätte nichts geändert: Sie nahmen mich nicht ernst. Es war irgendwie klar, daß ich »Geschöpf« meiner Mutter sei. Ich würde sagen, was sie sagte, ich stünde »unter ihrem Einfluß«, so daß nichts, was ich sagte, irgend etwas beweise, so oder so. Der Anwalt war nur unter der Oberfläche beleidigend, er behandelte mich sehr sanft und von oben herab, als spräche er mit einer Vierjährigen. Ich hätte genausogut zu Hause bleiben können. Es machte mich so wütend – ich fürchte, ich habe mehr geschmollt, als gut war, wenn ich beweisen wollte, daß ich kein Kind mehr war. Meine Mutter sagte, ich hätte meine Sache gut gemacht, aber ich weiß, daß ich nur wieder das Baby war.

So saßen wir da – es zog sich über Tage hin, müßt ihr wissen. Ein vollständiger Prozeß, bei dem man kein Wort verpassen will, kostet einen mehr Zeit als alles andere, und schlimm genug, daß es schon einmal in der wirklichen Zeit so war, hier saßen wir nun zum zweitenmal als Gefangene da, und diesmal aus freien Stükken! Ich konnte mir gar nicht vorstellen, daß so viele Fremde die Sache interessant genug gefunden hatten, um sie sich von Anfang bis Ende anzusehen. Wir knabberten eine Kleinigkeit beim Zuschauen. Manchmal aßen wir sogar eine richtige Mahlzeit: Das Kauen und Schlucken (mein Vater ist der geräuschvollste Trinker) wurde gewissermaßen zur Untermalung für die Schauspielertruppe, zu der wir inzwischen geworden waren. Die Kamera schwenkte nicht hierhin und dorthin wie in einem Film oder einer guten Fernsehshow, aber manchmal kam es einem doch wie ein Fernsehstück vor, Dinnertheater.

Und eines Abends, nachdem wir das Geschirr abgeräumt und die Tischchen weggestellt hatten, kam dann der Auftritt meiner Mutter. (Sie war theoretisch eine Zeugin der Anklage, aber sie wollte absolut nichts mit dem »Staatsteam« zu tun haben. Sie ging nur hin, um ihren Text aufzusagen, wollte sich aber nicht, wie sie sich ausdrückte, »mit ihnen verbrüdern«.) Sie trug ihr zartblaues Kleid, eines, das ich sehr liebte und mit ausgesucht hatte – nicht streng, nicht sexy, nur eben so ein richtig hübsches Kleid, das einem gar nichts über sie sagte. Ihre Stimme wurde in der Zeitung als »sanft und bedauernd« bezeichnet, was ziemlich zutreffend war. Mein Vater saß auf der Couch, meine Mutter direkt neben ihm, nicht ganz auf Tuchfühlung. Sie sah nicht einmal hin, sie hielt die Augen geschlossen, aber Daddy war so gebannt, daß es aussah, als werde er gleich von der Couch fallen.

Und ich war sehr stolz auf sie. Jedesmal, wenn der Staatsanwalt etwas aus ihr rauskriegen wollte, hob sie die Hand und machte so eine beschwichtigende Geste, die »Geduld, Geduld« heißen soll, wie zu einem Kind – ich kenne diese Bewegung, solange ich zurückdenken kann, und sicher kann sie das in ihrem Beruf viel üben, wenn verängstigte Mütter ihr mit zu vielen Symptomen und Wie-es-passiert-ist-Geschichten auf einmal kommen; einfach: »Ja, ja, nun mal ganz ruhig, darauf kommen wir noch.« Und sie läßt sich nicht hetzen. So wie sie darüber redete, was Jacob uns gestanden hatte, kam es einem vor wie eine betrübliche, nicht vorausgeplante, versehentliche Tat, der Fehler eines Jugendlichen. Ihr eigener Zorn schien völlig verflogen oder weggewischt wie altes Blut. In einer Zeitung nannte sie einer »geschlagen«, aber ich glaube, das war nicht das richtige Wort. Trauer war alles, was noch übrig war.

Irgendwann zwischendurch sah ich, daß mein Vater sich zu ihr umgedreht hatte und sie anstarrte, nicht ihr flaches Abbild vor ihm. Er tat das eine ganze Weile, während sie die Augen geschlossen hielt und nur ihrer eigenen Stimme lauschte, die dieses Schreckliche von sich gab, und dann wandte er sich wieder dem Fernseher zu, und seine Lippen bewegten sich ein wenig, aber ich hörte keine Worte. Dann sah er wieder zurück zu ihr, der wirklichen, leibhaftigen Frau in ihrem roten Bademantel, über deren Gesicht der Widerschein des Fernsehers flackerte. Sie sah völlig anders aus, und doch auch wieder nicht, und ich mußte daran denken, was wir alle miteinander durchgemacht hatten, immer noch konnte ich nicht einmal ahnen, was er über sie dachte. Ob er sie im tiefsten Innern für das, was sie sagte, achtete oder verachtete, ob er es überhaupt verstand. Versuchte er sozusagen, das eine Bild über das andere zu legen und zu sehen, ob sie übereinstimmten? Oder zu erraten, was sie empfand, wenn er sie so anschaute? Er wirkte so erstaunt und verletzt und vertraut und sehr weit weg, obwohl er direkt neben ihr saß.

Am nächsten Abend rief er, vermutlich wieder in anderer Stimmung: »Drück mal, drück!«

Ich: »Worauf?«

»Du hast die Fernbedienung. Laß es zurücklaufen.«

»Bis wohin?«

»Wo sie damit anfängt, daß ...«

»Herrgott, Ben«, sagte meine Mutter und richtete sich kerzengerade auf. »Ist einmal nicht genug?«

»Was denn, magst du vielleicht nicht hören, was du da über deinen Sohn sagst?«

»Bitte.«

Das dämliche Gelächter von »Liebe auf den ersten Blick« erfüllte den Bildschirm, während ich auf meine Befehle wartete: Ein dicker Mann mit einem Kopf voll affiger blonder Haare berichtete der Welt soeben, wie er seine Freundin abholen wollte und sie zu ihm herunterkam und »aussah wie ein Hund, der in den Wäschetrockner geraten war«, und das Publikum johlte und grölte. Seine Freundin mußte dabeisitzen und mitlachen.

»Die Stelle, wo du sagst, du hättest dir manchmal Sorgen um ihn gemacht.«

»Bitte, Ben«, sagte meine Mutter geduldig. Auf dem Bildschirm sah sie wie benommen aus vor Schmerz über das alles, man sah ihr an, daß ihr Mund ganz trocken war, und sie saß so angespannt da, als ob ihr jede Bewegung weh täte. Er zerrte immer noch an ihr, wie ein lästiger Hund, fand ich, und sie war ganz erhaben, allein – eine ruhige, abgeklärte Katze. Er verstand noch immer nicht.

»Warum kannst du sie nicht mal in Ruhe lassen, Daddy?«

Er schoß einen Blick rüber zu mir, wohl so überrascht wie ich selbst, und ließ sich wieder zurücksinken. Es war das Bier, dachte ich. Er hatte auf dem Boden neben der Couch einige Flaschen aufgereiht, wie die Väter anderer Leute. Man hätte sich zur Not vorstellen können, daß im Fernsehen ein Footballspiel lief.

Das war es also, was alle diese Fremden sahen, wenn sie nach Motiven stocherten, die Anwälte auf beiden Seiten, wenn sie herauszukriegen versuchten, was geschehen war und warum. Genug, daß es einem schwindlig wurde. Und es *war* genau wie in den Seifenopern, das sah ich irgendwie: Warum lieferte diese Frau ihren eigenen Sohn ans Messer? Wie konnten Eltern ihre jeweiligen Aussagen so gegenseitig neutralisieren? Meine Mutter hatte gedacht, Mr. Demaris werde den Geschworenen erzählen, es sei eine Ehehölle, ein Kampf bis aufs Blut über der Leiche ihres eigenen Kindes. Aber wie würde er so etwas beweisen wollen? Sie waren nicht als unglückliches Paar berühmt, niemand würde auftreten und bezeugen, sie hasse ihn so sehr, daß sie in einer so häßlichen Sache zu lügen bereit sei, nur um ihn leiden zu sehen. Keiner ihrer Freunde würde sagen, was dazu gesagt werden müßte.

Mr. Demaris' Fragen waren fürchterlich. »Sagen Sie uns, was Sie gesehen haben, als Sie im Krankenhaus die Leiche Martha Taverners vor sich hatten.« Das erschütterte meine Mutter, jeder sah es, als hätte er ihr einen Schlag auf einen empfindlichen Körperteil versetzt. Sie hatte das alles schon einmal durchgemacht, o ja, und sie hatte die Zeitungsmeldungen über sich gelesen (die »Blondine«, »bleich, aber entschlossen«, »erhaben und unerschütterlich«), aber es war auch aus diesem Abstand nicht weniger schockierend, selbst wenn man darauf gefaßt war. Wie kam sie mit ihrem Sohn aus? Sie liebte ihn natürlich, liebte ihn über alle Maßen. Er ließ sie darüber mehr sagen – wie sanftmütig sie ihn in manchen Situationen finde, wie freundlich und friedlich. Ein Wirrkopf und der Anleitung bedürftig, aber im Grunde ein prächtiger Junge.

Dann kam er auf das zu sprechen, worauf er wohl eigentlich hinauswollte: Was sie über Jacobs Sexualleben wisse? Wie sie es empfunden habe, als sie erfuhr, daß Martha seine Freundin sei?

»Ich fand es nicht gut«, gab sie zu.

»Warum ›nicht gut‹?«

»Nun ... wenn man bedenkt, daß sie schon – ich habe das ja im Zusammenhang damit erfahren, daß ... da war sie schon tot.«

»Warum ›nicht gut‹?«

»Weil – nun – ich finde – ich hätte nicht gedacht ...« Sie warf die Zeitformen furchtbar durcheinander, und es war so grausam, weil doch schon alles in der Vergangenheit spielte, das wußte er doch! »Ich hätte mir nur schwer vorstellen können, daß sie gut miteinander auskommen würden.«

»Warum?«

»Weil sie eben ...«

»Doch nicht etwa, weil sie aus einem anderen Milieu kam als Jacob? Aus einer anderen Schicht, könnte man auch sagen?«

Natürlich wurde ihm diese Art der Fragestellung untersagt – jeder weiß, daß so etwas Suggestivfragen sind –, aber ich gehe davon aus, daß Mr. Demaris immer ganz genau wußte, was er tat, und daß es bestimmt nicht lustig war, ihn gegen sich zu haben: Er zog Martha und meine Mutter zugleich in den Schmutz. Und man kann ja nie wirklich etwas zurücknehmen, auch wenn der Richter zu den Geschworenen sagt: »Nehmen Sie das nicht zur Kenntnis«, und böse auf den Anwalt wird. Anwälte können Dinge so schlimm verdrehen und alles in ein schlechtes Licht rücken.

Aber womit Mr. Demaris dann anstelle der Ehehölle kam, war noch viel schauerlicher. Im Grunde sagte er dies: Eine Familie ist etwas Geheimnisvolles. Da ist Rache im Spiel, Düsternis, da ist eine unglückliche Frau, die ein totes Mädchen vor sich hatte, leibhaftig vor sich liegen hatte, das ihr Sohn besser kannte, als sie jemals ahnte. Sie ist Ärztin und daran gewöhnt, das Heft in der Hand zu haben. Vielleicht hatte sie, wie man das von vielen Ärzten liest, sogar ein kleines »Ego-Problem«. Und damit kam sie nicht zurecht, sagte er. Sie und ihr Sohn seien einander sehr nah gewesen, solange er kleiner war. Und nun hatte ihr Junge diese intime Beziehung, diese absolut geheime »Liaison«, und zwar mit einem »nicht akzeptablen« Mädchen, und das habe ihr sehr, sehr zugesetzt. Möglicherweise wußte sie sogar von der Schwangerschaft. Und so ... und ich finde, er ließ die Unterstellungen gewissermaßen so fallen, fast behutsam: Da *sie* gegen diese Beziehung nichts unternehmen konnte, mußte sie sich vorstellen, daß *er* dem Mädchen weh tat und es vernichtete (sein Ausdruck!) ... sie mußte sich vorstellen, daß er sie aus seinem Leben entfernte wie einen Fremdkörper, einen Feind. Er stellte es so hin, als hätte sie diese Phantasien genossen. Als hätte sie das gebraucht. Und sie hätte sie wahr werden lassen wollen. Auf eine ganz verquere Art sprach er nie direkt aus, daß es sie glücklich gemacht habe, wie wenn sie sich vorgestellt hätte, Jacob habe es für sie getan. Aber dieses Gefühl drängte sich einem auf. Ich fand es geradezu erstaunlich, wie man gewisse Dinge dadurch, daß sie *nicht* gesagt wurden, um so sicherer gehört zu haben glaubte.

Meine Mutter wurde totenblaß, als sie hörte, was Mr. Demaris da über sie sagte. Sie sagte, das könne man sich gar nicht anhören, es sei zu ekelhaft. »Ich dachte, er hätte gedroht, mich als Medea hinzustellen«, sagte sie, »aber ich glaube, nun ist eine Jokaste herausgekommen.« (Ich wußte damals nicht, was sie damit meinte, aber glaubt mir, ich hab's erfahren.)

Und noch eins. Meine Mutter war nicht nur angewidert von der krankhaften Phantasie dieses Verteidigers. (»Ach was«, beteuerte sie immer wieder, »das glaubt Panos doch *selbst* nicht«, und offenbar sollte das fröhlich klingen, nur daß ihre Stimme dabei immer bebte. »Man sieht ihm doch an, daß er alles sagen würde, was eben so lange Bestand hat, bis er da durch ist.«) Aber was er mit Marthas Namen machte, war noch schlimmer. »Den Teil verzeihe ich ihm nie«, rief sie, als sie sein Plädoyer an die Geschworenen hörte, sein Schlußargument. »Für mich selbst kann ich sorgen, danke, aber das ist das Letzte. Man kann tun, was man tun muß, um seinem Mandanten zu helfen, aber dafür kann man nicht einmal mehr Verachtung haben. Dieses Schwein. Die Zeitungen haben nicht die Hälfte davon gedruckt.« Sie schlug die Hände vor die Augen und schwieg lange.

Mr. Demaris hatte meinem Vater zwar gesagt, es könne sehr gefährlich sein, die Toten noch einmal umzubringen, weil es die Geschworenen gegen einen aufbringen könne, aber er hatte ihm auch gesagt, daß es »geradezu kriminell« wäre, darauf zu verzichten.

Ich glaube, er hatte ganz einfach andere Maßstäbe als meine Mutter: Er tat das, wovon er sich Erfolg versprach. Also wedelte er nun mit dem Laborbericht über den DNS-Test, der bewies, daß Martha das Kind eines anderen im Leib trug, während sie sich ins »Liebesnest« schlich, das sie und Jacob »tief im Walde« hatten. (Ich fand, die Zeitungen brachten das ganz gut. Ihnen lief förmlich der Saft aus dem Maul.)

»Mein Gott«, rief Daddy und setzte die Bierflasche ab, um fortzufahren: »Er sieht aus wie Joe McCarthy mit einer dicken Liste von Roten!« Ich weiß nicht, wer den größeren Spaß dabei hatte, Daddy oder Mr. Demaris. Und Jacob hatte das alles mitgekriegt, unmittelbar im Gerichtssaal. Er mußte ganz ruhig und aufrecht sitzen bleiben, aber ich wette, er hätte sich am liebsten den Finger in den Hals gesteckt.

»Warum«, fragte Mr. Demaris die Geschworenen, »warum sollten Sie annehmen, daß sie von ihrem enttäuschten Liebhaber getötet wurde? Sie hat ja *beide* betrogen, den Jungen dort –« und da saß Jacob mit demütig gesenktem Kopf, »und den armen Vater des Kindes, der dem Pärchen ebensogut an diesem Nachmittag nachgeschlichen sein und seine eifersüchtige Wut an dem Mädchen ausgelassen haben kann, das ihm ja auch untreu war. Er könnte sie gestellt haben – denken Sie einmal darüber nach –, kaum daß Jacob sie verlassen hatte. Da stand sie an der einsamen Straße, ein Häufchen Elend, und wartete darauf, daß Jacob zurückkam und ihr verzieh, und wen sah sie statt dessen auf sich zukommen – und hier wird die Fährte natürlich kalt.« Das stimmte: Die Polizei hatte nicht die leiseste Ahnung, wer der Vater war. (Aber es *gab* einen Vater. Das war das härteste Indiz, das sie hatten. Es *gab* einen Vater, versicherte Daddy meiner Mutter eins ums andere Mal – das hat er sich nicht aus den Fingern gesogen.) Aber könnt ihr euch vorstellen, daß jemand aus seinem Loch gekrochen wäre und sich dazu bekannt hätte? Sogar die Klatschbasen hielten sich da zurück. Vielleicht dachten sie, er käme sonst und könnte auch sie am Schlafittchen packen! (Und dann gab es garantiert so ein paar Perverslinge, die wohl glaubten, meine Mutter hätte es getan oder tun lassen. Weiß der Himmel, das Motiv hatte Mr. Demaris ihr gegeben.)

Der Satz, den die Zeitungen am meisten liebten und so oft wiederholten, bis man ihn nicht mehr hören konnte, lautete: *»Das ist eine Geschichte voll Feuer und Eis, entflammter Liebe und klirrender Kälte. Ein Wintermärchen.«*

Daddy schlug einen Oskar für die beste schauspielerische Leistung eines Anwalts vor. Er sprach von Demaris, als hätte der ein Meisterwerk geschrieben, langsam die Spannung aufgebaut, genau an den richtigen Stellen eine Pause eingelegt und die Geschworenen dahin geführt, daß sie glaubten, ihre eigenen Schlüsse zu ziehen. Meine Mutter sah ihn an, ungehalten, aber – ich glaube, es gibt ein Wort dafür – »nachsichtig«? Auf eine sonderbare Weise sah ich, wie sie da im Halbdämmer nebeneinander saßen, während Mr. Demaris diese verwickelte Phantasiegeschichte über Jacob und Martha, über *sie* zum besten gab, daß es ihrer *beider* Geschichte war. Gerade als sie sich am tiefsten hätten verabscheuen müssen – welch ein Paradox –, waren sie eng miteinander verbunden.

Ich drückte auf den Ausschaltknopf, und der Prozeß war zu Ende.

Und die Geschworenen waren uneins.

Dann mußten wir dasselbe noch einmal vor einer anderen Jury machen, den ganzen Text noch einmal von vorn aufsagen wie in einem Stück, das schon zu lange läuft. Meine Mutter hoffte weiter, mein Vater werde Jacob endlich raten, sich schuldig zu bekennen, vielleicht wegen Totschlags im Affekt, aber er blieb hart. Und er gewann sein Spiel: Die Geschworenen waren wieder uneins. Das nennt man Antiklimax. Es schien, als hielten alle Jacob für schuldig, *wüßten* es sogar, aber für mindestens einen aufrechten

Menschen in jeder Jury gab es einfach nicht genug handfeste Beweise außer »Hörensagen«, um ihn zu verurteilen. Das war nach alledem das eigentlich Unfaßbare: daß es nur eines einzigen Mannes oder einer Frau bedurfte, die entweder sehr stark oder sehr störrisch war.

Wie sich herausstellte, waren es zwei in der ersten Jury und einer in der zweiten gewesen, aber sie sagten nie etwas sehr Erhellendes oder wenigstens Interessantes darüber, was sie gedacht hatten. *Zweifel*, mehr wußten sie nicht anzuführen. *Wir waren uns einfach nicht sicher. Es war so merkwürdig, irgendwie glaubte man jedem, und dann glaubte man ihnen wieder nicht. Hin und her. Es hat lange gedauert.* Prima, dachte ich. Das sagt eigentlich alles. Nicht daß ihr meint, ich wäre nicht froh gewesen, aber etwas sehr Enttäuschendes war schon daran: Soviel Grübeln, soviel Weinen und Fluchen, soviel Chaos, und das war alles, was dabei herauskam. Mag Trottier sagte, es sei jetzt nicht die Zeit, sich darüber Gedanken zu machen – sie und ihr Chef würden das bißchen, was die Jury von sich gegeben habe, eingehend studieren, denn man könne immer noch etwas dazulernen, was ankomme und was nicht, wir aber sollten uns deswegen nicht den Kopf zerbrechen. Bloß mit den Fingern schnippen, nehme ich an. Ob sie uns das wirklich zutraute?

Wir mußten meinen Vater davon abhalten, den Standhaften Blumen zu schicken. »Genug, Ben«, sagte Mr. Demaris. »Es reicht. Lassen Sie die Finger davon. Gerechtigkeit ist unpersönlich. Und Geschworene haben ihre eigenen verborgenen Motive. Vor allem wenn sie uneins sind, können Sie sich darauf verlassen, daß einer dabei war, der nur gehört hat, was er hören wollte. (Entschuldigung, Mag. Einer oder eine.) Wenn Sie wissen wollen, warum, müssen Sie sich mit ihren Psychiatern unterhalten. Es ist einfach – man weiß nie, wie etwas ankommt. Betrachten Sie es als ein Geschenk, das Sie nicht zu erwidern brauchen.«

Als wir schließlich nach Hause kamen, hing von unserm höchsten Ahornbaum eine Schlinge aus Wäscheleine, ein Gruß von den Kreuzeverbrennern (angeführt, wie wir alle vermuteten, von Marthas Vater, und wer konnte es ihm wirklich verdenken, er hatte so wenige Möglichkeiten, seine Wut und Demütigung auszudrücken.) An einen Baum war ein Brett genagelt, auf dem in blutroter Farbe stand: »Die Falschen wurden gehängt.« Ich hätte um sie alle weinen mögen.

Mr. Taverner war schon vorher so wütend und gedemütigt gewesen, daß wir uns jetzt alle nicht auszudenken wagten, was als nächstes geschehen könnte, nachdem es ja nun so aussah, als habe das Gesetz dem Mörder seiner Tochter mehr Rechte eingeräumt, als sie hatte. Da wußten wir, daß wir uns nach einem anderen Wohnort umsehen mußten. All die guten Jahre waren dahin, und niemand »siegreich«. Und Mr. Demaris war derselben Meinung, das ängstigte uns noch mehr. Er stimmte uns zu und meinte, wir sollten nicht mehr Zeit vertrödeln als unbedingt nötig. Das sagte uns, daß er die Wut der Taverners irgendwie für berechtigt hielt, oder wenn schon nicht für berechtigt, dann sah er eben doch, daß Wut, wie meine Mutter es ausdrückte, länger vorhielt als Leid.

»Baut euch ein neues Leben auf«, sagte er mit so einem verschlagenen Lächeln, dem man ansah, daß er verstand, wie merkwürdig unser Leben die ganze letzte Zeit gewesen sein mußte. Und wie geschlagen wir alle durch diesen »Sieg« waren. Wie keiner von uns weder so noch so besonders viel empfand, außer daß es vorbei war, und wie schwer es sein würde, einfach da weiterzumachen, wo unser Leben Jahre vorher zu Ende gegangen war. Wir wanderten im Kreis herum, und das Schlimmste war, sich fragen zu müssen, wie viele Exfreunde sich jetzt auf bloße Höflichkeit zurückziehen würden. Brauchte man sie denn? Dein Leben ist nicht elastisch, es schnellt nicht einfach wieder in seine alte Form zurück, und du kannst auch nicht jeden so einfach wieder darin unterbringen. »Zieht irgendwohin, wo kein Schwein weiß, wo New Hampshire liegt. Das meine ich ernst.« Mr. Demaris führte uns nach dem Prozeß zum Essen aus (von unserm Geld, sagte Daddy) und wiederholte: »Zieht irgendwohin, wo ihr euch in euren wüstesten Träumen nie vorgestellt hättet, einmal zu leben. Zieht dahin, wo ihr den Albatros an der Staatsgrenze abliefern könnt.«

Das erste, was mir an Houston auffiel, war, daß es hier keine Cowboys gab, jedenfalls nicht am Flughafen. Keine großen Hüte, keine Kordelkrawatten, erst recht keine Pferde. Niemand sah aus wie ein Countrysänger.

»Was hast du erwartet?« fragte mein Bruder. »Du bist ja verrückt. Das ist eine *Handels*stadt.«

Das hieß, es wimmelte hier von Leuten, die alle mehr oder weniger die gleichen Straßenanzüge trugen, Männer und Frauen, die alle aussahen, als würden sie uns nur zu gern etwas verkaufen. Vielleicht hatten die Frauen mehr Haare auf dem Kopf, als ich gewohnt war – beziehungsweise *Frisuren*, blond, toupiert und aufgetürmt. Sie rissen beim Reden die Münder weit auf und rollten das R, völlig anders als in New Hampshire. In New Hampshire hielt man den Mund geschlossen, als könnte die Kälte eindringen, wenn man ihn öffnete. Während wir warteten, daß wir an der Gepäckausgabe Snappy in ihrem Käfig ausgehändigt bekamen, hörte ich zwei kleinen Mädchen zu, die sich bei ihrer Mutter beschwerten, daß ihr Bruder sie »ausgeschmiert« habe. Ich weiß noch, daß mich das sehr beeindruckte.

Das war aber auch schon alles, was mir eigenartig vorkam, und da mußte ich schon sehr genau hinhören. Ich konnte nur große Augen machen. Wahrscheinlich hatte ich so etwas wie eine Grenze erwartet, vielleicht sogar mit Paßkontrolle, wie seinerzeit, als wir nach England gereist waren. Nicht wirklich, aber insgeheim. Was bedeutete denn überhaupt *ein neues Leben*? Eine andere Sprache, nicht nur ein paar verballhornte Vokale, andere Töne, wenn man das Radio einschaltete. Ich sah uns als Asylsuchende. Ich glaube nicht, daß mir das Wort Asyl geläufig war, als wir herkamen; ich war knapp fünfzehn. Kindern sagt dieses Wort nichts. Aber in dem Jahr habe ich gesehen, wie viele es von ihnen gibt, aus allen möglichen Gründen. Meine Schule ist auf sie spezialisiert: auf Kinder, die aus schlimmen Scheidungen stammten, aus schädlichen Milieus, aus Vorstädten mit ihren schrecklichen Begriffen von Wohlanständigkeit und den Grausamkeiten anderer Kinder, nur weil sie ein wenig anders waren als diese. Und auf solche, die so etwas wie Künstler werden wollen – mein Vater hat mir das schon immer gesagt, bevor ich überhaupt wußte, was er meinte: wie man einsam aufwächst, weil man Engel auf einer Nadelspitze tanzen sieht. Jetzt, da ich selbst einer der Engel *sein* möchte, weiß ich erst wirklich, was er meint.

Wenn ich an Hyland denke, steigt mir irgend etwas in die Kehle, vielleicht Angst, vielleicht... ich weiß nicht, was es genau ist. Es ist einfach schade, wenn man nicht mit schlichten schönen Erinnerungen zurückblicken kann, aber ich bin froh, daß wir wenigstens gemeinsam verbannt wurden.

Mein Vater war vorausgefahren, das Auto voll hölzerner Gestalten, die ihm Gesellschaft leisteten. Er hatte nicht viele neue Arbeiten – nur sehr wenig war ihm von der Hand gegangen seit diesem Tag im Januar vor zweieinhalb Jahren, als Jacob alles umkrempelte –, und er sagte immer wieder, für ihn sei es ein für allemal aus mit der Bildhauerei. Aber er packte seine alten Werke liebevoll in den Kombi, manche in Kisten, manche einfach angegurtet auf den Rücksitz. Sie blickten aus dem Fenster wie Freunde und Beschützer. Es muß unheimlich gewesen sein, wenn man in einer kleinen Stadt in Tennessee oder Alabama als normaler Straßenpassant an unserm Auto vorbeiging, während er gerade zum Lunch in ein Restaurant gegangen war, und sein Völkchen einen durchs Fenster ansah, wortlos, heiter und ein wenig überlebensgroß. Mit Sicherheit dauerhafter. Wenn die Sonne direkt auf die Augen des Schamanen fällt, können sie Papier entzünden.

Er rief an, als er ein Haus für uns gefunden hatte. Ein schön normales Haus, versprach er. »Ihr werdet nicht ein einziges Eigenschaftswort finden, das ihr ihm geben könnt. Es ist so ein Haus, das Adjektive vernichtet.« Der »Garten der Freunde« wurde in einen verschlossenen Schuppen gesperrt, außer Sichtweite. (»Hier unten gibt es keine Keller. Oder Speicher. Es scheint eine Faustregel zu sein, daß man Keller und Palmen nie an einem Ort findet.«)

Er sagte, er sei praktisch durchgefahren, habe eine Nacht auf einem Rastplatz geschlafen, eine andere in einem Motel an einem Hang etwas abseits der Straße, wo es ihm ungefährlich schien, »die Burschen« über Nacht allein im Auto zu lassen. Ich wollte ihm sagen, ich könne mir nicht vorstellen, daß jemand einen hölzernen Schamanen mit Glasaugen oder einen Hund auf Rädern stehlen wolle. Aber er wäre davon nicht überzeugt gewesen, er hätte gesagt: »Es gibt hier draußen noch verrücktere Leute als mich.« Also malte ich mir aus, wie ein Fernfahrer über die Schulter guckte, ob ihn auch niemand beobachtete, und sich mit einem Stück polierter Esche in Form einer nackten Frau mit Stiefeln und Handtasche davonschlich, um es in seinem Kühlwagen zwischen Kisten voll Brokkoli zu verstecken.

Als wir schließlich hinkamen, zu unserm neuen Haus – es war eine Art Bungalow, lang und flach und sonderbar, verglichen mit unserem schönen, quadratischen, hohen alten Bauernhaus –, wollte ich als allererstes die Skulpturen sehen. Ich äugte durch das Fenster des Schuppens, und es war eine Erleichterung, sie da zusammengedrängt zu sehen wie Leute, denen man befohlen hat, geduldig zu warten, und die das Beste daraus machen. Sie waren meine zweite Familie, und es bedeutete mir etwas, daß wir alle diese Reise gemacht hatten, wie eine lange Seereise, wobei aber Ab- und Anlegen unbegreiflicherweise nur durch einen Lidschlag voneinander getrennt waren. (Wenigstens mein Vater hatte die Chance gehabt, langsam das Klima zu wechseln, sich an die anderen Bäume und Autobahnschilder und Namen von Supermärkten und Fernsehkanälen zu gewöhnen. Er konnte sich ein wenig *eingewöhnen.*) Wie konnte ich so tun, als wäre ich nicht neugierig darauf, was als nächstes kam? Der Unterschied zwischen leben und – arme Martha – nicht leben war nichts weiter, als sich darauf freuen zu dürfen, was als nächstes kam. Ich konnte zur Straßenecke und zurück gehen und schauen, wie die anderen Häuser aussahen, und das Gras und die Blumen in Houston, die nicht die gleichen sein dürften wie die, mit denen ich aufgewachsen war. Neugier. Wer würde schon für irgend etwas anderes sterben wollen?

Ben

Die Strafe ist Exil.

Wußtet ihr, daß die Bibel von Zufluchtsstätten spricht, in die man gehen kann, wenn man ohne Vorsatz jemanden umgebracht hat? Sie sind für die Schuldlosen, die nichtsdestoweniger in Gefahr sind. Es sind die einzigen Orte, zu denen Rachesuchende amtlich keinen Zutritt haben. Sichere Stätten.

Der Schaden, den man sich selbst antut, ist nicht verboten.

Es gibt ein paar schöne Häuser hier, aber meine Häuser waren immer die Berge. Grün ist es jedoch auch hier. Es ist eine fruchtbare Gegend, manchmal eklig feucht, ansonsten aber mild und erstaunlich lieblich. Kein Schnee, zu meinem Leidwesen. Kälte, sogar scharfe Frostnächte, aber nichts Schönes, das an die Stelle dessen tritt, wenn alles im Schnee verschwindet.

Die Kraft des positiven Denkens: Dies ist keine Flucht. Es ist eine Fortsetzung.

Alles, was ich an Städten immer verabscheut habe, beschirmt uns hier – insofern hatte ich also recht damit. In dieser Stadt leben 1 924 763 Menschen, und nur vier davon wissen über meinen Sohn und Martha Taverner Bescheid. Anscheinend haben alle, die wir hier kennengelernt haben, sogar die Einheimischen, schon irgendein Leben hinter sich gelassen: einen Mann, eine Frau, einen Beruf, eine Geburtsstadt. Und unsere Geschichte ist zwar ein bißchen schlimmer, aber bisher kennt uns keiner gut genug, um sich allzusehr darum zu kümmern. Oder es fällt ihnen schwer, sich das vorzustellen, selbst wenn sie es glauben. Die Kinder haben einen Ausdruck dafür: »Vor-Ort-Situation« – das heißt, soweit ich es verstehe: »Du mußt dabeigewesen sein.«

Was verbindet weiterhin mit Jacobs Schuld?

Fast nichts. Rechtlich gar nichts. Er wurde vom Staat auf freien Fuß gesetzt, auf daß er in Frieden weiterlebe. Er darf wählen. Er darf Waffen tragen. Wenn er verrückt ist, kann er in fünfzehn Jahren für die Präsidentschaft kandidieren.

Ist das ungerecht?

Nicht direkt.

Fühlt man sich schuldig?

Das ja.

Der Himmel hier ist ganz neu für mich, ich weiß gar nicht sicher, ob es derselbe ist, den ich mein Leben lang betrachtet habe. Protzig bei Sonnenuntergang, flammend wie die Hölle, rot erleuchtet oft bei Nacht – von Raffinerien? Partikel tödlicher Chemikalien, eingefangen von der Luftfeuchtigkeit? Manchmal riecht die Luft nach Kaffee, irgendwie verbrannt, und manchmal nach etwas Fettigem, Unbestimmbaren. Oft dann auch plötzlich nach Blumen, als wäre eine gepuderte Dame ungesehen vorbeigegangen.

Die Magnolien schimmern selbstsicher, kühl und erhaben: dominierende Schönheiten. Alles an ihnen ist glatt und übergroß – ihre Blätter, ihre Samenkapseln so groß wie Handgranaten, die roten Samen darin sorgsam aufgereiht. Ihre weichen Blüten sind zarter als Haut. Ich wollte, ich könnte so eine erschaffen, aber es gibt sie ja schon.

Frauen gehen vor meinem Haus die Straße hinunter, mexikanische Frauen, gefolgt von zahlreichen kleinen Kindern, denen ein langer Zopf über den Rücken hängt. Manchmal trägt eine ihren Wäschekorb auf dem Kopf. Ich denke an Hyland und wie der Besitzerin des Waschsalons oder der Schnellreinigung bei diesem Anblick die Augen aus dem Kopf fallen würden.

Immer der Eindruck, daß man die Sittenlosigkeit an die Ränder zurückdrängt – Geld und Einkaufsstraßen, Klasse und Macht im Zentrum, NACKTE MÄDCHEN an der Peripherie. Es gibt viel dergleichen, aber es gibt auch viel nicht-dergleichen. In Hyland braucht man eine Erlaubnis von der Kreisverwaltung, wenn man ein Schild für Salat und frische Eier aufstellen will.

Meistenteils ist es aber hier wie überall – Postzustellung, Verkehrshubschrauber, Tankstellen, Friedhöfe, Bushaltestellen, Ampeln, grün-lang-gelb-rot. Alles geht seinen Gang. Egal was man ausgefressen oder nicht ausgefressen hat, es geht weiter. Wenn man sein ganzes Leben hier zugebracht hat, ist einem das vielleicht die vertraute Stadt. Ein Friedhof ist voll von Leuten, nach denen Straßen benannt sind.

Carolyns Krankenhaus hat zwei Drittel so viele Beschäftigte wie Hyland Einwohner. Sie muß fast einen Kilometer entfernt parken.

Ich arbeite jetzt mit Hartmetallen und Schweißgeräten, Brille, Maske, Betonboden, auf dem die Funken ersticken – meine Werke haben seit neuestem etwas Beißendes, glaube ich, etwas nicht so Nettes, Unfreundliches – in einem ehemaligen Warenlager, wo sich früher Preßwatte, Abführschokolade und Gartengeräte stapelten. Hat man mir zumindest gesagt.

Worauf es hinausläuft: je schlimmer unsere Geschichte, desto mehr mußten wir zusammenhalten – nur *wir* kannten alle Bestandteile, die guten und die schlechten, auch wenn wir sie unterschiedlich bewerteten. Manche Leute werden sich gewundert haben, denke ich – brechen Familien nicht nach »Tragödien« auseinander? Doch, das tun sie. Können sie zumindest. Aber wer kann das mit Sicherheit sagen. Panos konnte es nicht fassen, das weiß ich; Annie Dineen konnte es, sie ist eine Optimistin, wenn es um Leute geht, die sie liebt. Aber wer hätte uns in einer Welt von Fremden noch verstanden? Wir waren Krüppel, deren Wunden sich ergänzten.

Das ist nicht Sentimentalität. Es ist Realismus.

Carolyn

Eines Nachts kam sie zu Ben in ihr ebenerdiges Schlafzimmer – es war ein flaches Holzhaus, kein Vergleich mit Neuengland, und schattig, weil Schatten unter halbtropischem Himmel hoch im Kurs steht – und meinte, sie brauchten wohl noch ein Kind.

Das war für ihn, der nie mehr an ein Baby gedacht hatte, seit Judiths Autokindersitz auf dem Dachboden verschwunden war, keine kleine Überraschung. Er nahm sie sehr behutsam ins Verhör. Abgesehen von solchen Hemmnissen wie ihrem Alter, könne denn ihr Seelenzustand sich mit der Vorstellung anfreunden, noch einmal damit anzufangen? Hatte sie nicht einen stürmischen Kampf ausgetragen, mit sich, mit ihm, über Verantwortung, Schuld, den Dank für all die Liebe und Sorge?

Dennoch. »Das habe ich. Natürlich. Du ja auch.« Sie lächelte. In New Hampshire hatten sie eine verrückte Art, das auszudrükken, völlig unsinnig: »Du ja auch nicht.« Sie sagten es trotzdem.

Jacob blühte nicht eben auf, aber er hielt die Stellung. Er lernte gerade in einem Zementwerk einen Gabelstapler fahren, nicht unbedingt das, was man ihm einmal prophezeit hätte, aber er schien dabei innerlich zur Ruhe zu kommen, losgelöst von allem, was Konsequenzen hatte. Er kam einem vor wie betäubt, und wahrscheinlich sah man ihn so richtig. Er war durch nichts in Wut zu versetzen – im äußersten Fall war er einmal gelinde verstimmt. Eine Art Resignation gegenüber Kränkungen, Ärgernissen, Behinderungen. Was mochte ihn das wohl kosten, fragte sie sich? Schlimmer noch, wo versteckte er es? Sie glaubte nicht daran, daß Psychologie nichts weiter als die Physik der gespannten Feder war, aber manchmal sah sie ihn doch sehr nachdenklich an und machte sich Sorgen, ob er, wenn er weiter so brav blieb, nicht eines schönen Morgens mit einer Flinte auf sie alle losgehen könnte. Aber er blieb, wenn man die Versuchungen da draußen bedachte, immerhin »clean«. (Schien »clean«. Man konnte ja nie wissen.) Er war schüchtern, gehemmt und vorsichtig wie einer, der eine schreckliche Krankheit hinter sich hatte. Eines Tages würde er sich seine eigene Wohnung nehmen, aber vorerst anscheinend noch nicht. Sie wünschte, sie könnte ihn fragen, ob er Angst hatte – wenn nicht, sollte er welche haben –, aber sie fragte ihn nichts. Er hatte angefangen, täglich zu joggen, Basketball zu spielen, seinen Körper zu pflegen, was ihm harmlos vorkommen mußte, und fügsam. Er redete nicht viel.

Und Judith. Es war das erste Mal, daß sie sich ernsthaft Sorgen um Judith machte. Selbst auf der Höhe – oder vielleicht war es die Tiefe – des Wirbels um Jacob und der Frage, wie man zusammen weiterleben könne, hatte sie nie direkt Angst um sie gehabt, Judiths Instinkte waren so sicher, so vollkommen rein und jung in ihren Extremen. Jetzt aber wurde sie mit beängstigender Geschwindigkeit immer gefühlloser. Zu Hause legte sie nur so eine verächtliche »Alles-schon-gesehen«-Haltung an den Tag. Es machte sie nicht direkt anmaßend – Judith würde nie eine Nina werden, ein schwarzes Schaf, ein Tunichtgut. Aber sie fühlte sich von jedermann so abgestoßen, daß sie keine Freundschaften schloß, und ihre Urteile über andere waren nicht eben freundlich: sie waren Kindsköpfe oder Blindgänger oder Zecken oder talentlose Klone; sie trugen zuviel Drillich oder zuviel Schwarz. Wofür sparst du dich eigentlich auf? fragte Carolyn sie, bekam aber keine Antwort. Nur das Tanzen schien ihr der Mühe wert zu sein, und wenn sie das ehrgeizig rücksichtslos im Wettbewerb machte, *tant pis* (sie war gut in Französisch, ganz wie ihre Mutter). Sie war auf jeden Fall der kommende Star im Tanzfach, und ihre Tanzlehrer waren angetan von ihren langen Beinen, ihrer Geschmeidigkeit. Sie waren angetan von ihrem eisernen Willen. Carolyn nicht: ihr machte das angst.

Sie hatte jetzt ein wildes Kind und ein sanftes. Aber sie hatten die Plätze getauscht. Ben sagte, es sei eben alles im Fluß. Sie ist ein Teenager, Carolyn, ihre Ekligkeit ist ganz normal. Das geht vorbei. Typisch. Kinder tauschen nicht so leicht auch das Herz.

Angesichts ihrer speziellen Vorgeschichte fand sie ihre Ängste entschuldbar; noch einmal würde sie so ein Gruselkabinett nicht überleben. Was in aller Welt verbarg sich hinter »normal«? Sie hatte kein Kind mehr, dem sie trauen konnte.

Sie konnte ihren Wunsch nach einem Kind nicht direkt erklären. Als sie beschlossen hatten, weiterzumachen, war das eine Entscheidung gewesen, kein Gehenlassen. Das Leben klebt an uns, dachte sie. Hätten sie nicht sonst, um konsequent zu sein, den Kopf in den Herd stecken oder sich in den Abgrund stürzen müssen? Ihre Schwester hatte angerufen und gesagt: »Hör zu, Carolyn. Es kommt ein Augenblick. Wenn du Kummer hattest, kommt er – von den anderen weiß ich nicht viel, ich kenne im Grunde nicht viele andere –, und dann hast du die Wahl. Am Ende ist es erschreckend einfach. Ich wollte, ich hätte das früher gewußt.« Das hatte sie auch zu Jacob gesagt, als er kaum wieder zu Hause war: Tu's nicht selbst. Andere werden es nur zu gern tun, dir antun, wenn sie wollen. *Hilf* ihnen nicht. Sie schien es zu genießen, Carolyn Ratschläge zu geben; sie rief oft an. Sie hatte bestimmt mit jemandem das Herz getauscht.

»Ich weiß nicht, warum«, wiederholte Carolyn. Es war ein wenig wie damals, als sie miteinander ins Bett gegangen waren, nachdem Bens Mutter gestorben war (endlich, unmittelbar nach dem ersten Prozeß, als hätte sie dort in ihrem Pflegeheim, wo der Fernseher nur noch von dem Mord zu berichten wußte, *diesem* Mord, lediglich ausgeharrt, um auf das Ergebnis zu warten. Zum ersten und einzigen Mal war Ben da froh gewesen, daß sie außer Essen und Schlafen nichts mehr von allem mitbekam, was um sie herum vorging.) Es war wie eine Trotzhandlung gewesen, diese Hingabe an die rohe Fleischeslust, um weiterzumachen, das Leben zu feiern. Wie ein Kaddisch, sagte Ben, wie das Gebet des Trauernden, das lobpreist und nicht hadern oder klagen will.

»Wir wollen doch weitermachen«, sagte sie zu ihm. Sie zuckte die Achseln. »Wozu sonst die ganze Mühe, uns – was? – nicht unterkriegen zu lassen?«

»Wollen wir dann aufhören zu gackern und endlich Eier legen?« schlug Ben vor.

Sie lachte. »Noch indiskreter hätte man es nicht ausdrücken können!«

»Was wird ein Kind denken, das nur als Gegengewicht zu dem allen gezeugt wird?« (Und was, überlegte er, werden die Taverners denken, wenn ihnen das zu Ohren kommt?)

Sie wußte es nicht. Ihre Eltern hatten sie erwählt, nicht einfach und natürlich, sondern mit Weitblick und Mut. Es war nichts dagegen einzuwenden, wenn man sich gegen Verlust absicherte – es war sogar das Beste, was man tun konnte. Außerdem, meinte sie, werde dieses Baby als Landkind den Blick in den weiten texanischen Himmel richten. »Wir brauchen einen unter uns«, sagte sie, während sie umständlich ihre weinrote viktorianische Bluse mit dem hohen Kragen und den weiten Ärmeln aufzuknöpfen begann, »der sich hier zu Hause fühlt.« Sie seufzte. »Einen unter uns, dem nicht mit dem Flammenschwert das Tor gewiesen wurde.«

»Und das Tor führte nach Texas. Wer hätte das gedacht?« Ben fragte sich, traurig und glücklich zugleich, ob sie wirklich auf diese Weise eine Seele der Zukunft weihen konnten. Waren denn nicht schon ihre Gene von den Narben der Angst und Reue bedeckt? Aber was konnte man je über einen Menschen wissen, den man in die Welt setzte? Was konnten Glück oder Liebe oder sogenanntes Wissen schon garantieren? Auch mit seinem jetzigen Wissen würde er Jacob doch ein Vater sein, und allem, was dieser getan hatte?

»Amen«, sagte er, denn er versuchte ihr zu glauben. »Ob Mädchen oder Junge, wir werden es Sisyphus nennen.« Und er half ihr tatkräftig bei den Knöpfen.

Aber es wurde nichts daraus. Erleichtert fand Ben, das sei die Rache der Feministinnen, Carolyns Freundinnen, die nichts davon hielten, alte Probleme mit einem neuen Baby lösen zu wollen. »Meinst du meine Zwiespältigkeit?« fragte sie. Vielleicht.

Wahrscheinlich war es das Alter. Dieser Meinung war ihr Arzt. (War sie wirklich schon vierundvierzig?) »Das ist nämlich die Grenze. Sie hätten ein bißchen früher anfangen sollen.«

»Wohl kaum«, antwortete sie trocken. Er kannte ihre Vergangenheit nicht; hielt sie wohl für eine dieser Frauen, die um die Lebensmitte in Panik gerieten und noch einmal die Chance haben wollten, mit jungen Müttern einen Kinderwagen durch den Park zu schieben, das Alter zu betrügen, während ihr Mann seine Midlifecrisis auf andere Weise austrug (wahrscheinlich unter Beteiligung einer Frau, die so jung war wie diese Erstgebärenden). »Warten Sie doch noch ein bißchen, dann können Sie Ihre Enkel genießen.« Sie schauderte, aber er hielt das für bloße Enttäuschung.

Ben glaubte, ohne es ihr jedoch zu sagen, denn es gab viele Dinge, die er ihr nicht mehr sagte, das sei für ihn nicht überraschend – die Potenz seines Beitrags zu dem Kind habe sich in Müdigkeit aufgelöst. Sozusagen in mangelnde Überzeugung. Anscheinend hatte sie ihn nicht davon überzeugen können, daß sie ein neues Leben zur Ergänzung der beiden verstörten brauchten, die schon in ihrer Obhut waren. Eine neue Chance. Ein frisches Blatt. Aber jedes Blatt war schon angeschmutzt von ihrem bisherigen Elternsein, ihren Niederlagen, sogar von ihrer schwindenden Verzweiflung. Dein Apparat kann einwandfrei funktionieren, aber die Spermien brauchen Optimismus, damit sie so kräftig schwimmen können, wie sie müssen, und er war zusammengebrochen, sein Optimismus war zusammengebrochen wie ein erschöpfter Läufer, er bekam einfach keine Luft mehr.

Sie saßen in einem Paddelboot, einem großen, alle vier zusammen, und paddelten das Bayou hinunter auf die silbrigen Türme der Stadt zu. Es war ein merkwürdiger Ausflug – man mietete ein Boot und fuhr damit durch eine tiefe, breite Flußrinne, deren steile Böschungen von grünen Kletterpflanzen und Büschen mit lauter kleinen, blassen Blüten bedeckt waren. Große Fische stießen fast kameradschaftlich, wie zur Begrüßung, gegen den Bug. Vögel mit weithin hörbaren Stimmen flogen über ihre Köpfe hinweg; Futterhäuschen für Brautenten waren entlang der Strecke in die Bäume genagelt wie Briefkästen. Nicht viele Leute machten diese Fahrt – man stellt sich Houston meist nicht als Stadt an einem Fluß vor.

Am merkwürdigsten daran war jedoch gerade dieses Verstecktsein – man hörte von hier aus nichts davon, aber ganz in der Nähe, auf Straßenhöhe hinter einem sehr schmalen Waldstreifen, lagen die belebtesten Straßen, verstopft von chromblitzenden Autos. Während sie hier die Hände ins Wasser hängen ließen, waren sie gar nicht so weit weg von Macy's und Neiman-Marcus! Ein Kardinalvogel huschte von Ast zu Ast, ein roter Pfeil, gleich einem energischen Federstrich. Carolyn lachte. »Horcht mal!« sagte sie. Man hörte das ferne Dröhnen eines Flugzeugmotors, gleichmäßig wie ein Fundamentalbaß. »Ein Laubgebläse!« Der Wald, unter dem sie hindurchfuhren, war noch sattgrün und begann sich eben erst zu färben – Houstons Laubhölzer machten dem Herbst zaghafte Angebote –, und jenseits der Wand, von hier aus nicht zu sehen, war irgend jemandes Gärtner schon dabei, die ersten gefallenen Blätter von der Einfahrt zu pusten und die Luft zu verpesten.

Carolyn lehnte sich gegen die geflochtene Rückenstütze des

Kanus. Sie sehe aus wie Kleopatra, neckte Ben sie. Dabei hatte das Bayou nicht viel Ähnlichkeit mit dem Nil.

Die Kinder paddelten, katapulierten sie geschickt durch die kleinen Schleusenkanäle und navigierten um eine Herde von Felsen, die plötzlich vor ihnen auftauchten wie lohbraune Pferderükken. »Eines schönen Tages«, sagte Ben, »schaffen wir es auch mal und fahren nach Big Bend hinunter, so richtig ins Freie.« Fürs erste genügte es ihnen aber auch schon, hier in dieser Talschlucht zu sein, unterhalb des sichtbaren Houston, in reiner Natur – nachgemacht reiner Natur.

Sie fuhren ostwärts und näherten sich rasch der phantastischen Skyline, ihren facettenartig verspiegelten Fassaden und bizarren Silhouetten, gotisch, Maya, namenlos, und lauschten dabei nicht Reifengeräuschen, sondern dem echten Plätschern des Wassers an der Bootswand. »Das klingt so ... *naß*!« sagte Judith. »Ich habe in dieser Stadt noch nie etwas richtig Nasses gehört, außer Regen.« Judith, die inzwischen in die Subkultur des Tanzes eingegangen war, hatte ihre Augen so ummalt, daß man sie noch in der letzten Reihe sah; ihr Haar war viel kürzer als Jacobs, und ein kleiner blonder Rattenschwanz hing ihr auf dem Rücken.

»Eines schönen Tages«, hatte Carolyn bei sich wiederholt, mit den Gedanken in Big Bend, das dem Vernehmen nach der Inbegriff des weiten Himmels war, der Ort, an dem vor dem geistigen Auge die Cowboyfilme lebendig wurden, reine Geometrie in Purpur und Grün und Gold und Orange, und ebendies – »eines schönen Tages« – war es, womit die Kapsel der Trauer gefüllt war, die jetzt unter ihrer Zunge zerbrach. *Wieder Gewinner!* würden Mike und Terry Taverner sagen. Die Taverners waren nun immer und überall bei ihr und kommentierten ihr Glück, das Glück ihres Mannes und der Kinder, bis sie sterben würden. Sie haben nichts weiter verloren, sagten die Taverners bei jeder Gelegenheit, als ein bißchen Zeit, ein bißchen Geld, ein bißchen Ansehen, ihr Haus, nichts Wirkliches. *Stimmt nicht, stimmt nicht.* Aber sie waren hier, sie alle, das konnte sie nicht leugnen. Wie schwer sie auch gebeutelt waren, sie konnten immer noch »eines schönen Tages« sagen, und ein Freudenstrahl – das war nicht zu leugnen – durchzuckte sie, als nun die Sonne auf dem Bayou glitzerte, als würde eine Handvoll blaßgoldener Münzen auf das bewegte Wasser gestreut. »Jacob, sieh mal!« rief Judith, und sie griffen beide gleichzeitig über den Bootsrand, um etwas von dem Flitter zu erhaschen, lachend, während das Boot sich gefährlich neigte; und als es weiterglitt, zerstoben die Münzen und ordneten sich neu wie die Schätze eines Spielers unter ungeduldiger Hand. Auch Freude war ein Privileg, das an ihnen haftete. Sie spülte geradewegs über sie hinweg, unzulässig und beschämend, so daß sie den Blick abwenden mußte, wie vor zuviel Licht.

Bitte beachten Sie auch die folgenden Seiten

Alison Lurie im Diogenes Verlag

»Alison Lurie ist die literarische Verhaltensforscherin der Denkmoden, der Konkurrenz- und Sexualgewohnheiten ganz normaler mittelständischer Stadtneurotiker.« *Sigrid Löffler/profil, Wien*

»Ihr Interesse an den widerstrebenden Kräften der Menschen und ihrem täglichen Kampf um die richtige Balance erinnert an den Blick der Patricia Highsmith, an deren äußerlich angepaßten, aber gerade deswegen auf eine abschüssige Bahn geratenen Durchschnittsbürger. Aber Alison Luries Neugier gilt nicht den Motiven eines Verbrechens, sondern den nicht weniger gefährlichen Jagdgründen des intellektuellen Alltags, insbesondere aber den Narben, die die Liebe hinterläßt.« *Matthias Wegner/Frankfurter Allgemeine*

Alison Lurie, geboren 1926, Kindheit in New England, heute Englischprofessorin an der Cornell University in Ithaca/New York, wohnt abwechselnd in New York, Florida und London.

Affären
Eine transatlantische Liebesgeschichte
Aus dem Amerikanischen von Otto Bayer

Liebe und Freundschaft
Roman. Deutsch von Otto Bayer

Varna oder Imaginäre Freunde
Roman. Deutsch von Otto Bayer

Ein ganz privater kleiner Krieg
Roman. Deutsch von Hermann Stiehl

Die Wahrheit über Lorin Jones
Roman. Deutsch von Otto Bayer

Nowhere City
Roman. Deutsch von Otto Bayer

Von Kindern und Leuten
Roman. Deutsch von Otto Bayer

Barbara Vine
im Diogenes Verlag

Barbara Vine (i.e. Ruth Rendell) wurde 1930 in London geboren, wo sie auch heute lebt. Sie arbeitete als Reporterin und Redakteurin für verschiedene Magazine. Seit 1965 schreibt sie Romane und Stories, die verschiedentlich ausgezeichnet wurden.

»Barbara Vine alias Ruth Rendell ist in der englischsprachigen Welt längst zum Synonym für anspruchvollste Kriminalliteratur geworden.«
Österreichischer Rundfunk, Wien

»Ihre Romane spüren den finstersten Besessenheiten, den Obsessionen, Zwängen und emotionalen Abhängigkeiten, den Selbsttäuschungen und Realitätsverlusten von Liebes- oder Haßsüchtigen nach. Barbara Vine: die beste Reiseführerin nach Tory-England und ins Innere der britischen Kollektivseele.«
Sigrid Löffler/profil, Wien

»Barbara Vine erweist sich als exzellente Erzählerin.«
Verena Lueken/Frankfurter Allgemeine Zeitung

Die im Dunkeln sieht man doch
Roman. Aus dem Englischen von Renate Orth-Guttmann

Das Haus der Stufen
Roman. Deutsch von Renate Orth-Guttmann

Liebesbeweise
Roman. Deutsch von Renate Orth-Guttmann

Es scheint die Sonne noch so schön
Roman. Deutsch von Renate Orth-Guttmann

König Salomons Teppich
Roman. Deutsch von Renate Orth-Guttmann

Astas Tagebuch
Roman. Deutsch von Renate Orth-Guttmann

Viktorija Tokarjewa im Diogenes Verlag

Viktorija Tokarjewa, 1937 in Leningrad geboren, studierte nach kurzer Zeit als Musikpädagogin an der Moskauer Filmhochschule das Drehbuchfach. 15 Filme sind nach ihren Drehbüchern entstanden. 1964 veröffentlichte sie ihre erste Erzählung und widmete sich ab da ganz der Literatur. Sie lebt heute in Moskau.

»Ihre Geschichten sind seit jeher von großer Anmut, allesamt Kunst-Stückchen, die einem die Vorstellung von Leichthändigkeit suggerieren. Nicht jedoch von Leichtgewichtigkeit. Wenn sie uns ein Schmunzeln entlocken, dann liegt das daran, daß Viktorija Tokarjewa über einen ausgeprägten Humor verfügt und diese Gabe durchweg einsetzt. Es ist kein Humor der satirischen Art, eher eine sanfte Ironie, gewürzt mit einer Prise Traurigkeit und einem vollen Maß an mitmenschlichem Erbarmen.«
Frankfurter Allgemeine Zeitung

»Viktorija Tokarjewa erzählt ihre Liebesgeschichten mit einem solchen Witz und einer solchen Lebendigkeit, daß ich ganz entzückt davon bin.«
Elke Heidenreich

Zickzack der Liebe
Erzählungen. Aus dem Russischen von Monika Tantzscher

Mara
Erzählung
Deutsch von Angelika Schneider

Happy-End
Erzählung
Deutsch von Angelika Schneider

Lebenskünstler
und andere Erzählungen. Deutsch von Ingrid Gloede

Sag ich's oder sag ich's nicht?
Erzählungen. Deutsch von Angelika Schneider, Monika Tantzscher und Elsbeth Wolffheim

Sentimentale Reise
Erzählungen. Deutsch von Angelika Schneider

Die Diva
Zehn Geschichten über die Liebe. Deutsch von Angelika Schneider, Monika Tantzscher und Susanne Veselov